KB185154

주홍여우전

일러두기

이 책은 가상의 세계를 바탕으로 한 판타지로맨스 소설로,
작품 속 인물과 이름은 특정 종교와 관계없습니다.

THE GOD AND THE GUMIHO

주홍 여우전

구미호, 속임수의 신을 속이다

소피 김 소설

황성연·박주미 옮김

B 북폴리오

할머니와 할아버지께.
모든 것에 감사드립니다.
사랑합니다.

작가의 말

지금 이 책이 독자 여러분의 손에 들려 있다는 것은 저에게 엄청난 의미이자 감동입니다. 《주홍여우전》은 제가 가장 좋아하는 K-드라마 작품에서 찾아볼 수 있는, 보석처럼 반짝반짝 빛나는 로맨스, 생동감 넘치는 판타지, 사랑스러운 등장인물에게 보내는 러브레터리고 말힐 수 있습니다.

이곳 신신시(新神市)에서는 많은 신화 속 생명체, 크리처를 만날 수 있습니다. 구미호, 해태, 도깨비, 귀신, 그리고 또 다른 많은 크리처가 벚꽃이 흩날리는 거리를 배회하며 독자 여러분을 만나고 싶어 합니다. 하지만 신신시로 들어가기 전에 우선 기억해야 할 것이 한 가지 있습니다. 신신시와 그 너머에 관한 이야기가 한국의 전통 신화에 기반하고 있지만 《주홍여우전》에 나오는 구체적인 내용은 원래의 이야기와는 다르다는 사실입니다.

저는 이 소설을 위해 나름의 창의성을 발휘했습니다. 대표적인 예를 들자면, 카페인에 중독된 '속임수의 신' 석가는 원래 신화에서는 환인의 동생이 아닙니다. 중요하게 말씀드리고 싶은 것은, 이 책이 아름답고 정교한 설화를 완전하고 정확하게 알려 주는 안내서는 아니라는 점입니다. 대신 새로운 변화를 통해 전통적인 이야기들을 재해석하여 전통 설화에 대한 흥미를 불러 일으키고자 했습니다.

저는 종종 이야기를 바꾸어 말하는 것이 그 이야기를 되살린다고 말해 왔습니다. 또한 이야기를 바꾸어 말하려면 작가는 민담이나 설화 본연의 문화적 맥락을 이해해야 한다고도 말했습니다. 저는 한국 유산에 담긴 전통 설화를 진지하게 음미했고 그 설화에 영감을 준 수 세기에 걸친 역사를 신중하게 연구했습니다. 그러니 독자 여러분들은 안심해도 좋습니다. 이제 신신시에 들어서는 여러분을 환영합니다. 심술궂은 신과 쾌활한 구미호의 이야기가 여러분을 기다리고 있습니다.

1

1992년 한국 신신시

필멸의 세계 이승. 벚꽃 잎 하나가 바람의 보드라운 숨결에 날린다. 꽃잎은 신신시의 좁다란 거리를 따라 돌풍을 타며 빙글빙글 맴을 돌거나 몸을 굴리며 물결처럼 넘실댄다. 벚꽃은 달짝지근한 과일즙 향기를 불러온다. 도시가 풍기는 알싸한 휘발유 냄새, 기름에 튀겨지는 고기가 지글거리며 내는 냄새, 영원히 사라지지 않을 것처럼 낮게 깔린 담배 연기 냄새와는 아주 딴판이다.

도시는 작지만 예스러운 구석이라곤 찾아볼 수 없다. 벚꽃은 날갯짓하듯 도시를 통과한다. 철제 가로등 기둥과 아래로 꺼진 신문 가판대 사이를 비집듯 지나고, 낡을 대로 낡은 서류 가방과 미지근한 커피 머그잔을 잉크가 묻은 손에 든, 초췌해 보이는 보행자들 옆을 부딪칠 듯 부딪치지 않고 지난다. 낡아빠진 신발을 신은 사람들은 얼룩진 유리와 철근 콘크리트로 된 빌딩을 향해 터벅터벅 걸음을 옮기고, 그들은 서류 더미 속에서 보내야 할 하루에 대비해 마음을 단단히 먹는 중이다.

벚꽃은 흩날리듯 날리며 경적이 울려대는 교차로를 지나고, 군고구마를 파는 아주머니를 지나고, 칙칙한 인도의 갈라진 틈새를 폴짝 뛰어넘는 교복 입은 학생들을 지난다. 벚꽃은 도시의 공원에서부터 아주 멀리 와 있다. 지치고 향수에 젖은 듯 옅은 한숨을 살짝 내쉰다.

벚꽃은 이제 추진력을 잃고 지탱해 주던 바람결에 위태롭게 흔들리다 도로로 하강한다. 벚꽃은 신신시의 쇼핑 골목에 다시 모습을 드러내고, 상자 모양의 검은 건물 바로 옆을 날아다닌다. 건물 바깥에는 **무기, 전투복, 그리고 기타 필수품**이라는 글자가 삐뚤빼뚤 적힌 간판이 걸려 있고, 그 맨 밑에는 작은 글씨로 '**인간 출입 금지**'라는 문구가 적혀 있다.

가게 주인의 걱정은 기우에 불과하다. 어쨌거나 이 가게는 이승에 사는 인간들의 눈에는 보이지 않으니까.

마지막으로 지친 듯 몸을 한번 퍼덕인 꽃송이는 가게 바로 앞 인도로 떨어지기 시작한다. 모험이 끝났다. 이제는 쉴 시간이다. 여린 분홍색 꽃잎들이 시들고 쪼그라들면서 내려간다. 아래로, 아래로, 아래로…….

……그리고 원래 목표했던 인도가 아닌, 냉정한 초록색 눈에 검은 머리인 한 남자의 어깨 위로 떨어진다. 남자는 입을 일자로 꾹 다물고 가게 앞에 서 있다.

참을성 없는 남자는 곧장 기다란 손가락으로 벚꽃을 자신의 검은 정장에서 털어낸다. 그는 이 지옥의 꽃을 물릴 만큼 보았다. 다만 올해는 그게 더 일찍 피었다는 것이 그로서는 불만스러울 뿐이다. 지금은 아직 4월도 되지 않은 3월의 둘째 날일 뿐이다.

자청비의 작품임이 분명하다. 남자는 낮게 욕을 읊조린다. 농경의 여신 자청비는 단지 그를 괴롭히기 위해 일찍 꽃을 피웠다. 그녀는 그가 그 빌어먹을 것들을 얼마나 경멸하는지 안다. 꽃이 피면 그는 코를 훌쩍대는 인간들처럼 재채기를 주체할 수 없다. "그 여자는 나를 두려워하지 않는 건가?" 남자는 윤이 나는 검은 지팡이를 고쳐 잡으며 작은 소리로 묻는다. 그는 초록색 눈을 하늘을 향해 치켜뜨며 비웃는다. "참아 줄 수가 없군." 그가 식식거리며 낮게 말한다.

대답은 없다.

남자는 다시 앞에 있는 가게로 시선을 돌린다. "인간은 출입금지라." 그는 소리 내어 안내 문구를 읽더니 숨죽이며 히죽댄다. 그러곤 쯧쯧 혀를 찬다. 그는 인간이 아니다. 그러니 그 문구는 그에게 아무런 문제가 되지 않는다.

문은 잠겨 있다. 남자는 기분 나쁜 표정으로 문을 바라보다, 손목을 재빠르게 움직여 손잡이를 부수고 안으로 들어간다. 문 너머에서 쨍그랑 날카롭게 울리는 소리가 난다.

"재진." 남자가 날카로운 소리로 부르며 가게 안으로 들어서

자 문 위에 매달린 종이 감미롭게 울리며 그의 등장을 알린다. 가게의 어두침침한 벽은 날카로운 직도, 작은 예도, 구부러진 월도, 평범한 사람들은 오랫동안 접하지 못한 다양한 한국산 무기를 힘겹게 짊어지고 있다. 남자는 삐걱거리는 나무 바닥을 가로질러 계산대로 성큼성큼 걸어간다. 계산대의 차가운 유리에 볼을 대고 잠을 자듯 눈을 감은, 통통하고 젊은 도깨비를 보고 미간을 찌푸린다. 밤샘 작업으로 녹초가 되어 있는 게 분명하다.

다른 도깨비들과는 달리 재진에게는 사생활이란 게 없다.

짜증스러운 한숨을 내쉬며 남자는 자신의 지팡이를 살짝 들었다가 바닥에다 내리친다.

갑작스러운 쿵 하는 소리와 함께 무장한 벽이 흔들리며 내는 울림에 놀란 재진은 몸을 움찔하더니 잠결에 뜨기 힘든 눈을 비비며 투덜거린다. 그러다 그의 눈앞에 버티고 있는 키 큰 인물을 보고 그의 동공은 크게 확장한다. 불쾌감에 일그러진 입, 근육에 힘이 잔뜩 들어간 날카로운 턱선, 좋은 아침이라는 말을 하려는 듯 살짝 위로 치켜뜬 굳센 눈썹.

"석가 형사님." 재진이 헉하고 밭은 숨을 내쉬며 앉았던 의자에서 황급히 몸을 일으킨다. 그러고는 고개를 깊이 숙이며 절한다. "저, 아니 그게…… 저희 가겐 아직 문을 안 열었습니다……."

불멸의 존재 석가는 아주 옅은 미소를 짓는다. 하지만 친절함이라고는 찾아볼 수 없는 미소다. 날카로운 송곳처럼 번뜩이는 하얀 이를 드러내는 늑대의 미소다. "아직 안 열었다고?" 석가는 바닥에서 천천히 원을 그리고 있는 문손잡이를 짐짓 무시하며 가르랑거리듯 묻는다. "그럼 아예 가게 문을 걸어 잠그지 그래." 그는 재진의 목에서 구슬 같은 땀방울 하나가 흘러내려 구겨진 흰 셔츠 깃을 적시는 것을 가만히 지켜본다. "그다음에는 데오드란트를 좀 바르는 게 좋겠고." 석가의 얼굴에 미소가 번진다.

재진은 침을 꿀꺽 삼킨다. "오늘은 뭘…… 도와드릴까요, 형사님? 검에다 광택을 한 번 더 넣어드릴까요?"

"아, 그게." 석가는 은으로 된 지팡이 손잡이를 손바닥에다 대고 돌려가며 지팡이를 휘휘 내두른다. 손잡이는 평범하지 않다. 이무기의 모습을 하고 있다. 이 무시무시한 이무기는 지팡이의 윤기가 흐르는 검은색 소재를 우아하게 휘감으며 올라가다, 익숙한 듯 지팡이 손잡이에 머리를 올려두고서는 석가의 손가락 밑에서 멈춘다. 석가가 지팡이 돌리는 걸 멈추고 이무기의 머리를 부드럽게, 거의 경건하다고 할 만한 손길로 쓰다듬자, 악의에 찬 검은 두 눈이 번득인다. "어젯밤에 내 검이 타격을 입었어." 석가가 은빛 이무기를 손으로 꽉 쥐며 중얼거리듯 말한다. 딸깍 하는 소리. 석가가 손목을 튕기자, 지팡이는 무기로 변한다. 가게 창문으로 들어오는 아침 햇살에 자루가 이무기인 기다란 은빛 칼날이 반짝 빛을 낸다. 재진은 감탄하며 숨을 삼킨다. 칼집인 지팡이는 사라지고 없다. 이제 칼날을 따라가며 몸을 휘감고 있는 이무기는 이빨만큼이나 날카로운 비늘을 뿜내고 있다. 석가는 두 손으로 검을 수평이 되게 들고서는 카운터 위에다 조심스레 내려놓는다. "고쳐 놔." 그가 요구한다. "오늘 밤 다시 필요하니까."

재진은 살짝 얼굴을 찌푸리고는 고개를 숙여 무기를 살펴본다. "어디에 타격을 입었다는 건가요, 형사님." 과연 검에는 흠집 하나 없고, 손상된 부분은 전혀 보이지 않는다.

석가는 괴롭다는 듯 긴 한숨을 내쉬곤 짜증스럽게 날 가장자리의 작은 점을 가리킨다. 보통의 경우라면 돋보기 없이는 찾지도 못할 흠집이다. "여기 있잖아." 그는 특별히 멍청한 아이라도 대하듯 재진에게 말한다. 그로서는 도깨비라면 누구나 자랑할 만한 시력이 이 도깨비한테는 없는 건가 하는 의문이 든다. "한 시간 내로 고쳐 놔."

"아." 재진은 눈을 가늘게 뜨며 재빨리 말한다. "정말 있네요. 이제 보입니다."

석가는 이 도깨비가 못 본 것을 본 척하는 것은 아닌가 의심하며 한쪽 눈썹을 치켜올리고, 자신이 떠나면 돋보기를 집어들 거라고 반쯤 확신한다.

"망나니 귀신이었어요?" 재진이 석가의 시선을 마주하며 진지하게 묻는다. "배고픈 귀신이었어요? 아님⋯⋯." 이쯤에서 재진의 목소리가 낮아지며 속삭임으로 변한다. "혹시 망나니 구미호였어요?"

그의 목소리가 흥분해서 떨리는 게 석가는 불편하다. 그의 직업은 이 어리석은 도깨비가 생각하는 것만큼 근사하지 않다. 장시간의 노동과 끝나지 않는 싸움에 그는 늘 해태 동료들이 '짜증'이라고 부르는 상태에 있다.

"도깨비였어." 석가는 경고하듯 냉담하게 말한다. "질문을 너무 많이 한 도깨비."

재진은 움찔하고 놀란다. "30분 안에 끝내겠습니다." 그가 중얼거리듯 말한다. "광택도 내드릴까요, 형사님?"

"그냥 고치기나 해." 석가는 벌써 문 쪽으로 향하고 있다.

"네!" 도깨비가 소리칠 즈음 석가는 가게 바깥의 인도로 나선다. "그렇게 하겠습니다, 형사님! 걱정하지 마십시오."

신(神) 석가는 눈동자를 굴리며 가게를 나서고, 자신이 아끼는 지팡이의 도움 없이는 다리를 약간 절뚝일 수밖에 없는 자기의 모습을 감추려 애쓴다. 신으로서의 권위를 잃고 하늘로부터 추방당했을 때, 그의 사지는 심하게 부서지고 훼손당했다. 비록 시간이 지나 회복하긴 했지만 오른쪽 다리는 여전히 묵직한 통증이 지속되며 욱신댄다. 그는 불편함을 감추려고 입을 굳게 다물고 계속 걷는다.

인간의 세계인 이승은 그에게 혐오감을 불러일으키지만, 그가 자신의 쓸쓸한 영혼을 다해 혐오하지 않는 한 가지 요소, 말해두건대 단 한 가지 요소가 있다.

그건 커피다.

2
하니

김하니는 커피를 싫어한다. 냄새도 싫고, 모양도 싫다. 무엇보다도 커피 그라인더가 내는 소리가 참을 수 없을 정도로 싫다. 원두가 분쇄되어 흙과 비슷한 검은 먼지가 되어서야 멈추는, 드르륵드르륵 갈리는 소리. 더욱이 커피에서는 씁쓸하고 진한 흙냄새가 나고 뿌리덮개 특유의 냄새도 난다.

이러니 김하니가 카페에서 일하는 게 얼마나 안타까운 일인지는 알 만하다.

크리처 카페는 **무기, 전투복, 그리고 기타 필수품** 가게에서 멀지 않은 곳에 있다. 자그마한 붉은 벽돌 건물인 이곳은 치킨 가게와 북적이는 국수 가게 사이에 자리 잡고 있다. 도깨비의 무기 가게와 마찬가지로 인간들의 눈에는 보이지 않는다. 둥근 나무 테이블들이 작은 카페를 꽉 채우고 있고, 크리처가 월요일 아침에 끌어모을 수 있는, 그리 많지 않은 열정으로 김이 모락모락 나는 커피와 차를 마셔대며 자리를 차지하고 있다.

열정이라고 할 만한 게 거의 없다.

김하니는 드르륵드르륵, 원두 갈리는 소리를 듣지 않으려 귀를 막은 채 카운터 뒤 칠판으로 된 메뉴판 아래에 시무룩하게 서 있고, 귀를 막은 손을 떼라고 재촉하는 동료 남소미를 꿋꿋하게 무시한다.

"보기 좋지 않아요." 어린 구미호가 하니의 연한 갈색 앞치마 자락을 잡아당기며 고집스럽게 말한다. "그렇게 귀 막고 있으면 언니는 손님이 주문하는 소리를 못 들을 거고, 그러다가 사장님이 그걸 알게 되기라도 하면 언니는 해고당할 거고, 그러면 나 혼자 여기서 저 소름 끼치는 저승사자들을 상대로 일해야 할 텐데……."

물론 하니는 소미의 말을 들을 수 없다. 그녀의 귀를 막고 있는 손가락 사이로 그라인더가 윙윙거리는 소리가 낮게 들리고 소미가 내뱉는 고음의 투덜거림만이 들릴 뿐이다. 그라인더 소리가 마침내 완전히 끝나고 나서야 하니는 손을 귀에서 떨어뜨린다. 그러곤 소미를 힐끗 쳐다본다. "무슨 말 했어?"

"아무것도 아니에요." 소미는 하니를 쏘아보곤 쿵쿵 발걸음을 옮기며 멀어진다. 그녀는 까맣고 곱슬곱슬한 머리를 통통 튕기며 냄새 나는 원두 가루를 가지러 커피 그라인더가 있는 곳으로 향한다. "아휴 참." 하니는 자신의 등 뒤로 소미가 투덜대는 소리를 듣는다. "1452년을 살다 보니 매너라는 걸 잊어버렸나 봐."

하니는 콧방귀를 뀐다. 그녀는 실제로는 1452세보다 훨씬 더 나이가 많지만, 이런저런 이유로 자기의 실제 나이를 비밀에 부치고자 한다. 카운터에 기대어 카페를 바라보는 그녀의 입가에 작은 미소가 번진다.

빈 테이블은 몇 개뿐이고, 대부분은 깔끔한 옷차림의 저승사자들이 차지하고 있다. 그들은 죽은 영혼을 수습하여 염라대왕의 왕국으로 보내는 일을 한다. 저승에서 쓰일 서류를 작성하는 업무를 시작하기 전에 마지막으로 누리는 이 아침 자유의 순간을 소중하게 생각한다. 카페의 모자걸이에는 적어도 다섯 개의 검은 모자가 걸려 있는데, 저승사자들이 일하러 나가는 길에 다시 쓰려고 걸어둔 것들이다.

하니는 저승사자 모두가 똑같은 음료를 주문하는 게 재밌다. 작은 사이즈 커피. 크림도 설탕도 안 들어가는 블랙커피. *그들의 영혼을 닮은 검은색이라니.* 하니는 한 저승사자가 모자걸이에 걸려 있는 다른 저승사자의 모자 위에다 자신의 모자를 조심스럽게 걸어놓는 모습을 씁쓸하게 바라본다. 직작생활은 기를 빼앗아 가는 경향이 있다. 저승사자가 인간에게 하는 것처럼.

반신반인(半神半人)들은 느긋하게 의자에 기대고 앉아 모든 반신반인이 그렇듯 젠체하며 커피를 홀짝인다. 그들은 겉보기엔 평범한 인간으로 보이지만, 거만하게 웃으면서 하늘을 향해 코를 치켜드는 모습은 누가 봐도 신의 자손들이다.

지금 눈을 동그랗게 뜨고, 소시지 비스킷을 먹고 있는 한 저승사자를 야단치는 저 남자는 아마도 소의 신 하세경의 아들일 것이다. 그만 먹고 소들을 구하라는 걸 보면 분명 그럴 거라고 하니는 확신한다. 하니는 곧 지루해져서 시선을 다른 데로 옮긴다. 반신반인들은 하는 일도 별로 없이 여기저기 돌아다니다 가끔 재미 삼아 망나니 크리처를 살해한다.

그들은 대부분 대학 다니기, 직장 다니기, 마트 가기 등 평범한 생활을 하다가도 차를 부수거나 호화로운 파티를 열어 부모 신(神)의 관심을 끌려고 애쓴다. 신의 유산을 물려받았음에도 불구하고, 그들은 아마도 가장 지루한 존재일 것이다. 하니는 마냥 풀어지고 싶을 때 그들이 여는 파티에 가는 것 외에는 그들과 자주 어울리지 않는다.

카페 안에는 경찰 제복을 입은 해태가 있다. 그들의 무전기에서는 몇 초 간격으로 칙칙거리는 소리가 나며 도시에서 일어난 초자연적인 범죄 소식을 알린다. 수호자 역할을 수행하는 해태들은 음료를 마시거나 빵을 포크로 찍어 먹으며 그들의 특징인 황금빛 눈을 지친 기색으로 비벼댄다. 그들의 눈은 항상 하니의 호기심을 자극한다. 그들이 거대한 뿔과 비늘이 달린 사자처럼 해태 본연의 모습으로 변신하면 그들의 눈은 한여름 태양처럼 환하게 타오른다.

도깨비들도 크리처 카페를 방문하지만 아직은 도깨비가 보이지 않는다. 도깨비들은 아침에는 거의 모습을 드러내지 않는다. 밤에 장난을 치고 돌아다니거나 나이트클럽에서 춤을 추고 다음 날 내내 잠자는 걸 좋아한다.

다른 저승사자 무리가 카페 문을 밀고 들어오자, 하니는 한숨을 내쉰다. 그녀는 뒤에서 소미가 뻣뻣하게 굳는 것을 느낀다. 저승사자들은 무해하다(죽은 자를 인도할 뿐 산 자를 죽이지는 않는다). 그렇다 해도 그런 사실이 저승사자가 우유와 설탕이 안 들어가는 작은 사이즈 블랙커피를 주문할 때마다 어린 구미호가 움찔하는 걸 막아주는 건 아니다. "웃는 얼굴로 서비스하기." 하니가 고개를 돌려 소미를 향해 짓궂게 웃어 보이며 낮은 목소리로 상기시킨다. 이때 카페의 종소리가 다시 울리며 또 다른 누군가가 입장한다는 사실을 알린다.

그런데 소미가 하니의 어깨너머 어딘가를 입 벌리고 멍하니 바라본다. "언니." 소미가 나직이 말한다. "누가 왔는지 봐 봐." 하니는 속으로 한숨을 내쉰다. 소미의 목소리가 두려움 반, 팬심 반인 걸 보면 하니는 막 들어온 사람이 그 남자일 수밖에 없다고 생각한다.

소미를 설렘과 핑크빛으로 물들게 하는 손님은 단 한 명뿐이다. 그가 이 카페를 찾은 지는 일 이 년 정도 되어 가지만, 언제 모습을 드러낼지는 알기 어렵다. 다른 단골인 저승사자나 해태들과 달리, 타락한 속임수의 신 석가는 일주일 내내 꾸준히 카페를 찾다가도 석 달 만에 나타나기도 한다. 하니는 그런 점에 별로 신경 쓰지 않는데, 타락신은 지금껏 보아 온 중에서 가장 변덕스러운 손님이기 때문이다. 그는 크림 한 개와 설탕 한 개가 들어간 아이스커피를 주문해서 받아 갔다가 잠시 후 다시 돌아와서는 초록색의 차가운 눈빛으로 커피에 크림을 두 개 넣었다며 (부당하게) 하니를 트집 잡아 환불을 요구하곤 한다. 하니가 있는 힘을 다해 부정하지만, 그는 대개 환불을 받아내는 데 성공한다.

속임수와 배신의 신이 언변에 뛰어나다는 것은 놀랄 일이 아니며, 하늘나라에 사는 그의 일가가 그를 신의 왕국인 옥황에서 쫓아낸 것 역시 놀라운 일이 아니다. 이 신은 하니가 길고도 긴 불멸의 삶을 살면서 만난 가장 큰 골칫거리이다.

그녀는 자신이 한국에서 가장 악명 높은 구미호였던 시절이었다면, 석가가 음료에 크림을 너무 많이 넣었다고 우겨댔을 때 그의 간을 아주 쉽게 먹어 치워 버렸을 거라는 사실에 위안을 삼는다. 하지만 아쉽게도 하니는 104년 동안 사람을 잡아먹을 수 없었다.

1888년에 있었던 대폭식 이후 그녀는 더 이상 뭔가를 잡아먹을 수가 없었다. 간단히 말해 그녀는 과식한 것이다.

많이, 아주 많이 과식한 것이다. 그녀는 앞으로도 몇 년 동안은 배가 고프지 않을 것만 같다.

어쨌든 소미의 얼굴이 환해지며 홍조를 띠는 것을 보니 타락신 석가가 카운터에서 기다리고 있는 것이 확실하다. 그녀는 잠시 은퇴를 번복할까, 생각한다. "언니." 소미는 숨을 크게 들이마시며 신에게서 구미호로 번개처럼 빠르게 시선을 옮긴다. "언니, 그 남자가 기다리고 있어요. 내가 가서 주문받을까요? 내가 받으면 기절할 것 같아요. 하니 언니? 언니?"

하니가 소미에게 한 가지 아쉬운 점은 그녀가 신들에 관련된 것이라면 사족을 못 쓰는 열성팬이라는 것이다. 하니에게 여러 번 말했던, 그녀가 줄곧 덕질하는 대상은 푸른 머리의 해신이자 수중 왕국인 용왕국의 통치자인 용왕이다. 그렇다고 해서 소미가 타락신 석가에 대한 팬 픽션을 쓰지 않은 것도 아니다. 하니가 소미의 컴퓨터에서 그 글을 봐 버렸을 때, 소미를 그녀 자신에게서 구원하려면 15만 단어에 달하는 문서 전체를 삭제해야 한다고 생각한 적도 있었다.

그 제목은 〈음란한 왕자: 비밀스럽고 맛있는 로맨스〉였다.

하니는 소설을 훑어보다가 비누로 눈을 문지르고 싶어졌었다. 소미는 '**불룩 솟아오르다**', '**신음하다**', 그리고 '**으르렁거리듯 말하다**'라는 단어를 너무 많이 사용했다. 물론 '**섹시하다**'라는 단어도.

석가는 적어도 하니에게는 섹시하지 않다.

그는 정말로 짜증을 유발하는 유형이다.

하니가 이를 앙다물며 고개를 돌리자, 그녀의 머리카락이 소미의 얼굴을 때린다. "안녕하세요." 하니는 앙다문 입술 사이로 겨우 말을 건네고, 소미는 하니에게 다 들리게 불평을 늘어놓는다. "크리처 카페에 오신 걸 환영합니다. 오늘은 뭘 준비해 드릴까요?"

"웃는 얼굴로 서비스하기." 소미가 하니 뒤쪽 어딘가에서 짜증이 날 대로 난 목소리로 속삭인다. "언니는 위선자야." 그러고는 석가를 쳐다보며 킬킬댄다. "안녕하세요, 석가 형사님." 소미가 속삭이듯 말한다.

하니는 신을 뚫어져라 쳐다보며 손을 등 뒤로 해서 소미를 찰싹 친다. 평소와 마찬가지로 검은색 정장을 깔끔하게 입은 그는 날카로운 초록색 눈빛으로 은색 회중시계를 바라보고 있다. 하니의 말에 신은 회중시계를 닫고, 고개를 든다. 가늘고 뾰족한 코 너머로 그녀를 내려다본다.

"제때 손님을 응대하는 게 크리처 카페의 장점이 아닌 건 분명히 알겠군." 그가 말한다. 하니는 내내 그의 영원히 쉬어 있을 것 같은, 거친 목소리가 이상하다고 생각해 왔다.

아마 하늘에서 떨어질 때 비명을 질러서 그런 것일 테다.

소미는 나른한 듯 옅은 한숨을 내쉰다.

"크리처 카페에 오신 걸 환영합니다." 하니는 이를 앙다물며 같은 말을 반복한다. 그녀는 자신이 정해진 말 이외의 말을 하면 해고될 가능성이 매우 크다는 것을 안다. "오늘 아침에는 뭘 드릴까요?"

석가는 살짝 비웃고는 고개를 들어 메뉴를 살핀다.

하니는 30초가 흐르는 동안 기다린다. 1분이 흐른다.

2분이 흐른다.

"만약 대기 줄이 있었다면." 하니는 마침내 인내심을 잃고서 쏘아붙인다. "당신이 다른 손님의 시간을 뺏는 거야." 그녀는 존댓말 하는 것을 그만두며 약간의 짜릿함을 느낀다. 공손한 말투는 바닥으로 떨어져 산산조각난다. 그녀는 이 고객을 발로 차 버려서 카페 밖으로 날리고 싶은 심정이고, 이런 상황에서 그에게 보통의 고객에게 내보이는 전형적이고 예의 갖춘 태도를 보여 줘야 할 필요 따윈 없는 것이다.

신은 재빨리 시선을 되돌려 그녀를 쳐다본다. 그의 두 입술은 조롱하듯 오므라든다. 이것은 하니가 자신을 전혀 존중하지 않는다는 사실을 그가 알아차렸고, 그래서 기분이 좋지 않다는 사실을 말해준다. "여기서 핵심은 '만약'이라는 단어지. 만약 대기 줄이 있었다면 내가 손님들 시간을 뺏는 거겠지. 만약 네가 나에게 더 친절했다면 팁을 줄 수도 있었을 테지. 만약 미친 불가사리가 내 검을 물어뜯으려고 하지 않았다면, 난 네 의문스러운 고객 서비스를 상대하지 않았을 거고."

하니는 화가 나 몸을 곧추세운다. 분노가 그녀의 뺨을 뜨겁게 달군다. "만약 당신이 계속 날 열받게 하면⋯⋯." 하니가 말하는 중간에 입을 다물자, 석가의 눈빛이 하니의 다음 말을 기대한다는 듯 흥미를 보이며 반짝 빛을 낸다.

하지만 소미는 소심하게 하니의 어깨 너머로 시선을 던지며, 반은 경외심, 반은 소녀 같은 동경심에서 속삭인다. "미친 불가사리?"

하니는 한쪽 눈썹을 치켜올린다. 석가가 불가사리를 만났다는 사실에 그녀의 분노는 서서히 뿌듯한 만족감으로 바뀐다. 크리처는 미쳐서 날뛸 때가 있는데, 아침, 점심, 저녁 삼시세끼로 녹슨 금속을 먹는 크리처의 경우라면 그렇게 미쳐 날뛰는 건 충분히 예상할 수 있는 일이다. 한 번은 불가사리가 크리처 카페에 들어와 은식기류를 삼키려는 것을 하니가 잘 구슬려서 밖으로 내보낸 적도 있었다.

그건 재미있으면서도 한편으로는 걱정스러운 일이기도 했다.

"내가 한번 맞혀 볼게." 하니가 고개를 한쪽으로 기울이며 조그맣게 말한다. "불가사리가 저녁 식사로 당신 검을 먹은 거겠네. 정말 안됐네."

석가가 쏘아본다.

약 600년 전 몰락한 타락신 석가가 인류를 위협하는 초자연적인 존재(또는 간단히 말해 망나니들)를 제거해 황제 환인의 총애를 되찾으려 했다는 것은 잘 알려진 사실이다. 잔인한 도깨비, 복수심에 불타는 귀신, 불량한 저승사자, 게걸스러운 강철이……. 크리처의 법칙을 어기는 초자연적 존재라면 어떤 것이든 좋은 목표물이다. 그 어떤 것도 불가능하지 않다.

배고픈 구미호도 포함해서.

하지만 하니는 한국뿐만 아니라 다른 나라도 공포에 떨게 했던 그 옛날에도 타락신에게 잡힌 적이 없었다. *이제 주홍여우는 도시의 전설일 뿐이야. 그는 자신이 주홍여우 앞에서 고객 서비스에 대해 불평하고 있다는 사실을 몰라. 내가 이렇게나 배가 부르지 않았다면 그의 삶을 비참하게 만들 수 있었다는 사실도*

몰라. 하니는 거들먹거리며 생각한다.

사람들의 간을 빼먹고 도시를 헤집고 다니면서도 그녀를 사냥하려는 타락신을 교묘하게 피하는 일에서 그녀는 분명 큰 즐거움을 느꼈으리라. 그녀가 1888년에 과식한 것은 정말 안타까운 일이다.

하니의 얼굴에는 흐뭇해하는 미소기 번진다. 심시어 석가가 앞으로 몸을 숙이며 신신시 전체가 얼어붙을 만큼 차가운 목소리로 말하는 그 순간에도. "크림 하나, 설탕 하나 넣은 아이스커피."

하니가 고개를 까닥한다. "알겠어." 그녀가 다정하게 대답한다. "크림 하나, 설탕 하나 들어간 아이스커피 한 잔. 바로 준비해 줄게."

뒤편에서 소미는 플라스틱 잔을 집어 들고 미리 내려둔 커피를 향해 재빨리 손을 뻗는 등 분주히 움직인다. 하니는 그런 그녀에게 의미심장한 눈빛을 보낸다. "내가 할게." 하니가 제안하지만 이건 제안이 아니라 강요다. 소미는 하니가 하려는 짓을 알고 있다는 듯 눈을 크게 뜨지만…… 이미 때는 늦었다. 하니는 신을 위한 역겨운 커피에 크림 세 개와 설탕 네 개를 쏟아 부어 자기의 생각을 전달하려고 한다.

"언니." 석가가 계산대에서 검은색 신용카드를 건넬 때 소미가 당황한 어조로 경고한다. 하니는 무시한다.

뜨거운 커피만으로도 충분히 나빠. 그녀는 플라스틱 컵에 얼

음, 커피와 설탕, 크림을 넣고 플라스틱 빨대로 저으며 속이 부글부글 끓는다. *뭣 하러 차갑게까지 만들어?*

하니가 음료를 카운터로 가져와 석가에게 건네자, 석가는 미심쩍다는 듯 커피를 바라본다.

"크림을 하나만 넣었다기엔 커피가 너무 허여멀게." 그가 날카롭게 말한다. "크림 하나, 설탕 하나라고 했잖아." 석가의 턱 근육이 경련을 일으킨다. "내 말을 잘도 따라하더니. 너 바보 아니야?"

야, 이런 미친.

하니가 어깨를 으쓱한다. "**만약** 당신이 좀 더 친절하게 굴었더라면 당신의 주문을 정확히 따랐을지 모르지." 그녀는 속을 부글부글 끓이는 신을 쳐다보며 명랑하게 웃는다. "만약 작동법이 참 재밌네, 안 그래?"

석가는 뻣뻣한 동작으로 재빠르게 그녀에게 커피를 다시 건넨다. 그는 지금 분명 불쾌하다. "다시 만들어 와."

하니는 자기 뒤편에서 소미가 거의 숨이 넘어갈 지경이라는 걸 어렴풋이 알아차린다. 그녀는 "싫어!" 하고 쏘아붙이며 커피를 붙잡아 석가를 향해 거칠게 들이민다. 거친 충격에 플라스틱 뚜껑이 빠지면서 하늘을 날고, 얼음과 커피가 컵에서 쏟아져 나와 순식간에 불운한 신 석가의 얼굴을 적시고 깔끔하게 차려입은 옷을 더럽히며 흐른다. 하니는 공포에 질려 지켜본다.

석가가 카운터 앞에 서서 크림 세 개와 설탕 네 개가 들어간 아이스커피를 뚝뚝 떨어뜨리는 동안 카페 전체가 적막에 휩싸인다. 믿기지 않을 정도로.

석가의 손에 꼼짝없이 죽게 될 하니의 영혼을 수습할 준비라도 하듯 몇몇 저승사자가 불안하게 몸을 움직인다.

내가 너무 나갔어. 석가가 셔츠 소매를 천천히 들어 올려 이마에 묻은 커피를 닦아내자, 하니는 숨을 참는다. *이번엔 내가 너무 나갔어.*

뚝.

뚝.

뚝.

신의 축축하게 젖은 머리카락에서 음료 방울이 바닥으로 떨어진다. 그는 고개를 들어 하니를 응시하고, 소미는 그의 눈이 지글지글 타오르는 분노로 가득 찬 것을 보고 놀라 창고로 도망친다. 하니는 분노한 신 앞에 홀로 남겨진다.

하니는 미소를 지어 보이지만 미소가 아니라 찡그림에 가깝다. "뭐, 그나마 옷이 검은색이라 다행이야." 그녀가 말한다.

3
석가

"석가 형사님." 심힘찬 서장이 말한다. 책상에서 고개를 들고 손가락으로 두꺼운 안경을 위로 밀어 올리는 서장의 주름진 얼굴에는 혼란스러움과 믿기지 않음, 우스움이 교차한다. "모……몰골이……."

석가는 식식거리며 해태경찰서 안으로 들어선다. 지팡이 자루를 잡은 주먹이 하얗게 변해 있다. "아무 말도 하지 마요." 그가 경고한다. 그가 아끼는 검은색 양복 곳곳에 남겨진 얼룩은 그의 분노만큼이나 눈에 잘 띈다. 그는 망할 놈의 그 카페로 돌아가 그 여자에게 자신의 분노가 가진 진정한 힘을 보여 주지 않으려 애쓴다. 그녀는 아무것도, 아무도 아니다. 그저 일개 카페 종업원이거나 도깨비이거나 아니면 칠칠치 못한 구미호일 가능성이 크다.

그런데도 그 칠칠치 못한 구미호는 감히 그의 얼굴에다 커피를 집어던졌다.

덕분에 꽤 많은 양의 커피가 입안으로 흘러들었고 그가 요구한 것과는 달리 크림과 설탕이 하나씩 들어가지 않았다는 걸 알아채기에 충분한 양이었다. 그리고 다른 어떤 것보다 크림과 설탕을 그의 요구대로 넣지 않았다는 게 가장 모욕적이었다.

"죄송합니다." 심 서장이 서둘러 말하며 재빨리 고개를 숙인다. 숙인 그의 머리에 흰머리가 한 움큼 자란 건 여러 해 동안 속임수 신의 무뚝뚝한 성미를 겪어 왔기 때문인지도 모른다.

"사과, 받아줄게요." 석가가 투덜댄다. 그러곤 지팡이에 몸을 기대어 경찰서의 아침 풍경을 관찰한다. 석가가 이번 달 안에 폐업할 것으로 예상하는 안마시술소와 꽃집 사이에 있는 이 콘크리트 건물 자체는 다소 칙칙하다. 리놀륨 바닥은 긁히고 닳아서 영원히 안 없어질 것만 같은 지저분한 광택으로 뒤덮여 있다. 천장 조명도 예상을 벗어나지 않아 나을 게 없다. 거슬리고, 눈부시며, 파리가 내는 소리 같은 고음의 윙윙거리는 소음을 낸다. 신들이 사랑하는 수호자 크리처들에게 낡은 건물이 제공된다고 생각하는 사람들은 없겠지만, 아쉽게도 그렇지 않다. 이 콘크리트 직사각형 안에서 석가는 적어도 50년 이상 더 일해야 할 운명이고, 그때쯤이면 건물은 필연적으로 먼지가 되어 무너져 내릴 것이다. 그러고 나면 석가가 저승의 염라대왕에게 보내야 할 망나니 2만 명을 채울 때까지 새 도시, 새 구역으로 옮겨 갈 것이다.

석가는 지금까지 10,052명의 망나니를 저승으로 보냈을 뿐이고, 따라서 자신이 이승에서 받는 형벌이 끝나려면 아직 멀었다는 사실을 떠올리고 싶지 않다.

경찰관들은 삐걱거리는 나무 책상 위에 허리를 굽힌 채 마닐라 폴더와 파일을 넘기며 느려터진 데스크톱 모니터를 조급하게 쿵쿵 두드리고 있다. 석가의 귀에 한 모퉁이에서는 심문하기 위해 데리고 온 목격자들이 흐느끼는 소리가 들려오고, 또 다른 모퉁이의 유치장에서는 짜증 섞인 야단치는 소리와 악의적인 협박 소리가 들려온다.

"오늘 내가 맡을 사건은 뭐예요?" 석가는 얼굴을 찡그리며 심 서장에게 묻고는 축축한 양복 매무새를 가다듬는다. 그가 신들의 황제인 형 환인보다 더 경멸하는 것이 있다면 그건 용모가 단정하지 못한 것이다. 그리고 그 구미호 덕분에 그는 지금 평소의 근사한 모습과는 거리가 있다.

"아, 그게 말입니다." 심 서장은 책상에서 안이 가득 찬 서랍 하나를 뒤적거린다. "한강에서 물귀신이 사람을 익사시킨 것으로 의심되는 사건이 발생했습니다. 오늘 아침에 2명의 희생자를 건져냈고요. 목격자가……." 서장은 흐느끼는 소리가 들려오는 한쪽 모퉁이를 향해 손짓한다. "증언하러 왔습니다."

"물귀신이라면 당연히 서천강이 훨씬 어울리죠." 석가는 저승인 지하 세계를 흐르는 붉은 강의 이름을 대며 대답한다. 그는 심 서장이 건네는 파일을 받아 내용을 훑어본다.

김민아, 20세, 익사. 김종현, 22세, 익사.

"다른 건 없어요?"

심 서장은 한숨을 내쉬며 석가를 걱정스러운 눈빛으로 바라본다. "석가 형사님, 형사님은 너무 열심히 일해서 탈입니다. 형사님도 그건 알고 계시죠?"

석가는 무심하게 히죽 웃는다. 하지만 속으로는 소리친다. *당연히 열심히 일하지. 그게 내 영원한 형벌이니까.* "걱정하지 말아요, 서장. 도시에서 망나니들을 없애는 게 내가 가장 좋아하는 일이니까."

사실은 그렇지 않다.

심 서장은 확신이 안 선다는 표정이다. "조수를 구하는 건 생각해 보셨습니까?" 석가가 짜증을 내며 코로 한숨을 내쉬자, 서장은 서둘러 자신이 한 충고를 자세하게 설명한다. "형사님에게 커피를 가져다줄 사람, 망나니들이 남기는 쓰레기를 치울 사람, 서류 관련 일을 해 줄 사람……."

"말했잖아요." 석가는 냉담하게 말한다. "난 누가 내 옆에 있는 걸 좋아하지 않아요. 난 혼자 일하는 타입이에요."

"네네, 맞습니다." 심 서장의 입가에 서글픈 미소가 걸린다. "알고 있습니다, 말했었습니다. 하지만 석가 형사님, 조수가 있으면 형사님의 참회 시간을 훨씬 더 단축할 수 있습니다. 망나니들 처리도 바쁜데 서류 작업에 시달리지도 않을 테고요. 대신 참회에 더 집중할 수 있을 겁니다."

석가는 서장의 눈에서 흘러나오는 걱정이 담긴 아버지 같은 표정이 마음에 들지 않는다. 그건 그가 볼 때 말도 안 되는 일이다. 석가는 아버지의 보조가 필요한 이십 대 청년처럼 보이지만, 그는 신이다. 심지어 악동 신이다. 암흑세계에서 2만 명의 망나니 괴물을 신성한 옥황의 세계로 몰래 들여왔고, 그 괴물들로 군대를 만들어 황제에 대한 쿠데타를 일으켰고, 약 5분간 왕좌에 올랐다가, 비겁한 괴물들이 이승으로 도망치자마자 굴욕적이면서도 매우 수치스럽게 폐위된 신. 이제 그 신은 이승에서 그 무도한 괴물들을 추적해서 처리하는 임무를 맡고 있다. 석가는 눈을 감고 기억을 떨쳐낸다. 다시 눈을 뜨니 심 서장이 여전히 말을 하고 있다.

"오늘 오후라도 구인광고를 낼 수 있습⋯⋯."

"하지 마." 석가는 이미 약해질 대로 약해진 자제력에 이성을 잃고 소리를 버럭 내지른다. 그는 반 존대에서 하대로 넘어가실은 자신이 서장보다 훨씬 나이가 많다는 점을 상기시킨다. 심 서장은 석가에게 항상 존댓말을 쓰지만, 석가는 그의 따스한 눈빛이 너무나도 아니꼬워 심 서장의 할머니의 할머니의 할머니, 아주 까마득하게 먼 할머니가 태어나기 전부터 자신은 줄곧 살아있었다는 사실을 직접 말해줄까, 하고 곰곰이 생각해 본다. "조수는 내 앞길에 방해만 돼. 그리고 그런 조수는⋯⋯." 석가는 히죽 웃지만, 그것은 기쁨의 웃음이 아니다. 심 서장에게 도망칠 수 있을 때 도망치라는 의미의 웃음이다. "아마 곧바로 죽임을 당할 거야. 어젯밤엔 불가사리가 내 검에 흠

집을 내기까지 했어."

심 서장의 눈이 걱정으로 커진다. 망나니가 그런 일격을 가하는 경우는 드문 일이고, 해태경찰서장도 그걸 안다. "정말입니까?"

"정말이야. 오늘 새벽부터 정재진한테 가져가서 수리 맡기고 왔어." 석가는 파일을 서장에게 다시 건넨다. "소수는 필요 없어." 그는 서장을 보며 냉담하게 말하고는 목격자들이 모여 있는 곳으로 향한다. "물귀신 건은 내가 처리하지." 그가 어깨 너머로 덧붙인다. "망나니 도깨비, 이무기, 불가사리 가릴 것 없이 다 나한테 보내. 하루가 가기 전에 최소 열 건, 아니 열다섯 건은 보내."

이미 자리를 뜨는 중인 석가는 심 서장이 안타깝다는 듯 고개를 절레절레 흔드는 모습을 보지 못한다(석가가 이런 모습을 보았다면 분명 혐오했을 것이다). 그리고 심 서장의 꼬리에 꼬리를 물고 이어지는 생각을 알지 못한다. 자기를 너무 힘들게 하는 석가 형사가 다른 신들 사이에 있는 자신의 자리로 돌아가야 마땅하다. 그에게는 친구, 함께 시간을 보내며 굳어진 마음을 부드럽게 해 줄 사람, 심술궂은 타락신의 장점을 이끌어낼 수 있는 조력자, 냉정한 초록색 눈을 따뜻한 눈빛으로 반짝이게 해 줄 동반자가 있어야 마땅하다는 생각들. 석가가 심 서장의 이런 생각을 듣지 못하는 것은 어쩌면 잘된 일인지도 모른다. 만약 들었다면 그는 분명 기쁘게 생각하지 않았을 테니.

석가는 컴퓨터 앞에 앉아 주름진 손가락으로 키보드를 두드리는 심 서장의 모습 역시 보지 못한다.

조수 구함. 석가 형사, 해태경찰서, 신신시.

✳

"자, 여기요." 석가는 흐느끼는 여자에게 조심스레 티슈를 건네며 건성으로 말한다. 그는 여자의 손이 티슈에 닿자마자 확하니 손을 뒤로 뺀다. "자자, 진정해요."

흐느껴 우는 인간들을 위로하는 게 그가 잘하는 일이었던 적은 한 번도 없다.

그는 인간이 티슈 속에 얼굴을 묻고 코를 훌쩍이는 모습을 역겨운 표정으로 바라본다. 인간들. 너무나도 나약하고 비루한 한심한 인간들.

이 훌쩍대는 인간은 주술사가 콘크리트 건물에 걸어 둔, 인간들에게만 적용되는 마법 덕분에 자기가 신신시 경찰서에 있다고 믿는다. 여기를 떠나면 이곳 경찰서에서 보낸 시간과 초자연적인 것과의 만남에 대한 기억이 모두 지워질 것이고, 그녀는 그저 혼란스럽고 지친 상태가 될 것이다.

석가는 고개를 가로젓는다. *참 쉽게도 속아 넘어가지.*

한때 이 도시는 배타적이었다. 그는 신신시에 회원만 출입할 수 있었던 시절을 즐겁게 보냈고, 서울 바로 아래이자 수원 바로 위쪽에 위치한 이 대도시에는 크리처들과 몇몇 주술사만이 출입할 수 있다는 사실에서 기쁨을 느꼈다. 인간들이 (항상 그래 왔던 것처럼) 종종걸음을 치는 살찐 바퀴벌레들처럼 거리로 기어 나오기 전까지 신신시는 이승에서 옥황을 가장 많이 닮은 곳이었다.

인간들은 환웅이 태백산에 세운 신들과 정령들의 도시인 원래의 신시(神市)에서도 이런 짓거리를 했다. 그리고 그들은 신신시에도 똑같은 일을 벌여서 크리처들과 신들은 침입하는 바퀴벌레를 피해 자신들의 집에 숨어야만 한다.

석가는 그 바퀴벌레들을 발로 밟아 바삭, 으깨지는 소리를 듣고 싶다.

그는 코로 옅게 숨을 들이마시며 약해져 가는 인내심을 다잡으려 애쓴다.

"본 걸 말해 줘요." 석가는 잠시 뜸을 들이다가 말하곤 조바심 내듯 은빛 이무기의 머리를 손가락으로 톡톡 두드린다. "부탁입니다." 그가 마지못해 덧붙인다. 인간들은 그 말을 좋아하는 것 같다. 꿀에 파리가 날아들 듯 그들은 그 말에 반응한다.

하지만 이 인간의 울부짖음은 점점 더 커져만 간다.

좋다. 그럼 다른 수법이 먹힐 것이다.

석가는 한때 환인만이 견줄 만한 힘이 있었다. 인간들의 마음 속으로 파고들어 모든 거짓말과 죄를 찾아낼 수 있는 능력이 있었다. 그는 인간들의 부끄러운 욕망과 잔인한 기만, 모든 속임수를 가려낼 수 있었다. 특히 그들의 마음을 장악해서 그들을 줄에 매달린 꼭두각시처럼 춤추게 하는 건 정말 재밌는 일이었다.

그리고 그의 환상들. 오, 그가 만들어낸 환상들. 환인이 입는 옷을 복제하고 아무것도 없는 무(無)에서 똑 닮은 옷을 만들어 황제에게 그 가짜 옷을 입게 했던 일이 그는 무척이나 그립다. 석가가 손을 휘휘 내젓자 환상은 사라졌고, 그 신왕(神王)이 벌거벗은 채 조신들 앞에 선 채로 지어 보였던 표정은 석가가 아직도 소중히 간직하고 있는 기억이다.

변신은 석가가 가장 좋아하는 기술 중 하나였는데, 특히 다른 이의 모습으로 변신하여 여러 왕국에 혼란을 일으키는 데 그 기술을 사용했다. 그는 한때 천상의 왕국 옥황에서 많은 사랑을 받는 달의 여신인 척하기도 했다. 검은 나비가 되어 저승이라는 음산한 망자들의 틈새를 날아다니며 그곳에 수집되어 있는 많은 나락에 빠진 영혼들을 보기도 했다. 그리고 수룡(水龍)의 모습으로 용왕국의 수중 세계를 방문하기도 했었는데, 이무기로 변신하는 건 비늘이 돋아나기 때문에 아주 불편한 일이었다.

물론 그가 자주 방문했던 또 다른 세계가 있었다. 그는 그 세계에 서식하는 야수 중 하나로 변신했다……. 인간의 목소리를 흉내 내서 인간들을 침 흘리는 이빨 사이로 유인하는 호랑이 정령 장산범이 한 예였다. 그렇다. 그 세계는 까막나라. 암흑세계. 괴물들의 세계다.

익숙하면서도 씁쓸한 느낌이 석가의 속을 헤집는다. 더 이상 그곳에서 일어난 일에 대해 생각하지 않는 것이 최선이다.

하지만 석가가 이승에서 보내는 하루하루는 그 잃어버린 세계를 떠올리며 이를 갈고 보내는 시간이다.

이곳은 이승. 석가는 체념과 분노를 동시에 느끼는 혐오감으로 가득 차 있다. 무의미한 인간 세계는 언제나 그가 가장 싫어하는 곳이었다. 특히 환인이 잠들어 있는 어머니를 대신해 통치를 이어받은 후로는 더더욱 그렇다.

대지의 여신 마고는 꽤 오랫동안 잠들어 있다.

마고의 잠이 처음 시작된 건 환인과 석가가 폭군 아버지 미륵을 저승에 가두었을 때부터였다. "난 이 모든 테스토스테론이 불러온 싸움에 지쳤어." 마고는 투덜댔다. 석가는 마고가 수천 년째 잠을 자는 것에서 그 당시 그녀가 얼마나 피곤했는지 이제야 깨닫는다. 마고를 대신해 환인이 왕관을 쓰고 자기 아들인 법의 신 환웅의 도움을 받아 크리처가 따라야 할 법령을 제정하고 있다.

막내아들이 얼마나 많은 힘을 잃었는지 알게 된다면 마고는 무슨 말을 할까?

석가는 한숨을 내쉰다. 극악무도한 범죄를 저지르고도 숨을 죽이고 미친 듯이 혼자 낄낄거리며 재빠르게 멀리 도망칠 수 있는 놀라운 능력, 즉 순간 이동 능력은 정말 대단했다.

하지만 몰락 이후, 예전에 그에게 있었던 능력들은 자취만 남기고 거의 다 사라졌다. 몇 가지 간단한 속임수 능력만 있을 뿐 아무것도 남아 있지 않다.

석가는 집중하며 눈을 감고 그나마 남은 자기 능력의 에너지가 인간에게로 흘러들게 한다. 그는 그녀를 충분히 진정시켜 증언을 끌어내야 하는데, 히스테리 상태인 그녀를 보면 할 수 있는 방법은 단 한 가지뿐이다.

그의 능력에 한 가지 아주 성가신 단점이 있는데 진정으로 선한 사람은 강요할 수 없다는 점이다.

하지만 사악한 자들은 석가의 손에 놀아난다. 다만 일정한 시간 동안만 그렇다. 죄가 많을 수록 석가는 그들을 더 오랫동안 통제할 수 있다. 그러니 많은 인간이 금지된 것을 탐닉한다는 건 다행스러운 일이다. 이 여자가 그런 인간 중 하나가 아니라면 그는 충격을 받을 것이다.

석가는 지그시 눈을 감는다. 그러자 불멸의 크리처들을 제외한 이들에겐 보이지 않는 에메랄드빛 덩굴손이 인간을 휘감아 돈다. *진정하라고 해.* 석가는 깜빡이는 에메랄드빛 덩굴손에 명령한다. *그리고 닥치라고 해.*

그의 힘이 가만히 귀를 기울이고 흐느끼는 여자의 몸을 감싸 들썩이는 움직임을 억제하는 동안 엷은 땀 막이 그의 피부를 뒤덮는다.

진정해.

그는 이를 악물며 여자를 붙들기 위해 안간힘을 쓴다. 그녀가 사악한 인간이라고 해도, 그녀를 통제하는 일이 쉬울 순 없다. 특히나 환인이 그에게 부과한 제약 때문에라도 더더욱 그렇다. 그는 어느 정도 수준에서 이 능력을 유지할 수 있었지만, 능력을 사용하는 건 그를 완전히 지치게 한다. 석가는 이 끔찍한 시련을 겪고 나면 곧장 기절하지는 않는다고 해도 완전히 녹초가 될 것이다.

마침내 여자의 흐느낌은 멈추지만, 여전히 한 번씩 훌쩍임이 끼어든다. "좋아요." 석가가 나지막이 말한다. 그는 눈썹을 위로 치켜올린 채 경멸과 안도감으로 인간을 바라본다. 그는 여전히 죄 많은 마음을 책장 넘기듯 획획 넘겨볼 힘이 자기에게 있었으면 얼마나 좋았을까 하고 생각한다. 그는 이 여자가 무엇을 숨기고 있는지 알고 싶다. "자." 그는 메모용 노트와 연필을 집어 든다. "무얼 보았는지, 어디서 보았는지 구체적으로 말해 주겠어요?"

"전⋯⋯." 여자가 경찰서 내 소음에 묻혀 거의 들리지 않는 목소리로 중얼거린다.

"크게 말해요." 석가가 다그치듯 말한다. 그에게는 귀를 쫑긋 세우며 낭비할 시간이 없다. 물귀신은 여전히 밖에서 더 많은 먹잇감을 찾아 도시를 샅샅이 뒤지고 있을 게 분명하다. 그는 눈을 가늘게 뜨고 자세히 보면 양심의 가책처럼 보일 수 있는 표정으로 자신의 군대에 왜 그렇게나 많은 물귀신이 있었는지 의아해한다. 물귀신들을 상대하는 일에는 종종 그가 싫어하는

다양한 수준의 축축함이 함께하기 마련이다.

이승에는 그의 군대에 속한 괴물들이 도망을 치기 훨씬 전부터 망나니 크리처가 있었지만, 그가 사냥하는 망나니 크리처 중 상당수는 한때 암흑세계에 살기를 원했던, 그의 군대 휘하 부대에 속했던 크리처이다. 서둘러 퇴각하는 과정에서 그 지각 없는 것들은 이 저주받은 존재의 차원으로 떨어져 비참하게 갇혀 있는 신세이다.

그와 함께.

영원히.

관련된 모든 이들에게 합당한 처벌.

그의 말투에 인간은 몸이 굳는다. 그의 힘이 그녀의 신경질적인 흐느낌을 억제할 수는 있겠지만, 그의 뜻대로 그녀를 완전히 굴복시키는 건 어렵다. 석가는 여자를 쏘아보고, 그녀는 그에게 예민하고 심술궂은 나이 많은 아줌마 같은 표정을 내보인다.

이제 그녀가 통곡에 가까운 울음을 멈추었기에 석가는 여자의 외모를 유심히 살핀다. 여자는 서른에서 서른다섯 살 정도로 보이는데, 흰색 터틀넥에 두꺼운 검은 테 안경을 쓰고 있다. 옷과 안경은 눈물과 흙, 먼지 같은 것들로 얼룩져 있다. 얼굴에 바른 비비크림 때문에 갈지 자 형태로 눈물이 흐른 자국이 나 있고, 눈가에는 검은색 마스카라가 둥글게 번져 있다. 이 와중에도 그는 그녀 모습에서 판다를 떠올리며 재밌어 한다.

두 번의 익사를 목격한 불안한 판다.

"뭘 보고 웃는 건가요, 형사님?" 그녀가 쉰 목소리로 물으며 스웨터 소매를 위로 걷어 올린다. 그러자 그녀의 네 번째 손가락에 끼워진 작은 은색 결혼반지가 보인다. 손이 더러워지지 않았고 손톱을 물어뜯지 않았다면 반지는 우아해 보였을 것이다.

석가는 기운이 스르륵 빠져나가는 것을 느끼면서도 한쪽 눈썹을 천천히 치켜올린다. 그녀를 오랫동안 통제하고 있을 수는 없을 듯싶다. "아무것도 아닙니다." 그는 태연하게 말하고, 필기구로 메모용 노트를 톡톡 친다. "그쪽 이름이 뭡니까?"

여자는 눈을 깜빡이다 상체를 똑바로 세운다. 갑작스러운 움직임에 여자를 감싸고 있던 에메랄드빛 띠가 깜빡거린다. 석가는 이를 악다물며 띠로 여자를 감싸 밀려드는 그녀의 감정의 물결을 억제한다. "제 이름은 이춘희입니다."

석가는 이름을 받아 적지 않는다. 자신의 이름을 제외한 모든 이름, 특히 사람의 이름은 사소하다. "한강에서 있었던 일 말이에요. 당신은 두 건의 익사 사건 목격자입니다. 어디서, 언제, 어떻게 익사 사고가 일어났는지 알고 싶어요. 구체적으로 말해 봐요." 그가 몸을 앞으로 기울이며 덧붙인다. "어떤 사소한 것도 빼놓지 말고요. 특히 꺼림직한 부분은 더더욱."

"꺼림직한 부분이요." 얼굴이 약간 창백해진 이춘희는 말을 반복한다. 에메랄드빛 띠가 풀려나오기 시작했다.

"네." 석가는 힘겹게 버틴다. 그의 이마에서는 땀이 흐르고 시야가 흐려진다. "특히 꺼림직한 부분." 그는 이 인간 앞에서 기절하지는 않을 생각이다. 그는 자신에게 남은 작은 존엄성을 단단히 부여잡아야 한다.

"오늘 아침 8시쯤……." 이춘희가 침을 삼킨다. "전……, 강변에 있는 공원의 벤치에 앉아 있었어요. 한 커플이 강가에 있었어요. 그들은 피크닉을 하고 있었어요. 제 생각엔 호떡을 먹는 것 같았어요. 음료도 마시고 있었고요. 전……, 전 남자친구를 기다리는 중이었어요."

석가는 이춘희가 손가락에 끼고 있는 결혼반지로 시선을 옮기며 음흉한 웃음을 삼킨다. 어찌나 음란들 한지. 그래서 그가 그녀를 조종할 수 있는 것이다.

그의 시선을 따라가던 이춘희는 얼굴을 붉힌다. "제 말은…… 그게……."

신경쓰지 않는다는 듯 석가는 손을 내젓는다. "난 염라대왕이 아니에요." 그리고 그 점이 그에게는 작은 위안이 된다. 심판과 망자를 관장하는 신은 의인화된 골판지 같은 존재이므로. "난 단순한 불륜으로 당신을 일곱 지옥에 보내지 않을 겁니다. 계속해요."

그녀는 석가가 무슨 말을 하는지 전혀 모르겠다는 듯 혼란스러운 표정이다. *이 참아 줄 수 없는 인간들이 자신들의 신들을 기억하지 못하는 건 안타까운 일이야.* 석가는 생각한다. 이춘희가 심호흡을 하자 그는 얼굴을 찡그린다. "처음엔 못 봤어요. 여자가 빠졌을 때요. 비명만 들었어요. 비명 소리와 물이 첨벙거리는 소리가 났어요. 고개를 들어보니 물결이 일렁이고 있었고, 그리고 남자는…… 그녀의 남자친구는…… 꼼짝도 하지 않았어요. 그러다 비명을 지르기 시작했어요."

"네, 보통은 비명을 지르죠." 석가는 목에서 계속 땀이 흘러내리자 불편한 듯 넥타이를 고쳐 매며 단조롭게 말한다. 그는 눈을 지그시 감았다가 다시 뜬다. 방이 빙글빙글 돈다. "그다음엔 무슨 일이 있었죠?"

"그는 여자친구의 이름을 외치며 강물로 들어갔어요. 이름이 민아였어요. 저는 그 여자가 강물에 빠졌다고 생각했고 도움을 요청하려고 했어요……. 그게 물 밖으로 나왔을 때 저도 비명을 지르기 시작했습니다."

"그것이라." 석가가 낮게 여자의 말을 반복한다. 그것은 물귀신, 익사한 희생자의 영혼이 분명하다. 그 물귀신은 이제 다른 사람들을 수중 무덤으로 인도하고 있다. 하지만 그는 확실히 해두어야 한다. 잘못된 단서를 쫓느라 귀중한 시간을 허비하고 싶진 않다. "그게 뭐였어요?"

"거의 여자 모습이었어요." 이춘희가 속삭인다. "근데 또 완전히 여자 모습이라고 보긴 어려웠어요. 피부가…… 부풀어 오르고 퍼랬어요. 그리고 손을 뻗었을 때 봤는데 손가락이 마치 개구리 물갈퀴 모양이었어요." 여자는 몸을 떨기 시작했고, 그녀를 감싸던 띠가 사라지지 않게 하기 위해 갖은 애를 쓴다. 그녀의 유리 같은 두 눈이 아득해 보이는 모습을 되찾고 아랫입술이 심하게 떨리기 시작하자 석가는 얼굴을 찡그린다. "그리고 그 눈이…… 오, 신이시여, 그 눈이…… 완전하게 검은색이었어요. 그 여자가 그를 데리고 갔어요. 허리를 붙잡고서……."

오, *신들이시여.* 석가는 그녀의 말을 교정해 주고 싶지만 입을 꾹 다문다. 이승의 인간들은 대부분 그를 잊었다. 그가 인간들의 마음속에서 그를 대신하게 된 유일신과 싸우는 건 무의미하다.

현재 한국의 신들은 크리처 공동체에 의해서만 숭배되고 있다. 이 공동체는 〈가들리 가십(Godly Gossip)〉에다 크리처의 운동 루틴이나 연애 상대에 대한 무모한 추측성 기사를 내거나 교활한 사진작가(주로 도깨비이다)를 고용해 이승에 거주하는 타락신의 모습을 스냅사진 형태로 찍어서 싣는다. 그런 사진들은 보통 그의 연애 소문과 함께한다. 가십성 잡지사의 누군가는 석가를 우연히 그의 주변에 있던 불운한 인물과 짝지어 주는 일을 정말로 즐기는 것 같다. 한때는 그가 나이 든 개를 산책시키는 어떤 여자와 열렬한 연인 관계였다는 소문이 돈 적이 있었다. 며칠 동안 경찰서 주변에서 그 소문이 끝없이 떠돌았다.

〈가들리 가십〉의 사진작가들은 행복한 운명에 처한 이를 만나는 경우가 드물다. 석가는 자신이 찍힌 사진을 혐오하지만, 너무나 완벽한 환인이 거의 모든 잡지의 표지를 장식한다는 사실은 더 열받는다. 그는 환인에게 매료된 이승 세계를 도무지 이해할 수가 없다. 굳이 찾자면 그건 아마도 그의 윤이 나는 은빛 머리카락 때문일 것이다.

남자나 여자나 모두 윤이 나는 은빛 머리카락을 좋아하는 게 분명하다.

탈색했거나, 염색했거나, 고데기로 머리를 폈거나 상관없이.

그리고 이 여자는 여전히 웅얼거린다. 석가는 다시 이춘희에게로 시선을 돌린다. "…… 그리곤 여자가…… 여자가 그를 붙잡았고…… 그리고 여자가……."

"그리고 그녀가 그를 익사시킨 거군요." 석가는 그녀가 하려는 말을 대신해서 말하고는 노트를 내려놓는다. 이 정보는 그에게 새로운 게 아니다. 한강에 물귀신이 살고 있다는 사실만 확인했을 뿐. 피로가 뼛속 깊이 파고들지만 그는 눈을 감지 않으려 애쓴다. 그가 능력을 사용하는 대가는 크지만, 다행히도 대부분 쓴맛이지만 약간 단 맛이 나는 차가운 커피 한 잔으로(그리고 필요한 만큼 의식을 잃고 몇 시간을 보내면) 해결할 수 있는 문제이다.

"맞아요." 이춘희가 울부짖는다. "그 여자가 그 남자를 강물 안으로 끌고 들어가서 물 아래로…… 끌어내렸어요. 오, 맙소사…… 오, 신이시여!" 그녀를 억제하고 있던 에메랄드빛 에너지가 사라지고, 석가는 그녀를 더 붙잡을 힘을 잃고 지쳐 축 늘어진다. 띠의 속박에서 풀려난 이춘희는 다시금 폭포수처럼 눈물을 쏟으며 무의미한 울부짖음을 토해낸다.

인간들이란.

석가는 인사치레조차도 하지 않고, 지팡이를 꽉 쥔 채 책상에서 불안정하게 일어선다. 그에게는 인간과 대화를 계속할 시간도, 인내심도 없다.

그에게는 처리해야 할 물귀신이 있다.

하지만 먼저 잠깐 잠을 자야 한다.

4

하니

"석가에게 커피를 쏟다니 믿을 수가 없네요. 악동 신에게 그런 짓을 한다는 게 믿을 수가 없다고요." 소미가 걸레와 시큼한 냄새가 나는 세정 스프레이로 카페의 유리 카운터를 닦으며 벌써 열 번째 한탄한다. "게다가 그에게 그런 식으로 말하다니! 무례했어요! 정말이지, 하니 언니, 언니가 그런 짓을 하다니 믿을 수가 없어요. 언니는 해고감이에요. 진짜 진짜 완전 해고감! 사장님이 알면 언니를 죽이려 들 거예요."

간식으로 체리 타르트를 먹으며 소미의 〈가들리 가십〉을 읽고 있던 하니는 싱긋 웃어 보인다. 그러고는 몸을 뒤로 젖혀, 앉아 있는 의자를 흔들어 위태롭게 만든다. 간과 영혼으로 가득 채워져 있음에도 불구하고 여전히 인간의 음식이 아주 즐길 만하다는 건 축복이다. "너만 말 안 하면 사장님은 몰라. 흠. 이거봐. 용왕이 이승에 와서 생선 샌드위치를 먹는 모습이 목격됐다고 나와 있어. 이거 일종의 동족을 잡아먹는 행위 아냐?" 그녀는 해신이 고등어를 즐기는 존재라고 생각해 본 적이 단 한 번도 없었다.

소미는 고개를 절레절레 흔들며 카운터의 보이지 않는 얼룩을 박박 문지른다. 소미의 침묵에 하니는 눈썹을 치켜올리고 잡지를 내던진다. 잡지는 앞면이 위로 향하며 탁자 위에 안착한다. 이번 달 표지 그림은 환인이 그의 아들이자 법의 신인 환웅과 두 팔로 감싸 안은 채 미소 짓고 있는 모습이다. 굵은 글씨로 제목이 적혀 있다. '헤어 케어로 유대감을 쌓는 아버지와 아들! 그들의 일급비밀 루틴은 무엇일까?' 하니는 코웃음 친다.

두 신은 모두 길고 윤기 나는 은빛 머리를 갖고 있다. 그녀로서도 아주 탐이 나는 머리이다. 그녀는 그들이 어떤 미용실을 다니는지 궁금하다. 그녀는 조만간 머리를 해야 한다. 머리의 원래 뿌리가 드러나기 시작하면서 멋진 스타일의 전체적인 효과가 사라지고 있기 때문이다.

하니의 머리는 자연스럽게 바람에 날리는 것처럼 연출된 블로아웃 스타일이다. 1990년대 모델계를 강타한 스타일로, 하니 스스로 자기 자신과 잘 어울린다고 생각해서 해 본 것이다. 그녀는 원래의 짙은 빨간색 머리를 하고 있으면 마치 발가벗은 느낌이 든다. 한 번만 봐도 세상 모두가 그녀를 가리켜 주홍여우라고 할 것만 같아서이다. 그래서 큼지막한 머리 타래들은 진한 초콜릿 갈색으로 염색했다.

그녀는 정말로 조만간 머리 뿌리 부분을 손봐야 한다.

"말 안 할 거지?" 하니가 요구하듯 묻는다.

어린 구미호는 옅게 얼굴을 붉힌다. "우리 계약서에 적혀 있잖아요, 언니……."

하니가 눈을 굴린다. "나도 그건 알아." 크리처 카페를 열고 운영해 온 도깨비 학민지가 카페 직원들에게 준 계약서에는 동료 직원이 의심스러운 행동을 하고 그런 행동이 그녀의 눈을 벗어나면 즉시 보고해야 한다고 명시되어 있다(그것도 여러 번).

학민지는 도깨비이지만 재미있고 즉흥적인 타입이 전혀 아니다. 그녀는 하니가 만난 도깨비 중 파티로 밤을 새는 일이 없는 유일한 도깨비이다. 하니는 가끔 사장이 정말 도깨비인지 의심하곤 한다.

"소미야, 중요한 건, 사장님이 모른다고 해도 사장님께 해가 될 게 없다는 사실이야." 소미의 눈이 휘둥그레지지만, 하니는 동요하지 않고 타르트를 한 입 더 크게 베어 문다. "봐 봐, 그게 원해서 벌어진 일도 아니잖아. 크림과 설탕을 더 넣은 건 맞아. 그 신은 골칫덩어리이고, 내가 감히 할 말은 아니지만 그의 오만한 태도는 어디서든 그런 일을 당할 만해. 하지만 얼굴과 머리, 양복에 커피를 다 쏟은 거? 그건 적어도 절반은 사고였어. 그리고 잘된 건 그가 다시는 여길 찾지 않을 것 같다는 거지. 그러니까……." 하니는 설탕이 듬뿍 든 타르트를 한입 가득 베어 물고서 싱긋 웃는다. "넌 오히려 나한테 고마워해야 맞아."

소미가 얇은 입술 사이로 알아들을 수 없는 작은 소리를 낸다. 하니는 동료가 걱정스러울 정도로 창백해진 것을 알아채고 얼굴을 찡그린다.

뒤늦은 깨달음이 어깨를 짓누르고, 그녀는 패배감에 한숨을 쉰다. "사장님이 바로 내 뒤에 있는 거지? 그렇지?" 소미가 뻣뻣하게 굳은 채로 고개를 끄덕이자, 하니는 의자 다리를 바닥으로 내려놓는다. 그러곤 몸을 돌려 학민지의 시선을 마주한다. 어이쿠.

하니는 움찔하며 놀라지 않으려 애쓴다. 그녀는 학민지가 도착하는 것을 전혀 느끼지 못했는데, 도깨비들은 특히 은밀하기로 악명이 높다. "안녕하세요, 사장님." 하니가 황급히 자리에서 일어나 공손하게 인사를 한다.

학민지는 인사를 받지 않는다.

도깨비는 팔짱을 끼고 혀를 끌끌 차며 얼굴을 찡그린다. 하니의 1년 치 집세보다 더 비쌀 것 같은, 두꺼운 보라색 고양이눈 안경(반짝이는 모조 다이아몬드로 장식되어 있다) 뒤로는 까만 두 눈이 가느다랗게 실눈을 뜨고 있다. 안경은 가짜다. 학민지의 시력은 여느 도깨비와 마찬가지로 완벽하게 예리해서 오히려 코믹한 효과를 더한다. 하지만 그 검은 눈동자 속에는 얼음처럼 푸른 불이 춤을 추고 있다. 도깨비불. 하니는 그 불이 자신을 향해 뿜어져 나오지 않기를 기도한다. "김하니." 학민지가 아주 진한 분홍색 입술을 떼며 말한다. "여기 있는 소미에게 방금 한 말을 정확히 다시 말해 볼래? 응?"

하니는 학민지를 보면 늘 수다쟁이 아줌마를 떠올리게 된다.

판단이 빠르고, 그 판단을 실행하는 속도는 더 빠르다. 얼굴을 찡그리는 하니의 머릿속에서 자기 자신을 구해낼 만한 말들이 소용돌이친다. 그녀의 시선은 학민지의 핸드백, 스팽글과 엄청난 양의 반짝이들이 박힌 커다란 분홍색 가죽 가방으로 향한다. 혐오감 때문에 그녀의 코에 주름이 지지만, 하니는 자기 자신을 타이른다. *핸드백을 칭찬해.* 그건 그녀가 지금까지 본 것 중 가장 안 예쁜 핸드백이다. *핸드백을 칭찬해서 그녀의 마음을 누그러뜨려.*

하니가 입을 떼며 어렵게 말을 꺼낸다. "사장님 핸드백 너무 예쁘네요." 들릴락 말락 작은 소리이다. "너무…… 에흠…… 멋지세요." 그녀는 목구멍에 걸릴 뻔한 말을 허약한 울음소리를 토하듯 억지로 내뱉는다.

학민지는 우쭐한다. "아, 고마워. 지난주에 쇼핑몰에서 샀어." 그러다 그녀의 입술이 오그라든다. "말 돌리지 마, 여우같은 것. 너 미쳤어?" 그녀는 정갈하게 매니큐어가 칠해진 손으로 하니를 찰싹 때리는데, 분홍색 손톱에 하니의 뺨이 긁힐 뻔했다. "석가는 신이야, 이 멍청아. 능력을 완전히 회복한 다음에 이곳으로 돌아와 카페를 산산조각 내기로 결심하면, 네가 한 짓 때문이라는 것만 알아둬."

하니는 학민지가 자신을 꾸짖는 방식이 마음에 들지 않아 신경이 곤두선다. 1700살의 하니는 학민지보다 적어도 1670년은 나이가 많다. 그렇다 해도 학민지는 여전히 그녀의 사장이자 상

사이다. 그래서 하니는 사죄의 의미로 고개를 숙이고 정중한 말투를 사용하기로 마음먹는다. "죄송합니다, 사장님." 그녀가 속삭이듯 말한다. "다신 그런 일 없을 겁니다." *제발 날 해고하지마.* 하니는 신용이라는 개념이 처음 등장했을 때 현명하지 못했기 때문에 이 카페 일은 꼭 필요하다. 그녀는 언제든 새 신분을 만들거나, 서류를 더 위조하거나, 의사나 변호사처럼 보수가 좋은 직업을 찾을 수 있다고 생각하지만, 이 모든 옵션은 너무 많은 양의 공부가 필요하다. 하니는 공부를 좋아하지 않고, 미국에서 수입하는 쓰레기 같은 로맨스 소설을 빼면 그 어떤 것도 읽는 걸 싫어한다. "이제부터는 최대한 예의 바르게 행동하겠습니다. 약속드립니다."

학민지는 코로 한숨을 내쉬고 우스꽝스러운 안경을 고쳐 쓴다. 고통스러울 정도로 고요한 순간이 몇 초간 지나고, 하니는 도깨비의 시선 아래서 죄책감에 시달리며 옴짝달싹한다. "내일 메밀묵을 가져오면 모든 걸 용서해 주지." 학민지가 마침내 요구하듯 말한다. "하지만 한 번만 더 사고 치면 넌 끝이야, 하니." 그녀는 쏘아본다. "신에게 커피를 집어던지다니. 아휴 정말." 그녀는 낮게 투덜대며 돌아선다.

하니는 소미와 안도하는 표정을 교환한다.

이렇게 해서 그녀는 해고되지 않는다.

아직은.

※

"도깨비들이 왜 메밀묵에 집착하는지 이해가 안 가." 하니는 소미를 보며 투덜댄다. 두 여자는 메밀묵을 사기 위해 얌냠마트에서 줄을 서고 있다. 줄은 길고 지독히 느린 속도로 조금씩 움직인다. 마트 스피커에서는 경쾌한 음악이 흘러나온다. 적지 않은 사람들이 서태지와 아이들이 새로 발표한 싱글 〈난 알아요〉에 맞춰 고개를 끄덕인다.

소미가 어깨를 으쓱한다. "도깨비는 피 묻은, 버려진 가정용품에서 태어나잖아요." 소미가 말한다. "조금은 엉망인 상태로 태어날 수밖에 없는 거죠. 한때 숟가락이었다면 그런 일이 벌어지는 거죠."

하니는 콧방귀를 뀐다. "우리만큼 엉망은 아니지." 그녀는 자부심을 드러내며 말한다. "난 꼬리가 아홉 개 달린 여우로 변신할 수 있는 우리 능력이 한낱 메밀을 좋아하는 것을 뛰어넘는다고 생각해."

"그리고 우리가 인간의 모습을 하기 전 천 년 동안 여우였다는 사실도요." 소미는 주변의 인간들이 듣지 못하게 주위를 두리번거리며 속삭이듯 덧붙인다.

"그것도 그렇지." 하니가 동의한다. "그리고 우리가 사람의 간을 먹는 습성도 마찬가지고."

소미가 입을 떡 벌린다. "언니, 그건 구시대적 관습이에요."

아. 그렇다. 하니는 소미가 눈을 더 크게 뜨자 숨죽여 웃는다. "너 사람 간 먹어 본 적 없어?" 그녀가 호기심을 내비치며 묻는다. "단 한 번도?"

"당연히 없죠." 소미가 작게 말하는데, 그녀의 얼굴에서 핏기가 사라진다. "언니는요, 먹어 봤어요?"

"응, 먹어 봤지." 하니가 은밀한 미소를 지으며 인정한다.

"얼마나요?"

그 수는 수천에 달한다. 하지만 하니는 비밀스러운 미소를 지을 뿐이다. "평생 만족할 수 있을 만큼."

"언니!"

"왜? 그게 늘 구시대적 관습이었던 건 아냐. 요즘 사람들은 그 주제에 대해 너무 민감해."

그것은 어떤 구미호가 1888년을 양껏 먹기로 작정하고 '뷔페의 해'로 삼았다는 사실이 관련되어 있을 수도, 혹은 관련이 없을 수도 있다.

소미는 초조하게 아랫입술을 씹는다. "근데 그건…… 어떤 느낌이에요?"

하니는 잠시 가만히 소미의 얼굴을 신기한 듯 바라본다. 이 어린 구미호는 지금까지 만난 구미호 중 가장 순진하고, 그리고 겉으로도 그래 보인다. 그녀의 눈은 크고 동그란데, 옅은 마스카라가 경계를 만들고 있다. 뺨은 약간 통통한데 과감한 꽃분홍색 블러셔로 불그스레 물들어 있다. 어린 여자 구미호의 머리는 짧고 곱슬곱슬하며 턱까지 내려오는 귀여운 단발머리이다. 그녀는 어떻게 했는지는 몰라도 얼룩이 전혀 없게끔 관리한 보드라운 흰색 스웨터를 입고 있다. 하지만 정직한, 하트 모양의 얼굴 아래로는 병적인 호기심이 파문을 일으키고 있다⋯⋯. 하니에게는 그 호기심이 꽤 흥미롭다.

"그건 정말 놀라웠어." 하니가 나지막이 속삭인다. 그녀의 적갈색 눈은 장난기로 춤을 춘다. "정말 맛있었어. 사람의 간에서 여우 구슬에 흡수되는 에너지의 양은 그 어떤 것과도 비교 불가야. 불고기는 인간의 간과 비교하면 아무것도 아니야. 그리고 그들의 영혼은⋯⋯." 그녀는 목소리를 낮춘다. "그들의 영혼은 상상할 수 있는 한 가장 맛있어."

영혼을 훔치는 건 한때 하니의 가장 큰 취미였다. 구미호는 키스를 통해 영혼을 훔치는데, 여우 구슬을 입에다 물고서 피해자의 생명과 에너지를 빨아들인다. 여우 구슬은 모든 구미호가 가지고 있는 힘의 고갱으로, 구미호가 얼마나 많은 영혼과 간을 먹는지에 따라 그 크기와 힘이 확장할 수 있다. 하니의 여우 구슬은 말할 필요도 없이 원초적인 힘이 넘쳐난다.

"언니는 주홍여우를 알았어요?" 소미가 눈을 크게 뜨고 낮은 목소리로 묻는다. "살아있는 구미호 중 가장 많은 사람을 잡아먹었고, 보통 여우보다 힘이 세 배나 세다고 하던데."

하니가 능글맞게 웃는다. "알았더라면 좋았겠다 싶어."

드디어 차례가 돌아온 두 구미호는 메밀묵 값을 낸다. 하니는 지갑에서 잔돈을 찾느라 허둥대고, 돈 문제라면 좀 더 빠릿빠릿한 소미가 고맙게도 돈을 내 준다.

마트 밖으로 나오자 살갗으로는 차가운 밤공기가 와 닿고 노란색을 띤 가로등 불빛은 따스함에 이끌려 몰려드는 나방으로 가득하다. "내일 봐요." 소미가 말한다.

"집까지 데려다줄까?" 하니는 메밀묵을 가방에 넣고서 어두워진 거리를 흘끗 바라보며 묻는다. 소미가 구미호이긴 해도, 세상은 인간과 비인간 가릴 것 없이 모든 여자에게 위험한 것들로 가득하다.

"아뇨, 괜찮아요." 소미가 안심해도 된다는 듯 웃으며 말한다. "내 몸은 내가 지킬 수 있어요. 보이죠?" 그녀는 오른쪽 주먹을 들고 얼굴을 찡그리며 세 개의 작은 발톱을 손가락 마디 사이사이에 드러낸다. **쏙싹**.

하니가 빙긋 웃는다. "좋네, 맘에 들어."

"필요하다면 여우 구슬도 쓸 수 있어요." 소미가 구부러진 발톱을 접으며 덧붙인다. 발톱은 다시 그녀의 피부 속으로 자취를 감추고, 새빨간 자국들만 흔적으로 남는다. "누구든 구슬의 힘으로 날려 버릴 거예요."

하니의 미소가 잦아든다. 소미처럼 남의 영혼을 빼앗거나 남의 간을 먹어본 적이 없는 구미호의…… 여우 구슬은 의심의 여지없이 아주 작다. "구슬 아껴서 사용해." 하니는 경고한다. "소진하면 안 되니까." 구슬이 소진되면 그녀는 죽는다. 구미호는 여우 구슬 없이는 살 수 없다.

하지만 소미는 걱정하지 않는 표정이다. "괜찮을 거예요." 그녀는 말한다. 그러고는 하니를 향해 밝게 웃으며 손을 살짝 흔든다. "그럼, 내일 봐요."

"그래, 내일 봐." 하니는 윙크하고, 두 구미호는 각기 다른 방향으로 발걸음을 옮긴다.

도심을 향해 걷는 하니의 검은 부츠가 자갈길에 바스락 소리를 낸다. 하니는 자기 자신을 보며 감탄할 목적으로 가로등 아래의 상점 창문 앞에 잠시 멈춰 선다. 허영심은 언제나 그녀의 죄악이었다. 여우로 살던 시절에도 몇 시간이고 호숫가에 앉아 삼각 모양 귀와 붉은 털을 들여다보며 자기 자신을 완벽하게 단장하곤 했다.

이제 그녀는 가게 쇼윈도에서 지금까지 본 것 중 가장 아름다운 여자를 본다. 하니는 자신의 각지고 비스듬한 두 눈, 적갈색을 내며 깊숙한 곳에서부터 반짝이는 장난기를 품고 있는 여우의 눈을 깜빡거리며 한껏 우쭐해한다. 하니는 자신과 잘 어울리는 립스틱을 골랐고, 그 색감에 감탄하며 만족한 미소와 함께 입꼬리를 위로 올린다.

잠시 후 유리에 비친 갑작스러운 움직임이 그녀의 시선을 사로잡는다.

두 남자가 그녀에게서 몇 미터 정도 떨어진 가로등에 기대어 있다. 검은색 재킷 주머니에 손을 집어넣고 야구 모자로 눈을 가린 그들은 하니를 지켜보는 중이다. 하니는 어처구니없어 한숨을 내쉬고, 검은색 인조가죽 핸드백을 꽉 움켜쥐며 그들을 경계하는 눈빛으로 바라본다.

아마 신신시대학 남학생들일 것이다. 그녀는 그들에게서 술 냄새를 맡는다……. 그리고 다른 냄새도 풍기는데, 역겨울 정도로 단 냄새다. 싸구려 향수. 그 냄새는 그녀의 목구멍 뒤쪽에 가 닿아 기름지면서 톡 쏘는 듯한 내음을 발산한다.

하니는 목덜미의 털이 쭈뼛 서는데도 가만히 눈을 굴린다. 한때는 주홍여우이기도 했던 그녀지만 왠지 지금까지도 그런 시선을 받고 나면 느끼는 불편함으로부터 자유롭지 않다. 그녀는 아픔이 살짝 느껴질 정도로 아랫입술을 깨문다. 그러고는 날카로운 뼈로 이루어진 윤이 나는 곡선형 검정 발톱을 세워 드러내고서 봄날가(街)를 빠르게 걸어간다.

남자들이 뒤따른다.

하니는 얼굴을 찡그리며 반대편으로 길을 건넌다.

남자들 역시 건넌다.

"다음에 일어날 일은." 하니는 걷는 속도를 높이며 나지막이 경고한다. "두 사람 모두에게 즐겁지 않은 일일 거야."

그들은 그녀의 말을 듣지 못한다. 아니 들었는데 그냥 무시한 것일 수도 있다.

이를 앙다물며 하니는 남자들을 향해 몸을 홱 돌린다. 그녀는 입술을 말아 올려 이를 드러내며 차가운 목소리로 소리친다.

"따라오지 마." 하니의 손은 등 뒤에 숨겨져 있다. 그들은 아직 발톱을 보지 못한다.

그들은 몇 미터 정도 떨어진 곳에서 걸음을 멈춘다. 그들은 덩치가 좋고 키는 160센티미터인 그녀보다 훨씬 크다. 그녀는 그들의 모자가 드리우는 그림자 아래에 도사린 음흉한 시선을 알아차린다.

"안녕, 아가씨." 남자 중 한 명이 불분명한 발음으로 말을 건다. "오늘 밤 모 하 꼬야?" 그의 친구는 하니의 속을 울렁거리게 하는 저음의 코맹맹이 소리로 킥킥거린다.

"말했지." 하니가 고개를 한쪽으로 기울이며 부드럽게 반복한다. "따라오지 마." 이건 그녀의 마지막 경고다.

"오, 지금 내 친구 말을 무시하는 거야?" 다른 남자가 비웃는다. "음, 그건 괜찮아. 넌 무지 못생겼으니까."

"날 보고 웃어 봐, 자기야." 그의 친구가 요구한다. "그 예쁜 입술이 활짝 벌어지는 걸 보고 싶어."

"내 거시기에 닿은 그 예쁜 입술을 보고 싶어." 다른 남자가 실없이 크게 웃으며 말한다.

"범석아, 쟤 잡아, 내가 저 입술을 먼저 만나 봐야……." 남자들이 움직인다. 하지만 하니도 움직인다.

그들이 그녀를 향해 돌진한다. 하지만 그녀는 몸을 돌려 그녀를 움켜쥐려는 그들의 서투른 손을 가볍게 피한다. 손이 허공을 날며 그들의 음흉한 조소는 으르렁거림으로 바뀐다. 그들은 제

자리에서 빙빙 돌며 공격 방향을 바꾼다. 이제 그들은 무의미한 소리를 내지르며 하니의 심장을 두려움으로 떨게 한다.

두려움. 비록 그녀가 사람을 죽이고, 파괴하고, 삼켜 버린 구미호라 할지라도.

두려움. 이 세상과 그것 이상을 누릴 자격이 있다고 믿는 인간보다 더 위험한 존재는 없으므로.

범석이 그녀의 어깨를 붙잡자, 하니는 야성적인 으르렁거림과 함께 발톱으로 범석의 손을 베고 피를 쏟게 만든다. 피가 선홍빛으로 허공에 흩뿌려지는 것을 본 범석은 울부짖는다.

"저 년한테 칼이 있어!"

칼이 아니다.

발톱이다.

범석은 비틀거리며 뒤로 물러나다 나동그라지며 땅바닥에 세게 부딪친다. 하니는 그를 보며 웃는다. 다른 남자가 하니를 향해 달려들지만 그녀의 손바닥에서 터져 나오는 특별한 힘에 뒤로 떠밀린다. 하니가 가슴에 든 여우 구슬에서 힘을 빨아들이자, 그녀의 혈류가 그 힘 때문에 뜨겁게 달아오른다. 여우 구슬이 더 많은 힘을 방출하려고 하는 동안 그녀의 몸은 윙윙하는 소리를 낸다. 하지만 당장은 더 많은 힘이 필요치 않다.

하니는 바닥에 누워 몸부림치는 두 남자를 내려다보며 고개를 갸웃한다. 이들은 그녀 이전에 얼마나 많은 여자를 공격했을까? 그중 얼마나 많은 여자들이 발톱이나 비인간적인 속도와 힘이라는 사치를 누리지 못했을까?

그 숫자가 얼마나 됐을까?

그녀는 눈을 가늘게 뜨고, 몸을 일으키려는 범석의 가슴을 발로 세게 짓누른다. 천천히 핸드백에 손을 뻗어 수백 년 동안 가지고 다니던 가장 소중한 무기인 주홍 단검을 꺼낸다.

주홍여우의 단검. 피에 굶주린 구미호와 그녀의 주무기를 두고 어둠 속에서 떠도는 무서운 도시 전설에 나오는 단검. 붉은 머리카락을 염색하는 수고로움을 마다하지 않은 그녀가 이 두 자루의 단검을 아무렇지도 않게 들고 다니는 건 어리석은 일인지도 모른다. 하지만 시간이 흘러도…… 단검은 쉽게 외면할 수도, 숨길 수도 없는 그녀의 일부이다.

단검은 길고 약간 구부러져 있으며, 여러모로 피가 뚝뚝 떨어지는 발톱을 닮아 있다. 금속은 날카롭고, 가로등 불빛 아래서 빛을 내는 붉은색은 루비와 같다. 하니는 피에 대한 욕망을 더 이상 억누르지 못한 채 미소를 지으며 두 남자를 재빨리 공중으로 내던진다. 그러고는 손가락으로 검은색 손잡이를 다시금 꽉 거머쥔다.

이제 그 년한테 칼이 있다.

하니가 살인을 한 지는 꽤 오래되었다.

정확히 말하자면 104년 되었다.

그리고 그녀는 여전히 배가 많이 부르다…….

하니는 자신이 살인의 기술에 대해 이야기할 때 소미의 표정

아래에 숨어 있던 비밀스러운 호기심을 떠올린다. 그녀의 얼굴 위로 미소가 천천히 퍼져나간다.

그녀는 더 이상 간도 영혼도 먹을 수 없을지 모르지만, 소미는……

뭐, 그 어린 구미호는 인간의 간을 처음으로 맛보고 싶어 할지도 모른다.

5
석가

"제발요." 물귀신이 가슴에 난 상처를 움켜쥐고서 귀에 거슬리는 쉰 소리로 말한다. 물귀신은 검게 보일 정도로 푸른 피를 쏟고 있다. "제발, 절 죽이지 마세요." 마치 물속에서 말하는 것처럼 들리는 물귀신의 죽어 있는 목소리는 물에 젖은 것처럼 축축하다.

역겹다.

석가는 눈을 굴린다. 그의 검고 얼룩덜룩한 살점을 파고들어 곧장 전투를 끝낼 준비를 마친 채 물귀신의 퉁퉁 부은 목을 겨냥한다. 서 있는 그의 허리까지 한강에 잠겨 춥고, 축축하며, 짜증이 날 대로 나 있다. 그는 차가운 물속에서 떨지 않으려 애쓰며 더 자고 싶다고 생각한다. 이 물귀신을 추적하는 게 최우선 과제였기 때문에 그의 낮잠은 안타깝게도 짧게 끝나고 말았다. "드라마는 이제 그만." 그가 소리친다. "넌 이미 죽었어. 난 그저 널 치우려는 것뿐이야. 넌 더 이상 이승에 있을 수 없어."

"안 돼요." 물귀신이 고집을 피운다. "제발요, 그러지 마세요.

제가 당신을 도왔잖아요. 기억 안 나요……? 오래전에…… 전 당신을 도왔습니다. 전 까막나라에서 옥황으로 이동했고 당신 곁에서 신들을 겁주기도 했습니다."

이 물귀신은 모든 물귀신이 그렇듯 막연한 느낌 외에는 전혀 친숙한 느낌을 주지 않는다. 이 물귀신은 정말로 암흑세계에서 온, 규모가 2만에 달하는 석가의 부대 일원이었거나, 거짓말을 하고 있거나 둘 중 하나일 것이다. 타락신 석가와의 동지애를 주장하면 어떻게든 자신의 한심한 영혼을 구할 수 있기라도 한 것처럼, 망나니들은 종종 그런 주장을 펼친다.

우스꽝스러운 일이다.

그는 가장 필요할 때 옥황에서 도망쳤다는 이유로 모두를 죽일 수도 있다.

"네가 인간을 익사시키면서 생애 최고의, 아니 미안, 사애(死涯) 최고의 시간을 보내는 중이라는 건 알겠어." 석가는 그녀의 주장을 무시한 채 차갑게 말을 잇는다. "네가 고통받은 것처럼 그들도 고통받게 하려는 거지. 참 딱해. 근데 한 가지 결론은 네가 망나니라는 거야. 그래서 다음번에 네가 있을 강은 서천강이야." 그는 검을 꽉 쥔다. "잘 가."

"안 돼요!" 물귀신은 흐느낀다. "제발요, 왕이시여!"

왕. 그 말, 그 호칭에 석가는 잠시 동작을 멈춘다. 한때 그는 왕관을 원했던 적이 있었다. 왕좌. 다른 신들이 알지 못하는 사이에 석가는 화려한 유혈 쇼를 벌이고 자신의 우월함을 과시해

직전의 도깨비 왕을 암살하고 암흑세계의 왕좌에 올랐다.

이후 석가는 암흑세계에 사는 크리처를 다스리며 훈련시켰고, (아주 잘못된 생각임이 드러날 때까지) 자기가 영예로운 군대를 거느리고 있다고 생각했다. 어리석음으로 무장한 그는 진정으로 중요한 왕좌를 차지하기 위해 나섰다가 결국 두 세계와 왕좌 모두를 잃어버리고 말았다.

그가 굴욕적인 몰락을 맞은 후, 나머지 신들은 까막나라를 급습했다. 그 이후 혼돈과 속임수 세계의 문은 닫혔고, 단단히 잠겨 타락한 망나니들과 석가 모두 접근할 수 없게 되었다.

괜찮다. 어차피 그 어두운 세계는 언제나 그의 취향이 아니었다. 그 세계에서 그는 끊임없이 무언가에 부딪혔다. 그리고 어찌 되었든 간에 그가 진정으로 원했던 것이 까막나라의 왕좌도 아니었다.

석가의 입술이 조롱으로 오그라든다. "왕이라고?" 타락신은 비웃는다. 하지만 그의 속은 뒤틀리고 있다. "넌 내 신하가 아니야." 그는 망나니들만큼이나 그의 형을 경멸하지만, 또한 형만큼이나 망나니들을 경멸한다. 양쪽 모두에게 배신당했으니까.

물귀신은 과호흡을 하는데, 우스꽝스러운 짓이다. 물귀신은 숨을 쉬지 않으므로. "제발…… 절 돌려보내 주세요! 당신이 그 세계를 열면 여길 떠나겠습니다! 저승만 빼고……."

타락신이 눈을 굴린다. 이런 탄원은 새롭지 않다. 한심하게도 석가가 존재의 한 차원 전부를 열 수 있다고 믿는 크리처가 아주 많다. 하지만 석가는 한 마리 토끼로조차 변신할 수 없다. 토끼 나부랭이로도.

석가가 물귀신의 목에 대고 검을 휘두르자, 은빛 얼룩이 생겨나고 귀신의 호소는 멈춘다. 물귀신이 푸른 재로 변해 강물 위에서 부유하다 천천히 녹아 사라지는 모습을 석가는 무심하게 바라본다.

그는 조금 더 자리를 지키고 자신이 할 수 있는 최대한의 역겨움을 표출한다(정말 엄청난 양이다). 망나니들, 그 더러운 것들은 법을 지키는 자들과 달리 죽으면 역겨운 먼지로 변한다.

"10,053번째." 그가 씁쓸하게 중얼거린다. 물가를 향해 발걸음을 옮긴 그는 검을 깨끗한 물속에 담근다.

✳

다음 날 아침 해태경찰서 안. 석가는 팔짱을 끼고서 자신의 비좁은 책상을 내려다보고 있는 저승사자를 경계하듯 바라본다. 그 옆에는 심 서장이 크리처 카페에서 테이크아웃한 커피를 홀짝이며 서 있다. 전날 카페에서 겪었던 기억이 되살아나면서 그는 애써 종이컵에서 시선을 거둔다. 전날 심문으로 여전히 지쳐 있는 석가는 설탕과 크림을 하나씩 넣은 아이스커피 한 잔만 있으면 더할 나위 없이 좋겠다 싶다. 하지만 그 당돌한 구미호와 다시 마주치고 싶지 않다.

"석가 형사님." 심 서장이 말한다. "이쪽은 장현태입니다. 저승의 신신시 분과 소속입니다."

석가는 남자를 별다른 관심 없이 쳐다본다. 그는 여느 저승사자와 마찬가지로 일할 때 입는 검은색 양복을 깔끔하게 차려입고서 봐야 할 서류가 가득 들어 있을 게 분명한 검정 가방을 들고 있다. 죽음 그 자체만큼이나 불멸의 존재인 저승사자의 실제 나이는 알 수 없지만, 그는 20대 초반으로 보인다. 혹은 그보다 더 젊을 수도 있다. 그는 열의가 넘치는 앳된 얼굴을 하고 있다.

석가의 시선을 사로잡은 것은 남자가 쓰고 있는 동그란 뿔테 안경이다. "그 안경 말이야." 석가가 느릿느릿한 어조로 말한다. "필요하긴 한 거야?" 인간이 아닌 크리처가 완벽한 시력을 갖지 못하는 경우는 드물며, 대부분은 나이가 아주 많은 경우에나 그렇다. "네가 심 서장만큼 늙어서 주름이 진 것도 아닌데 말이야." 신은 말을 덧붙이곤 안경을 쓴 심 서장을 힐끔 쳐다본다.

다행히도 심 서장은 짓궂은 말에도 전혀 동요하지 않고 멋쩍게 웃는다. "석가 형사님, 나를 늙었다고 한다면 형사님은 뭐라고 해야 할지, 생각하기도 싫습니다."

"당신에게 유리할 때만 내 나이를 기억하는 게 아주 편의적이네요." 석가가 천천히, 그리고 냉정하게 말한다.

저승사자는 눈을 깜박이는데, 분명 이 모든 대화를 어떻게 생각해야 할지 확신하지 못하고 있다. 그는 머뭇거리다 모자를 벗어 새하얀 머리를 드러내고는 절을 한다. "안녕하십니까. 만나서 반갑습니다."

석가는 한숨을 내쉬며 저승사자에게로 시선을 되돌린다.

회사원들이란. 너무나도 지루하다.

그는 심 서장에게로 시선을 돌린다. "이 사람이 여기 왜 있는 겁니까?"

심 서장은 피곤하다는 듯 콧대를 문지르는데, 마치 석가가 예의를 좀 갖추기를 바라는 눈치이다. 석가는 미간을 찌푸린다. 예의가 없는 것은 그에게 아무런 문제가 되지 않는다. 결국 그는 신이니까. 인간의 잣대를 들이대는 건 정말 지긋지긋하다. "장현태는 어젯밤 신신시 시내에서 두 명의 영혼을 수습했습니다. 그 정황이 궁금하실 텐데요."

사건. 석가는 허리를 곧추세우며 저승사자에게 말을 시작하라고 성급하게 손짓한다. 장현태는 거의 기계적으로 설명한다.

"어젯밤 11시, 저는 신신시의 도심 주택가에서 이승에서 저승으로 영혼을 인도하라는 요청을 받았습니다. 스물한 살과 스물두 살의 인간 남자 두 명이 지나가던 행인에 의해 인도에서 시신으로 발견되었습니다. 범죄를 목격한 사람은 없지만……."

"망나니가 한 짓이야?"

"아마도요." 장현태가 고개를 끄덕인다. "두 시체 모두 간이 없었습니다."

석가가 눈썹을 위로 치켜올린다. "흥미롭군." *망나니 구미호?*

"전 영혼들과 대화를 나눴습니다." 장현태가 덧붙인다. "하지만 그들에게 혀가 없어서 의사소통이 어려웠습니다. 심 서장이 놀라서 내는 기침 소리에도 아랑곳하지 않고 그는 계속 말을 잇는다. "공격자는 발톱을 가진 여자였던 것 같습니다."

아하. 그럼 확실히 구미호이다.

"더 흥미로운 건." 심 서장이 말한다. "시신들이 발견된 곳과 같은 지점에서 일어난 에너지 발광을 제보하는 내용이 어젯밤 10시 54분에 우리 쪽에 접수되었다는 겁니다. 그건 여우 구슬에 의한 발광이었습니다. 1888년 이래로 들어본 것 중 가장 강력한 것이었습니다."

"그 연도 말이에요." 석가가 생각에 잠긴다. "뭔가 익숙해요." 1888년에 그는 어린아이들을 잡아먹는 이무기를 사냥하러 조선에 와 있었다. 하지만 당시에 그의 주의를 끄는 다른 무언가가 있었다……, 영국에 있는 무언가……, 망나니에 관한 무언가…….

"그 당시 주홍여우는 런던에 있었습니다." 심 서장이 정보를 내놓는다. "남자 오백 명 모두가 영혼과 간을 잃었습니다. 다섯 명의 여성은 모두 끔찍한 방법으로 잔인하게 살해당했습니다. 인간들은 그녀를 '잭 더 리퍼'라는 별명으로 불렀습니다."

주홍여우.

소문이 자자했던, 짙은 붉은색 터럭으로 된 갈기 때문에 그런 이름이 붙은 옛날 옛적 전설의 망나니. 역사상 그 어떤 구미호보다 많은 사람을 죽인 구미호. 석가가 아마도 언젠가는 자신이 직접 저지하게 될 거라고 생각했던 구미호.

그는 일어나는 예리한 관심에 몸을 곧추세운다. 1888년, 런던. 이제야 그는 기억한다. 그해는 영혼과 간을 먹는 것이 금지된 해였다. 한때는 그런 행위가 적당히 행해지기도 했지만, 주홍여우 사건 이후에는 공포를 조장하는 인간들의 관심을 너무 많이 불러일으킨다는 이유로 완전히 금지되었다.

"아니에요." 석가가 천천히 대답한다. "아닙니다. 남자들을 살해하는 것과 여자를 살해하는 건 별개에요. 모든 구미호가 그렇듯 주홍여우도 남자들만 건드립니다. 여자들은 잭이 건드렸던 거고요. 주홍여우는 1888년 11월에 잭 더 리퍼를 죽였어요. 그는 그녀가 마지막으로 살인한 사람이라고 알려져 있어요." 그후 한 세기가 넘는 시간 동안 침묵이 이어졌기 때문에 세계에서 가장 악명 높은 구미호는 지구상에서 사라진 것처럼 보였다. 적어도 어젯밤까지는.

아주 흥미로운 일이다.

석가가 일어선다. "시신을 보고 싶어. 영혼도."

장현태가 불편한 듯 몸을 움직인다. "영혼은 죽은 지 최대 두 시간 안에 저승에 안치해야 합니다. 두 남자는 지금 염라대왕의 심판을 앞두고 있습니다. 제시간에 데리고 가는 게 회사 절차입니다." 석가의 표정이 어두워지자, 저승사자는 움찔하며 그의 시선을 피한다.

심 서장은 거의 들리지 않을 정도로 옅게 한숨을 내쉰다. 얼굴에서는 아무런 감정이 드러나지 않지만, 어투를 보면 그 역시도 이놈의 '회사 절차'에 불만이 있음이 명확히 드러난다. "석가 형사님, 시신은 영안실에 있습니다. 지금 이덕현이 시신을 검안하고 있습니다."

석가는 분주한 해태경찰서 사무실 안 그의 책상 옆에 기대어 있던 지팡이를 집어 든다. "그럼 내가 찾아가 봐야겠네요." 주홍여우가 정말 돌아왔다면…… 뭐, 그녀를 잡는 것이 석가의 일이고, 반드시 그럴 것이다. 그는 더 이상 시간을 낭비하지 않고 경찰서 안을 성큼성큼 걸어 영안실로 향한다.

석가가 문을 열고 들어서는 순간, 해태경찰서 관할 영안실은 고요한 적막이 흐른다. 그의 신발이 타일 바닥에 부딪히며 딱딱 소리를 낸다. 벽은 하얀색인데 색이 누렇게 바랬고, 두껍고 고르지 않은 페인트 사이로 거미줄처럼 갈라진 틈이 보인다. 머리 위쪽의 전등들이 윙윙 소리를 내며 철제 검사 테이블과 흰색 시트를 눈이 부실 정도로 밝게 비춘다. 그는 시신을 보관하고 있는 철제 금고로 시선을 옮기며 불쾌감에 코를 찡그린다.

"어이 석가." 경찰서에서 고용한 법의학자인 이덕현이 시트로 덮인 시신 중 하나를 보고 있다가 고개를 돌린다. 의사는 피곤이 묻어나는 미소를 지어 보이고, 석가는 그런 모습에 왠지 모를 존경심을 느끼지 않을 수 없다. 인간의 직업은 쉽지 않다. 이덕현은 자기 주변에 존재하는 초자연적인 세계를 알고 있는 몇 안 되는 인간 중 한 명이다. 그의 가문은 오래전부터 그런 식으로 해태를 섬기도록 선택받았다.

그의 아버지 이대송도 숙련된 병리학자였다. 관내에서 최고로 손꼽혔다. 이대송은 4개월 전 심장마비로 세상을 떠났지만, 석가는 그의 빈자리를 전혀 느끼지 못한다.

그의 아들은 기본적으로 아버지의 판박이이다. 이덕현은 그의 아버지와 마찬가지로 약간 비뚤어진 코와 호리호리한 체형, 눈에 띄게 나쁜 시력(석가는 인간들에게 흔한 일이라며 경멸한다)을 가지고 있다. 이덕현은 아버지처럼 도수가 높아 옆얼굴이 일그러져 보이게 만드는 거북이 등껍질 같은 안경을 쓰고 자신의 직위를 상징하는, 해태가 금빛으로 수놓인 검정 실험실 가운을 입고 있다.

이덕현 역시 그의 아버지와 마찬가지로 숙련된 일꾼이다. 이대송의 죽음으로 병리과 전문의가 두 명에서 한 명으로 줄어들며 경찰서 업무에 차질이 예상됐지만, 이덕현은 온 힘을 다해 자신의 몫을 두 배로 해내는 중이다.

"좋은 아침." 이덕현이 피곤한 기색을 내비치며 말한다.

"좋은 아침인지는 잘 모르겠는데." 석가는 법의학자 옆에 서서 시트 아래 놓인 시신이 만들어내는 형상을 내려다본다. 그는 매처럼 날카로운 움직임으로 시신의 얼굴로부터 시트를 10센티미터 정도 들어올린다. 그는 이덕현 쪽으로 고개를 돌린다. "검시는 시작했어?"

"아니, 시작 안 했어." 이덕현이 고개를 가로젓는다. "해태들이 시신을 가져다줬는데, 석가 형사가 올 것 같아 기다렸어." 그는 어깨를 으쓱하고는 아래 시트를 내려다본다. 그의 녹갈색 눈동자는 수많은 죽음을 보았음을 암시하듯 날카롭고 어둑하다. 이덕현은 서른 중반도 채 되지 않았는데, 영안실에 있는 이 순간만큼은 항상 훨씬 더 나이가 들어 보인다. 이대송의 갑작스러운 죽음 이후 그의 검은 머리카락 사이에 새로 생긴, 눈에 띄는 새치 때문에 훨씬 더 그래 보인다. "하지만 두 사람 모두 간이 없다는 건 알고 있어."

"구미호가 벌인 짓이야." 석가가 중얼거린다. "분명."

"글쎄." 이덕현이 한숨을 내쉬며 말한다. "알아봐야지." 그는 목에 걸고 있던 수술용 마스크를 위로 끌어올린다. "김범석." 이덕현이 클립보드를 흘끗 내려다보며 말한다. "나이 스물한 살. 신신시대학 학부생. 남성."

"그리고 사망." 석가는 오른쪽 갈비뼈 아래에 생긴, 피가 낭자하게 흘러나온 구멍에 시선을 고정한 채 중얼댄다. "분명한, 아주 분명한 사망."

"응, 사망했어." 이덕현이 죽은 사람의 입 쪽으로 다가가고, 석가는 그가 손가락과 근처 철제 카트에서 가져온 지혈기로 상처를 조심스럽게 살피는 모습을 지켜본다. "혀가 사라지고 없어." 이덕현이 천천히 입을 살피며 말한다. "뽑혔어…… 아주, 아주 날카로운 야생동물의 발톱…… 같은 걸로 뽑혔어." 그는 고양이처럼 고개를 한쪽으로 기울인 채 생각에 잠긴 석가를 응시한다. 그의 예리한 두뇌는 설명이 될 만한 이론을 구상하는 중이다.

"야생동물이 아니야." 그가 천천히 대답한다. "구미호야."

"구미호?" 이덕현이 얼굴을 찡그린다. "여우 모습을 한 구미호에게 공격당했다는 말이야?"

"인간의 모습을 한 구미호는 발톱을 마음대로 세울 수 있어." 석가가 망자를 바라보며 대답한다. 죽은 그의 얼굴은 굳어 있지만 그 아래에 숨긴 잔인함이 석가의 입술을 혐오감으로 굳어지게 한다. "이번 구미호는 분명 그랬을 거야."

"망나니 구미호네." 이덕현은 계속 시신을 살피며 동의한다.

석가는 얼굴을 찡그리는데, 기억 하나가 떠오르기 때문이다. 주홍빛 칼날의 무서운 속삭임, 루비색 붉은 단검이 밤새 번쩍이며 살갗을 가르는 기억. 그 검들은 한때 주홍여우의 주 무기였던 것으로 알려져 있다. "칼날 자국 같은 건 없어? 발톱이 아니라 칼 때문에 난 자국 같은 건?"

"아……." 이덕현은 집중하느라 찡그린 얼굴로 시신의 입에서 오른쪽 흉곽에 생긴 상처 구멍으로 시선을 옮긴다. "이 상처를 좀 더 자세히 살펴봐야겠어." 그는 안경 너머로 두 눈을 가늘게 뜨며 천천히 말한다. "상처를 낸 건 단검인 것 같아. 상처가 좀 더 예리해. 좀 더 정확하고. 심지어 더 깔끔해."

벌어진 상처를 바라보며 석가는 음흉한 웃음을 삼킨다. 이게 정말 주홍여우의 짓이라면…… 그렇다. 어젯밤의 한심한 물귀신보다 훨씬 더 흥미로운 사건이 될 것이다.

주홍여우가 돌아왔다.

"사망 시각은 밤 10시 50분에서 11시쯤으로 추정돼." 이덕현이 석가를 흘깃 쳐다본다. "다른 시신도 볼래?"

"그럴 필요 없어." 석가는 여전히 김범석을 내려다보며 말한다. 그의 입가에는 어두운 미소가 걸린다. "볼 만큼 봤어."

6

하니

"그냥 한번 먹어봐." 하니는 소미가 앞에 놓인 접시에 담긴 피 묻은 간을 조심스레 쿡 찔러보는 모습을 보며 재촉한다. 두 사람은 소미네 집 주방에 앉아 있다. 하니는 이미 카페 유니폼을 입고 있고, 소미는 여전히 줄무늬 파자마를 입고 있다. "마음에 들 거야. 진짜야." 하니는 아침 일찍 소미의 작은 아파트로 달려온 참인데, 눈에 띄지 않는 코듀로이 토트백에다 사람의 간이 담긴 플라스틱 용기를 넣어 왔다. 소미의 아파트는 바닥이 새집처럼 새하얀 데다가 흠잡을 데 없이 깨끗해서 하니로서는 이곳에 피투성이가 된 장기를 가져온 게 한참 잘못된 일이라는 생각이 들 정도이다. 하지만 뭐, 그래도 상관없다. 하니는 간이 소미에게 완벽한 아침 식사가 되리라는 것을 안다.

결국에는.

소미가 간을 먹는 걸 금기라고 생각하지 않게 되면 말이다. 하니는 그런 금기가 애초 자기 잘못 때문이라고 생각한다.

"언니 미쳤어요?" 소미는 하니를 쳐다본다. 아침 햇살이 아연실색하는 그녀의 얼굴을 은은한 빛으로 비추고 있다. "언니가 그 남자들을 죽였다니 믿기지 않아요." 그녀가 쉰 목소리로 속삭이듯 말한다. "언니가 진짜 그 남자들을 죽이고 간을 가져왔네요. 난 지금 무슨 말을 해야 할지 모르겠어요."

"고맙다는 말 한마디면 충분해. 그놈들이 먹잇감을 찾아 신신시 거리를 돌아다니게 그냥 놔두는 게 좋겠니?" 하니가 이마를 찡그리며 대답한다. "그런 놈들은 내가 직접 제거해야 할 해충이야."

"해태가……."

"해태는 아무것도 못 봤어." 하니가 확신에 차서 말한다. "게다가 그놈들은 나쁜 놈들이었어. 그리고 나쁜 놈들에겐 항상 나쁜 일이 일어나. 그래도 그들의 간은 정말 맛있다는 걸 너도 알게 될 거야."

"이게 내가…… 그때 그런 걸 물어봐서 그런 거예요?"

"아니." 하니가 대답한다. "그놈들이 날 공격했기 때문이야. 정당방위였어. 먹어 볼래? 그냥 살짝 맛만? 아무도 모를 거야. 소미 너한텐 운 좋은 날이야."

소미는 여전히 충격에 휩싸여 눈을 깜빡인다. "하니 언니." 그녀가 천천히 말한다. "이걸 보면 뭐가 생각나는지 알아요?

"뭐가 생각나는데?" 하니가 호기심에 묻는다.

"고양이가 입에다 죽은 쥐를 물고 와서 선물이라고 주인한테 주는 거요." 소미는 속이 울렁인다는 표정이다.

하니는 콧방귀를 뀐다. "간이 싫으면 그냥 싫다고 말해. 밖으로 가져가서 묻어 버리든지 할게." 하니가 접시를 향해 손을 뻗는 순간, 소미가 갑자기 하니의 손목에다 자기의 가느다란 손을 얹어놓으며 그녀를 말린다. 소미의 얼굴 위로 허기가 스치듯 지나가고, 하니는 문득 소미가 지금껏 역겨운 것처럼 행동해야만 한다고 생각해서 그렇게 했음을 깨닫는다.

하지만 실제로는…….

"잠깐만요." 젊은 구미호는 피 묻은 장기를 바라보며 눈을 질끈 감는다. 하니는 소미가 아랫입술을 핥자, 승리감이 솟구치는 것을 느낀다. 그녀는 소미가 간이 불고기보다 맛있다는 전날 밤 하니의 주장을 기억하고 있음을 안다. "아무도 모를 거라고요?" 그녀가 속삭인다.

"전혀, 그 누구도."

"약속하는 거죠?"

"약속할게."

이 순간 하니는 소미가 여우와 인간이라는 상반된 두 가지 정체성으로 씨름하는 모습을 지켜본다.

여우가 승리한다.

소미는 떨리는 손으로 간을 입으로 가져가, 핏빛으로 물든 간을 이로 깨물어 넣는다. 하니는 피가 묻어난 입술로 간을 씹더니 곧 삼키는 소미의 모습을 지켜본다.

"맛있어?" 하니가 나무 탁자 너머에서 앞으로 몸을 기울이며 진지하게 묻는다. "맛있지 않아?"

소미가 피로 얼룩진 이와 루비색 빨강 입술을 내보이며 웃는다. 하니는 원하는 대답을 들었다. 그것으로 충분하다.

✳

"커피를 마흔 잔 정도는 마신 것 같은 기분이에요." 소미가 카페 안내 문구를 '종료'에서 '영업중'으로 바꾸면서 하니의 귀에다 대고 속삭인다. "커피 마흔 잔에다가 에너지 음료 일곱 병을 더 마신 것 같아요. 가만히 있을 수가 없어요."

"그래 보여." 하니가 싱긋 웃으며 말하고는 카운터로 향한다. 소미는 두 번째 간을 먹어 치운 다음 상당히 만족한 듯 손가락을 핥았고, 그 후로는 안절부절못한다. "그래도 진정하려고 노력해 봐." 하니가 낮은 목소리로 덧붙인다. "네가 아침에 이렇게 힘이 넘친 적은 한 번도 없었잖아." 그건 사실이다. 소미는 보통 아침 8시면 충혈된 눈에 그로기 상태로 비틀비틀하는데, 여우구슬이 한번에 너무 많은 힘을 흡수하는 바람에 지금은 자기 자신을 억제하지 못하고 있다.

"아무도 모르는 거죠, 그렇죠?" 소미는 (역겨운) 원두를 그라인더에 붓는 하니를 따라다니며 묻는다. "내가 이렇게 힘이 넘쳐도 모르겠죠? 사람들이 내가 무슨 일을 했는지 날 보기만 해도 아는 건 아니겠죠, 그렇죠?" 그녀의 목소리에 두려움이 스며

들어 있다. "오, 신들이시여. 아무도 모르는 거겠죠, 그렇죠?"

"말했잖아." 하니가 마지막 원두를 그라인더에 털어 넣으며 말한다. "완전 괜찮을 거야." 그녀는 그라인더 스위치를 켜면서 얼굴을 찡그린다. 드르륵. 드르륵. 드르륵. *망할 놈의 커피.* 그녀는 씁쓸해하며 생각한다.

"내 입에 피 묻었어요?" 소미는 그라인더 소리를 이기려고 반쯤 소리를 지른다. "아니죠?"

소미는 물로 입을 헹구고, 비누로 헹구고, 구강청결제로 헹구고, 또 비누로 헹궜다. 한 점의 피도 남아 있을 수 없다. 하니는 고개를 절레절레 흔들며 귀를 막는다. 하지만 소미는 여전히 긴장한 표정이다. 묻었어요? 그녀는 모든 음절을 크게 과장해 가며 입 모양만으로 말한다.

하니는 어깨를 으쓱하며 귀를 막고 있던 손을 내리고 기계 전원을 끈다. 그녀는 런던에서 5백 명의 남자를 죽이고도 무사히 도망쳤다. 그에 비하면 이건 아무것도 아니다. "완전 괜찮아." 그녀는 소미를 안심시킨다. 하지만 소미는 확신하지 못하는 것처럼 보인다. 그녀는 한숨을 내쉰다. "만약 그랬다면, 내가 말을……."

카페의 종소리가 딸랑 울리며 아침 첫 손님들이 도착했음을 알린다. 소미는 서둘러 뒤편으로 가 앞치마를 두른다. 백발에 검정 트렌치코트를 입은 젊은 저승사자와 나이 지긋한 해태가 카운터로 다가오자, 하니는 공손한 미소를 지어 보인다. "크리처 카페에 오신 걸 환영합니다. 오늘 아침엔 뭘 준비해 드릴까요?"

나이 많은 해태가 웃으며 말한다. 그가 웃자 두 황금빛 눈가에 자글자글한 주름이 나타난다. "녹차 작은 사이즈로 하나요." 그가 말한다. "그리고 아이스커피 한 잔도요. 크림 하나, 설탕 하나 넣어서요."

"그리고 그쪽 분은요?" 하니는 저승사자를 쳐다본다. 그러고는 저승사자가 하트 모양이라고밖에 더 잘 표현할 방법이 없는 눈으로 소미를 바라보고 있음을 알아챈다. 그의 시선을 느낀 소미는 작은 플라스틱 컵에 얼음을 붓고 있다가 고개를 드는데, 순간 그녀의 얼굴이 붉게 물든다. 부끄러워서가 아니라 저승사자의 시선을 받는다는 불편함 때문이다. "여기요." 하니가 손가락을 튕기며 남자의 주의를 동료에게서 떨어뜨린다. 해태는 나지막이 웃고 안타깝다는 듯 고개를 젓는다. "뭘 준비해 드리냐고요."

"아." 저승사자가 급히 몸을 펴며 턱을 내밀고는 동그란 금테 안경을 고쳐 쓴다. "전…… 블랙커피 작은 사이즈 하나만 주세요. 우유와 설탕은 빼고요. 감사합니다."

하니는 재밌어하며 소미와 함께 음료를 만들기 시작한다. "저승사자가 널 보고 있어." 아이스커피를 저으며 하니가 소곤댄다. 백발의 남자가 다시 소미를 흘깃 쳐다보며 감탄하는 표정을 짓는다.

소미는 미간을 찌푸린다. 그녀의 안색이 창백하다. "언니가 한 번 더 혼쭐을 내줘요. 저런 남자 소름 끼쳐요."

하니가 싱긋 웃어보이곤 음료를 두 크리처에게로 가져간다. "음료 맛있게 드세요." 그녀는 해태에게 영수증을 건네며 말한다. "하지만 차와 아이스커피를 한꺼번에 마시면 카페인 과다 복용이 될 수 있으니 주의하세요."

노인이 미소 짓는다. "커피는 내 게 아닙니다. 하지만 충고는 마음에 새길게요."

경계라도 하듯 하니의 눈이 가늘어진다. 크림 한 개와 설탕 한 개가 들어간 아이스커피. 그녀는 그 둘이 가까운 테이블에 자리를 잡는 모습을 지켜본다. 해태는 석가와 함께 경찰서에서 일하는 게 분명하다.

그녀는 기회가 있었을 때 신의 커피에 침을 뱉지 못한 걸 아주 많이 안타까워한다.

오늘은 크리처 카페가 한산한 날이다. 오전 내내 드문드문 손님들이 찾아온다. 구미호 한 쌍이 먼저 들어오고, 뒤이어 기분이 매우 좋은 해태 남자 3인조, 저승사자 몇 명, 반신반인 몇 명, 숙취에 시달리며 헛개차를 달라는, 피곤해 보이는 도깨비 한 명 등등. 더 이상 응대할 손님이 없는데도 소미는 이리저리 바쁘게 움직이고, 하니는 다시금 체리 타르트를 먹느라 바쁘다.

그녀의 타르트 썹는 소리 사이사이로 연로한 해태와 저승사자가 나누는 대화가 드문드문 귓가에 들려온다. 하니는 다른 무엇보다도 아침 식사에 집중하면서 건성으로 그들의 대화에 귀를 기울인다.

"······그 어느 때보다 경찰서에서 그가 할 일이 많아졌습니다." 해태가 말한다. "현태 씨, 어젯밤 희생자들의 영혼과 대화할 수 있었다면 도움이 되었을 겁니다. 뭐가 됐든 현태 씨 회사에서 해 줄 수 있는 일이 있다면 정말 감사하겠습니다."

어젯밤의 희생자들. 하니는 타르트 씹는 것을 멈춘다. 그녀 옆에서 소미가 경직된 표정을 짓는다. "언니." 그녀가 낮게 말한다. "저분들 하는 얘기······."

"쉿." 하니가 타르트를 내려놓으며 소미의 말을 자른다. "듣는 중이야."

소미는 침묵한다.

저승사자는 차분하게 커피를 홀짝인다. "죄송합니다, 서장님. 말씀드렸듯이 돌아가신 지 두 시간이 지나면 영혼은 우리 회사 CEO인 염라대왕님께 맡기는 것이 회사 절차입니다. 이미 환생할 준비를 하고 있거나 지옥으로 내려갈 준비를 하고 있을 가능성이 높습니다." 그가 커피를 내려놓으며 덧붙인다. "하지만 석가 형사님은 그들의 도움 없이도 주홍여우 사건을 해결할 능력을 충분히 갖추고 있는 것으로 보입니다. 말씀드렸듯이 그들은 혀를 잃었습니다. 그들이 석가 형사님에게 할 수 있는 말은 별로 없었을 겁니다. 심 서장님, 제 상사와 연락하고 싶으시다면 필요한 정보를 드릴 순 있습니다만······."

하니 옆에서 소미가 목이 막힌 듯한 작은 소리를 낸다. "하니 언니." 그녀가 속삭인다. "언니, 하니 언니……."

하니는 불쑥 짜증이 차올라 그녀의 어깨를 찰싹 때린다. *석가. 석가는 주홍여우 사건을 처리하고 있다.*

들은 내용인즉슨, 주홍여우와 관련한 사건이 일어난 게 그 이유이다.

이런 젠장. 거참…… 잘됐네, 아주 잘됐어.

그녀가 신신시의 법 집행 능력을 과소평가했던 것으로 보인다. 그녀는 시체들에 돌을 매달아 한강에 갖다 버리지 않은 자신을 조용히 저주한다. 분명 그게 현명한 행동이었을 것이다. 하지만 하니는 오랫동안 실전에서 벗어나 있었던 관계로 끔찍할 정도로 일에 서툴렀고, 이제 그 결과는 그녀를 정면으로 응시하고 있다.

"아닙니다, 아니에요." 심 서장이 지친 기색으로 주름진 손을 흔든다. "그럴 필요 없습니다, 현태 씨. 감사합니다. 우린 지금 용의자 명단을 작성 중입니다. 어젯밤 그 지역에 있었던 구미호 30명을 직장과 거주지 기준으로 파악하고 있습니다. 우린……."

"하니 언니." 소미가 다시 속삭인다. 이번에는 소리를 죽인 말들 사이로 새된 억양이 끼어들어 가 있다. "들었어요? 오, 신들이시여, 오, 신들이시여……."

소미가 과호흡을 시작하고, 하니의 뱃속에는 무언가 두텁고 묵직한 것이 자리한다.

형사들은 조만간 소미와 그녀가 살인 현장 근처 식료품점에 있었다는 사실을 알게 될 것이다.

하니는 CCTV를 가장 닮은 존재가 언제 입을 다물지 모르는 수다쟁이 아줌마였던 시절이 그립다. 둘 다 심문을 받기 위해 경찰서로 불려 갈 것이다. 하니는 거짓말을 왕창 지어낼 수 있지만, 소미는 그녀 옆에서 벌써부터 식은땀을 흘리고 있다.

소미의 파일에 그녀가 아직 어린 구미호일 뿐이리고 기록되어 있는 건 중요하지 않다. 파일은 위조될 수 있기 때문이다. 하니의 파일은 확실히 그랬다. 하니는 소미가 이미 심하게 숨을 헐떡이며 그녀의 팔에 꽉 매달리는 모습을 보고…… 이건 별로 좋아 보이지 않는다고 판단한다.

하니는 자신이 해태의 의심을 피하기 위해서라면 무슨 짓이든 할 거라는 걸 알고 있다. 소미를 좋아하긴 해도, 하니가 자기를 보존하려는 의지는, 동료가 조사받는 일이 없도록 자신이 저지른 일을 솔직하게 인정하는 상황이 전개될 가능성보다 훨씬 더 셀 것이다.

그래서 그 조사는 심하게, 아주 심하게 죄 지은 표정을 하고 있고…… 갑작스레 강력해져 몸 안에서 구르고 있는 여우 구슬을 가진, 긴장해서 갈팡질팡하고, 땀을 흘리는 구미호에게 집중될 것이다. 요즘은 그런 긴장한 상태를 확인할 수 있는 검사도 있다. 하니는 속으로 현대 기술을 맹렬히 저주한다.

"하니 언니." 소미가 다시 속삭인다. "오, 신들이시여……." 그녀는 울기 직전이다. "저분들이 언니가 한 일, 내가 한 일을 알게 될 거예요…….” 그녀의 호흡이 얕고 빨라진다.

이쯤에서 하니는 엄밀히 말하면 소미가 진짜 범인이 아니라는 사실을 굳이 언급하지 않는다. 소미가 속아서 간을 먹었다는 주장은 재판에서 유효할 수 있지만 하니에게 그다지 좋은 영향을 미치지는 않을 것이다. 좀 더 정확히 말하자면, 어린 구미호는 하니에게 두 남자를 자신이 죽였다고 자백하도록 압박할 가능성이 크다. 하지만 하니는 자백하고 싶지 않다.

“내가 해결할게.” 그녀는 소미에게 나지막이 소곤댄다. 하지만 어떻게 해결할지 확신은 서지 않는다. “너 지금 수상하게 굴고 있어. 가서 커피를 만들든지 해.” 그녀는 엉덩이로 소미를 세게 밀치며 심 서장과 장현태에게로 시선을 돌린다.

심 서장이 한숨을 내쉬며 차를 한 모금 더 마신다. 그는 타락신에게 가져갈 커피의 뚜껑을 톡톡 두드린다. “그는 과로 상태예요, 알죠?”

“아.” 장현태가 얼굴을 찡그리며 말한다. “놀랍지 않습니다. 그의 참회는…… 우리 모두 들어서 알고 있으니까요.”

서장은 슬픈 얼굴을 하고, 하니는 그걸 신기하게 생각한다. 아주, 아주 슬픈 얼굴이다. “난 그가 좀 안타깝다는 마음이 있어요.” 그는 저승사자가 아니라 자신에게 말하듯 중얼거린다. “그는 여러모로 아직 어린아이입니다. 심술이 나 있고, 상처를 받았고, 버림을 받았고, 또 아주 외로워요. 너무 외로워요.” 심 서장이 한숨을 쉰다.

장현태가 조금 어색하게 헛기침한다. "조수를 구해 볼 생각은 해 보셨나요?"

"물론 해 봤습니다. 신신시 구인구직 사이트에 조수 구인 광고를 냈을 때만 해도." 심 서장이 지친다는 듯 말을 잇는다. "경찰서를 도울 의향이 있는 크리처들로부터 지원이 쇄도할 거로 기대했습니다. 하지만 여태껏 한 명도 없습니다. 아마도 석가의 악명 높은, 음, 성질머리 때문일 겁니다."

하니가 눈을 깜빡인다. *흥미로운걸.*

"조수가 있으면 신의 업무량을 크게 줄일 수 있을 것 같습니다."

하니는 민감하게 흥미를 느끼며 고개를 갸웃한다. "맞습니다. 그런데 그는 도움이 필요하다는 사실을 인정하지 않습니다. 그리고 주홍여우 사건이 그를 완전히 집어삼킬 것 같은 예감이 듭니다. 그는 한 번 사건을 시작하면 끝내기 위해 수단과 방법을 가리지 않습니다." 심 서장이 대답한다.

"석가의 조수라." 하니는 음흉하고 교활한 마음이 소용돌이치기 시작하면서 혼잣말을 중얼댄다. **석가의 조수**……. 아주 좋은 기회가 저절로 찾아왔다. 아마도 행운의 여신인 감은장이 오늘을 김하니에게 아주아주 큰 보상을 주는 날로 정하고 석가를 놀려 주기로 마음먹은 것 같다.

"그 일을 맡을 만큼 어리석은 이에게 보상을 크게 주셨으면 합니다." 장현태가 중얼거린다. "그 신은 짜증을 잘 내는 편이니까요."

"기꺼이 그렇게 할 생각입니다."

흠. 서장을 바라보는 하니의 입가에 미소가 걸린다. *석가는 조수가 필요해. 그리고 보상이 아주 세.*

이런, 이런, 이런.

이건 그녀에게 아주 좋은 기회가 될 수 있다.

참아주기 힘든 신과 함께 일하면서 그를 자신과 소미와는 반대 방향으로 멀어지도록 조종할 수 있는 기회. 소미를 끌어들인 엉망진창인 상황을 어떻게든 수습할 기회. 그리고 하니 자신을 보호할 기회.

하니는 한 번도 잡힌 적이 없지만, 과거의 죄로 인해 저승으로 가야 할 위험을 감수하고 싶지는 않다. 아니, 그녀는 유난히 긴 겨울 동안 동면하는 곰의 사나운 기세로 한 번 더 단식에서 깨어나 굶주린 상태가 될 때까지 도시 전설인 주홍여우가 드러나지 않기를 원한다. 그리고 석가가 그녀의 일에 뾰족한 코를 들이밀고 아주 영리한 머리로 어떻게든 주홍여우의 정체를 밝히고 그녀를 심문해서 만들어 낼 거짓말을 해체한다면……. 하니는 어떤 위험도 감수하고 싶지 않다. 더욱이나 석가의 조수로서 그를 맹탕 추격전으로 이끌 수 있는, 반짝반짝 빛나는 황금 같은 기회가 눈앞에 있는 지금 이 순간에는.

오히려 그녀가 그와 가까워지면 그가 그녀를 덜 의심하게 될 가능성이 크다. 바보만이 자기를 사냥하는 자 가까이에 자신을 갖다 놓을 테니까.

일을 맡아. 석가를 소미에게서 떼어 놔. 게임을 해.

타락신 석가와 게임을 한다는 생각에 그녀의 마음 한편을 차지한 여우가 흥분한다. 그건 여러 면에서 크리처 카페에서 개똥 같은 태도를 보이는 그의 태도에 대한 복수이기도 하다.

이건 석가가 절대 해결하지 못할 사건 중 히니이다.

그리고 어쩌면 그런 사건이 더 있을 수도 있다.

하니 역시 석가의 참회가 치러야 하는 대가에 대해 들은 적이 있다. 그가 그 대가를 치르지 못한다면 매우 불행한 일이 될 것이다. 서투른 새 조수가 어떻게든 그의 모든 사냥을 망친다면…… 망나니들이 석가의 손아귀에서 벗어나기 시작한다면…….

난 천재야. 하니는 결론 내린다. *난 완전 천재라고.*

소미는 하니가 하는 일련의 생각들을 감지한 것처럼 보인다. 소미는 여전히 땀을 흘리며 그녀 옆으로 잰 걸음으로 다가온다. "언니……."

하지만 하니는 이미 반은 뛰고 반은 종종걸음을 치며 경찰서장이 있는 테이블로 향한다. "제가 할게요." 하니가 선언한다. "제가 할게요."

심 서장은 당황한 듯 그녀를 보며 눈을 깜빡인다. "뭐라고요?"

"그 일요." 그녀가 서둘러 설명한다. "듣자 하니…… 타락신 석가에게 조수가 필요하다고요." 하니는 카운터 뒤에서 정신없이 고개를 흔드는 소미를 눈치채고 손을 등 뒤로 해서 진정하라는 뜻의 손짓을 보낸다. "하고 싶습니다, 조수가 되는 거요. 서장님." 그녀는 잠시 생각하는 듯하다 덧붙인다.

서장은 웃음을 삼키는 것처럼 보인다. "당신은 아주 간절하네요, 그렇죠?" 그와 자리를 함께하고 있는 남자는 하니를 호기심 어린 눈으로 쳐다본다.

"솔직히 말해서 전 이 카페가 정말 싫어요." 하니의 입술 사이로 말이 줄줄 흘러나온다. "저희 사장님이 미쳤거든요. 끔찍한 보라색 핸드백을 들고 다니고 저한테 메밀묵을 사 오라고 시키세요. 그래서 석가 형사님 조수로 일하고 싶습니다." 하니는 최대한 밝고 천진난만한 미소를 내보인다. "제 이력서를 한 장 뽑아다 드릴 수 있습니다……"

"그럴 필요 없어요." 심 서장이 하니의 말을 자르고 끼어든다. 그의 눈에서는 할아버지가 손녀에게 내보일 법한 반짝임이 묻어난다. "다음 세 가지 질문에 대답만 하면 돼요. 정답을 맞히면 일자리를 얻게 될 겁니다."

하니는 숨을 죽이며 고개를 끄덕인다.

"그쪽은 시신 가까이에만 가도 메스껍나요?"

"아니요." 하니가 너무 빨리 대답한다. 심 서장이 눈썹을 치켜올리자, 하니는 설명을 늘어놓는다. "아니요, 그럴 것 같지 않습니다." 하니는 애교 섞인 미소를 짓는다.

해태 서장은 만족한 표정이다. "우리 경찰서에서 기대하는 게 바로 그런 정신이에요." 그가 유쾌하게 동조한다. "다음 질문이에요. 그쪽은 장시간 근무에 반대하나요?"

네. 숙면은 하니가 밤에 하는 자기 관리 루틴에서 빼놓을 수 없는 부분이다. 하지만 그녀는 고개를 가로젓는다. 저승에 가게 되면 숙면은 할 수 없을 테니. 런던에서 그녀가 한 짓을 생각하면 염라대왕이 그녀의 환생을 허락할 가능성은 기의 없다. "오, 아니요, 전혀요."

"그리고 마지막으로……."

하니는 숨을 참는다.

"석가 신에게 커피를 만들어 줄 의향이 있나요?"

"오." 하니는 입술을 양쪽으로 늘어뜨리며 환하게 웃는다. "얼마나 그러고 싶은지 서장님은 상상도 못 하실 걸요."

7

석가

석가는 인상을 찌푸린 채다. 그는 두 명의 젊은 남자가 주홍여우에게 잔인하게 살해당한 이틀 전 밤의 CCTV 영상을 컴퓨터 모니터로 훑어보고 있다. 하지만 그를 괴롭게 하는 지점은 살인 사건이 발생한 봄날가에는 CCTV가 전혀 설치되어 있지 않다는 사실이다. 그 결과, 그는 3시간째 사건이 있던 날 밤 시내의 모든 CCTV 영상을 샅샅이 뒤지며 비정상적인 움직임의 신호, 구미호가 살인 현장이 될 거리로 향하는 흔적을 찾기 위해 애쓰는 중이다.

하지만 그는 지금껏 아무것도 발견하지 못했다. 모든 영상이 흐릿한 데다, 그가 기대를 건 장소 바로 앞에 설치된 CCTV는 밤 동안 CCTV 렌즈를 안식처로 사용하기로 마음먹은 유난히 뚱뚱한 나방이 30분을 가로막고 앉아 있었기 때문이다.

"빌어먹을 벌레." 석가가 지쳤다는 듯 피곤한 눈을 비비며 중얼거린다. 그는 용의자로 여길 만한 누군가를 확인하겠다고 결심하고 새벽 두 시부터 경찰서에 나와 있다. 하지만 그 망할 나방 덕분에 아무런 소득이 없다. 설상가상으로 시신에서 발견된 DNA는 한국, 중국, 일본, 태국, 영국, 프랑스, 스페인, 이탈리아, 호주, 미국, 멕시코, 심지어 바티칸 시국에 보관된 어떤 DNA와도 일치하지 않는다.

파일은 위조될 수 있어. 석가는 스스로에게 상기시킨다. 그는 접근이 쉬운 DNA 파일 덕분에 이 사건이 빨리 해결될 거라고는 예상하지 않았다. 그는 이 사건이 장기전이 될 것임을 알고 있다.

하지만 범행에 사용된 무기가 구미호 발톱과 (아마도) 악명 높은 주홍여우의 단검이라는 것 외에는 단서가 전혀 없다.

석가는 코로 가늘게 한숨을 내쉬며 컴퓨터 모니터를 꺼 버린다. 이른 아침인지라 경찰서는 아직 고요하다. 프린터가 (전날 밤 그가 인계한 네 명의 처녀 귀신과 관련해서 추후에 작성해야 할) 서류 더미를 천천히 뱉어내느라 내는 윙윙거리는 소리 외에는 아무 소리도 들리지 않는다. 처녀 귀신들은 시내 곳곳에 조잡한 남근상을 세워 왔는데…… 네 명의 처녀 귀신을 저승으로 내려보낸 후에도 그 남근상들은 여전히 남아 있다. 그는 심 서장에게 몇몇 해태를 보내 그것들을 철거해 달라고 부탁하거나, 아니면 시에서 알아서 처리하기를 기다릴 생각이다.

석가는 목을 돌리며 게슴츠레한 눈으로 경찰서 내부를 둘러본다. 이른 아침이라 피곤한 얼굴로 라지 사이즈 아이스커피를 마시고 있는 해태 한 명을 제외하면 주변 칸막이 안의 자리는 아직 텅 비어 있다. 석가는 관자놀이를 문지른다. 지금 당장 커피 한 잔을 마실 수 있다면 뭐든 내놓을 수 있을 것만 같다.

그는 서류 작업을 시작한다. 경찰서 문이 열리면서 바깥 도시의 낮은 윙윙거림과 웅성거림이 흘러들지만 그는 고개를 들지 않는다. 보나 마나 심 서장이 너무 일찍 경찰서에 나온 석가에게 잔소리할 태세로 다가오고 있을 것이다…….

하지만 실상은 지저분한 타일 바닥에 따닥따닥 부딪는 소리를 내는 한 쌍의 하이힐과 그의 칸막이 가장자리 위로 걸쳐지는 분홍색 광택을 입은 타원형의 손톱이다. "좋은 아침이에요." 웬여자의 목소리가 유쾌하게 인사를 건넨다. 지나칠 정도로 유쾌한 목소리로.

이 목소리. 석가는 여전히 책상 칸막이를 꽉 쥐고 있는 가느다란 손을 노려보는 중이다. 이건 끔찍하게 익숙한 목소리이다…….

그는 천천히 눈을 들어 상어의 것이라고 할 수 있을 법한 미소를 지으며 자신을 내려다보는 여자를 쳐다본다. 좀 더 구체적으로 말하자면, 아주 맛있는 먹잇감을 먹으려는 상어의 미소다. *젠장 이게 무슨 일이야?*

그가 그녀를 알아보는 데는 잠시 시간이 걸린다. 이건 그가 타인의 얼굴을 인식하는 걸 어려워한다는 말이 아니라, 자기 얼굴을 제외한 다른 사람의 얼굴에는 특별히 신경을 쓰지 않는다는 말이다.

그녀는 작고 날씬한 체구에 엄청나게 풍성한 갈색 머리를 하고 있다. 각진 눈동자는 그의 눈과 마주칠 때 반짝 빛을 낸다. 윤기가 나는 붉은 두 입술은 양옆으로 팽팽하게 늘어져 포식자 같은 미소를 만들고 아랫입술에 가닿은 작고 날카로운 흰색 송곳니 두 개를 드러낸다. 여자는 손가락을 흔들며 인사를 건넨다. *나 기억하세요?* 그녀가 묻는 것 같다.

석가는 갈색 앞치마를 두르고 지나치게 달달한 커피를 들고 있는 그녀의 모습을 떠올린다. 동일인임을 인식하니 그의 입가에는 비웃음이 걸린다. "너." 그는 차갑게 말한다. 그러고는 분개한 듯 허리를 곧추세우고 차가운 증오가 가득 찬 눈빛으로 그녀를 쏘아본다. 크리처 카페에서 커피를 집어던진 여자. "뭘 원하는 거지?"

그녀는 입술을 삐죽인다. 하지만 그마저도 코웃음을 참는 것처럼 보인다. "형사님은 별로 친절하지 않으시네요." 그녀가 대답한다. "난 제시간에 오려고 일찍 일어나기까지 했어요."

"제시간에?"

"못 들으셨어요?" 여자가 나긋하게 묻는다. "내가 당신의 새 조수입니다."

석가가 눈을 깜빡인다.

여자는 윙크한다.

그러자 석가는 책상에서 벌떡 일어나 짜증으로 잔뜩 긴장된 턱과 목소리로 말한다. "무슨 소린지 하나도 모르겠는데, 인간."

"인간이요?" 자신보다 키가 30센티미터는 더 큰 석가가 그녀를 노려보는데도 그녀는 별다른 감흥이 없는 표정이다. "난 구미호예요, 고맙습니다. '무슨 소린지 하나도 모르겠는데, 신'이라고 해야 정확합니다만, 그냥 넘어가겠습니다. 이번만큼은요." 그녀는 지금 반존댓말을 하고 있긴 하지만, 어투에는 노골적인 조롱이 배어 있다. 여자는 그의 분노를 알아차린 것처럼 보이고, 그녀의 미소는 점점 자라난다.

석가는 희석되지 않은 순수한 짜증에 이를 뽀드득 갈아댄다. "나가."

"아뇨." 그녀가 유쾌하게 대답한다. "난 고용됐습니다. 오늘부터 내가 당신을 든든하게 보조할 거예요." 그리고 그녀는 두 엄지손가락을 치켜세운다. 엄지 척.

대담함이란.

"누가 널 고용했어?" 그가 그녀를 고용하지 않은 건 확실하다.

"음……." 구미호의 시선이 경찰서 문 쪽으로 향한다. "저분이요."

석가는 보지 않아도 심 서장이 들어왔음을 안다. "심 서장." 몰래 자기 방으로 들어가려는 해태에게 그는 이를 앙다물며 외친다. "나랑 얘기 좀 해요."

서장은 한숨을 내쉬며 석가 책상 쪽으로 다가온다. 그는 구미호에게 사과에 가까운 작은 미소를 보낸 뒤 석가에게로 시선을 돌린다.

"내가 분명히 하지 말라고 했는데도 조수를 고용했어요?" 석가가 묻는다.

심 서장이 얼굴을 찡그린다. "석가 형사님." 그가 말한다. "이쪽은 김하니 씨입니다. 그리고 네, 하니 씨가 형사님을 보조할 겁니다. 어제 제가 고용했습니다."

구미호 하니가 싱긋 웃는다. "봤죠? 난 고용된 거예요."

"난 혼자 일해." 석가는 심 서장을 보며 냅다 소리친다. 그는 가슴이 따끔거리는 느낌을 받는다. 뒤늦게 자신이 서장에게 배신감을 느낀다는 걸 깨닫는다. 배신당했다. 그 깨달음에 피가 끓는다. "내가 전에도 말했잖아요, 영감님. 이 여잘 카페로 데려가서 또다시 커피를 내던지게 두세요."

하지만 심 서장의 눈빛은 수그러들지 않았다. 오히려 더 단호해진다. "예의란 게 없으시네요, 형사님……."

석가가 비웃는다.

"……전 김하니 씨를 해고하지 않을 겁니다. 오늘부터 그녀는 형사님의 조수가 될 겁니다. 서류 작업도 도와주고, 형사님이 어질러 놓은 망나니들이 관련된 엉망진창도 해결하고, 커피도 만들어 줄 겁니다."

하니의 미소는 그의 애호에 비해 너무 해사하다. 그의 등이 뻣뻣해진다. "난 이 여자가 나한테 커피 만들어 주는 걸 원치 않아요. 절대로." 그가 단호하게 말한다. 양복이 홀딱 젖었던 그 작은 사건이 있고 난 다음이니만큼. "저 여자가 여기 있는 거 싫으니까, 치워 버려요."

하니가 움찔거리며 눈을 크게 뜨고 코와 뺨에 옅은 분홍빛 홍조를 띠는 것을 그는 약간 믿기지 않는 표정으로 바라본다. 그녀의 각진 와인색 눈동자에 눈물이 고이고 아랫입술이 떨린다. "형사님……."

"석가 형사님." 심 서장이 비난조로 말한다. "어떻게 이러실 수가? 여기 이 어린 하니 씨가 형사님을 돕겠다고 자원했는데, 그에 맞는 대우를 해 주셔야죠." 그는 하니의 어깨를 위로하듯 토닥인다. "신경 쓰지 말아요, 아가씨. 저이는 그냥 심술궂은 늙은이일 뿐입니다." 그는 다시 석가에게로 고개를 돌려 쏘아보느라 하니가 타락신에게 우쭐해하는 윙크를 보내고 두 입술을 오므리며 만족한 듯한 미소를 짓는 모습을 보지 못한다.

교활한 여우. 석가는 얼굴을 찡그리며 뻣뻣한 손가락으로 그녀를 가리킨다. "심 서장, 방금 저 표정 못 봤……."

하지만 하니는 다시 원래 표정으로 돌아가고, 심 서장의 혼란스러워하는 시선을 받자 눈물을 간신히 참고 있다는 듯한 표정을 짓는다.

"그만하면 됐습니다, 석가 형사님." 심 서장의 말투에는 더 이상 이견의 여지가 없다. "하니 씨는 형사님 조수입니다. 친절하게 대하지 않으시면 제가 직접 황제에게 연락하겠습니다. 황제께서는 동생이 이승에서 어떻게 지내는지 알고 싶어 하실 겁니다." 서장은 날카로운 눈빛을 보내며 경찰서 맨 뒤편에 있는 자신의 책상으로 물러난다.

서장의 여전히 주시하는 눈빛을 등 뒤로 느끼며, 석가는 눈을 감고 속으로 아주 천천히 열까지 세며 화를 다스리려 애쓴다. 하지만 그는 일곱까지도 세지 못한다. 김하니가 극도로 거슬리는 방식으로 풍선껌을 씹고 있기 때문이다. 그는 눈을 번쩍 뜬다. "그거 그만 좀 해 줄래?" 그가 따지듯 말한다.

그녀는 거의 얼굴 전체를 가릴 정도로 커다랗게 분홍색 풍선을 불었다가 펑 하고 큰 소리로 터트린다. "그나저나." 그녀가 그의 지적을 무시한 채 말한다. "심 서장님 말로는 주홍여우를 쫓고 있다고요."

"여러 사건 중 하나야." 석가가 천천히 책상에 앉으며 중얼거린다.

"흠." 하니가 껌을 씹으며 경찰서 내부 주변을 둘러본다. "이곳은…… 인테리어에 신경을 좀 썼을 줄 알았는데요. 이렇게 낡아빠진 것도 형사님 속죄의 일부인가요?"

그는 참아 주기 어려운 여우를 쏘아본다.

그녀는 아주 크게 풍선을 분다.

그가 지켜보는 가운데 그녀는 웃어가며 풍선을 불다가 펑 하는 큰 소리와 함께 터트린다.

석가는 콧등을 문지르며 한숨을 내쉰다. "가…… 가서 쓸모 있는 일이나 좀 찾아봐." 그가 중얼거린다. *내 눈앞에서 사라져. 제발.*

"예를 들면 어떤 거 말이에요?" 하니가 고개를 갸웃한다. "커피 마실래요?"

응. "아니." 석가는 펜을 내려놓고 그의 조수가 그의 눈에 띄지 않는 상태에서 해야 할 일들을 머릿속에서 샅샅이 찾는다.

"그럼 사냥하러 가는 건가요?" 하니가 흥미로워한다. "망나니들이요? 아님 주홍여우?"

"심 서장이 사건을 넘겨주면." 석가는 이를 앙다물며 말한다. "사냥은 내가 하러 가는 거야. 넌 그냥⋯⋯." 그는 주머니에 손을 뻗어 구겨진 지폐 몇 장을 꺼내면서 느리고 차가운 미소를 지어 보인다. "넌 가서 아침이나 좀 사 와."

8
하니

"지금 뭐 하는 거예요?" 하니가 크리처 카페 카운터로 다가서자 소미가 묻는다. "전 언니가 이곳과는 반대편에 있는 도시 경찰서에서 미친 듯이 자살 계획을 실행하고 있는 줄 알았는데요. 그것도 모자라 이젠 우리 둘 다 용의자로 만들려는 거예요?" 그녀의 윗입술 위에는 땀방울이 맺혀 있고 셔츠 겨드랑이도 땀에 젖어 있다. 수치심과 함께 공포와 죄책감의 냄새가 강하게 풍긴다. "우리 몸을 숨겨야 할 것 같아요. 전 몸을 숨길 거예요. 전 감옥에 가고 싶지 않아요. 심문받기 싫어요! 고문이 있을까요?"

하니가 눈을 가늘게 뜬다. "목소리 낮춰." 그녀가 쉿 소리를 내며 말한다. 그녀 뒤로는 대기하는 줄이 있다. 하니는 소미가 감당하기에 너무 많은 손님이 몰리지 않기를 바란다. 원래는 그녀와 같이 교대 근무를 해야 하지만, 결국에는 죄책감에 내내 시달린 소미 혼자서 카페의 아침 손님들을 감당하는 중이다.

소미가 이마를 훔치며 눈을 재빨리 깜박인다. "기절할 것 같아요." 그녀가 말한다. "기절했다가 깨어나면 전 감옥에 있겠죠. 오, 신들이시여. 다른 사람의 간을 먹으면 형량이 얼마나 될까요? 한 세기? 천 년?"

"넌 감옥에서 깨어나지 않을 거야." 소미의 공포 어린 표정 덕분에 하니는 심 서장의 일을 맡기로 한 자기 결정에 더욱 확신하게 된다. "내가 알아서 한다고 했잖아, 그렇지? 그들은 널 쳐다보지도 않을 거야. 약속해."

"어젯밤엔 한숨도 못 잤어요." 소미는 말하면서 떨리는 손가락으로 눈 밑의 다크서클을 가리킨다. "무슨 소리가 들릴 때마다 잡혀 가는 줄 알았어요."

"소미." 하니가 낮게 재빨리 말한다. "목소리. 낮추라고."

소미가 눈을 가만히 깜박인다. 그러고는 헛기침한다. "주문하시겠습니까?" 그녀는 큰 소리로 묻는다. 마치 그렇게 하는 게 하니 뒤에 있는 크리처들이 들었을지도 모를 말을 무효로 만들기라도 하는 것처럼.

"네, 주문할게요." 아침을 사 오라는 심부름과 함께 석가에게서 쫓겨난 하니는 약이 올라 가능한 한 오랫동안 신을 배고픔에 굶주리며 기다리게 하기로 결심했다. 잔뜩 쌓여 있는 서류를 보건대 그가 당분간은 사냥하러 책상을 떠날 것 같지도 않았다. 그래서 하니는 택시를 타고 예전 카페로 왔고, 이곳에서 소미와 아주 오랫동안 수다를 떨 계획이다. "석가가 아침 먹고 싶대."

소미는 고개를 가로저으며 손톱을 씹기 시작한다. "예전엔 아침마다 그가 달걀을 어떻게 먹는 걸 좋아하는지 궁금해했는데." 그녀가 가늘고 새된 목소리로 속삭인다. "이젠 그가 날 감옥에 집어넣는 건 아닐까, 걱정돼요."

"소미."

그녀는 눈을 빠르게 깜박인다. "날 여기 두고 가다니. 정말 믿을 수가 없어요. 혼자 일하는 동안 그들이 날 잡으러 오면 어떡해요?"

"아무도 널 잡으러 오지 않아. 그리고 난 결국 카페로 돌아올 거야." 하니는 뒤에서 안절부절못하는 저승사자 무리와 반신반인들을 의식하며 낮은 목소리로 약속한다. "석가가 주홍여우 사건에서 손을 떼는 날이 그날이야. 하지만 지금은 체리 타르트 두 개, 말차 라테 한 잔, 크림과 설탕 일곱 개씩 넣은 아이스커피 한 잔 주문할게. 아니다, 각각 여덟 개씩 넣어줘."

소미는 완전히 겁에 질린 표정이다. "안 돼요."

"아니, 돼." 하니가 기분 좋게 웃는다.

"언니 때문에 진짜 나 죽을 것 같아." 소미는 심호흡을 크게 하고 고개를 절레절레 흔들면서도 주문을 입력한다. "알았어요, 알았어. 바로 준비해서 줄게요."

하니는 웃으며 석가의 돈을 건넨다. 체리 타르트와 말차 라테는 모두 그녀를 위한 것이다. 하지만 커피는…… 그를 위한 것이다.

소미가 주문한 것을 준비하는 동안 하니는 기다린다. 그러면서 계속 늘어나는 줄에 죄책감을 느끼며 바라본다. 그녀가 없으면 소미는 사신에 대한 두려움에도 불구하고 저승사자들의 주문을 받아야 한다. 그녀는 아르바이트생이 빨리 고용되기를 바랄 수밖에 없다…… 잠깐.

하니의 두 눈이 흥미를 느끼는 듯 가늘어진다.

줄 맨 끝에는 전날 본 백발의 저승사자가 있다. 장현태. 그는 모자를 손에 들고 챙을 초조하게 만지작거리며 볼이 희미하게 붉어진 소미를 바라보고 있다. 그의 얼굴은 하니의 기억에서보다 더 피곤해 보이지만(어쩌면 저승사자의 장시간 업무 중 카페인 보충이 필요해서일 것이다), 남소미를 쳐다보며 들떠 있는 것처럼 보인다.

하니가 고개를 갸웃한다. 누군가에게 홀딱 반한 것처럼 보이는 한 사람.

그녀는 근처 테이블에서 타르트를 먹으며 그를 계속 지켜본다. 소미는 다행히도 많은 저승사자의 주문을 잘 처리하고 있다. 여전히 사자들의 시선을 피하긴 하지만, 그녀의 직업 정신은 감탄할 만하다. 하니가 라테를 홀짝이는데, 장현태가 카운터 앞에 선다. 그는 긴장한 듯 안경을 밀어 올리더니 묘하게 격식을 차린 목소리로 말한다. "안녕하세요."

소미가 그를 알아보는지는 알 수 없지만, 그녀에게서 그런 기색은 보이지 않는다. 그녀의 눈이 장현태의 머리 위쪽에 고정되어 있기 때문이다. "크리처 카페에 오신 걸 환영합니다……." 그녀의 목소리가 떨리더니 말이 끊어진다. 소미는 좀 전보다 땀을 더 많이 흘리고 있다. 하니는 그렇게나 땀을 흘리는 게 가능한 일인지 생각해 본 적이 없다.

"크림과 설탕을 넣지 않은 블랙커피 한 잔 작은 걸로 부탁합니다." 장현태가 마치 수업 시간에 질문을 받은 듯 재빨리 대답한다. "감사합니다."

소미가 커피를 내리는 동안 장현태는 발을 꼼지락대며 안절부절못한다.

그러더니⋯⋯ "출입문에 붙은 안내문을 봤는데요." 소미가 커피를 건넬 때 그가 말한다. "혹시 아르바이트생 구하세요?"

소미는 그를 쳐다보더니 눈을 크게 떴다가 곧바로 그의 하얀 머리칼 위쪽을 향해 다시 시선을 되돌린다. "아⋯⋯ 이미 직업이 있지 않으세요?"

"네, 맞아요. 맞습니다." 장현태가 헛기침한다. "하지만 근무 시간이 그렇게 빡빡하지 않습니다. 다른 일을 해 보면 좋을 것 같아서요. 오후에요."

"또 다른 직업을 갖고 싶다고요?" 소미는 경계심과 의구심, 반가움과 두려움이 한꺼번에 뒤섞인 목소리로 묻는다. "진심이에요?"

"난⋯⋯." 하지만 장현태는 코트 주머니 속에서 무전기가 삑삑 울리는 소리를 내자 말을 하다 말고 황급히 무전기를 꺼내 해골 모양의 버튼을 누른다. 하니는 고개를 갸웃하고 귀를 쫑긋 세운 채 무전기 반대편에서 들리는, 치직 하는 소리 사이로 흘러나오는 말을 듣는다.

"장현태." 한 남자가 굵직하고 낮은 목소리로 말한다. *"신신시 도시 공원 근처에서 정처 없이 헤매고 있는 실종된 영혼을 붙잡았다. 조금 전 주택가에서 그 영혼의 시신이 발견됐다. 해태들에겐 이미 경보를 발령한 상태이다. 망나니의 공격이 있었던 것 같다. 즉시 출동하라. 오버."*

망나니의 공격. 하니는 일어선다.

석가는 분명 범죄 현장으로 갈 것이다. 그리고 그녀는 그의 조수로서 범인을 찾는 데 도움을 주어야 한다.

하지만 그 신과 앙금이 있는 자로서, 그녀는 망나니를 찾으려는 그의 모든 시도를 완전히 망쳐놓아야 한다.

하니가 문밖으로 나가 아주 득의만만한 미소를 띠며 내달리는데, 뒤에서 그 모습을 본 소미가 자기 눈을 믿을 수 없다는 듯한 괴성을 지른다.

✳

하니가 해태경찰서 문을 밀치고 들어와 곧바로 석가와 충돌한다.

"아야!" 하니는 뒷걸음질 친다. 석가의 (다소 날카로운) 턱에 부딪힌 그녀의 이마가 얼얼하다. 하니는 눈을 깜박여 시야에서 떠다니는 별들을 털어 내고, 석가는 붉어진 턱을 문지르며 거만하게 그녀를 내려다본다. 적지 않은 분노가 담긴 그의 초록색 눈이 번뜩인다.

"잘 보고 다니는 게 좋을 거야." 그가 자신의 지팡이를 움켜쥔 채 말한다. 은빛 이무기는 검은 돌로 된 구슬 같은 눈으로 그녀를 노려본다.

하니는 이를 악문 채로 계속 눈을 깜빡여 시야에서 별빛을 지워 내면서 타락신을 향해 아이스커피를 내민다. "여깄어요." 그녀가 무뚝뚝하게 말한다. "아침이요."

석가는 음료수를 한 번 쳐다보고는 이맛살을 세게 찌푸린다. "됐어, 저리 비켜." 그는 그녀 옆으로 걸음을 옮긴다. "난 갈 데가 있어."

"시신이요?" 하니가 흥미를 보이며 묻는다. 그녀로서는 자신이 저지르지 않은 범죄의 산물인 범죄 현장을 조사한다는 생각에 호기심이 생길 수밖에 없다.

석가가 확 하고 뒤돌아선다. "그걸 어떻게 알았지?" 그의 눈이 가늘어진다. "그리고 물어보기 전에 말하는데, 넌 나와 동행할 수 없어."

"물어볼 생각 없었어요." 그녀는 나긋하게 대답하곤 석가의 커피를 한 모금 마신다. 그러곤 곧장 후회한다. 크림 여덟 개와 설탕 여덟 개를 넣었어도 커피는 여전히 인간이 만든 최악의 음료이다. 그녀는 헛구역질을 한다. "그리고 알려주자면, 카페에서 한 저승사자에게 온 연락을 우연히 들었어요. 형사님이 현장에 가는 거 아니까, 나도 같이 갈게요. 명색이 난 형사님의 조수니까요. 형사님과 동행하는 것은 내 신성한 의무예요. 게다가날 두고 가면 심 서장님에게 불만을 제기할 거고, 심 서장님은형사님의 형에게 불만을 제기할 겁니다." 하니의 미소가 커진다. "네, 그러니 나도 같이 갈게요, 석가 형사님."

타락신은 눈을 감고, 하니는 그가 오늘 아침에 했던 것처럼하나부터 열까지 세고 있는 것 같은 생각이 든다. 그녀는 다시금 그가 일곱까지 세도록 둔 다음 묻는다. "택시 타요? 아니면차가 있어요?"

석가의 눈이 번쩍 뜨인다. "차."

그녀는 흥미로워하며 고개를 갸웃거린다. "내가 운전해도 될까요?"

"안 돼." 이 말은 매우 흥분되고 극도로 살벌한 으르렁거림과다르지 않다. "안 돼, 넌 운전할 수 없어. 뒷좌석에 앉아서 입 다물고 있어." 그의 두 눈이 번쩍인다. "그리고 내 수사를 방해하면, 구미호, 내가 약속하건대 넌 고통받게 될 거야."

그녀는 별다른 동요 없이 그를 빤히 쳐다본다. "방해하지 않을게요." 그녀는 거짓말한다.

그는 노려본다. "진심이야."

"네, 진심이란 거 믿어요." 하니는 기분 좋은 목소리로 말하고, 석가는 화가 치밀어 몸이 굳어 버렸다. 입을 열어 독설 담긴 반박을 하려다 갑자기 입을 닫고서는 홱 돌아서서 경찰서를 빠져나가는 석가의 모습을 하니가 바라본다.

하니는 크게 기뻐하며 그의 뒤를 따른다.

9

석가

구미호가 차 대시보드에 발을 올리고, 열린 창문 밖으로 손을 내밀고, 자신이 그를 얼마나 짜증나게 만드는지 정확히 알고 있다는 듯이 그를 보며 싱긋 웃어 보이자, 운전대를 잡은 석가의 손가락 마디마디에 힘이 잔뜩 들어가 허옇게 변한다. 그녀는 뒷좌석에 앉으라는 그의 요구를 무시한 채 조수석에 올라타며 쾌활하게 말한다. "차가 멋지네요."

그는 코웃음 친다. 하지만 마음 한구석에서는 기분 좋게 우쭐해한다. 맞다, 그의 차는 확실히 멋지다. 그의 차는 세련된 검은색 재규어 XJS인데, 그가 두 번째로 소중히 여기는 소유물이다(물론 첫 번째는 그의 검이다). 그래서 그는 입꼬리를 올리고 쉿소리를 내며 말한다. "여우, 대시보드에서 발 내려."

하니는 눈을 굴리고, 그들은 도시의 거리를 누빈다. 구미호는 시키는 대로 하는 대신 조수석 앞에 놓인 거울을 펼쳐 이미 엄청나게 부풀어 있는 머리를 다시금 푹신해 보이게끔 부풀린다.

아침 햇살이 도시를 밝게 비추자, 석가는 낮은 목소리로 궁시렁거리며 선글라스를 코 위에다 올려놓는다. 그들은 이제 주거 지역에 가까워지고 있다. 그는 조심스럽게 어떤 종류의 망나니가 한 공격인지 궁금해한다. 석가에게 주소를 알려주며 이곳에서 만나자고 약속한 심 서장의 얼굴이 유난히 창백했었다. 어쩌면 이번에도 주홍여우인지도 모른다. 그는 이런 생각을 하며 입을 앙다문 채 아파트 단지 주차장에다 차를 주차한다. 심 서장의 순찰차와 저승사자의 것이 분명한 길고 검은 영구차가 먼저 와 있다. 밝은 노란색 경찰 테이프가 아파트 입구를 막고, 해태와 백발의 저승사자가 그를 기다리고 있다. 그는 저승사자에게서 홍안의 생기가 사라지고 없음을 알아차린다(이 사실에 그는 적잖은 만족감을 느낀다). 눈 밑에다 보라색 그림자를 드리우는 음울한 피곤함이 그 자리를 대신하고 있다. 그는 살인이 얼마나 끔찍하길래 저럴까, 하고 궁금해한다.

석가가 차에서 내리자 하니가 그의 뒤를 바싹 붙어 따른다. 자갈길을 걷는 그녀의 힐이 와작와작 바스러지는 소리를 낸다. 신은 화가 차올라 한숨을 내쉰다. 하니는 계속 그의 옆구리를 찌르는 가시와도 같은 존재임이 증명되고 있다. *아마도, 시체를 보면 겁을 집어먹고 내빼겠지.* 그는 서장 쪽으로 다가가며 생각한다. 그 가능성에 상당한 위안을 받은 석가는 두 남자를 향해 고개를 끄덕여 싹싹하고 예의 바른 인사성을 보여준다. "희생자는요?"

장현태가 검은 영구차를 향해 손짓한다. "그 여자의 영혼이 차 안에서 기다리고 있습니다." 그가 사무적으로 말한다. "방금 모셔다 놓았습니다. 어젯밤에 돌아가셨습니다. 곧 황천길을 달려 저승으로 갈 예정이니, 그녀와 말씀을 나누고 싶으시다면 지금이 기회입니다."

심 서장이 석가를 흘끗 쳐다본다. "30분 전에 이웃에 사는 인간이 시신을 발견했습니다. 경찰에 신고하는 전화를 가로채서 우리 채널로 연결했습니다. 일종의 망나니 공격인 것 같습니다. 피해자는 구미호였고요."

구미호라. 석가는 한쪽 눈썹을 치켜올린다. 흥미롭군. 그는 주홍여우의 재등장과 함께 또 다른 인간 남자들의 시체를 기대했다. 희생자가 구미호라는 사실에 그의 예상은 빗나가 쓰레기통에 던져진다. 안도해야 할지 실망해야 할지 모른 채 고개를 끄덕이는 석가 옆에서 하니는 움찔한다. "이름은 알아냈어요? 나이는요?"

"아, 네." 심 서장이 목을 곧추세우고 헛기침하는 장현태를 힐끗 쳐다본다.

"이름은 조유나." 그가 재빨리 읊는다. "인간으로 치면 나이는 스물두 살입니다. 직장은……."

"그거면 됐어." 석가는 영구차를 바라본다. "저 안에 있어?"

장현태가 고개를 끄덕인다.

"오래 안 걸릴 거야." 석가가 영구차가 있는 쪽으로 발걸음을 옮기는데, 짜증스럽게도 하니가 그의 곁으로 다가온다. 그는 걸음을 멈추고 그녀를 노려본다. "여기 있어. 나 혼자 갈 테니까."

"안 돼요." 그녀의 눈은 초롱초롱하고 입은 굳게 다물어져 있다. 그녀가 손가락으로 그의 가슴을 찌르고, 석가는 그녀의 손가락 끝이 그의 빳빳한 흰 셔츠에 닿자마자 몸이 굳는다. *어떻게 감히.* 석가는 화가 치밀어 올라 눈물이 쏙 빠질 만한 말이 뭐가 있을까 궁리하며 한 발짝 뒤로 물러난다. 하지만 하니는 아직 끝난 게 아니다. "저 안에 있는 건 아기 구미호예요. 죽은. 아기. 구미호." 하니가 한 발짝 앞으로 나서고, 단어 하나하나를 말할 때마다 그의 가슴에 손가락을 한 번씩 찔러댄다. 분노가 치밀어 오른 석가는 눈을 번쩍이며 하니의 손목을 움켜쥔다. 하니는 당황한 기색조차 보이지 않는다. "저 구미호는 겁에 질려 있고 상처 입었을 거예요." 그녀는 그의 손아귀에서 팔을 빼내며 말을 잇는다. "나도 같이 갈 거예요."

공손함이라고는 전혀 찾아볼 수 없는 태도에 석가는 입안에서 생겨나는 날카로운 말들을 삼키고 끓어오르는 분노를 억누른다. 대신 그는 하니가 한 말을 곱씹는다. *아기 구미호라.* 하니는 이십 대 초반으로밖에 보이지 않지만 실제 나이는 알 수 없다. "너 몇 살⋯⋯."

그녀는 그의 말을 자른다. "1452살이에요. 자, 가요."

석가는 심 서장이 자기의 뒷덜미를 노려보는 것을 느끼며 이를 악문다. "좋아." 그가 짜증 섞인 목소리로 말한다. "그래, 좋아." 석가는 자신을 찌르던 그녀의 손가락 촉감을 여전히 느낀다. 남아 있는 촉감은 석가로 하여금 하니를 영구차에다 싣고 문을 닫은 다음 장현태를 시켜 저승으로 데려다주고 나면 어떤 파장이 일지 곰곰이 따져 보게 한다.

하니는 그가 무슨 생각을 하는지 정확히 알고 있다는 듯 그를 쏘아본다.

영구차 내부는 오래된 나무와 녹은 양초의 왁스 냄새가 난다. 차 내부는 벽을 따라 늘어선 좌석들, 짙은 색 벨벳 카펫, 아주 정갈하게 선팅된 창문 등 리무진과 다를 바 없다. 석가는 차에 올라타면서 고개를 숙이고, 영혼 맞은편에 있는 검은색 가죽 좌석 중 하나로 미끄러지듯 가서 앉는다. 하니는 그 옆자리에 앉아서 눈을 크게 뜨고 피해자를 쳐다본다.

구미호의 윤곽이 흐릿하고 반투명한데, 옅은 푸른빛을 띠는 오라가 깜빡이는 것 같다. 하니가 문을 닫자, 그녀는 떨리는 두 손을 보던 시선을 위로 향한다. 그러자 충혈된 두 눈과 피부 아래로 구불구불 흐르는 검은 핏줄로 얼룩진 아름다운 얼굴이 드러난다. 석가는 그 광경에 피가 식어 버린다. 그 핏줄들과 관련 있는 무언가가 아득한 기억의 한 가닥을 잡아당긴다. 그가 손을 뻗어 보지만, 기억은 손가락 사이로 빠져나간다. 불안해진 석가는 얼굴을 찡그린다.

"누구신지?" 조유나가 떨리는 목소리로 석가와 하니를 번갈아 쳐다보며 묻는다. "원하는 게 뭐예요?" 그녀의 눈은 잠시 석가를 응시했고, 석가는 그녀가 자신을 알아본 것 같다는 생각이

들지만, 그런 안면은 공포에 사그라든다.

그 옆에서 하니는 힘 주어 침을 삼킨다. 나이 많은 구미호의 얼굴이 창백해진다. "유나 씨." 그녀가 조용히 말한다. "내 이름은 김하니고, 이쪽은 내 파트너인 석가 형사님이에요."

파트너? 석가는 하니의 터무니없는 주장을 바로잡지 않으려 자신의 혀를 지그시 누른다. "넌 죽었어." 대신 그는 퉁명스럽게 말한다. "그래서 네가 어떻게 살해됐는지와 관련해서 몇 가지 물어볼 게 있어."

조유나의 떨림이 열 배 정도로 커진다. "뭐…… 뭐라고요?"

하니의 팔꿈치가 석가의 옆구리를 깊숙이 파고들자, 그는 쉿 소리를 낸다. 또 그를 만졌다. 여우의 무례함은 언제나 그를 놀라게 한다. "네가 감히……."

"입 다무세요."

어안이 벙벙해진 석가는 입을 떡 하고 벌린다. 그는 대답할 말조차 찾지 못한다. 지금껏 입을 다물라는 말을 들어본 적이 없었으므로.

그녀는 분노로 볼이 발그레해진 그를 잠깐 째려보다 다시 조유나에게로 시선을 돌린다. 그러고는 전보다 더 부드러운 목소리로 말한다. "유나 씨, 유나 씨는 죽었어요. 이 차가 유나 씨를 저승으로 데려다줄 테고, 유나 씨는 다음 생으로 넘어갈 거예요. 환생하게 될 거예요."

"아니면 일곱 지옥 중 하나에 보내지던가." 석가가 충격이 가라앉자 다시금 분노에 차 덧붙인다. *입을 다물라고? 누가 신에게 입을 다물라는 말을 하지?* "살인을 저질렀다면 당연히 '칼의 언덕'이 있지. 터보건을 타고 칼날로 된 산을 내려간다고 상상해 봐. 물론 터보건은 없어. '혀 들판'은 말할 것도 없지. 여기서는 저승사자가 네 혀를 나무도 심을 수 있을 만큼 충분히 길게 늘어뜨려. 내가 그 설계에 도움을 줬지."

조유나가 훌쩍댄다. 그리고 하니의 팔꿈치가 석가의 옆구리를 아주 깊숙이 파고들자 그로서는 씨근거릴 수밖에 없다. 그는 격렬한 몸짓으로 하니를 밀쳐내고 갈비뼈를 주무른다. 그러면서 조유나가 증인이 되고 해태 서장이 밖에서 기다리고 있는 상황에서 구미호를 살해한다면 그다음에 일어날 파장을 곰곰이 따져본다.

"이 남자 말 듣지 마요." 하니가 쏘아보며 말한다. "유나 씨는 지옥에 가지 않을 거예요."

"더 좋은 건 일곱 번째 지옥이지……."

"석가 형사님." 하니가 경고하는데, 그녀의 분홍 뺨이 붉은색으로 변한다. "입 다무세……."

"……거대한 톱이……."

"그만하세요……."

"……사기꾼들을 산산조각 내버리지." 석가는 의기양양하게 말을 끝낸다. 하지만 다음 순간 뱃고동과 비슷하면서도 훨씬 날카로운 소리가 울린다.

석가는 어질어질한 가운데 그 소리가 사실 하니가 내뱉은, 알아들을 수 없는 분노의 비명 소리임을 깨닫는다. 귀가 먹먹해져 잠시 멍했던 그는 고개를 내저으며 머릿속 안개를 걷어낸다. *대체 어떻게 목에서 그런 소리를 낼 수 있단 말인가?* 방금의 순간이 아득히 먼 과거의 일인 것처럼 이미 완벽하게 침착함을 되찾은 하니가 조유나에게 안심시키려는 말들을 늘어놓는 것이 어렴풋이 들린다.

"하지만 그 전에." 청력이 서서히 돌아오기 시작하면서 그는 그녀가 차분하게 결론을 내리는 것을 듣는다. "유나 씨를 해친 범인을 반드시 잡아야 해요. 그 점에서 유나 씨가 우릴 도와줄 수 있지 않겠어요, 안 그래요?"

조유나는 침을 꿀꺽 삼키고 알아들을 수 없는 말을 내뱉는다.

"더 크게 말해." 석가가 조급해하며 명령조로 말하자, 하니가 또다시 매서운 눈빛을 보낸다. 그는 구미호의 분노가 초래할 수도 있는 일에 아주 조금 더 유의하며, 턱에다 힘을 주어 입을 다물고 손으로는 지팡이를 꽉 쥔다. 신경은 날카로울 대로 날카롭다…….

"말했잖아요." 그녀가 속삭이듯 말한다. 나이 어린 구미호는 석가를 쳐다보지도 못한다.

"유나 씨, 누가 유나 씨를 해쳤어요?"

"모…… 모르겠어요." 영혼이 고개를 가로젓는다. "기…… 기억이 안 나요."

석가가 한숨을 내쉰다. "기억하잖아." 그가 짜증스럽게 말한다. "그냥 생각을 해 봐. 마지막으로 본 게 뭔지 기억나?" *얼굴에 검은 핏줄은 어떡하다 생긴 거지? 누가 널 공격했어?*

뭐가 널 공격했어? 석가는 다시금 자신의 기억을 더듬는다. 하지만 그의 머릿속에는 수백, 수천 년의 기억이 쌓여 있고, 그것을 정리하는 것은 마치 해태경찰서의 전체 서류함을 정리하는 것과 같다.

불가능하고 좌절감을 안기는 일이다.

긴 침묵의 순간이 지나가고, 마침내 조유나가 작게 말한다. "기억이 나요……. 친구들과 술을 마시러 나갔어요. 우린 모두 물리학 시험을 통과했어요. 시험을 치르기 전 며칠 밤은 힘들긴 했지만요. 저도 통과했어요. 전…… 여러 날 동안 악몽을 꾸고 있었어요. 잠도 제대로 못 잤고요. 하지만 전 시험에 통과했고, 우린 그걸 축하하려고 했던 거예요."

"어디로 갔었어요?" 하니가 격려하는 느낌을 담아 묻는다.

"에메랄드 드래건이요." 조유나가 천천히 대답한다. "시내에 있는 크리처 클럽이에요. 우린 모두 버스를 타고 집으로 돌아갔어요…… 전 이곳에서 내렸고요." 그녀가 창문을 향해 손짓하며 말한다. 그녀가 손가락을 부들부들 떤다. "그리고…… 집 안으로 들어갔어요."

"그다음엔?"

석가는 구미호가 몸을 떨며 검정 셔츠를 자기 몸에다 바짝 여미는 모습을 유심히 관찰한다. "추웠어요." 그녀가 작게 말한다. "정말, 정말 추웠어요. 그리고 피곤했어요. 잠을 자고 싶었어요…… 아파트 문을 닫자마자…… 바닥에 그냥 드러누워야겠다고 생각했어요…… 전 피곤했어요. 정말 정말 피곤했어요."

"그러고 나서는?"

"그러고 나서는……."

영구차의 창문 중 하나를 날카롭게 두드리는 소리가 나자 조유나가 움찔한다. 짜증스럽게도 장현태가 허리를 굽혀 창문 가까이에서 '시간이 다 됐습니다'라고 말하는 것처럼 입 모양을 만들어 보인다. 석가는 얼굴을 찡그리고, 저승사자가 통유리 너머로 그를 볼 수 없음에도 불구하고 꺼지라는 뜻의 손짓을 한다. 앞으로 몸을 숙이고 무릎에 팔꿈치를 올려놓은 석가는 조유나의 흔들리는 손가락과 떨리는 아랫입술을 바라본다. 그녀의 시선은 석가에게서 유리창을 계속 두드리고 있는 장현태에게로 옮겨간다.

그는 정말 신중해야 한다. 하지만 그는 조급하다. "그리고 넌 잔인하게 살해당했어. 뭐가 그렇게 한 거지?" 석가의 목소리는 날카롭고, 하니는 손바닥으로 자기 이마를 친다. 이때 피해자의 눈동자에서 무언가가 바뀌고, 석가의 눈동자와 마주치면서 흐릿한 혼란 대신 명료한 깨달음이 자리 잡는다. 갈색의 깊숙한 곳에서 순수하고 희석되지 않은 공포가 밝게 빛나면서 그녀의 몸은 뻣뻣하게 굳는다.

조유나는 두 손으로 자기 머리를 재빨리 감싸 쥐는데, 그녀의 두 눈이 공포에 질려 안구 밖에서 툭 불거져 나온다. 석가는 다음에 벌어질 일에 대한 마음의 준비를 한다.

"유나 씨." 하니가 걱정스러운 목소리로 앞으로 몸을 기울이며 말한다. "괜찮아요."

하지만 영혼이 비명을 지르기 시작한다.

그리고 비명.

그리고 비명.

입술 사이로 비명이 터져 나올 때 그녀의 목소리는 거칠고 쉬어 있어서 움찔한 석가는 이를 앙다물며 뒤로 물러난다. 그는 그녀를 진정시키고 어떻게든 답을 찾을 수 있도록 통제하기 위해 자신의 힘을 불러내 보려 하지만, 장현태가 영구차 문을 벌컥 열고서는 하니와 석가에게 내리라는 뜻으로 조급하게 손짓한다. "그만하면 됐습니다." 그는 크고 불쾌한 소음을 이기는 목소리로 선언한다. "이승에 더 머물러 있으면 그녀는 환생의 기회를 놓치게 될 겁니다."

젠장. 석가는 항의할 생각에 입을 떼려 하지만 소용이 없다. 그에게는 시간이 없다. 그와 하니는 마지못해 함께 밖으로 나온다. 잠시 후 석가는 굳은 표정으로 영구차가 타이어 소리를 내며 빠른 속도로 멀어지는 것을 지켜본다. 조유나의 비명이 여전히 그의 귓가에 울려 퍼지고 있다.

그 옆에서 하니가 조용하다. 그는 그녀를 옆으로 흘끗 쳐다본다. "그만두고 싶으면 지금 그만둬." 그가 말한다.

그녀는 그를 매섭게 흘겨본다. "아니요."

심 서장이 그들 옆으로 다가온다. "시신이 아파트 안에 있습니다. 안으로 들어가서 조사하시죠. 이덕현에게 연락해 봤는데, 영안실에서 시신을 검안하기 전에 여기로 와서 같이 조사하기로 했습니다." 그는 지친 한숨을 내쉰다. "조만간 저승사자가 가족들에게 연락할 겁니다. 그들이 우리한테 질문을 할 테니, 그분들이 오기 전에 답을 찾아보시죠."

"그건 그렇고." 하니가 아파트 단지 입구를 향해 걷기 시작할 때 나이 많은 서장이 주저하듯 덧붙인다. "차에서 나던 소리, 그…… 비명? 거의 경적 같았던 소리는 뭐였습니까?"

"하니한테는 아주 쇠심줄처럼 튼튼한 성대가 있는가 봐요." 석가가 빈정대며 말한다.

※

조유나의 몸은 아파트의 허술한 문에서 불과 몇 걸음 떨어진 곳 삐걱거리는 바닥에 거의 구겨져 있다. 그녀는 공 모양으로 웅크린 채 눈을 감고 있다. 마치 넘어지기 전 휘청대며 소파 쪽으로 걸어가기라도 한 듯, 한 손을 소파 쪽으로 절박하게 뻗고 있다.

석가는 죽은 구미호 시신 위로 웅크린 채, 거미줄처럼 불룩하게 솟아오른 검은 핏줄들이 목을 타고 올라와 얼굴을 덮은 모습을 보며 얼굴을 찡그린다. 그녀의 팔도 핏줄들로 덮여 있다. 그는 검은 티셔츠와 청바지 아래에도 핏줄들이 퍼져 있으리라 확신한다. 그의 옆에서 무릎을 꿇은 하니의 두 입술은 꽉 다물어져 또렷한 선을 그리고 있다.

"겁에 질린 채 죽었네요." 하니가 조용히 말한다.

과연 그렇다. 구미호의 얼굴은 공포가 어린 채 영원히 얼어붙었다. 눈은 꼭 감겨 있고, 눈썹은 치켜뜬 채이며, 창백한 입술은 공포에 질려 벌어져 있다. 손마디에서는 작고 흰 발톱이 튀어나와 있지만, 구미호가 발톱을 무엇에 대항해 사용하려 했는지는 알 수 없다.

"그녀의 영혼은 방향 감각을 잃어버린 상태였습니다." 심 서장이 문에서 난투극의 흔적이 있는지 살펴보면서 덧붙인다. "그녀는 공원을 돌아다니다 발견됐습니다. 자신이 죽었다는 사실을 알고 있었는지는 잘 모르겠습니다. 대부분의 영혼은 자기의 죽음을 기억하지만, 조유나는 그렇지 않았습니다."

"죽기 전까지 몰랐던 거죠." 석가가 자리에서 일어나 아파트 주변을 훑어보며 말한다. 시신 외에는 싸움의 흔적도, 강제 침입의 흔적도 없다. 심 서장은 인상을 찌푸리며 문 근처에서 벗어난다. "방에 단서가 있는지 확인해 보시죠. 범인이 부엌이나 침실, 욕실에 숨어 있었을지도 모르는 일이니까요."

하니는 고개를 끄덕이며 한 모퉁이를 돌아 사라지는데, 그녀의 눈매에서는 결연함이 드러난다.

"뭐가 한 짓이라고 생각하세요?" 심 서장이 낮은 목소리로 석가에게 묻는다. "이건 전에 본 적 없습니다. 핏줄이……."

석가는 지팡이에 기대어 생각에 잠긴 채 고개를 내젓는다. 무언가, 검은 핏줄을 보고 촉발된 기억이 여전히 떠오를락 말락 한다. "아마도 요괴겠죠." 그가 천천히 말한다. "염라대왕의 세계에서 탈출한 어떤 크리처일지도 모르고요. 근데 내 마음에 걸리는 게 핏줄만은 아닙니다." 그는 지팡이를 바닥에 두드린다. 지팡이 끝이 조유나의 얼굴에서 불과 몇 센티미터 떨어진 지점의 나무 바닥에 부딪힌다. "조유나는 자다 죽었어요."

심 서장이 입을 벌린다. "네?"

석가가 고개를 끄덕인다. "조유나의 말에 따르면, 그녀는 친구들과의 만남이 있고 나서 집으로 돌아왔어요." 그는 문을 가리키며 말을 이어간다. "이 아파트에 들어서자마자 그녀는 냉기를 느꼈고 엄청난 피곤이 몰려왔다고 했어요. 그녀는 바닥에 누워 눈을 감고 잠이 들었던 것으로 보입니다. 하지만 그녀는 다시 깨어나지 못했죠." 석가의 머리는 구미호의 영혼으로부터 간신히 수집한 증언의 조각들을 연결하느라 윙윙 돌아간다.

우린 모두 물리학 시험을 통과했어요. 시험을 치르기 전 며칠 밤은 힘들긴 했지만요. 저도 통과했어요. 전…… 여러 날 동안 악몽을 꾸고 있었어요. 잠도 제대로 못 잤고요.

"죽기 전날 밤까지 조유나는 악몽을 꿨어요." 석가가 천천히 말을 잇는다.

"악몽이라." 심 서장이 석가의 말을 반복한다.

"네, 악몽이요." 석가는 드디어 생각이 났다. 마음의 한구석에서 뭔가 기억이 날 듯 말 듯 하던 것이. 잠시 말을 멈춘다. "그녀는 줄곧 악몽을 꾸고 있었어요." 그는 입을 굳게 다물고 심 서장을 바라본다. 이제야 기억이 돌아온다. 안타깝게도. "이덕현이 시신을 검안할 때 이 핏줄 중 하나를 절개해 줬으면 좋겠네요. 안에 뭐가 있는지 보고 싶어요." 왜냐하면 만약 그게 그가 생각하는 것이라면……. "아파트 CCTV 영상을 봐야겠어요. 조유나의 귀가 경로상에 있는 영상도요. 그녀가 들른 곳, 지나간 모든 사람을 봐야겠어요. 에메랄드 드래건의 영상도 필요해요. 누구와 춤을 췄는지, 누구와 시시덕거렸는지 봐야겠어요. 모든 걸봐야겠어요."

"석가 형사님." 서장의 목소리가 심각하다. "그게 뭔지 아시는 겁니까?"

"의심 가는 게 있어요." 그가 조용히 대답한다. "심 서장, 이 도시를 사랑한다면 내가 틀렸기를 바라야 할 거예요."

10
하니

"정맥을 절개한다고요? 왜요?"

석가는 아파트에서 만나 영안실까지 같이 온, 검은 실험실 가운을 입은 지친 기색의 법의학자 이덕현 옆에서 긴 한숨을 내쉰다. "왜냐하면." 그는 마치 하니가 달팽이의 마음을 가지고 있기라도 한 것처럼 아주 천천히 말한다. "그 안에 뭐가 있는지 보고 싶으니까."

하니는 조유나의 축 늘어진 몸을 덮고 있는, 툭 튀어나온 검은 핏줄들을 응시한다. "아, 알겠어요." 그녀는 갑자기 메스꺼움을 느끼며 작은 소리로 말한다.

"딴 데 보고 있어도 됩니다." 이덕현이 친절하게 권한다. "출근 첫날 이런 걸 본다는 게 아주 힘든 일이라는 거 이해합니다."

"더 좋으려면." 석가가 그르렁거리는 소리로 말한다. "일을 그만두면 돼."

발끈한 하니가 몸을 곧추세운다. "난 그만두지 않아요." 하니가 재빨리 대답한다. 오히려 이 새로운 상황 전개는 석가의 조수로 계속 일하고 싶다는 마음을 더 강해지게 했다. 철제 테이블 위에 엎드려 있는 것이 그녀의 동족 중 한 명이기 때문이다. 이제 겨우 인간의 모습을 갖춘 구미호. 그녀는 혼자 죽었다. 겁에 질린 채 죽었다. 그리고 하니는 죽은 그녀를 두고 떠나지 않을 것이다. 이런 짓을 벌인 게 무엇이든 간에, 서천강 깊은 곳으로 보낼 때까지는. 이런 짓을 한 게 무엇이든 간에, 석가가 잡도록 도울 것이다. "그러니 그 소리는 인제 그만하세요."

석가는 어깨를 으쓱한다. "시도는 해 볼 만했어." 그가 느릿느릿 말한다. "시도한 걸로 비난 같은 거 하지 않아."

이덕현은 두 크리처를 번갈아 가며 흥미롭게 쳐다본다. "석가 형사, 드디어 다른 친구가 생겼네. 축하해야겠는데."

석가의 눈빛에서 에메랄드빛 불이 타오른다. "이덕현, 난 우리가 친구인 줄 몰랐는데. 그리고 언제부터 나한테 반말이지?" 그는 눈썹을 찌푸린다. "네 위치를 기억해."

하니는 이덕현이 사과하며 고개를 숙이는 모습을 쳐다본다. "죄송합니다."

석가는 짜증이 났음을 훤히 보여주듯 두 눈을 위로 치켜뜬다. "그래야지."

"형사님이 뭐 태양과 같은 존재라도 되나요?" 하니는 팔짱을 끼고 석가를 혐오스럽게 쳐다보며 건조한 목소리로 말한다. "이분은 형사님을 위해 정맥을 절개하고 있잖아요. 형사님이 존중해야 할 사람이라고 말하고 싶은데요."

석가는 대놓고 그녀를 무시한다.

"아이 씨." 그녀가 낮게 중얼거린다. 신들과 그들의 우월 콤플렉스.

이덕현이 헛기침한다. "이제 절개하겠습니다." 그가 마스크를 눈 아래까지 올리며 말한다. "여기 이 핏줄을 자르겠습니다." 그는 조유나의 맨 어깨를 타고 올라오는 검은 핏줄 중 하나를 손가락으로 두드린다.

하니는 숨을 참으며 이덕현이 손가락으로 얇은 은색 메스를 집고 날카로운 칼날이 핏줄 바로 위를 맴도는 모습을 지켜본다. 의사가 메스를 환부에 갖다 대면서 집중하자 그의 두 눈은 가늘어진다. 그리고 칼날이 피부 조직을 뚫는데…….

상처 부위에서 새까만 그림자가 새어 나오더니 공중에서 맴돈다. 그것은 형광등 아래에서 작고 검은 구름처럼 보인다.

하니는 조유나의 몸에서 계속 피어오르는 어둠의 안개에서 눈을 돌릴 수 없어 손으로 입을 막는다. "도대체……." 그녀의 목소리는 속삭임에 지나지 않는다. "저게 뭐예요?"

이덕현은 서둘러 상처를 봉합한다. "석가 형사님." 혼란스러움과 공포로 목소리가 불안정해진 그가 말한다. "석가 형사님……."

하지만 신은 조금도 놀라지 않는 표정이고, 하니는 어떻게 저럴 수가 있지 하고 생각한다. 놀라기는커녕 그는 대단히 짜증난 표정으로 그림자를 바라본다. 그의 입은 굵은 선을 긋듯 굳게 다물어져 있다. "훌륭하네." 석가는 중얼거린다. "아주 완전히, 절대적으로, 긍정적으로 훌륭해." 그가 손을 들어 소용돌이치는 어둠에 팔을 휘두르고, 하니는 멍하니 입을 벌리고 어둠이 연기의 여운만 남긴 채 흔적도 없이 사라지는 것을 바라본다.

"방금 무슨 일입니까?" 이덕현이 숨을 헐떡거린다.

석가가 그를 힐끗 쳐다본다. "네가 말하지 그래, 의사 양반."

"제가, 제가 절개했는데…… 그림자가 나왔습니다." 이덕현은 손으로 실험실 가운 왼쪽에 있는 금빛 자수, 의기양양한 야수 모양을 한 해태를 표현한 자수를 움켜쥔다.

"그림자가 아니야." 석가가 딱딱한 어조로 그의 말을 정정한다. "어둠이야."

"어둠이요?" 하니가 그의 말을 반복한다. "어둠이라니, 그게 무슨 뜻이에요?"

"평범한 망나니가 한 짓이 아니라는 뜻이야." 신은 엄숙한 눈빛으로 하니를 보며 대답한다. "훨씬 더 사악한 무언가에 의해 저질러진 일이야." 석가는 생기를 잃고 축 처진 채 테이블 위에 놓인 조유나의 시신을 바라본다. 영안실의 강하고 새하얀 조명이 회색으로 변해가는 그녀의 피부를 두드러지게 한다. 하니는 목이 메는 듯한 느낌과 함께 그의 시선을 좇는다.

"그게 뭔데요?" 그녀가 쉰 목소리로 묻는다. "뭐가 이렇게 만든 거예요?"

그녀와 석가의 시선이 마주쳤는데 그의 시선에는 흔히 봐 왔

던 잔인함이나 악의적인 장난기가 없다. 대신 피곤함이 묻어난
다. 불멸의 신만이 가질 수 있는 영원한 피곤함.

"어둑시니야."

✳

어둑시니.

이 말은 이날 해태경찰서 관할 지역 곳곳에서 공포에 질린 목
소리들이 하는 속삭임에 섞여 든다. *어둑시니. 어둑시니. 어둑
시니.*

"어둑시니." 하니는 그 말을 입안에서 굴리며 천천히 말한다.
그녀는 석가 옆 책상에 앉아 조유나와 관련한 서류를 작성하는
중이다. 석가는 집중하느라 이마를 찌푸리고 전날 밤의 도심
CCTV 영상을 둘러보고 있다. "신신시에 어둑시니가 들어올 거
라고는 생각도 못 했어요." 실은 그녀는 어둠의 요괴가 이승까
지 들어올 거라고는 전혀 생각하지 못했다. 어둠의 요괴들은 암
흑세계를 돌아다니곤 했지만, 그곳이 잠긴 이후로 그것들은 저
승에 갇혀 있어야만 한다. 그것들은 이승에서 멀리 떨어진 곳에
서 영혼들을 괴롭힌다. 하니는 언젠가 자기가 죽었을 때 어둠의
요괴를 드디어 만나겠거니…… 하고 마음의 준비를 했었다. 살
아 있을 때가 아니라.

어둑시니가 신신시에 있는 게 맞다면 그건 정말 큰 문제다.

하니가 이승에서 수년간 들은 바에 따르면, 요괴들은 죽음과 어둠의 크리처이다. 그것들은 기생충처럼 다른 사람의 마음속으로 침입해 숙주가 벗어날 수 없는 끔찍하고 현실적인 환영, 다시 말해 악몽을 만들어 낼 수 있다. 악몽은 숙주의 가장 끔찍한 공포, 가장 끔찍한 기억을 바탕으로 삼는다.

그리고 그것들은 일단 희생자를 완전히 장악하고 나면 식사를 한다.

보통 저승에서 어둑시니는 영혼을 먹는다. 영혼은 어떤 이의 의식의 잔재, 에너지의 잔재이다. 하지만 이승에서는 어둑시니가 생명을 먹고 사는 것으로 보인다. 순수하고 희석되지 않은 생명, 살아있는 모든 것을. 인간과 비인간, 어른, 아기, 해태, 도깨비 등…… 모든 것을 먹어 치운다. 그 누구도 그들의 배고픔으로부터 안전하지 않다. 아무도.

조유나는 그런 악몽 중 하나를 꾸고 죽었다.

그러고 나서 그녀는 먹혔다.

그녀의 몸에 새겨진 흔적, 즉 검은 핏줄들은 그 불쌍한 여자가 겪은 고통의 증거이다. 조유나의 영혼은 죽음의 방식 때문에 방향을 잃었다. 공간과 시간의 감각이 없는 다른 영역, 악몽에 갇힌 것이다.

그런데 도대체 어떻게 어둑시니가 이승에 있는 걸까?

하니는 과감히 석가를 쳐다본다. 그녀의 주목을 감지한 신은 얼굴을 찡그린다. "뭐?" 그는 평소보다 더 수상쩍게 행동하고 있다(그런 게 가능하긴 한가 싶긴 하지만).

"어둑시니 말이에요." 그녀가 천천히 말한다. "또 형사님이 아는 게 뭐가 있어요?"

석가는 불쾌한 미소를 짓는다. "기회만 생기면 널 죽일 수 있다는 건 알아."

하니가 노려본다. "나 지금 진지하게 묻는 거예요." 그녀가 딱딱거리며 응수한다. "왜 그게 이승에 있는 거예요? 그게 뭘 원하는 거죠? 대학생들을 잡아먹는 것 말고요."

타락신은 대놓고 불쾌한 표정을 짓는다. "내가 어떻게 알겠어?" 그가 대답하자, 하니의 의심은 더욱 커진다.

하니는 기다린다. 석가는 궁시렁대며 의자를 뒤로 젖히고, 우아한 두 손가락으로 콧대를 꼬집는다. "어둑시니는 망나니 대부분이 원하는 걸 원하겠지." 그가 투덜댄다.

그녀는 이 말을 곰곰이 생각한다. 하니는 현재 (다시 한 번 더) 제대로 된 망나니 구미호이다. 하지만 그녀의 동기는 비교적 단순하다. 그녀가 그 남자들을 공격했을 때, 그녀는 구미호 본래의 본능을, 즉 그녀 자신이 의도치 않게 구미호의 식사라는 개념에 성가신 오명을 만들어내기 전의 본능을 따른 거였다. 소미에게 간을 건넸을 때 하니는 꼬리가 아홉 개인 여우가 언제든 마음껏 간을 씹어 먹을 수 있었던 시절을 회상하고 있었다.

무심코 금기시되는 일을 시작하는 건 지금까지는 운 나쁜 하니만이 겪은 특별한 경험이라 다른 망나니 대부분에게 적용되지 않을 것 같다.

그녀의 혼란을 감지한 듯 석가는 가늘게 숨을 내쉬며 작은 소리로 무언가를 중얼거린다.

"뭐라고요?"

"내 말은." 그가 느릿느릿 말한다. "망나니들 대부분이 암흑세계에서 있었던 일 때문에 아직도 약간 화가 나 있는 것 같다고."

하니는 코웃음 친다. "그건 과소평가예요." 석가가 혼자서 어떻게 존재하고 있는 하나의 차원을 통째로 잠기게 했는지, 그곳에 살던 존재들을 이승으로 쫓겨나게 했는지는 모두가 안다. 그녀는 까막나라에서 살았던 적은 없지만(집세가 아주 비싸다는 소문이 있다), 암흑세계를 잠기게 만든 신을 참수할 기회가 생긴다면 주저 없이 나섰을 크리처를 많이 안다. "이 어둑시니가 형사님의 몰락한 군대의 일원이었다고 생각하는 거예요? 형사님이 쿠데타를 완전히 망쳤을 때 저승으로 끌려갔다가 인제야 탈출한?"

석가가 노려본다. 하니는 기다린다.

"모든 징후가 그렇다고 말하고 있어." 그는 그런 생각을 하는 게 썩 유쾌하지 않다는 표정을 지으며 대답한다. "모든 괴물 중에서 어둑시니가 가장 위험하고 가장 파괴력이 커. 그래서 내 형님은 (이 단어에 그의 얼굴이 일그러진다) 보안이 철저한 지하세계에 어둑시니를 가두어야 한다는 칙령까지 내렸어. 비록 그 결과가 뭔지는 지금 우리가 보고 있지만." 석가가 투덜대듯 말한다.

"음." 하니는 생각한다. "만약 그렇다면, 그건 아마도 어둑시니가 형사님을 목표물로 삼을 거란 뜻이겠네요. 암흑세계에 대한 보복이나 뭐 그런 걸로요."

"뭐라는 거야, 그 어떤 것도 신을 죽일 순 없어."

"복수를 위한 여정인 거죠." 하니는 다큐멘터리에서나 들을 법한, 깊이감이 있는 목소리로 말한다. 그녀는 마치 펜이 마이크인 것처럼 대고 말한다. "이제 한계점에 도달했……."

"참 아이러니하네." 석가가 매섭게 그녀를 노려본다. "나도 매분 매초 조금씩 내 한계점에 가까워지고 있으니깐 말이야."

"그래요?" 김이 빠진 하니는 혀를 차며 말한다. "신들에겐 유머라는 개념이 없나 봐요?"

"구미호에겐 신을 도발하는 게 아주, 아주 위험하다는 사실에 대한 개념이 없나 봐?"

그녀는 한숨을 내쉬며 펜을 내려놓는다. "나한테 말할 땐 조심하는 게 좋을 거예요. 언젠가 형사님 커피에 독을 타버릴지 모르니까."

"이미 그랬다고는 생각 안 해?" 석가가 묻는다. 그러고는 컴퓨터 쪽으로 몸을 돌려 한 번 더 비디오 영상을 클릭하고 두 눈에 힘을 주어 불분명한 영상을 응시한다. "처음엔 너무 많은 크림, 그다음엔 너무 많은 설탕이었지."

"하지만 표백제는 절대 안 쓴답니다." 그녀가 다정하게 상기

시킨다. "아직은요, 어쨌든."

"표백제를 넣는 게 차라리 나아." 그는 냉랭하게 대답한다. "내 온몸에다 커피를 뿌려서 내가 제일 좋아하는 정장을 망치는 것보다는." 그는 얼굴을 찡그리고서는 그녀를 째려본다. "원하는 게 뭐야?"

"그 영상에서 뭘 찾고 있는지 알고 싶어요." 하니가 차분하게 대답한다. "어둑시니의 자연적인 형태는 무형 아닌가요?"

석가의 턱 근육이 원치 않는 조수에게 말을 계속할지 말지 고민하는 듯 떨린다. 하니는 한쪽 눈썹을 치켜세우고는 기다린다. *말을 해.* 그녀는 소리 없이 재촉한다.

그는 코웃음 친다. "자연적인 형태, 그래. 저승에서 어둑시니는 그림자에 불과해. 하지만 지옥에서의 규칙은 이승에서의 규칙과 달라. 난 어둑시니가 아무리 이곳에 왔어도 숙주를 찾을 수 있는 시간이 매우 한정적이었을 거라고 생각해. 살과 피가 있는 육신이 없다면 어둑시니는 이 세상에 오래 머물 수 없을 거야."

"그러니까 그게 누군가의 몸에 빙의했다는 거네요." 하니가 천천히 말한다.

석가는 **그럼 내가 다른 뜻으로 말했겠느냐**는 의미의 제스처로 그녀를 향해 한 손을 흔든다. "당연하지." 그가 천천히 말하자, 하니는 그의 거만한 어투에 발끈한다.

"그래서 그게 누군지 찾아내려고 하는 거고요?" 그녀가 압박하듯 말한다.

또 다른 **내가 다른 뜻으로 말했겠느냐**는 의미의 제스처. "근데 어젯밤에 조유나의 아파트 건물을 향하게끔 설치된 보안 카메라가 이상하게도 모두 까맣게 지워져 있어." 그가 중얼거리듯 말한다. "주홍여우 영상 위의 그 빌어먹을 나방처럼."

하니가 몸을 곧추세운다. "주홍여우 영상이 있다고요?" 그녀는 일부러 일상적이고, 약간의 관심만 있다는 듯한 말투로 묻는다. 그녀는 지금껏 그날 밤 그 거리를 향해 설치된 보안 카메라가 없다고 확신했다. 하지만 결과적으로 그녀의 일 처리가 엉성했던 걸로 보인다. 실전 부족의 결과.

"아니, 없어." 석가가 무뚝뚝하게 대답한다. "바로 옆 거리의 CCTV를 덮어 버린 나방이 원흉이지." 그는 다시 컴퓨터 화면 쪽으로 고개를 돌리고, 하니는 렌즈 위에서 휴식을 취하기로 한 그 알 수 없는 나방에게 조용히, 깊이 감사하는 마음을 전한다.

"다른 증거는 없나요?" 하니는 여전히 아주 약간의 관심이 있는 것처럼 들리도록 최선을 다하며 묻는다.

"아니, 없어." 그는 또다시 무뚝뚝하게 말한다. "살인 도구가 악명 높은 주홍 단검이라는 것만 알아."

아. 그녀가 아끼는 단검. 하니는 그 단검을 속옷 서랍 깊숙이, 아주 깊숙이 묻어두었다. 충분한 정보에 만족한 그녀는 다시 서류 작업으로 돌아간다. "어쩌면 주홍여우와 어둑시니가 협업하고 있는 건지도 모르겠네요." 그녀가 자기 생각을 천천히 말한

다. 그녀로서는 절대 그런 부자연스러운 요괴와는 엮이지 않을 것이라 터무니없는 생각이지만 석가를 잘못된 방향으로 이끄는 것이 그녀의 최우선 과제 중 하나이다. "그녀가 다시 나타나고, 며칠이 지난 다음…… 이런 일이."

"설마." 석가가 그녀를 노려본다. "그리고 내가 알기론, 넌 형사가 아니잖아. 크리처들은 나한테 맡겨. 서류 작업은 네게 맡길 테니까."

화가 난 하니는 씩씩거린다. "형사님은 참아 줄 수가 없어요." 그녀가 소리친다.

"넌 견딜 수가 없어."

"나도 마찬가지예요." 그녀가 맞받아친다.

"난 전혀 그렇지 않아."

"환인이 왜 당신을 옥황에서 내쫓았는지 알 만하네." 하니가 존댓말 쓰는 걸 중단하며 과하게 상냥한 어투로 대답한다. "나라도 똑같이 했을 거야."

하니의 말은 즉각적으로 효과를 나타낸다. 석가는 자리에 앉은 채로 몸이 굳고, 그녀를 향해 몸을 틀며 으르렁거리는 소리를 낸다. 그 소리가 너무나도 사나워 잠시 경찰서 전체가 침묵에 빠진다. 그의 눈은 증오와 고통으로 번쩍인다. "여우 너, 어디 한 번 더 말해 봐." 그가 식식대며 말한다. "그럼 네 가죽을 내 거실에다 걸어놓을 테니까."

분노가 피를 뜨겁게 달구자 하니는 고개를 옆으로 기울이고 두 입술을 뒤로 당긴다. "신 콤플렉스가 참 오래도 가네." 그녀가 비웃는다. "더 이상 신도 아닌 주제에 말이야."

얼어붙은 석가의 갑작스러운 침묵은 그 어떤 반박보다 더 소름 끼친다.

하니는 그의 분노에도 불구하고 물러날 생각이 없다.

"너." 마침내 신이 얕은 숨을 내쉬며 말하곤 손을 지팡이 쪽으로 뻗는다. "너, 꺼져. 내 눈앞에서 썩 꺼져."

개자식. "나 여기서 일하는 건데." 하니는 그의 발을 밟아 버리고 싶은 충동을 느끼면서도 얼굴로는 미소를 지어 보인다. 세게. 아주, 아주 세게. "기억은 하는 거지?"

"너 지금 선 넘었어." 석가도 미소를 되돌려준다. 하지만 그것은 차갑고 엄중한 약속과 죽음의 염원이 담긴 끔찍한 미소다. "개는 늑대를 보고 짖으면 안 돼."

"늑대가 여우를 위협하면 안 되지."

"늑대가 더 강해." 석가가 소리친다.

"여우가 더 영리해."

"그래서 덫에 여우가 자주 걸려드는 건가?"

"늑대는 그냥 다 자란 개일 뿐이야." 하니가 맞받는다.

석가는 입을 파르르 떨다가 마침내 말한다. "네 주장은 말이 안 돼."

그녀는 애교 있게 웃는다. "아, 그런가?"

"그만! 둘 다 그만두세요!" 심 서장이 석가의 책상을 향해 걸어온다. 짜증난 그의 뺨이 빨개져 있다. "경찰서 전체가 둘이서 애들처럼 싸우는 걸 듣고 있습니다. 정말 지긋지긋합니다."

하니가 석가의 시선을 맞받는다. 그녀가 먼저 눈을 피하지는 않을 것이다. *아니, 내가 먼저 눈을 깜빡이지 않을 거야.* 그녀는 굳게 마음먹는다. 초록빛으로 쏘아보는 석가의 눈빛을 똑바로 쳐다보는 그녀의 두 눈에 물기가 어리지만, 이를 악물며 눈을 부릅뜨고 버틴다. *나쁜 새끼.*

석가는 그녀가 무슨 생각하는지 안다는 듯 눈을 가늘게 뜬다.

심 서장이 격노하며 호통을 친다. "둘이 뭐 하는 겁니까?"

하니는 눈을 깜빡이지 않으면서 할 수 있는 한 최대로 상대를 째려보며 몸을 앞으로 기울인다.

"석가 형사님, 제가 말하고 있잖습니까. 날 보세요." 심 서장의 목소리는 마치 모욕당한 할아버지의 목소리처럼 들린다. "석가 형사님!"

"여우야, 고개 돌려." 석가가 낮게 중얼거린다. "고개 돌려."

"석가 형사님. 누군가가 형사님을 만나러 오고 있습니다." 심 서장이 소리친다. "제게 집중하시면 그게 누군지 말해 드리겠습니다. 미리 대비해 두고 싶으실 겁니다."

"그냥 지금 말해요." 석가가 여전히 하니에게 시선을 고정한 채 말한다. "듣고 있어요."

하니가 보기에 석가의 눈동자가 씰룩인다. *오, 좋아.* 하지만 석가의 시선이 잔인한 장난기로 번득이는 걸 보자 경계심이 그녀의 피부를 콕콕 찌른다.

신이 몸을 앞으로 숙이며 하니의 얼굴에다 입김을 내뿜는다.

깜짝 놀란 하니는 눈을 깜빡이고, 이내 얼굴을 찡그린다. "형사님께서 속임수를 썼네요." 하니는 심 서장이 두 사람을 노려보고 있다는 사실을 감안해서 다시 반 존댓말을 사용한다.

"난 속임수의 신이야." 석가가 차가운 미소를 조그맣게 지으며 차분하게 대답한다. "잊지 마." 그가 심 서장을 향해 고개를 돌리자, 하니는 1888년에 과식하지 않았다면 좋았으련만, 하고 간절하게 생각하며 식식거린다. "심 서장, 말해 줘요. 누가 경찰서로 온다는 거예요?"

"경찰서가 아닙니다." 서장은 거의 겁을 집어 먹은 듯 망설이는 표정으로 말한다. "환인 황제께서 오늘 함께 저녁 식사를 하자고 하십니다."

11

석가

젠장.

석가는 길 건너편 식당을 쳐다본다.

젠장, 젠장, 젠장, 젠장.

젠장.

석가가 옥황의 통치자이자 신들의 지도자인, 그의 하나뿐인 형을 본 지 628년이 지났다.

석가가 암흑세계의 망나니들로 구성된 2만 규모의 군대를 이끌고 환인을 타도하고 스스로 왕좌를 차지하려 한 지 628년이 지난 것이다.

그로서는 어쩔 도리가 없었다. 방금 하니에게 말했듯 속임수는 그의 본성이니까.

석가가 매를 맞아 피투성이가 된 채 하늘나라에서 쫓겨난 지 628년이 지났다. 그가 하늘을 가르는 비명을 지르며 추락할 때, 환인의 마지막 명령이 그의 귓전을 울렸더랬다.

넌 내가 보는 앞에서 2만 명의 괴물을 처치해야만 구원받을

수 있을 것이다.

그제야 집으로 돌아올 수 있을 것이다.

그제야 다시 신이 될 수 있을 것이다.

그의 뛰어난 언변도 환인의 분노로부터 그를 구하지 못했다. 오히려 옥황을 차지하고 환인을 축출하려 한 것은 그저 재미 삼아 한 일일 뿐이라고 주장하면서 환인의 분노를 증폭시켰다. **그저 재미 삼아**가 그가 정확히 쓴 표현이었다.

그의 형은 지금의 어둑시니 문제가 그의 책임이라고 생각하게 된 것으로 보인다. 어둠의 요괴들은 한때 그의 군대에 속해 있었고, 그들의 악랄한 성격은 군인의 역할에 잘 맞았다. 어둑시니는 석가의 군대에 속해 있던 귀신 중 하나였으니, 엄밀히 말하자면 이 상황은 석가의 잘못이다. 암흑세계가 계속 열려 있었다면, 요괴는 이승을 건드리지 않았을 것이다. 어둑시니는 그 혼돈의 시궁창 속에서 줄곧 행복했다. 쿠데타 이후 감금되어 고문관으로 일하게 된 저승에서보다 훨씬 더.

석가는 정장 깃을 고치며 식당을 바라본다. 식당은 딱히 고급스럽지 않다. 환인에게는 석가에게 값비싼 저녁 식사를 대접하는 것만큼 싫은 일도 없었던 것으로 보인다. 그의 형은 인쇄소와 편의점 사이에 있는 허름해 보이고, 깜빡이는 전구가 달린 기울어진 간판(맛나식당이라고 쓰여 있는)을 보고 식당을 고른 것이다. 창문은 지저분하고 벽은 갈라진 콘크리트로 되어 있다. 석가는 이런 식당의 음식이 과연 맛이 있을지 무척이나 의심스럽다.

석가는 심호흡을 하고 지팡이를 손에 꼭 쥔 채 길을 건넌다. 비단결의 검은색 고급 정장을 입은 그는 오늘 만찬을 위해 단단히 준비했다. 그는 금속을 잘 다루는 수다쟁이 불가사리 이발사를 찾았고, 불가사리는 석가의 비단 같은 검은 머리를 '풍성한'(석가의 말이 아니라 이발사가 한 표현이다) 윗머리에 깔끔한 중간 머리, 그리고 목 뒷덜미 쪽으로 가늘어지는 뒷머리의 평소 스타일로 완벽하게 다듬어 주었다. 그는 한껏 힘을 주었지만, 그의 머리카락은 형의 것과 비교해 그 자신에게 별다른 이점으로 작용하지 않을 것이다.

석가는 환인을 죽일 수 있을 만큼 자신이 강해지길 간절히 바라고 있다. 하지만 힘이 현저히 부족한 석가에게 환인을 죽일 만한 기회는 없다.

그는 〈가들리 가십〉의 파파라치가 보이지 않는 것에 감사해한다. 그는 지금 이 만남이 사진들과 함께 '형제들의 재회? 핫한 환인과 섹시한 석가가 식사를 나누는 모습이 목격되었다!'와 같은 헤드라인을 통해 불멸의 일로 기록되지 않더라도 충분히 나쁜 일이 될 것임을 안다.

석가는 얼굴을 찡그리며 문을 밀어서 연다. 식당에서는 밥 짓는 냄새와 국 끓는 냄새가 난다. 조명이 어둡지만, 석가는 네모난 나무 테이블들과 곧 망가질 것 같은 의자들, 콘크리트 벽에 늘어선 시든 화분들, 방의 한쪽과 다른 한쪽을 구분하는 용도로 놓인 커다란 어항을 바라본다. 무기력해 보이는 물고기들이 무수히 들어 있다. 석가가 들어오자마자 지친 한숨을 내쉬는 식당 여주인과 어항 옆에 앉아서 음식을 먹고 있는 두 여자를 제외하면 맛나식당은 텅 비어 있다.

"맛나식당에 오신 것을 환영합니다." 그녀가 말한다. "절 따라오세요. 자리로 안내하겠습니다."

식당 여주인이 석가를 어항 반대편 테이블로 안내하고, 그는 힘주어 이를 악문다. 환인은 늦거나 아예 오지 않을지도 모른다. 여주인은 석가 앞에다 기름기가 잔뜩 묻은, 래미네이트를 입힌 메뉴판을 내려놓는다. "직원이 곧 올 겁니다." 그녀는 중얼거리곤 느릿느릿 멀어진다.

석가는 역겨운 표정으로 메뉴판을 내려다본다. 그는 이 가축우리 같은 곳에서 아무것도 먹지 않을 것이다. 이런 수준까지 내려오기에 그는 품위 있고 세련된 입맛의 소유자이므로.

환인은 언제 온다는 걸까? 심 서장이 그에게 장난을 치는 걸까? 석가는 느긋하게 있질 못하며 다리를 꼬았다 폈다 하고 양복 재킷을 만지작거린다. *어이가 없군.* 그는 자기 앞의 비어 있는 자리를 노려보며 식식거린다. *이건 정말 어이가 없는 일이야.*

당연히 환인은 오지 않는다. 올 이유가 뭐가 있겠는가? 그의 형은 몇 백 년 동안 그에게 연락한 적이 없다. 여기까지 온 게 바보짓이다. 석가가 의자를 뒤로 밀치자, 의자 다리가 바닥에 끌리며 끼익 하는 소리를 낸다. 그가 일어서려는 순간…….

144

"앉아."

석가는 얼어붙는다. 이 목소리는…….

그는 맞은편 빈 자리를 둘러싼 공기가 파문을 일으키며 일렁이는 것을 믿기지 않는 표정으로 바라보다, 환인이 두 손을 포개고 눈썹을 치켜올린 채 앉아 있는 모습을 발견한다.

그는 *내내 거기 있었어.* 석가는 믿기지 않는 마음으로 이 사실을 깨닫고, 그러자 그의 마음엔 증오가 불처럼 일어난다. 그는 *내내 거기 앉아 있었어.*

628년 만에 처음으로 석가는 형의 얼굴을 쳐다본다.

환인은 언제나 석가가 아닌 모든 것이었다. 석가의 머리가 한밤중의 검은색이라면, 환인의 머리는 거의 흰색에 가까울 정도로 옅은 은색이다. 가슴까지 내려오는 긴 가닥들이 만들어 내는 매끈하고 얼음처럼 차가운 커튼은 석가의 짧은 머리와는 달라도 너무 다르다. 석가의 눈이 짙은 에메랄드빛이라면, 환인의 눈은 별과 우주의 비밀을 품은, 깊이를 알 수 없는 검푸른색이다. 이런 색의 차이는 환인이 푸른 하늘을 다스리는 운명인 반면, 이승의 초록 세계가 옥황에 비해 그 지위가 낮듯 석가는 영원히 형보다 낮은 곳에 있을 운명임을 나타낸다. 석가는 유배되어 있지만 환인은 왕좌를 유지하고 있다. 두 형제의 유일한 공통점이라곤 가끔 주근깨가 보이는 진한 황금빛의 베이지색 피부뿐이다.

환인은 은색과 파란색으로 된, 평소에 왕이 입는 한복 차림이 아니라 평범한 도시민의 옷차림을 하고 있다. 회색 터틀넥 니트와 검은색 청바지를 입고 손목에 시계까지 차고 있다. "동생아, 잘 지냈어?" 환인은 고개를 한쪽 옆으로 기울인 채 석가를 유심히 바라보며 나지막이 말한다.

석가는 갈비뼈 사이로 날카로운 배신의 칼날이 스치는 것을 느낀다. 그의 정신이 멍해지고 입은 벌어진다. 아주 많은 시간이 흘렀지만 하늘에서 추락하는 고통, 치욕을 당하는 고통, 형이 차가운 눈으로 내려다보던 때의 고통은 사라지지 않았다. 석가는 천천히 다시 자리에 앉으며 할 말을 찾는다. "글쎄." 그는 깊이 충격을 받은 상태에서도 최대한 온화하게 대답한다. "마지막으로 형을 봤을 때, 형은 나를 하늘에서 내던지느라 바빴지."

환인이 얼굴을 찌푸린다. "내가 마지막으로 널 봤을 땐, 넌 내 왕좌를 훔치려고 암흑세계의 요괴들로 구성된 군대를 이끌고 있었지."

"이런 젠장." 석가는 입술을 위로 말아 올려 잔인하고 차가운 미소를 짓는다. "좋은 기억이 아닌 것처럼 말하네."

"너에겐 그런가 보네."

"아, 난 그 기억을 아주 소중히 간직하고 있어." 석가는 사실 가슴이 쿵쾅거리지만, 따분해진 신의 모습을 전시하듯 좌석 등받이로 몸을 기대며 느긋하게 말한다.

옛날에나 신이지. 그의 머릿속에서 메마르고 작은 목소리가 그의 생각을 고쳐준다.

뭐래.

"형이 신신시에는 무슨 일이야?" 석가는 한쪽 눈썹을 치켜뜨며 말을 잇는다. "날 옥황으로 데려가려고 온 건 아니겠지?"

환인은 대답하려고 입을 떼다 메모지를 들고 테이블로 다가온 시무룩한 표정의 종업원 때문에 말을 그만둔다. "오늘은 뭘 드릴까요?"

"저리 가." 석가는 손을 흔들며 종업원을 향해 소리친다. "네 서비스는 필요 없어."

"하지만……." 종업원이 얼굴을 찌푸린다. "여긴 식당입니다."

"그리고 난 여기 음식을 먹고 싶지 않아." 석가는 조바심에 다시 손을 흔든다. "잘 가."

환인은 석가를 노려본다. "갈비탕 하나 줘요." 그는 얼굴이 벌게진 남자에게 부드러운 어조로 말한다. "소주도 한 병. 저쪽도 같은 걸로."

"네, 선생님." 남자 종업원이 중얼거리며 허겁지겁 자리를 뜬다. 환인의 매서운 시선이 석가에게로 돌아온다.

"성질머리는 여전하네."

석가는 눈동자를 굴린다. "오, 뭐라는 거야, 형. 무슨 마술처럼 내 성질이 완전히 바뀔 걸로 생각했어? 그랬다면 바보 같은 생각이야."

"희망 사항이었지." 환인이 고개를 기울인다. "석가야, 넌 단순히 외모만 닮은 게 아니라 더 많은 면에서 아버지를 닮았어."

그의 몸이 긴장한다.

환인과 석가의 아버지인 미륵은 환인이 왕위에 오르기 전에 옥황을 통치했다. 미륵은 수중 세계 용왕국, 지하 세계 저승, 기만(欺瞞)의 세계 까막나라, 인간 세계 이승에 더해 하늘 왕국을 창조해 석가와 환인의 어머니인 마고와 함께 통치했다. 하지만 그건 창조의 신이 미쳐서 여러 세계에다 고통을 가하기 전의 일이었다. 그는 주로 어린애들을 노리는 천연두 여신 마누라를 비롯한 재앙과 질병의 신들을 만들어냈다. 기아와 가난, 우울증, 가뭄, 홍수도 만들어 냈다. 미륵은 정신착란 속에서 이 모든 것을 생각해 냈다.

석가와 환인은 가장 적법한 방식으로 나이 든 신을 폐위시켰고, 염라대왕의 왕국 깊숙한 곳에 가두었다. 그는 지금도 그곳에서 썩어 가는 중이다. 석가가 아무리 악하고 사악하다 해도…… 그들의 아버지와는 전혀 다르다.

전혀.

"날 아버지와 비교하지 마." 석가는 분노를 참지 못하고 간신히 숨을 내쉬며 말한다.

"난 내가 하고 싶은 대로 할 거야. 그리고 넌 잠들어 있는, 섬세하고 친절한 우리 어머니 마고와는 확실히 달라." 환인은 어깨를 으쓱한다. "어머니가 이곳 세계의 산 아래에서 잠자고 있어서 다행이야. 네 나쁜 행실을 어머니가 못 보실 테니까."

석가는 볼 안쪽을 깨문다.

그렇다. 마고가 낮잠에서 깨어나 막내아들이 장남을 왕좌에서 끌어내리려 했다는 사실을 알게 된다면 분명 화를 낼 것이다. *당연히 더 많은 테스토스테론이 분출되는 싸움을 벌였겠지. 전혀 놀랍지 않아.* 그녀는 짤막하게 말하고 그의 귀를 찰싹 때릴 것이다.

환인이 담담하게 웃는다. "석가야, 궁금해서 묻는 건데, 네 과제는 얼마만큼 진척됐어?"

"내 과제?" 석가는 믿을 수 없다는 듯 형의 말을 반복한다. "내 형벌 말이군. 난 충분히 잘하고 있어." 그가 무뚝뚝하게 말한다. "아주 고마워."

환인은 석가의 말투에서 새어 나오는 신랄함에도 눈 하나 깜빡이지 않는다. "2만이라는 숫자는 채웠어?"

"형 생각은 어떤데?" 석가는 이를 앙다물며 말한다. "그랬을 것 같아?" 그랬다면 그는 이 지저분한 식당에 앉아 있지도 않았을 것이다.

"음." 환인은 읽어내기 힘든 표정으로 의자에 앉은 채 자세를 고친다.

"내가 앞에서 했던 질문에 대답이나 해. 신신시에는 무슨 일로 온 거야?"

"염라대왕을 대신해서 왔어."

"염라대왕?" 석가가 눈을 깜빡인다. 죽은 자의 신은 저승을 떠날 수 없는데, 환인을 보냈다면……. *아.* "어둑시니 때문이군."

그의 형이 고개를 살짝 끄덕인다. "어젯밤에 요괴 중 하나가 염라의 세계에서 탈출했어."

석가는 지나치게 죄책감을 느끼는 것처럼 보이지 않으려 애쓴다.

환인의 눈썹(역시나 은색인)이 약간 아래로 처진다. "왜 그런 표정을 짓는 거지? 아파 보여."

석가는 굳이 대답하지 않아도 되는데, 마침 종업원이 갈비탕이 담긴 그릇을 들고 와 두 신 앞에 놓기 때문이다. 종업원은 작은 유리잔 두 개와 소주 두 병도 함께 테이블 위에다 놓는다. 환인이 한 숟가락 떠서 먹는데도 석가는 음식에 손을 대지 않는다.

"대답 안 해도 돼." 그의 형이 음식을 삼키고 냅킨으로 입술을 톡톡 두드리며 자기가 했던 말을 수정한다. "네 머릿속에서 어떤 불쾌한 일이 벌어지고 있는지 알고 싶지 않아." 환인이 냅킨을 내려놓는다. "네가 어둑시니를 쫓고 있다는 건 알고 있어."

"그래, 맞아." 석가가 경계심을 품으며 말한다.

"그래서 진척은 좀 있어?"

"어둑시니가 한 육신을 차지했어." 석가가 대답한다. "그게 누구에게 빙의했는지 알아보는 중이야. 증거가 상당히 부족해."

"그래." 환인이 잔 하나에 소주를 따른다. 투명한 술이 병에서 흘러내리면서 거품이 인다. 그는 소주병을 다시 내려놓으며 석가의 시선을 똑바로 마주한다. "석가야, 난 너에게 거래를 제안하려고 여기에 왔어."

시간이 멈춘 것 같다. "거래?"

환인은 아무렇지 않게 술을 한 모금 들이켠다. "그래, 동생아. 거래."

석가는 침을 삼키지만 갑작스레 믿을 수 없을 정도의 어지러움을 느낀다. "듣고 있어." 그는 목소리를 조심스레 조절하며 새어 나올 수도 있는 간절함의 기색을 감추려 애쓴다. 하지만 환인은 그 간절함을 알아챈 것처럼 보이지 않고 씁쓸한 미소를 숨기고 있는 것으로 보인다.

"어둑시니는 신신시에 있으면 안 돼." 환인은 잔을 내려놓으며 말한다. "어둑시니는 생명에 굶주려 있고 이곳은 생명으로 가득 차 있어. 우리가 그런 종류의 요괴들을 이곳에서 멀리 떨어진 곳에 가둔 데는 이유가 있어. 곧 희생자가 우후죽순 생겨나기 시작할 거야. 어둑시니는 도시 전체를 먹어 치울 때까지 멈추지 않을 거야. 오늘 밤에도 적어도 한 건 이상의 살인이 있을 것으로 예상돼."

석가는 환인의 말을 기다린다.

"네가 알고 있는지 모르겠는데, 동생아, 어둑시니에겐 신을 죽이는 게 아주 쉬운 일이야. 영원히 죽이는 거 말이야." 환인이 그의 시선을 마주한다. "그것들은 생명을 먹이로 삼고 우리에겐 생명이 넘쳐나. 우린 그들 식욕의 상당 부분을 충족시켜 줄 수 있을 거야. 그리고 내 생각에, 어둑시니들은 까막나라가 잠겨 버린 데는 네가 한 역할이 있기 때문에 널 벌주고 싶어 해. 넌 지금 위험에 처해 있어."

어둑시니에겐 신을 죽이는 게 아주 쉬운 일이야.

영원히 죽이는 거 말이야.

불가능해.

신은 심하게 다칠 수 있지만 죽임을 당할 수는 없다. 적어도 영원히 죽을 수는 없다. 신들의 몸은 늙거나 때때로 치명적인 상처를 입을 수 있지만, 다른 이들과 같은 고통을 겪지는 않는다. 그 대신 신성한 환생을 거쳐 저승 위의 세계에서 최상의 컨디션(모든 사정을 고려한)으로 계속해서 존재한다. 다치거나 노쇠한 육체는 분해되고 동일한 영혼(동일한 기억과 신성한 힘을 가진)이 젊고 건강한 몸으로 깃들어 즉시 대체된다. 이것은 일반적인 환생이 아니다. 신의 환생이다. 신은 진정한 의미에서 절대 죽지 않으니까. 어둑시니가 정말로 신을 죽여 영원히 저승으로 보낼 수 있다고 주장하는 건 신성 모독이다.

"아니." 석가는 입이 말라 말을 끊는다. 환인의 말이 사실이라면, 그게 의미하는 건…….

환인은 그를 면밀히 살핀다. "어둑시니들은 너의 군대에 속해 있었어. 그놈들이 무슨 짓을 할 수 있는지 네가 몰랐다고? 나한테 무슨 짓을 할 수 있는지 몰랐다고? 신들한테? 심지어 너한테도?"

속임수 신은 입술을 굳게 다물고 자기 앞에 놓인 갈비탕 그릇을 뚫어져라 쳐다본다. 흐물흐물한 파와 함께 잿빛 지방 조각들

152

이 떠 있는 갈비탕은 그다지 먹음직스럽게 보이지 않는다. 하지만 그는 대답을 늦출 핑계를 만들 생각으로 주저하듯 한 숟가락 떠서 먹는다.

역겹다.

그는 힘겹게 삼킨다.

"석가야." 그의 형이 의심하는 듯한 눈빛으로 그를 쳐다본다.

석가는 턱에 힘을 주고 숟가락을 내려놓으며 신중하게 대답을 고른다. "요괴들이 형을 죽일 수 있는 줄은 몰랐어." 그가 무뚝뚝하게 말한다. "내 생각으론…… 그것들이 형을 무력화하는 정도로만 다치게 할 수 있을 줄 알았어."

환인은 어떤 결론을 내린 것처럼 보인다. 그의 얼굴은 잠시 부드러워진다. 그는 반감을 살 정도로 꼬치꼬치 따지는 듯한 시선을 거두고 소주를 한 모금 들이켠다. 불꽃과도 같은 격렬한 동요가 일며 석가의 입에서 말이 흘러나온다.

"말해 두자면." 속임수 신은 환인이 오해할까 봐 칼날처럼 날카로운 목소리로 말한다. "설령 어둑시니가 형을 죽였다 해도 난 슬픔에 잠겨 있진 않았을 거야."

"물론 그랬을 테지." 그의 참아 주기 힘든 형은 능글맞은 웃음을 감추려고 애쓰는 것처럼 보인다.

"난 기뻐했을 거야." 석가가 얼굴을 찡그린다. "하지만 그건 형의 말이 맞다고 가정할 때 그렇다는 말이야. 어둑시니는 신들에 비하면 하찮은 존재인데……."

"동생아, 넌 네가 '하찮다'라고 여기는 것들도 위대해지려는 갈망을 품고 있다는 사실을 알게 될 거야. 그건 신을 죽여야 충족할 수 있는 갈망이지." 석가가 노려보는 동안 환인은 갈비탕을 휘젓는다. "안타깝게도, 염라대왕은 오랜 세월 어려운 일을 도맡아 왔어. 안전 장치들이 파기되면 무슨 일이 벌어질지 몰라 늘 위협을 느끼며 살아왔지. 난 그가 안쓰러워."

"무슨 말을 하려는 거야?"

"신신시의 어둑시니는 내가 직접 처리하고 싶은 문제가 아니란 뜻이야." 환인이 침착하게 국물을 떠먹으며 대답한다. "다른 신들도 마찬가지이고. 그리고 내가 이 얘기를 했으니 너도 마찬가지겠지. 하지만 네겐 선택권이 없지 않나 싶네."

"난 겁쟁이가 아니야." 하지만 그의 말이 맞다. 석가는 죽고 싶지 않다. 서울로 근무지를 옮겨 간다면…… 흠.

"어둑시니를 막지 않으면 이승의 모든 나라가 잡아먹힐 거야." 환인은 석가의 생각을 꿰뚫어 본다는 듯 반박한다. "파괴하고 또 파괴하고 또 파괴하는 게 그들의 본성이야. 어둑시니는 게걸들린 존재야. 그래서 지옥에서 유능한 고문가 역할을 하는 거지. 석가야, 이 요괴의 동기에 대해 생각해 본 적 있어?"

"어둑시니는 막 저승에서 탈출했어. 배가 고픈 상태인 거지." 석가가 중얼거린다. "그리고 날 애먹이고 싶은 거고."

"그래, 하지만 그게 다는 아냐. 까막나라는 잠겼어. 접근이 불가능해." 환인의 눈빛이 어두워진다. "그리고 까막나라는 원래부터 암흑세계는 아니었어. 너나 내가 태어나기 전에는 이승과 비슷한 세계였어. 아버지가 어둑시니를 창조하고 그들에게 까막나라를 주기 전까지는. 어둑시니가 지금 우리가 알고 있는, 어둠과 파괴의 장소로 바꿔 버렸어. 동생아, 어둑시니가 까막나라로 돌아가지 못한다면 까막나라를 다시 만들어낼 거야. 어둑시니는 더 많은 희생양을 차지할수록 더 강해져. 능력이 강해지면 이곳에 또 다른 암흑세계를 만들어 내는 걸 주저하지 않을 거야."

석가의 관자놀이를 따라 땀이 흐른다. 그는 자기의 행동이 언제나 이렇게나 크고 엿같은 결과를 가져오는 이유는 뭘까, 스스로 묻는다. "그럼 까막나라를 다시 열어."

환인이 코웃음 친다. "그건 불가능하다는 거 너도 알잖아. 신들이 한 세계를 잠그면 그걸로 끝이야."

"노력은 해 봐야지." 그가 우기듯 말한다. 하지만 환인에게 자기가 사실상 구걸하는 것처럼 보이는 게 마뜩잖다. "까막나라를 열면 이승을 구할 수 있어. 어둑시니도 그곳에 갈 수 있고, 망나니도 갈 수 있어. 모두가 행복해져." 석가만 빼고. 석가는 커피를 처음 마셨을 당시 그 찰나의 기쁨 내지는 행복 이후로 행복을 느낀 적이 없었다. 그에게 행복이 더는 있을 것 같지 않다.

"시도해 보지 않았으면 여기까지 오지도 않았을 거야." 환인이 조용히 대답한다. "게다가 석가야, 우리가 그 세계를 잠근 데는 다 이유가 있어." 하늘의 황제는 거의 찡그린 듯한 표정으로 속임수 신을 쳐다본다. "설령 우리가 할 수 있다고 쳐도, 까막나라를 여는 게 최선일지 모르겠고."

석가는 옅은 신음을 내고 환인은 말을 이어간다. "한국으로서는 어둑시니를 없애는 것 말곤 선택의 여지가 없어. 어둑시니를 염라의 세계로 돌려보내는 것 말곤."

"그리고 형은 내가 그 일을 해 주길 바라는 거고." 석가가 비웃는다. "아주 전형적으로 형다운 발상이군."

"대가로 너에게 무언가를 내줄 용의가 있어."

그는 갑자기 차오르는 흥미를 감추려 한쪽 눈썹을 치켜뜬다. "그게 뭔데?"

환인은 주저하는 듯하다 몸을 앞으로 기울인다. 그의 두 눈에서는 별이 더 밝게 타오른다. "옥황에 있을 때 들은 얘기가 있어." 그가 낮은 목소리로 말한다. "어둑시니에 대해서도 들었고, 주홍여우의 귀환에 대해서도 들었어. 여러 해 전 고려를 공포에 떨게 한 게 바로 그 여우였잖아, 안 그래? 어떤 한 구미호로부터 보호해 달라는 기도를 엄청나게 많이 받았던 기억이 어렴풋하게나마 있어."

"고려 맞아." 석가는 동의한다. "무엇보다 조선 시기에 그랬지." 조선은 한때 탐욕스러운 구미호를 두려워하며 살았다.

"그래. 두 괴물이 이승의 거리를 배회하며 내가 지키고자 하는 사람들을 위협하고 있어. 그래서 내가 너에게 제안을 하나 할게."

석가는 경직되고 창백한 얼굴로 자리에 가만히 앉아 숨을 참으며 제안을 기다린다.

"주홍여우를 죽여. 어둑시니를 죽여. 그 대가로 이승에서 너의 형을 감면해 주마."

"'감면'이라는 게." 석가는 거친 숨을 내쉰다. "정확히 무슨 뜻이야?"

"내 말은……." 환인이 굳은 미소를 지어 보인다. "내 말은, 네가 예전의 지위로 복귀한다는 뜻이야. 효력은 그 즉시 발생하고."

예전의 지위로 복귀한다.

석가는 떨리는 손을 탁자 밑으로 숨긴다.

효력은 그 즉시 발생한다.

환인은 그를 주의 깊게 바라본다. 그의 가늘어진 두 눈은 그의 움직임을 하나도 놓치지 않는다. "물론 제한 사항은 있을 거야. 넌 10년이나 20년 동안 너의 옛 궁전에서 가택 연금될 거고, 그리고…… 아…… 다시금 네 마음이 돌변하는 걸 방지하기 위해 의무적으로 상담을 받아야 할 거야."

그의 옛 궁전. 옥황의 구름으로 덮인 언덕에 걸쳐 있는, 흑단과 윤기가 흐르는 검은 기와가 사방으로 뻗어 가는 어두운 궁전. 대나무 정원, 거품이 일렁이는 잉어 연못, 반질반질한 돌과 드높은 천장으로 만들어진 홀들. 석가의 숨이 목에서 걸린다. 집. 그는 수백 년에 또 수백 년의 시간이 지나고 또 지나서야 처음으로 집에 갈 수 있는 기회를 맞았다. 징징대는 인간들을 내버려두고, 별이 쏟아지는 하늘 아래서 다시 한번 좋은 포도주를 마시고, 다시 한번 신 석가가 될 수 있다. 강력한 신 석가. 석가…… 석가. 그는 다시 석가가 될 것이다.

그는 침을 삼킨다. 입이 마르고 혀는 쇳덩이처럼 무겁다. 심장이 흉곽을 미친 듯이 두드리는 동안 뜨거운 땀이 목덜미로 흘러내린다. "이게 잔인한 농담이 아니라는 걸 내가 어떻게 알지, 형?" 그가 속삭이듯 묻는다.

진짜라고 하기엔 너무 좋다. 진짜라고 하기엔 너무 좋아.

"왜냐하면." 환인이 조용히 대답한다. "내가 환웅을 걸고 맹세할 수 있기 때문이지."

석가는 한 대 얻어맞은 것처럼 물러난다. 법의 신을 걸고 맹세한다는 것은 깰 수 없는 서약이다. 환인의 아들인 환웅을 걸고 맹세하면, 그는 맹세한 당사자가 서약한 것을 끝까지 책임지게 만든다. "환웅을 걸고." 그는 쉰 목소리로 반복한다. "형이 환웅을 걸고 맹세할 거란 거지."

환인이 고개를 숙인다. "그래."

석가의 머리가 빙빙 돈다. *예전의 지위로 복귀한다. 효력은 그 즉시 발생한다. 예전의 지위로 복귀한다.* "좋아." 그가 탁한 목소리로 말한다. "동의해. 조건에 동의해." 주홍여우를 찾아내서 죽여. 어둑시니를 찾아내서 죽여.

다시 완전한 신이 돼.

그의 형인 옥황상제가 가늘고 매끈한 손을 내민다.

석가는 망설인다. 마지막으로 형을 만졌을 때 그는 형을 아주, 아주 심하게 해치려고 했었다.

환인은 참을성 있는 표정으로 기다린다. 평온한 표정. 아직 원한이 남아 있는지 몰라도, 석가의 눈에는 보이지 않는다. 형은 항상 그보다 성숙했다.

석가는 격렬하게 떨리는 손을 내민다. 환인은 석가의 손이 떨리는 걸 모른 척하는 게 분명하다. 그는 자기 손으로 석가의 손을 꽉 쥔다.

잠시 두 사람은 다시 어린 시절로 돌아간 것만 같다. 질투가 있기 전의 시간으로. 편애와 끝없는 경쟁이 있기 전으로. 두 형제는 한 가지 거래를 하며 잠시 악수한다. 서로가 서로에게 힘을 주어 발이 땅에서 떨어지고, 손바닥에서 손바닥으로 무언의 메시지가 전달된다. 환인의 손은 수백 년이 지난 후에도 똑같은 느낌이다. 매끈한 겉모습과는 달리 굳은살이 박여 있는 따뜻한 손이다. 단단하다. 안정적이다. 마고의 손처럼.

하지만 환인의 손이 델 정도로 뜨거워지자, 석가는 움찔하려는 움직임을 억지로 참는다.

"내 아들 환웅, 법의 신이자 약속을 지키는 일의 신에게 맹세하노라. 타락신 석가, 언변이 화려한 석가가 어둑시니와 주홍여우를 모두 죽일 것이다. 그러면 나는 석가를 악동 신, 속임수 신, 혼돈 신, 배반 신 등 예전의 지위로 복귀시켜 줄 것이다." 그의 손에서 뿜어져 나오는 열기가 석가의 손으로 전해지고 탁탁 소리내며 타오르는 들불처럼 뜨겁다. "이것이 석가에 대한 나의 거래이자 맹세이다. 환웅이 내가 한 말을 책임지게 할 것이다."

그들이 맞잡은 두 손에서 연기가 피어오르고 석가는 턱에 힘을 주며 이 사이로 식식거리는 소리를 낸다. 환인이 마침내 손을 놓자 화끈거리는 감각이 사라진다. 석가는 자신의 오른쪽 손바닥을 내려다본다. 한가운데에 약속의 흔적이라 할 수 있는 아주 작은 분화구 모양의 화상이 생겨나 있다. 눈에 보이는 약속의 흔적은 오래 가지 않으므로 금방 사라진다. 상기시켜 주는 무언가가 없이도 맹세한 약속을 지키는 것은 개인의 몫이지만, 그 기억은 여전히 그의 살갗에서 타들어 가며 그를 맹세에다 묶어두는 역할을 한다.

환인의 시선이 뚫어져라 그에게로 쏟아진다. "춘분까지 시간이 있어. 그때까지 어둑시니를 막지 못하면 나머지 신들이 개입할 수밖에 없어. 그리고 우리가 개입해야 하는 상황이 되면 우리는 널 그리 탐탁해하지 않을 거야."

춘분. 3월 20일.

석가에겐 16일이 남아 있다.

그는 형을 쳐다본다. 하지만 이미 환인의 윤곽이 흐려지고, 옥황으로 순간이동할 준비를 끝냈다. "잠깐." 그의 입에서 막으려고 해 보기도 전에 이 말이 불쑥 튀어나온다. 환인이 눈썹을 치켜뜬다. 석가는 입술들 사이로 새어 나오는 질문을, 의심에 찬 물음을 멈출 수가 없다. "어둑시니가 신을 죽일 수 있다는 걸 왜 나한테 말해주는 거지? 난 그것도 모르고서 이미 어둑시니를 쫓고 있었는데 말이야." *왜 내게 경고를 해 주는 거지? 왜 날 그냥 죽게 내버려두지 않는 거지?*

대답하는 환인의 눈빛에는 슬픔에 가까운 무언가가 어려 있다. 석가는 그걸 어떻게 받아들여야 할지 알지 못한다. "아마도 네가 죽는 게 싫어서인지도 모르지, 동생아." 이제 형체가 거의 보이지 않는 환인이 대답한다.

석가는 놀라고 입술이 살짝 벌어진다.

잠시 후, 환인은 사라지고, 하늘에 있는 자신의 왕국으로 되돌아간다.

12

하니

그래. 이건 분명 흥미로운 사건 전개다.

"주홍여우를 죽여." 환인이 말하는 중이다. "어둑시니를 죽여. 그리고 그 대가로 석가 네 이승에서의 형을 감면해 주마."

맛나식당 안에서는 하니가 아주 세게 움켜쥐는 바람에 젓가락 하나가 부드러운 소리를 내며 부러진다. 그녀 맞은편에서 의심쩍은 생선으로 만든 음식을 집어 먹고 있는 소미의 충혈된 눈이 커진다. 어린 구미호는 환인이 모습을 드러낸 것에 팬으로서 환호해야 할지, 아니면 공포에 질려 도망쳐야 할지 모르겠다는 표정이다. 결과적으로 소미는 극심한 변비에 걸린 사람처럼 보인다.

석가와 환인이 만나기로 한 시간과 장소를 기억해 둔 하니는 타락신 몰래 그들이 만나는 자리까지 동행하는 일을 감행했다. 하니는 소미를 데리고 왔고, 두 구미호는 가족 간 만남의 이유를 알아내기 위해 석가가 도착하기 30분 전에 낡아빠진 식당 안으로 슬그머니 들어갔다. 하니는 식당에 들어가기 전에 한 의

상실에서 구한 값싼 금발 가발과 두꺼운 검은색 안경을 이용해 교묘하게 변장했다. 식당 안으로 들어선 석가는 그녀를 알아보지 못했고, 지금도 어항을 통해 그를 쳐다보고 있는, 맹렬한 분노에 차 두 눈이 안구 밖으로 불룩 튀어나와 있는 그녀를 알아보지 못한다.

주홍여우를 죽여. 가당키나 한가. 하니는 석가의 대답을 기다리며 비웃는다.

"'감면'이라는 게." 석가가 거친 숨을 내쉰다. "정확히 무슨 뜻이야?" 신은 당장 그 자리에서 쓰러질 것 같은 소리를 낸다.

"하니 언니." 소미가 테이블을 가로질러 속삭인다. 이 가엾은 구미호는 완전히 정신을 잃기 직전인 것처럼 보인다. 눈 밑의 다크서클은 더욱 선명해지고 피부는 눈에 띄게 축축해졌다. 하니는 그녀에게서 공포의 냄새를 맡을 수 있다. "언니, 우린······ 이 도시를 떠야 해요. 이건 미친 짓이에요." 그녀는 하니의 손을 잡아당겨 그녀의 시선을 두 신으로부터 억지로 돌리게 만든다. 그녀의 손가락은 식은땀으로 끈적끈적하다. "우린 죽게 될 거예요. 이 세상은 암흑세계로 변할 거예요. 그리고 그들은 언니가 주홍여우라고 생각할 거예요. 오, 신들이시여. 오, 신들이시여. 우린 도망쳐야 해요."

"쉿." 하니가 경고하는 소리를 낸다. "조용히 해. 무슨 말을 하는지 들어 봐야 해."

"······넌 십 년이나 이십 년 동안 너의 옛 궁전에서 가택 연금

될 거고, 그리고…… 아…… 다시금 네 마음이 돌변하는 걸 방지하기 위해 의무적으로 상담을 받아야 할 거야." 그녀는 환인이 설명하는 말을 듣는다. 그녀는 얼굴에서 백지장처럼 핏기가 싹 사라진 채 완전히 충격에 빠진 석가를 슬쩍 쳐다본다. 주홍여우를 죽일 수 있다고 생각하는 어리석은 신. 오호, 하니는 그가 맹탕 추격전을 벌이도록 유도하면서 아주 재밌는 시간을 보내게 될 것이다…….

그녀는 두 신이 손을 맞잡은 채 환인이 하는 약속의 말로 거래를 타결하는 장면을 재미와 분노를 동시에 느끼며 지켜본다. 플롯이 상당히 구체적인 양상을 띠게 된 것 같다.

석가가 어둑시니를 죽일 것이다. 그녀가 꼭 그렇게 되게 만들 것이다. 신신시에는 어둠의 크리처를 위한 자리가 없다. 하니는 체리 타르트와 핫초코처럼 경이로운 것들이 존재하는 이 인간 세계를 사랑한다. 가을과 겨울에 학생들이 길거리에서 파는 군고구마를 좋아하고, 스피커에서 흘러나오는 음악을 들으면서 고속도로를 달릴 때의 느낌을 좋아하며, 반나체의 멋진 남자가 표지에 나오는 재밌는 미국 로맨스 소설 없이는 살 수 없다고 생각한다. 이승에는 분명 문제가 있지만(많은 문제가 있고, 대부분은 인간이 역사에서 배우기를 거부하기 때문에 해결되지 않은 수백 년 전의 문제이다), 그곳이 그녀의 집이다. 그리고 하니는 그것을 위해 싸우는 일에도, 조유나의 죽음에 대해 복수하는 걸 돕는 일에도 반대하지 않는다.

하지만 석가는 다시 신이 될 수 없을 것이다.

왜냐하면 그는 결코 주홍여우를 죽일 수 없을 테니까.

환인이 사라지고 석가가 땀에 범벅이 된 채 축 늘어지듯 자리에 주저앉자, 하니는 미소를 짓는다. 그의 눈은 매섭고 가슴은 고르지 않게 오르락내리락한다.

어리석고 또 어리석은 신.

✳

"우리 같이 서울로 가면 돼요." 소미는 숨을 가쁘게 쉬며 말한다. 그녀는 공포에 휩싸여 잽싸게 돌아다니며 옷장에서 옷을 꺼내 여행 가방에다 넣는다. "아니면…… 도쿄로 가도 되고요. 저 일본어 조금 할 줄 알아요, 많이는 아니지만……."

하니는 소미의 방문에 기대어 한숨을 쉰다. 평소에는 깨끗하고 정돈된 침실이 마치 토네이도가 휩쓸고 지나간 것처럼 보인다. 소미가 옷장과 여행 가방 사이를 왔다 갔다 하는 동안 이불은 침대에서 떨어져 나뒹굴고, 오래되어 낡은 〈가들리 가십〉 잡지들은 바닥에 널브러져 있고, 화장품들은 화장대 위에서 위태롭게 흔들리고 있다. 그녀의 침실 벽에 붙어 있던 신들이 인쇄된 포스터들은 떼어져 있다. 하니는 목숨을 건 파파라치가 찍은 것으로 추정되는 사진으로, 얼굴을 찡그리고 신신시 거리를 걷고 있는 신의 모습을 확대한 석가의 포스터가 갈기갈기 찢겨 소미의 침대 옆 쓰레기통에 버려져 있는 걸 발견한다.

"……아니면 영국! 영국으로 가면 되겠네요. 언니, 영어 할 줄 알죠, 그렇죠? 영국에서 잠깐 살았다고 말했던 거 기억해요." 소미는 가쁘게 숨을 쉬며 부풀어 오른 여행 가방의 지퍼를 채우려고 애쓴다. "하니 언니?" 나이 많은 구미호가 대답하지 않자 소미는 눈을 크게 뜨고 애원하는 눈빛으로 그녀 쪽을 바라본다. "언니?"

"우린 아무 데도 안 가." 하니는 짧게 말하고, 소미가 자기 머리를 쥐어뜯는 모습을 지켜본다.

"미쳤어요? 어둑시니가 돌아다니는데, 이 세상을 암흑세계로 만들려고 하는데요! 게다가 석가는 언니를 주홍여우라고 생각할 수도 있어요. 그러면 그는 언니를 죽이려고 할 거예요. 난 감옥에 가는 게 최악이라고 생각했는데……."

"우리가 도망치면 의심받게 돼. 경찰서에서 들었는데, 석가가 구미호의 도시 출입을 감시하고 있어. 소미야, 우리가 할 수 있는 최선은 여기 남아 있는 거고, 네가 할 수 있는 최선은 나를 믿는 거야. 알았지?" 그녀는 한 발로 길 잃은 양말 한 짝을 툭 민다. "날 믿어. 석가는 나나 너를 곤경에 빠뜨리지 않을 거야. 그리고 나도 어둠의 요괴를 막는 걸 도울 거고."

소미는 여전히 가쁘게 숨을 쉰다. "난……."

"소미야, 진정해." 하니가 다그친다. "지금 네가 하는 행동은 여기저기 아무 데나 나돌아 다니면서 네가 간을 먹었다고 고래 고래 소리치는 거나 마찬가지야. 그러면 우리 둘 다 곤란해져."

소미의 얼굴은 금방이라도 울 것 같은 표정이다. 하니는 곧 있을 눈물바람에 대비한다. "난 그냥…… 너무 무서워요." 소미가 울부짖는다. "석가가 날 찾아오면 어떡해요? 항상 그러길 바랐지만, 이런 식은 아니었어요!" 소미의 울부짖는 소리가 점점 커진다.

하니는 편두통이 찾아온다. "그럴 일 없어." 그녀는 단호하게 말한다. "내가 다 알아서 하고 있다고 했잖아. 진짜야."

"하지만 만약에 그가 찾아오면요?"

"그럼 스스로 방어해야지."

"이걸로?" 소미는 자기 발톱들을 빼내 조소하듯 쳐다본다. "이것들은 너무…… 너무 작잖아……."

"아니, 그거로는 안 돼." 하니는 방을 가로질러 소미의 침대로 가서 양반다리를 하고 앉는다. 그녀는 〈가들리 가십〉 잡지들을 깔고 앉고, 그녀의 엉덩이는 제주도 해변에 누워 카메라를 보며 웃고 있는 용왕의 얼굴을 짓누르고 있지만, 그런 건 신경 쓸 겨를이 없다. 소미는 손등으로 눈물을 마구 닦아내며 몸을 떤다. "소미야, 넌 구미호야. 구미호는 무슨 일을 해? 우리 본성이 뭐야?"

소미가 고개를 가로흔들고, 그녀의 눈에서는 눈물이 뚝뚝 떨어진다.

"발톱보다 더 나은 방어력이 필요하면 여우 구슬에서 힘을 빨아들이거나 영혼을 훔쳐."

"영혼을 훔치라고요……. 아니요, 안 돼요." 그녀는 여전히 머리를 쥐어뜯는다. "아니요, 아니요, 아니요."

"영혼을 훔치는 게 항상 금기시되었던 건 아니야." 하니가 매트리스를 쓰다듬으며 조용히 대답한다. 소미는 불안하게 앉아 아랫입술을 심하게 떨며 그녀를 쳐다본다. "사람의 간을 먹는 것도. 그건 세상에서 가장 평범한 일이었어." 하니가 도를 지나치는 일을 벌이고 세상이 과민 반응을 보이기 전까지는.

어린 구미호가 훌쩍댄다. "정말요?"

"그래. 예전에는……." 하니는 사냥의 짜릿함, 조선과 런던의 자갈길과 돌길에 발이 부딪히던 느낌, 영혼과 피의 맛을 기억하며 눈을 감는다. "달랐어."

"어떻게요?" 소미가 속삭이듯 말한다. 그녀는 크림색 스웨터를 손에 꼭 쥐고서 비틀고 있지만 이제야 진정하기 시작한다. "어떻게요…… 어땠어요?"

"세상에서 가장 좋은 느낌이었어." 하니가 대답하자 소미는 침묵에 빠진다. 그녀의 빨갛게 충혈된 두 눈이 둥그렇게 커진다.

"정말요?" 소미는 자신도 모르게 호기심 가득한 목소리로 묻는다.

하니가 미소를 짓는다. "이 모든 것에서 가장 큰 부분을 차지하는 건 유혹이야."

"유혹이요?" 소미가 속삭이듯 묻는다.

하니가 고개를 끄덕인다. "키스를 통해 남자의 영혼을 훔치는 거지. 그런데 막무가내로 남자에게 들이대면 영혼을 훔칠 수 없으니까." 그녀는 윙크한다. "유혹. 그러니까 목표물을 찾아서 네 가까이 오게 만들어야 해. 남자들은 너에게 자연스럽게 다가올 거야. 남자들은 모든 구미호에게 그렇게 해. 그리고 남자들을 함정으로 유인한 다음 여우 구슬을 네 입속으로 올라오게 하면 돼. 자, 지금 여기서 해 봐." 하니는 눈을 감고, 심장에서 1700년 동안 축적된 힘으로 파문을 일으키며 뜨겁게 타오르고 있는 힘의 구(球)까지 내면의 손을 뻗는다. "너의 여우 구슬을 찾아." 그녀는 소미가 의심 없이 자기 말을 따르며 완전히 침묵하고 있다는 것을 알아차리며 소곤거린다. "그리고 네 가슴에서 목구멍으로, 그러고 나서…… 네 입속까지 끌어올려."

하니는 자신의 구슬을 맛보며 미소 짓는다. 으깬 설탕과 시럽이 들어간 체리, 진한 초콜릿과 향신료가 들어간 시나몬, 클로버 꿀과 달콤한 바닐라 맛이 난다. 커다란 구슬 크기의 진주를 혀 위에 놓고 굴리자, 혀가 뜨거워진다. 혀에 구슬이 놓여 있어서 그녀의 목소리는 약간 웅얼거리는 것처럼 들린다. "목표물과 키스할 때, 구슬이 그들의 입안으로 굴러 들어가게 해. 그러면 구슬이 상대의 영혼을 수집하고 나서 네 심장 안으로 돌아올 거야." 하니는 눈을 뜨고 구슬을 심장으로 되돌아가게 한다. "그러면 끝."

소미는 분명 작은 조약돌 크기에 지나지 않을 자기의 구슬을 삼킨다. 그녀의 눈에서는 전에 보이지 않던 불꽃이 보이고, 모든 공포와 죄책감은 사라지고 없다. 대신에 보이는 건…… 경외감? 아니 즐거움? 하니로서는 알 수 없지만, 따뜻한 만족감이 밀려오는 것을 느낀다. "이렇게나 쉬워."

"만약 그들이 내 구슬을 삼키면 어떡해요?" 소미가 숨을 죽이며 묻는다. "무슨 일이 벌어져요?"

"으응." 하니가 움찔한다. 예전에 한 인간 남자가 그녀의 구슬을 삼켜서 그녀가 거의 심장마비를 일으킬 뻔한 적이 있었다. "남자가 네 구슬을 삼키면, 그는 그 에너지를 흡수할 거고 그 에너지는 지식으로 바뀔 거야. 그는 하늘에 대한 지식을 갖게 될 거고, 네 여우 구슬은 사라지게 돼. 넌 죽을 거야. 그러니 재빨리 조치를 해서 구슬을 되찾아야 해."

"그렇구나." 소미가 주저한다. "근데…… 영혼은 맛있어요?" 그녀가 앞으로 몸을 숙이고 목소리를 낮춘다. "간만큼 맛있어요?" 소미의 눈 너머에는 하니에게 전적으로 즐겁지만은 않은 방식으로 그녀를 콕콕 찌르는 무언가가 있다. 그녀는 재빨리 우려를 밀쳐낸다. 어쩌면 그녀가 소미에게 나쁜 물을 들이는 건지도 모르지만, 구미호는 가끔씩 괜찮은 남자 간식을 먹을 수 있어야 한다는 게 그녀의 신념이다.

그녀는 윙크한다. "더 좋아."

13

하니

"여기요." 다음 날 아침 하니는 석가의 책상 위에다 근처 카페 커피스타에서 가져온 아주 달달한 아이스커피 한 잔을 올려놓으며 노래하듯 말한다. "본아뻬띠, 모나미('맛있게 먹어, 내 친구'라는 뜻의 프랑스어_옮긴이)."

석가는 컴퓨터 화면에서 시선을 돌려 그녀를 노려본다. "돌아왔네." 그는 어느 때보다 떨떠름한 표정으로 투덜거린다.

"최소한 좀 더 친절하게 행동하려고 노력할 순 있잖아요." 그녀는 짜증이 차올라 식식거린다.

"내가 왜 그래야 하지?" 석가는 비웃으며 자리에서 일어난다. "난 지금부터 외근이야. 넌 하루 쉬어. 고맙긴, 천만에."

"네? 안 돼요." 하니는 얼굴을 찡그리며 팔짱을 낀다. 그녀 없이 그는 아무 데도 갈 수 없다. "형사님이 어디를 가든 저도 같이 갈 거예요. 주홍여우에 대한 단서라도 있는 건가요? 어둑시니에 대한 단서라도?"

석가는 아무 말도 하지 않고 그녀를 옆으로 밀쳐내곤 경찰서

문 쪽으로 성큼성큼 걸어간다. 하니는 그의 뒤를 쫓으며 말한다. "적어도 내 도움이 필요하다는 건 인정할 수 있잖아요. 두 크리처를 잡을 시간이 15일밖에 안 남았어요, 알잖아요……."

석가는 문 앞에서 멈춰서더니 홱 하고 뒤돌아선다. "내가 한 거래를." 그가 소리친다. "도대체 어떻게 네가 내가 환인과 한 거래를 알지?"

말실수한 게 들통이 난 하니는 머뭇대며 변명거리를 찾는다. "심 서장님이 말해 줬어요."

신이 눈을 가느다랗게 뜬다. "심 서장이 말해줬다고?" 그가 천천히 말한다. 그리고 하니는 눈을 깜빡인다. 석가가 자신이 한 거래에 대해 심 서장에게 말하지 않은 걸까? 그녀가 잘못 판단한 걸까?

알아낼 수 있는 시간은 없다. 하니는 최대한 단호하게 자신의 거짓말을 고수해야 한다.

"네, 맞아요, 심 서장님이 말해줬어요." 그녀가 최대한 부드럽게 대답한다. "환인으로부터 어둑시니와 주홍여우에 관한 형사님의 계획을 자세히 알려주는 메시지를 받았다고 하던데요. 아, 그리고 이승이 암흑세계가 될지도 모른다는 흥미로운 이야기도요. 저기요, 난 형사님 조수예요." 그녀는 말을 덧붙이고 분개하며 몸을 곧바르게 편다. "그래서 난 이런 것들을 알 권리가 있어요. 뭐, 형사님은 절대 인정하지 않겠지만요." 그녀는 단호하게 말하며 앞으로 한 발짝 나아간다. 그리하여 두 사람 사이에는 한 뼘의 공간만 남는다. "형사님은 내 도움이 필요해요." 하니는 '필요'라는 단어를 강조하기 위해 석가의 가슴을 손가락으로 찌른다. 신은 분노에 차 눈살을 찌푸리지만, 하니는 계속 압박한다. "형사님에겐 악명 높은 두 크리처를 잡을 수 있는 시간이 15일밖에 없어요. 2주하고 하루밖에 안 남았죠. 혼자서 했다가는 형사님은 절대 신으로 복귀할 수 없을 거예요. 그러니 형사님이 어디에 가든, 나도 함께 갈 거예요."

석가는 그녀를 바라보며 턱을 꼼짝달싹한다. 그의 눈빛을 보며 그녀는 알아차린다. 그가 이 자리에서 그녀를 살해한다면 어떤 파장이 일지 고심하고 있음을. "글쎄." 그가 짧고 빠르게 말한다. "내 사생활에 대해 심 서장한테 말하는 일은 이제 더는 없을 것 같네. 서장이 수다쟁이인 것 같으니까."

"요괴가 인간 세계를 집어삼킬 가능성은 형사님의 사생활에 해당하지 않는다고 생각해요." 하니가 지적한다. "게다가 충분이 빠르게 다가오고 있어요. 형사님은 내 도움이 필요해요." 그녀는 팔짱을 낀다. "자 그럼, 우리 어디로 가는 거죠?" 그가 생각에 잠겨 침묵하자 그녀가 말한다.

"난 장현태와 얘기를 좀 나눌 거야. 그 저승사자 말이야." 그가 천천히 말한다. "몇 분 전에 또 다른 시신이 발견됐어. 이 사건을 조사하고 영혼과 얘기해야 해. 내겐 증거가 필요해."

"나도 같이 갈게요." 석가가 입을 떼지만 그녀는 그의 말을 차단한다. "말릴 생각은 하지도 마세요. 또 다른 구미호가 당한 건가요?"

"아니, 해태야." 석가는 얼굴을 찡그린 채 지저분한 유리문을 밀어 경찰서를 나서고, 하니는 그의 뒤를 바짝 쫓는다. "그는 구미호처럼 그 전날 밤에 죽었는데 지금까지 시신이 발견되지 않았어. 그는 한 골목길에 있었어."

이른 아침의 공기도 하니의 메스꺼움을 가라앉히는 데 도움이 되지 않는다. "피해자는 그 해태뿐인가요?"

"우리가 아는 바로는 그래." 석가가 엄숙하게 말하며 차 쪽으로 성큼성큼 걸어간다. "뒷좌석으로!" 하니가 조수석으로 다가가자, 그는 입을 다문 채 한쪽 입꼬리로만 요구하듯 말한다. 하지만 그녀는 그의 말을 무시한다.

"그리고 몸에 핏줄들이 있나요? 조유나처럼?"

"그런 것 같아." 석가는 시동을 걸며 매서운 표정을 짓는다. "장현태는 이미 영혼이 있는 곳에 있어. 지난번과 같을 거야. 조사 전에 심문하는 거지."

"해태가 조유나가 하지 못한 말을 할 수 있을까요? 어둑시니가 정말 그를 죽였다면, 그도 조유나가 기억하는 것 정도만 기억하고 있을 가능성이 있지 않을까요? 그의 영혼도 갈 길을 잃었을 가능성이 있어요."

"조유나는 결국 기억해 냈어." 석가는 차들 사이를 비집으며 전광석화처럼 빠른 속도로 달린다. 그가 지나간 뒤로는 분노에 찬 경적들이 울려 퍼진다. "그리고 시도해서 나쁠 건 없어."

"음." 하니는 미간을 찌푸리며 차 시트에 몸을 기댄다. 결국 조유나가 있었던 일의 나머지를 기억해 낸 건 사실이지만, 그녀는 너무나 놀라 비명을 질러댔었다. "그럼 주홍여우는 어떻게 할 생각이에요?"

"주홍여우의 다음 행동을 기다리고 있는데, 아직 아무런 움직임이 없어." 석가는 별다른 관심을 내비치지 않으며 빨간 신호를 위반한다. "우린 대신 신신시에 등록된 모든 구미호의 명단을 수집할 거야. 특히 공격 현장 근처에 거주하는 구미호나 그 지역에서 일하는 구미호들이 대상이야. 그리고 살인이 일어난 시간대에 근처 상점이나 거리를 드나든 사람들의 모습을 찍은 CCTV 영상도 필요해."

망할 놈의 CCTV. 그녀는 살인 사건이 일어난 봄날가에는 카메라가 없다는 사실을 알지만, 하니와 소미가 헤어지기 전에 나온 슈퍼마켓인 얌냠마트에는 카메라가 있을 가능성이 있다. 하니는 자기와 소미의 이름을 빼면 오히려 의심을 더 키울 수 있으므로 명단에 자신과 소미의 이름을 남겨야겠다고 생각한다. 하지만 CCTV 영상은 완전히 다른 문제이다. 거기에는 하니가 봄날가로 걸어가는 모습이 찍혀 있을 것이다. 이 문제는 해소되어야 한다. "지루한 일일 것 같네요." 하니가 투덜댄다.

"그게 그 일이 네 일인 이유야, 여우." 석가가 능글맞게 웃는다. "그리고 일정 연령을 넘긴 구미호들의 이름도 따로 목록으로 정리해. 주홍여우는 오백 년 이상 인간의 모습을 유지하고 있다는 소문이 있어. 그러니 내일 아침까지 천오백 살이 넘은 구미호들의 명단을 가져와. 반드시 그래야 해."

하니는 코웃음 친다. "알겠어요." 적어도 자기와 소미의 이름은 그 명단에서 제외할 수 있을 것이다. "그다음에는요?"

"그러고 나서 주홍여우를 찾아내서 죽이는 거지."

"그건 계획이 아니잖아요."

석가는 매서운 눈빛으로 그녀를 노려본다.

그녀는 윙크한다.

"그건 그렇고, 하니, 너 몇 살이라고 했지?" 석가의 미소는 늑대의 것처럼 냉혹한 포식자의 미소이다. 하지만 하니는 당황하지 않는다.

"1452살이요." 그녀가 침착하게 대답한다. "근데 진짜 내가 주홍여우였으면 좋겠어요. 그럼 형사님을 괴롭힐 수 있을 테니까요."

"나도 네가 주홍여우였으면 좋겠어." 석가가 서늘한 웃음을 지으며 반박한다. "널 죽일 수 있을 테니까."

하니는 대시보드 위에 발을 올려놓는다. "아, 제발……."

석가는 한 카페 주차장으로 급하게 방향을 틀고는 브레이크를 세게 밟는다. 하니는 무릎에 머리를 부딪치며 꺅 하고 비명을 내지른다. 이마가 욱신거리는 가운데 그녀는 석가를 노려보지만, 그는 이미 차에서 내리고 있다. 하니는 나지막이 온갖 욕지거리를 중얼거리며 그의 뒤를 따른다.

전날의 영구차가 몇 칸 떨어진 곳에 주차되어 있다.

장현태는 차에 기대어 피곤한 표정으로 크리처 카페 라벨이 붙은 커피를 마시고 있다. 석가와 하니가 다가오자 그는 곧장 몸을 똑바로 한다. "좋은 아침입니다." 그가 재빨리 말한다. "영혼을 데려다 놓았습니다. 두 분은 제가 영혼을 저승으로 데려가기 전까지 정확히 4분 동안만 같이 있을 수 있습니다. 시신은 저쪽에 있습니다." 그는 카페와 그 옆의 서점 사이 골목길 틈새를 가리킨다. 하니는 버려진 깡통들과 시멘트 위에 무언가가 거의 구겨져 더미를 이루고 있는 것을 볼 수 있다……. 사람이라고 하기엔 너무 크고 부피가 큰 더미. 장현태가 그녀의 시선을 따라간다. "죽었을 땐 야수의 모습이었습니다." 그가 설명한다. "시신을 발견한 게 접니다. 인간들이 보기 전에 빨리 옮겨야 합니다."

석가의 표정이 어둡다. "하니, 가서 시신을 살펴보고 사람들이 접근하지 못하게 해." 그가 말한다. "난 영구차 안에 있는 영혼과 얘기해 볼게."

하니는 미간을 찌푸린다. "나도 얘기하고 싶은데……."

석가가 차가운 눈빛으로 그녀를 노려본다. "가 보라고 했어."

하니는 알았다는 뜻에서 그를 향해 저속한 손짓을 해 보이고는 골목길 쪽으로 터덜터덜 발걸음을 옮긴다. 석가가 그녀의 등에다 대고 욕을 하는 소리는 무시한다. 그림자가 진 골목길에 들어서는 순간 하니의 눈은 커지고, 그녀의 시선은 바닥에 누워 있는 수호자 크리처의 시신으로 떨어진다. 뿔이 달린 거대한 야수는 금이 간 시멘트 위에 축 늘어져 있고, 찬란하게 황금빛을 내던 두 눈은 영원히 감겨 있다. 불거진 검은 핏줄들은 해태의 온몸을 따라 나 있는데, 황금빛 비늘들 사이를 구불구불 지나 한때 억셌던 팔다리를 감싸고 있다. 하니는 시선으로 해태의 입 주변을 쫓아가다 침을 세게 삼킨다. 입마개가 뒤로 당겨져 있어, 그녀의 손만 한 날카로운 하얀 송곳니가 드러나 있고 축 늘어진 혀가 해태의 커다란 입에 매달려 있는 게 보인다. 하니는 침묵하며 죽은 크리처 옆의 차갑고 딱딱한 바닥에 무릎을 꿇는다. 이렇게 그가 죽은 건, 내용과 모양새라는 두 가지 면에서 비인간적인 죽음을 맞이한 건 옳지 않다.

전혀 옳지 않다.

해태가 고통을 겪었다는 건 의심의 여지가 없다. 어둑시니가 해태의 생명을 빼앗고 뒤에 어둠만을 남겼다는 점은 의심의 여지가 없다. 해태가 이 골목길에 누워 죽어가는 동안 반복적으로 악몽에 시달렸다는 건 의심의 여지가 없다.

하니의 두 눈에서 눈물이 차오르고, 그녀는 손을 뻗어 야수의 차가운 황금빛 비늘을 쓰다듬는다. "미안해." 하니가 중얼거린다. "안식에 들길 바라."

뒤에서 나는 발걸음 소리가 석가가 다가오고 있음을 알리고, 그녀는 해태의 영혼을 실어 나르는, 장현태가 모는 영구차 소리를 듣는다. 하지만 석가가 뒤에 서서 묵묵히 지켜보는데도 그녀는 움직이지 않는다.

조유나처럼 이 해태도 혼자 죽었다.

혼자서, 겁에 질린 채.

"대화를 좀 했어." 석가는 한참 그대로 있다가 지팡이에 몸을 기댄 채 어색하게 말한다. "그 해태랑 말이야."

"무슨 말을 했어요?" 하니가 묻는다. 그러면서 그녀의 시선은 해태의 살짝 찌푸려진 이마, 그리고 마치 항의라도 하듯, 혹은 존재하지 않는 구세주를 찾듯 커다란 한쪽 발을 뻗은 모습을 살핀다.

"지난번이랑 똑같아. 죽음에 이르기까지 이어진 악몽들. 추위를 느낀 점. 피곤했던 점. 근데……." 석가는 하니에게 다음 정보를 알려줄지 말지 자기 자신과 싸움하듯 망설인다. 어렵사리 해태로부터 시선을 거둔 하니는 그에게 요구하는 듯한 눈빛을 보낸다.

"그가 뭐라고 했는데요?"

석가의 입매에 힘이 들어간다. "카페 청소를 하다 쓰레기를 버리러 골목길로 나왔다고 했어. 내가 그의 비명이 시작되기 전에 파악한 바에 따르면, 그는 진이 빠진 채 땅바닥에 누워 있었어. 나머지는 조유나의 이야기와 같아." 석가는 분명한 경멸의 뜻을 담아 코를 찡그린다. "하지만 이번엔 다른 점이 있어. 그건 목격자가 있었다는 거야."

목격자. 하니가 발딱 일어선다. "정말이요?" 그녀 자신이 듣기에도 그녀의 목소리는 절망과 희망, 회의가 한꺼번에 섞여 있다. "그게 누군데요?"

석가가 고개를 아래로 숙인다. "해태는 혼자 야간 근무를 한 게 아니었어." 그가 카페 오른쪽의 벽돌 벽을 향해 손짓하며 말한다. "한 여자애도 같이 일하고 있었어. 이름은 최지아. 인간 여자애야. 해태는 그 여자애가 재활용품을 들고 그를 따라 밖으로 나오기로 했는데 적어도 그가 알기론 그녀가 오질 않았다고 했어. 내 추측으론 해태를 공격한 것이 무엇이든 그게 최지아보다 먼저 골목길로 온 것 같아. 최지아가 골목길로 나왔을 때 먹이 활동을 하는 어둑시니를 보고 도망친 거지. 심 서장에게 연락해 뒀어. 심 서장은 해태 경찰관들에게 시내를 샅샅이 뒤져서 그녀를 찾아내라는 명령을 내릴 거야. 그녀가 우리의 목격자일 가능성이 있어."

"경찰관들이 그녀를 찾을 수 있을까요?"

"그녀는 이 도시에서 완전히 벗어났을지도 모르지. 나도 몰라." 석가는 고개를 젓는다. "하지만 내가 아는 한 그녀는 아직 살아있어. 살아있고, 답을 가지고 있어."

"어둑시니도 그녀를 찾고 있는 게 아니라면 그렇죠." 하니는 천천히 말한다. 어떤 끔찍한 일이 떠오르며 소름 끼치는 냉기가 그녀 마음속으로 스민다. "어둑시니는 이승에서 얼마나 쉽게 형태를 바꿀 수 있어요?"

"쉽지는 않아. 애초에 인간의 형상을 하는 게 어려웠을 거야.” 석가가 미간을 찌푸린다. “뭘 의심하는 건데?”

“어둑시니가 최지아가 목격자라는 걸 안다면, 어둑시니도 그녀를 추적하고 있을 수도 있어요. 최지아만이 어둑시니의 모습을 알고 있으니까 입막음하려고요.” 하니는 아랫입술을 씹는다. 공포와 걱정으로 심장이 빠르게 뛴다. “우리가 먼저 그녀를 찾아야 해요.”

옥빛을 띠는 타락신의 눈은 단호하다. “우리가 찾을 거야.” 그는 해태의 시신을 향해 손짓한다. “이덕현한테 시신을 가져가야 해. 어떻게 죽었는지 확인해야 하니까.”

“어떻게 죽었는지는 뻔한 것 같은데요.”

석가가 코웃음 친다. “그래, 그래도 여우야, 한 무더기의 서류를 작성하는 걸 피하고 싶으면 부검이 필요해.” 그는 값비싼 노키아 1011 휴대폰(그로서는 훔칠 필요가 없었을 것이다)을 꺼내 몇 개의 숫자를 입력한다. 전화벨이 울리기 시작한다. “우리가 경찰서로 돌아가는 동안 해태들에게 시신을 수습하라고 말해둘 테니까, 경찰서에 도착하면 천오백 살 넘은 구미호들 이름 전부 확인해. 한 시간 정도 후에 경찰서 영안실에서 만나.” 그러곤 그는 단호하게 덧붙인다. “굳이 안 와도 돼. 수사에서 완전히 손을 떼는 것도 괜찮고, 좋을 대로 해.”

하니가 혀를 쏙 내민다. “아뇨.” 해태의 시신이 불과 몇 미터 밖에 누워 있는 상황에서도 그녀는 최대한 밝게 말한다. “그럴 일은 없어요.”

그는 눈을 굴린다. "한 시간 안에 명단 가져와." 휴대폰 반대편에서 탁탁 튀는 듯한 소리가 나기 전에 그가 단호하게 말한다.

"한 시간 안에요?" 하니는 석가가 휴대폰을 귀에 갖다 대며 시신 쪽으로 시선을 돌리는 모습을 믿기지 않는다는 표정으로 바라본다. "정보를 다 모으려면 그보다는 오래 걸릴 텐데……."

"그럼 늦어도 내일 아침까지. 들것과 이송차가 필요해." 그가 전화기에 대고 단호하게 말한다. "그리고 〈가들리 가십〉에서 나오기 전에 도착하도록 해."

✳

이아인. 1601세.

하니는 하얀 종이에 적힌 이아인이라는 이름을 응시하며 한쪽 눈썹을 치켜올린다. "누가 알겠어?" 그녀가 생각에 잠겨 말한다. "네가 주홍여우일 수도 있지." 경찰서 프린터가 신신시 구미호들의 이름과 주소, 연락처 들을 뱉어내는 동안 그녀는 한숨을 내쉬며 초조하게 프린터를 손가락으로 톡톡 두드린다. 그녀는 거의 한 시간 동안 욕을 지껄여가며 시 거주자 데이터베이스를 클릭했고, 인터넷은 최선을 다해 그녀의 요청을 처리했다. 결국 그녀는 석가의 기준에 부합하는 구미호를 모두 찾아낼 수 있었다. 총 40명이었다. 열 번째 장이 마지막으로 인쇄되자, 하니는 프린터에서 그 종이를 낚아채 근처에 있는 스테이플러를 들고서 경찰서 컴퓨터실로 종종걸음친다.

하니가 도착하자 CCTV 영상을 담당하는 해태가 책상으로부터 고개를 든다. "여기." 하니가 들어오자, 해태가 컴퓨터 책상에서 일어나더니 VHS 테이프가 담긴 서류 상자를 내민다. 테이프는 열 개쯤 되어 보인다. "공격이 있었던 지역과 시간대의 모든 테이프야. 도심을 다 돌면서 수집하느라 전부 모으는 데 시간이 좀 걸렸어. 그래서 미처 다 살펴보지는 못했어. 하지만 석가 형사님께서 그 일을 너에게 맡긴 것으로 알고 있어." 그는 후련하다는 듯 능글맞은 미소를 짓는다. "회의실에 있는 VCR로 재생해도 되고, 디지털화하고 싶으면 여기 있는 컴퓨터로 해도 돼. 시간이 좀 걸리겠지만 석가 형사님을 위해 내가 그 작업은 해 줄 수 있어. 업소 이름이나 거리 같은 정보는 개별 VHS의 측면에다 테이프로 붙여 두었어. 필요 없는 건 버리고 필요한 것만 가져가면 돼, 알았지?"

"고맙습니다." 하니가 서류 상자를 받으며 말한다. 그러면서 얌냠마트에서 가져온 VHS 테이프는 믹서기에 넣고 갈아 버려야겠다, 마음속으로 다짐한다. 그녀는 테이프를 토트백에 넣으며 한숨을 내쉰다.

그녀는 테이프들을 집에 가져가서 TV로 재생할 생각이다. 이곳 경찰서에서 테이프를 재생하는 건 너무 위험하다. 하니는 피곤한 듯 눈을 비비며 구미호 명단을 손에 꼭 쥐고서 경찰서 영안실로 향한다.

해태의 부검이 지금 진행되고 있을 것이다.

어둑시니에 당한 희생자에 관한 뉴스가 신신시 해태경찰서에 전해지자, 경찰관들은 순식간에 조용한 애도 분위기에 빠졌다. 하니가 영안실로 향하는 동안에도 경찰서는 부자연스러울 정도도 조용하고, 예를 갖추기 위해 고개를 조그맣게 끄덕이며 스쳐지나는 경비대원 크리처들의 표정은 침울하다.

이덕현은 이미 시신 검시를 끝냈다. 하니가 들어서자 그는 마스크를 벗고 살짝 몸을 펴더니 석가를 향해 고개를 가로젓는다. 신은 알 수 없는 표정으로 그의 곁에 서 있다. "어둑시니였습니다." 그가 확인한다. "공식 보고서에 이렇게 쓰시면 됩니다. 양찬열, 스물세 살, 어둑시니에 살해당함."

"젠장." 하니가 분위기를 띄우려고 애쓰며 투덜댄다. "정말 어둑시니인가 뭔가가 나돌아다니고 있는 거네요. 어딜 가든 쇠방망이를 들고 다녀야겠어요. 행여 어떤 짓거리를 할라 치면 크게 한 방 먹일 거예요." 그녀는 일부러 해태의 시신을 쳐다보지 않으며 이덕현 옆으로 다가선다.

석가의 시선이 천장으로 향하고, 그는 '참아 줄 수가 없네'인 것으로 의심되는 말을 중얼거린다. 하니는 신랄하게 대꾸하려고 입을 떼지만, 이덕현이 먼저 말한다.

"사실, 악몽이라는 수단으로 피해자들을 고문할 때 어둑시니가 반드시 물리적으로 그들과 가까이 있어야 하는 건 아닙니다." 법의학자는 주저하듯 말한다. "같은 세계에 있기만 해도 됩니다."

"와, 대단하네요." 하니는 신음하듯 말하다 석가의 얼굴을 보고는 입을 닫는다. 그는 평소보다 더 찡그린 얼굴을 하고 있다. 하니는 이제 석가의 찡그림을 종류별로 구분할 수 있고, 그건 그녀가 최근 얼마나 성공적으로 그를 짜증나게 했는지를 말해 준다.

"네가 그걸 어떻게 알아?" 석가가 묻는다. "어둑시니가 뭔지 알게 된 지 얼마 안 됐잖아."

이덕현은 어깨를 으쓱하며 다른 곳을 바라본다. "문헌을 찾아 좀 읽어 봤습니다." 그가 대답한다. "지난번 부검을 하고 나서 겁이 났습니다. 신신시 도서관에 어둑시니에 대한 책이 잔뜩 쌓여 있더라고요. 도움이 될 것 같았습니다. 심 서장님께 제가 찾은 참고 문헌 목록을 보내드릴 수 있을 것 같은데, 형사님께서 괜찮다고 하신다면……."

"뭐, 그럴 수도." 석가가 차가운 목소리로 천천히 말한다. "어쩌면."

하니는 갑작스러운 긴장감을 어떻게 받아들여야 할지 몰라 한다. 그러고는 석가를 뚫어지게 쳐다보는데, 그를 충분히 뚫어져라 쳐다보면 신의 이상한 뇌를 들여다볼 수 있는 어떤 구멍이 생겨나지는 않을까, 하는 희망 섞인 바람에서다. 석가는 자신을 바라보는 그녀의 눈빛이 불쾌하다는 듯 발끈한다.

그녀는 은근하게 미소를 지으며 그의 이마를 계속 응시한다.

"뭐 하는 거야?" 그가 짧고 빠르게 말한다. "그만해."

잠시 후 이덕현은 시신에서 눈을 떼며 헛기침한다.

"가족들이 와서 시신의 신원을 확인하도록 조치하겠습니다." 그가 말한다. "그리고 시신은 다른 영안실로 옮겨져 보관될 겁니다." 그는 수술용 장갑을 벗고 안경을 밀어 올린다. "형사님, 전 정말로 형사님이 범인을 찾는 데 한 걸음 더 가까워지셨으면 좋겠습니다. 이런 식의 시신을 다시는 보고 싶지 않습니다." 그는 약간 창백한 안색이 되어 침을 삼킨다.

"목격자가 있어." 석가가 대답한다. "조만간 끝날 거야."

"목…… 목격자요?" 이덕현이 눈을 깜빡이며 검은 실험실 가운의 금색 자수를 만지작거린다. "정말입니까?"

석가는 확인시켜 주듯 고개를 끄덕이다 하니와 그녀 손에 들려 있는 서류 뭉치로 시선을 옮겨간다. "그게 그 명단이야?"

하니는 고개를 끄덕이며 서류를 내민다. "네."

내키지 않는 대견함일 수도 있는, 혹은 (그의 냉정한 얼굴과는 어울리지 않고 또 불편해 보이는) 약한 소화불량 증세일 수도 있는 무언가가 신의 얼굴을 스친다.

하니는 미소를 지어 보이곤 잘난 체하며 고개를 까닥한다. "내일 아침까지 시간을 들일 필욘 없었네요." 그녀는 스스로 뿌듯해하며 그를 보고 말한다. "한 시간 조금 더 걸렸어요."

"명단이요?" 이덕현은 약간 당황한 표정으로 묻는다. "목격자들 이름입니까?"

"아니, 주홍여우 용의자들이야." 호기심 어린 표정이 사라진 석가는 파일을 낚아채고, 입술을 위로 말아 올리며 굳은 미소를 짓는다. "어쨌든 네가 쓰일 데가 있긴 하네."

하니는 다정한 웃음을 웃는다. *오호, 그는 전혀 몰라.*

"목격자가 뭐…… 뭐라고 말했습니까?" 이덕현이 재촉하듯 묻는다.

석가는 미간을 깊게 찌푸린 채 서류를 뒤적거리며 문 쪽으로 발걸음을 옮긴다. "우선 그 여자애를 찾아야 해. 난 그녀가 우리 작은 요괴 친구의 향방을 알려줄 수 있을 거라고 생각해." 그는 어깨너머로 쳐다보며 짧게 외친다. "여우, 뭉그적거리는 거 그만해. 해야 할 일이 있어."

하니는 이덕현에게 미안해하는 듯한 미소를 지어 보인다. 그러고는 언젠가 석가의 얼굴을 한 대 쳐서 이를 몽땅 털어버리면 자신은 얼마나 곤란한 지경에 빠지게 될까, 생각하며 그가 사라진 방향으로 발걸음을 재촉한다.

14
석가

밤 11시. 경찰서는 완전한 고요에 빠져 있다. 석가의 손가락 아래에서 딸깍거리는 키보드 소리와 근처 책상에서 종이 통에 든 잡채를 먹어 치우는 하니가 내는, 짜증스러울 정도로 큰 소리로 씹어대는 소리를 제외하면. 당직 해태 몇 명이 자신들의 책상에 엎드린 채 깍지를 낀 엄지손가락들을 맞대고 비벼가며 호출을 기다리는 중이다. 심 서장은 몇 분 전에 일을 마치고 퇴근했다.

하니가 믿을 수 없을 정도로 크게 후루룩하는 소리를 내자, 석가는 컴퓨터에서 눈을 떼고 조수에게로 시선을 돌린다. "그거 그만 좀 하지? 그가 요구하듯 말한다.

그녀는 당면을 씹어 가며 인상을 찌푸리곤 나무젓가락으로 그를 가리킨다. "내가 사주겠다고 했는데 형사님이 싫다고 했잖아요."

"집중하는 중이라서 말이야." 그는 코웃음 치듯 말한다. 하지만 그의 마음은 온전히 집중하지 못하고 붕 떠 있는 상태이다.

석가는 지쳤다.

완전히 지쳤다.

그는 하니가 제공한 명단에 있는 구미호 중 하나가 주홍여우라는 단서를 찾기 위해, 최지아의 행방을 알려줄 만한 단서를 찾기 위해 필사적으로 문서 기록과 영상 들을 뒤져가며 지난 몇 시간 동안이 이 빌어먹을 경찰서에서 일했다. 하지만 아무것도 나타나지 않았다. 심지어 그는 최지아의 행방을 알고 있는 동료들을 찾기 위해 최지아가 일하던 카페를 세 번이나 찾아갔지만, 두 가지 임무 모두 막다른 길에 부딪혔다. 유일하게 그를 움직이게 하는 동력은 환인과의 거래를 성사하고 싶다는 열망뿐이다. 다시 한번 손끝만으로도 세계를 좌지우지하는 힘을 가진 신이 되고 싶은 열망뿐.

하니는 호기심 어린 눈으로 그를 바라본다. 늦은 시간임에도 불구하고 구미호는 여느 때처럼 활기가 넘친다. "형사님, 안색이 별로 안 좋아 보이네요."

그는 발끈한다. "당연히 좋은데." 그가 무뚝뚝하고 짤막하게 응수한다. 그는 석가다. 피곤하긴 해도 그는 인간의 미적 기준을 훨씬 뛰어넘는다.

구미호는 즐거워 보인다. "신도 잠을 자나요?"

"왜 안 자겠어?" 석가는 그녀를 노려본다. 그녀는 최지아의 거주지나 가족, 다른 연락처들을 찾고 있어야 하는 거 아닌가? 그건 빨리 처리할 수 있고 쉬운 일이지만, 하니는 여태 아무런 진척 상황을 알려주지 않았다. "최지아에 대해 뭐 좀 알아냈어? 내가 일러준 것들에 관해서 말이야."

그녀는 눈살을 찌푸린다. "2시간 전에 그녀가 졸업한 고등학교를 방문하고 돌아왔을 때 말했잖아요. 내겐 그녀에 대한 모든 정보가 있어요." 그녀는 그의 팔 옆에 놓인 마닐라 폴더를 가리킨다. "난 그걸 여기다 놓고 '여깄어요'라고 말했어요. 그러자 형사님은 '내 눈앞에서 꺼져, 여우야. 나 바빠'라고 말했고요. 기억 안나요? 난 형사님이 그 폴더를 훑어보기를 2시간 동안 기다리고 있는데."

석가는 얼굴을 찡그린다. 그는 그녀가 학교에 다녀왔다는 사실도 몰랐다. 자신의 부주의였다. 그는 여전히 얼굴을 찡그린 채 폴더를 열어 검은 글자로 쓰인 글들을 훑어본다.

최지아, 18세, 갈색 눈에 검은 머리, 키 165cm.

인쇄된 사진이 한 장 있고, 거기엔 교복을 입은 동그란 얼굴의 여자애가 있다. 그는 페이지들을 훑어보며 넘긴다. 신신시고등학교 졸업. 현재 신신시대학교 의대생. 2학년 재학 중. 가족 연락처…… 석가의 눈이 가늘어진다.

"그녀는 고아예요." 하니가 포장해 온 음식을 내려놓으며 설명한다. "가족이라고 할 만한 사람이 없어요."

기가 막히네. 그는 이마를 문지른다. 그 점은 수사에 큰 지장

을 줄 것이다. 석가는 자기가 일으킨 쿠데타가 실패하는 바람에 이승이 암흑세계가 되는 일이 벌어지는 것만큼은 막고 싶다. 그런 상황은 감당할 수 없을 것 같다. 그는 몇 번이고 수치스러울 것이다.

"그녀에게 친구가 한 명 있긴 해요. 그녀의 모교에 들렀을 때 졸업식을 찍은 VHS 영상을 구했고, 회의실에서 틀어 봤어요. 한 여학생이 자신의 이름이 불렸을 때 환호했고, 그들은 나중에 함께 자리를 떴어요." 하니는 자기 책상에서 벗어나 몇 걸음 걸어와서 그의 등 바로 뒤에 선다. 하니가 그의 어깨 너머로 몸을 기울이자, 그의 몸은 뻣뻣하게 긴장한다. 그녀의 머리카락이 그의 목을 간지럽힌다. 그녀에게선 감귤과 바닐라, 탁탁 피어오르는 불 냄새가 난다…….

석가가 얼굴을 찡그린다.

그가 왜 그녀의 냄새에 신경을 쓰는 것일까?

아니, 그는 신경 쓰지 않는다.

"이거요." 그녀의 입김이 그의 피부에 와 닿는다. 그녀는 폴더를 다른 페이지로 넘기곤 손가락으로 최지아와 나란히 걷고 있는, 마른 체격인 한 여자애의 흐릿한 이미지를 톡톡 두드린다. "이게 그 여자애예요. 졸업식 영상을 다시 되감아서 그녀의 이름이 불리는 걸 들어봤어요. 김소라. 그러니까 여기로 돌아가면……." 그녀는 최지아의 파일을 뒤로 넘기고는 굵은 글씨로 적힌 부분을 가리킨다. 비상 연락처. "짜잔. 김소라. 이게 그녀의 집 전화번호예요." 하니가 매니큐어를 바른 손톱으로 열한 자리 숫자를 두드린다. "그리고 이게 현재 주소고요. 신신시대 학교 캠퍼스에 있는 기숙사 아파트예요." 그는 그녀의 싱긋 웃는 미소가 느껴진다. "이제 저에게 감사의 말을 건네면 돼요."

"잠깐." 석가는 그녀의 손목을 낚아채 위로 들어 올리곤 그녀의 와인빛 갈색 눈을 응시한다. 그는 절반은 좋은 인상을 받은 표정을, 또 절반은 회의적인 표정을 짓고 있다. "학교를 어떻게 설득해서 영상을 넘겨받았지?" 그녀에겐 형사 배지도, 신분증도 없다.

대답으로 돌려받는 그녀의 미소는 순수한 여우 미소 그 자체이다. "훔쳤죠." 그녀의 눈에서 장난기가 춤을 춘다. 그의 내면 깊은 곳의 무언가를 자극하는 장난기, 그녀의 시선 속 말썽을 일으키는 반짝임에 답하는 장난기. 그로서도 미소를 지어 보일 수밖에 없다. 그녀를 잠시 혼란스럽게 하는 교활한 미소. 결국 그도 선한 도둑질의 유용성을 믿는 것이다.

"잘했어, 여우." 그가 만족하는 듯 말한다. "어쩌면 네가 완전히 쓸모없는 건 아닌 것 같네. 아주 반가운 반전이야."

그녀도 미소로 화답한다. "칭찬으로 받아들일게요." 그녀가 노래하듯 대답한다.

석가는 갑자기 두 사람이 가까이 있음을 인지한다. 그녀가 그에게로 몸을 기대고 있는 상황에서 그의 목에 와 닿는 그녀의 머리카락 느낌, 그녀의 몸에서 뿜어져 나오는 열기, 그녀의 손목을 감싸고 있는 그의 손. 잠시 잠깐 신과 구미호는 양쪽 모두에게서 스치듯 지나는 존중심을 감추는 듯한, 완강한 혐오가 깃든 표정으로 서로를 응시한다.

하지만 하니가 손을 뻗어 그의 코를 톡 친다. 그렇게 그 순간은 망쳐진다.

구미호의 대담함은 언제나 그를 놀라게 한다.

그는 흥분한 숨소리를 삼키며 그녀를 붙잡고 있던 손을 놓는다. 그가 지팡이를 짚고서 일어나자, 그녀는 뒤로 물러난다. "가방 챙겨." 그가 짧게 말한다. "가 볼 데가 있어."

석가는 하니가 자신을 응시하는 걸 느낄 수 있다. "지금 김소라를 만나러 가는 건 아니죠, 그렇죠?" 하니가 자신의 코듀로이 토트백을 집으며 묻는다.

짜증이 난 그는 어깨너머로 **대체 생각이란 걸 하긴 하는 거야** 하는 표정을 내비친다. 당연히 그는 지금 김소라를 만나러 갈 생각이다.

"지금 열한 시예요……."

"지금은 삼월이야. 대학교 첫 학기이고. 그 여자애는 깨어 있을 거야. 그리고 우리에겐 시간이 별로 없어." 석가에게는 이 비참하고 또 비참한 세계를 떠나 옥황으로 가고 싶은 마음만 있을 뿐이다. "그 여자애가 최지아가 어디 있는지 알지도 몰라." 그는 그녀의 대답을 기다리지 않고 경찰서를 빠져나와 차에 시동을 건다. 잠시 후 하니가 조수석에 올라타고선 그가 아끼는 아주 비싼 차의 문을 세게 닫는다.

"살살, 좀." 그가 입꼬리를 올리며 냅다 소리친다.

"미안." 그녀는 전혀 미안한 기색이 없는 목소리로 대꾸한다.

✳

신신시대학교는 하얀 벽돌 건물들과 만개한 벚나무들로 되어 있는, 벚꽃이 사방으로 확산하는 중인 캠퍼스이다. 다양한 모양의 가로등과 도시의 불빛이 이곳을 비추고 있다. 석가와 하니가 수십 그루의 지긋지긋한 벚나무가 늘어선 인도를 지나가는 동안, 석가는 유난히 심한 재채기를 참아내기 위해 애쓴다. 하니는 재밌다는 표정으로 그를 곁눈질한다.

"벚꽃 알레르기 있어요?" 하니가 호기심을 보이며 묻는다.

"아니."

"형사님은 분명 재채기를 참고 있다고 맹세해요."

"안 그래."

"음." 그녀는 조금도 설득되지 않는다는 티를 내며 낮게 웅얼 거리는 소리를 낸다. "그래서, 형사님 계획은 뭐예요? 김소라의 입을 열게 할 계획이요. 그녀는 인간이에요. 그녀의 친구가 누군 가의 생명을 빼앗는 어둑시니를 목격한 유일한 사람이라고 말 할 수도 없고, 당신이 타락신이라고 말할 수는 더더욱 없잖아요. 대신할 만한 이야기가 필요해요." 그녀는 생각에 잠긴다. "답을 얻어낼 수 있는, 대신할 만한 좋은 이야기가 필요해요. 어디 보자…… 아!" 그녀는 흥분한 표정으로 뒤돌아서고, 그를 향해 사악한 미소를 지어 보이며 뒤로 걷기 시작한다. "좋은 경찰, 나쁜 경찰 이야기 어때요? 우리가 인간 경찰서의 잠복 경찰관 역할을 할 수 있잖아요. 당연히 내가 좋은 경찰이고, 형사님이……."

호랑이도 제 말 하면 온다더니. 석가가 조심하라고 경고하기 위해 입을 떼지만 이미 늦었다.

"아이코!" 그는 하니가 근엄한 표정의 캠퍼스 경찰관과 충돌하고 그녀의 등이 그의 가슴에 가 부딪히는 모습을 지켜볼 수밖에 없다.

"앞 좀 보고 다녀." 경찰관이 하니를 밀치며 소리친다. 그녀는 사과의 뜻으로 고개를 숙인다. 하지만 석가는 그녀의 표정에 담긴 게 후회가 아니라 짜증임을 알아본다. 살찐 경찰관이 두 사람을 보며 인상을 찌푸리고, 석가는 웃음을 억누른다. "너희 둘 학생이야?"

석가는 고개를 아래로 떨구며 끄덕인다. "네." 석가는 그의 옆으로 지나가려 하지만 경찰관은 의심스러운 표정으로 그를 가로막는다.

"학생증 좀 보여 줘." 그가 말하고는 팔짱을 낀다. "며칠 전 학생 두 명이 시체로 발견되었어. 두 사람 다 이렇게 늦은 시간에 나돌아 다니면 안 돼." 그는 손을 쭉 뻗은 채 그들이 학생증을 보여 주기를 기다린다. "통금 시간을 어기면 벌금을 내야 한다는 건 알고 있겠지?"

자, 그렇다면야. 그에겐 선택의 여지가 없어 보인다. 석가는 한숨을 내쉬며 자신에게 남은 힘의 실들을 불러낸다. 아이러니하게도 권력자 대부분은, 심지어 평범한 경찰관들도 석가가 통제할 수 있을 만큼의 악의와 기만을 품고 있다. 그는 이 경찰관도 그런 경우이길 바란다. 그렇지 않다면 그는 아무런 소득도 없이 진이 빠져 버릴 것이다.

경찰관이 우리를 본 걸 잊게 해. 석가는 안개 같은 에메랄드빛 덩굴손들에다 경찰관을 감싸라는 명령을 내린다. 그의 눈은 초점이 흐려진다. 다행히도 그의 마법은 경찰관을 장악한다. 물론 대가가 따른다. 석가는 하니 앞에서 기절하는 것보다 더 굴욕적인 일은 상상할 수 없지만, 피곤과 함께 그의 머리에서 현기증이 이는 걸로 보아, 그게 불가능한 일은 아닌 것 같다. *경찰관이 우리를 본 걸……*.

"뭐 하는 거예요?" 하니는 인간들의 눈에는 보이지 않는, 경찰관 주위를 감싸고 있는 힘의 띠들을 보며 묻는다.

"김소라에게 하려던 거야." 그는 이런 식으로 억지로라도 그녀에게서 답을 얻어낼 생각이었다. 그는 이 일이 끝나면 다시 힘을 소환하기엔 자신이 너무 지쳐 있으리라는 걸 안다. 마법에 걸린 경찰관이 눈을 감자, 석가는 마법을 거두어들이고 지팡이를 꽉 움켜쥔다. 첫 번째 익사 목격자에게 마법을 행사하고 난 후 얼마 지나지 않아 지금 또 마법을 행사한 석가는 명료하고 기민한 상태를 유지하기 위해 고군분투한다. 그는 눈을 감고 차분해지려 애쓴다.

"석가 형사님?" 하니가 그를 부르고, 석가는 그녀의 호기심 어린 시선이 등 뒤로 기어가는 거미라도 되는 것처럼 느낀다. 그는 그녀 앞에서 기절하지 않을 것이다. 만약 기절한다면, 그 일화는 끝도 없이 계속해서 회자될 것이다.

"형사님, 지금 졸도하려는 거예요?"

석가의 눈이 번쩍 뜨이고, 그는 그녀를 노려본다. "아니."

"그런 것 같아서요." 그녀가 잘난체하는 미소를 지으며 계속 말한다. "내가 형사님을 부축할 수 있을지 모르겠네요. 형사님이 바닥에 쓰러지는 걸 보는 게 더 재밌을 것 같기도 하고요."

신경 긁는 소리. "난 그냥." 그는 이를 악문다. "카페인이 필요할 뿐이야. 커피 좀 가져와." 지금 당장. 그가 보도에 부딪혀서 하니에게 즐거움을 안겨 주기 전에.

하니의 히죽 웃음이 점점 커진다 "우린 갈 데가 있어요, 석가 형사님. 김소라한테 친절하게 말하면 나중에 커피 사다 줄게요. 심지어 설탕도 많이 넣지 않고요."

석가는 입술을 꾹 다물어 가느다랗게 선을 그리는데, 그의 가슴에서는 짜증이 치밀어 오른다. 하지만 온 우주의 기운이 그의 편이 아니기에 그는 지금 지쳐 있고, 그녀와 언쟁할 힘이 없다. "좋아." 그는 씩씩하게 눈을 뜨고 있으려 애쓰며 중얼거린다. "가자고."

"잠깐만요." 여우가 교활한 미소를 지으며 경찰관을 바라보자, 석가는 호기심에 고개를 갸웃한다. 그녀의 반짝이는 눈빛은 위험해 보이는데, 이는 기발한 생각으로 영리한 머리가 휘휘 돌아가고 있음을 암시한다. "잠깐만요." 그녀가 반복해서 말한다. 그녀의 낮은 목소리는 음모를 암시하는 듯해서 그에게 자그마한 전율을 일으킨다. "한 가지 생각이 있어요."

✳

"이거 안 맞아." 석가가 대학교 화장실 안에서 투덜댄다. 그는 상황이 전개되는 양상에 심히 짜증이 나 있다. 지나치게 헐렁한 경찰관 제복을 입은 채로 거울에 비친 자기 모습이 참 초라해 보인다. 검정 바지는 그의 사이즈보다 최소 두 배로 크고, 길이는 종아리까지만 내려온다. 뻣뻣한 감청색 셔츠에서는 체취와 싸구려 향수 냄새가 난다. 핀과 배지들 때문에 셔츠가 피부에 닿으면 무겁게 느껴지고, 총이 발명된 이래로 총을 싫어해 온 그는 허리에 총을 차는 게 마음에 영 들지 않는다. 그는 항상 총은 속임수 같다는 생각을 해 왔다.

그리고 망할 모자.

인간 경찰의 상징인 날개를 편 황금빛 새가 그려진 감청색 모자는 그가 머리에 쓰기에는 너무 크다. 모자가 아래로 쳐져 그의 눈을 가린다. 석가는 화를 억누르며 모자를 다시 위로 밀어

올린다. 그는 너무나 지쳐 있어서 이렇게나 우스꽝스럽게 보이는 일에 제대로 대응할 수가 없다.

하니가 화장실 문 반대편에서 기다리고 있다. "완벽해 보일 필요는 없어요." 하니가 문 너머로 외친다. "그냥 경찰관처럼 보이면 돼요. 인간 경찰관이요."

석가는 차가운 화장실 바닥 타일 위에 속옷 차림으로 누워 있는, 의식을 잃은 경찰관을 힐끗 쳐다본다. 그의 머리에는 석가의 지팡이 때문에 생긴 꽤 큰 붉은 자국이 있다. "난 저 불쌍한 벌레와는 전혀 닮지 않았어."

"하고 싶은 말, 맘대로 해요." 하니의 소리 죽인 대답이 돌아온다. "근데 이렇게 해야 김소라가 우리가 원하는 답을 말할 의무감을 가질 거예요. 형사님은 대학교 경찰관이고, 최지아는 실종된 대학생인 거죠." 하니가 조급한 듯 빠르게 문을 두드리고 이미 예민해진 그의 신경을 건드린다. "아직 안 끝났어요?"

시간이 지날수록 기분이 점점 침울해지는 가운데 석가는 천천히 문을 열고 단정하게 개어놓은 자기 옷을 하니의 품에다 밀어 넣는다. "네 백에다 넣어." 그가 모자를 다시 고쳐 쓰며 명령한다. "그리고 날 그렇게 쳐다보지 마." 하니의 눈은 즐겁게 조롱하는 기색으로 빛이 난다.

"그래요." 그녀는 웅얼거리듯 말하며 옷을 자기의 토드백에다 접어서 넣는다. "알겠어요, 네, 그래요, 그래." 하지만 석가가 조용한 복도로 들어가도록 옆으로 물러서는 그녀의 말투에는 여전히 웃음기가 배어 있다.

의식이 없는 경찰관을 대학교 입학관 안으로 이동시키는 일은 쉽지 않았다. 특히 입구 밖에 설치된 보안 카메라를 피하기 위해 수풀과 그림자 쪽으로 계속 붙어 있어야 했기에 더더욱 그랬다. 하니는 본인 스스로 '천재적'이라고 규정한 행동을 실행에 옮겼는데, 그건 무거운 돌을 던져서 CCTV 카메라 사정권 밖에 있는 낮은 층의 창문을 깨는 것이었다. 석가는 그녀의 목을 조르고 싶었다. 그러나 지친 상태에서 일대일 전투를 벌일 수 없다는 점과 아무도 보이지 않는다는 사실 덕분에 그녀는 그의 분노에서 벗어날 수 있었다.

그다음에 이어진, 그 남자를 건물 안으로 밀어 넣고 자기도 남자를 타고 넘어 안으로 들어가는 역경은 석가를 더욱 지치게 했다. 경찰관은 그 무게가 상당하다.

김소라의 기숙사는 이곳에서 멀지 않다. "이제 가야 해요." 하니가 복도를 흘끗 쳐다보며 말한다. "거의 열두 시예요."

석가는 다시 모자 테두리를 밀어 올리며 얼굴을 찡그린다. 그러고는 하니를 따라 조용하고 어두운 입학관 건물에서 나와 캠퍼스 바깥으로 나간다. 밤공기는 차고 산뜻하다. 둘은 그림자가 지는 어두운 곳만 따라가며 만나야 할 사람이 있는 큰 기숙사 건물을 향해 조금씩 천천히 이동한다. 석가의 지팡이가 부드러운 소리를 내며 딸각거리는 가운데 두 사람의 발걸음 소리가 보도에 울려 퍼진다. 석가는 커피 생각이 간절한 채로 마지못해

하듯 느릿느릿 걷는다.

"잠겼어요." 하니가 유리문을 움직여 보며 중얼거린다.

"내가 할게." 석가가 초조한 듯 말한다. 하니에게 비켜나라고 손짓하는 그의 손가락 사이에는 경찰관 제복 주머니에서 찾은 신분증 카드가 쥐어져 있다. 신분증에는 몸집이 큰 경찰관의 작고 네모난 사진 아래로 이병호라는 이름이 적혀 있다. 캠퍼스 경찰관. 그는 신분증을 검은색 스캐너에 갖다대자 딸깍 소리와 함께 문이 열린다. 의기양양해진 석가는 차가운 금속 손잡이를 손으로 잡고서 문을 잡아당겨 연다. 하니가 곧장 들어가려 하자 석가는 그녀를 가로막고 먼저 건물 안으로 들어간다. 그녀는 그의 뒤에서 욕지거리를 뇌까리는데, 그건 석가의 입꼬리가 위로 올라가는 걸 막으려는 의도이다.

"김소라는 7층에 있어." 그가 작은 소리로 말한다. 그러고는 지친 표정으로 안내대 앞에 있는 여자를 향해 고개를 끄덕여 무뚝뚝한 인사를 건넨다. "42G호실이요."

하니는 이미 엘리베이터로 가서 손가락으로 위쪽 방향 버튼을 누르고 있다. 작게 댕 하는 소리와 함께 철제문이 열리자, 하니가 안으로 들어가고 석가는 그녀 뒤를 바투 따른다. 그는 엘리베이터에서 나는 퀴퀴한 냄새에 코를 찡그린다. 하니가 지저분한 7층 버튼을 누르자 문이 닫히고 엘리베이터가 윙 하는 소리와 함께 상승하기 시작한다.

하니는 맞은편 벽에 기대어 미소를 짓는다. "형사님 모습 정말 충격적이네요."

참아 줄 수 없는 여우. "더 이상 말하지 마. 한마디도." 석가는 그녀가 약속한 커피를 상상하며 투덜거린다. 시원한. 차가운. 카페인. 그는 지금 그게 필요하다.

그녀는 부드러운 갈색의 머리 가닥을 만지작거리며 윙크한다. "난 항상 제복 입은 남자를 좋아했어요." 그녀가 또다시 으레 그 사악한 미소를 지으며 말대답한다. "그리고 석가 형사님에겐 그 모습이 아주 잘 어울려요."

"조용히 해." 엘리베이터 문이 생각만큼 빨리 열리지 않는다.

하니는 팔을 앞으로 내밀어 자신의 두 손목이 붙게끔 가까이 가져다 대며 입을 삐죽 내민다. 그는 그녀가 자신을 보며 눈을 깜박이는 걸 믿을 수 없다는 표정으로 바라본다. "날 체포해 주세요, 경찰관님······."

엘리베이터 문이 댕 하는 경쾌한 소리와 함께 열린다!

마침내.

석가는 엘리베이터에서 빠져나가기 전에 하니를 향해 마지막으로 눈살을 찌푸린다. 그러면서 세상을 만든 아버지를 격렬하게 저주하고, 언제 침묵해야 할지 모르는 성가신 구미호를 만든 것을 저주한다. 우울한 생각에 잠긴 석가는 윤기 나는 리놀륨 바닥, 매끈한 하얀 벽, 밝은 천장 조명조차 알아차리지 못한다. 하니가 짜증 섞인 소리를 조그맣게 내면서 그의 소매를 잡아당긴다. 그는 김소라가 있는 방의 문을 지나칠 뻔했다.

"여기예요." 그녀는 갈색 외면 윗부분에 청동으로 된, 이가 빠진 번호 42가 붙은 평범한 나무문을 손으로 가리킨다. "노크 해요." 그녀가 작은 소리로 말한다. "캠퍼스 경찰관이라고 해요. 주먹으로 문을 두드리고⋯⋯."

"나도 노크하는 법은 알아."

하니가 어깨를 으쓱한다. "그냥 확인한 거예요."

석가는 잠시 모자를 위로 밀어 올린 뒤 이무기 지팡이 손잡이로 문을 세 번 두드린다. 쿵 하는 소리가 조용하던 복도에 울려 퍼진다. 하니는 펄쩍 뛰며 황당하다는 눈빛을 보낸다.

"진짜 이러기예요?" 그녀가 묻는다. "그렇게까지 시끄럽게 할 필욘 없잖아요. 이 불쌍한 여자애가 깜짝 놀라서 죽겠어요."

"우린 답이 필요해." 그가 짤막하게 대꾸한다. "그리고 걔가 잠을 자고 있다면, 문을 부숴서⋯⋯."

문이 열린다.

눈 둘레를 검게 칠한 무표정한 여자애가 하니와 석가를 쳐다 본다. 복도의 강렬한 조명 아래서 그녀의 머리는 축 늘어져 흐 느적거리고 피부는 창백해 보인다. "무슨 일이시죠?" 그녀는 두 사람을 쳐다보곤 얼굴을 찡그리며 묻는다. 그녀의 손에는 김 이 모락모락 나는 즉석 떡볶이 한 그릇이 들려 있고, 얇은 입술 주변으로는 고추장의 붉은 자국이 희미하게 남아 있다. "누구 세요?"

"김소라 학생 맞죠?" 석가는 빌어먹을 모자를 다시 밀어 올리며 묻는다.

"네, 그런데요." 소라가 경계하며 대답한다. "당신들은요?"

"난 경찰이야." 그는 하니가 커피를 거부할 만큼 차갑지는 않은 평탄하고 전문적인 어조로 대답한다. "이쪽은 내 조수 김자증이고."

하니는 어처구니가 없어서 목이 울컥 메지만 석가는 계속 말을 잇는다.

"네 친구 최지아와 관련해서 몇 가지 물어볼 게 있어."

김소라의 입매가 굳는다. "네, 그러시군요."

"시간을 뺏어서 미안하고, 또 이렇게 늦게 찾아와서 미안해요." 하니는 덧붙인다. "하지만 최지아 씨가 실종됐고, 혹시나 위험에 처한 게 아닌지 걱정돼서 그래."

"지아는 납치된 게 아니에요." 소라가 나지막이 대답한다. "시간 낭비하지 마세요. 지아는 도망친 거예요. 또 다시요."

석가가 고개를 갸웃거린다. 소라의 목소리에는 짜증이 묻어 나지만, 그건 그들을 향한 게 아니다. 최지아를 향하고 있다. "'또'라니 무슨 말이야?" 그가 묻는다. 그 옆에서 하니는 생각에 잠겨 얼굴을 찡그리고 있다.

"제 말은요." 김소라가 투덜댄다. "걔는 항상 이런 식이었다는 거예요. 걔가 힘든 삶을 살았다는 건 저도 알아요. 이해해요, 네? 하지만 걔는 항상 이런 식이에요. 조금이라도 난처한 일이 생기면 도망가 버려요. 우리가 어렸을 때부터 그랬고, 나이를 먹으면서 같이 늘어난 거라곤 도망치는 거리뿐이에요." 김소라는 떡볶이를 휘저어 한 입 베어 물며 문에다 몸을 기댄다. 석가는 그녀의 어깨 너머로 정돈되지 않은 침대와 빨래가 널려 있는 바닥, 교과서 수십 권의 무게를 이고 힘들어하는 책상을 볼 수 있다. 그는 침대를 바라본다. 푹신한 매트리스에 쓰러져 이불을 머리 위로 끌어당기고 기절하듯 잠들고 싶다는 생각이 간절하다. 그는 하품을 참으며 천천히 눈을 깜빡인다. "어쨌든, 두 분은 시간 낭비하고 있어요. 지아는 결국 돌아올 거예요."

"마지막으로 본 게 언제지?" 석가는 어렵사리 여대생 쪽으로 시선을 되돌리며 묻는다.

김소라는 어깨를 으쓱한다. "어제 아침 일찍이요. 직장에서 무슨 일이 있었다며 흐느껴 울면서 여기로 왔어요. '나 위험해, 소라야. 나 여기서 나가야 해.' 그러더라고요." 그녀는 분명 경멸이 담긴 눈빛을 내비치며 눈을 굴린다. "너무 히스테리적인 상태여서 무슨 말을 하는지 알아들을 수도 없었어요. 아휴 씨. 호들갑 대마왕이에요. 그러곤 오자마자 바로 나가버렸어요."

석가가 얼굴을 찡그린다. 찡그리는 것조차도 지금은 힘들지만 어쨌든 그는 찡그린다. "넌 안 따라 나갔고?"

김소라가 그를 노려본다. "제가 왜요? 지난 학기 동안 이런 일이 네 번이나 있었어요. 맹세컨대, 걔랑 친구가 된 건 제가 내린 결정 중에서 가장 멍청한 결정이었어요. 걘 감정적인 거머리예요, 알아요? 보고서에 그렇게 쓰세요." 그녀는 찡그린 얼굴로 석가의 경찰복을 가리킨다.

그는 이 상황이 약간 재밌기도 하고 또 약간은 역겹기도 하면서 더불어 극도로 피곤한 채로 눈살을 찌푸린다. "최소한 그애가 어디로 갔는지는 알아?"

김소라는 코웃음 친다. "글쎄요, 그 카페에서 번 것도 있을 텐데 돈이 한 푼도 없는지, 나한테 돈을 좀 달라고 애원하더라고요. 뭐, 새로 알아낸 아지트 같은 데로 갔겠거니 했어요. 거제라는 도시요." 석가의 더 해 보라는 듯한 눈빛에 그녀는 말을 덧붙인다. "거기에 최근 걔가 자주 몸을 숨기던 버려진 마을이 있어요. 숲속 깊은 곳에 있는 유령 마을인데 지도에도 없는 곳이에요. 작년에 그곳으로 고고학 수업을 들으러가면서 알게 됐어요." 소라는 떡볶이를 한 입 더 먹고는 떡을 주시하며 말을 계속 잇는다. "부산으로 가는 버스를 타고 부산 서부 터미널에 내리면 거기서 다리 건너에 있는 거제의 중심 도시인 옥포까지 가는 버스를 또 탈 수 있어요. 걔가 그렇게 갔을 거라는 게 제 생각이에요." 김소라는 눈에 띄게 격앙된 표정으로 떡을 젓가락으로 찌른다. "전 같이 갈 생각도 안 했어요." 그녀가 중얼거린다. "걔는 혼자 있는 걸 좋아하거든요. 걔는 늘 그렇듯 다시 돌아올 거고, 다른 일이 생기면 또 떠날 거예요."

"마을 이름이 뭐예요?" 하니의 눈이 둥그렇게 커져 있다. "알아요?"

김소라는 고개를 젓는다. "이름이 없어요. 지아 말로는 거제

206

에 있는 대나무 숲에 있대요. 맹종죽 숲이요. 오솔길만 따라가
면 누구에게나 열려 있대요. 듣기로는 그 마을에 가려면 길을
벗어나야 한대요. 한참, 한참 벗어나야…….” 그녀는 망설인다.
“지아가 정말 위험한 걸까요?”

“아마도.” 석가가 다시 침대를 응시하며 말한다. 커피를 빨리
마시지 않으면 몸이 전등처럼 꺼질 것만 같다.

“아.” 김소라는 처음으로 짜증스러워하는 표정을 지으며 머
뭇거린다. “두 분…… 지아를 찾으러 갈 건가요?”

“맘이 내키면.” 석가는 돌아선다. “시간 내줘서 고마워.”

“잠깐만요.” 김소라의 목소리가 갑자기 낮아지다 소심해진
다. 그는 조급한 마음에 돌아선다. 부산은 신신시에서 2시간
45분 거리이고, 옥포는 더 멀다.

더없이 행복한 무의식이 그의 눈앞에 다가와 있음은 말할 것
도 없다. 그는 커피와 낮잠이 필요하다. 그에게는 낭비할 시간
이 없다.

“지아를 찾으면…… 다시는 이렇게 사라지지 않게 해 줄 수
있으세요?” 그녀의 눈에는 눈물이 차오른다. “부탁이에요.”

석가는 짜증을 억누른다. *인간과 그들의 감정. 왜 못 가게 말
리지 않았어?* 그는 소리치고 싶다. *너 때문에 우리의 유일한 목
격자가 거제까지 가 있어.* 그는 혀를 지그시 깨물며 다시금 뒤
돌아선다. 그 대신 하니가 나서서 대답하는데, 그녀는 김소라를
안심시킬 생각으로 석가로서는 과연 지켜질 수 있을지 의심이

가는 약속의 말들을 늘어놓는다.

어둑시니가 최지아를 찾고 있다면, 어둑시니가 먼저 최지아를 찾아낸다면, 김소라는 다시는 친구를 볼 수 없을 것이다.

석가는 욕을 중얼대며 기숙사 복도를 나선다.

그 자신이 신이 아니었다면 기도를 중얼댔을지도 모른다.

15

하니

석가는 하니의 소파에서 잠들어 있다.

일회용 커피잔을 꽉 쥔 두 손을 가슴팍에다 올려놓은 채 잠든 석가는 잠결에도 얼굴을 찡그리고 있다. 하니는 '대단히 착하고, 너그럽고, 완전히 다정한 사람이므로' 자기가 한 약속을 지키기 위해 탈진한 신에게 24시간 영업하는 캠퍼스 카페에서 커피를 사주었다. 그리고 설탕도 세 개나 더 넣었다.

만약 하니가 석가를 좋아했다면 그를 안쓰럽게 생각했을 것이다. 그렇게나 적은 힘을 사용 하고도 이렇게나 큰 대가를 치르다니 말이다.

하지만 하니는 석가를 좋아하지 않고, 그래서 그녀는 무엇보다도 즐거움을 느낀다.

그나마 카페인 덕분에 에너지 부스트가 어느 정도 지속된 석가는 그녀의 아파트(그가 역겨운 오두막집이라고 생각했던)로 차를 몰고 가고, 비틀거리며 차에서 내리고, 그녀의 집으로 들어와 추레한 소파에 쓰러질 수 있었다.

그녀는 그가 진이 빠질 정도로 피곤하다는 게 자신의 동행을 허락한 이유라고 생각한다. 하니는 그가 뜻을 굽힐 때까지 차 안에서 끊임없이 거제 동행에 관한 이야기를 주절주절 늘어놓았다. 하지만 그녀는 그가 정말로 이승이 암흑세계로 변하기 전에 이승을 수호하겠다는 그녀의 의욕적인 연설을 귀 기울여 들었는지 의문이다. 그는 대답이나 미동도 전혀 없이 오직 앞에만 집중하는 것처럼 보였다.

이제 하니는 거제로 출장을 가기 위해 재빨리 짐을 꾸려야 한다. 토트백에 넣어서 집으로 몰래 가져온 VHS 테이프들을 어떻게 파기할지 고민할 시간도 없지만, 하니는 늘 그렇듯 해야 하는 대로 하는 법이 거의 없다. 하니는 작은 침실 문을 잠든 석가를 향해 조용히 닫고, 테이프 열 개를 모두 파기하면 어떤 파장이 있을지, 궁금해한다.

그녀가 그 테이프들을 가지고 간 마지막 사람으로 기록되어 있다는 사실만 빼면 훌륭한 계획일 것이다. 하니는 아랫입술을 씹으며 머릿속으로 여러 가지 가능성을 가늠해 본다. 물론 그것들을 숨기고 잃어버린 척할 수 있다. 하지만 석가는 원래 의심이 많고, 하니는 그가 차 안에서 그녀의 나이를 물었을 때 조금 불안했었다. 물론 그는 뼈 있는 농담을 던진 것이었지만 그래도 여전히 불안하긴 마찬가지였다.

더더군다나 애초에 하니가 테이프들을 개인적으로 가져오는 건 허용되지 않는 일이고, 대학교에서 집으로 이동하는 내내 토트백 속을 의식하면서 조용히 입을 다물고 있어야 하는 게 쉽지 않았다. 그녀는 조심해야 한다.

하니는 한숨을 쉬며 테이프를 뒤적거리다 '얌냠마트'라고 적힌 테이프와 봄날가 근처 가게들에서 나온 다른 세 개의 테이프를 발견한다. 어떤 경우든 하니는 이 테이프들을 경찰서로 돌려보낼 수 없다.

하니는 바로 옆 공간에서 속임수 신이 잠들어 있음을 의식하며 성가신 증거가 담긴 테이프들을 재빨리 챙기고, 그것들의 운명을 비장한 결의와 함께 숙고한다. 경찰서의 그 해태는 필요한 것들은 가지고 가고 필요 없는 것들은 버리라고 했었다. 그녀는 당연히 테이프들을 버리겠지만, 그들은 그녀가 테이프에서 무언가 발견하기를 기대할 것이다. 빈손으로 돌아가는 건 그녀를 의심스러워 보이게 할 것이다.

하니의 방 한구석에는 작은 텔레비전이 하나 있다. 하니는 마지못해 다른 테이프들 중 그녀와 소미가 함께 걷지 않은 길을 찍은 테이프를 넣어 재생하면서 '수상하다'라고 주장할 만한 영상을 찾는다. 몇 시간 분량의 영상이지만, 그녀는 빨리 감기를 하며 화면에 시선을 고정한다. 어쩌면 그녀는 당근처럼 보이는 봉지를 들고 비틀거리며 인도를 걸어가는 할머니가 수상하다고 주장할 수도 있을 것이다. 누가 저런 채소를 먹는단 말인가?

"하니?"

젠장. 날카롭지만 약간 쉰 듯한 석가의 목소리가 문 너머에서 들려오자, 하니는 깜짝 놀라 펄쩍 공중으로 뛰어오른다. 그녀는 누군지 몰라도 이 아파트를 설계한 사람을 저주한다. 침실 문에 잠금 장치가 없기 때문이다. 어리석게도 그녀는 그가 적어도 한 시간 이상은 잠들어 있을 거로 생각했다. "들어오지 마요!" 그녀는 비명을 지르며 벌떡 일어나 바닥에 쌓여 있는 테이프들을 겁에 질려 내려다본다. "나 옷을 안 입고 있어요!"

반대편에서 긴 침묵이 흐른다. 하니는 재빨리 TV에서 테이프를 꺼내고 전원을 끈다. 그러고는 네 개의 유죄 증거가 될 가능성이 있는 테이프들을 모아 침대 밑으로 밀어 넣는다.

"옷을 왜 안 입고 있어?" 석가가 천천히 묻는다.

"분명히 말하지만." 그녀는 나머지 여섯 개의 테이프를 모아 토트백에 다시 집어넣으며 숨을 헐떡인다. "형사님과는 아무런 관련이 없어요."

"그러길 바라." 그는 그런 생각이 불쾌하다는 듯 재빨리 대답한다.

하니는 정신없이 물건들을 치우던 동작을 잠시 멈추는데, 그건 완전히 그리고 철저하게 기분이 상해서다.

"네가 옷을 걸치는 대로 출발해야 해." 석가가 냉정하게 말을 잇는다. "시간 낭비는 할 만큼 했어."

"형사님이 시간 낭비를 할 만큼 한 거겠죠." 하니가 토트백을 옷장에 집어넣으며 반박한다. "낮잠이 필요한 사람은 내가 아니었어요." 테이프들이 어느 정도 정리되자 하니는 서둘러 여분의 옷을 여행용 가방에다 넣는다. 그리고 석가가 왜 옷을 벗고 있었냐고 계속해서 물어볼까 봐 진짜로 옷을 벗고 새 옷으로 갈아입는다. 참견쟁이. 두목 행세하는 신.

문 반대편에서 쿵 하는 소리가 나자, 하니는 타격을 받아 진동하는 나무문을 노려본다. "방금 문을 발로 찼어요?" 그녀는 냅다 소리친다. 다행이 의자가 놓여 있어서 문이 열리는 것을 막아주고 속옷만 입고 있는 그녀 모습을 들키지 않게 해 준다. 다시 한 번 긴 멈춤의 시간이 흐르고, 그동안 하니는 부드러운 스웨터와 청바지를 몸에 걸친다.

"아니." 석가는 대놓고 거짓말한다.

하니는 조그맣게 타락신을 욕하는 소리를 중얼거리며 머리를 빗고, 여행용 가방을 집어 들며 의자를 차서 옆으로 보낸 다음, 문을 연다. 석가는 문틀에 기대고 있다. 자다 깬 눈은 부어 있다. 그녀는 완벽했던 그의 머리가 약간 헝클어진 것을 보고 기뻐한다. "나 형사님 안 좋아해요." 그녀는 속을 까집어 내보이는 듯이 직설적인 솔직함으로 그에게 통보하듯 말한다.

"난 괜찮아." 그의 날카로운 초록빛 눈이 그녀를 지나 침실로 향하고, 그녀는 그의 시야를 가리기 위해 움직인다. 하지만 너무 늦었다. 그녀가 문을 너무 크게 열었고, 그가 무언가를 보았기 때문이다.

"침대 밑에 웬 테이프들이 있어?"

오, 환인 맙소사. 하니는 순간적으로 자신의 어리석음에 깜짝 놀라 멍해지고, 석가는 그녀가 충격을 받은 틈을 타 그녀의 침실로 들어가 트윈 크기의 침대 밑에 있는, 유죄 판단의 근거로 쓰일 가능성이 있는 네 개의 증거물을 비난하듯 가리킨다. 급한 마음에 그녀는 그 테이프들을 뒤편으로 충분히 밀어 넣거나 이불을 끌어내려 숨기지 못했고, 그 결과 직사각형 모서리들이 그림자 사이로 살짝 드러나 있다.

석가가 얼굴을 찡그린다. "저거 경찰서 테이프야?"

젠장. 좋아. 그녀는 태연하게 굴어야 한다. 구미호의 재간을 사용해야 한다. 하니는 석가의 손가락을 향해 눈을 깜박이다가 수줍어하는 듯한 미소를 짓는다. "들켰네." 그녀가 말한다.

그는 의심이 훤히 드러나는 눈빛으로 그녀를 노려본다. 그녀는 그 의심을 즉시 지워내야 한다. 그리고 그가 주홍 단검들이 숨겨져 있는 속옷 서랍장까지 여는 일은 막아야 한다. 그녀는 단검들을 거제로 가져가고 싶지만, 사냥이 진행되고 있는 만큼 그것들이 레이스 끈 팬티 속에 숨겨져 있는 것도 괜찮다. 거제에서는 해태들이 강력한 에너지 발광을 발견하고 그걸 추적해서 그녀를 찾아낼 수도 있으므로 그녀는 여우 구슬을 다시금 사용하는 것을 자제해야 한다. 대신 그녀 자신의 예리한 재치와 날카로운 발톱에 의지할 것이다.

하니는 어리석은 조수의 얼굴을 최대치로 꾸며낸다. "오늘 경찰서에서 다 검토할 시간이 없었어요. 형사님이 날 개처럼 부려먹었잖아요. 한 시간 만에 뚝딱 명단 작성하기. 기억하죠? 그러면 안 된다는 건 알지만 시간이 부족해서 어쩔 수 없이 테이프들을 집으로 가져왔어요." 하니의 가슴이 쿵쿵대며 빠르게 뛰는 가운데 그녀는 침대 쪽으로 걸어가 허리를 굽혀 증거물들을 모은다. "이것들은 살펴봤지만, 저 안에 있는 나머지 여섯 개는 아직 못 봤어요." 그녀는 무해한 테이프들이 들어 있는 토트백을 가리킨다. "거제로 떠나기 전에 몇 개를 살펴볼 생각이었어요." 석가가 한번 보자고 들기 전에 손에 들고 있는 유죄 증거물이 될 가능성이 있는 비디오테이프들을 창밖으로 던져 버리고 싶은 유혹이 거세다. 그녀는 그것들을 주먹이 하얗게 변할 정도로 꽉 쥐지 않으려 애쓰지만, 실은 결연한 의지로 힘주어 꽉 쥐고 있다. 그는 그녀에게서 테이프를 빼앗을 수 없을 것이다. 그럴 수 없을 것이다.

석가의 눈은 그녀의 얼굴에 고정되어 있다. 입술은 가느다란 선을 그리고 있고 이마는 찌푸려져 있다.

"거제까지 따라오지 말라고 할까 봐 말하기 싫었어요. 난 어둑시니가 여길 암흑세계로 만드는 걸 막고 싶어요." 그녀는 이를 앙다물고서 이 대단하고 참아 줄 수 없는 개자식에게 지금까지 한 그 어떤 말보다 어려운 말을 억지로 내뱉는다. "미안해요." 그녀가 중얼거린다.

"뭐라고?"

하니가 노려본다. "뭐라고 했는지 들었잖아요."

석가는 능글맞은 웃음을 짓고, 그런 행동에 하니는 화가 머리

끝까지 난다. 하지만 적어도 그의 얼굴을 딱딱하게 굳어지게 할 의심은 대부분 사라졌다. "못 들었는데."

"허, 꺼지세요." 하니가 자제력을 발휘하기도 전에 말이 먼저 나가고, 그렇게 해서 석가의 가시적인 의심의 마지막 잔재가 썰물처럼 사라진다. 그녀는 최대한 아무렇지 않게 네 개의 테이프를 책상 위에다 보기 좋게 쌓아 놓는다. 그녀는 그가 테이프를 손으로 집을 거라고 생각하지만, 그는 그러지 않는다.

대신 신은 고르지 않은 마룻장, 각종 화장품이 어지럽게 놓인 화장대로 사용하는 책상, 한쪽 구석에 쌓인 더러운 빨래 더미 (이상하게도, 그녀는 2주 전에 세탁실에서 빈 빨래 바구니를 도둑 맞았다), 베개 위에 놓인 초코파이 상자 등 방 안의 나머지 모습을 살핀다:

그가 수백 권의 낡은 로맨스 소설들의 무게로 신음하는 책장으로 걸어가는 동안 하니는 얼굴을 붉히지 않으려 애쓴다. 석가는 그중 한 권 〈시간 여행을 하는 하일랜드 해적왕에게 납치 당하다〉를 손가락으로 집고서 당황한 표정으로 그녀를 쳐다본다. 그녀는 야하고 진부한 표지와 재밌고 외설적인 내용을 즐기는 것을 부끄러워하기를 거부하며 그를 노려본다. 그녀가 스코틀랜드 전통의상 킬트를 입고, 시간 여행을 하고, 알(R) 발음을 굴리는 해적들에게 관심이 있을 줄 누가 알았겠는가?

"빌려줄까요?" 그녀가 다정하게 제안한다.

"차라리 죽고 말지. 집이 아주 난장판이네." 그는 코를 찡그리고 책을 원래 자리로 집어넣으며 덧붙인다. "이런 곳에 내 발을 들여놓았다는 게 당황스럽네. 차에서 기다릴게."

✳

석가는 재규어를 주차장에서 빼내며 한숨을 내쉰다. "저기⋯⋯."

하니가 말을 끊는다. "그래요, 석가 형사님." 그녀가 투덜댄다. "형사님은 내가 여기 남길 바란다는 거 알아요. 하지만 난 그 사소한 사실을 무시하기로 했어요."

석가는 분명, 그녀가 보기에 맹세코, 그 말에 싱긋 웃는다.

"페리 타 본 적 있어요?" 하니가 머리카락 한 가닥을 손가락으로 빙글빙글 돌리며 묻는다. "어떤 페리에는 사탕이 있는 선물 가게가 있어요."

"페리 안 타." 석가가 말한다. "부산과 거제를 잇는 다리가 있어. 거기를 건너서 갈 거야."

"다리요?" 하니는 이맛살을 찡그린다. 두 도시 사이의 드넓은 바다를 가로지르는 다리에 대해 들어본 적이 없기 때문이다.

"이름이 부산-거제 연결대교야. 한 주술사가 마법을 걸어두었어. 인간들은 아직 모르지만, 언젠가 어떻게든 침투해 들어와서 다리에 간섭하겠지." 인간들이란. 필요로 하지 않는 곳에 꼭 참견하고 나선다. 석가는 인간들을 도심 거리로 몰리게 유도한다. "하지만 그 도로는 인간들을 위한 게 아니야. 불가사리 건축가들이 요정들을 위해 만든 거야. 거제에는 요정 인구가 많은데, 그들은 날개가 너무 연약해서 장거리 비행을 할 수가 없거든. 다리까지 가는 길을 외워뒀어. 3시간 반 정도면 도착할 수 있을 거야."

하니가 이마를 찡그린 채 창문에 머리를 기대고 있다. "생각보다 재빠르네요." 그녀가 의심스러운 표정으로 말한다.

"속도를 좀 낼 생각이거든." 그는 부드럽게 반박한다.

"아주 좋은 생각이네요." 하니가 중얼거린다. 눈꺼풀이 무거워지며 아래로 내려오고, 그녀는 가죽 시트에 몸을 맡긴다. "교대로 운전할까요?" 하품을 억지로 참으며 그녀가 묻는다. 하니는 자신이 지친만큼이나 석가가 낮잠을 자고 나서도 얼마나 지쳐 있을지 알지 못한다. 오로지 짐작만 할 수 있을 뿐이다. 석가는 코웃음 친다.

"내 차를 네가 몰 일은 없어."

그녀는 눈을 굴린다. "만일 사고가 나면……."

날카로운 고음의 벨소리에 하니의 말이 끊긴다. 석가는 흥분된다는 듯 작은 소리를 내곤 휴대폰을 꺼내 귀에다 갖다 댄다. "뭐야?" 그는 냅다 소리친다. 하니는 다시 눈을 굴린다. 석가는 분명 매너라는 관점에서 배울 게 많다.

"석가 형사님." 휴대폰 반대편의 목소리가 말한다. "박 경장입니다. 지난 30분 사이에 시신 세 구가 더 발견됐습니다. 어둑시니에 대한 단서는 아직 없는데요, 근데……."

"근데 뭐?" 그는 날카롭게 물으며 핸들을 잡은 주먹을 꽉 쥔다.

"세 명의 희생자 모두…… 마지막 두 명의 희생자와는 다른 방식으로 잔인하게 살해당했습니다. 저승으로 가기 전에 영혼들을 상대로 심문하고 있지만 새로운 정보가 나오지 않고 있습니다. 서로 나오셔서 시신을 직접 보시고 싶으시면…… 형사님께서 새로운 단서를 쫓기 전에 반드시 직접 보셔야 한다는 게 제 생각입니다."

세 명의 추가 희생자. 하니는 쓴맛을 삼킨다. 어둑시니는 여전히 신신시에 있고, 잔치를 벌이고 있다. 그녀는 석가의 턱이 움찔하고 두 눈썹이 아래로 쳐지는 것을 지켜본다.

"10분 안에 갈게." 그는 휴대폰을 다시 집어넣고 눈을 가늘게 뜬 채 하니를 슬쩍 곁눈질한다. "여우, 다 들었지?"

"추가로 나온 시신이 세 구." 하니가 천천히 대답한다. "잔인하게 살해된 시신들. 어떻게 하면 조유나와 해태보다 더 잔인할 수가 있죠?"

"곧 보게 되겠지." 그가 간결하게 말한다. "경찰서에서 20분 정도 머물 수 있어. 더는 안 돼." 그가 가속 페달을 밟자, 재규어는 으르렁 소리를 내고 도시를 맹렬한 속도로 질주한다. "젠장." 그가 화난 목소리로 낮게 뇌까린다. "젠장."

5분 후 재규어는 해태경찰서 앞에 미끄러지듯 멈추어 서고,

바퀴가 바닥과 마찰하며 끼익하는 소리가 난다. 하니가 차에서 급히 내리고, 석가는 자신이 아끼는 차가 통째로 흔들릴 정도로 세게 문을 닫는다. 하니는 주차장을 가로지르며 그를 따라잡기 위해 안간힘을 쓴다. 그는 지팡이를 손에 꽉 쥐고 있는데, 얼마나 꽉 쥐었는지 몇 미터 떨어진 곳에서도 그의 손가락 마디가 하얗게 변한 게 보인다.

찰칵. 찰칵. 찰칵. 한 도깨비 파파라치가 경찰서 출입문 근처에 숨어서 석가와 하니의 사진을 속사포처럼 찍고 있다. 아마도 〈가들리 가십〉지를 위해 일하는 중일 것이다. 하니는 얼굴을 찡그린다. 그녀로서는 석가와의 열애 소문은 절대 원하지 않는다.

찰칵. 찰칵. 찰…….

석가는 도깨비의 손에서 카메라를 빼앗아 발로 짓밟고는 경찰서 안으로 성큼성큼 걸어 들어간다.

"이것 봐요……." 도깨비가 외치지만 그의 눈앞에서 문이 쾅 하고 닫힌다. 석가가 경찰서 안을 지나 거의 으르렁거림에 가까운 신음과 함께 영안실로 돌진해 가는 동안 굳은 표정의 해태 경찰관들이 황급히 길을 열어 준다. 하니가 격렬하게 흔들리는 문 사이를 지나 안으로 들어서자, 위에서 내려다보고 서서 여러 금속 도구로 시신을 살펴보던 이덕현이 화들짝 놀란다.

하니는 움직이지 않는 희생자를 바라보며 공포에 질려 그대로 몸이 굳는다.

희생자는 차가운 금속 테이블에 누워 있다. 눈은 감겨 영원히 앞을 보지 못하고, 피부에는 불그스레한 기운이 넓게 퍼져 있다. 끔찍한 검은 핏줄들이 시신의 외양을 망쳐놓았다. 그의 가슴에는 빨간 구멍이 벌어져 있고, 상처에서는 피가 흘러나오고 있다. 마치…….

마치 심장이 몸에서 뜯겨나간 것처럼.

희생자의 누르스름한 뺨은 움푹 팬 채 긁힌 자국이 나 있고, 이마에서 턱까지는 심각한 붉은 상처가 깊숙한 갈지자 형태로 이어져 있다. 양쪽 귀는 모두 없어져 빈 구멍만 남았고, 부러진 목에서는 마른 피가 흘러내리고 있다. 그리고 그의 왼팔은…….

어깨에 반쯤 붙어 쓸모없이 늘어져 있는데, 거의 끊어질 듯 얇아진 힘줄 몇 개에 의해 간신히 지탱되고 있다.

하니는 공포가 가슴을 조여와 기도를 막자 한 손으로 입을 막는다. "우라질." 그녀가 숨을 겨우 내쉬며 말하는데, 속이 울렁거려 온다. "아, 젠장."

석가의 등은 뻣뻣하고 곧게 펴진 채로 얼굴은 창백하다. "이덕현, 상세 내용 말해 봐, 당장."

이덕현이 얼굴을 찡그린 채 수술용 마스크를 벗는다. "박종훈. 인간. 마흔세 살. 쇼핑 지구 편의점 앞에서 발견됨."

"다른 희생자들은?"

하니의 시선은 석가를 따라 영안실 벽에 늘어선 철제 금고로 이동한다. 그녀의 목이 뜨거워지는 느낌이 들더니 축축해지고 땀으로 젖어 눅진해진다. 박종훈의 훼손된 시신으로 시선을 되돌리는 게 힘겹게 느껴진다. 그녀는 검은 스웨터 소매를 코와 입에 갖다 댄다. 피에서 나는 비릿한 구리 냄새가 진동한다. 그녀는 전성기 시절 이후로, 즉 잭 더 리퍼를 쫓던 주홍여우 시절 이후로 이렇게나 심하게 훼손된 시체는 본 적이 없다.

토할 것 같아. 그녀는 생각한다. *토할 것 같아.*

"불가사리 한 마리와 인간 한 명. 모두 같은 방식으로 훼손되었습니다. 불가사리는 도시 폐차장에서 일하는 경비원이 발견했는데, 그곳에서 금속을 먹던 중이었습니다. 다른 인간은 도시 외곽 골목길에서 발견되었습니다. 보고 싶으시다면……."

하니의 입술에서 작은 소리가 흘러나온다. 아니, 아니, 그녀는 보고 싶지 않다. 전혀.

"아니 됐어." 석가는 재빨리 대답한다. 그러면서 거의, 아주 희미하게 미안함이라고 할 만한 게 들어가 있는, 걱정하는 기색으로 하니를 곁눈질한다. "아니, 충분히 봤어."

"알겠습니다." 이덕현이 고개를 숙이며 대답한 뒤 피로 얼룩진 박종훈의 시신을 하얀 천으로 덮는다. "시신들에는." 잠시 후 그가 말한다. "앞선 두 희생자보다 훨씬 더 많은 폭력의 증거가 있습니다. 핏줄들을 보면 어둑시니가 공격의 배후에 있다는 게 분명합니다." 그가 고개를 들어 석가의 눈을 마주치며 어두운 표정으로 말한다. "어둑시니는 매우 화가 나 있습니다."

"화가 나 있다고요?" 하니는 겨우 속삭이듯 말한다. "무슨 말이에요?"

석가는 알 수 없는 표정으로 고개를 갸웃한다.

이덕현이 천으로 덮인 시신을 향해 손짓한다. "어둑시니가 구미호나 해태보다 이 세 생명체에 훨씬 더 많은 폭력을 사용한 게 분명합니다. 제 생각에 괴물은 화가 나 있었던 것 같습니다. 화가 난 것을 넘어 분노한 상태였을 겁니다." 그는 주저한다. "세 개의 심장을 다 가져갔습니다. 제 생각엔…… 괴물이 심장을 먹는 것 같습니다."

"심장을 먹는다고?" 석가가 날카롭게 묻는다. "그게 무슨 뜻이지?"

법의학자는 미간을 찌푸린다. "모르세요? 문헌에 나와 있습니다. 어둑시니는 가끔 희생자의 심장을 먹기도 합니다. 그게 꼭 강해지는 데 도움이 되는 건 아니지만…… 뭐, 맛은 좋을 겁니다." 그는 초조한 듯 입술을 핥는다.

"그건 몰랐네." 석가는 느린 말투로 인정하고, 하니는 희생자를 돌아보며 피 맛이 느껴질 정도로 입술을 세게 깨문다. 이런 대학살을 보는 건 당황스럽다. 그녀도 살인을 하고, 간을 뜯어내고 했지만…… 하지만 이건…… 다르다.

"그리고 살인 무기는?" 속임수 신은 평소보다 약간 더 쉰 목소리로 묻는다. "뭐라고 생각해?"

"무자비한 힘이요." 이덕현이 힘겹게 대답한다. "전적으로 무자비한 힘이요."

"최지아를 찾지 못한 게 틀림없어요." 하니는 자제력을 발휘하기 전에 깨닫게 된 바를 입으로 내뱉는다. 그녀의 입은 바싹 말라 있다. "어둑시니가 최지아를 찾아서 입막음하려고 하지만, 그녀가 어디 있는지 모르는 거예요. 그녀를 찾을 수가 없는 거예요. 덕현 씨의 말이 맞아요. 어둑시니는 화가 나 있어요."

"최지아?" 이덕현은 혼란스러워하는 표정을 짓는다. "최지아가 누굽니까?"

"목격자야." 석가가 대답한다. "그녀만이 어둑시니의 형상을 알고 있어. 한 시간 전에 소재를 파악했어."

이덕현의 몸이 뻣뻣해진다. "그녈 찾아낼 수 있으세요?" 법의학자가 묻는다. 초조한 듯 그의 눈빛이 석가와 하니 사이를 오간다. 예민한 관심과 함께 몸에 뻣뻣하게 힘이 들어가는 이덕현을 바라보는 하니의 뱃속에는 의심과 같은 무언가가 고인다.

지나치게 예민한 관심.

대화 전체에서 무언가가…… 뭔지 모르게 이상하다. 포식자를 감지하는 여우의 원초적 본능이 인간의 모습에 스며든 듯 그녀의 목 뒤가 간질간질하다.

그녀의 시선이 무언가를 의심하는 듯 석가의 시선 쪽으로 재빨리 향한다. 하니는 두 사람이 교환하는 짧은 시선이 표정보다 훨씬 더 많은 것을 전달한다고 느낀다. 하니는 조심스럽게 얼굴에서 뭔가를 드러내지 않으려고, 애써 무표정함을 유지한다.

그런데 어떻게 이덕현은 신도 모르는 어둑시니에 대해 알고 있는 걸까? 그녀는 두 번째 부검 이후부터 시작된, 어둑시니 사건의 목격자에 대한 그의 예민한 관심을 불편한 마음으로 떠올린다. 심장이 맛이 좋다고 말하며 입술을 핥던 그의 모습. 그녀가 과거의 이덕현을 돌이켜 생각해 보자, 새로운 시각에서 그를 보게 된다. 전적으로 유쾌하기만 한 것은 아닌 시각에서.

"최지아는 도망갔어." 석가가 표정이 어두워진 하니를 향해 고개를 돌린다. "어둑시니가 그녈 찾아내기 전에 먼저 움직여야 해. 따라와."

그들이 영안실에서 나와 성큼성큼 걸음을 옮길 때마다 석가의 지팡이가 타일 바닥에 부딪히며 딸각거리는 소리를 낸다. 하니는 이덕현이 뒤따라오지 않는지 확인하기 위해 어깨 너머를 살핀다. "형사님이 생각하기에……."

"이덕현 말이야?" 석가는 고개를 절레절레 흔든다. 하지만 그의 두 눈은 가늘어진다. "잘 모르겠어. 난 그 집안사람들을 몇백 년 동안 알고 지냈어. 성가신 사람들이긴 해도, 인간이라면 누구나 다 그래."

"하지만 어둑시니가 그의 몸을 차지했다고 한다면, 그건 이덕현이 아니에요. 그와 그의 가족에 대해 알고 있다고 생각하는 것만 가지고 판단하면 안 돼요." 하니가 머리를 손으로 훑는다. "내 말은, 이덕현이 입술 핥는 거 봤어요? 그건 정말이지 역겨웠어요."

복도 모퉁이를 돌아 신은 하니를 지저분한 벽감으로 끌어당기며 퉁명스럽게 대답한다. "그래, 하지만 그것만으로는 그에게 어떤 조치를 하기엔 부족해." 하니는 팔짱을 끼고 신을 노려본다. 두 사람 사이 간격은 불과 몇 센티미터로 하니 마음에 안 들 정도로 가깝다.

"그는 알아야 할 것보다 더 많은 것을 알고 있어요."

"도서관에서 문헌을 찾았다고 했잖아."

"왜 그를 옹호하는 거죠?" 하니가 호기심에 묻는다. "형사님은 심지어 그를 좋아하지도 않잖아요." 그녀는 그와 이덕현이 친구 사이라는 점을 그가 신랄하게 반박했던 일을 떠올린다.

석가는 얼굴을 찡그린다. "그는 시신에다 손을 집어넣는 걸 꺼리지 않고, 일도 빨리 끝내는 사람이야. 그게 다야. 그리고 다른 애들과는 달리……." 한 해태가 복도에서 휘파람을 조그맣게 불며 옆으로 지나가자, 그는 그를 노려보듯 곁눈질하며 말한다. "환인한테 소개해 달라고 하거나 그가 머리를 어디서 하는지, 싱글인지 물어보지도 않아. 내가 그런 것들을 어떻게 알겠어. 그리고 나라면 그따위 질문은 하지 않을 거야."

하니는 벽에 몸을 기댄다. "석가 형사님, 지금 우리에겐 다른 용의자가 없어요." 그녀가 말한다. "그가 조금이라도 의심되면 우린 행동에 나서야 해요. 그러지 않으면 이승이 암흑세계로 변할 수도 있어요. 나한테 생각이 있……."

"난 네 생각이란 걸 믿지 않아." 석가가 코로 가늘게 숨을 내쉬며 말한다.

하니는 그를 무시한다. "최지아를 찾을 때까지 이덕현을 구금해야 돼요. 만약 최지아의 설명이 이덕현의 인상착의와 일치하지 않는다면, 아무런 감정 없이 그를 풀어 줘야죠. 만약 최지아의 진술이 그를 묘사한다면, 그땐 짜잔. 사건은 종결되고, 인간 세계는 구원받고, 형사님은 다시 신이 될 수 있는 길의 절반을 가게 되는 거구요." 그녀는 한쪽 눈썹을 치켜올리며 기대에 찬 표정으로 기다린다.

그의 그 이상한 신의 뇌가 열심히 일하고 있는 게 분명하다. 그는 눈을 가늘게 뜨고, 그리고 고개를 숙인 채 지팡이를 바닥에다 두드린다.

마침내 그는 한숨을 내쉰다. "좋아. 심 서장한테 그를 유치장에 가두라고 할게. 거제에서 우리가 돌아올 때까지만."

심 서장이 경찰서 밖에서 기다리고 있다. 매끈한 검은색 영구차 옆에 장현태와 함께 서 있는 그는 눈이 충혈되고 지쳐 있다. "석가 형사님." 그가 밤공기 중에 갈라지는 목소리로 묻는다. "어디로 가시는 겁니까?"

"거제로 갑니다." 석가가 짧게 대답한다. "목격자 위치를 파악했어요. 근데 이덕현을 유치장에 가두고 경비를 엄중히 해야 할 것 같아요."

심 서장이 눈을 깜빡인다. "뭐…… 뭐라고요? 석가 형사님?"

"내 말은……."

"어둑시니가 이덕현에게 빙의한 것 같아요." 하니는 석가가 뭔가 못돼 먹은 대답을 하기 전에 재빨리 말한다. "그는 어둑시니에 대해 너무 많이 알고 있어요, 그리고 목격자에 대해 계속 물어보더군요. 확실한 건 아니지만, 우리로선 위험을 감수할 수 없어요. 이승이 위험에 처해 있으니까요."

"이덕현이요? 분명 아닐 겁니다." 나이 많은 해태는 놀란 표정이다. "게다가 구금하려면 정황 증거만으로는 안 됩니다. 형사님도 아시잖아요."

"서장은 이 세계가 암흑세계가 되길 원해요? 당신은 오래 버티지 못할 텐데." 석가가 쏘아붙인다. "이덕현을 구금해요. 이건 명령입니다. 타락신이긴 해도 내가 심 서장 당신보다 서열이 높아요."

"석가 형사님, 이렇게 하시면 안 됩니다." 하니는 심 서장의 말투가 마치 할아버지가 손자를 타이르는 것 같다고 생각하며 재밌어한다. "하지만 황제께서 형사님을 믿고 이 사건을 맡기셨으니 이번 한 번만, 딱 한 번만, 규칙을 어겨 보겠습니다, 석가 형사님." 그는 고개를 가로저으며 무전기를 꺼내고는 명령을 내리기 위해 돌아선다. 심 서장은 석가를 되돌아본다. "이덕현은 몇 분 안에 구금될 겁니다. 형사님이 무슨 일을 하고 있는지 알았으면 좋겠습니다. 그는 좋은 사람입니다."

하니는 석가가 하는 대답을 듣지 못한 채, 떨리는 손으로 휴대폰(얼마 전에 보안이 허술한 전자제품 판매장에서 소미의 것과 함께 구한 것이다)을 꺼내 소미의 번호를 누른다. 그녀는 두 남자 사이의 암울한 대화를 외면하며 벨소리가 울리는 전화를 귀에다 갖다 대고서는 소미가 전화를 받을 때까지 손톱을 물어뜯는다. 소미는 나지막하고 졸린 목소리로 전화를 받는다. 하니가 그녀를 깨운 것이다.

"여보세요?"

"소미야."

"하니 언니? 왜 이렇게 늦게 전화했어요?" 하니는 소미가 일어나 앉으며 내는 이불의 바스락거리는 소리를 듣는다. 분명 눈을 비비고 있을 것이다. "무슨 일 있어요?" 그녀의 목소리에는 그녀 특유의 공포의 기미가 스며든다. "오, 안 돼요, 안 돼, 석가 형사님이…… 내가 다른 곳으로…… 석가 형사님이 알아요?"

"아니, 그게 아니라…… 난 석가 형사와 함께 거제로 가. 단서를 쫓아가는 거야. 나 없는 동안 조심해야 해. 밤에는 외출하지 마." 하니는 이덕현이 진짜 어둑시니의 숙주가 될 확률이 희박하다는 것을 안다. 하지만 그녀는 자신이 지켜 주지 못하는 동안 소미에게 무슨 일이 벌어진다는 생각은 견디기 어렵다.

"하니 언니……." 소미가 겁먹은 목소리로 말한다. "하니 언니, 무슨 일이에요?"

"방금 시신 세 구가 더 발견됐어. 너한테 말해 줘야 할 것 같아서."

"세 명이요?" 소미의 목소리가 떨린다. "언니도 조심해야 해요. 언니는 이미 위험할 대로 위험해요."

"난 괜찮아." 하니는 석가가 차에 올라탔다는 사실과 시동이 걸려 있음을 인지하고 있다. 그녀는 석가가 자기 없이 차를 몰고 떠날 수도 있다는 것을 안다. "저기, 나 이제 가야 해. 하지만 조심해, 알았지?"

"잠깐만요, 나 물어볼 게 하나 있어요. 나 기분이 이상해요…… 하니 언니?"

이제 재규어가 주차 공간을 빠져나온다. 석가는 하니가 차에 타기도 전에 총알처럼 내뺄 생각인지 그녀를 향해 비열한 미소를 지어 보인다. "소미야, 나 이제 전화 끊어야 해. 나중에 전화해, 알았지?" 전화를 끊은 하니는 석가의 차를 노려보며 조수석 문으로 서둘러 발걸음을 옮기기 시작한다. 하지만 한 손이 그녀의 어깨를 잡아 그녀를 멈춰 세운다. 그녀는 성급하게 고개를 돌리고 장현태를 본다. 안경 너머 저승사자의 눈은 수심으로 어둡다.

"방금…… 그쪽 친구였어요? 카페에서 일하던?"

소미 말이군. 장현태의 뺨이 분홍빛으로 붉어지자 하니가 재미있다는 듯 능글맞은 웃음을 웃는다. "맞아요." 머릿속에서 천천히 어떤 생각이 떠오르자, 그녀는 고개를 갸웃거리며 잠시 말을 멈춘다. "그쪽 그 애 좋아하죠? 소미 말이에요."

"소미." 장현태가 신기하다는 듯이 그녀의 말을 반복하며 입가에 미소를 머금는다. "그 애 이름이 소미구나." 그는 혼잣말로 속삭인다.

하니는 여전히 짓궂게 웃고 있는 석가를 향해 찌푸린 표정을 내보여서 자기를 두고 떠나면 무슨 일이든 벌일 거라는 뜻을 명확히 전한다. 장현태는 그녀의 찡그린 표정을 자신을 향한 것으로 착각한 듯 머뭇거린다.

"저는…… 제 말은." 그는 헛기침하며 말한다. "제가 생각하기에 그녀는 매우…… 그게…… 그녀는 유쾌한……."

말을 더듬는 것만으로도 충분한 대답이 된다.

그는 마음을 쓰고 있다. 잘 됐다.

"난 지금 갈 데가 있어요." 그녀가 차 손잡이를 잡으며 저승사자에게 말한다. 석가는 경적을 울려 대서 고요한 밤의 정적을 깨뜨린다. 개자식. "내가 그녈 지켜볼 수가 없고, 또 어둑시니가 시내에 있으니……."

석가가 또 경적을 울린다. 하니는 이를 악문다.

"그 애가 걱정되면 내가 돌아올 때까지 걔를 좀 돌봐줘요. 그 카페 아르바이트 자리를 얻어요. 안전하게 지켜줘요. 소미, 그 애는 세상 물정 모르는 순진한 애예요…… 가요." 석가가 또다시 경적을 울리자 하니는 냅다 소리친다. 하니는 선팅된 창문 너머의 그를 노려보고서는 다시 장현태에게로 고개를 돌린다. "그 애에게 아무 일도 안 일어나게 해 줘요."

장현태는 이 명령 같은 말을 듣고서 몸을 곧추세운다. "목숨 걸고 소미 씨를 지킬게요." 그는 충직하게 대답한다. "소미 씨에게 해가 되는 일은 없을 겁니다. 약속합니다."

"좋아요." 하니는 안도의 한숨을 내쉬며 차 문을 열어젖힌다.

"그런데 만약 실패하면 내가 널 죽여 버릴 거야."

"윽." 장현태는 움찔한다. "네!"

하니는 다정한 미소를 지으며 차 문을 닫고 시트에 몸을 기댄다. 차 밖의 장현태는 몸을 숙여 작별과 약속의 인사를 건네고, 재규어는 대기하던 도로로 빠져나가 밤 속으로 사라진다.

✳

"재빨리 들를 곳이 한 군데 더 있어." 하니가 안전벨트를 매자 석가가 말한다. 그녀는 평소에 안전벨트를 매지 않지만, 석가가 운전하는 속도가 워낙 빨라 안전벨트를 매는 게 좋겠다는 생각이 든다.

그게 아주 좋겠다는 생각이 든다.

하니는 호기심에 한쪽 눈썹을 치켜올린다. "어딜 가는데요?"

"무기 가게." 석가가 위험할 정도로 급하게 모퉁이를 돌자 차는 간신히 연석에 부딪히는 것을 피한다.

"무기 가게요?" 하니는 잘못 들은 건지 확실치 않아 그의 말을 반복한다.

"우린 싸움에 대비해야 해. 어둑시니가 이덕현이 아니라면, 그리고 그게 최지아를 찾으면 분명 피를 보게 될 텐데, 그 피가 우리 피가 아니려면 확실하게 준비해야 해." 석가는 교차로를 총알처럼 빠르게 가로지르고, 이제는 뒤편으로 길게 늘어서 있는 차들의 행렬에 전혀 아랑곳하지 않는다. "나한텐 검이 있어. 네겐 발톱 말고 다른 게 필요해."

"검이요? 검이 어디 있어요?" 하니는 호기심에 묻고, 몸을 비틀어 뒷좌석을 바라본다. 거기 있는 거라곤 여행용 가방 두 개와 빈 물병 하나가 전부다.

석가는 운전석 문에 기대어 있는 지팡이를 감싸고 있는 은빛 이무기를 두드린다.

"그건 지팡이지 검이 아니잖아요." 그녀는 지팡이를 무기로 사용하는 석가의 모습을 떠올리고는 콧방귀를 뀐다. 그녀의 마음 속에서 그는 자신의 잔디밭에서 아이들을 내쫓는 심술궂은 노인의 모습과 닮아 있다. 그녀는 입술 사이로 터져 나오는 웃음을 억누를 수가 없다. "싸울 때 그걸 휘두르는 건 아니죠, 그렇죠?"

석가는 **너 명청이냐** 하는 눈길을 그녀에게 던진다. "지팡이가 검으로 변해." 그가 천천히 말한다. "웃는 걸 멈추지 않으면 내가 너에게 휘두를 아주아주 날카로운 검이지."

아주 흥미로운걸. 하니는 관심이 당긴다. "그럼 나도 지팡이 검을 가질 수 있는 건가요?"

"아니." 석가가 브레이크를 밟자, 하니는 거의 앞으로 꼬꾸라질 뻔하다 안전벨트 덕분에 간신히 멈춘다. "아니, 분명히, 절대로 안 돼."

하니는 속을 부글부글 끓이며 주변을 둘러본다. 그들은 크리처 카페가 있는 곳과 같은 거리에 있고, 차는 **무기, 전투복, 그리고 기타 필수품**이라는 간판이 달린 작은 가게 앞에 주차되어 있다. "영업 중이에요?" 하니는 석가와 함께 나무로 된 문 앞에 서서 이마를 찡그리며 회의적으로 묻는다.

"재진이라는 이름의 도깨비가 운영하는 곳이야." 그가 지팡이 검의 손잡이를 나무문에다 대고 두드리며 대답한다. "재진이에겐 친구가 없어. 그래서 다른 도깨비들과는 다르게 밤에 파티를 하기보다는 일을 하며 시간을 보내. 안에 있는 게 확실해." 그는 다시 나무문을 두드린다. "재진." 그가 문을 두고 외친다. 그의 목소리에는 날카로움과 짜증이 묻어 있다. "안에 있는 거 알아."

하니는 재밌어하며 웃어야 할지, 안에 있는 크리처에 대한 동정심에 민망해해야 할지 모른다.

잠시 후 문이 열리고, 크고 투명한 고글과 가죽 장갑을 낀, 아랫니가 윗니를 덮고 있는 통통한 도깨비가 모습을 드러낸다. 고글 뒤로 그의 눈은 일그러지고 불룩하게 튀어나와 있어 물고기 눈처럼 보인다. "석가 형사님!" 그가 진지한 태도로 말하며 두 사람을 들어오게 하려고 서둘러 옆으로 비켜선다. "여긴 어쩐 일이십니까?"

석가가 가게 안으로 들어가고 하니는 그 뒤를 바투 따른다. 하니는 윤이 나는 검들과 빛나는 칼들로 가득 찬 벽을 보자 눈을 크게 뜬다. 이곳은 천국이나 다름없다.

"뒤쪽에서 작업을 좀 하고 있었습니다." 재진이 더듬거리며 급히 장갑과 고글을 벗는다. "맹세컨대, 평소에는 이렇게 하고 돌아다니지 않습니다, 형사님."

석가가 성급하게 손을 흔든다. "그래, 재진, 내게도 그런 건 말 안 해도 충분히 알 만큼의 센스가 있어." 그는 하니를 향해 고개를 까닥하고, 그녀는 인사를 대신해 웃어 보인다. "이쪽은 내…… 조수 김하니야." 그는 이를 앙다문 채 이 사이로 조수라는 한 단어를 마지못해 겨우 내뱉는다. "무기를 사러 왔어."

"만나서 반갑습니다." 재진이 서둘러 고개를 끄덕이며 말한다. "어떤 무기를 찾으십니까?"

하니는 감탄하며 무기가 걸린 벽을 쳐다본다. "이걸 다 만들었어요?"

"네." 재진은 열정적으로 고개를 끄덕인다. "그리고 이 벽에 없는 걸 원하시면 제가 주문 제작해 드릴 수도 있습니다."

"그럴 시간 없어." 석가가 끼어든다. 그는 하니를 향해 고개를 홱 하니 돌린다. "여우, 아무거나 골라. 사고 빨리 가자고."

하니의 시선은 평범한 흰색 칼자루가 달린 작은 은빛 쌍단검에 머문다. 그녀의 주홍 단검처럼 아름답지도 않고 치명적이지도 않지만, 그녀는 만일의 순간에 그것들이 일정한 역할을 할 수 있으리라는 것을 알아본다. 그녀는 단검들이 걸려 있는 벽으로 다가가 조심스럽게 검집에서 검들을 꺼낸다. "이거요." 그녀는 중얼거리며 검들을 손에 쥐어 본다. 쌍단검은 그녀의 붉은 단검들보다 무겁고 두께도 두껍지만, 그녀는 이것들로 분명 상대편에게 엄청난 고통을 줄 수 있을 것이다. 그녀는 석가를 쳐다본다. "이걸로 할게요."

타락신은 잠시 침묵하며 그녀를 지켜보고 있다. 그리고 하니는 자신의 실수를 깨닫는다.

주홍여우는 쌍단검을 무기로 싸우는 것으로 알려져 있다.

석가는 고통스러울 정도로 침묵하며 의심의 눈초리로 하니를 바라본다. 그러면서 눈은 약간 가늘게 뜨고, 고개를 갸웃한 채로 미간을 찡그린다. 심장 박동을 목에서까지 느끼며 하니는 그를 똑바로 응시하고, 짜증 섞인 분노의 행동으로 이해되길 바라며 턱을 앞으로 내민다.

하니는 언제나 연기에 능숙했다. 16세기에 한번은 셰익스피어에게 직접 수업을 받기도 했다. 그녀는 지금도 그 기술들을 사용한다. "왜 날 그렇게 쳐다보는 거예요?" 그녀는 쌍단검을 들고 그의 가슴을 향해 칼날을 수평으로 맞추며 요구하듯 묻는다. 자기의 존엄성에 대한 모욕처럼 느껴지긴 하지만 검들을 약간 잘못 잡는 조심성도 발휘한다. "내가 이것들을 사용할 수 있다는 증거가 필요해요? 그럼." 그녀는 웃음을 지어 보인다. "한 발짝만 앞으로 오면 보여 줄게요."

석가는 칼자루를 감싸 쥐고 있는 그녀의 어색한 손 모양을 보고 눈을 깜빡인다. 재주가 아예 없는 건 아니지만 그렇다고 숙달되었다고 보긴 어렵다. 의심의 순간은 사라진다. 쌍단검은 충분히 흔한 무기이고, 무의식적으로나마 존재했던 구미호 중 가장 유명한 구미호이자, 전설적인 구미호인 주홍여우로부터 영감을 받아 쌍단검에 익숙한 구미호들이 생각보다 많다. 석가는 하니도 비슷한 이유로 단검들을 집어 들었다고 생각할지 모른다. 그는 노려본다. "빨리 사. 우린 가야 할 곳이 있으니까."

"뭐라고요?" 하니가 묻는다. "형사님이 사 주는 걸로 생각했는데요."

"넌 정말 어처구니없는 여우야. 도대체 왜 그런 생각을 하는 거지?"

하니가 얼굴을 찡그린다. 좋은 질문이다. 하지만 그녀가 생각한 건…… 그녀는 한숨을 쉬며 재진을 바라본다. "얼마예요?"

도깨비는 미안한 표정을 지으며 한 발에서 다른 발로 체중을 옮긴다. "아…… 수제품이라……."

하니에게는 그걸로도 충분한 대답이 된다. 그녀는 움찔하더니 쌍단검을 벽에 걸린 검집에 다시 넣고는 석가를 향해 돌아선다. "내 발톱을 사용하는 걸로 할게요, 고마워요. 아니면 레스토랑에 들르게 되면 스테이크 나이프를 가져가죠, 뭐."

"스테이크 나이프라." 석가는 믿기지 않는다는 듯 그녀의 말을 따라한다. "스테이크 나이프로 어둑시니와 싸워 이기겠다."

"저 쌍단검을 들고 싸우게 하고 싶으면." 하니가 다정하게 반박한다. "내게 저것을 사주면 되잖아요. 갚을게요." 뻔뻔한 거짓말이다. 그리고 석가도 거짓말이라는 걸 알고 있다고 그녀는 확신한다. 하지만 그녀는 오른손을 들어 검지와 중지를 교차하며 윙크한다. "맹세할게요."

석가는 전혀 설득되지 않은 표정이다.

하지만 하니는 반짝이는 새 단검 한 쌍을 들고 무기, 전투복, 그리고 기타 필수품 가게에서 걸어 나온다.

16

석가

구미호는 코를 골고 있다.

그리고 그녀는 아주, 아주, 아주 큰 소리로 코를 골고 있다.

하니는 한 시간 전에 잠이 들었고 그 이후로 계속 코를 골고 있다. 코고는 소리가 점점 더 커짐에 따라 차에서 내던지고 싶은 석가의 바람도 점점 더 커져만 간다. "제발." 그가 애원한다. "제발 조용히 좀 해."

항의성 대답이라도 하듯, 하니는 그의 고막을 오그라들게 하는 코골이 소리를 낸다.

석가는 부산으로 향하는 도로를 따라 두 시간째 운전하고 있다. 짙고 검은 하늘에 희미한 아침 햇살이 부서지기 시작한다. 그는 시시각각 무거워지는 눈의 피로와 배를 비틀어 짜는 배고픔의 경련, 정신을 흐리는 피곤의 안개를 무시하기 위해 최선을 다해 왔다. 하지만 자신이 완전히 지쳤다는 걸 부인할 도리는 없다. 커피와 낮잠이 요 며칠 사이의 능력 사용으로 인한 피로를 해소하는 데 도움이 되긴 했지만, 그는 여전히 자신의 한계에 도전하는 중이다.

부산에 도착하고 나면 계속 이동해서 부산-거제 연결대교를 넘어갈 텐데, 여기에는 한 시간 정도가 소요된다. 다리를 건너는 데만도 40분이 걸릴 것이다. 하니를 깨워 차를 운전하게 하는 것 외에는 다른 방법이 없을지도 모른다. 젠장. 이런 생각을 하는 것만으로도 그는 이미 기분이 좋지 않은데, 운전대를 잡은 상태로 잠에 빠져든다고 생각하면 더더욱 기분이 좋지 않다.

그는 한숨을 내쉬며 자신의…… 조수를 슬쩍 쳐다본다.

그녀는 입을 반쯤 벌린 채 창문에 쓰러지듯 기대어 있다. 평소에는 흠잡을 데 없는 그녀의 물결 모양의 갈기와도 같은 머리카락은 구겨지고 헝클어져 있다. 그녀는 두 자루의 새 단검을 테디 베어(원래의 것보다 훨씬 더 흉포한)인 양 품에 안고 있는데, 그것들은 각기 검집에 들어가 있다. 석가의 시선이 그 단검에 머물렀다. 가게 안에서 그는 잠시 궁금했었다. 혹시…….

하니가 눈을 번쩍 뜨자 석가는 황급히 고개를 돌린다. "너 코 골았어." 그가 말한다. 그는 그녀의 게슴츠레한 시선에 자기 뺨이 살짝 달아오른 이유를 모른다. *짜증 때문이야.* 그는 자기 자신을 설득한다. *짜증.* "너 아주, 아주 시끄럽게 코를 골았어."

"코를 골아요?" 하니는 중얼거리고는 몸을 고쳐 앉아 어깨를 앞뒤로 돌린다. "난 코 안 골아요."

석가는 조롱조의 웃음을 참는다. 진짜라고 믿고서 하는 말일 리가 없다. "아니, 너 코 골아."

240

"아니요, 안 골아요." 하니는 고집한다. 하니는 목을 한 번, 두 번 꺾는다. "부산까지 얼마나 남았어요? 나 배고파요."

"45분 남았어."

"음." 하니는 하품한다. "부산에 도착하면 아침 먹어요. 오래 걸리지 않을 거예요." 그는 그녀가 자신을 면밀히 살피는 것을 느끼고, 그녀의 면밀한 주시 아래에서 다시금 열기가 뺨을 핥는 것을 느끼며 얼굴을 찡그린다. "형사님 피곤해 보여요."

"응, 피곤해." 그가 씁쓸하게 인정한다.

"차 세워요." 하니가 고속도로 옆 공간을 가리키며 손짓한다. "내가 운전할게요."

마음은 굴뚝같다. 하지만 그는 고개를 젓는다. "아니."

"석가 형사님." 하니가 말한다. "운전하다 잠들어서 교통사고로 죽으면 형사님은 다시는 신으로 환생하지 못해요. 특히나 그런 일이 있으면 안 되는 건, 당신네 신들이 '신성한 환생'이라는 과정을 거칠 때 맨 처음에 음…… 갓난아기 상태로 시작하기 때문이에요. 갓난아기가 어둑시니를 막을 수 있겠어요?" 그녀는 자기 손톱을 쳐다보며 여전히 곁눈질로 그를 지켜본다. 그녀의 시선이 심술궂게 느껴진다. 빈틈없는 시선. 서로를 안 지 (자비롭게도) 얼마 되지 않았지만, 그녀는 다음에 어떤 말을 선택해야 할지 정확히 알고 있는 듯하다. "그리고 석가 형사님, 형사님이 만약에 갓난아이 상태의 신이 되면…… 음……." 하니는 싱긋 웃는다. "환인 황제께서 형사님을 돌보는 베이비시터에게 분

명 돈을 많이 주겠죠. 난 돈을 많이 준다고 하면 절대 거절하는
타입이 아니라서……."

속을 부글부글 끓이며 석가는 차를 길가에다 세운다.

✳

석가는 뜨거운 초콜릿 냄새에 잠에서 깬다.

달콤한 크림이 잔뜩 들어간 진한 초콜릿 향이 차 안을 가득
채운다. 석가는 눈을 번쩍 뜨고, 아직 그의 시야에 남은 피로의
잔재를 지우려 눈을 깜빡인다. 입은 텁텁하고 눈은 잠으로 인해
끈적끈적하고 퉁퉁 부어 있다. 그의 눈에 들어온 하니는 김이
모락모락 피어오르는 종이컵으로 음료를 한 모금 마시며 그를
향해 심술궂은 미소를 자그맣게 지어 보인다. "좋은 아침이에
요." 그녀가 말한다. 그녀의 얼굴은 햇살의 연노란 기운에 젖어
있다. 미소를 짓느라 그녀의 눈가는 주름져 있지만, 눈동자에는
빛에 녹아 따뜻하고 깊이를 알 수 없는 갈색에 붉은 기가 감돈
다. 그녀는 그를 보며 명랑하게 손가락을 흔든다.

석가는 자신이 여전히 멍하니 그녀를 바라보고 있다는 것을
깨닫고는 눈을 깜빡이고 재빨리 고개를 돌린다. "제발." 그는 눈
을 비비고 창밖을 내다보며 말한다. "내 차 안에서 음식을 먹는
게 아니라고 말해줘." 차는 일찍 일어난 몇몇 사람들이 음료를
마시며 빵을 먹고 있는 한 커피스타 매장 앞에 주차되어 있다.

그들은 부산에 도착했다.

"아직은 먹지 않았어요." 하니가 큰 종이봉투를 뒤적거려 아침용 샌드위치를 꺼내며 말한다. "여기, 형사님을 위해 사 왔어요. 딸기잼이 들어간 에그번이에요." 그녀는 그를 향해 종이로 포장된 음식을 툭 던지고, 그는 간신히 붙잡는다. 그는 의심스럽다는 듯 냄새를 맡는다.

"딸기잼이 든 달걀?" 그는 허기로 배가 꼬르륵대는데도 불구하고 경멸의 눈빛으로 묻는다. 딸기 에그번의 냄새는 나쁘지 않지만, 달걀에 딸기라는 개념 자체가 그가 하니의 무릎 위에 놓인 커다란 커피스타 봉지를 노려보게 하기에 충분하다. "그 안에 진짜 먹을 만한 게 있긴 해?"

하니는 말없이 똑같은 아침 샌드위치를 세 개 더 꺼낸다. 믿기지 않는다는 표정으로 노려보는 그의 눈빛에 그녀는 웃음을 터트린다. 그 소리는 아침 햇살처럼 해사하고 반짝반짝 빛난다. 그리고 아침 햇살처럼 그를 짜증나게 한다. "이건 날 위한 거예요. 형사님도 먹어 봐요." 그녀가 재촉한다. "정말 맛있어요, 진짜예요. 이것도 가져와 봤어요." 대시보드 위에는 골판지로 된 컵 캐리어가 놓여 있고, 하니는 남아 있는 컵을 집어 그에게 건넨다.

"커피?" 석가는 희망을 품으며 묻는다. 하지만 하니가 그가 좋아하는 음료를 가져왔을 거란 기대를 품지 말았어야 했다. 하니가 다시 웃는다.

"핫초코예요."

"핫초코라." 석가는 믿기지 않는 듯 그녀의 말을 반복하며 하니가 준비한 아침 식사를 경계심 가득한 눈으로 내려다본다. "난 커피가 마시고 싶어. 카페인이 필요해."

하니는 코를 찡그린다. "커피는 역겨워요." 그녀는 반박한다. "핫초코는 달콤하고 초콜릿이 듬뿍 들어간 완벽한 아침 음료예요. 휘핑크림도 들어가 있고요. 게다가 초콜릿에는 약간의 카페인이 들어 있어요. 설탕은 기운을 북돋아 주기도 하고요."

석가는 눈을 깜빡인다. "넌 커피를 증오하는군." 말도 안 돼. 이 쓸모없는 세계에서 유일하게 좋은 건 커피뿐이다. 하지만 구미호는 고개를 끄덕이며 자기의 샌드위치를 한입 크게 베어 물고 있다.

"형사님도 먹어야 해요." 그녀가 입을 우물거리며 말한다. "거제에 도착하면 뭐 먹을 시간도 없을 것 같아요. 최지아를 찾는 게 우선이니까요." 그녀는 씹던 것을 삼키고 손가락을 핥는다. "곧 출발해야 해요. 10분 이내에. 내가 계속 운전할게요." 그녀가 다시 편안하게 그의 운전석에 몸을 기대며 덧붙인다. 그는 그녀가 시트를 운전대까지 바싹 당기고 그 높이도 위로 올라가 있음을 깨닫는다.

그는 얼굴을 찡그리며 반대의 뜻을 주장하려고 입을 떼지만, 하니가 말을 끊는다. "먹어요." 그녀가 같은 말을 반복한다. "형사님 배에서 꼬르륵거리는 소리가 여기서도 들려요."

그는 그녀의 말을 의심하지 않는다. 그의 배는 굶주림에 비틀리고 있고, 영양분을 필사적으로 원하고 있다. 한숨을 내쉬며 석가는 샌드위치를 입에 가져다 대고 아주 조금 베어 문다. 달걀은 폭신폭신하고 약간 짭짤하다. 딸기는 달콤하고 끈적끈적한 잼이다. 빵은 적당히 부드럽고 쫄깃하다. 자기도 모르게 이번에는 더 크게 한입 베어 물고서는 마지못해 구미호 말이 맞는다고 인정한다. 샌드위치는 맛있다. 그는 핫초코를 한 모금 마시고 얼굴을 찡그린다. 그의 입맛에는 너무 달다. 하지만 속이 꽉 찬 계란빵과 함께 먹으니 제 역할을 톡톡히 해낸다. 석가는 기운이 서서히 돌아오는 것을 느낀다.

두 사람은 조용히 아침 식사를 한다. 하니는 허기를 참지 못하고 나머지 샌드위치 두 개를 먹어 치우고, 석가는 생각에 잠긴 채 자기 샌드위치를 천천히 먹으며 조심스레 입을 닦아낸다. 둘의 아침 식사가 끝나자 하니는 의기양양한 표정을 지으며 차를 주차 공간 밖으로 빼낸다. "맛있었죠, 안 그래요?

석가는 자신이 틀렸음을 인정하지 않는 경향이 있다. "아니." 그는 하니가 빵을 두 개 더 사 줬으면 좋았을 텐데 싶으면서도 차갑게 말한다.

하니는 낮은 소리로 웃고, 석가도 멋쩍게 그녀를 따라 거의 빙긋 웃음에 가까운 웃음을 웃는다.

거의.

그는 적절한 때에 맞춰 웃기를 그만둔다. 스스로가 역겨워진 그는 얼굴을 찡그리며 휴대폰을 꺼낸다. "심 서장한테 전화해서 이덕현은 어떡하고 있는지 확인해 봐야겠어." 이른 시간임에도 불구하고 수화기 너머로 심 서장이 전화를 받기까지는 몇 초가 걸리지 않는다.

"석가 형사님." 서장이 기분 좋게 말한다. "좋은 아침입니다."

"이덕현 관련해서 뭐 새로운 내용이 있어요?"

전화기 너머에서 한숨이 들리고, 석가는 고개를 절레절레 흔드는 심 서장의 모습을 상상한다. "'좋은 아침입니다'라고 인사를 되돌려주는 게 그렇게나 힘든 일입니까?"

"네, 맞아요."

길게 이어지는 침묵.

석가는 얼굴을 찡그리며 심호흡한다. "좋아요, 좋은 아침입니다. 이덕현 관련해서 뭐 새로운 내용이 있어요?"

"좀 낫군요." 심 서장이 메마른 목소리로 대답한다. "이덕현은 경찰서 유치장에 갇힌 채 더없이 잘 지내고 있습니다. 해태들이 주변을 에워싸고 있는데, 이덕현은 뭣 때문에 해태들이 거기 있는 건지 잘 모르겠다는 눈치입니다."

"무슨 말이라도 했나요?"

"글쎄요." 서장이 말한다. "몇 가지 말을 하긴 했습니다. 첫째, 형사님이 자신에게 이런 짓을 할 줄은 몰랐다고 했습니다. 형사님이랑 자기가 친구 사이인 줄 알았다고 하더군요."

석가는 눈을 굴린다. 하니는 의아한 눈빛을 보내며 휴대폰을 향해 손을 뻗는다. 그가 몸을 확 하니 뒤로 빼자, 하니는 혀를 쏙 내민다. 혀 끄트머리에는 휘핑크림이 묻어 있다.

"둘째, 그의 가족이 경찰을 위해 해 준 일이 많은데 우리가 이런 식으로 보답하는 걸 믿을 수 없다고 했습니다. 전 정말 그 말에 동의하는 바입니다."

"그게 다예요?"

"오, 아뇨. 셋째, 자신은 어둑시니가 아니고, 살면서 사람을 죽인 적이 없다고, 우리가 그를 풀어주면 일을 그만두겠다고 했습니다. 석가 형사님, 형사님 때문에 우린 이씨 가문을 잃었습니다." 석가에게 말할 때 서장의 목소리가 딱딱해지는 일이 거의 없는데, 지금은 아주 딱딱하다. "이대송이 죽은 게 겨우 4개월 전입니다. 이덕현도 심적으로 힘들었을 텐데, 형사님은 뒤돌아서서 이런 일을 벌였잖습니까. 이씨 집안은 신신시 해태경찰서가 만들어질 때부터 죽 없어서는 안 될 존재였습니다. 이번 일에서 형사님 생각이 틀린다면, 전 정말 실망할 겁니다."

"이덕현이, 걔 너무 오버하는 거 아니에요?" 그가 되받는다. "거제에 거의 다 왔으니 하루 이틀 안에 돌아갈 겁니다. 정말 그의 누명을 벗기고 싶으면 신신시도서관에 가서 어둑시니에 관한 책이 정말로 쌓여 있는지 확인해 보세요. 며칠 휴가 중인 걸로 생각하라고 이덕현에게 일러 줘요. 그리고 즐겁게 시간을 보낼 수 있게 뭔가를 주든지 해요. 컬러링북이나 장난감 자동차 같은 거라도."

"그는 어린애가 아닙니다, 석가 형사님……."

석가는 버튼을 꾹 눌러 전화를 끊고 가슴에서 윙윙거리는 듯한 불편한 느낌을 무시하려고 한다. 죄책감이 아니다. 타락신 석가는 불쾌한 인간과 그들의 감정에 신경 쓰지 않으니 죄책감일 수가 없다. 하지만 하니에게 통화한 내용을 들려주는 동안에도 불쾌한 감정은 계속된다.

다리까지는 한 시간을 더 가야 한다. 석가는 창문 너머로 부산이 빠르게 스쳐 지나가는 모습을 바라본다. 멀리 보이는 어렴풋한 산들이 짙은 갈색과 선명한 초록색 점으로 되어 지나간다. 지위가 낮은 축에 속하는 산신들이 부산을 지켜보고 있다. 그들이 하니와 그가 지나가는 모습을, 한 손으로는 핸들을 잡고 다른 한 손으로는 이제는 차가워진 핫초코를 한입 크게 마시고 있는 구미호 옆에 앉아 있는 악명 높은 타락신의 모습을 보면 무슨 생각을 할지 그는 궁금하다.

마침내 다리가 멀리서 모습을 드러낸다. 다리는 드넓게 펼쳐진 감청색 바다를 가로질러 돌과 숲으로 된, 완만하게 경사진 산꼭대기들로 길을 잡고 있다. 석가는 하니가 걱정스러운 눈빛으로 자신을 힐끗 쳐다보는 것을 느낀다.

"최지아는 아마 겁에 질렸을 거예요." 하니가 차를 몰아 다리 위로 올라타며 중얼거린다. 타이어가 매끄러운 시멘트 도로 위를 구른다. "그녀는 불가능한 것을 봤어요."

석가는 물결치는 푸른 물결을 바라본다. "우리가 그녀를 신신시로 데려가면 그녀의 기억을 지울 수 있어. 내 힘을 이용해도 되고, 인간 목격자에게 적용되는 절차를 이용해도 돼." 주술사는 최지아의 어둑시니에 대한 기억과 그 이후의 모든 기억을 빼낼 수 있다. 주술사는 이와 같은 절차를 수행하고 해태경찰서, 무기 가게, 다리와 같은 장소에 마법을 거는 기술 덕분에 신신시에서는 없어서는 안 될 존재가 되었다. 이런 마법은 크리처와 인간들의 평화로운 공존을 가능하게 한다. 석가는 마법이 없는 도시의 모습을 상상하는 것을 좋아하지 않는다.

인간은 자신이 이해하지 못하는 것들을 없애려고 하는 경향이 있다.

"기억을 꼭 지워야 할까요?" 하니는 운전하면서 얼굴을 찡그린다. "내 말은, 그녀가 어둑시니를 조심해야 한다는 걸 알아야 한다는 거예요."

"그 문제는 때가 되면 우리가 해결할 거야."

"누굴 본 건지 궁금해요." 하니가 몇 분 후 생각에 잠겨 말한다. "어둑시니가 어떤 모습을 하고 있었는지, 정말 그게 이덕현이었는지."

석가는 한숨을 내쉰다. "그녀와 이야길 나눠 보기 전에는 알 수 없지." 그는 앞으로 길게 뻗어 있는 다리를 쳐다본다. 다리는 맨 처음에는 아주 작은 섬을 통과하고 그다음에는 다른 두 섬을 향해 계속 나아가다 마침내 거제로 이어지는 수중 터널로 진입한다. 그 큰 섬 어딘가에는 그들을 괴롭히는 질문에 대한 답을 아는 최지아가, 그리고 옥황으로 돌아가는 석가의 티켓이 있다.

거의 우호적이라고도 할 수 있을 법한 15분간의 침묵이 지나고 마침내 하니가 침묵을 깬다. 그녀는 시선을 앞에 펼쳐진 도로에 고정한 채 묻는다. "뭘 할 계획이에요? 다시 신이 되면 말이에요."

석가는 그 질문에 약간 당황한 듯 잠시 가만히 있는다. 그녀의 말에 놀리려는 의도는 전혀 없고 순수한 호기심만이 있다. "난……." 그는 그녀를 힐끗 쳐다본다. "옥황으로 돌아가고 싶어. 내 집. 내 궁전으로."

그들은 수중 터널을 빠져나와 다시 지상으로 올라온다. 다리는 첫 번째 섬을 통과하며 울창한 숲을 가로지른다. 그동안 그녀는 미간을 찌푸리고 있다. "궁전이 있어요?"

그는 고개를 끄덕이고, 그의 마음은 희망찬 미래를 꿈꾼다. 권능의 미래, 다시 한번 신으로서 호화롭게 살 수 있는 미래. 그의 입가에서는 작은 미소가 번진다. "환인이 날 가택 연금할 거라고 하더군. 난 즉시 그걸 깨뜨릴 생각이야." 그가 털어놓는다.

"왠지, 전혀 놀랍지 않네요." 하니가 코웃음 친다. "다른 계획은요? 또 다른 쿠데타라도?"

"때가 되면……." 석가가 한숨을 쉬는데, 잔인한 미소가 깃든 그의 입가가 비틀려 있다. "천년쯤 지나면 그럴 가능성이 매우 높지."

"석가 황제." 하니가 콧노래 하듯 말한다. "왠지 모를 울림이 있네요."

그는 자기 얼굴에서 미소가 번지는 걸 어쩌지 못한다. "응, 알아."

"있잖아요." 하니가 말한다. "나 어둑시니의 일과 관련해서 형사님을 도와준 대가로 환인 황제로부터도 보상을 받아야겠어요. 그리고 주홍여우와 관련해서도 마찬가지고요." 그녀는 계속 말한다. "형사님의 그 괴팍한 늙은이 같은 면을 잘 받아 준 보상인 거죠. 그게 돈일 수도 있고, 아니면" 하니가 그를 보고 싱긋 웃으며 몸을 곧추세운다. "나만의 궁전일 수도 있겠죠."

석가는 혀를 차며 경멸하듯 말한다. "여우, 넌 아무것도 얻지 못할 거야."

"물론 형사님과 함께하는 즐거움은 논외겠죠." 하니가 다시 해사한 웃음을 웃으며 대답한다.

그는 자신이 조롱당하는 건지 칭찬을 받는 건지 모르겠는 채 얼굴을 찡그린다. 그녀의 웃음소리가 두 배로 커지고, 그리고 그는 마침내 작은 웃음이 자신에게서 흘러나오는 걸 허용한다. 그녀는…… 거의 재미있다.

이런 식의 변화는 그를 기쁘게 하기보다는 짜증나게 한다.

그가 웃은 것에 놀란 듯 하니는 눈을 크게 뜨고 그를 향해 고개를 돌린다. 석가는 곧바로 찡그리며 자신의 표준 얼굴을 장착한다. "왜?"

그녀의 눈은 여전히 움직인다. "아무것도 아니에요."

석가는 눈을 굴린다.

다음 30분은 쾌적하고 편안한 침묵 속에 지나간다. 다리가 다시 수중 터널로 바뀌기 시작하자 석가는 하니의 얼굴이 약간 창백해지고 손가락이 핸들을 세게 잡고 있다는 걸 알아차린다.

"왜 그래?" 그는 걱정하는 것이 아니라(스스로에게 타이른다), 그저 호기심에 묻는다.

"난 물이 싫어요." 그녀가 이를 악문 채 말한다. "특히 물속으로 들어가는 게 싫어요."

터널의 짙은 노란색 불빛이 차를 물들이는데, 석가는 하니의 이마를 따라 땀방울 하나가 흘러내리는 것을 지켜본다.

"수영할 줄 알아?" 그가 묻고, 그녀는 독기 어린 눈빛으로 그를 쳐다본다.

"형사님이 알 바 아니에요."

석가가 능글맞게 웃는다. "못한단 소리군."

"할 줄 알아요." 그녀가 반격한다. "만약……." 하니는 말을 중단하고 입을 꾹 다문다.

그는 흥미로워하며 그녀 쪽으로 몸을 기울인다. "만약 뭐?"

"웃지 말아요." 그녀가 경고한다. "만약 웃으면, 〈가들리 가십〉에다 아주 볼썽사나운 제보를 보낼 거예요."

"웃지 않을게." 석가가 대답한다. 하지만 그는 이미 낄낄 웃으며 허풍 떨지 말라고 말할 계획을 세우는 중이다. 그런 제보를 보낸다면 그건 그가 그녀를 해고할 수 있는 정당한 근거가 될 것이다. 그리고 그는 그녀가 마치 거머리처럼 이 사건에 흡착해 왔다는 인상을 뚜렷하게 받아 왔다.

"여우 모습으로 있으면 헤엄칠 수 있어요." 그녀는 터널의 보이지 않는 끝을 정면으로 바라보며 말한다. "하지만 인간의 모습으로 수영하는 법을 배운 적은 없어요. 이제 만족해요?" 하니는 석가를 짧게 노려보다 다시 도로로 시선을 돌린다.

석가는 한순간, 딱 한순간을 기다렸다 쉰 목소리로 웃음을 터뜨린다.

하니는 목 뒤편에 걸려 억눌린 듯한 소리를 낸다. "안 웃겠다고 했잖아요."

"그리고 난 약속을 안 지켜. 진정해." 그는 그녀의 코웃음 치며 하는 말에 대응한다. "이 터널이 무너지면 모를까, 우리가 물에 깔려 죽는 일은 없을 거야."

"별 도움이 안 되네요." 그녀가 거친 목소리로 말한다. "전혀 도움이 안 돼요, 멍청이 씨."

석가는 그저 능글맞게 웃는다.

마침내 터널에서 빠져나오자, 하니는 손을 뻗어 그의 어깨를 주먹으로 친다. 그녀의 손가락 관절이 그의 살갗에 부딪히자, 그는 움찔하며 고통을 느낀다. "꼭 이럴 필요가 있었어?" 그는 이를 앙다물며 투덜거린다.

"아니요." 그녀가 다정하게 대답한다. "꼭 그럴 필요는 없었어요."

재규어가 거제의 구불구불한 언덕을 오르는 동안 두 사람은 생각에 잠겨 침묵을 지킨다. 자갈길을 구르는 타이어에서는 바스락거리는 소리가 난다. 바다는 차가 더 높이 올라갈수록 점점 더 멀어져 가는, 푸른빛과 초록빛, 아쿠아마린빛 후광으로 윤이 나는 울창한 섬을 에워싼다. 크고 우뚝 솟은 듯한 야자수가 하늘을 향해 팔다리를 쭉 뻗고, 길게 갈라진 야자수 잎들은 광활한 대지와 솜사탕 같은 구름들을 스친다. 건물은 보이지 않고, 수백 미터 아래에 있는 어항들을 제외하고는 순수하고 깨끗한 자연만 보인다.

거제로 더 깊숙이 들어가면서 문명의 첫 흔적들이 나타나기 시작한다. 도로 표지판, 동네들과 작은 마을들, 편의점과 주유소들. 그리고 얼추 30분쯤 지나자 옥포가 순식간에 모습을 드러낸다. 숲은 여전히 주변을 둘러싸고 있긴 하지만 뒤로 물러나 있고, 위압적인 건물들과 분주한 인도, 경적을 울리는 자동차들이 대신 자리한다. 소고기구이, 매운 면 요리, 생선튀김, 부대찌개인 게 분명한 진한 냄새로 공기를 가득 채우는 식당들도 줄지어 있다. 석가의 배는 다시 한번 허기로 꽉 조여 온다. 하지만 그는 무시한다. 그들은 최지아를 찾으러 온 것이지 거제 한복판에 있는 번화한 도시를 구경하러 온 것이 아니다.

"맹종죽 숲 말이야." 그가 하니에게 말한다. "옥포를 지나서 외곽에 있을 거야."

"그냥 언제 어디로 방향을 틀어야 하는지 말해 줘요." 여태 그의 웃음 발작을 극복하지 못한 듯 그녀는 시무룩하게 대답한다. 석가는 아주 잠시 사과할까 고민하다 고집스럽게 그러지 않기로 결심한다. 그는 자기 행동에 대해 단 한 번도 사과한 적이 없고, 분명 사과를 시작하는 것이 지금은 아닐 것이다.

하지만 석가는 좌회전하라고 말하면 그를 향해 저속한 손짓을, 아주 대놓고는 아니지만 알아차릴 수 있을 정도로 은근슬쩍 손짓하며 얼굴을 찡그리는 하니보다 핫초코를 홀짝이며 빛나는 태양처럼 환하게 웃는, 눈을 반짝이는 하니가 훨씬 더 좋다는 것을 알게 된다.

17
하니

사전에서 초록이라는 단어 옆에 사진이 있다면, 그 사진은 맹종죽 숲 사진일 거라고 하니는 확신한다.

대나무 공원은 어렴풋이 보이는 옥빛 나무들, 짙은 에메랄드빛 잔디, 짙은 올리브색 관목들, 입장권을 팔고 있는 목조 건물 앞 거대한 인조 대나무 아치, 공원 출입구로 이어지는 자갈길을 따라 자란 선명하고 밝은 초록 이끼 등 초록빛으로 가득하다. 진짜 대나무는 아직 보이지 않는데, 분명 공원 안쪽 깊숙한 곳에 있을 것이다.

하니는 석가와 함께 아치형 출입구를 지나면서 토트백을 어깨에다 높게 걸친다. 가방 안에는 새 단검들이 안전하게 숨겨져 있어 요괴가 다가올라치면 바로 꺼내 쓸 준비가 되어 있다.

입장권을 사기 위한 줄은 다행히도 짧다. 석가와 하니가 앞으로 나오자 데스크에 있던 여자는 지루하다는 표정이다. 하니는 공손한 미소를 짓고, 석가는 조바심을 내며 얼굴을 찡그린다. 여자는 하니를 위아래로 흘끗 쳐다본 뒤 석가도 똑같이 훑어본다.

"십 대 두 명이요?" 여자가 직사각형 입장권 더미를 뒤적거리며 묻는다. "인당 삼천 원입니다."

석가는 십 대로 오해받은 것에 모욕감을 느낀 듯 표정이 굳는다. 하지만 하니는 팔꿈치로 옆구리를 찌르며 나지막이 말한다. "저 여자가 뭐라고 말했어야 하는데요? 인간을 위한 입장권 두 장이라고 말했어야 해요? 우린 술집에서 신분증을 제시하란 소릴 듣는 젊은 이십 대처럼 보여요. 뿌루퉁하지 마세요." 노래하듯 말하는 그녀와는 달리 그는 속을 부글부글 끓인다. "적어도 우린 주름은 절대 안 생기잖아요."

마지못해 석가는 여자에게 신용카드를 건넨다. 잠시 후 하니와 석가는 길을 지키고 있는 쾌활한 경비원에게 입장권을 보여 준다. 그 길은 화장실, 지도가 표시된 표지판, 그리고 우뚝 솟은 대나무 숲으로 이어지는 여러 입구가 있는, 작은 야외 광장으로 이어진다.

하니는 지도 위의 한 곳으로 향하고, 석가는 그녀 뒤를 바짝 쫓는다. "숨겨진 마을로 가는 길을 사람들에게 물어봐야 하는 걸까요?"

석가는 고개를 가로젓는다. "여기 사람들은 입장객이 길에서 벗어나는 걸 원치 않아. 우리한테 말해 주지 않을 거야."

하니는 한숨을 쉬며 걱정스러운 눈으로 지도를 쳐다본다. 북쪽, 남쪽, 동쪽, 서쪽 등 숲의 여러 지점을 관통하는 오솔길이 적어도 네 개는 있다. "마을이 어디라고 생각해요?"

석가가 뒤에서 그녀의 어깨 쪽으로 몸을 기울여 지도를 훑어보는 동안, 하니는 몸을 뒤로 부딪혀서 그를 넘어뜨려 버릴까 심각하게 고민하다가, 그러지 않기로 한다. 타락신이 마음에 안 들기는 하지만 이제 그들은 한 팀이다. 최지아를 찾는다는 하나의 목표를 가진 팀.

석가는 길고 가느다란 손가락으로 지도 위의 북쪽 오솔길을 따라가는데, 그의 손가락은 결국 길에서 떨어진 울창한 대나무 숲으로 미끄러져 들어간다. "여기야."

"어떻게 알았어요?"

"모르는데." 석가는 어깨를 으쓱하며 뒤로 물러난다. "하지만 저기가 시작하기에 좋은 곳인 것 같아."

하니는 발걸음을 옮기다가 남쪽 오솔길 근처에 있는 판다 모양의 작은 아이콘을 발견한다. 판다다! 하니는 판다를 매우 좋아한다. "빨리 최지아를 찾죠." 하니가 북쪽 오솔길을 향해 걷기 시작하며 어깨너머로 말한다. "그래야 내가 곰을 보러 갈 시간이 있을 테니까요."

✳

네 시간이 지나 땀으로 흠뻑 젖었는데도 불구하고 최지아와 숨겨진 마을은 여전히 보이지 않는다. 하니는 더는 판다를 보고 싶지 않고, 그저 집에 가고 싶은 마음뿐이다.

하니는 우뚝 솟은 대나무 줄기에 쓰러지듯 기댄 채 석가를 노려본다. 북쪽, 서쪽, 동쪽, 남쪽…… 그들은 숲 전체를 터벅터벅 걸어 다녔지만 아무런 소득이 없었다. 마을도 없고, 아무것도 없다. 하니는 그 마을이 존재하지 않는다고, 김소라가 그들을 맹탕 추격전으로 내몰았다고 판단한다.

한낮의 태양이 하늘에서 작열하고, 그녀의 목덜미에는 땀이 맺힌다. 하니는 길이 나 있지 않은 숲속을 네 시간 동안 걸어 다녔더니 다리에 감각이 거의 없다. "여기요." 하니는 맞은편 대나무에 기대어 있는 석가에게 소리친다. 석가의 얼굴은 땀으로 번들거리고 조금 전에 돌부리에 걸려 넘어진 다음이어서 흙먼지로 얼룩져 있다. 하니는 인과응보를 외치며 땅에 고꾸라지는 신의 모습을 보며 걸걸한 목소리로 웃어댔다. 그 일마저 이제는 한평생 전, 아니 그보다 더 아주 오래전 일처럼 느껴진다. "여기요." 하니가 한 번 더 말한다. "물 좀 줘요." 석가는 두 시간 전에 한 번 더 지도를 분석하기로 하고 광장으로 돌아갔고, 그때 산 마지막으로 남은 생수 한 병을 손에 쥐고 있다. 이제 두어 모금밖에 남지 않았고, 하니는 그 두어 모금을 자신의 것으로 만들 생각이다.

그는 그녀를 노려본다. "아직 마시는 중이야."

"석가 형사님." 하니가 거친 숨을 내쉬며 말한다. "물 좀 줘요. 제발요." 그녀의 입은 불타는 듯하고 혀가 사포처럼 메마르다. 숨을 쉴 때마다 목구멍 끝자락에서 날카로움이 느껴진다.

"제발요." 그녀는 반복해서 말하며 고개를 뒤로 젖혀 대나무 줄기에 기댄다. 그녀는 하늘을 향해 뻗어 있는 우뚝 솟은 대나무들을 올려다보는데, 그녀의 근육은 피로에 지쳐 아파 온다.

곧 그녀의 시야는 자신을 내려다보는 석가의 찡그린 얼굴에 가려진다. "여우, 기절하지 마.. 우린 최지아를 찾아야 해."

"알아요." 그녀는 그의 손에서 물병을 빼앗으며 투덜댄다. 물 두 모금이 그녀의 입안으로 흘러들지만, 물은 미지근한 데다 끔찍한 건조함을 달래주지 못한다. "날 좀 일으켜줘요." 그녀가 손을 내밀며 요구한다.

석가는 언짢다는 표정으로 그녀의 손을 노려본다. "알아서 일어나."

짜증이 하니의 피를 뜨겁게 달구고, 가슴 속에서 여우 구슬이 번쩍 발광하며 그를 해치고 죽이고 싶은 욕망이 그녀의 온몸으로 전해진다. 더위 때문일 수도 있고, 지친 탓일 수도 있다. 아니면 아직 그들이 최지아를 찾지 못했다는 사실 때문일 수도 있다……. 하지만 이유가 뭐든, 하니는 분노 때문에 심장 박동이 끔찍할 정도로 빨라진 채 자리에서 벌떡 일어난다. "왜 항상 그렇게 개 쓰레기처럼 구는 거예요?" 하니가 묻는다.

그녀는 석가가 눈을 깜빡이는 것을 떨리는 눈으로 지켜본다. 그녀가 한 말의 진정한 의미를 그가 제대로 이해하는 순간. 그의 얼굴이 시뻘겋게 달아오르는 순간. 그가 이를 드러내며 으르렁거리는 순간. "여우, 너 지금 누구랑 이야기하고 있는지 몰라?" **여우**라는 말에 너무나도 많은 증오와…… 우월감을 담은 채 내뱉었기에 하니는 그를 노려본다.

"완전한 신은 아니지." 그녀는 한마디 한마디를 총알처럼 쏘아붙이며 반박한다.

"너……." 석가의 이마에 핏줄이 튀어나온다. "너……."

"넌 개 쓰레기야, 변함없이 언제나." 하니는 가쁜 숨을 내쉬며 피로와 분노에 떨면서 말한다. 그녀 입에서 말이 줄줄 흘러나온다. 총알이 빗발치듯 입술 사이로 쏟아져 나온다. "넌 개 쓰레기야. 그리고 난 그게 정말 지긋지긋해……."

그의 눈이 실처럼 가느다랗게 변한다. "그만 입 다무는 게 좋을 거야." 그는 끔찍하게 차가운 목소리로 경고한다. 하지만 하니는 계속 말한다.

"크리처 카페에 처음 왔을 때 기억하지? 넌 크림 하나와 설탕 하나가 들어간 아이스커피를 주문했고, 난 주문한 커피를 줬어! 그런데 넌 내가 설탕을 두 개 넣었다고 했고, 내가 동의하지 않으니까 사장한테 전화해서 내가 커피를 만드는 데 젬병이라서 해고해야 한다고 했지?" 하니가 손가락으로 그의 가슴을 찌른다. "젠장, 뭐 해고?" 그 기억이 그녀의 피를 끓어오르게 한다. 그녀는 그가 그날을 기억하는지, 심지어 그 비열한 말을 내뱉으며 그녀를 향해 차갑고 거만하게 웃었던 미소를 기억하는지, 어떻게 그가 자신이 주문에 따라 정확하게 만든 음료로 전액 환불을 받을 수 있었는지를 기억하는지 의문이다.

석가는 침묵하는데, 그의 표정은 종잡을 수가 없다. 하지만 그는 숨을 가쁘게 내쉬며 지팡이를 손에 꼭 쥔 채 순수한 증오에 찬 눈빛을 하고 있다.

"넌 이승의 크리처들을 아무것도 아닌 것처럼 대하지. 아무도 아닌 것처럼. 난 네가 정재진한테 말하는 꼬락서니 다 봤어. 이덕현한테도. 심지어 우리가 그를 의심하기 전인데도! 그리고 조유나! 저승으로 내려가기 직전에 일곱 지옥에 대해 말해? 네 비참한 쿠데타 시도가 실패했다고 해서 사람들을 개인용 샌드백으로 쓰면 안 되지……."

하니의 말들에 그의 자제력이 무너진다. 하니가 눈을 깜빡일 겨를도 없이 석가의 손이 그녀의 어깨를 꽉 움켜쥔다. "내 얘기 하지 마." 그가 말하는데, 그 목소리가 거의 목 뒤편 동굴에서 울려 퍼지는 으르렁거림처럼 들린다.

그의 손길에 하니의 내면에서 무언가 사악하고 폭력적이며 야생적인 힘이 발동한다. 그녀는 으르렁거리며 그의 어깨를 움켜쥐고 뒤로 밀친다. 그는 휘청대고, 그녀는 몸이 마음보다 먼저 움직이며 앞으로 한 발짝 나선다. 그녀의 주먹이 뒤쪽으로 당겨지고…….

석가는 으르렁거리며 그녀의 허리춤을 향해 달려들어, 의심할 여지없이 그녀를 바닥에 넘어뜨리려 한다. 하니는 놀라 욕지거리를 퍼붓고, 그가 가까이 다가오는 순간 몸의 방향을 튼다. 하지만 그녀는 발을 헛디디는데…… *제기랄.*

석가가 그녀를 땅에 넘어뜨리려 하자 석가의 몸은 머리 위로 별이 보일 만큼의 센 힘으로 하니의 몸에 와 부딪힌다. 그녀는 팔로 그의 등을 감싼다. 그녀는 앞서 발을 헛디디는 바람에 몸의 방향이 바뀌었고, 석가의 공격은 그녀를 조금 바깥으로 밀어냈을 뿐이다. 하니는 석가를 두 팔로 꽉 붙들고, 넘어져 둘이 함께 구르기 시작하자 그에게 놀라움과 고통을 주기 위해 그의 귀에다 대고 비명을 지른다. 그들은 나뭇잎들 위로 구르다 아주 넓은 경사면 아래로 굴러 내려간다. 석가도 순수한 분노에 찬 비명을 지른다.

그들은 아래로, 아래로, 아래로 굴러 덤불 사이를 지나고, 단단한 바위에 등을 부딪치고, 대나무에 쿵 하고 부딪쳐서 옆으로 튕겨 나간다. 순식간에 그의 지팡이가 손에서 빠져나간다. 석가가 하니 위로 올라타고, 그다음엔 하니가 석가 위에 올라탄다. 숨이 멎을 것만 같은 그녀의 입에서는 진짜 비명이 터져 나오고, 그들은 서로의 몸 위로 올라타고 구르며 숲을 지나간다.

경사면이 평지로 바뀌고 나서야 그들은 멈춰 선다. 석가는 하니 위에 올라탄 채 축 늘어져 있다. 그의 머리는 하니의 얼굴 옆으로 기대어 있고 눈은 감겨 있다. 하니는 아주 큰 바위에 퍽 하고 부딪히는 바람에 입에서 피가 흘러내린다. 그녀는 눈을 위쪽으로 뜨며 그를 노려본다. *의식이 없는 건가?*

"이 개자식아." 그녀는 확인하려고 그의 귀에 대고 소리친다.

그는 눈을 번쩍 뜨며 그녀를 내려다본다. "너······."

"내 몸에서 떨어져." 그녀는 그의 등을 철썩 때리며 신음하듯 내뱉는다. "내 몸에서 떨어져, 떨어져, 떨어져." 맙소사, 그는 무겁다. 석가는 끙 하는 신음을 내며 몸을 굴린 다음 그녀 옆으로 등을 대고 눕는다. 그러고는 몇 미터 떨어진 곳에 놓인 그의 지팡이를 향해 헛되이 손을 뻗는다.

"난 널 증오해." 그가 속삭인다.

하지만 하니는 이미 힘겹게 몸을 일으켜 세우고는 굴러 떨어지면서 몸에 묻은 흙먼지와 나뭇가지, 낙엽들을 털어내는 중이다. 하니는 말 그대로 굴러 떨어진 신으로부터 시선을 돌려 새로운 주변 환경을 받아들이다가……그러다 얼어붙는다.

초가지붕을 얹은 전통 초가집 일곱 채가 둥그렇게 원을 그리고 있고, 그들은 그 안에 있다.

마을.

하니와 석가는 버려진 마을을 찾았다.

"석가 형사님." 하니가 다시 한번 의식을 잃은 듯한 신을 되돌아보며 말한다. "석가 형사님." 그녀는 발로 그를 찌른다. 그가 꿈쩍도 하지 않자, 그녀는 그의 옆구리를 걷어찬다. 세게. "석가 형사님."

최지아가 여기 어딘가에 있다. 그녀는 확신한다.

석가는 신음하며 일어나 머리를 주무르고 지팡이를 집어 든다. "왜?"

"찾았어요. 우리가 마을을 찾았어요." 하니는 석가가 아니라 최지아가 숨어 있을 거로 확신하는 집을 바라보며 웃는다. "우리 이제 찾을……."

하니 바로 뒤쪽에서 촉촉한 물기에 젖은 듯 깊고 부자연스러운 으르렁거림이 울려 퍼진다……. 하니는 꼼짝 않고 있는데, 공포에 질린 그녀의 목덜미에서는 털이 일어선다.

석가는 그녀 어깨 바로 뒤의 한 곳을 응시하고 있다. "하니." 그가 나지막이 말한다. "움직이지 마."

어둑시니다. 하니는 확신한다. 어둑시니가 그들을 찾았고, 그리고 하니는 죽게 될 것이다. 결국 어둑시니는 이덕현이 아니라 다른 사람이었고, 그것은 내내 그들보다 한발 앞서 있었던 것이다. 그녀의 목에서는 식은땀이 흘러내린다. 그녀는 검은 핏줄들이 불거지고 심장이 뜯겨나간 채 이덕현의 검사대 위에 생기를 잃고 누워 있을 것이다.

좋네. *아주 좋아.*

석가의 지팡이가 부드러운 찰칵 소리와 함께 순은의 검으로 변하고, 검에서는 눈부신 광채가 퍼져 나온다.

하니는 더는 참을 수 없다. 이를 앙다문 채 홱 하니 돌아서서 날카로운 쓱싹 하는 소리와 함께 발톱을 드러낸다.

아무것도 눈에 들어오지 않는다.

아무것도 없다.

하지만 그 끔찍한 으르렁거림이 다시금 들려오자, 하니는 시선을 아래로 향한다.

검은 눈동자로 그녀를 올려다보는 건, 키는 그녀의 무릎보다 낮지만 뚱뚱한 몸 너비는 그녀의 두 다리를 합친 것보다 두 배는 되는, 침을 흘리는 한 무리의 아이들이다.

멀리서 들려오는 메뚜기 한 마리가 우는 소리를 제외하고는 잠시 숲은 희극적으로 고요하다.

하니는 그 침묵을 깨기로 한다. "이게 도대체 뭐야?"

아이들이 웃으며 뾰족한 이와 뚝뚝 흘러내리는 노란 침, 그리고 검은색의 쭈글쭈글한 혀를 드러낸다. 아이들의 피부는 창백하고, 최근에 거의 폭발 직전까지 음식을 먹어치운 듯 배가 불룩 튀어나와 있다. 아이들이 하니와 석가 주위를 에워싸며 원을 그릴 때, 그들의 맨발은 흙에 끌리고 갈라진 입술에서는 부자연스러운 으르렁거림이 흘러나온다.

하니는 흥미와 당혹감, 공포가 뒤섞인 묘한 표정으로 석가를 바라본다.

석가가 손에 든 검을 휙 하니 움직이며 아이들이 만들고 있는 원을 살핀다. "배고픈 귀신이야." 그가 중얼거리며 천천히 하니 쪽으로 걸어온다. 이윽고 두 사람은 등을 맞대고 선다. 지팡이의 도움이 없는 그는 다리를 약간 절뚝이지만, 그의 강력하고 자신감 넘치는 눈빛에도 주변을 에워싼 아이들이 도망가지 않는다는 점이 하니로서는 놀랍다. 아이들은 그르렁대며 아래로 푹 꺼진 눈으로 그들을 노려볼 뿐이다. "배고픈 유령들. 귀신들. 망나니들. 최지아가 음식을 가져왔나 봐. 얘네들이 음식 냄새를 맡은 것 같네. 최지아 냄새도." 한 배고픈 귀신이 하니의 발목을 향해 이를 드러내며 달려든다. 그녀는 그 귀신을 발로 걸어찬다. 원을 그리고 있는 배고픈 귀신들은 화가 나 쉿 소리를 내며 신과 구미호에게 접근해 오기 시작한다. 젠장. 굶주린 귀신들이 이미 최지아에게 접근했다면 그녀라고 할 수 있을 만한 건 별로 남지 않았을 것이다.

"얘네들 죽여야 할까요?" 하니가 토트백에 손을 뻗으며 묻는다. 그녀는 단검을 꺼내 검집을 털어낸다. 그녀는 침을 흘리는 아이들의 살로 자신의 소중한 단검들을 더럽히고 싶지 않다. "전부 다?" 자신의 장부에 더 많은 망나니를 추가하려던 석가의 계획을 망치고자 한 그녀의 계획은 이…… 이것들의 등장으로 눈앞에서 붕괴한다.

"네 생각은 뭔데?" 석가가 묻는다. "당연히 죽여야지."

"아이처럼 생겼잖아요!"

"그렇지 않아. 내 말 믿어. 기회만 있으면 네 뼈다귀까지 다 먹어 치울 거야. 네 머리카락도." 석가는 혐오감을 내비치며 코웃음 친다. "그냥 죽여서 끝내 버려." 그가 어깨 너머로 외친다.

하니가 단호한 태도로 손에 든 단검을 빙글빙글 돌린다. "알았어요."

"그래, 알아먹었겠지." 석가가 냉정하게 대꾸한다.

"잘 알겠다고요." 하니가 딱딱거리고는 공격에 나선다.

그녀는 높이를 맞추기 위해 허리를 낮게 구부린 채 굶주린 유령들을 향해 단검을 휘두른다. 그들의 통통한 몸을 찢어발기고, 이를 갈아대는 유령들을 피해 몸의 방향을 튼다. 하지만 석가에 게 자신이 단검에 능숙하다는 것을 들키지 않기 위해 어느 정도 의 자제력을 발휘한다. 자제하는 게 쉬운 일은 아니지만, 어쨌든 그녀는 그렇게 한다.

그녀의 칼날이 귀신들을 찢어발기자, 귀신들은 재로 변하고 한 줄기 바람에 의해 숲속 깊은 곳으로 날아가 버린다. 하니는 석가가 독사의 치명적인 우아함과 민첩함으로 으르렁대는 배고 픈 귀신 무리 사이를 헤쳐 나가는 것을 어렴풋이 인지한다.

그때 한 배고픈 귀신이 하니의 왼쪽 종아리 깊숙이 이를 박아 넣자, 고통 때문에 꺅 하고 비명을 지른다. 전투에서 자제력을 발휘한 것은 고통스러운 결과를 가져왔다. 그리고 그녀는 애초 에 주홍여우 사냥을 촉발한 자신에게 이루 말할 수 없는 분노가 인다.

석가가 검을 높이 쳐든 채 하니를 향해 돌진하며 그녀의 발목 에 시선을 고정한다. 하니는 필사적으로 그 귀신을 단검으로 베 지만, 그 빌어먹을 망나니는 하니의 다리를 놓을 생각도, 재가 되어 소멸할 생각도 없다. 그녀는 미친 듯이 다리를 흔들어 대 지만 그 뚱뚱한 귀신은 꼼짝도 하지 않는다. 그녀의 다리는 불 이 붙은 듯 벌겋다. "석가 형사님!" 피가 실개천처럼 그녀의 피 부를 따라 흐른다. 따뜻하고 굵은 붉은색이 물줄기가 되어 흘러 내린다.

"널 좋아하나 봐." 석가는 그르렁대는 귀신을 걷어차고 칼날을 다른 귀신의 가슴에 꽂으면서도 능글맞은 미소를 짓는다. "특히 네 다리가 맘에 드는 모양이야."

"떼어내 줘요." 하니는 고통으로 겁을 집어먹은 채 애원한다. "떼어내 달라고요."

"마법의 단어는?" 석가가 한 번에 배고픈 귀신 세 명을 참수한다.

"당장이요!" 하니가 비명을 지르며 자기 어깨 위로 뛰어오르려는 배고픈 귀신 두 명을 허둥지둥 해치운다. 그들은 공중으로 뛰어오르다 재로 변해 사라진다. 놀랍게도, 지금 그녀의 다리를 먹어 치우고 있는 배고픈 귀신을 제외하고 이제 더는 배고픈 귀신이 남아 있지 않다.

그리고 그녀는 고통스러워한다. 귀신의 송곳니는 마치 작은 칼들과 같고…… 작은 칼들이 그녀의 살에 박혀 있다.

아아.

아아, 아아, 아아아아악.

석가는 하니 쪽으로 다가와 그녀의 종아리 상태를 내려다보며 입가에 기분 좋은 미소를 짓는다. "사과하면 떼어내 주지." 그가 친절하게 말한다.

"사과요?" 그녀는 믿기지 않는다는 표정으로 숨을 몰아쉰다. "사과요?"

"응." 그는 사악함이 깃든 눈빛으로 대답한다. "그게 뭔지는 분명 네가 잘 알고 있을 텐데. 너, 어젯밤에 네 침실에서 멋지게 사과했었잖아. 그때 사용한 단어가 뭐였더라? '미음'으로 시작하는데……."

이 개자식. "난 미안하다고 할 게 없어." 그녀는 숨을 거칠게 몰아쉰다. "그 어떤 것도." 결과적으로 보면 그녀에게 딴지를 건 건 그다. 그녀를 해고하려고 이 모든 불화를 시작한 것도 그다.

석가는 한숨을 내쉰다. "맘대로 해 그럼."

그러고는 돌아선다.

하니는 얼굴을 찡그리며 배고픈 귀신을 다시 한번 베지만 소용이 없다. 이가 더 깊숙이 파고들자, 하니의 입에서 억눌린 고통의 소리가 흘러나온다.

그 소리에 석가는 이를 앙다문 채 고개를 돌린다. 그는 날렵하고 날카로운 동작으로 배고픈 귀신을 참수하는데, 칼날이 하니의 무릎을 살짝 스친다.

마지막 남은 굶주린 유령은 바람 속 재로 변한다.

타는 듯한 불덩이가 하니 다리의 살갗을 태우고, 깊이 물린 자국은 사정없이 화끈거린다. 하니는 고통스러운 숨을 들이마신다. 왼쪽 다리가 곧 꺾일 것만 같아 그녀는 근처 대나무까지 비틀대며 걸어가 몸을 기댄다. 그녀의 온몸은 지쳐서 부들부들 떤다.

석가가 그녀 옆으로 성큼성큼 걸어오는 동안 그의 두 입술은 딱딱한 일자를 그리고 있다. 그 모습은 마치 걱정스러워하는 것으로 보인다. 그의 검은 부드럽게 딸각 소리를 내며 다시 지팡이로 변한다. "하니."

"내 다리." 그녀가 헉하고 숨을 내쉰다. "묶어야 해요." 물린 자국에서 피가 새어 나와 흙 위를 적시고 있다. 하니는 스웨터 윗부분을 들어올려 머리 위로 뒤집어쓴 채로 밑단을 찢으려 한다. 붕대로 사용하려는 것이다. 석가는 믿을 수 없다는 듯 작게 숨을 내쉬고, 하니는 뒤늦게 자신이 (믿을 수 없게도) 석가에게 레이스가 달린 검은색 브래지어의 클로즈업된 모습을 보여줬다는 사실을 깨닫는다. 그녀는 얼굴을 찡그리며 스웨터를 계속 잡아당긴다. 그러나 꽤 큰 니트 스웨터는 땀 때문에 잘 벗겨지지 않는다. "그 긴 불멸의 세월을 살아오면서 브래지어를 한 번도 본 적이 없다는 말은 하지 말아요." 시원한 공기가 땀에 흠뻑 젖은 그녀의 피부를 스치고, 그녀는 마침내 풀려난다.

석가는 짜증이 난 듯 무언가를 중얼거리더니, 하니의 팔에 손을 얹어서 옷을 반쯤 벗은 채인 그녀를 멈춰 세운다. "그런 행색으로 돌아다닐 순 없어." 그의 초록색 눈동자가 하니의 가슴을 내려다보지 않으려 많이, 아주 많이 애쓰고 있기라도 한 듯 그녀의 눈을 뚫어져라 쳐다본다.

"이 다리로는 못 걷겠어요, 석가 형사님!" 그녀가 냅다 소리친다. "나한테는 지금 별다른 선택권이 없어요."

그녀는 그의 턱이 앞뒤로 움직이는 것을 지켜본다. "스웨터나 제대로 입어." 그는 투덜대다 검은색 긴팔 실크 셔츠(하니의 집세 석 달 치를 합친 것보다 더 비싸 보이는)의 단추들로 손을 뻗는다. 그녀는 그가 셔츠의 단추를 풀고 그 안의 것을 드러내는 것을…… 믿을 수 없다는 표정으로 지켜본다. 으흠. 그녀의 입이 살짝 마른다.

타락신이 매끈한 상반신을 드러낸다. 그가 완전히 셔츠를 벗자, 움직임에 따라 단단한 근육이 물결치는 모습이 보인다. 그는 옷을 벗어서 뭉친 다음 하니에게 던진다. "이걸 써." 그가 무뚝뚝하게 말한다.

하니는 마지못한 감사함에 입을 딱 벌린다.

그리고 감탄.

아주 많은 감탄.

그의 뚜렷한 복근은 단단하게 다듬어져 있고, 황금빛 베이지색 피부는 얇은 땀으로 뒤덮여 윤기 나게 빛난다. 복근을 따라가면 그의 바지 허리춤에 깊은 'V' 라인이 나타나고, 하니는 그 두 줄에 눈이 꽂히면서 침을 꼴깍 삼킨다. 그녀는 호흡이 빨라지고 뺨이 따뜻하게 빨개지며 아무리 노력해도 타락신에게서 눈을 돌릴 수 없다는 것을 천천히 자각한다.

그리고 그 역시 그녀를 바라보고 있다. 잘난 척과 짜증……. 이 두 가지의 중간쯤 되는 눈으로 그녀를 바라보고 있다. 그리고 그의 시선이 그녀의 얼굴에서 입으로 옮겨가는 순간 다른 무언가의 방식으로 그녀를 쳐다본다. 하니는 자신이 아랫입술을 깨물고 있다는 사실을 깨닫고는 재빨리 짜증스럽고 지루한 표정으로 설정한다. 이렇게 이 순간이 깨진다.

아우, 젠장.

석가는 얼굴을 찡그리며 고개를 돌린다. 하지만 그의 뺨이 분홍빛으로 물들었다고 그녀는 확신한다. "다리 묶어. 내가 이 마을을 뒤져서 최지아를 찾아볼게. 배고픈 귀신이 그녈 잡아먹지 않았다면 여기 있을 거야. 그러길 바라야지." 그는 중얼거리며 말을 덧붙인다. 그러고는 걸어서 멀어지는데, 움직일 때마다 등줄기 근육이 파장을 일으킨다. 하니는 자기 뺨이 타들어 가는 것을 느끼며 고개를 돌린다.

그는 그저 그야. 그녀는 그의 셔츠를 얇은 조각으로 찢으며 스스로에게 말한다. *평범해. 전혀 매력적이지 않아. 난 거만한 그를 정말 증오해.*

하니는 피투성이가 된 손가락으로 종아리에다 천 조각을 묶을 때 이를 악물고 쉭쉭 소리를 낸다. 석가는 그들의 목격자를 찾아 초가집으로 숨어 버려 어디에도 보이지 않는다.

"배고픈 귀신들이라니." 하니가 혼잣말로 투덜댄다. "저승으로나 가 버려." 결박을 끝낸 하니는 불안정하게 일어나 절뚝거리며 초가집들이 모여 있는 곳으로 향한다. "최지아 씨?" 그녀가 외친다. "여기 있어요?"

석가는 초가집 중 한 곳에서 고개를 숙인 채 빠져나오며 고개를 가로젓는다. "아마 그녀는……."

"잠깐만요." 하니는 고개를 갸우뚱하고, 귀를 쫑긋 세워 낮게

들려오는 소리를 듣는다. 조용한 흐느낌. "이쪽이에요." 하니가
소리를 따라가며 속삭인다. 하니는 초가집들을 지나 다시 대나
무 숲으로 들어간다. 그녀가 땅 위로 솟은 작은 언덕배기로 비
틀거리며 걸어가자, 다리가 항의라도 하듯 비명을 지른다. 하지
만 그녀는 그 비명을 무시하고, 흙과 풀숲 너머를 바라보다 결
국에는 찾아낸다. "지아 씨." 그녀는 덤불 속에 웅크리고 있는
작은 형체를 향해 친절한 목소리로 말한다. "괜찮아요. 이제 안
전해요."

　최지아는 눈물로 얼룩진 얼굴을 들어 하니와 석가를 향한다.
그녀는 공포로 하얗게 질려 있다. "누구…… 누구세요?" 그녀는
울부짖으며 허둥지둥 뒤로 기어서 물러난다. 그녀가 지나간 자
리 위로는 흙먼지가 인다. "원하는 게 뭐예요?"

　"지아 씨를 돕고 싶어요." 하니는 최대한 부드럽게 말한다.
"우린 그저 당신을 돕고 싶을 뿐이에요. 해치지 않아요."

　"난 석가라고, 형사야. 이쪽은 내 조수 김하니이고." 석가가
고개를 끄덕인다. "김소라가 우릴 보냈어."

　"소라가요?" 최지아의 눈이 커진다. "소라를 알아요?"

　"알아요." 하니가 다리가 쑤시는 통증에 맞서 꼿꼿이 서려고
애쓰며 말한다. 그녀는 석가의 시선이 자신을 향한다는 것을,
걱정으로 눈이 가늘어지는 것을 느낀다. 놀랍게도 그는 그녀에
게 아주 조금 더 가까이 다가온다. 이것은 하나의 제안, 그녀가
받아들여야 하는 제안이다. 하니는 이를 악물며 그의 맨 어깨에

몸을 기댄다. 그는 충격(혹은 혐오감)으로 인해 긴장하지만, 잠시 후 그녀는 놀랍게도 신이 그녀의 힘 아래에서 긴장을 늦추는 것을 느낀다. "그리고 지아 씨가 왜 신신시를 떠났는지도 알아요. 우리와 함께 있으면 안전해요. 약속할게요. 어떤 것도 지아 씨에게 해를 가할 수 없을 거예요."

"안다고요?" 최지아가 공포에 질린 얼굴로 중얼거린다. "안다는 게……."

"이 숲보다는 도시가 더 안전해." 석가가 엄숙하게 말한다. "그 유령들, 배고픈 귀신들이 더 있을지도 몰라. 꾸물댈 시간이 없어. 최지아, 우리와 함께 가든지 아니면 혼자 여기 남든지. 네가 선택해."

최지아의 시선이 석가와 하니 사이를 빠르게 오간다. "소라를 알아요?" 그녀가 목소리는 떨리고 얼굴은 눈물범벅인 채로 묻는다. "김소라를 알아요?"

"네, 알아요." 하니가 여자에게 손을 내민다. "내 손 잡아요, 지아 씨. 이제 안전해요. 내가 약속할게요."

최지아의 손이 하니의 손과 맞닿자, 최지아의 얼굴이 안도감으로 일그러진다.

"이제 안전해요." 하니는 반복한다. 그러면서 그녀가 진실을 말하길 간절히 바란다.

18
석가

최지아는 신신시를 떠난 후로 음식을 한 입도 먹지 못한 것처럼 밥을 먹는다. 배고픈 귀신들이 마을에 가져간 음식을 다 먹어 치웠다면 그럴 만도 하다. 한 귀신의 입에서 수상한 오징어 과자 냄새가 났었다.

옥포의 한 식당에서 여벌 셔츠를 입고 앉은 석가는 최지아가 그릇에 코를 박고 비인간적인 속도로 비빔밥을 입에다 밀어 넣는 모습을 지켜본다. 그녀 옆에서는 하니가 허공을 응시하고 있다. 하니의 표정은 피곤과 고통을 담고 있다. 석가는 턱을 움찔 댄다. 빌어먹을 배고픈 귀신들.

식당에 오기 전 석가는 하니에게 병원 응급실부터 가서 다리를 치료하자고 했다. 하지만 여우는 반대되는 증거가 있음에도 불구하고 의사가 필요 없다며 단호하게 거절했다. 그래서 그는 약국에 가서 진통제와 소독 크림, 붕대(진짜 붕대)를 샀다. 하니는 구미호의 능력 덕분에 곧 나을 거라며 아직 약과 붕대를 사용하지 않았다. 하지만 물린 자국은 여전히 다리에 깊게 남아 있고 사라질 기미가 보이지 않는다.

고집불통 여우.

시간은 늦어 저녁에 가까워졌다. 맹종죽 숲을 빠져나오는 데
는 두 시간 가까이 걸렸는데, 방향 감각이 전혀 없는 데다 하니
가 다리를 심하게 다친 탓이 컸다. 벌써 작은 식당 밖은 어두워
지고 있다. 옥포는 밤이 다가왔음을 알리는 짙은 어둠으로 서서
히 뒤덮이고 있다.

"호텔을 구해야겠어." 석가는 멍해진 하니의 눈을 보며 말한
다. 구미호는 고개를 살짝 끄덕이고는 얼굴을 찡그린다.

"몇 블록 떨어진 곳에 하나가 있는 걸 봤어요." 그녀가 지친
목소리로 말한다. "로터스 호텔이요. 오늘 밤은 거기서 묵으면
돼요."

석가는 여전히 허겁지겁 먹고 있는 최지아를 힐끗 쳐다본다.
그는 하니를 향해 질문하듯 눈썹을 치켜올린다. *이제 질문을 좀
해 보자고.*

나중에요. 구미호는 고개를 가로젓는다. *오늘 많은 일을 겪었
잖아요.*

그는 짜증 섞인 한숨을 내쉬며 의자에 몸을 기댄다. 제길, 그
는 답을 원한다. 빠른 대답을 원한다. 석가는 30분 전에 심 서장
에게 전화를 걸어 이덕현(여전히 울적해하고 있는)의 상태를 확
인하고 목격자를 찾았다는 사실도 알렸다. 이덕현은 최지아가
진술만 하면 곧 풀려날 수 있을 듯도 싶다. 하지만 그는 목격자

의 초췌한 얼굴과 음식물이 묻은 입을 유심히 살펴보기만 한다.

여우의 말이 맞는지도 모른다. 모두 오늘 유난히 힘든 하루를 보냈다. 최지아가 지금 진술하면 마지막 남은 이성을 잃어버릴 지도 모른다. 그로서는 하니와 함께 언덕을 굴러 내려온 이후로 팔다리가 지금까지 아프다.

그 기억을 떠올리며 석가는 얼굴을 찡그린다. 언젠가는 조금은 재미있는 기억이 될지도 모른다. 하지만 지금은…… 그는 대나무 숲을 부딪치며 지나가는 느낌이 그리 유쾌하지 않았음을 떠올리며 하니를 노려본다.

그녀도 곧바로 노려본다.

"잘 먹었습니다." 최지아가 숟가락을 내려놓고 손등으로 입을 닦으며 중얼거린다. 이 여자는 냅킨이란 걸 모르나? "정말 고맙습니다." 그녀는 작은 나무 테이블에 앉아 아주 살짝 고개를 숙인다.

하니는 그녀를 보며 미소를 짓지만, 그건 미소라기보다 찡그림이다. "천만에요, 지아 씨." 그녀가 대답하고, 석가는 종업원에게 손을 흔들어 계산서를 요구한다. "더 필요한 게 있으면 언제든지 말해요."

여자는 옆의 나무 격자 창문으로 고개를 돌려 그림자가 드리워진 거리를 응시하는데, 그녀의 눈동자는 어둡고 겁에 질린 채이다. 다시 한번 석가는 그녀의 낯빛이 얼마나 끔찍하게 창백한지 알아차린다. 마치 계속해서 충격과 공포 속에서 살아온 것만 같다. "그게 다가오고 있어요." 그녀가 속삭인다. "뼛속까지 느껴져요. 그게 절 찾으러 오고 있어요."

석가와 하니는 경계하는 듯한 눈빛을 주고받는다.

"그것에겐 안타까운 일이지만." 석가는 가죽으로 된 계산서 안에다 현금을 넣으며 천천히 말한다. "그게 널 금방 찾지는 못할 거야. 자, 가자고." 그는 지팡이에 세게 힘을 주며 일어난다. 그의 팔다리는 피로로 묵직하다. "로터스 호텔은 여기서 그리 멀지 않아."

"저게 뭐죠?" 최지아가 여전히 거리를 바라보며 속삭인다. "뭐였어요? 어떻게 저런 게…… 저런 게 존재할 수 있는 거죠?" 그녀는 아랫입술을 떨며 하니와 석가를 향해 고개를 돌린다. "저 미쳤나 봐요." 그녀는 속삭이더니 무엇에 홀린 듯한, 눈가까지는 가닿지 못하는 미소를 얼굴 전체에 천천히 띄운다. "미쳤어, 미쳤어, 미쳤어, 미쳤어……."

"한숨 자고 나면 기분이 나아질 거예요." 하니가 최지아에게 일어나라고 손짓하며 말한다. "잠을 못 잔 지 얼마나 됐어요?"

"밤낮으로, 밤낮으로." 최지아가 중얼거리며 불안하게 일어선다. "귀신들이 문을 두드리고…… 문을 두드리고…… 제가 눈을 감을 때마다…… 악몽이…… 그게 날 찾으러 오고 있어요, 날 찾고 있어요."

그들이 식당을 나와 어둑어둑한 밤의 길거리로 나설 때, 하니는 이를 악다문다. "지팡이 나한테 넘겨요." 하니가 요구하자 석가는 마지못해 지팡이를 그녀에게 건네며 한숨을 내쉰다. 지팡이는 절뚝거리는 그녀에게 큰 도움이 되질 않고, 그의 손에서 지팡이가 없어지자 그마저도 절뚝이기 시작하지만, 두 사람은 차에서 여행용 가방을 챙겨 호텔에 도착한다. 호텔은 하얀 벽돌로 된 작은 건물로, 회전 유리문 위에는 '로터스 호텔에 오신 것을 환영합니다'라는 형광색 간판이 윙윙 소리를 내며 붙어 있다. 호텔은 허름한 여관에 불과해 보이지만, 석가는 자신이 그점을 그다지 신경 쓰지 않는다는 사실을 깨닫는다. 침대만 있다면, 그는 그것으로 만족하고도 남을 것이다.

로비에는 싸구려 양초와 심지어 더 싸구려인 방향제 냄새가 가득하다. 낡은 소파가 대충 조성한 응접 공간을 꾸미고 있고 올이 다 드러난 러그가 삐걱거리는 나무 바닥을 덮고 있다. 한 여자가 접수대에 앉아 악취 나는 글로스를 입술에 바르며 감자칩 한 봉지를 간식으로 먹고 있다. 그녀는 이마를 찡그린 채 하니의 눈에 띄는 걸음걸이와 최지아의 무의미한 중얼거림, 석가의 유쾌해 보이지 않는 무표정한 얼굴을 안경 너머로 쳐다본다. "네엥?" 그녀는 립스틱을 내려놓으며 묻는다.

"방 세 개요." 석가가 지갑을 꺼내기 위해 주머니에 손을 넣으며 말한다.

"네엥." 여자가 다시 말한다. "음……." 여자는 더 말하려는 듯한 표정을 짓다가 갑자기 말을 그만둔다. 그러고는 그의 신용카드를 받아 기계에다 대고 긁는다. 여자는 과자를 씹으며 신용

카드를 다시 건네준다. "방이 두 개밖에 안 남았어요." 그녀가 과자를 우물우물 씹으며 말한다. "그래서 객실 두 개 요금을 카드로 긁었어요. 환불은 안 됩니다." 여자는 유들유들한 미소를 지으며 덧붙이고선 열쇠 두 개를 내민다.

석가는 짜증이 가슴에 한껏 차오르지만 너무나도 지쳐 있어 언쟁을 벌일 힘이 없다. "침대는 몇 개예요?" *제발, 제발, 적어도 두 개는 있길.*

"하나예요." 여자가 칩을 바삭 씹으며 대답한다. "음…… 그래도 소파가 있어요. 방당 하나씩요."

"좋아요." 하니는 석가를 보며 피곤한 표정을 짓는다. "내가 지아 씨랑 방 하나를 쓸게요."

엘리베이터가 삐걱거리며 6층으로 올라간다. 엘리베이터 안에서는 땀에 절은 운동화와 양말 냄새가 진하게 풍긴다. 목적지에 도착해 문이 열리자, 천장이 낮고 바닥이 고르지 않은 좁은 복도가 눈에 들어온다. 석가가 하니에게 방 열쇠를 건넨다. 603호실. 석가는 610호이다. 두 방의 위치는 서로 맞은편이다. "내일 아침에 봐." 그가 중얼대듯 말한다. "다리 상처 치료하고." 그는 그녀가 극구 거부하는데도 약국에서 사 온 약을 그녀의 토트백에 집어넣는다.

하니는 눈을 굴리며 그의 지팡이를 건네고 다시 절뚝거리며 복도를 걸어간다. 최지아가 그녀 뒤를 바싹 붙어 따른다. 석가는 자기 방 앞으로 가 허술한 문을 열고 안으로 들어간다. 비좁은 침실이 바로 눈에 들어오고, 출입구 바로 오른쪽에는 더 비좁은 화장실이 있다.

침대는 그에게 충분히 크지만, 담요는 지저분하고 베개들은 짜부라져 있다. 빛이라곤 깜빡이는 침대 옆 스탠드만이 유일한데, 수상한 얼룩이 잔뜩 묻은 소파를 비추고 있다. 석가는 코를 찡그리며 더러워진 옷을 벗고 욕실로 들어간다. 타일 바닥은 갈라져 있고 화학 물질로 된 비누에서 독한 냄새가 진동하지만, 석가는 신경 쓰지 않는다. 그는 그저 깨끗해지고 싶기만 하다.

석가가 막 샤워를 마치고 나올 때 세 번의 날카로운 노크 소리에 호텔 방문이 흔들린다. 그는 얼굴을 찡그리며 수건을 집어든다. "누구야?" 그가 묻는다.

대답하는 목소리는 하니다. "나예요."

석가는 눈을 깜빡인다. 그는 하니와 오늘 밤 다시 대화하게 될 줄 몰랐다. 아까 숲에서 싸웠으니 더더욱. "원하는 게 뭐야?" 그가 마침내 수건을 허리에 감고 문 쪽으로 조용히 걸음을 옮기며 말한다.

"최지아가 날 쫓아냈어요." 문 건너편에서 쓸쓸함을 품은 대답이 돌아온다. "내 머리에다 전등도 던졌어요."

석가가 문을 바라본다. "뭐라고?"

"최지아는 히스테리 상태예요." 하니가 말한다. "그녀의 온 세상이 홀라당 뒤집어졌으니 혼자 있고 싶어 하는 건 당연하죠. 그렇지만 내 머리에다 전등을 던질 필요까진 없었는데 말이에요." 하니가 주먹으로 문을 두드리자, 문이 다시 흔들린다. "석가 형사님, 나 좀 들여보내 줘요."

"잠깐만⋯⋯." 석가가 깨끗한 옷을 찾으려고 주위를 둘러보는데, 문에서 수상한 딸깍 소리가 난다. 그는 눈을 가늘게 뜬 채 문 쪽으로 고개를 돌린다. "너 지금 자물쇠를 따는 거야?" 그는 몸에 두른 수건을 더 꽉 조인다.

대답 없이 문이 열리면서 매우 초췌하고 매우 화가 난 하니가 모습을 드러낸다. "네." 하니는 그가 수건만 걸치고 있다는 사실에 신경 쓰지 않는 듯 안으로 들어선다. 그녀는 헝클어진 머리에다 헤어핀을 다시 꽂으며 문을 닫는다. "걱정스러울 정도로 쉬운데요."

짜증이 난 석가가 그녀를 노려본다. "여긴 내 방이야."

"이제 우리 방이에요." 그녀가 대답한다. 그녀의 시선이 그를 훑자, 석가는 숨이 턱 막힌다. 수건이 허리 아래로 늘어지고, 그는 거친 천을 한 손으로 꽉 움켜쥔다. 그는 갑자기 온몸이 뜨거워지는 것이 싫다. 그녀의 관심은 마치 긁고 싶을 정도로 화를 돋우고 성가시게 하는 가려움증과도 같다.

석가는 침을 세게 삼키며 눈을 부릅뜨고 노려본다.

그리고 하니의 뺨이 처음 경찰서에 들어온 날 자신을 향해 터트렸던 풍선껌과 같은 색이라는 것을 알아차린다.

하니는 재빨리 시선을 피하고, 절뚝이며 침대로 가 석가의 침대 옆에다 자신의 여행용 가방을 내려놓는다. 그런 모습을 지켜보는 동안 예상치 못한 만족감이 그의 피를 뜨겁게 달군다. "오늘이 무슨 전국 빨가벗기의 날이에요?" 하니는 팔짱을 끼고 석가의 뒤편 벽을 바라보며 중얼거린다. "옷 좀 입어요."

"싫은데." 석가는 그저 그녀의 화를 돋울 생각으로 말한다.

"입어요." 하니가 그를 노려본다.

화가 난 그는 자신의 여행용 가방으로 다가간다. "넌 소파에서 자." 그가 티셔츠와 브리프를 집어 들며 투덜댄다.

하니는 어깨를 으쓱한다. "어떻게 될지 두고 보죠."

석가는 이번 주에만 여러 번 왜 아버지가 구미호를 만들었는지 궁금해한다. 하니는 가방을 뒤적거리다가 분홍색 줄무늬 잠옷을 꺼낸다. "난 샤워할게요."

"다리 조심해." 석가가 어쩔 수 없이 덧붙인다. 물린 자국에 독한 비누가 닿으면 따끔거릴 게 분명하니. "샤워하기 전에 상처를 깨끗이 닦아내고 붕대를 감아."

하니는 절뚝이며 화장실로 향하다 석가를 보며 묘한 표정을 짓는다. 숲속에서 둘이 다투면서 했던 말이 그의 귓가에 맴돌고, 그는 후회라는 쓰라린 감정을 목구멍 너머로 삼킨다.

왜 항상 그렇게 개 쓰레기처럼 구는 거예요?

"알아서 할게요."

✳

"샤워하기 전에 상처를 닦아내고 붕대를 감으라고 했잖아."
석가가 화장실 바닥에 무릎을 꿇은 채로 소리친다. 하니는 세면
대 부근에 앉아 있고, 그녀의 다친 다리에서는 피가 흘러내려
바닥에 떨어지며 샤워할 때 튄 물방울과 섞여 분홍빛을 만든다.
그녀는 고통으로 입을 꽉 다물며 몸에 두른 낡은 회색 목욕 가
운을 더 꽉 움켜쥔다.

"비누로 깨끗이 씻어냈다고요. 아주 따끔거려서 미쳐 버릴
것 같은데도." 그녀는 분한 마음에 낮은 목소리로 덧붙인다.

석가는 화가 잔뜩 난 표정으로 그녀를 올려다본다. 하니가 샤
워를 시작한 지 2분 정도 지났을까, 날카롭고 경적과도 같은 고
통의 신음이 작은 호텔 방의 정적을 깨뜨렸다. "다리에 붕대를
감아줄게." 그가 말한다. 그는 그녀의 끊임없는 불평을 멈추기
위해서라도 그렇게 하기로 한다. "진짜 붕대로. 그리고 너 진통
제 먹어야 해." 하니의 울부짖음이 짐승 같은 고통의 비명으로
변하기 시작하자, 그는 서둘러 침대맡에서 가지고 온 약 봉투를
꺼내 든다.

"알았어요." 그녀가 한숨을 내쉬고 거울에 머리를 기대며 말
한다. "알아서 하세요."

석가는 짜증스레 고개를 내젓고, 하니의 종아리에 있는 깊게
파인 네 군데 상처를 보며 항균 연고와 솜 봉지가 들어 있는 상
자를 연다. "이것도 조금 따끔할 거야." 그가 경고한다.

"그냥 빨리 끝내 버려요." 그녀가 이를 앙다물며 말한다.

석가는 연고를 열고 독한 냄새에 코를 찡그린다. 그러곤 조심스럽게 면봉에다 연고 한 방울 짜낸다. "이제 바를게." 그는 경고하고 나서 물린 자국 하나에 연고를 조심스럽게 톡톡 두드린다. 하니는 몸에 힘이 잔뜩 들어가지만, 석가가 첫 번째 상처를 닦아내는 동안 가만히 참는다.

그는 연고로 상처를 닦아내는 동안 하니를 안정시키기 위해 그녀의 탄탄한 종아리를 손가락으로 감싸면서 하니의 매끄러운 피부를 의식하지 않으려고 애쓴다. 하니가 해진 가운만 입고 있다는 사실, 비누 거품이 목덜미에 달라붙어 있다는 사실, 물방울이 다리를 따라 죽 흘러내리고 있다는 사실을 무시하려고 애쓴다. 숲속에서의 그녀 모습을 머릿속에서 밀어내며(그 빌어먹을 레이스 달린 브래지어가 그에게 필요 이상으로 큰 영향을 미쳤다) 목욕용 가운 깃들 사이로 그녀의 가슴이 부풀어 오른 것이 보이는 것을 애써 무시하려 애쓴다. 석가는 입안이 마르는 걸 숨기려 일부러 노려보는 표정을 만들어낸다. 만에 하나라도 그가 평소보다 그녀를 조금 덜 미워하고 있다는 것을 그녀가 알아차리지 못하도록.

하니는 고개를 뒤로 젖혀 거울에다 대고 생각에 잠긴 듯 작은 소리를 낸다. "최지아랑 신신시에 돌아가면." 석가가 두 번째 상처를 닦아내기 시작할 때 그녀가 천천히 말한다. "형사님이 말한 대로 최지아의 기억을 지워 버려야 할 것 같아요. 그리고 어둑시니를 죽여 없앨 때까지 최지아를 어둑시니로부터 지키고 돌봐 줄 해태도 배치하도록 하고요."

석가는 그녀를 힐끗 올려다본다. "왜 마음이 바뀌었어?"

"이 여자는……." 하니가 고개를 젓는다. "상태가 좋지 않아요. 기억을 잃게 하는 게 최선일 것 같아요."

"놀랍지 않아. 인간의 마음은 연약하니까." 석가는 너무 세게 누르지 않도록 조심하며 마지막 네 번째 상처 구멍에다 연고를 두드린다. "이곳 세계는 나약함만 낳는 곳일 뿐이야. 어둑시니에겐 손쉬운 먹잇감이지." 그 나약한 인간 중 일부가 한때 신으로 성장했다는 사실이 놀랍다고 그는 조용히 덧붙인다. 달의 여신 달님과 태양의 신 해모수는 미륵이 지금의 모습인 신으로 변화시키기 전까지 피에 굶주린 호랑이에게서 도망친 인간에 불과했다. 자청비도 한때는 인간 여자애였다. 석가는 적어도 자신은 인간이었던 적이 없다고 뿌듯해하며 말한다. 그는 자신이 지금의 모습으로 태어났다고 말한다. 영광스럽고, 강인하고, 무엇보다도 우월한 신으로 태어났다고. 신성한 두 부모, 창조의 신인 미륵과 대지의 여신인 마고 사이에서 태어났다고.

"당신은 이승에서 600년 이상을 살았잖아요." 하니가 회의적으로 대답한다. "어떻게 아직도 그렇게나 이 세계를 싫어해요? 정말 좋아하는 게 하나도 없는 거예요?"

석가는 여우의 캐묻는 듯한 질문에 굳은 표정을 지으며 거즈 뭉치를 향해 손을 뻗는다.

"아이스크림?" 하니가 하나씩 시도해 본다. "놀이공원? 음악? 뇌우?"

그는 대답하지 않는다.

"그럴 줄 알았어요." 하니가 투덜거린다. "정말 단 한 가지도 없나 보네요."

그건 사실이 아니다. 그녀의 비아냥거림이 부당하다는 생각에 그는 어깨를 편다.

"나 커피 좋아해." 석가가 방어적으로 대꾸한다. "아니, 커피를 사랑해. 이 세계에서 나를 기쁘게 하는 유일한 창조물이야."

하니는 앉은 자리에서 그를 내려다보는데, 그녀의 눈동자가 춤을 추기 시작한다. "오?"

"커피는 맛있어." 그가 중얼거리며 거즈뭉치로 시선을 돌린다. 그는 그녀가 일부러 그를 도발하고 있다는 걸 알지만, 그녀의 다리에 붕대를 감으면서도 커피를 옹호하지 않을 수 없다.

"그렇군요." 그녀의 입술이 씰룩거린다. "크림 하나랑 설탕 하나 들어간 커피겠네요."

"물론이지."

그는 그녀의 말투에서 희미하게 드러나는 고소해하는 기분을 감지하고 그녀를 노려본다. "지금 날 놀리는 거야?"

그녀의 입술 사이로 터져 나오는 밝고 아름다운 웃음소리가 작은 욕실을 종소리로 가득 채운다. 하니는 손을 입에 대고 있지만, 그녀의 웃음은 여전히 손가락 틈 사이로 새어 나와 숨길 수 없는 기쁨으로 호텔 방 안을 춤추며 퍼져나간다.

석가는 그녀를 쳐다본다. 그의 가슴속 무언가가 그녀의 뺨 색깔과 눈동자의 생동감, 그녀 얼굴을 아름다운 광채로 물들이는 기쁨에 빠른 속도로 뛴다. 그는 황급히 고개를 돌리고 그녀의 상처 난 다리에 집중한다. 붕대로 다리를 묶어. 그는 다리를 붕대로 묶어야만 한다.

그는 조심스럽게 그녀의 종아리를 손으로 떠받치고 부드럽게 만진다. 그보다 높은 곳에 위치한 하니는 침묵한다. 석가가 그녀를 올려다보고, 그리고 그의 눈과 그녀의 눈이 마주치자 두 사람 사이에 무언가가, 따뜻한 무언가가 스쳐 지나간다. 무언가가…… 친근한 무언가가.

하니가 미소를 짓자 석가의 심장이 휘청한다. 아주 살짝. 아마 짜증 때문이었을 것이다. 어쨌든 석가는 재빨리 그 순간을 망치기로 결심하고, 시선을 되돌려 붕대로 열심히 종아리를 감싼다. 그는 하니가 호기심으로 자신을 바라보는 것을 느낀다.

"나한테 셔츠를 줬잖아요." 그녀가 말한다. "숲에서요. 고마워요. 지팡이도요."

그는 자기 표정을 알 수 없게 평온한 얼굴을 유지하려 애쓰며 다리를 계속 붕대로 감싼다. 석가는 대나무 숲에서 배고픈 귀신이 하니의 종아리를 물어 뜯어도 신경 쓰지 않으려 했다. 함께 구른 일에 대해 여전히 화가 나 있었던 그는 하니를 내버려두기로 마음먹었다. 하지만 이후 그녀의 입술에서 목이 조이는 듯한 고통 소리가 흘러나오자 아무런 생각 없이 행동했고, 정신이 몸을 따라잡기도 전에 그녀에게서 배고픈 귀신을 해치웠다. "네 다리, 보고 있으려니 역겨워." 그는 겨우 말하고, 자신의 목소리가 안정적이라는 사실에 안도한다. "붕대로 전부 덮어 버리고 싶었어."

하니는 눈을 굴리며 발을 구부렸다 펴 본다. 그녀는 고개를 갸웃한다. "나아진 것 같아요."

"그래 보여." 석가는 하니의 다리를 살며시 놓아주고는 일어선다. 그러고 나서 진통제 한 병을 건넨다. "자 받아, 약도 좀 먹어."

그녀는 코를 찡그린다. "난 약이 싫어요." 그녀는 약 두 알을 꺼내 물 없이 삼키면서 투덜거린다. 하니는 세면대 가장자리로 조금씩 이동한 다음 조심스럽게 바닥으로 몸을 내린다. 그를 올려다보는 하니가 어색하게 미소를 짓자, 석가의 얼굴이 달아오른다. *좌절감 때문이야.* 그는 자신을 상대로 주장한다. *분명 샤워하기 전에 붕대로 다리를 묶으라고 말해주지 않았나?*

"형사님도 뭔가 잘하는 게 있긴 하네요." 그녀는 그가 했던 말을 빌려 말한다.

석가는 입술을 위로 말아 올리며 엷게 히죽 웃음을 웃는다. "당했네." 그는 하니를 따라 욕실 밖으로 나가면서 중얼거린다. 그러고는 그녀의 절뚝거림이 사라진 것을 우쭐해하는 만족감으로 알아차린다.

19

하니

"내가 침대에서 잘 거예요." 하니는 팔짱을 끼고 석가를 바라보며 선언한다. "난 다친 몸이니까요."

"여우야, 네 자리는 소파야." 석가는 냉담하게 반박한다. "호텔 방값은 내가 냈어. 그러니 침대는 내 거야."

신과 구미호는 침대 반대편에 서서 서로를 노려본다.

"난." 하니는 짜증을 내며 고집한다. "배고픈 귀신에게 물렸어요."

"그리고 난." 석가가 냉담하게 대꾸한다. "너 때문에 언덕에서 굴렀어."

"우리 둘 다 언덕에서 굴렀어요. 그리고 그건 내 잘못이 아니라 형사님 잘못이에요." 하니는 고개를 가로저으며 반박한다. "이건 정말 웃긴 일이에요. 우리 지금 애들 같아요." 지금의 이 상황은 하니가 침대를 정말, 정말 원한다는 사실만 빼면 거의 코미디에 가깝다. 소파는 정체가 의심스러운 짙은 얼룩으로 가득 차 있다. 예를 들면…… 신경 쓰지 말길. "가위바위보로 정해요." 이렇게 하면 충분히 공정할 것이다.

석가는 앞으로의 대결 전망을 두고 아주 기뻐하는 표정을 짓고, 하니는 두 사람의 눈싸움 결과를 기억해 내고는 짜증이 몰려올 대로 몰려오는 것을 느낀다. "반칙은 안 돼요." 하니가 덧붙인다.

"그건 동의할 수가 없네." 석가가 주먹을 불끈 쥐며 말한다.

지질맞을 속임수 신. "가위, 바위, 보." 하니가 말하며 자기 주먹을 필요 이상의 힘으로 반대 손에다 내리친다.

하니는 가위를 낸다.

석가는…….

"총이요?" 하니가 치켜든 엄지손가락과 앞으로 뻗은 검지를 쳐다보며 묻는다. "그건 안 돼요."

그의 속임수 수법은 수천 년을 산 속임수 신치고는 놀라울 정도로 저렴하다. 하니는 실망해야 하는 건지, 재밌어해야 하는 건지 모른다. 이에 석가는 그녀가 좋아할 법한 수준을 초과하는, 만족스러운 표정으로 그녀를 쏘는 시늉을 한다. 하니는 고개를 갸웃거린다.

"형사님은 바로 실격이에요." 하니가 의기양양하게 말한다. "이건 가위바위보총 게임이 아니라 가위바위보 게임이에요. 형사님은 실격이에요." 그녀는 우쭐해하며 계속 말한다. "침대는 내 차지예요."

5분 후, 하니는 침대에 누워 어쩔 수 없는 죄책감이 밀려오는 것을 느낀다. 석가는 침대 아래쪽 바닥에 욕실 수건들을 깔고 누웠는데, 그녀의 귀에는 그가 이를 부드득 가는 소리가 들려온다. 그는 격렬한 혐오감으로 소파를 거부했다. 하니는 옆으로 몸을 굴려 그를 내려다본다. 그는 눈을 번쩍 뜨더니 재깍 그녀의 얼굴 쪽으로 시선을 옮기며 분노를 드러낸다. "침대에 누우니 좋아?" 그가 무뚝뚝하고 짧게 묻는다.

하니는 움찔하고는 몸을 굴려 등을 대고 누워 울퉁불퉁한 천장을 바라본다. 석가는 그녀의 다리에 붕대를 감아주었는데, 그녀는 이런 식으로 그에게 보답하는 중이다. *아니야.* 하니가 얼굴을 찡그린다. 석가는 바닥에서 자야 마땅하다. 어쩌면 그것이 그를 겸손하게 만들지도 모른다. 그리고 타락신은 겸손할 필요가 있다.

그녀는 눈을 감는다.

그리고 눈을 다시 뜬다.

침대는 두 사람이 눕기에 충분히 클 수도 있다.

절대 안 돼.

하니는 지친 듯 이마를 문지르며 한숨을 쉰다.

하지만…… 그녀와 석가 모두 힘든 하루를 보냈다. 유일한 차이점이라고 한다면, 그녀는 침대에서 하루를 마무리하는 중이고 석가는 바닥에서 고통받고 있다는 사실이다. 그리고 침대는 두 사람이 잘 수 있을 만큼 크다.

좋아. 하니는 석가를 다시 내려다보며 손가락으로 그의 머리

를 쿡 찌른다. 그는 그녀를 노려본다. "뭐야?"

"형사님이 왼쪽에서 자요." 그녀가 말한다. "난 오른쪽에서 잘게요. 이불 독차지하지 말고 발로 차지도 말아요. 안 그러면 다음에 일어날 일에 대해 책임지지 않을 거예요." 그 말을 남긴 채 그녀는 몸을 굴려 벽을 마주한다. 석가가 믿기지 않는다는 듯 씩씩거리는 소리가 들린다. 그가 바닥에서 일어서는 소리가 들리고 곧이어 침대가 그의 체중에 눌려 삐거덕대는 소리가 난다. 그는 침대 왼쪽으로 미끄러지듯 들어와 이불을 턱까지 끌어당긴다.

하니는 결연한 표정으로 벽을 바라보며, 석가의 시선과 불과 몇십 센티미터 떨어진 곳에 있는 그의 몸에서 뿜어져 나오는 온기를 느낀다.

"양심에 걸렸어?" 그의 숨결이 하니의 목 뒤편을 간지럽히자 닭살이 돋는다.

"불행히도요." 그녀는 한숨을 내쉬며 말한다. 그런 다음 오로지 찡그린 얼굴을 그에게 보여줄 생각으로 몸을 돌린다. 그의 에메랄드빛 눈동자가 어두운 방 안에서 반짝 빛을 낸다. 그는 손으로 머리를 떠받친 채 자신이 지금 다른 농담을 준비하고 있음을 그녀에게 경고하는 식으로 그녀를 지켜본다. 잠시 후 농담이 나온다.

"오늘 밤은 코 골지 마."

"난 코 안 골아요." 그녀가 눈꺼풀이 무거워지는 가운데 중얼거린다. 그녀는 이불을 더 가까이 끌어당긴다. 어둠 속에서도 석가의 비웃는 듯한 얼굴이 느껴진다.

"아니, 골아."

하지만 하니는 너무 피곤해서 대답할 수가 없다. 그녀의 호흡은 느려져 안정적인 리듬으로 바뀌고, 눈이 감기자 호흡은 더욱 깊어진다. 그녀는 아침에 그의 말을 반박할 생각이다.

✳

그녀는 체온이 느껴지는 따뜻한 시트로 몸을 감은 채 따뜻한 무언가에 바싹 달라붙어 있고, 베개가 아닌 단단하고 딱딱한 무언가에 머리를 기대고 누워 있다. 하니는 흐릿한 눈빛으로 방 창문을 통해 들어오는 아침 해를 마주하고, 버터와 같은 노란빛 햇살 사이로 춤추는 먼지들을 바라본다. 그녀는 눈을 깜빡인다. 그녀의 머릿속은 아직 남아 있는 잠으로 인해 흐릿하고, 생각은 느리고 나른하다.

잠시 후 그녀는 자기 머리가 석가의 가슴 위에 있고, 한쪽 팔은 그의 근육질의 납작한 배 위에 걸쳐져 있다는 사실을 깨닫는다. 그의 한 팔은 그녀의 허리를 감싸고 다른 한 팔은 침대 아래로 떨어져 있다. 신은 여전히 잠든 채로 눈을 감고 있는데, 그의 숨은 깊고 고르다. 평소 얼음장처럼 차가웠던 그의 표정은 부드럽고 평온하며, 옅은 노란색 빛이 그의 얼굴 면면들을 비추어

드러내고 있다.

이게 무슨⋯⋯ 하니는 믿기지 않는 마음과 공포에 휩싸인 채 그를 바라본다. *어떻게⋯⋯ 왜⋯⋯ 오, 안 돼.*

그가 깨어나기 전에 그의 몸에서 벗어나야 한다. 그녀는 얼굴을 찡그리며 조심스럽게 자기 팔을 빼서 옆구리로 가져다 놓고는 석가의 표정을 살핀다. 그는 여전히 입술을 살짝 벌린 채 졸린 숨을 내쉬며 잠들어 있다.

하니는 잠시 동작을 멈춘다. 잠든 신을 바라보는데 가슴속 무언가가 꿈틀대기 때문이다. 잠들어 있는 신에게⋯⋯ 한 번도 본 적 없는 순수함이 있다. 그는 어려 보이고, 계속 아래로 쳐져 있던 입술의 모습은 사라지고 없으며, 영원히 찌푸려져 있던 이마는 매끈하고 맑다. 그녀는 미소를 억누르며 아직 그의 가슴에 얹혀 있는 자기의 머리를 그대로 둔다. 이런 모습의 그를 보는 건⋯⋯ 새롭다. 그리고 그녀는 이런 모습이 그다지 싫지 않음을 알게 된다.

그가 잠들어 있을 때처럼 깨어 있을 때도 다정하면 좋으련만.

하니는 간밤의 일을 떠올리며 석가를 응시한다. 상처 난 다리를 깃털처럼 가볍게 어루만지던 그의 손길이 생생하게 떠오른다. 그가 연고를 바를 때는 또 얼마나 조심스럽고 부드럽던지.

무슨 일인가 싶어 화장실 문을 박차고 들어온 석가의 눈빛에는 정말로 놀란 표정이 역력했었다. 낡은 가운을 입은 하니가 살갗에 난 상처 구멍들을 손짓으로 가리켰고, 그러자 석가의 눈은 걱정스러운 듯 짙은 초록색으로 어두워졌었다.

그는 친절했다. 어찌 된 영문이든, 그는 이보다 더 친절할 수 없을 만큼 친절했다.

아마도 그는 그녀를 크리처 카페에서 해고시키려 한 것에 대해 미안한 마음이 들었는지도 모른다. 하니는 속임수 신이 잠결에 살짝 꿈틀거리는 모습을 보며 싱긋 미소를 짓는다. 그가 옆으로 몸을 구르며 다른 팔로 그녀의 등을 감싸자, 그녀의 훈훈함은 놀라움으로 바뀐다.

석가가 그녀를 껴안고 있다.

마치 그녀가 큰 솜 인형인 것처럼.

석가의 목덜미에 얼굴이 파묻힌 하니는 신이 잠잘 때 테디 베어를 껴안고 자는 게 습관인가 하고 궁금해한다. 그가 그녀를 테디 베어로 착각한 게 아닌가 하고.

이런 생각은 웃기면서도 또 동시에 몸서리쳐진다.

하지만 이 모든 것 가운데서도 진실은 석가가 그녀를 안고 있다는 것이다. 석가 그 자신이 절대 원치 않았던 조수를, 크리처 카페에서 괴롭히며 즐거워했던 구미호를 안고 있다는 것이다.

하니는 그를 밀쳐내려 하지만 무언가가 그녀를 막는다. 천천히 그녀의 몸이 그의 몸과 함께 이완된다. 그에게서 소나무와 비누, 커피 냄새가 나는데, 그건 정확히 말하자면…… 전혀 불쾌하지 않은 이상한 조합이다.

하니가 이렇게 온화한 애정과 따스함으로 누군가에게 안겨 있는 건 정말 오랜만이다. 그녀의 많은 남자친구는 이런 종류의 신체적 행위에는 전혀 관심이 없었다. 하니는 자기 몸에 와 닿는 석가의 따뜻한 체온에, 누군가의 품에 안겨 있다는 지극한 편안함에 차분해지는 것을 느끼며 눈을 감는다.

그녀는 그의 품에 안겨 잠시만 쉴 것이다.

그러고는 옆으로 몸을 굴려 그에게서 떨어질 것이다.

20

석가

감귤과 바닐라. 탁탁 소리를 내는 모닥불, 바다 소금 캐러멜.

꿀과…… 다른 무언가. 달콤하고 친숙하며 깊은 만족감을 주는 무언가.

석가는 향기를 들이마시다 잠에서 깨어나며 눈을 뜬다. 향긋한 샴푸 냄새가 나는 진한 초콜릿 갈색이 그의 눈에 들어온다. 그는 눈을 깜빡이는데, 머릿속을 뒤덮은 피곤함이라는 장막 위로 혼란스러움이 내려앉는다. 이 색깔, 이 냄새…….

하니의 머리카락.

그리고 그는 자기가 여우를 안고 있다는 사실을 점차 또렷해지는 공포와 함께 깨닫는다. 그녀의 등이 그의 배와 맞닿아 있고, 그녀의 손과 그의 손이 겹친 채 그녀의 복부 위에 놓여 있다. 그녀는 잠들어 있고, 그녀의 어깨가 느린 속도로 오르락내리락한다.

석가는 영원처럼 느껴지는 한순간 동안 구미호를 응시한다. 그녀의 피부는 따스하다. 그녀는 머리 한 가닥이 코에서 부는 바람에 얼굴 위에서 흔들릴 정도로 얕게 코를 골고 있다. 그는 목을 조여드는 갑작스럽고 부드러운 감정에 맞서 세게 침을 삼킨다. 감정을 억지로 억누르고 밀어낸다.

언제부터 내가 그녀를 이렇게 안고 있는 거지?

신은 화상이라도 입은 듯 몸을 뒤로 빼는데, 믿기지 않음과 공포로 인해 두 눈이 머리 밖으로 불거진다.

안 돼.

안 돼, 안 돼, 안 돼, 안 돼, 안 돼.

그는 당장 이 호텔 방에서 나가야 한다.

석가는 수치스러움으로 뺨이 화끈거리는 가운데 침대에서 허겁지겁 벗어난다. 그나마 그가 감사해하는 부분은 자신이 그녀보다 먼저 깨어났다는 것이다. 다른 상황이었다면 그녀가 그에게 화살처럼 내던졌을 질문들은 상상조차 할 수 없지만, 분명한 건 그것들이 그가 평생 대답할 수 없는 질문들이었을 거라는 점이다. 매우 다행스럽게도 그가 너무 당황한 나머지 그녀를 급히 밀쳐 버렸지만 구미호는 여전히 깊은 잠에 빠져 있다. 하니는 죽은 사람이 잠자는 것처럼 보인다.

꼭 껴안고 있기. 그 단어가 석가의 뇌 안으로 들어오자, 침입하는 생각들이 그의 마음의 문을 두드려 깨부순다. *너 그녀를 껴안고 있었잖아, 이 멍청아.*

석가는 공포에 질려 얼굴을 한 손으로 쓸어내린다. 그가 그녀를 껴안고 있었다. 김하니. 석가는 고개를 저으며 잠든 구미호를 바라본다. 석가는 살아오면서 미심쩍은 일들을 아주 많이 해왔지만 *이건……*.

이건 최고다.

이건 정말 끔찍하다. 절대적으로, 반박할 수 없을 정도로 끔찍하다.

침대를 바라보는 그의 목구멍에서는 공포가 서린 우르릉거리는 소리가 난다. *도대체 어쩌다 이런 일이 벌어진 거지?* 석가는 한 번도…… 누군가를 껴안아 본 적이 없었다.

그는 공포에 휩싸여 하니가 몸을 뒤척이는 걸 미처 알아차리지 못한다. 그리고 그녀가 침대에 똑바로 앉아 마치 그의 머리가 밤새 자라나 두 개라도 된 것처럼 그를 노려볼 때까지도. 뒤늦게 석가는 자신이 완전히 배신당한 표정으로 두 손을 내려다보고 있음을 깨닫는다.

하니가 눈을 비비며 묻는다. "뭐 하고 있는 거예요?"

그의 몸이 뻣뻣해진다. "아무것도 아니야." 그가 서둘러 대답한다. "정말 아무것도 아니야." 석가는 하니의 충혈된 눈에서 깨달음의 불꽃이 보인다고 생각하지만, 그 불꽃은 나타날 때만큼이나 재빨리 사라진다. 하니는 침대에서 빠져나와 여행용 가방을 뒤져 새 옷을 찾느라 바쁘게 움직인다.

"오늘 우린 최지아를 심문해야 돼요." 하니가 중얼댄다. 석가는 그녀를 쳐다본다. 그녀가 알까? 아니, 알 리가 없지. 그녀는 자고 있었다. "그리고 움직여야 해요. 이덕현이 어둑시니가 아니라면, 어둑시니가 아직 밖에 있다면, 우린 위험해요. 특히 최지아가 거제에 있다는 걸 어둑시니가 안다면 더더욱 그래요. 다른 피해자들과 마찬가지로 최지아도 악몽을 꾸고 있어요. 그게 최지아를 죽이려고 시도하는 건 시간문제예요."

석가는 자신의 여행용 가방으로 시선을 돌리곤 에메랄드색 스웨터와 날렵한 검은색 바지를 꺼낸다. 그녀는 자신이 그의 품에 안겨 있었다는 사실을 모르는 것 같다. *좋아.* "신신시로 돌아가야지. 최지아의 기억을 지우고 감시자도 배정하고."

"그런데 신신시로 그녀를 데려가는 게 현명한 일일까요?" 하니가 머리를 긁적인다. "어쩌면 어둑시니를 해치울 때까지 그녀를 서울이나 부산, 인천에 두는 게 좋을 듯싶은데요. 태국도 좋고요. 아니면 미국이라도."

"먼저 대답부터 들어보자고." 석가는 대답하며 억지로 그녀의 시선을 맞받는다. *꼭 껴안고 있기.* 그는 자기 자신에게 소스라치게 놀란다. "나머지는 그다음에 결정하자고."

＊

로터스 호텔의 식당은 어울리지 않는 플라스틱 테이블과 의자들, 그리고 의심스러워 보이는 베이글, 토스트, 달걀이 펼쳐져 있는 비좁은 공간에 불과하다. 커피가 있긴 하지만, 석가에게는 대단히 실망스럽게도 미지근하고 묽으며 역겨운 맛이 난다. 하지만 크리처 카페의 한 바리스타가 그의 옷에다 커피를 쏟거나 또 바로 그 바리스타가 크림과 설탕을 너무 많이 들이부어 커피 맛을 해치지 않는 한, 카페인이 석가에게 해를 끼친 적은 없으니, 그는 억지로라도 커피를 마신다.

하니와 석가는 손톱으로 블루베리 베이글을 시무룩하게 뜯고 있는 최지아의 맞은편에 앉아 있다. 하니는 어젯밤 자기 머리를 향해 날아든 전등에 대해 언짢은 감정을 품고 있는지 그렇지 않은지, 아무런 내색도 하지 않는다. "지아 씨, 이런 얘기하기 힘들다는 거 알아요." 그녀는 앞으로 몸을 기울이며 말한다.

최지아는 노란 손톱으로 베이글을 콕콕 찌르며 생각에 잠긴 채 침묵한다. 잠을 잘 못 잔 탓인지 그녀의 눈은 충혈되고 부어 있다.

석가는 초조하게 자리에서 몸을 들썩인다. 그가 찾는 답은 아주 가까이 있으면서도 또 아주, 아주 멀리 있다. 그는 정말 이덕현이 어둑시니인지 알아야 한다. 마음 한편에서는 이덕현이 진짜 어둑시니이길 바란다. 그래야 경찰서 유치장에 갇혀 있는 이덕현을 생각할 때마다 왠지 모르게 갖게 되는 찌릿찌릿한 느낌이 사라질 테니.

"하지만 카페 근처에서 본 요괴를 막으려면 그날 밤 무슨 일이 있었는지 정확히 우리에게 설명해 줘야 해요." 하니의 떨리는 다리는 그녀의 인내심이 점점 줄어들고 있다는 유일한 신호이다. 그들은 30분째 식당에 앉아 목격자에게서 답을 끌어내려고 애쓰는 중이다. 오늘 아침, 심 서장은 석가의 전화를 기다리고 있다. "알겠죠? 지아 씨, 그렇게 해 줄 수 있죠?"

대답이 없다.

좋아, 그럼.

석가는 다른 방법으로 답을 얻을 것이다.

그의 바닥난 인내심은 완전히 사라지고, 그는 힘의 띠를 소환하며 몸을 앞으로 기울인다. 인정하고 싶지 않지만, 어젯밤에는 그의 인생에서 가장 질 좋고 활력이 넘치는 잠을 잤다. 석가는 그것이 자기 옆에 하니가 있었다는 것과 관련이 있는지 모르지만, 남은 품위를 지키기 위해서라도 그런 게 아니길 희망한다. 최지아에게는 보이지 않는 에메랄드빛 띠들이 창백한 목격자를 향해 기어가기 시작하자 구미호는 미간을 찌푸린다.

"형사님……."

"대답을 원해?" 그가 입을 굳게 다문 채 입꼬리로만 묻는다. "아니면 여기 앉아서 하루 종일 그녀가 베이글을 망치는 걸 보고 싶어? 우린 그녀에게 밤사이 회복할 시간을 줬어. 또 시간을 낭비할 순 없어." 춘분은 이제 13일밖에 남지 않았고, 그리고 무죄일 가능성이 있는 이덕현은 신신시 유치장에 갇혀 있다.

하니는 침묵한다.

무슨 일이 있었는지 말해. 최지아의 몸에 비취색 마법이 감겨 드는 가운데 석가는 침묵 속에서 강요한다. *살인이 있던 날 밤, 신신시에서 네가 도망치던 날 밤 무슨 일이 있었는지 말해. 무*

슨 일이 있었는지 말해. 그는 이를 악다물며 집중한다. 그가 하려는 것은 사소한 게 아니고, 그의 약해진 힘은 그런 점을 확실하게 인식한다. 그의 목덜미에 땀이 맺힌다. 무슨 일이 있었는지 말해, 최지아. 말해…….

최지아의 입에서 한꺼번에 말이 쏟아져 나온다. 피부가 죽음을 연상시킬 정도로 창백해지면서도 눈은 주체할 수 없이 커진다. "전 카페에서 일하고 있었어요." 그녀가 손에 든 베이글을 꽉 움켜쥐며 말한다. "양찬열이라는 남자 직원과 함께 카페에서 일하고 있었어요. 우린 야간 근무 중이었어요. 야간 근무는 최악이었어요. 왜냐면 저한테는 그 시간이 과제를 해야 할 시간이었으니까요. 남는 타임이 없어서 오전 근무를 할 수 없었어요. 그리고……."

"알겠어." 석가가 중얼거린다. "좀 앞으로 건너뛰어도 돼."

최지아의 손에 들린 베이글이 산산조각이 난다. 그녀의 눈은 두려움에 떨며 석가와 하니 사이를 이리저리 오가지만, 그녀의 입은 계속 말을 쏟아낸다. "쓰레기와 재활용품을 버려야 할 시간이었어요. 찬열이가 자기가 쓰레기를 내다 버릴 테니 재활용품은 저보고 내놓으라고 했어요. 찬열이가 봉투를 들고 밖으로 나갔어요. 전 찬열이가 쓰레기장에 쓰레기봉투를 던지는 소리를 들었고 저도 밖으로 나가려고 하던 찰나에 소라가 카페로 전화를 했어요. 소라가 자기 집에 와서 같이 영화를 보겠냐고 물었어요. 바쁜 일정 때문에 우린 한동안 못 만났지만 저는 너무 피곤해서 못 간다고 했어요. 그러고 나서 말싸움을 좀 했어요. 크게는 아니고 사소한 싸움이었어요. 3분 정도였나? 아니면 5분? 잘…… 잘 모르겠어요. 소라도 화가 났고 저도 화가 났어요. 소라는 제가 무심하다고 했고 전 아니라고 했어요. 그러곤 소라가 전화를 끊었고, 저는 재활용품을 가지고 밖으로 나갔는데, 제 눈에 보인 건…….” 최지아는 헉하고 숨이 막히며 말을 듣지 않는 입술을 꾹 다물려고 애쓴다.

뭘 봤는지 말해. 석가는 이미 깜빡이기 시작한 에메랄드 띠를 제어하기 위해 고군분투한다. *말해. 당장.*

하니는 몸을 앞으로 숙인 채 완전히 몰입한 표정으로 바라보고 있다.

“제가 본 건…… 야수의 시체 위로 사람이 아닌 남자가 서 있는 것을 봤어요. 갈기나 꼬, 꼬리가 없는 사자처럼 큰 짐승이었는데, 뿔하고…… 금빛 비늘이 있었어요. 그는 사자 형상의 야수 위로 몸을 웅크리고 있었고, 그리고 거기에…… 골목길에 그림자들이 있었는데, 그 그림자들은 남자에게서 흘러나오는 것처럼 보였어요. 그리고 그 남자는 으르렁거리는 사자 위로 몸을 숙이고 있었고, 그리고…… 사자의 비늘 사이로 검은 핏줄들이 흐르기 시작했어요. 마치 사자에게서 무언가를 훔치는 것처럼 보였어요. 뭔가를 훔치는 것처럼 보인 건 사자가 움직이지 않았기 때문이에요. 전 알았어요, 어떻게 알았는지는 모르겠는데, 근데 전 그 사자가 찬열이라는 걸 알았어요. 그리고 그가 죽었다는 것도요." 최지아가 말을 계속하는 동안 그녀의 얼굴에서 눈물이 흘러내린다. "그리고 제가…… 제가 재활용품 봉투를 떨어뜨렸는데 그 소리에 그 남자가 뒤돌아봤어요. 그…… 그 남자가 절 쳐다보았는데 골목길이 어두워졌어요. 너무너무 어두워졌고, 그리고 전 비…… 비명을 지르며 도…… 도망쳤어요. 달아났어요." 최지아가 속삭이듯 반복해서 말한다. "저는 소라한테로 달려갔어요……."

"그 남자, 어떻게 생겼어요?" 하니가 다급하게 묻는다. "묘사해 봐요."

그 남자를 묘사해. 석가는 안간힘을 쓰며 명령을 내린다. *내가 인내심을 잃기 전에 지금 당장 묘사해.*

"흰머리가 있었어요." 최지아가 쉰 목소리로 속삭이듯 말한다. "안경을 쓰…… 쓰고 있었고, 그리고 검은색 코트 같은 걸 입고 있었어요. 옷에 황금색 문양이 있었던 것 같아요. 그 문양은 그 사람이 죽인 사…… 사자처럼 생겼어요……."

석가의 눈이 크게 뜨인다. 그는 최지아를 붙들고 있는 힘을 잃지 않으려 애쓴다. "실험실 가운 말이야?" 그는 한 손으로 휴대폰을 더듬으며 묻는다.

"그런 것 같……."

"오, 환인 맙소사." 하니는 석가에게로 시선을 확 돌리며 목이 멘 채 말한다. "우리 생각이 맞았어요. 우리 생각이 맞았어요."

석가 역시 그녀의 생각에 동의하는 쪽으로 기운다. 심장이 두

근대는 가운데 그는 심 서장의 번호를 누르기 시작한다. 최지아는 방금 이덕현을 묘사했고, 거기엔 이씨 가문이 오랜 세월 동안 입어 온 맞춤 가운도 포함되어 있다. 금빛 해태 자수가 새겨진 검정 실험실 가운, 이덕현이 경찰서에서 매일 입었던 그 가운 말이다.

석가가 통화 버튼을 누르는 동안 최지아는 여전히 말하고 있다. 전화벨이 한 번, 두 번 울린다.

"절 쫓아올 거라고 생…… 생각했는데, 그는 뿔…… 뿔 달린 사자한테 하던 일을 먼저 끝내고 싶었나 봐요." 석가가 자신의 힘에 행사하는 통제력이 느슨해지다 사라지자 커피를 더 마시고 싶어진다. 최지아는 한 손으로 입을 틀어막는다. "뭘…… 어떻게 당신이…….." 그녀의 눈이 휘둥그레지더니 갑자기 의자를 뒤로 밀치며 조각난 베이글을 주먹으로 꽉 움켜쥔다. "당신도 그들 중 하나야." 그녀가 숨을 후 내쉰다. "괴물이야. 당신은 괴물이야!"

"지아 씨…….." 하니가 걱정하는 마음에 일어선다. "아니에요, 우린…….."

심 서장은 전화를 받지 않는다.

뭔가가 잘못된 것이다. 뭔가가 아주, 아주 잘못되었다.

최지아는 뒤로 휘청이다가, 몸을 떨면서 낮고 애끓는 듯한 소리를 낸다. "괴물들." 여자가 혼잣말로 중얼거린다. "여기도 괴물, 저기도 괴물, 사방에 괴물들…….."

"지아 씨." 하니가 부드러운 목소리로 반복해서 이름을 부르며 최지아를 향해 다가간다. "우리……."

순식간에 일이 벌어진다.

하니가 애원하듯 두 손을 든 채로 당황한 여자애에게 다가가는 순간, 그녀는 아침 식사가 펼쳐져 있는 곳으로 뛰어들어 베이글을 자르라고 둔 칼을 주먹으로 움켜쥔다.

석가가 조심하라고 외칠 겨를도 없이 최지아가 하니를 향해 칼을 던지고는 전력 질주해 식당에서 빠져나간다.

하니는 순간 믿기 어려울 정도로 재빠르게 칼을 피한다. 칼은 퍽 소리와 함께 뒤쪽 벽에 가 꽂힌 채 갈라진 석고 사이에서 몸을 떤다.

석가가 벌떡 일어난다. "너……."

"난 괜찮아요." 하니의 얼굴은 불안과 걱정으로 불그스레하다. "그녀를 쫓아가야 해요. 멀리 가지 못할 거고, 그녈 또 잃어버리면 안 돼요."

"알아." 석가는 지팡이를 꽉 잡는다. "내가 올라가서 방으로 들어갔는지 확인해 볼게. 넌 바깥으로 나가서 주변을 수색해. 뭐라도 찾으면 바로 전화해." 그는 대답하며 심 서장에게 다시 전화를 걸고 있다. *전화 받아.* 그는 간절히 생각한다. *빨리 받아, 영감탱이야.*

하니는 고개를 끄덕인다. 그러곤 달려 나가려다 숨을 헉하고 내쉬며 동작을 멈춘다. "형사님 전화번호가 필요해요. 나한테 번호가 없어요."

마음이 급한 석가는 여우가 기억력이 좋기를 바라며 자기 휴대전화 번호를 불러준다. 여우는 숨을 몰아쉬며 고개를 끄덕이고는 홱 돌아서서는 문을 박차고 달려 나간다. 하니는 다친 다리에도 아랑곳하지 않고, 타락신의 마음에서는 구미호에 대한 존경심이 생겨난다.

석가는 입을 굳게 다물고 여전히 울리는 전화기로 시선을 돌린다. 심 서장은 항상 바로 전화를 받는다. 항상. 전화벨이 다섯 번 이상 울릴 정도로 늦게 받은 적은 석가가 그를 알고 지낸 세월 동안 단 한 번도 없었다. 석가의 목구멍에서 공포가 치밀어오르기 시작한다. 늙은 해태가 자기 피를 뒤집어쓰고 죽었을지도 모른다…….

"젠장!" 석가는 욕을 하고 머리를 손으로 훑으며 경찰서에서 일어났을지도 모르는 끔찍한 상황을 상상한다. 대학살이 벌어졌을 수도 있다. 그는 차의 핸들을 잡고 싶어서, 그 자신과 뭐가 됐든 벌어진 일 사이의 거리를 좁혀가는 가운데 차 엔진의 야수적 굉음을 듣고 싶어서 손이 근질근질하다.

그는, 확인은 해 봐야겠지만, 최지아가 로터스 호텔 안에 있을 것 같지 않다. 젠장.

그의 입매가 굳어진다. 최지아는 그냥 내버려둬야 한다. 그들에겐 더 큰 문제가 있다. 심 서장이 전화를 받지 않는다. 석가는 참을 수가 없다. 무슨 일인지 당장 알아야 하는데 돌아가는 길이 너무 멀다. 그는 빨리 답을 얻지 못하면 미쳐 버릴 것 같다.

한 생각이 그의 머릿속으로 들어온다. 의식의 틈새를 비집고 들어오는 속삭임. 무시하고 싶지만 무시해서는 안 된다는 것을 그가 아는 속삭임.

요정에게 도움을 청해. 목소리가 속삭인다. *요정들을 따라가.*

21
하니

"최지아가 사라졌어." 하니가 숨도 제대로 쉬지 못하고 옥포
길 한가운데서 무릎을 짚은 채, 휴대전화에 대고 숨을 헐떡인
다. 그녀가 갈 만한 장소는 모조리 찾아 헤맸지만, 아무런 소득
도 없었다. 감쪽같이 사라졌다. "여기저기 다 뒤졌는데도 못 찾
겠어. 완전히 사라졌어." 하니가 입은 회색 스웨터는 땀으로 흠
뻑 젖고, 부츠는 온통 먼지투성이다. 재킷도 그보다 형편이 낫
지는 않았다. "지아 씨 방에는 없겠지, 봤어요?"

주변 소리에 뒤섞인 석가의 목소리가 휴대전화 너머로 들려
온다. "아니. 호텔 어디에서도 보이지 않아. 그보다, 상황이 좀
심각해. 서에 전화를 해 봐도 답이 없어. 무슨 일이 터졌나 봐."

어째서인지 조금도 놀랍지 않다. 눈썹을 훔치자, 손이 땀으로
축축해진다. "굉장하네. 진짜 어마어마하다." 하니는 거칠게 숨
을 몰아쉰다.

휴대전화 너머가 한동안 조용하다. "하니." 마침내 들려온 석
가의 목소리는 감정이 잘 드러나지 않던 평소와 달리 뭔가……

어색하게 들려 하니는 조금 떨렸다.

어쩌면 오늘 아침 일 때문일지도 모르겠다.

하니의 감각이 더 예민한데도, 그녀는 석가의 품에서 다시 잠들었고…… 깨어났을 때는 방 반대편 끝에서 자기 손을 망연자실한 얼굴로 쳐다보는 석가를 발견했다.

자신감을 가질 만한 상황은, 분명히 아니다.

그럼에도 하니는 석가가 끌어안은 이유를 궁금해하지 않을 수 없었다. 그가 무의식인 상태에서 감정이 몸으로 표출되었는지. 그가…… 그녀를 좋아하는지.

아닌데, 아니야.

석가가 그녀를 테디 베어로 착각했을 가능성이 더 높다.

뭐, 그렇다면 괜찮다.

정말로.

진짜?

"왜?"

하니는 눈썹을 치켜 올리며 말한다.

"내 생각에……." 그 신이 머뭇거리며 말하자, 하니는 길바닥을 조급하게 발로 톡톡 치며 눈살을 찡그린다. 이렇게 주저하는 모습이 석가답지 않다. 이번에는 더 길게 뜸을 들이는 바람에 하니의 눈살이 더 깊게 구겨진다. 그녀가 그의 품에서 깨어났으면서 옆으로 굴러 몸을 빼 내지도 않고, 완전히 정반대로 행동했다는 사실을 그가 알고 있는지 궁금하다. 하지만 잠들어 있었으니까 알 수 없었을 텐데.

깨어 있었나?

"심 서장에게 무슨 일이 생긴 것 같아." 그가 힘겹게 말을 맺는다.

하니가 눈을 여러 번 깜박인다. 그러니까…… 이런 얘기일 거라고는 생각지도 못했다. 석가의 목소리가 이렇게…… 매우 슬프게 들릴 수 있을 거라고 생각도 해 본 적 없다. 솔직히 석가에게 그런 감정이 존재한다거나 심 서장에게 그렇게까지 신경을 쓰고 있다고는 생각하지 않았다.

"전화를 받지 않아." 석가가 이어서 말한다. "최지아는 일단 그냥 두자. 무슨 일이 일어난 건지, 당장 뭘 해야 하는지 알아봐야겠어."

"잠깐만, 지아 씨를 내버려 둔다고?" 하니가 고개를 흔든다. "지아 씨를 여기에 두고 갈 수 없어. 어둑시니가 지아 씨를 찾아다니면……."

"어둑시니가 최지아를 추격한다면, 최지아는 잡혀서 죽을 거야." 이제 석가의 목소리는 화난 듯이 들린다. 차라리 다행이다. "그래, 하니. 나도 알아. 하지만 한시가 급한데, 이미 자기가 아는 정보를 우리한테 다 말해 놓고 어딘가에 숨어서 우리가 찾기를 바라지도 않는 아가씨를 찾아 옥포 시내를 뒤지면서 소중한 시간을 허비할 수는 없잖아. 내가 아는 방법은, 우리 둘 다 여기서 손가락만 꼼지락거리며 최지아가 다시 나타나기만 바라거나, 서에 무슨 일이 생겼는지, 그렇다면 어떻게 해야 하는지 물어보러 요정을 찾아가는 거야. 물론 나한테는, 고민할 필요도 없는 결정이고."

요정.

하니는 눈을 깜박인다.

섬세하고 투명한 날개를 가진 그 크리처는 찾기도 어려울 뿐만 아니라, 신신시, 서울, 부산 같은 큰 도시보다는 그곳에서 아주 멀리, 훨씬 멀리 떨어진 이 근방에서 대부분 살아간다. 해태, 도깨비, 구미호, 심지어 불가사리까지도 현대 생활 방식에 적응했지만, 요정은 대부분 예전 모습대로 살아가는 걸 더 좋아한다. 북적대는 도시에서 살기보다 자연에서 살기를 좋아하고, 사람과 사람 비슷한 크리처들이 한데 뒤섞인 도가니 속에 들어가기보다 다른 정령들에 둘러싸여 지내기를 좋아한다. 하니는 전화기를 꽉 쥐었다. 요정은 지혜를 지녔다고 알려졌지만, 교활한 데다 모호하게 수수께끼 같은 형태로만 답을 알려주는 걸로도 유명하다. 하니는 요정이 이 사건에 어떤 도움을 줄 수 있는지 언뜻 떠오르지 않아, 석가에게 생각하는 대로 말한다.

"석가, 요정을 찾을 수는 있을까?" 거제에 요정들이 많이 사는 건 맞지만, 좀처럼 만날 수 없는 정령으로 소문난 그들을 찾아낼 수 있을지 모를 일이다. 그들은 교활하고 영리하니까.

그런데 석가의 짧은 한숨 소리가 들리더니 웅얼대며 뭐라 욕을 하는 듯한 소리가 들린다. "내가 요정을 찾을 수 있어. 그들에게…… 예지력이 있을 거야."

예지력. 엄청나게 유용한 능력이다. 하니가 흥미롭다는 듯 눈썹을 들어 올린다. "그래? 그런 능력이 있다는 걸 어떻게 알았어?"

"중요하지 않잖아. 중요한 건." 하니가 질문을 더 쏟아내기 전에 석가가 이어서 말한다.

"그녀가 여기 산다는 거지. 거제에. 산이 근처에 있어. 대금산. 옥포에서 한 시간 정도 거리야. 지금 출발하면, 오후에는 요정을 만날 수 있어."

"하지만 지아……."

"안 된다는 말은 넣어둬." 그가 빠르게 대꾸한다. "신신시에 무슨 일이 생겼을 거야. 전화를 받는 사람이 아무도 없어. 심……." 침이 목에 걸려 꿀꺽 삼켜지는 소리가 들린다.

"우리 수사 과정을 바로잡고, 뭘 해야 할지 정할 수 있을 거야. 이 정보는 정말 중요하다고."

하니가 한숨을 내쉰다. 석가가 하는 말이 맞다.

어리석은 사람. 최지아가 스스로를 잘 지키기 바랄 뿐이다.

하니의 머리를 향해 던진 칼이 그걸 암시했나 싶다.

석가가 하니의 한숨 소리를 분명하게 듣는다. 결정됐다. "지금 어디야?" 그가 다급하게 묻는다. "재규어를 가져올게."

✳

심 서장을 잃었다는 생각으로 석가가 티가 나게 힘들어하는 탓에, 대금산으로 가는 길은 숨 막힐 듯한 불편한 침묵이 무겁게 내려앉는다.

하니가 심 서장 얘기를 물어보려 했지만, 석가가 대화를 서둘러 맺는다. 하지만 교통 법규를 전부 어기고, 손마디가 하얗게 되도록 핸들을 움켜잡으며 힘겹게 숨을 내쉰다. 그는 하니에게 5분마다 전화해 보라고 재촉했지만, 심 서장은 여전히 전화를 받지 않는다. 경찰서의 일반 전화는 물론이고, 심 서장 사무실의 다른 번호도 신호음만 들릴 뿐이다.

소미에게 전화해 보지만, 시끌시끌한 말소리가 들리는 걸로 봐서는 일하는 중인 듯해서 오래 통화하기 어렵다.

"미안해요, 언니, 잘 모르겠어요. 아무 말도 못 들었어요……."

"현태 씨는 어때?" 하니가 다급하게 묻는다. "그 사람 거기 있어? 파트타임으로 일해?"

"지금은 없어요." 소미가 조금 떨리는 목소리로 답했다. "그, 그 사람은 전화를 받더니…… 다른 급한 일이 있다고 일찍 나갔어요."

그리 좋은 소식이 아니다. 저승사자가 바쁘다면, 거기에 죽음이 많이 있었다는 뜻이다.

"필요하면 이따가 내가 거기로 갈까요?"

"아니야, 소미야." 하니가 빠르게 말한다. "오지 마. 나 지금 먼 데 와 있어. 근무 시간 끝나면 곧바로 집으로 가." 하니는 이미 소미를 위험에 빠트렸다. "너 이제 일해야지."

"잠깐만요, 하니 언니, 나……."

하지만 아이스 아메리카노를 주문하는 짜증 섞인 목소리가 희미하게 들려 오고, 소미가 학민지의 분노를 감당하게 할 수는 없다. 하니가 전화를 끊고 석가를 힐끗 쳐다본다. 그는 상태가 너무 좋지 않아 보이고, 그런 그의 명백한 불안감이 그녀의 가슴속에 파고든다.

"그러니까." 옥포를 벗어나는 구불구불한 길을 정면으로 바라보며 하니가 마침내 입을 연다.

"그러니까." 석가가 거의 알아채지 못할 만큼 살짝 힘이 들어간 채, 따라한다.

"우리는 적어도 어둑시니가 누구에게 빙의했는지는 알잖아."

"우리에게 기회가 있었을 때 행동하지 않았어. 지금, 덕현은 서에 있는 사람을 전부 죽였을 거야. 지금쯤이면 어디로든 갈 수 있겠지."

하니가 침을 꿀꺽 삼킨다. "그렇지."

"하지만 요정이 대답해 줄 거야." 그는 가속 페달을 더욱 세게 밟으며 말한다. "대가를 주면."

"대가?" 하니가 의심스럽다는 듯 고개를 옆으로 돌린다. "얼만데, 정확하게?"

"요정은 협상해서 거래하기를 좋아해. 어떤 것을 요구할지는 알 수 없어."

"우리가 만나려는 요정이 여자라고 했잖아." 하니는 천천히 말하며, 속으로는 의혹이 피어나기 시작한다. 의혹 그리고…… 질투? 하니가 노려본다. 설마 아니겠지. "이름이 뭐야? 어떻게 아는데?" 다행스럽게도 가벼운 호기심이 담긴 목소리다.

"이름은 석애리야" 석가가 웅얼거린다. "나랑…… 만났었어. 한 번, 내가 추방되고 나서 몇 년쯤 지나서."

이거 봐라. 하니의 눈매가 가늘어진다. "'만났다'는 게, 그러니까……."

"그러니까 내 말은……." 석가는 코로 숨을 크게 내쉬며 하니가 앉은 방향으로 곁눈질한다. "내 말은." 버럭 치미는 감정을 누르며 다시 말한다. "석애리랑 내가 잠깐 만났던 사이라고, 아주 예전에, 아주, 아주 한참 전에."

"그렇구나." 배신감 같은 시샘이 가슴속에 훅 떠오르면서도, 하니는 입술을 길게 늘여 재미있다는 듯 웃으며 느릿하게 대답한다. "그 여자랑 잤구나."

석가가 입을 다문 채 속이 끓어오름을 느낀다.

"잤네." 하니가 참을 수 없어 다시 묻는다. "그러고 나서 얘기해 본 적은 있어?"

답이 없는 걸로 봐서는 충분히 알겠다.

"그리고 지금 그녀에게 도와 달라고 해?" 하니는 혀를 쯧쯧 찬다. "와, 정말 매너라고는 눈곱만치도 없구나, 어?"

"아니지." 그가 짧게 답한다. "도움. 협상. 다른 얘기지."

"설마, 다음 날 아침은 차려 주고 나온 거지?"

"김하니." 석가가 어금니를 앙다물며 말한다. "그만 얘기해."

하니는 멈추지 않는다. "아이도 있어? 반신인 아이들?" 속임수 신이 침을 삼키다 사레들려 캑캑대자, 하니가 눈을 반짝이며 바라본다. "유명한 다른 신들도 보면, 여기저기서 활동하는 아이들이 한 무리씩 있잖아." 석가가 계속 기침을 하자, 하니가 덧붙인다. "특히 하세경. 크리처 카페에서 맨날 보거든. 그 소의 신은 엄청나던데." 석가가 기침을 멈추고 마음을 가라앉힌 듯 보이자, 하니가 자기 농담에 코웃음을 친다. "정말 중요한 질문이라고 생각해." 석가가 그녀 쪽을 흘긋 쏘아보자 하니가 결론 짓는다. "너는 가벼워서, 아이가 있을 만도 해."

"난." 석가가 입을 연다. "너를 차 밖으로 집어 던질까, 고민 중이야."

하니가 말을 멈추자, 석가는 한숨을 내쉰다.

"몇 명이나 돼?" 하니가 바짝 조여 온다.

"추방된 이후로 이백 명." 석가가 이를 악물며 느릿하게 답한다. "대략 그 정도. 무서운 존재들이고, 결국에는 대부분 절도, 방화, 위조, 살인으로 감옥에 가지. 대부분 감옥에서 탈출해." 그의 목소리에는 짜증이 섞였지만 자부심도 조금 느껴진다.

"내가 아는 이름도 있을까?"

"그럴 수도."

누가 보더라도 사악한 아이들이 자랑스러워, 입매가 풀어지리라 확신하며 하니는 기다린다. 그렇지. 심 서장을 걱정하는 와중에도 흐뭇해하는 표정을 보며 마음을 놓는다.

"이항복이라고 있어." 하니의 눈썹이 올라가자, 미세하게 느껴지는 만족감을 숨긴 채 신이 무심한 척 말을 던진다.

"오성부원군?" 하니가 미심쩍은 듯 묻는다. 짓궂은 장난으로 소문난 사람이었다. 주막에서 막걸리 사발이 오가며 왁자지껄한 가운데 자주 들리던 그의 얘기를 하니는 기억한다. "그 사람이⋯⋯."

"도깨비랑 수수께끼 내기에서 이겼던가? 맞네."

"아, 생각났는데, 그 사람이 친구 부인 얘기로 헛소문을 냈잖아?" 그 일이 다시 막 생각나면서, 하니는 불쾌감으로 콧잔등을 찡그린다. "그 부인이 바람피웠다고 소문내는 바람에, 부인이 보복하려고 그 사람을 속여서 떡에다⋯⋯."

"하니." 석가가 말을 끊는다. "그 소문이 사실이라면⋯⋯."

하니가 히죽거린다. "정말이야?"

긴 침묵 속에 석가의 짜증 섞인 한숨 소리만 간간이 들린다. "그래."

"너 정말 자랑스러운 아버지겠다."

"그만 놀려." 하지만 석가의 입꼬리가 실룩인다. "그럼 너는⋯⋯ 어떤?"

"어떤 아이가 있냐고?" 하니가 묻자, 그가 고개를 끄덕인다. 하니가 키득거린다. "뭐라는 거야, 당연히 없지. 내가 엄마인 모습이 상상이 돼?"

석가가 곰곰이 생각하자, 하니는 뭔가 좋은 소리가 나오지는 않겠다고 생각하고 있는데, 대뜸 그녀에게 명령한다. "심 서장한테 다시 전화해 봐." 다시 전화해도 받지 않는다. 저 멀리 있는 산 정상으로 이어진 울창한 숲이 펼쳐지자, 재규어가 요란한 타이어 소리를 내며 시골 길가에 멈춰 선다. 대금산. 하니는 몸서리를 치며 석가와 함께 숲길을 걷는다. 또 등산이라니.

하니는 등산이라면 이제 신물이 난다. "제발 여기에는 배고픈 귀신이 없다고 말해줘."

"확실히 없다고는 할 수 없지." 석가가 악의를 가득 담은 듯 서늘하게 웃으며 대답한다.

이런 제기랄.

떨어진 나뭇가지와 잡초 더미들을 밟아 부러뜨리며 숲속으로 빠르게 들어간다. 3월은 겨울이 아니지만, 그렇다고 완연한 봄도 아니다. 산 가까이에 이르자, 한국의 겨울이 그렇듯 으스스한 냉기가 느껴진다. 습기 찬 나무 냄새가 진하게 풍기고, 하니가 걸을 때마다 슬쩍 손에 스치는 기다란 풀들에는 서리 맺힌 이슬이 빛난다. 흐릿하게 보이는 나무 위에서 새들이 지저귀고, 감미로운 노래가 오후의 공기 속으로 퍼져나가자, 날개를 퍼덕인다. 드디어 숲의 덤불에 가려져 눈에 잘 띄지 않는 좁은 길이 나타난다. 안개가 자욱한 대금산으로 향하는 오르막길이다.

산을 오르는 내내 물린 다리는 살짝 거슬릴 정도였다. 석가가 훌륭한 솜씨로 상처를 치료한 모양이다. 하니는 그를 곁눈질로 흘끔댄다. 이른 오후의 환한 주황빛 햇살이 잘생긴 옆모습과 깊은 에메랄드빛 눈을 비추며, 금빛으로 그를 휘감는다. 성큼성큼 숲을 걸으며 눈으로는 무성한 나뭇잎을 살피는 그의 모습에 감탄이 절로 나온다. 하니는 마음속에 무언가 일렁임을 느끼면서도 애써 시선을 돌린다.

30분쯤 지났을까, 꽤 높이 올라와서는 석가가 하니를 향해 돌아선다. "이제부터 길이 없는 데로 갈 거야." 길 안쪽으로 나무들이 무성한 깊은 숲을 가리키며 그가 말한다. "여기는 몇 백 년 동안 하나도 안 변했네. 내 기억이 맞는다면, 석애리가 멀리 있지는 않을 거야."

"맞아요." 달콤하면서도 신령한 목소리가 하니의 뒤에서 속삭인다. "멀리 있지 않아요."

하니가 깜짝 놀라서 휙 돌아본다.

영생을 살면서 처음으로, 김하니는 요정의 눈을 마주 본다.

그 정령은 땅에서 1미터쯤 떠오른 채, 석가와 하니를 바라보며 도톰한 입술에 웃음을 머금고, 거미줄처럼 섬세하고 커다란 분홍빛 날개를 펄럭인다. 마치 나비의 날개같이 봄 햇살 아래 사랑스럽게 반짝인다. 요정은 연분홍색 저고리와 순백색 치마로 된 전통 한복을 입고 있다. 저고리 고름은 반짝이는 연보라색으로, 윤기가 흐르는 검은 머리를 땋아 내려 매듭지은 댕기와 색을 맞췄다. 거의 금색 같은 옅은 갈색 눈으로 하니를 훑어보더니 석가에게로 시선을 옮기고, 석가는 얼굴이 일그러질 정도로 찌푸리고 있다.

"안녕하세요, 석가." 요정은 웃음을 띤 채 땅으로 천천히 내려와, 고개를 까딱이고 웃으며 작고 부드럽게 읊조린다. 잔혹하게 번득이는 옅은 갈색 눈을 알아채기 전까지는, 달콤해 보이는 미소다. "꽤 오랜만이네요." 인사는 하지만, 악의로 가득 차서 빈정대는 말투다.

"덕분에 놀랐군요." 거북한 듯 인사하는 석가의 목소리는 짜증이 섞여 딱딱하다. "오랜만이네요. 석애리." 석가가 정중하게 말하자 하니는 석가와 자신이 서로 편하게 반말로 얘기하고 있었다는 사실을 깨닫고 움찔했다. 무시하거나 빈정대지 않고, 그냥 편하게.

그런데 얼마나? 언제부터 이렇게 됐지? 그에게 빈정거릴 때만 말을 놓았던 게 아니라, 언제부터 친구처럼 말하기 시작한 거지?

그는 또 왜 가만있었지?

그의 품에서 잠들기 전, 아니면 일어난 다음에?

그게 중요한 게 아니야.

훨씬 더 심각한 문제들도 많아.

하지만 도대체 얼마 동안이나 반말로 얘기한 거야?

애리는 마음 가득한 증오를 상냥한 웃음 뒤로 아주 조금만 숨긴 채 석가를 바라본다. "뜨거운 물을 뒤집어쓴 쥐새끼처럼 쏜

살같이 이 산에서 도망쳤잖아요." 그녀가 계속 말한다. "그러고
는 수백 년이 지나서 다른 여자와 함께 돌아왔네요." 하니에게
눈길을 옮기며 냉혹하고 무정하던 요정의 표정이 순식간에 진
심으로 다정해진다. 그 모습을 본 하니가 놀란다. "할 수 있다면
도망치는 게 좋을 거예요." 애리가 경고한다.

"아, 그럴 계획이에요." 하니가 요정에게 빠르게 공감하며 답
한다.

두 크리처가 서로 비슷한 웃음을 짓고 나서, 매우 극심한 두
통이 시작되는 듯 보이는 석가를 향해 애리가 돌아선다. "뭐예
요, 정확히, 당신이 원하는 거? 분명히 당신은 저 분과 함께 여
기 있는 상황이 그다지 즐겁지 않을 텐데요. 그게 아니면……."
요정이 고개를 기울여 하니 쪽으로 살짝 웃음 짓는다. 하니가
터지려는 웃음을 꾹 참는다.

석가가 쏘아본다. "얼마나 우리를 따라다녔습니까?"

"잠깐요." 요정이 가는 어깨를 으쓱하며 인정한다. "당신이
내 산에 왜 왔는지 궁금했거든요."

"내 산? 대금산에는 산신이 있는 걸로 아는데요."

"그랬죠." 애리가 달콤하게 답한다. "내가 쫓아내기 전까지는
그랬죠. 이 산은 내 거예요. 내 소유죠." 그녀는 여린 귀를 손가
락으로 톡 건드린다. "나무들이 내게 속삭여요. 당신이 협상하
러 온다고 말하죠. 내 예지력이 당신에게 필요하다고."

하니가 신비로운 듯이 조심스레 나무를 둘러본다. 조용히 속

삭이듯 부는 바람에 나뭇잎이 바스락거린다.

"나무들은 진실을 말해요." 애리가 눈썹을 치켜올린다. "왜 내 능력이 필요하죠?"

하니가 대답할 차례다. "어둑시니가 내가 사는 도시를 파괴하고 있어요. 신신시요." 요정이 입을 살짝 벌리며 듣는 모습을 하니가 바라본다. "우리가 잡고 있었는데, 탈출해서 경찰서를 습격했나 봐요. 어디에 있는지, 이제 어떻게 해야 하는지 알아야 하거든요."

"염라 왕국의 암흑 요괴." 요정이 혼잣말한다. "당신이 사는 도시라고 했죠? 그리고 당신은 막으려 애쓰고 있고. 석가, 당신은 환인에게 지은 죄를 아직 다 면제받지 못했잖아요." 그녀는 싱긋 웃는다. "아주 잘됐네요. 당신을 위해서 어둑시니를 찾아줄게요, 대가를 받고."

"어떤 걸 원하세요?" 하니가 궁금해서 묻는다.

애리가 고개를 갸우뚱하고 생각에 잠긴 듯이 자기 턱을 톡톡 친다. "흠."

"애리, 우리는 시간이 여유롭지 않아요." 석가가 짜증스레 말한다. "서둘러요."

"흠." 애리가 다시 고민하자, 하니는 그녀가 단지 석가를 화나게 하려는 건 아닐까, 생각한다. "흠."

석가가 노려본다. "일부러 시간을 끌잖아요."

나무들이 애리에게 다시 속삭이기 시작하자 하니가 귀를 쫑

굿 세운다. 애리의 눈이 동그래지는데…… 즐거움? 호기심? 석가와 하니를 번갈아 바라보더니, 입술을 반달처럼 휘고서 고개를 비스듬히 기울인다. "당신이 원하니까." 애리가 답한다. "대가를 결정했어요. 당신이 찾는 걸 줄게요……."

하니가 숨을 멈춘다. 석가도 마찬가지인 듯하다.

"……적갈색 눈을 가진 사람과 키스하면요." 애리가 만족스러운 듯 작게 웃으며 말을 마친다.

적갈색 눈을 가진 사람이 그녀라는 사실을 깨닫기까지 시간이 오래 걸렸다.

어. 뭐라고.

애리가 격려하듯 그녀를 보며 눈을 찡긋하자 하니가 서서히, 아주 느릿하게, 놀랄 만큼 창백해진 석가를 향해 눈을 돌린다. "애리." 그가 어금니를 악물고 잇새로 내뱉는다. "말이 되는 소리를 하라고. 그다음은? 당신 앞에서 사랑이라도 나누라고? 관음증은 정신병이야."

그녀가 바로 서서 팔짱을 낀다. "난 장난하는 것도 아니고, 변태도 아니에요." 화를 내며 그녀의 날개가 가볍게 떨린 듯했지만, 곧 마음을 가라앉힌다. "실마리를 풀기 위한 키스. 그게 내 조건이에요."

하니는 이 와중에도 심장이 어찌나 세차게 가슴을 두드리는지 질색을 하며 마른침을 꿀꺽 삼킨다. 불안해서, 스스로에게 말한다. 내 심장은 불안해서 빨리 뛰는 거야. *정말 너무 많이 불*

안해서.

석가는 손으로 머리를 쓸어 넘긴다. "하니." 그가 조용하게 말한다. "혹시 원하지 않으면……."

"괜찮아." 하니가 지나치게 빨리 답한다. 얼굴이 달아오른다. "실마리를 풀려면."

"실마리를 풀려면." 그가 동감한다.

애리가 확연히 즐거워하며 이 모든 상황을 지켜본다. "실마리를 풀려면." 그녀가 되풀이한다. 동감하며 웃듯이 나뭇가지들이 위에서 바스락거린다.

하니가 긴장을 억누르고, 평소보다 더 짙어 보이는 에메랄드 빛 눈을 응시하며 석가에게 가까이 걸음을 옮긴다. 찌푸렸던 그의 얼굴이 부드러워졌고, 하니의 눈가로 흘러내린 머리카락을 쓸어 넘기며 표정이 온화해진다.

둘러싼 나무들도 기대감으로 고요하다.

석가의 입술에 닿으려 하니가 발끝으로 서자, 그의 손이 그녀의 허리 부근으로 미끄러져 내린다.

"정말 괜찮아?" 석가가 나지막이 묻는다.

하니는 비스듬히 석가에게 입술을 맞추며, 답을 대신한다.

그녀의 입술에 닿은 그의 입술은 따뜻하고 부드러우며, 그의 손은 단단하고 안정감 있게 그녀의 허리를 받친다. 석가의 손이 그녀의 머리를 쓰다듬다가 손바닥으로 그녀의 볼을 감싸 쥐자 키스는 더욱 깊어지고, 하니의 숨이 목에서 턱 걸린다. 석가의 목 안 깊숙한 곳에서 그르렁거리는 듯이 조금 이상한 소리가 들린다. 그는 고사리, 불, 커피 같은 맛이 나는데, 하니는 이런 맛이 그다지 거슬리지 않는다는 사실이 놀랍다.

이게, 그녀의 마음 한구석에서 작은 목소리가 속삭인다. *왜 이게 이렇게 맞는 것처럼 느껴지는 걸까? 왜냐하면, 이게 맞으니까,* 천천히 답한다. *모든 일에도 불구하고, 모든 상황에서도…… 아무튼 이게 맞기 때문이야.*

석가의 입술은 부드럽고, 키스는 점잖으면서도 짙어서…… 그들은 이 세상에 늘 함께 있는 연인인 듯 아주 여유롭다. 하니의 입술이 그에게로 더욱 깊이 빨려 들어가고, 석가의 목에서 거칠게 갈망하는 듯이 또 다른 소리가 울린다. 피가 뜨거워진 하니는 그의 가슴으로 손을 올리고는 그의 가슴이 불규칙하게 요동치고 있어 놀라고, 옷 아래 단단한 근육에 놀라며, 곧게 선 그의 존재에 놀란다. 그의 손이 허리까지 내려와서 그에게로 밀착시키자 하니가 가쁜 숨을 쉰다.

이게 맞다.

하지만 모든 일에는 때와 장소가 있는 법, 하니는 애리의 집요한 눈빛이 정말 신경 쓰인다. 휘청거리며 떨어져서 석가를 바라본다. 그 신은 마치 그녀를 처음 보는 듯 놀라서 그녀를 응시한다. "하니." 평소보다 한층 낮아진 목소리로 그가 속삭인다. 그가 떨리는 손을 들어 자기 입술에 대는 모습을 지켜본다. 그의 눈이 커지며 짙어진다. "하니."

하니는 깊게 호흡하며 그에게서 눈을 뗄 생각은 하지도 못하고, 마른침을 삼킨다.

"그럼." 애리의 목소리가 끼어든다. "확실히 인상 깊었어요." 요정은 손바닥을 살살 부딪쳐 박수를 치며 매우 즐거워하는 듯 보인다. "훌륭해요, 아주 훌륭해. 그럼 이제…… 당신이 알고 싶어 하는 걸 알려줄게요." 그리고는 그녀가 바로 눈을 감자, 바닷속 파도처럼 오르내리던 웅성거림이 리듬에 맞춰 점점 커지면서 셋을 둘러싸고, 바람이 다시 속삭이기 시작한다.

"하니." 애리가 미동도 하지 않고 능력을 펼치자 석가가 속삭인다. "하니, 나는…….."

하지만 애리가 반짝이는 금빛으로 이글거리는 눈을 뜨자, 그는 말을 끊는다. 애리가 입을 열자, 낯선 목소리가 숲 곳곳에서 울려 퍼진다. 그 목소리는 좀 전에 들었던 그녀의 가볍고 명랑한 목소리와는 다르게 낮은 진동이 느껴진다. **"경찰서는 무너졌다. 그 안에는 암흑이 가득하다. 그러나 네가 찾는 해태는 무사히 살아있다."**

"심 서장." 석가가 비틀거리듯 뒤로 주춤하며 두 눈을 감은 채, 안도의 숨을 내쉰다. "아, 이런 망할, 감사…….."

하지만 애리는 아직 끝내지 않는다. 숲에서 바람이 거칠게 몰아치자 나무들이 정신없이 흔들린다. 애리가 팔을 펼치며, 공중으로 높게 떠오른다. **"네가 찾는 자들은 네 생각보다 가까이 있다…….."**

자들.

하니의 몸이 굳는다.

애리가 그녀의 존재를 주홍여우라고 밝힌다면…… 그녀와 소미를 지키려던 모든 노력이 실패로 돌아간다면…….

"……그러나 속임수의 바다에 홀로 있는 신이여. 겉으로 보이는 직관에 속지 않도록 조심하라. 지친 눈을 가진 자를 바라보라. 눈물짓는 눈을 가진 자를 바라보라. 그곳에서 속임수 아래 감춰진 진실을 발견하게 된다."

숲은 돌연히 다시 잠잠해진다.

애리도 조용하다.

하지만 조금 지나서 그녀의 눈이 휙 떠진다. 반짝이는 옅은 갈색으로 돌아왔다.

"그럼." 석가를 노려보며 돌아온 원래 목소리로 내뱉듯이 말한다. "이제 다 끝났어요…… 내 산에서 나가요."

22

석가

빌어먹을, 석애리와 그녀의 저급한 속임수.

전날 밤에 갔던 옥포 식당에 들어가 앉자, 석가는 둘이 주문한 미역국에서 모락모락 피어오르는 김을 바라보며 하니의 눈을 일부러 피한다. 서둘러 신신시로 돌아가야 하지만, 그는 일단 먹기로 했다. 혼돈의 회오리 안으로 뛰어들기 전에 기운을 차려야 하니까. 최지아에게 권능을 사용하고 나서 심 서장을 잃었다는 생각으로 불안한 마음마저 겹쳐, 진이 다 빠졌다. 풍성한 맛을 내는 보드라운 해초 가닥이 목에 걸리지 않도록 조심하면서, 석가는 미역국을 입으로 퍼 넣고 허겁지겁 먹는다.

"천천히 먹어." 하니가 걱정스레 말한다. "체하겠어. 심 서장은 살아있다니까, 우리가 한 시간 안에 출발하면, 그래도 밤까지는 신신시에 도착할 거야. 여유 있다고." 구미호가 계속해서 심 서장의 번호를 누른다. 석가는 예전에도 신통했던 애리의 예지를 믿으므로, 심 서장이 살아있다고 한 말도 역시 믿는다. 하지만 심 서장의 목소리를 직접 들어야겠다.

"전화 안 받아." 하니가 말하며 한숨을 내쉬자, 석가는 눈길을 올려 그녀가 깨물고 있는 입술을 바라본다. 키스했던 입술.

솔직히 말해서 젠장, 무릎이 휘청거릴 만한 키스였다. 정말 느낌이 너무…… 좋았다.

석가가 수천 년 동안 살아왔지만 그렇게 저릿한 키스는 해 본 적도 없고…… 더구나 달아올라서. 잠깐이었지만, 아주 잠깐, 그래도 그 순간에 그녀를 원했다는 사실은 부인할 수 없다. 그는 온몸을 다해 김하니를 원했다.

그리고 아직도 그녀를 원한다.

뭔가 잘못되어 간다.

자기 얼굴에 커피를 내던진 구미호, 짜증나게 밉살스러운 구미호 김하니를 싫어한다고 생각했는데, 아침에 끌어안고 오후에 키스하면서 뭔가 굉장히 믿을 수 없을 만큼 잘못되어 간다.

그가 김하니를 싫어하지 않는다.

쾌활한 웃음소리나 예리하고 재치 있는 말솜씨가 싫지 않다. 웃거나 빈정댈 때 콧잔등을 찡그리는 모습도 싫지 않고, 웃길 생각이 전혀 없이 내뱉은 말에 재미있다며 눈이 동그래지는 모습도 싫지 않다.

석가는 김하니를 싫어하지 않는다.

그리고 오늘 꽤 오랫동안 그들이 서로 반말로 대화했다는 사실도 잊지 않았다. 마치…… 친구처럼.

친구처럼, 심지어 전날 대나무 숲에서 서로 치고 박고 싸웠는데도.

때때로 우정은 기이한 형태로 나타난다.

석가는 즐겁지 않다. 얼굴을 찌푸리며 뜨거운 국물을 입안 가득 퍼 넣는다. 혓바닥에 거의 물집이 잡힐 뻔했지만 신경 쓰지 않는다.

타락신 석가는 친구가 없다. 타락신 석가는 다른 이들에게 빈정대거나 자기보다 어린 이들에게 말을 걸 때가 아니면 말을 편하게 하지 않으며, 우정을 나누는 일은 절대 없다. 그런데 하니와 있으면 분명히 반말로 대화하는데 그러니까…… 왜냐하면 그녀가 친구이기 때문이다.

그가 눈을 꼭 감았다가 다시 떴을 때는 이 사실이 사라졌으면 좋겠다.

"그 일에 관해 얘기하고 싶어?" 하니가 그의 마음을 읽은 듯이 물어온다. 석가는 놀라며 움찔한 티를 내지 않으려 애쓴다.

절대로 아니다. "무슨 일?" 그는 아무 생각도 하지 않았던 듯이 들려야 한다고 생각하며 묻는다.

"알잖아." 하니가 그의 시선을 피하며 어깨를 으쓱한다. "그, 뭐, 키스. 그리고 그…… 다른 일도."

석가가 똑바로 앉는다. *그 다른 일.* "뭐?" 그가 따지듯 묻자, 하니가 움찔한다.

"내 말은 요정이 예지한 내용에 관해서도 얘기해 봐야 하잖아. 그리고 최지아. 그리고 어둑시니……"

"그러니까." 석가가 목에 잔뜩 힘을 주고 말한다. "'그 다른 일'이 무슨 말이냐고?" 그는 키스보다 포옹에 더 놀라는 자신이 뭔가 좀 이상하다고 생각한다.

"내가……." 하니의 얼굴색이 몇 테이블 건너에서 한 커플이 먹고 있는 김치볶음밥의 색깔과 같아진다. "아무 일도 아니야."

그가 노려본다. "말해 봐."

그녀가 안다.

하지만 어떻게 아는 거지?

자고 있었는데…….

"그래." 그녀의 눈이 당혹감으로 물들며 짧게 답한다. "나는 네가, 네가 어젯밤에 나를 커다란 테디 베어처럼 사용했잖아. 내가 잠에서 깼을 때 네가 나를 끌어안고 있었어. 안고 있었다고. 됐어?"

얘기가 뭔가 좀 이상하다. 석가가 고개를 갸우뚱한다. "깼을 때?" 눈살을 찌푸리며 묻는다.

"새벽에."

정확하게 이해되기 시작한다. "그리고 다시 잠들었어?" *내 품에서?*

하니가 국그릇을 내려다보며, 거기에 빠져 죽는 게 낫겠다는 얼굴을 한다. "그게 중요한 건 아니잖아. 하지만 네가 정말 알고 싶다면……." 여전히 볼이 붉게 달아오른 채 그와 눈을 맞춘다. "그래. 난 다시 잠들었어."

석가가 얼굴을 찌푸려야 할지, 웃어야 할지, 일어나서 식당을 나가야 할지 갈피를 잡지 못한 채 입을 떡 벌리고 그녀를 바라본다.

아니면 테이블 위로 이마를 세게 쿵 내리찧어 볼까.

반면에 하니는 멈출 생각 없이 계속 말한다. "하지만 내가 정말 포근했으니까 그랬겠지."

그녀가 못마땅한 얼굴로 단호하게 말한다. "너도 여우에 관해 좀 알고 있으면 알겠지만 따뜻한 걸 좋아하잖아. 그리고 너는 정말 많이 따뜻했다고. 내가 생각하기에 네 체온은 정상체온보다 조금 더 높을 거 같아. 너는 나를 테디 베어로 사용했고, 나는 너를 아주 큰 손난로쯤으로 생각한 거야. 생각해 보니 그러네, 아주 공평하네. 너는 동물 인형 대신으로 끌어안은 거고, 나는 따뜻해진 거지. 봐, 아무 일도 아니잖아, 안 그래?" 그녀는 숨을 가쁘게 쉬며 말을 마친다. 말이 되는 소리를 한 건지도 모르겠고, 너무 많은 말을 너무 빨리해 버렸다.

하니는 긴장하면 맥락도 없이 장황하게 얘기한다.

석가의 가슴에서 무언가 따뜻해지는 것을 느낀다. 628년 동안 차갑게 얼었던 무언가가. 차갑게 식어서 죽어 버린 무언가가, 이 이상한 구미호를 향해 다시 두근거린다.

"속임수 신을 속여 보려던 노력은 높이 사지."

하니가 눈을 깜박인다. "뭐라는 거야?" 의중을 살피는 말투다. 조심스럽게.

"너는 내 품에서 잠이 깼어." 석가가 아주 신선한 쥐를 먹어 치운 고양이처럼 만족스럽게 말한다. "그리고 그게 좋았지. 그래서 계속 있었던 거야."

"말 그대로." 그녀가 바로 답한다.

그냥 말 그대로일 뿐이라고 우기자, 그가 피식 웃는다. 그가 새어 나오는 웃음을 삼키며 고개를 기울인다. "내가 이렇게 말한다면." 그의 입에서 나왔다고는 좀처럼 믿기지 않는 얘기를 하며, 묻는다. "나도 그때 좋았다고?"

그가 그 말을 하자마자 독설을 퍼붓던 그가 왜 이렇게 풀려 버렸는지 궁금해진다. 언덕에서 굴러 떨어지면서 생각보다 머리를 더 세게 부딪친 모양이다.

지붕 처마와 노면 사이에서 바닥으로 떨어질락 말락 아슬아슬하게 매달린 작은 물방울처럼, 그들 사이의 침묵이 길게 늘어진다.

"석가, 나는⋯⋯."

전화벨이 울린다.

석가가 벌떡 일어나더니 테이블 너머 하니의 휴대전화를 잡아채기 위해 달려들고, 하니는 그의 갑작스러운 행동에 놀라 캑캑댄다.

"심 서장?" 기대와 두려움으로 떨리는 목소리를 가다듬기에는 기운이 너무 빠져 버렸다.

"석가 형사님." 할아버지처럼 든든함과 따스함이 가득한 심 서장의 목소리가 전화기를 통해 울린다. 석가가 숨을 몰아쉬며 주먹으로 자기 입을 누른다. 그의 목소리다. "형사님…… 이덕현에 관해 한 얘기가 맞았어요."

심 서장이 살았다. 심 서장이 무사하다. 석가가 진정하느라 애를 쓴다. *도대체 뭐가 어떻게 된 거야? 왜, 왜 이 짜증나는 구미호와 징글징글한 해태 서장에게 신경 쓰는 거지?*

"도대체 어떻게 된 거예요?" 그가 간신히 기운을 쥐어짜내듯 묻자, 몸을 기울여 스피커폰을 누르던 하니의 눈이 커진다.

반대편에서 긴 한숨이 흘러나온다. "오늘 새벽에 일어난 일이에요. 새벽 한 시쯤. 나는 서에 없었고, 야간 근무 중이던 경관이 이덕현을 지키고 있었죠. 그다음엔 정확히 무슨 일이 일어난 건지 모르겠어요. 카메라에는 아무것도 찍히지 않았어요. 렌즈가 갑자기 그림자에 가려져서. 내가 서에 도착해 보니, 야간 순찰 대원들은 심장이 찢겨 죽었고 이덕현은 사라졌더라고요. 온 바닥이 피범벅이었어요."

"제기랄." 석가가 낮게 내뱉는다.

"말 좀." 심 서장이 나무라지만, 그 말에는 아무런 노여움도 느껴지지 않는다. "이덕현을 찾느라 신신시를 샅샅이 뒤지고 있어요. 그가 되돌아오거나 지나칠 만한 여러 장소에서 잠복수사 중입니다. 아직 거제인 거죠?"

"곧 출발합니다."

"목격자는요?"

"이덕현으로 확인했어요, 우리가 찾아갔던 요정도 마찬가지고." 지친 눈. 속임수의 바다에 홀로. 속임수 아래 감춰진 진실. 빌어먹을 이덕현. "지금 그게 중요하진 않아요. 그가 할 수 있는 가장 극적인 방식으로, 자기 패를 정확히 드러냈네요." 석가가 일어서며 질린다는 표정으로 덧붙이고, 테이블 위로 약간의 현금을 내려놓는다. "이 모든 일이 시간 낭비였어요. 최지아를 놓쳤어요. 며칠 정도 여유 있는 경관이 있으면, 여기로 보내서 그녀를 찾아 신신시로 데려오게 하세요. 그녀를 데리고 주술사에게 가서 기억을 날리고요. 우리는 이제 돌아갑니다. 그리고 저기……." 그는 어색한 듯 목을 가다듬는다. "저기…… 괜찮습니까?"

석가는 쓸쓸하게 웃는 그의 웃음소리가 들리는 듯하다. "난 괜찮아요, 형사님. 물어봐 줘서 고마워요. 돌아와서 봐요. 그리고 다음 일을 계획해야죠."

"그래요." 석가가 답하고서 당황스러운 감정이 더 튀어나오기 전에 종료 버튼을 누른다.

23

하니

신신시로 가능한 한 빨리 돌아가기로 하고, 속도를 내 부산을 통과하면서 그들 중 누구도 눈을 붙일 생각은 하지 못한다. 이덕현을 아직 찾지 못했지만, 하니는 그가 결국엔 가장 힘든 시기에 나타나지 않을까 생각해 본다.

특히 석가가 도시로 돌아온다면.

"악몽 꿔 본 적 있어?" 석가가 한 손은 운전대에 올린 채 다른 손에는 커피스타에서 산 라지 크기의 커피를 들고 굳은 표정으로 교차로를 쏜살같이 내달리자, 하니가 묻는다.

"아직은." 그녀를 흘끗 보며 답한다. "하지만 그들이 올 거야. 이덕현의 몸에 있는 요괴는 나를 잊지 않았겠지. 내 생각에 그는 자기 시간을 기다리고 있는 거야. 아마 우리를 이리저리 끌고 다니면서 헛고생시킨 게 굉장히 재미있었을 거야."

하니가 고개를 끄덕이지만, 아랫입술을 깨문다.

어둑시니는 신을 죽일 수 있다. 그리고 석가는 완전한 힘을 발휘할 수 없고, 자기 때문에 앞으로도 그럴 것이다.

네가 찾는 자들은 네 생각보다 가까이 있다. 요정은 나직하고 신령한 목소리로 말했다. **그러나 속임수의 바다에 홀로 있는 신이여. 겉으로 보이는 직관에 속지 않도록 조심하라. 지친 눈을 가진 자를 바라보라. 눈물짓는 눈을 가진 자를 바라보라. 그곳에서 속임수 아래 감춰진 진실을 발견하게 된다.**

한숨을 내쉬며, 하니가 손을 들어 머리카락을 쓸어내린다. 지친 눈과 연관된 부분은 분명히 초췌한 법의학자에 관한 얘기겠지만, 다른 모든 부분은 석가가 처리해야 하는 일의 또 다른 절반인 주홍여우를 가리키고 있다. 그리고 애리의 예지가 아무리 모호하더라도, 그것은 진실이다. 하니는 석가를 분명히 속이고 있다. 그는 사기꾼 여우를 절대로 잡을 수 없다.

그렇기 때문에, 타락신 석가는 본래의 힘을 절대로 되찾을 수 없다.

눈물짓는 눈. 언젠가는 그를 위해 울게 될 수도 있다. 하니가 얼굴을 찌푸리며 밀려오는 죄책감을 억지로 내리누른다. 석가를 이전 지위로 복권시키려고 그녀의 목숨을 버리는 일은 절대로 할 수 없다. 특히나 쿠데타에 참여하면서 스스로 불러온 상황이 아닌가. 불공정한 협상이고 불공정한 거래다.

그가 알아서는 안 된다. 하니는 흐린 회색빛으로 창문을 스치는 고속도로를 바라보며 혼자 되뇐다. *그가 절대로 알아서는 안 된다.*

그래서 그녀는 그를 속인다. 그래. 속임수 신은 속지 않는다고 말했지만, 그 신을 아주 잘 속이고 있다.

요정들이 항상 애매한 수수께끼로 답하는 건 축복이면서 저주이기도 하다. 석가가 애리가 한 말을 곰곰이 생각하더니 하니가 바라던 대로 결론지었다. 지친 눈을 가진 이덕현이 처음부터 자기를 속였다고. 겉으로 보이는 모습처럼, 이덕현을 여전히 사람으로 생각하면 안 된다고. 그의 몸은 매우 위험한 존재에 빙의되었다고.

석가가 찾고 있는 자들의 미묘한 차이를 알아챘더라면, 주홍여우 얘기를 하지 않았을 리가 없다. 어둑시니 사건 외에 다른 생각을 더 하기에는 너무 지쳤을 수도 있다. 어쩌면 나무의 속삭임, 심 서장을 잃은 절망, 그녀와의 키스로 충격을 받아 제대로 듣지 못했을 수도 있다. 여하튼 하니에게는 다행이다. 그녀는 손으로 얼굴을 감싼다.

그녀는 석가가 곁눈질로 그녀를 슬쩍 보는 걸 느낀다. "뭐 하고 있어?"

"생각해." 그녀가 솔직히 말한다. "이 빌어먹을 수사에 관해서." 그녀는 손가락 사이로 그를 흘끔 본다. 그의 눈썹이 걱정으로 찌푸려진다. 염려. "그리고 당신도."

"움직이지 않으면 불안해진다." 신이 중얼댄다. "심 서장한테 전화해. 우리도 오늘 밤에 잠복한다고 장소 알려달라고 해. 늦어도 8시까지는 도시로 들어갈 거야." 그가 전화기를 건네자, 그녀는 그가 시키는 대로 한다. 신호음이 울리자마자 심 서장이 전화를 받는다.

"물론 해 줄 일이 있죠." 그들이 원하는 바를 설명하자 심 서장이 답한다. "내 생각에는 둘이 집을 감시 하는 게 좋겠어요."

"집이요?" 하니가 얼굴을 찌푸리며 의아하게 생각한다. "돌아갈 수도 있다고 생각하세요?"

"유치장에서 도망치면, 범죄자들은 대부분 그래요. 무기나 다른 필요한 물품을 챙기려고 하죠. 그 가능성도 완전히 배제하고 싶진 않아요. 어둑시니가 자신만만해 있을지도 모르죠."

"안에는 살펴봤어요?"

"티 나지 않을 정도로는 했어요. 매우 많은, 어, 밧줄과 입마개가 있더라고요. 상당한 수의 채찍도요. 인질을 잡을 계획이 있는 건지, 확실하지는 않아요."

"주소 알려줘요." 석가가 말하는 소리를 듣고, 심 서장이 신신시 근교의 주소를 보내온다.

"몇 블록 떨어져서 공원이 있어요. 잠복 차량으로 교체하죠. 타고 있는 차는 너무 눈에 띄니까. 9시에서 10시 사이에 이동할게요."

"알았어요." 하니가 망설인다. "그런데……."

"왜 그래요?" 심 서장이 묻는다.

"그냥, 전 아무래도 이덕현이 집으로 돌아갈 것 같지 않아요. 어떻게든 유인하는 게 더 빠르지 않을까요?" 석가가 고개를 기울여 그녀가 하는 말을 듣자, 하니는 생각이 많아진 눈빛으로 자신의 스웨터 단을 만지작거린다. "분명히 형사님을 곧 쫓아올 거예요. 아시겠지만 형사님이 암흑세계인지 뭔지를 봉쇄해 버렸잖아요."

석가가 숨죽여 불만스럽게 뭐라고 투덜대더니 빨간불을 무시하고 달린다.

"그러니까 덫을 좀 놓으면 어떨까요? 빨리 끝날 수 있게요. 형사님이 쥐덫에 놓인 치즈가 되는 거죠."

그에게 치즈가 되라니, 속임수 신이 어이없어하는 듯한 표정이다.

심 서장은 주저한다. "최근의 사건들 때문이라도 경찰서에서는 절차를 따르는 게 최선입니다. 잠복근무로 아무 성과도 내지 못하면, 다시 짜 볼 수 있겠죠. 하지만 오늘 밤은 규정대로 하고 있어요. 두 분 다 9시에 뵙죠." 그가 전화를 끊는다.

"놀랍게도." 석가가 말한다. "나쁜 생각은 아니었어."

하니가 의아해하며 그를 바라보다가 무릎을 가슴까지 당겨 안는다. 그 아침에 그녀를 품에 안은 신, 그녀와 키스를 나눈 신을 바라본다. 그를…… 계속해서 투덜대며 예의라곤 지킬 생각조차 하지 않는, 그녀의 친구가 된 신을.

이건 좀 문제가 있을지도 모른다.

"우리가 오늘 밤에 아무것도 못 찾으면……." 석가가 어깨를 으쓱한다. "네 전략대로 해 보자."

"심 서장이 승인하지 않을 거야."

석가가 코웃음을 친다. "심 서장이 알 필요가 없지. 우리가 성공할 때까지는, 그렇다는 거지. 그는 규정 때문에 안 된다고 했잖아. 우리는 상관없지."

하니가 그를 바라본다. "너는 나랑 더 있고 싶어?" 그녀가 믿을 수 없다는 듯이 따져 묻는다.

그가 눈을 굴린다. "그렇게 충격적으로 듣지 말고."

나도 좋았다고 말한다면? 하니는 볼이 달아오르는 걸 진정시킬 수 없다. "우리가 그렇게 엉망은 아니었지." 하니가 말한다. "우리도 새로운 셜록과 왓슨이 될 수 있을 거야."

"셜록과 왓슨." 석가가 미심쩍어하며 말한다. "이상한 이름이잖아."

"영국 이름이거든." 하니가 그를 바라본다. "책은 하나도 안 읽어?"

"응." 석가가 콧잔등을 찡그린다. "나는 석가와 하니로 할래."

"하니와 석가."

"좋아." 그의 입술에 살짝 웃음이 지어지고, 하니는 심장이 갑자기 더 빠르게 뛰는 걸 느낀다. "하니와 석가."

24
석가

잠복근무에 간식을 사 들고 가는 사람이 있을까?

김하니가 바로 그런 사람이다. 급하게 얌냠마트 바깥에 차를 세우라고 했을 때, 석가는 그녀가 하루 종일 잘 걸어 다닌 걸 보고서도 다리 통증이 다시 시작된 게 아닐까 했었다. 그게 그의 첫 번째 실수였다. 10분쯤 지나서 하니가 간식거리로 가득 찬 커다란 봉지를 들고, 우쭐대며 만족스러운 웃음을 짓고 정말 왈츠를 추면서 마트에서 빠져나왔다.

이제, 그들은 이덕현의 비어 있는 집 앞에서 잠복 차량에 앉아 있다. 다른 두 집 사이에 끼어 있는 소박한 이층집으로, 세 집 모두 같은 회색으로 칠해져 있고 흔한 검은색 대문이 달려 있다. 하니는 조수석 대시보드에 다리를 얹은 채 어슴푸레한 어둠 속에서 석가를 반짝이는 눈으로 빤히 쳐다보며, 새우 과자를 와그작 씹어 먹는다. 그는 운전석에서 불편한 기색으로 자세를 바꾼다.

"뭐야?"

"이거 정말 좋아할 거 같은데." 차 콘솔에 올려 있던 초코파이 상자를 그에게 좀 더 가까이 가도록 툭 밀며, 하니가 말한다. 석가가 초콜릿이 발라진 흉악한 파이를 두 손가락으로 집더니, 노려본다. "아니." 집어 든 파이를 상자 안으로 뚝 떨어뜨리고는 다시 이덕현의 집을 바라본다. 15분이 지났는데 거리에는 아무런 움직임도 없다. 움직이지 않으면 불안해진다. 그가 했던 말인데, 여전히 맞는 말이다. 석가는 이번 잠복에서 아무런 소득도 얻지 못할 거라고 이미 예상했다. 심 서장과 달리 석가는 이덕현이 무기를 가지러 집으로 돌아올 리는 없다고 생각한다. 무기들은 쉽게 대체할 수 있다.

밧줄, 입마개들로 보아 납치하려는 의도가 있음을 알 수 있다. 아마 석가가 대상이지 않을까. 그렇게 생각하면 맘이 편치 않다.

하니가 새우 과자 봉지를 말끔히 비우고, 손가락을 핥으며 얌냠마트 봉지 안으로 다시 몸을 구부린다. 막대사탕을 찾아낸다.

"네 위장은 밑 빠진 독인가 봐." 석가가 기가 막히다는 듯 말한다.

"칭찬 고마워." 껍질을 벗겨 바닥으로 툭 던지고는 선명한 붉은색 사탕을 입안에 넣고 빙글빙글 돌리며 답한다.

막대사탕을 빨아 먹으며 자기가 어떻게 보일지 잘 알고 있으니, 그에게 그걸 어서 알아채라는 듯 장난스럽게 눈을 빛내는 하니를 보며, 석가는 입안이 마른다. 그는 목을 가다듬고 시선을 돌려 꼼짝도 하지 않은 채 집을 바라본다. 하니가 한숨을 내쉰다.

"나 심심해. 우리 게임하자."

"하니, 우리 잠복 중이잖아." 여전히 집을 응시한 채 그녀의 선명하고 붉은 입술을 떠올리지 않으려 애쓰며 그가 말한다. "게임할 여유 없어."

"진실 혹은 도전?" 하니가 신경도 쓰지 않고 묻자, 석가는 왠지 그녀에게 말려들 것 같은 기분이다. 석가가 도저히 그녀를 돌아보지 않을 수 없게 되자 조금 들뜨는 기분이 드는데…… 무언가…… 그녀의 장난스러운 표정을 보니.

"진실." 시간이 조금 흐른 후에 그가 말한다. 그는 김하니가 자신에게 알아내려는 게 무엇인지 매우 궁금하다.

하니는 고민하는 듯 잠시 멈춘다. "왜 나한테 덤벼들었어? 숲에서?"

젠장. 그는 움찔하며 이 게임이 정말 싫다고 생각한다.

구미호는 히죽거리지만 그녀의 눈 뒤로 상처 같은 무언가가 감춰져 있다. 석가는 그런 생각을 하게 만든 자신에게 혐오를 느끼며 마른침을 삼킨다. "난 진지해." 하니는 계속해서 사탕을 굴린다. 그녀가 말할 때 사탕이 이에 부딪치며 딱딱 소리를 낸다. "왜 그랬어? 나를 끌어안은 걸로 봐서는 네가 나를 더 이상 그렇게까지 미워하진 않는다고 생각하거든. 아마, 나한테 키스할 정도로. 맞지?" 그녀는 기대감으로 그를 천천히 바라본다.

석가는 차마 부정할 수 없다. 그가 고개를 끄덕이자 목에 열이 오르고 하니의 얼굴에 승리의 표정이 스쳤다.

"하!" 하니가 환성을 내지른다. "날 좋아하는구나!"

"하니……."

"타락신 석가가 날 좋아하네!" 그녀의 눈에 기쁨으로 눈물이 차오르자 그녀가 눈물을 훔친다. "오, 환인 맙소사. 정말 좋은데? 그걸 인정하려면 너는 좀 괴롭긴 하겠다."

"사실." 석가는 자신이 서둘러 말한다고 느끼며, 그녀가 이 말을 하는 자기의 모습을 보고 우습게 여기지 않기를 바란다. "그렇지 않아."

하니의 눈이 커지더니 표정이 조금 부드러워진다. 막대사탕으로 반짝이던 입술은, 간식 봉지에 있는 사탕들만큼이나 달콤한 웃음으로 휘어진다.

석가는 거리를 내다보며 머뭇거린다. 여전히 아무 움직임도 느껴지지 않지만, 그녀의 얼굴을 보지 않는 편이 그가 하고 싶은 말을 전하기에 더 쉽다. "왜 너에게 덤벼들었냐면, 화가 났었어. 너를 싫어하진 않는다고 생각해. 꽤 오래전부터 그렇게 생각하지 않았어. 단지……." 그가 이를 악문다. "민감한 얘기라."

"추방당한 거?" 그녀가 묻는다.

"그래." 그가 투덜댄다. "자랑은 아니잖아."

"그건 이해해. 그렇다고 높은 언덕에서 우리 둘이 굴러 떨어져야 필요는 없었잖아……."

"나는…… 아무 생각도 없었어. 우린 더웠고, 지쳤고, 그리고, 그리고 네가 나를 개 쓰레기라고 했잖아." 그가 멈출 새도 없이 말이 쏟아져 나간다. 석가는 당혹감에 몸을 기울여 차가운 유리창에 이마를 댄다.

하니가 잠시 조용하다. "마음 상했구나."

석가는 그녀와 사소한 말다툼을 할 때면 어찌나 가슴이 조이는지, 이승의 크리처들을 하찮게 대하는 자기를 비난할 때면 이상하게도 어찌나 창피하던지 돌이켜 생각한다. 그 말이 맞을지도 모르겠다. 그래. *확실하게 그 말이 맞다.* 하지만 무슨 까닭인지 석가는 하니에게 그런 말을 듣는 게 좋지 않았다. "어쩌면." 그가 낮게 웅얼거린다. "내 행동이…… 형편없었네. 너에게 덤벼들지 말았어야 했어."

"뭐, 별 문제는 아니야." 하니가 부드럽게 답한다. "내 말은, 그 덕에 지아를 찾을 수 있었잖아."

석가는 결국에 그녀를 흘끗 본다. 그녀는 온화한 눈으로 그를 바라본다. "배고픈 귀신에게 다리를 물렸잖아."

하니가 어깨를 으쓱한다. "치료했잖아. 정확히 말하면, 나도 너한테 개 쓰레기라고 한 건 너무했지."

"더 나쁜 소리를 들어도 할 말 없지." 석가가 머뭇거리며 인정한다. "나도 이해할 수 없어. 왜 그렇게 내가……." 그가 목덜미를 문지른다. "왜 그렇게 내가 예민해지는지." 석가의 갈라진 목소리는 그 마저도 혼란스러워하는 듯 들린다. "왜 그렇게 내가 예민해지는지 모르겠어."

어슴푸레한 어둠 속에서 하니는 온통 빛나는 눈과 반짝이는 입술을 하고 있다. 그녀의 얼굴 윤곽은 그림자 속으로 부드럽게 흐려진다. 그녀를 바라보다 석가는 욕망에 흔들린다. 그녀에게 다시 키스하고 싶고, 아침에 함께 잠에서 깨었으면 좋겠다. 그는 그녀를 원한다. 그의 손가락이 잘게 떨리며, 그녀에게 다가가서 그녀의 입술을 베어 물고 싶은 충동을 간신히 참아낸다. 그가 그녀를 원하는 것처럼 그녀는 그를 원하지 않는다면 어쩌지? 만일에…….

"내가 너를 위해 하나 더 준비했어." 말하는 하니의 목소리도 약간 쉰듯한데, 잘못 들었나? "진실 혹은 도전?"

석가는 숨쉬기 힘들 지경이다. "도전." 그가 속삭인다.

그녀가 막대사탕으로 그를 가리키며, 활짝 웃는다. "탁월한 선택이야."

그러더니 막대사탕을 차 바닥으로 내던지고, 그와의 거리를 좁힌다. 나중에 심 서장이 알면 발작을 일으키겠지만, 지금은 그의 목을 슬그머니 감싸며 그녀에게로 가까이 끌어당기는 손길에 모든 신경이 집중된다. 서로의 코가 어색하게 부딪치자, 그녀의 얼굴에 짧은 웃음이 스치고 이내 그녀의 입술은 그의 입술과 맞물린다. 따뜻하고 부드럽고 빌어먹을 사탕 때문에 조금 끈끈하다. 설탕과 체리가 뒤섞인. 그녀가 좋아하는 맛이다.

석가의 심장이 세차게 쿵쾅거리고, 그가 하니를 바짝 끌어당기려 하는데 초코파이와 콘솔이 방해가 된다. 불만스럽게 낮은 신음을 울리는 석가를 보고 하니가 멀어지며 지나치게 해맑은 소리로 웃는다. 석가는 다시 이전처럼 벌어진 둘 사이의 간격을 보고 조금 실망하며 이 모든 일이 잔인한 계략 같은 농간이었으면 어쩌나 하는 불안감에 짓눌린다.

하지만 하니는 이내 애지중지하던 초코파이를 봉지 속으로 급하게 던져 넣으며 콘솔을 기어오르고, 그의 허벅지 위로 딱 맞게 올라와 앉는다. 그에게 두 가지 안도감이 휘몰아쳐 밀려든다. 하나는 핸들과 그의 사이로 그녀가 들어오기에 충분한 공간이 있다는 생각. 그다음은 하니가 그에게 편안하게 기대서 엉덩이로 그의 존재를 감싸고, 고개를 아래로 숙이는 바람에 천국의 향기를 풍기는 그녀의 갈색 머리가 쏟아져 내려, 그의 옆얼굴을 간질이며 그들을 커튼처럼 둘러싸고 있다는 생각.

그녀의 입술이 그에게 부딪혀 오자 그는 부드러운 곡선에 감탄하며 그녀의 허리로 손을 내렸다가 스웨터 아래로 미끄러져 들어가며 등의 매끄러운 느낌에도 감탄한다. *어떻게,* 석가는 생각한다. *이렇게 아름다운 생명체가 존재할 수 있을까?*

그는 하니와의 키스에 취해 버린 듯하다. 송곳니를 느낄 수는 있지만 아프지는 않을 정도로 그녀의 이가 조급하게 그의 아랫입술을 끌어당기는 행동에 취해 버린 듯하다. 그는 수치스럽게도 그녀가 그의 위에서 자극으로 팽팽해진 증거물 위에서 엉덩이를 움직이자 척추를 타고 기분 좋은 열감이 몸 전체로 파도쳐럼 퍼지며 전율을 느낀다. 그녀의 손이 그의 바지 위로 올라와 단추를 푼다. "괜찮지?" 그녀가 묻는다. 그럼, 괜찮지, 당연히 괜찮지, 석가는 생각한다. 브리프의 허리밴드를 만지작거리는 그녀의 손가락을 느끼며 하니와 눈을 맞춘다. "석가?"

석가가 끄덕이며 거칠게 숨을 내쉰다. 그녀의 손이 브리프 안으로 미끄러져 들어오자 그의 목구멍에서 낮은 신음이 새어 나온다. 속임수 신의 숨이 점점 거칠어지고 하니의 가느다란 손가락이 그를 감싸 쥐자 뜨거운 욕망이 그의 척추에 스며든다.

빠르게 두 번, 누군가 차 유리창을 두드린다. 그의 눈이 그 소리에 화들짝 떠진다. 젠장. 그들은 잠복 중이고, 그들이 무언가를 하고는 있었지만 그 집을 감시하는 중이었다. 이덕현인가? 석가는 지팡이를 쥐고 칼로 바꾸려 하는데…….

"오, 환인 맙소사!" 심 서장을 보자 하니가 꽥 소리 지른다. 심 서장이 제복을 벗고 평범한 후드 티에 기이하게 알이 큰 선글라스를 쓰고 위장한 모습으로 창문을 들여다본다. 그녀는 그 야말로 펄쩍 뛰어 자기 자리로 돌아간다. 인간 십 대처럼 장난을 치다 들켜버린 허무한 심정으로 석가는 바지 단추를 빠르게 채우고 머리를 매만지며 숨을 가라앉히려 애쓴다.

"놀라지 마." 그사이 그의 목소리가 가라앉았다. "괜찮아. 유리창에 선팅되어 있어."

"형사님?" 길가 주변을 살피며, 심 서장이 유리창 너머로 묻는다. "시간 다 됐어요. 집 뒤쪽에 있던 경찰 두 명도 아무 소득이 없네요. 이제 돌아가도 돼요."

석가는 눈을 감은 채, 살아오면서 선팅한 창문이 이렇게까지 고마웠던 때가 있었나 생각해 본다.

25

하니

하니가 뒤로는 슈트 케이스를 끌고 어깨에는 큰 더플백을 메고 신이 사는 곳에 들어선다. 하니는 놀라서 커지는 눈을 애써 단속하면서 석가를 따라 아파트의 새까만 문을 지난다. 바닥은 공들여 윤을 내 반짝이는 검은 대리석인데 도톰하면서도 부드러운 흰색 러그가 한쪽에 깔려 있다. 고상한 커피 테이블 앞쪽에 여러 개의 작은 쿠션들로 장식한 커다란 베이지색 소파가 놓여 있는데 그 아래까지 러그가 펼쳐 있다.

다음 층으로 이어진 구불구불한 철제 계단의 모퉁이를 돌자 커다란 주방이 나타나고, 바닥과 같은 검은 대리석의 아일랜드 식탁과 고급 식자재로 가득 채워져 있을 것 같은 마호가니 수납장이 보인다. 커다란 검은 유리벽으로는 신신시의 스카이라인이 비치고, 다양한 색상의 불빛이 반짝이며 밤하늘을 밝힌다. 석가의 아파트는 그야말로 호화롭다. 하니는 떨어진 턱을 가까스로 올리며 석가가 그녀의 행동을 세심하게 바라보는 걸 느낀다. 궁금해하며. 기대에 차서. 그녀가 그의 집을 좋아했으면 하고 바라듯이. 무언가가 그녀의 마음을 흔든다.

"음." 그에게로 돌아 마주 본다. "인테리어 감각이 상당하네."

이곳으로 오기 전 석가는 그녀의 아파트로 차를 몰고 갔다. 그가 '닭장' 밖에서 기다리는 동안, 그녀는 좀 더 깨끗한 옷가지와 좋아하는 로맨스 책 몇 권을 새로운 슈트 케이스에 빵빵하게 채워 넣었다. 그리고 다른 것도. 절대로 손에 쥐지 말아야 했던 것, 속옷 서랍 깊숙이 얇은 레이스로 된 끈 팬티로 감싸 꼭꼭 숨겨 두었던 것.

석가가 느릿하게 어깨를 으쓱하며 무심한 듯 행동하지만, 스스로 만족하며 기쁨으로 빛나는 눈빛을 숨기지 않는다. 그들이 잠복을 마치고 나서부터 그는 매우 즐거운 신의 기운을 뿜었다. 그녀도 매우 즐거운 구미호의 기운을 뿜으면서도 그가 왜 이러는지는 잘 모른다.

잠복으로 얻은 게 없는데, 음, 그건 사실이 아니네. 잠복으로 굉장히 즐거운 무언가를 얻었지만 어둑시니 사건에서는 얻은 게 없다. 그래서 그들은 다음 계획으로 움직였다. 어둑시니를 끌어내기. 그들에게 오도록 유인하기.

심 서장은 절대 승인하지 않을 것이다. 그는 규정과 절차에 너무 의존한다. 그런 까닭으로 이덕현을 쓰러뜨릴 때까지 그에게 말하지 않을 작정이다.

하지만 우선 쉬자. 그녀는 석가가 거제도에서 벌어진 일들로 여전히 지쳐 있음을 알 수 있다. 그에게는 회복이 필요하다. 그가 함정을 계획하며 함께 머물자고 제안했을 때, 하니는 놀라면서도 기뻤다.

그리고 죄책감.

석가는 그들이 다투는 모든 순간에도 그녀를 좋아한다. 그가 죽여야 하는 그 구미호를. 하니는 깊이 생각하지 않으려 애쓴다. 지금은 어둑시니와 암흑세계로 변하는 이승을 구하는 일에 집중하자. 하니는 늘 조금씩 미루는 성향이다. 지금이 너무 행복해서 그녀와 석가를 기다리는 나쁜 결과는 깊이 생각하지 않고 미뤄두기로 한다. "우리 방은 위층에 있어." 휘어진 검은 계단을 가리키며 말한다. "복도를 따라가다 오른쪽에."

"잠깐만." 하니가 한쪽 입꼬리를 비틀어 올리며 말한다. "지금 우리 방이라고 했어?"

그녀는 석가의 뺨이 살짝 붉어지는 바람에 조금 놀라며 쳐다본다. 그는 목을 큼, 그리고 또 큼, 가다듬는다. "아니." 그가 낮게 중얼대자, 하니가 코웃음을 친다.

"그랬잖아."

석가의 눈매가 가늘어진다. "나를 고문하는 게 즐거워?"

하니가 혀로 이를 훑는다. "응."

속임수 신이 손가락으로 그녀를 가리킨다. "정말 그런 거라면." 그가 말한다. "손님 방을 써" 하니의 의견을 무시하지는 않지만 목소리가 조금 날카로운데. 음, 평소보다 날카롭다. 그녀가 그의 바지에 손을 집어넣은 채 얼이 빠진 그에게 키스했던 일과 관련 있을지도 모르겠다.

하니가 어깨를 으쓱한다. 분명히 오늘 밤에 한 침대를 쓰다가는 둘 다 한숨도 잘 수 없을 거라는 생각도 들고, 석가에게는 휴식이 필요하다. 그뿐만이 아니라, 이 새롭고…… 꺼림칙한 우정 혹은 열띤 이성 관계는…… 석가와 함께 있으면 위험하다. 불장난을 하면 덴다는 사실을 하니는 알고, 차 안에서 석가와 나눴던 감정은 위태롭고 위험하며 뜨거운 불꽃과도 같다. 하니는 에메랄드빛 눈, 부드러운 검은 머리칼, 평소에는 굳게 다물려 있지만 그녀 곁에서는 부드러워지는 그의 입매에 감탄하며 그를 바라본다. *그래, 정말이지 너무 너무 끝내준다.*

"하니?" 그 신이 얼굴을 찌푸린다. "하니?"

하니가 깜짝 놀라며 생각에서 빠져나온다. "뭐?" 들켰을까, 당황하며 하니가 묻는다. 석가가 피식 웃는다. "조심하라고 말했어. 어둑시니가 결국에는 내 꿈에 나타날 테고, 이제는 너를 목표로 삼을 가능성도 있다고 생각해. 네가 이 사건에서 꼭 필요한 존재가 됐고, 망할, 나와 같이 있다는 이유로 너를 해칠 수도 있어."

하니는 자기도 모르게 활짝 웃는다. 어떤 이유에서건 어둑시니에게 분노의 대상이 될 만큼 그녀가 그에게 확실히 중요한 존재가 됐다고 그가 인정하는 건…… 글쎄, 실제로 느껴야 할 두려움을 살짝 가볍게 만든다. "꼭 필요한 존재?" 그녀가 기분 좋게 웃는다.

"무슨 생각이든, 그거 아니야." 그가 경고한다.

"너무 늦었어." 슈트 케이스를 계단 쪽으로 굴리며 그녀가 답한다. "복도를 따라가다 오른쪽?" 그녀가 계단을 오르며 어깨 너머로 외치고, 그녀의 발밑에서는 슈트 케이스가 계단에 부딪치며 댕 하고 울리는 소리가 들린다.

"왼쪽." 석가가 다시 말한다. "오른쪽은 내 방이야."

"음." 하니가 그에게 웃어 보인다.

그의 눈이 휘어지자, 그 장난스러움이 하니에게 서서히, 완전하게 전달된다. 석가의 아파트에서 그와 룸메이트로 지내려 한다. 말도 안 돼. 완전히 미쳤네.

룸메이트라.

하니가 계단을 올라가 벽에 걸린 화려한 액자 속에 걸린 다양한 그림을 보며 복도를 따라 걷는다. 석가는 호화롭게 사네. 신용 개념이 처음 등장했을 때 석가는 현명했구나 하고 생각해 본다. 우리는 모든 면에서 완벽할 수 없다고, 하니는 혼자 되된다.

그녀는 알려준 대로 따라가다가 왼쪽 문 앞에서 멈춘다. 하지만 방 건너편 석가의 방문을 궁금한 듯 쳐다보며 문 뒤에 무엇이 있을까 생각한다.

살짝 훔쳐보는 건 괜찮겠지.

석가의 침실 문손잡이를 돌리고, 열린 회색 문으로 안을 살짝 들여다본다. 방은 어둡지만, 흐릿하게 형체를 알아볼 수 있다. 커다란 침대와 책이 가득 쌓인 책꽂이, 그리고…….

"뭐 하고 있어?" 그녀의 뒤에서 다그치는 석가의 목소리가 들리는데 목이 조금 쉬었나, 생각하며 하니는 결백한 웃음을 짓고는 돌아선다. 신은 얼굴을 찌푸리고 있지만 그녀가 침실에 들어와 있기 때문에 화가 난 건 아닌 듯하다. "왼쪽 끝에 있는 문이라고 했는데."

"어머나." 하니가 밝게 답하고, 그를 피해 옆으로 걸으며 손님방의 문을 연다.

널찍한 침실은 우후죽순으로 팽창한 신신시가 내려다보이는 유리벽으로 되어 있어 근사한 전경이 보이고, 매우 웅장한 침대가 놓여 있다. 반들거리는 검은 서랍장이 금장 거울 아래에 놓여 있고, 짙은 나무 위에 꽃병이 있다. 방에는 욕실이 딸려 있는데, 샤워기는 물론이고 발이 달린 커다란 욕조까지 갖춰져 있다. 하니의 눈썹이 올라간다. 아무래도 석가는 그녀를 영원히 이곳에서 살게 할 생각인가 보다.

"아무것도 망가뜨리지 마." 석가는 문가에 기대고서 놀리듯이 말한다. "망가지면 네 장부에 달아놓을 거야."

하니는 슈트 케이스를 침대 모퉁이에 기대 세우고 지퍼를 열면서 눈을 흘긴다. 이어서 더플백을 연다. "잘 시간이 지나지 않았어?" 가방에서 짐을 풀기 시작하며 묻는다. 거제에 가져갔던 편안한 옷들을 꺼내고 나서 슈트 케이스로 팔을 뻗어 아파트에서 급하게 챙긴 조금 덜 실용적인 옷들을 꺼내놓는다. 속옷과 노출이 심한 원피스들도 꺼낸다.

석가의 눈매가 가늘어지지만 복도 쪽으로 뒷걸음질한다. "어둑시니가 죽이려고 하면 소리 질러."

"당연히 그렇게 할게." 석가의 입매가 틀어지는 걸 하니는 재미있게 바라본다. "잘 자."

"잘 자." 석가가 처음 들어보는 부드러운 목소리로 답하며 조용히 문을 닫는다.

하니가 옷을 서랍장에 넣으며 한숨을 내쉰다.

차에서 있었던 그들의 무모한 행동으로 미루어 보면, 그녀와 석가가 더 이상 공공연한 적은 아니라고 해도 무방한데. 그러면, 우리는 뭐지? 친구 사이? 가끔 서로의 바지에 손을 집어넣는 친구 사이? 그냥 편한 이성 관계인가? 그러니까…… 더한 것도 할 수 있나? 키스를 다시 해도 되나? 키스는 다시 하면 좋겠는데. 석가는 키스를 기분 좋게 잘한다. 산에서 그 사실을 알긴 했지만, 오늘 밤에 한 키스는 기절할 정도였다. 심 서장이 끼어들지 않았다면 아마도 우리는 훨씬 더 멀리 갔을 거라고 생각한다.

양말 더미를 잠깐 쳐다보다가 고개를 흔든다. 요즘의 일들로 그녀의 인생은 상당히 더 복잡해졌다. 그녀의 손이 날카로운 금속을 스치자 허리를 바로 세운다. 맞다. 단검들.

아무리 바보 같아도 그렇지 주홍 단검을 이 아파트로 가져오다니. 그는 주홍여우를 죽여야 하는데. 하지만…… 이곳에서 어둑시니가 공격해 온다면 주홍 단검들은 가장 신뢰할 만한 무기가 된다. 단검들을 손에 잡기만 하면 죽일 수 있다고 확신한다. 그런데 어디에 숨기지? 하니의 눈이 옷장에 닿는다. 완벽해. 단검들을 속옷 서랍에 다시 숨기려 한다.

칼들을 속옷 더미 아래로 넣어 두고 서랍을 서둘러 닫는 동안, 그녀의 심장이 빠르게 뛴다. 하지만 석가의 침실은 조용하다. 벌써 잠자리에 들었나 보다. 하니는 이 작은 사실이 어둑시니에게 유리한 방향으로 쓰이지 않기를 바랄 뿐이다.

그녀는 침대로 올라가 부드러운 담요 사이로 깊게 파고들며 여러 가지 빛으로 반짝이는 유리창 너머 신신시를 바라본다. 이 침대는 로터스 호텔보다 훨씬 더 편안하지만…… 석가가 주는 온기의 포근함을 생각하며 하니는 한숨을 내쉰다.

그녀는 복도 건너편에 있는 그도 같은 생각일까 궁금해진다.

26

석가

감귤과 바닐라 향이 아닌, 날카로운 벨 소리에 석가가 눈을 뜬다.

잠깐 눈을 붙이면서 꿈을 꾸지도 않았지만 그렇다고 푹 자고 일어난 편도 아니다. 이 느낌을 안다. 폭풍이 몰아치기 전에 오는 고요함. 악몽이 머지않아 그들에게 닥쳐 온다. 어둑시니도. 그가 신신시로 돌아온 것을 어둑시니가 안다고 생각하니 오싹하고 마음이 편하지 않다.

석가가 반쯤 감긴 눈으로 손을 뻗어 휴대전화를 찾아 어눌하게 답한다. "네." 그는 침대에서 일어나 앉아 부드러운 검은색 홑이불을 젖히며 웅얼거린다.

"석가 형사님."

"심 서장님." 짜증이 꽤 묻어난 목소리로 석가는 말한다. 옆 테이블에 놓인 시계를 쳐다본다. 새벽 4시. "무슨 일이에요? 이덕현을 찾았어요?"

"아뇨, 그런데 지난밤에 시체 세 구가 더 나와서 알려주려고요. 전부 신신시대학교에서 발견됐어요. 지금 현장에 경찰 세 명이 있어요." 노령의 서장은 세상이 다 끝나가는 목소리다. "형사님과 형사님 조수가 합류하는 게 낫겠어요."

시체 세 구. 석가의 몸에 힘이 들어간다. "어둑시니예요?"

"아뇨." 전화기 반대편 심 서장은 한숨을 내쉰다. "주홍여우요."

✳

하니와 석가는 하얀 자갈돌 아래로 축 늘어진 시체 세 구를 내려다보며 벚나무 아래 서 있는데 이른 아침 공기가 매섭게 차갑다. 나무들의 밑동을 전부 테이프로 빙 둘러 출입을 통제한 구역으로 그들이 도착했을 때, 주위에 둘러 있는 해태 경관들은 주변의 보는 눈을 의식해 인간 경찰관 제복을 입고서 부릅뜬 학생들의 눈을 감겨 주고 있다. 겨우 동이 틀 무렵으로 아직 어둡지만, 둘러싼 경찰 차량의 빨갛고 파란 불빛이 시체를 덮은 하얀 천을 비춘다.

그는 노란 테이프 바로 바깥쪽에 서 있는 도깨비 파파라치가 하니와 석가에게 초점을 맞추고 확대해 가며 몸집이 큰 카메라로 사진을 찍어대고 있음을 확실하게 느낀다. 〈가들리 가십〉의 다음 기사 제목은 궁금해 할 필요도 없다. '가족 분쟁-매력적인 환인 형에게 아직도 용서를 구하는 섹시한 석가! (새로운 소식:

그의 곁에 있는 흑갈색 머리 여성은 누구일까? 혼자인 석가에게 드디어 운명의 짝이 생겼을까?)

석가가 정신 나간 편집장이 누구인지 찾아내기만 하면 그들은 괴로워질 것이다.

그는 이를 꽉 물고 울리는 사이렌 소리에 묻히는 심 서장의 말소리에 집중하려 애쓰지만 집중하기가 점점 힘들어진다.

"관리인이 한 시간쯤 전에 그들을 발견했어요. 우리는 이미 찾을 수 있는 증거 영상을 수집하고 있어요." 심 서장은 피곤함에 지쳐 이마를 문지른다. 그 옆에 서 있는 장현태는 검은 모자 아래로 어두운 표정을 짓는다. "현태가 수집할 영혼이 없다고 확인해 줬어요. 그들은 사라졌어요. 서류 작업량이……." 서장은 고개를 내저으며 혼잣말을 덧붙인다. "끔찍하게 많을 텐데."

심히 피로에 지친 표정으로 현태가 고개를 끄덕인다. "샅샅이 살폈습니다." 그가 사실을 확인해 준다. "가끔은 이런 일로 오류가 생기기는 합니다. 그들이 숨어 있거나 두려워하면 찾을 수 없어요. 이번 사건은 그런 종류는 아니에요. 그들은 그냥 사라졌어요. 상관에게도 전화해 봤습니다. 저승 국제 데이터베이스에서 확인했는데 오늘 아침에 이 구역에서 수집 대상으로 예상되는 영혼은 없다고 합니다."

석가가 손으로 머리카락을 쓸어 넘긴다. 죽은 학생들의 영혼이 간과 함께 사라졌다. 주홍여우가 또다시 공격했다. "대단하군." 그가 투덜댄다.

그리고 봄의 분기점인 춘분이 10일 밖에 남지 않았다. 어둑시니와 구미호는 아직도 둘 다 잡히지 않고, 옥황에 돌아갈 석가의 기회가 사라져 가는 듯하다. "영혼과 간." 그가 서늘하게 되풀이한다. "배가 고팠던 모양인데."

"그렇네." 그의 옆에서 세 명의 죽은 학생들을 바라보는 하니의 얼굴이 멍해 보이는데…… 무서워서? 놀래서? 두 가지가 뒤섞인 듯이 보인다. 이상하다. 다른 두 건의 시신을 조사할 때는 이렇게 창백하지 않았는데.

"다른 에너지 발광을 발견했어요?" 석가가 심 서장에게 묻는다. 노령의 해태는 고개를 흔든다.

"주홍여우가 희생자들을 제압할 때 에너지 폭발을 사용하지 않았나 봐요. 논리적으로 따져 봐도 명백하게 여우 짓이죠." 심 서장이 주름진 손으로 그의 관자놀이를 비빈다. "이덕현이 없어서 아직 부검은 못했어요. 인간 검시관이 오는 중일 겁니다. 그가 나머지를 처리할 거예요. 증거 영상을 얻을 때까지 우리가 할 일은 없어요. 학교와 시내 쪽에서 찍힌 CCTV를 수집하고 나서 연락할게요. 석가 형님, 하니 씨. 첫 번째 살해 현장에서 가져온 테이프들은 살펴봤어요?"

"조금 살펴봤는데." 그녀가 황급히 답한다. "살펴본 부분에서는 그들이 찍히지 않았어요. 여섯 개가 더 있긴 한데 거제에 가기 전에 다 보지는 못했어요. 필요하시면 서로 가져다드릴 수 있는데……."

서장이 얼굴을 찌푸린다. "처음부터 경찰서 내에 있던 걸 왜 가져간 겁니까?

하니가 머뭇거린다. "너무 바빴어요. 그리고……."

"제 잘못이에요." 석가가 끼어든다. "어쩌다 보니 어둑시니 사건에 주로 매달려 있었잖아요. 내가 테이프 전체를 볼 수 있는 시간을 주지 않아서 하니가 집으로 가져간 거예요. 하니가 잘못한 건 없어요." 그가 보기에 하니가 꽤 놀란 듯이 눈을 껌벅인다. 그는 기분 나빠 하지 않으려 애쓴다. 그들은…… 그러니깐 친구 사이. 그렇지 않은가? 당연히 그는 그녀를 막아줘야 한다.

해태가 지금 상황을 조금 신기하게 바라보며 눈썹을 올린다. 석가의 눈에 힘이 들어간다. "뭐요?"

"아뇨, 아니요." 모두 범죄 현장에 있는데도 심 서장은 뭐가 그렇게 즐거운지 계속 바라보며 말한다. "아무 일도 아닙니다." 그가 천에 덮인 시신 쪽으로 돌아서며 한숨을 쉰다. "확인하지 못한 테이프들은 시간이 나는 대로 돌려주세요. 우리가 괜찮을 때 살펴볼게요. 하지만 솔직히 말해서 그 테이프들은 아무 소용이 없을지도 모르겠다는 생각이 들어요. 당신이 우리가 찾는 연령대의 구미호 명단을 작성해 줬잖아요. 그 명단에 적힌 구미호 전체를 탐문했는데 지금까지는 알리바이가 모두 확인됐어요. 그녀가 누구든, 숨는 데 능숙한가 봐요. 그녀와 암흑 요괴 틈에서 이 도시는 가망이 없네요."

"우리가 그녀를 찾을 거예요." 석가가 서장에게 장담한다.

잘 가란 인사도 없이 서장은 멀어지며, 지친 듯 다른 경관들에게 다가간다. 남겨진 셋은 모두 침묵 속에서 시신들을 바라보며 서 있다. 장현태가 하니에게 돌아서며 먼저 침묵을 깬다.

"떠나면서 제게 말씀하셨던 대로 했습니다." 그가 정중하게 말한다. 석가가 그의 말을 흘려들으며 여전히 시체들을 바라본다. 망할 주홍여우를 저승 밑바닥으로 보내 버려야겠다며. "지금은 3시부터 5시까지 크리처 카페에서 파트타임으로 일하고 있어요."

"잘하셨어요." 하니가 달려드는 강아지에게 말하듯이 건성으로 가볍게 대답한다. 그러다가 목소리가 뻣뻣하게 굳으며 긴장한다. "석가."

그가 그녀에게로 돌아선다. "왜?"

하니의 얼굴은 여전히 창백하지만, 그를 보며 살짝 웃는다. "나는 크리처 카페에 가서 초콜릿을 좀 가져올게. 금방 돌아올 거야."

석가가 고개를 끄덕인다. "나도 같이 갈게." 그가 말한다. 달콤 쌉싸름하고 차가운 커피 한 잔과 그 뒤에 오는 카페인 각성 효과가 화를 가라앉히고 날카로운 신경을 풀어 줄 수 있겠지.

그리고 하니와 함께 먹는 아침은 그와 비슷한 효과를 낼 테니까. 그녀와 함께 있으면…… 과장이 아니라, 굉장히 즐거워진다. 지난밤에 하니가 손님방에서 머문 일은 그의 입장에서는 마지못해 내린 결정이었고, 그는 그녀와 다시 함께 있기를 간절히

원한다. 어쩌면 그들이 무슨 사이인지 얘기할 수도 있다. 석가
는 자신감을 잃고서 그녀를 놓쳤다고 생각한다. 차에서는 그때
뿐인 일이었나? 석가는 일회성인 관계가 많았지만 하니의 이름
을 그 명단에 올리고 싶지 않다. 그는 감귤 향과 바닐라 향을 시
트에 풍기며 입술로 그의 이름을 부르는 하니와 그의 침대에 있
기를 원한다.

"저도 갈게요." 저승사자가 모자를 고쳐 쓰고 하니를 바라보
며 급하게 덧붙인다.

석가가 얼굴을 찌푸린다.

하니의 얼굴에 묘한 표정이 스치는 것을 본 석가가 함께 가지
않기를 바라나 싶어 가슴이 철렁한다. 그녀가 그에게 벌써 질려
버렸다면 어쩌지. 차에서 나눈 키스가 실수였다면? 그 일을 후
회하는 건가?

석가가 제 혼자 상처받고는 얼마간 시간이 흐른다.

그는 즐겁지 않다.

전혀.

하지만 이후 하니가 쾌활하게 웃으며 팔꿈치로 석가를 쿡 찌
른다. "네가 뭘 주문할지 알 것 같은 기분인데." 그녀는 코웃음
을 치며 말한다. "커피." 그녀가 낮은 목소리로 재잘댄다. "크림
하나, 설탕 하나, 그렇지 않으면 내 분노를 받아라."

그는 안도감을 느끼면서도 기분이 상해 발끈한다. "그렇게
얘기한 적 없어."

"아?" 하니가 윙크하며 편하고 자연스럽게 그녀의 팔을 그의 팔 사이로 감는다. 새로운 형태의 친밀감, 하지만 전적으로 환영이다. 그녀가 매우, 아주 재미있는 놀림거리를 찾았다는 듯이 콧잔등을 찡긋하며 그를 올려다보고 그는 새어 나오는 웃음을 간신히 누른다. 석가는 자기 옆에 하니가 있는 이 느낌을 사랑한다. "내 기억은 꽤 정확하거든. 현태 씨 의견을 들어 보는 방법도 괜찮겠다."

"하지 마."

"현태 씨." 그들 셋이 범죄 현장을 떠나 걷기 시작하며 하니가 말한다. "1점에서 10점까지 점수에서 10이 가장 정확하다고 하면, 석가에 관한 내 기억력에 몇 점 줄래요?"

"10점 줄 겁니다." 죽음의 인도자가 정중하게 말하고 나서 석가가 쏘아보자 갑자기 목을 가다듬는다. "저는 5점이요. 중간입니다."

하니가 코웃음 치며 석가의 팔을 더 단단하게 조인다. 스스로에게 그러지 말라고 다그치기도 전에 그는 그녀가 잡아끄는 대로 기울인다.

그러자 그녀가 기대온다.

27

하니

텅 빈 카페에 구미호 둘과 저승사자, 타락신이 테이블 주위로 둘러앉았다.

구미호가 다른 구미호를 바라본다.

그 구미호는 신이 움직일 때마다 흠칫거리며 땀까지 뻘뻘 흘리고, 나이 많은 구미호의 의심스러운 시선을 피한 채 아이스커피를 열심히 휘젓는다.

나이 많은 구미호는 자기가 아닌 건 확실하니까. 빌어먹을, 신신시대학교 남학생 세 명을 누가 죽였는지 궁금해한다.

신과 저승사자는 불편하게 침묵하며 앉아서 조심스러운 표정으로 구미호 둘을 살핀다.

시간이 흘러간다.

몇 분이 지나고.

"하니 언니." 얼음이 유리컵에 부딪혀 달그락거리며 휘돌던 커피에서 눈을 떼고 소미는 조금 떨리는 목소리로 말한다. "거제는…… 어땠어요?" 소미는 열이 있는 사람처럼 볼은 눈에 띠게 붉어졌고 눈은 묘하게 번뜩인다. 짧은 곱슬머리는 손질하지 않아 부스스하고, 크리처 카페 앞치마에는 핫초코가 묻어 있다. 그녀의 손이 떨린다. 하니가 마실 음료를 만들 때는 매우 심하게 떨렸다.

하니가 목을 가다듬는다. 그게 아니기를 바라지만 만일 이 의심이 사실이라면 함께 있는 다른 둘이 그 가능성을…… 알게 해서는 안 된다. "난장판이었어." 하니가 솔직하게 말한다. "우리가 내려간 새 어둑시니가 경찰서를 공격했어."

"그…… 래…… 요." 소미가 말한다. "나도 들었어요."

"그리고 요정이 석가랑 나한테 키스하라고 했어." 그녀는 신에게 시선을 던진다. 석가는 굉장히 흐뭇한 표정이다.

소미는 눈이 튀어나올 정도로 놀란다. "뭐라고요?" 입술 가까이 음료를 들어 올렸다가 하니의 말에 소미의 손이 덜덜 떨린다. 그녀의 무릎으로 커피가 전부 다 쏟아져 버렸고 하니는 흠칫 놀란다.

어린 구미호는 당황해서 어쩔 줄을 모른다.

석가는 커피를 홀짝이며 소미를 냉랭하게 쳐다본다. 놀랄 일도 아니지만 타락신은 도와줄 생각도 없다. 반면에 현태는 벌떡 일어난다.

"소미 씨." 현태가 놀라서 부른다. "냅킨 필요해요?" 소미가 그에게 눈을 돌리자 그의 볼이 달아오른다. "당연히 그렇겠죠. 내가 가서 가져올게요. 가만있어요!" 그는 빨리 도와주고 싶다는 생각으로 서둘러 달려간다.

소미는 여전히 저승사자를 두려워하면서도 티를 내지는 않는다. "파트타임 직원이 아주 유능해요." 소미는 여전히 두려움으로 눈이 커져서 어색하게 웃으며 하니에게 말한다. "내 일을 전부 다 해 줘요. 그거 알죠, 언니? 내가 말만 하면 그가 쓰레기도 치우고, 바닥 청소도 하고, 테이블도 닦고…… 파트타임 시급만 받는데!"

"너한테 완전히 빠진 게 분명해." 떨리는 손을 보면서도 하니는 부드럽고 침착한 목소리로 조심스럽게 답한다. "그를 네 손안에 꽉 쥐고 있구나, 소미야."

"내가요?" 소미가 머뭇거리며 작게 웃음 짓는다. 과하게 붉은 소미의 입술을 하니가 흘끗 쳐다본다. 소미는 립스틱을 거의 바르지 않았었다. "사장님이 그를 좋아해요." 하니가 소미를 뜯어보자 소미는 입술을 꾹 다물고는 바닥을 내려다본다.

"당연히 그렇겠지." 저승사자는 학민지가 바라는 인재상에 딱 들어맞는다. 일에 대한 열정, 전문성, 예의. 모두 다 하니에게는 없는 자세다.

하니는 크리처 카페에서 일하던 때로 돌아가고 싶다는 생각이 조금도 들지 않는다.

하니는 현태가 두루마리 휴지를 들고 와서 신하가 왕을 대하는 상황에서나 볼 수 있을 법한 지나치게 정중한 자세로 소미에게 건네는 모습을 바라본다.

"그런데 일찍부터 여기는 왜 왔어요?" 소미가 휴지 뭉치로 청바지를 문지르며 묻는다. "아침에 무슨 일이 생겼어……? 어둑시니가?"

하니는 소미가 너무 놀라서 실수하지 않기를 바라는 마음으로 또박또박 대답하면서도 그녀의 반응을 주의 깊게 살핀다. "며칠 전 밤에 너한테 얘기했었던 일이랑 비슷한 일이 신신시 대학교에서 일어났어."

소미는 갑자기 바지 닦는 일에만 관심이 있다는 듯이 집중해서 닦아댄다. 조용하다. 정말 다행히도 그녀의 표정이 거의 변하지 않는다.

거의.

"영혼과 간이 사라진 세 명의 남자." 석가의 얼굴에 극심한 분노가 언뜻 비치더니 커피를 보던 눈길을 위로 돌렸다. 소미의 얼굴이 걱정스러울 정도로 단번에 창백하게 변했다. "주홍여우." 소미를 잡고 달려야 하지 않을까 고민하기 시작한 하니에게 석가가 말한다. "어둑시니처럼 유인해야 할지도 몰라. 심 서장이 찾아온 새로운 증거 영상이 쓸모없는 거라면 우리는 아마……." 그는 단서가 부족하다며 화가 나서 싸늘하고 단호한 말투로 말을 이어 나가지만 하니는 듣지 못한다. 그녀는 소미를 아주, 아주 자세히 살펴본다.

김하니는 어젯밤에 그 남자들을 죽이지 않았다.

밤사이 그림자에서 어둑시니가 튀어나오지 않을까 하는 불안한 마음 반, 속임수에 능한 신을 두고 할 수 있는 상상으로 나머지 반을 채우며 발톱을 세우고 석가의 아파트에서 누워 있었다.

하지만 소미는…….

소미는 당황해서 어쩔 줄을 모른다.

어린 구미호가 너무 많이, 너무 빨리 먹는 일은 특이한 일이다. 그러면 어젯밤 살인 사건이 일어나기 그 며칠 전에 하니가 소미에게 처음으로 간을 맛보게 했던 일은 우연의 일치일까? 하니가 소미에게 영혼을 흡수하는 방법을 알려주고 며칠이 지나서 그들의 영혼이 사라진 일은 우연의 일치일까? 하니는 제발 우연이길 간절히 바란다. 석가는 다섯 건의 살인 사건에 주홍여우가 연관되어 있다고 믿는다. 그리고 소미가 어젯밤 사건의 범인으로 증거 영상에서 발견된다면…… 젠장, 빌어먹을.

이건 하니의 잘못이다. 순수하고 결백한 소미를 타락시켰다. 그녀의 문 앞으로 늑대들을 이끌었다. 대학교에 있었을 때는 의심이 들어 괴로웠지만 그녀의 이성은 소미가 학생 세 명을 죽이지는 못한다고 속삭인다. 그녀가 준 간도 먹고 나서 불안에 바들바들 떨던 소미가. 살면서 사람을 죽여 본 적 없던 소미가.

하지만 지금 소미의 생기 잃은 눈, 옅게 붉어진 피부, 심하게 떨리는 손을 보면…….

하니는 순진한 얼굴과는 달리 소미의 내면에 감춰진 어두운 호기심을 떠올린다. 이렇게 될 줄 알아야 했다. 자기가 한 행동이 일으킬 파급을 더 현명하게 생각해야 했다. 그녀는 수백 년 동안 살인을 멀리했지만 소미는 그렇지 않다. 그리고 그것은 그녀의 책임이다. 영혼을 탐하고 간을 먹는 일이 지금은 불법이고, 이 사실 역시 그녀의 책임이다.

죄책감이 수백 개의 단단한 밧줄이 되어 하니의 속에서 뒤엉킨다.

증거 영상에서 소미는 사건의 범죄자로 밝혀지게 될 것이다. 그녀가 주홍여우로 지목받게 되면 쫓겨서 죽임을 당한다.

하니가 개입하지 않는다면.

하니가 증거 영상을 없앨 방법을 찾지 못한다면.

소미와 눈이 마주치자 하니의 목을 타고 땀이 흘러내린다. 어린 구미호는 얼굴의 핏기가 사라져 창백하다. 그녀가 조용하고 가냘프게 흘러나오는 목소리로 말을 꺼낸다. "하니 언니." 소미가 서둘러 일어서며 말한다. "안 그래도 물어보고 싶었어요. 그게…… 뒤에 있는 제빙기에 문제가 생겼어요. 이제 여기서 일하지는 않지만 그래도……."

"같이 가서 보자." 하니가 일어서며 말한다. 아이스커피를 놀라운 속도로 흡입하는 석가에게 힐끗 눈길을 돌린다. "잠깐 다녀올게."

그는 손을 흔들어 그녀에게 답하고 여전히 깊은 생각에 잠겨 있다.

하니는 소미를 따라 카페 계산대 뒤에 가려진 주방 안으로 들어가 철제문을 뒤로 밀어 닫는다. 하니는 등을 문에 대고 밀면서, 혹시나 하는 마음으로 대형 카페 냉장고 옆에서 심하게 떠는 그녀를 바라본다.

"네가 그런 거, 맞아?" 하니가 부드럽게 묻는다. 다정하게. "소미야, 네가 그 사람들을 죽였어?"

소미는 눈에 눈물을 글썽거리며 갑자기 아랫입술을 심하게 떤다. "내, 내가 그럴 생각은 없었어요, 언니." 목에서 쇳소리가 난다. "그런데 내가…… 간을 먹은 다음부터 자꾸…… 너무 생각이 났어요. 허기가 자꾸 몰아쳤어요. 그래서 내, 내가 언니한테 얘기하려고 했는데 언니는 거제로 가고 있었고 언니한테 자꾸 전화해서 귀찮게 하지 않으려고…… 우리가 마지막으로 통화했을 때 내가 얘기를 하, 하려고 했는데, 언니가 전화를 끊어서……."

석가의 차에 타기 전에 소미와 나눴던 대화가 생각나면서 하니의 가슴이 죄책감으로 아려온다. **"잠깐만요. 나, 물어볼 게 하나 있어요."** 전화기 너머로 소미가 작게 말했다. **"나 기분이 이상해요……."**

그런데 하니는 듣지 않았다.

"계속 아무렇지 않은 척하려고 했어요." 볼을 타고 한 줄기 눈물이 흐르고 있는데도 눈물이 뚝뚝 떨어지며 소미는 말을 이어간다. "일하러 와서 아침부터 밤까지 정말 열심히 했어요. 파트타임인 저승사자와도 잘 지냈어요. 커피도 만들었고 계산대도 정리했고 성실한 직원이었다고요. 나는 괜찮았어요……. 한

동안은. 허, 허기가 너무 심해서 제대로 생각조차 하기 힘들 지경이었어도 나는 괜찮았어요. 그런데, 그땐, 어젯밤에……."

"그 허기가 너무 심해져서." 하니는 생각한다. 세상에. 이건, 이건 전부 다 내 책임이다.

간이나 영혼을 흡수하면 함께 따라오는 힘의 폭주 탓에 구미호가 예민해지면서 허기가 일어난다. 모든 구미호가 이렇게 예민해지지는 않지만 특이하게 드문 현상도 아니다. 그 허기는 더 많은 간과 더 많은 영혼을 흡수하면 채워지긴 하지만, 그 충동은 결국에 다시 생긴다. 구미호가 사람들을 죽이고 다시 먹을 때까지 피에 굶주려 정신이 흐릿해지며, 그 모든 주기는 다시 시작된다. 소미가 그들 두 명의 간을 먹고 난 그날은 힘이 넘쳐서 잠시도 가만히 있지 못했다. 하니는 이전에 소미가 간을 먹어 본 적이 없어서 그럴 거라고 받아들였지만 소미의 떨리는 손은 다르게 말한다. 소미는 힘에 예민하다. 그리고 아직도 허기를 느낀다.

소미가 고개를 끄덕이다가 급기야 무너져버린다. 울음을 터트린다. "내가 그 남자들을 죽였어요." 그녀는 흐느낀다. "내가 그들을 죽였어요. 게다가 난 그걸 즐겼어요."

"소미야." 하니는 문에서 몸을 떼고 소미를 부드럽게 감싸 안으며 속삭인다. "그걸 나쁘게 생각하지 마, 소미야. 구미호는 본능적으로 죽이는 존재야. 너는 잘못한 일이 하나도 없어. 내 생각에는 그래."

"하지만 그들은 우리를 주홍여우라고 생각할 거예요." 소미가 그녀의 어깨에 기대 속삭인다. "그 사람들이 나를 죽일 거예요. 하니 언니. 너무 무서워요."

"아니." 하니가 단호하게 말한다. "아니야. 그들은 너를 건드리지 못할 거야." 어깨에 기대 있던 소미에게서 몸을 떨어뜨린다. "그렇게 되도록 가만두지 않을 거야."

"어떻게 하려고요?" 소미가 불안에 떨며 묻는다.

"책에서 본 모든 비법을 가르쳐 줄게. 네가 훈련만 잘하면 절대 잡히지 않을 수 있어. 하지만 지금은……." 소미의 귀에 속삭이려고 몸을 기울인다. "내 말을 아주, 아주 잘 들어야 해."

✳

하니는 소미가 카메라에 나오지 않게 하려면 카메라가 없으면 된다는 천재적인 생각을 해냈다.

그녀는 소미에게 자기는 화장실에 있는 거고, 그들이 하니의 부재를 눈치챌 수 없도록 정신없게 만들라며 소미에게 할 일을 분명하게 전하고 신과 저승사자를 소미와 함께 남겨둔다. 석가는 카페에서 마실 수 있게 아주 큰 아이스커피를 하나 더 주면 분명히 만족할 테고, 현태는 '소미 씨'와 함께 시간을 보낼 생각으로 카페에 남아 있을 것이다.

하니는 대학교까지 다녀오는 데 아무리 길어도 15분이면 충분하다고 계산한다. 사건 현장과 그 근방을 향하고 있는 카메라를 부술 수 있는 15분, 아무에게도 들키지 않고 떠날 수 있는 15분. 15분. 아침 차량 정체가 시작되면 석가의 재규어를 훔쳐 불이 나게 달린다 해도 아무 데도 갈 수 없다. 하지만 여우 모습으로 변신하면 할 수 있다.

크리처 카페의 골목길에서 하니는 깊이 숨을 들이마시며, 훅 밀려오는 변화의 감각에 몸을 내맡긴다. 그녀는 날렵하게 변신해서 불어오는 바람에 살짝 살랑대는 꼬리 아홉 개 달린 주홍여우가 된다. 그녀는 변신한 여우의 몸에 맞춰 갑작스레 몰려드는 배가된 감각에 다시 적응하고 몸의 근육도 유연하게 푼다. 여우 모습을 하면 그녀는 반경 약 3킬로미터 내에서 도시의 모든 속삭임을 들을 수 있고, 모든 향을 맡을 수 있으며, 신기할 정도로 명확하게 모든 사물을 볼 수 있다.

그리고 여우의 모습을 하면 하니는 매우, 매우 빠르다.

해태 서장이 증거 영상을 아직 확인하지 않았기만을 바랄 뿐이다. 하니는 머리를 젖히고 관절을 뻗어 본다.

준비됐어, 가자.

잠시 후에 붉은 바람이 흩날리는 느낌으로 도시를 빠르게 통과하는 주홍빛 흐릿한 형체를 아무도 알아채지 못한다. 인도에서 걷는 사람들 사이를 이리저리 누비는 구미호가, 단단하게 주둥이를 뒤로 당긴 채 발로 인도를 두드리고 있음을 아무도 알아채지 못한다.

김하니가 자기 실수를 만회하기 위해, 이전에는 절대로 달리지 않았던 속도로 달리고 있음을 아무도 알아채지 못한다.

미안해, 소미야. 달리면서 생각한다. *정말 미안해.*

28
석가

 석가는 어린 구미호와 서투른 저승사자가 서로를 대하는 모습이 상당히 재미있다고 생각하며 쳐다본다.

 저승사자는 분명히 사랑에 빠졌다. 구미호는 확실히 아니다. 석가가 아침부터 커피를 두 잔째 마시는 동안 그들은 건너편에 나란히 앉아 있다. 구미호, 소미는 확실히 젊다. 그것도 긴장한 젊은이. 그녀는 석가와 현태의 시선을 모두 회피하다가 꿈꾸듯이 몽롱한 표정이라는 표현이 가장 잘 들어맞는 얼굴로 현태가 그녀를 바라보자 무릎을 올렸다 내렸다 하며 당황한다. 석가와 갑작스럽게 시선이 마주친 소미의 얼굴이 붉어진다. 그녀의 볼이 붉게 물드는 것을 보고, 그는 그녀가 〈가들리 가십〉을 읽고 매력적인 환인이나 섹시한 석가 중에 누가 더 끌리는지 고민하는 타입일 거라고 생각한다. *우스꽝스럽다.*

 그가 작게 코웃음 친다. 소미가 펄쩍 뛰며 눈을 돌린다. 현태의 사랑이 가득한 시선은 흔들리지 않는다. 저승사자는 신기한 존재로 세상과 동떨어져 살다 보니, 사랑에 한번 빠질 때는 빠르게 빠지며 깊게 빠진다. 그가 사랑에 빠진 모습이지만 현태는 기껏해야 소미를 알게 된 지 한 주, 아니면 두 주, 고작 그게 전부일 것이다.

석가는 하니가 없으니 지루해지기 시작한다. 커피를 홀짝이면서 아침에 일어난 사건 생각만 할 뿐 아무런 대화도 하지 않는다. 아직 어둑시니가 공격하지는 않지만 다른 한편에는 주홍여우가……

춘분이 곧 다가온다. 그가 커피를 내려놓으며 속에서 요동치는 불안감을 모른 척한다. 만일 그때까지 환인이 제시한 요건을 만족시키지 못하면…… 생각하기조차 싫다.

"소미 씨." 현태가 정성스럽게 부른다. "어제 우리가 사장님께 더 세련된 앞치마를 요청해 보자고 얘기했잖아요. 영혼을 수집하는 중에 떠오른 생각들을 다양하게 그려 봤는데 맘에 들어 하실지 모르겠습니다. 혹시 보고 싶으시다면 지금 여기, 제 서류 가방에 있습니다." 그는 그녀가 기뻐해 주기를 간절히 원하는 표정으로 검은 서류 가방을 경쾌하게 두드린다.

소미가 눈을 깜박이며 그를 본다. "그러셨어요?"

"해 봤습니다." 현태가 고개를 끄덕인다. "네 종류가 있는데 색이 모두 다릅니다. 전에 언뜻 분홍색을 좋아한다고 하셨던 게 생각나서……."

소미는 여전히 다리를 불안하게 떨며 입을 벌리고 그를 바라본다. 테이블이 흔들릴 정도다. 현태가 계속 말을 이어가는 도

중 석가는 짜증나서 노려본다.

"……그래서 소미 씨에게 어울리는 디자인을 생각하면서 그
말씀도 고려했습니다."

이 지점에서 테이블이 실제로 진동한다.

석가는 더 이상 참을 수 없다. 눈을 옆으로 가늘게 뜨고 몸을
앞으로 기울이며 말을 던진다. "테이블을 흔들고 있잖습니까."

소미는 누가 때리기라도 한 것처럼 커다래진 눈에 눈물을 글
썽이고 입술을 부들부들 떨면서 뒤로 홱 물러난다. 그러자 현태
가 석가를 휙 돌아본다. 감히 석가가 그런 식으로 소미에게 말
했다는 사실을 믿을 수 없다는 듯 저승사자는 경악한 표정이다.
"사과하세요." 현태가 단호히 말하자 석가가 조용히 웃는다. 사
랑에 빠진 존재의 용기가 인상적이다.

"싫은데." 그가 냉랭하게 답한다. 소미는 하얗게 질렸다.

현태는 명백한 무례에 자세를 곧추세운다. "당신……."

하지만 그때 카페 한쪽 귀퉁이에 있던 화장실 문이 열리고 하
니가 걸어 나온다. 머리가 부스스해진 채로 서둘러 테이블로 온
그녀는 석가의 옆에 자리를 잡고 앉아 의아한 눈빛을 띤다. "무
슨 일이 있었을까?" 그녀는 살짝 숨을 내쉬며 석가가 미처 말릴
틈도 없이 그의 커피를 잡아채 길게 한 모금 들이켠다.

그녀가 왔다. 석가의 기분이 매우 밝아지며 새어나오는 웃음
을 간신히 누른다. "커피 싫어한다고 생각했는데."

하니가 컵을 내려놓고 손목으로 입가를 훔치며 얼굴을 찌푸

린다. "싫어해." 그녀가 소미를 바라본다. "소미, 오늘 하루 종일 여기 있어도 괜찮지?" 질문인 것 같지만 그녀의 낮은 목소리가 무언가 중요한 얘기처럼 들린다. 소미가 끄덕이자 석가가 고개를 갸우뚱한다.

"그, 그렇게 할게요. 고마워요, 하니 언니."

하니가 웃으며 현태에게 눈길을 옮기는 모습을 석가가 바라본다. "파트타이머 씨." 현태가 자세를 바로 한다. "예?"

"약속은 잘 지키세요." 하니가 얼떨떨해 보이는 소미를 다시 바라본다. "여기서 이 아이를 지켜주세요, 제빙기가 망가지면 큰일이니까." 그녀는 다리를 펴고 일어나서 석가를 위로 끌어당긴다. "이제 카페 문 열어야 해. 우리는 나가자."

석가는 남은 아이스커피를 들이부어 마신 후 쓰레기통에 빈 컵을 던져 넣고서 하니를 따라 이른 아침이 시작되는 거리로 나선다. 하니는 그가 따라오기를 기다리다가 그의 재규어를 향해 나란히 걷기 시작한다. "오늘은 어떻게 할 계획이야?"

햇빛 속에서 그녀의 눈은 부드러운 초콜릿과 와인의 풍성한 색감을 띤다. 석가의 가슴이 두근거리는데 카페인 때문은 아닌 것 같다. 그는 속으로 자신의 뺨을 철썩 때린다.

현태보다 나을 게 없다.

그는 재규어의 조수석 문을 열어 하니가 몸을 숙이고 차에 타는 것을 도우며 말한다. "경찰서로 가 보자. 주홍여우를 추적하고, 어둑시니 건도 다음 작전을 짜야지." 석가가 차 문을 부드럽게 닫고 자기 자리로 들어와 앉는다. "증거 영상이." 시동을 걸며 말한다. "우리를 망나니 구미호에게 데려다주겠지. 시체에서 채취한 DNA 증거도 마찬가지고." 신신시에 사는 크리처들의 DNA는 전부 해태 서장의 데이터베이스에 들어 있다. "오늘 그녀를 죽일 수도 있어."

"음." 하니가 머리를 매만지며 쓸어내린다. "그게 그렇게……." 석가의 주머니에서 날카롭게 울리는 전화기 소리에 그녀의 말이 끊긴다. 석가가 대답하며, 성난 숨소리를 감출 생각도 없이 내쉰다. 서장의 목소리가 귀에 닿는다.

"형사님." 고령의 해태가 절망에 빠진 목소리로 말한다. "어디예요?"

"무슨 일이에요?" 석가는 핸들에 올린 손을 꽉 쥐고 가슴속에서 심장이 쿵쾅거리는 걸 느끼며 거칠게 묻는다. "운전하고 있어요. 지금 바로 그쪽으로 갈 수 있……."

"난 괜찮아요, 괜찮아. 어젯밤 증거 영상이." 서장이 숨을 거칠게 내쉰다. "카메라들, 컴퓨터들이…… 전부 부서졌어요."

석가의 머릿속에서는 사이렌 소리만 울릴 뿐 아무 생각도 들지 않는다. "그럼 시신들은요?"

"사라졌어요." 심 서장의 목소리가 잠겼다. "시신들이 사라졌어요."

✳

"어떻게." 석가가 서장의 책상 앞에 서서 팔짱을 끼고는 분노에 찬 목소리로 거칠게 내뱉는다. "이런 일이 일어날 수 있어요? 어떻게 시체를 놓쳐요?"

경찰서는 그의 차갑고 강압적인 목소리만 울릴 뿐 온통 고요하다. 석가가 방에 들어서자 다른 경관들은 모두 줄지어 나갔고, 그가 서장에게 다가가는 동안 지팡이가 바닥 타일에 부딪히며 탁, 탁 소리를 낸다. 경찰서로 오기 전 그들은 하니의 아파트에 들러 첫 번째 사건 테이프 중에서 하니가 아무 내용도 없었다고 말한 테이프는 남겨두고, 미처 살펴보지 못한 테이프들을 가져왔다. 하니가 서둘러 그 테이프들을 서장의 책상 위로 올려놓았지만 서장은 알아채지도 못한다.

경찰서의 분위기는 비탄에 잠겼을 뿐만 아니라 어둑시니의 공격에 관한 어떤 단서도 없다. 야간 경비를 섰던 해태들의 시신은 장례를 치르도록 가족들에게 넘겨졌고 바닥에 흘렸던 핏자국은 말끔하게 지워졌다. 하지만 무언가 시큼하면서도 동시에 쌉쌀한 냄새가 허공에 맴돈다. 두려움. 석가가 입으로만 숨을 쉬려 한다.

"나도 모르겠어요." 심 서장이 기운 없이 말한다. 그는 눈 밑에 짙은 보라색 다크서클을 달고 지치다 못해 초췌한 얼굴로 자기 의자에 파묻히듯 앉아 있다. 지금 순간에 그는 이 도시에서 가장 권력이 높은 해태처럼 보이지 않는다. 무너지기 직전의 매우 혼란스러운 노인처럼 보인다. 석가가 눈을 감았다 뜨며 말을 삼킨다.

솔직히 신경 쓰지 않았던 때도 있었을 것이다. 하지만 지금은 늙은 서장을 바라보며 그가 말을 이어가는 동안 목소리를 부드럽게 하려고 신경 쓴다. 그는 끼고 있던 팔짱을 풀어 내리기까지 한다. "어떻게 시신들, 카메라, 증거 영상이 다 사라질 수 있는지 이해가 되지 않을 뿐이에요."

"경관들에게 도시를 샅샅이 수색하도록 했어요." 서장의 목이 쉬었다. "뭔가 발견하면 연락할게요. 미안합니다, 석가 형사님. 이번 수사가 당신에게 어떤 의미인지 알아요."

석가가 매섭게 쏘아붙이고 싶은 걸 꾹 삼킨다. 서장의 잘못이 아니다. "시신을 발견하면 연락해 주세요." 겨우 그 정도 말만 하고 서둘러 인사를 마치며 그를 뒤따라오는 하니와 경찰서 밖으로 성큼성큼 걸어 나온다. 불안감이 혈관을 타고 흐른다.

29

하니

석가를 위로하는 방법은 예민한 아이를 달래는 방법과 상당히 비슷하다.

하니는 그의 아파트에서 그가 시키는 대로, 수첩에 애리의 단서를 우아한 글씨체로 적고 나서 손에 들고 톡톡 두드린다. 요정의 단서에서 작게 들렸던 '적들'이라는 소리를 석가가 결국에 들었다는 사실을 알고 하니는 크게 낙담하며 놀랐다. 하지만 석가는 주홍여우를 찾는 일에는 단서가 '거슬리기만 할 뿐 쓸모없다'고 말했다.

트레이닝 바지와 늘어진 회색 스웨터를 입은 그녀는 지나치게 빵빵한 긴 소파에 다리를 웅크리고 앉아 있고, 석가는 그녀 옆에 풀썩 기대앉아 창백한 얼굴로 눈을 감는다. 하니가 한숨을 내쉰다. 그는 경찰서를 떠난 후로 내내 이런 상태였다. "석가." 오십 번째 말한다. "어둑시니를 잡으려면 함정을 짜야지."

석가가 뭐라 중얼대며 얘기하는데 "싫어"라는 소리가 들린 듯하다.

하니가 움찔한다.

그녀가 죄책감을 느끼지 않는다고 말하면 그건 사실이 아니다. 그녀가 카메라를 부수고, 컴퓨터를 박살내고, 시신들을 한강에 던지는 이 모든 일을 9분 47초 만에 하고서 조금도 후회하지 않는다고 말하면 그건 사실이 아니다.

이 속임수 게임을 하면서 그녀가…… 어떤 식으로든 상처받지 않았다고 말하면 그건 사실이 아니다.

그녀 때문에 석가는 결과 없는 목표를 향한다.

하지만 상황을 바꿀 수는 없다고 하니는 다시 한번 마음을 다진다. 자꾸 생각해 봐야 소용없다. 대신에 석가와 그녀가 할 수 있는 일에 집중해야만 한다.

주홍여우는 절대 잡을 수 없지만 그들이 함께 어둑시니를 잡을 수는 있다. 잠복하는 방법보다 더 효과적인 계획을 짜야 한다. 우선 석가를 침울한 상태에서 끄집어내야 한다.

"석가." 그녀가 어깨로 툭 치며 다시 말한다. "기운 내. 이제 정신 차리자."

그는 여느 어린아이처럼 투덜대며 몸을 돌려 그녀를 등지고 앉는다.

"석가. 제발 좀." 그녀는 그의 어깨를 당긴다. "아기처럼 그러지 마. 수천 년을 살았잖아." 그녀가 뒤에서 끌어당기자 놀랍게도 그가 딸려 온다. 석가가 그녀의 무릎을 베고 누워 평소처럼 잔혹하고 냉랭한 눈빛 대신 상처받기 쉬운 여린 눈빛으로 그녀를 올려다보자 하니의 가슴이 조금 무너져 내린다.

"하니." 그는 항상 그렇게 목이 쉰 소리를 낸다. "내가 신으로 돌아가지 못하면 이승을 완전히 불태워 버릴 거야."

하니의 손가락이 그의 칠흑같이 검은 머리카락으로 향한다. "나는 네 말을 믿어." 그녀가 건성으로 말한다. 그녀가 그의 머리를 쓰다듬으니 석가의 눈이 잘게 떨리며 감기는 모습을 바라본다. 목이 멘다.

속임수의 바다에 홀로 있는 신이여.

"들어 봐." 그렇게 할 생각도 없으면서 수첩을 잡으려는 듯 손을 뻗는다. "석애리가 준 단서를 다시 살펴보면……." 석가가 수첩으로 향하는 그녀의 손을 잡아 멈춘다.

"난 머릿속으로 그 말을 수백 번 떠올려 봤어." 그가 체념하듯 말한다. "딱 요정이 할 만한 정도로 두루뭉술하고 애매해서 전부 쓸데없는 예지였던 게 확실해. 도대체 어느 부분이 주홍여우를 가리키는지조차 알 수 없다니까. 그건 이덕현에 관한 얘기야. 내가 겉으로 보이는 직관에 속지 않아야 한다. 그것도 덕현이고. 내가 지친 눈을 가진 자를 바라봐야 한다. 덕현. 눈물짓는 눈에 관한 부분이 그에게서 발견하지 못한 유일한 부분이야." 그가 그녀를 올려다본다. "가까이 와 봐." 그가 말한다. "네 눈을 보여줘."

하니의 심장이 요동치지만 서로의 코가 닿을 정도로 그에게 몸을 숙인다.

"음." 석가가 퉁명스럽게 웅얼댄다. "네 눈은 눈물짓지 않고 있잖아."

"지쳤을 뿐." 하니는 안도감과 죄책감이 뒤섞여 밀려오지만 푸념하듯 말한다. 애리가 언젠가 석가 때문에 울게 될 하니를 예언했다는 것에 다시 한번 놀란다. "나 어젯밤에 한숨도 못 잤어."

그가 능글거리게 말하는데, 절반은 염려를 담았고 절반은 농담이다. "겁먹은 여우?"

"그럴 리가." 하니가 천천히 눕는다. "침대가 넓기만 하고 불편하더라고." 그녀는 여전히 닿을 정도로 가까이에서 그를 보며 얼굴을 찡그린다. "왜 웃고 있어?"

그는 그녀를 올려다보며 그녀가 알던 모습과는 다르게 한쪽 입꼬리를 올리고 살짝 웃고 있다. 석가의 곁눈질이 차갑고 계산적이라면 이 웃음은 자기도 모르게 새어 나왔다.

석가가 눈을 조금 크게 뜨고 당황하더니 주춤거리며 웃는다. "나…… 나도 모르겠어." 그가 퉁명스럽게 말했지만 하니는 그가 그녀에게 투덜대는 게 아니라는 걸 안다. 그 자신 때문이다. "나도 모르겠어." 이번에는 조용하게 다시 말한다. 주저하며 떨리는 그의 목소리를 하니는 확실하게 느낀다. "하니." 석가가 묻는다. "우리는 무슨 관계야?"

"나도 모르겠어." 그녀가 작게 말한다. 그리고 그 말은 사실이다. 석가와 어떤 사이가 되고 싶은지는 알지만 위층에는 주홍 단검들을 숨기고, 마음에는 비밀을 감춘 채 그렇게 되기를 바랄 수 없다.

하지만 유혹을 모른 척하기는 항상 어려웠고 타락신은 평소
와 다르게 기대와 더불어 그녀가 느끼는 갈망과 비슷한 감정을
얼굴에 드러내며 하니의 무릎을 베고 누워 그녀를 바라본다. 그
는 화도 잘 내고 퉁명스럽고 까다로우며 차갑고, 게다가 그녀가
하는 농담을 받은 만큼 되돌려 줄 정도로 예리한 말재간을 가졌
다. 그는 그녀에게 자기 셔츠도 주고 다리도 감싸주며 그녀가
필요할 때면 그녀를 위해 약과 단검들을 사다 준다.

그리고 세상에, 그는 아름답다. 천 년 하고도 칠백 년을 살아
온 그녀의 인생 중에 늘 푸른 나무 같은 눈빛과 한밤을 가둬 버
린 머리색이 이렇게 완벽하게 어울리는 이는 아무도 없었다.

그녀가 항상 자신 있던 모습을 한순간에 전부 잃어버리고 허
둥대기 시작한다. "내 말은, 우리, 우리는 친구지? 이성 관계인?
그때 네가 좋았었다는 걸 아는데 차에 있었을 때. 키스하고. 손
이. 바지에. 만약에 네가 가끔, 다시 그러고 싶다면 나도 싫지는
않아." 그녀는 말을 멈춰야 한다. 하니는 정말로 말을 멈춰야 한
다. 하지만 멈추는 거, 어떻게 하는 거지? 모두 쏟아져 나온다.
"좋다고 할 거야. 아마, 정말 큰 소리로. 나도 너랑 키스하는 거
좋아. 생각 이상으로 좋아. 하지만 그런 사이를 뭐라고 하는지
모르겠어. 너랑 친구가 되고 싶은 건지 잘 모르겠어."

그의 눈썹이 조금씩 움직이기 시작한다. 상처받은 표정이다.
오, 환인 맙소사. 그녀는 정말 제대로 표현하지 못했다.

"내 말은 그런 뜻이 아니라." 그녀는 자신을 창밖으로 내던지고 싶은 충동을 느낀다. "친구 이상이 되고 싶어. 네가 되는대로 가져다 쓰는 테디 베어 이상으로. 나는 너랑 여전히 키스하고 싶고, 또……."

석가가 웃는다. 비웃음은 아닌 거 같은데. 부드럽다. 다정해 보이기도. "하니." 그가 말한다. "나도 너랑 키스하고 싶어."

그의 마음속에서 따뜻한 기운이 퍼져나간다. "아." 그녀가 웅얼거린다. "잘됐네. 그거, 그거 잘됐다."

속임수 신이 웃는다. "그리고 마침내 우리가 어떤 사이인지 알 것 같아." 그가 덧붙인다. "우리가 벌써 정했거든."

"우리가?" 그녀가 작게 말한다.

"거제에서 돌아올 때. 기억나?"

하니의 입술이 위로 휘어진다. 그녀가 그랬다. "우리는 하니와 석가."

석가는 손을 위로 들어 올려 흘러내린 그녀의 머리카락을 귀 뒤로 넘겨 준다. 그렇게 행동하는 그는 다정하고 그답지 않게 부드러우며 평소와 다르게 친절하고…… 그녀의 모든 질문에 대한 답으로 그렇게 행동한다.

하니가 몸을 기울여 그에게 키스한다.

30

석가

따뜻하고 달콤한 핫초코 맛이 나는 하니의 입술이 그와 맞닿자 석가는 기쁨으로 놀라운 탄성을 삼킨다.

뭐 하는 거야? 그의 머릿속에서 차갑고 짜증스러운 목소리가 다그친다. 그 목소리는 추방당한 이후는 물론이고, 불안정하고 매우 긴 불사의 삶을 사는 동안 그가 따르는 지침의 근간이 되었던 목소리다. *이건 어리석은 행동이야. 떨어져. 그녀를 밀어내. 결국엔 모두 너를 배신한다고.*

석가가 그 목소리를 무시한다.

그 대신 그는 팔을 뻗어 그녀의 머리를 더 아래로 끌어당긴다. 그리고 젠장, 그녀의 부드러운 머리카락이 그의 얼굴을 간지럽히고, 그의 자세 탓에 그들의 키스가 멈칫멈칫 불편해지고, 그녀의 앙증맞은 코가 그에게 닿고…… 그럼에도 그 모든 것이 그가 완전히 무너지고 그들 사이에 놓인 경계를 모조리 허물어버리기에 충분하다.

그는 그녀의 숨을 목에서 잡아채는 순간을 사랑하고 지나치게 화려한 샴푸 향이 나는 그녀의 머리카락을 사랑한다. 석가는 그녀에게서 느껴지는 따스함, 피부의 부드러움, 입술의 달콤함에 감탄한다. 석가가 그녀에게 감탄한다.

하니의 양손이 그의 얼굴을 감싸자 손가락이 피부에 닿는 느낌에 그의 심장이 덜컥하는데, 젠장, 실제로 덜컥하고 내려앉는 걸 그는 느낄 수 있다. 그는 그녀의 손을 잡아서 그녀의 손가락에 자신의 손가락을 엮고 그녀의 손금을 따라 훑고 싶다.

하니가 살짝 물러나자 석가는 다급하게 불만스러운 소리를 내는데 그렇게, 그 정도로 미치게…… 몰두하지 않았다면 분명 그는 당황했을 것이다. 그녀가 웃으며 입술을 기울여 다시 그에게 닿고 그녀의 혀가 그의 것을 쫓으며 한 손으로는 그의 머리카락을 한 가닥 잡고 느긋하게 빙글빙글 돌린다. 그의 마음속 척박한 땅에서 푸르고 조그맣게, 봄의 향을 담은 무언가가 피어난다. 행복의 씨앗이 하니의 키스로 보듬어져 이제 자라나기 시작한다.

그는 이렇게 활기차고 즐거운 기분을 정말이지 오랜만에 느껴 본다.

서서히 키스를 멈추자 석가가 그녀의 입술에 대고 웃는다. 그는 어찌 되었든 완전히 빠져버린 구미호, 그녀를 올려본다.

"하니." 그는 그녀를 힘껏 끌어안고 절대 놔주지 않으려는 듯 그녀를 바짝 끌어당기며 속삭인다. "하니." 그는 그녀의 이름을 부를 때, 입술에서 느껴지는 맛을 좋아한다. 감귤, 바닐라, 핫초코, 집처럼.

집.

석가에게 집이 있었던 적이 언제였는지 모르겠다.

"하니." 그가 그녀에게 손을 뻗으며 다시 속삭인다.

628년을 사는 동안 처음으로 석가는 마침내 있어야 할 자리를 찾았다고 느낀다.

31

하니

입술은 부어오르고 머리는 흐트러진 채 하니는 상당한 충족
감을 느끼며 석가의 거실 천장을 올려다본다. 타락신은 그녀 위
에 잠들어 있다. 그는 팔로 그녀의 등을 감싸고 머리를 그녀의
목덜미에 파묻고선 깊고 느린 숨을 고르게 쉰다. 그는 정말, 굉
장히 무겁지만 하니는 싫지 않다.

아니, 그녀는 조금도 싫지 않다.

지난 한 시간 동안 석가가 쏟아낸 순수한 갈망에 놀라움을 느
끼며 그녀는 자기의 연한 입술에 손가락을 댄다. 그녀를 온통
휩쓸어 버린 갈망에.

하니는 석가를 당혹스러운 퍼즐이라고 생각한 적이 있다. 하
지만 이제…… 이제는 석가와 자신이 완전한 하나임을 깨닫는
다. 튀어나오고 각이 져서 실제로는 모양이 다르지만 서로에게
완벽하게 들어맞는 두 개의 직소 퍼즐이다.

그들은 아무것도 하지 않고 키스로 한 시간을 보냈지만 단지
그 행동만으로 그녀는 이전에는 전혀 알지 못했던 감정에 불타

올랐다. 그도 그녀와 함께 뜨겁게 타올랐고 열정의 불씨가 좀 더 편안하게, 졸음이 오면서 만족스럽게 사그라졌다. 하니는 석가가 잠들어 있는 동안 그의 머리를 손가락으로 부드럽게 쓰다듬는다.

매끄럽고 검게 구불거리는 머리카락을 여전히 쓰다듬으며 하니는 부드럽게 한숨을 쉰다. *정말 이상하다.* 그녀는 생각에 잠긴 채 혼자 말한다. 일주일 전만 해도 그녀는 석가의 커피에 설탕과 크림을 엄청나게 때려 넣고 그를 노려보며 넘겨주었다. 설탕과 크림은 계속 그렇게 하겠지만 그에게 커피를 건네면서 이제는 경멸이 아니라 웃음을 지을 게 분명하다. 하지만 이상하다는 생각은 빠르게 사라진다. 그녀는 산에서도, 차에서도 알았고, 지금도 안다. 석가와 그녀는 그냥 이해할 수 있다.

이번에는 만족스러운 한숨을 다시 내쉰다.

이 순간. 그녀는 지금 이대로 시간이 멈춰서 이 순간에 영원히 머물고 싶다.

하지만 김하니는 그렇게 운이 좋았던 편이 절대로 아니다.

그녀의 팔에, 천천히, 소름이 돋아난다. 기분 나쁘게 오싹하다. 하니는 예리한 감각이 보라고 속삭이는 대로 거실 천장에서 바로 앞으로 눈길을 옮긴다.

거실의 그림자가 더 어두워지면서 하니의 근육이 팽팽해지고 그 그림자는 잉크가 쏟아지듯 검은 대리석 바닥 전체로 퍼져나가 하니와 석가가 누워 있는 커다란 소파 쪽으로 번진다. 그녀의 입김이 옅고 희뿌옇게 뿜어져 얼굴을 흐릿하게 가릴 때까지 온도가 떨어진다.

그녀의 눈꺼풀이 갑자기 무거워지고 무릎이 느슨하게 풀어지며 그녀의 몸 구석구석에서 졸음이 쏟아져 웅얼댄다. *잠들자,* 마음속에서 소곤거린다. *이제 잠들자.*

그런데…….

한 단어가 머리에 떠오른다. 덩굴손 모양의 그림자와 함께 다가오는 끔찍한 한 단어. *어둑시니.*

안 돼, 하니는 생각한다. 눈을 뜨고 있으려고 안간힘을 쓴다. *안 돼.*

그녀를 무력하게 만드는 몽롱함과 싸우며 석가를 깨우려고 어깨를 흔들어 밀친다. 천만다행으로 그가 선명한 에메랄드빛 눈을 번쩍 뜨며 정신을 차린다.

"뭐……."

하니는 소파에서 일어나 스륵, 발톱을 세우고는 그의 입술에 대고 손가락을 누른다.

거실에는 그들만 있는 것처럼 보인다.

하지만 하니는 바보가 아니다. 보이는 모습은 속일 수 있다. 그녀의 심장이 세차게 뛰어대고 그녀는 이덕현의 형체를 찾기 위해 거실에서 가장 어두운 그림자를 훑어본다.

석가도 조용히 일어나서 소파 옆에 기대어 두었던 지팡이 자루가 있는 쪽으로 손가락을 구부린다. 찰칵하고 그의 지팡이가 검으로 변하며 점점 더 짙어지는 암흑 속에서 예리한 날이 은색으로 빛난다. 그림자는 유리벽을 따라 몽글몽글 피어올라 늦은 아침 해를 전부 가려 아파트 내부에 한 줄기 빛도 허락하지 않는다. 하니가 거실의 전등이 깜박거리다 꺼지는 걸 바라본다.

완전히 어두워지자 하니는 움직일 생각도 하지 못하고 눈이 어둠에 적응하기를 초조하게 기다린다.

그녀의 온몸이 긴장한다.

어느 순간에 그림자 밖으로 무언가 튀어나와 끔찍하고 두려운 존재가 하니와 그녀의 신에게서 목숨을 빼앗아…….

하지만 얼마간 무거운 긴장감 속에 시간만 흐를 뿐 아무 일도 생기지 않는다.

그녀가 들어 본 적이 있는 날카롭고 서늘한 석가의 목소리가 고요 속을 뚫는다. "모습을 드러내."

숨 막히게 짙은 고요만이 있을 뿐이다.

하니가 마른 침을 삼킨다. 그녀의 단검들, 단 한 번도 실패한 적 없어서 그녀가 깊이 신뢰하는 붉은 단검들은 위층에 있다. 달려가서 가져와야 할까? 석가의 앞에서 단검들을 휘둘러야 할까? 그녀의 핏줄을 따라 에너지가 요동치며 여우 구슬로 향하고, 필요할 때 순전한 힘을 폭발시킬 수 있도록 대비하며 하니는 깊게 호흡한다. 경찰서에 있는 해태 서장의 추적에 에너지 발광이 일어나면 분명히 잡히겠지만, 그녀에게 다른 대안이 없다. 저승의 괴물이 그들을 지켜보고 있을 것만 같은 지금 상황에서는 더더욱 그렇다.

낮고 기괴한 웃음소리가 그림자에서 새어 나와 벽에서 벽으로 튕기며 거실을 울린다. 어디에서 시작되는 건지 짐작하기 어렵다. 하니는 허공에 주먹을 쥐고는 석가와 등을 맞대고서 주위를 둘러본다.

"석가." 하니가 나지막이 말한다. "지금 너……."

하니가 냄새 때문에 말을 중단한다. 살이 썩어 가는 냄새. 하니는 등을 맞댄 석가의 몸에 힘이 들어가는 걸 느낀다.

울리던 웃음소리는 천천히 허공으로 사라진다. 그림자가 몸부림치듯 뒤틀리며 굽이치다 짙은 어둠에서 무언가 생겨나듯이 일렁이자 하니는 긴장한다. 하니가 눈에 힘을 주고 덕현을 확인하려는데…….

핏빛의 붉은 수술용 마스크를 쓴 여자가 시야에 들어오자 하니가 주춤한다.

그녀는 길고 호리호리하며, 윤이 나는 검은 머리카락은 가는 허리까지 늘어져 있고, 커다란 검은 눈에는 두꺼운 속눈썹이 커튼처럼 매달려 있다. 병원용 가운을 입고 맨발로 서 있는데 발톱에는 연한 분홍색을 칠했다. 손톱도 같은 색으로 칠했을 것 같지만 그렇다고 확신할 수는 없다. 그 소녀는 두 손을 등 뒤로 돌려 잡았다.

살이 썩는 냄새가 더 강해진다.

"이덕현이 아니잖아." 하니가 석가에게 작게 속삭이고 그 여자를 마주 보며 공격하기 위해 자세를 잡는다. 하니는 붉은 마스크의 여자가 그녀를 바라보자 여자가 마스크 아래로 웃고 있는 끔찍한 상상을 한다.

"아니야." 분노로 날카로워진 소리가 들려온다. "아니야, 어둑시니가 우릴 가지고 노는 거야. 장난감을 보낸 거지."

여자가 그를 느릿하게 바라본다. 이해할 수 없다는 듯.

그 여자가 답하지 않자 하니의 눈썹이 경계심으로 살짝 움직인다. 하지만 그때…….

"나…… 나…… 예뻐?" 축축한 목소리다. 마치 엉망으로 망가진 입에 피를 가득 문 것 같은 소리다. 하니는 저 마스크 아래 무언가 있다고 생각하며 주먹을 단단히 쥔다.

"아니." 석가가 서늘하게 말한다. 매정하게. "아니, 네 얘기를 들은 적 있어. 빨간 마스크, 입 찢어진 여자." 그는 손에 반짝이는 검을 들고 소파 앞에 놓인 커피 테이블 근처로 유려하게 걸어간다. "그러니까 장난은 그만해."

입 찢어진 여자?

하니는 여자가 끔찍한 소리로 웃으며 한 손을 올려 마스크에 대자 몸을 주춤한다. 갑자기 빠르고 난폭하게 마스크를 뜯어내자 한쪽 귀에서 다른 쪽 귀까지 깊이 베이고 갈라져서 썩어가는 입이 드러난다. 여자의 잇몸은 붉게 부어올랐고, 너덜너덜한 혀를 뒤덮은 피가 뚝뚝 떨어진다. "답이…… 틀렸어." 축축한 목소리로 답하더니 여자는 등 뒤에서 다른 손을 꺼낸다. 오른손에 수술용 칼을 쥐고 위협적으로 흔든다. 그녀의 손톱은 하니가 예상했던 연한 분홍색이 아니다. 손톱은 누렇고 삐죽삐죽한데 피 딱지가 굳어 있다.

입 찢어진 여자는 앞으로 튀어나와 석가를 향해 수술용 칼을 허공으로 내리긋는다. 석가는 여자의 공격을 옆으로 움직여 쉽게 피하며 매우 지루한 표정으로 쳐다본다. 하니가 잡지 더미를 쓰러뜨리며 커피 테이블을 뛰어넘어서 발톱을 쫙 뻗어 입 찢어진 여자에게 달려든다. 그녀는 여자의 가는 어깨에 발톱을 박아 넣고, 여자가 비명을 지르자 거칠게 뜯어낸다. 공중에 후드득 피가 뿌려지고 하니의 얼굴에도 튀었지만 빠르게 다시 움직인다. 휘두르는 칼날을 휙 돌려 피하고 입 찢어진 여자를 돌려차기로 차서 벽으로 날려 버린다.

석가가 분노한 표정으로 그 여자를 향해 성큼성큼 걸어서 가까이 간다. "있잖아." 그는 암흑을 향해 비웃으며 말한다. "너희 게임은 이제 막 시작했는데 나는 벌써 그게 지겨워."

입 찢어진 여자가 앞으로 달려 나오지만 석가는 빠른 동작으로 칼을 쥔 여자의 손을 몸에서 잘라내고 목을 잡아 벽으로 세게 밀친다. "그가 뭘 주기로 했지?" 고통으로 비명을 지르는 여자에게 그가 으르렁대며 말한다. 그 여자가 괴로움에 비명을 질러대자 석가가 피 묻은 칼날을 목에 겨누고, 하니는 그 끝이 목을 누르며 조금 파고드는 걸 바라본다. "까막나라, 재건?"

입 찢어진 여자가 몸서리치더니 고개를 흔든다.

"뭐야." 석가가 다시 으르렁대듯 말한다. "그가 너한테 약속한 거?" 이번에는 칼날에 피가 흐른다.

거실의 그림자가 경고하듯 더 짙어져 간다.

"어……." 입 찢어진 여자가 칼날을 보며 헐떡인다.

"말해. 어서."

"어…… 둠의…… 세상." 입 찢어진 여자가 무언가 울컥, 삼키는 소리를 낸다. "어둠의…… 세상이…… 여기…… 생겨난다."

하니의 등골이 오싹해진다.

입 찢어진 여자는 벗어나려 발버둥 치지만 석가의 검이 그녀의 목을 더 깊게 파고들자 포기한다. "그가 다 끝내기 전에…… 너를…… 고통스럽게 만들 거야…… 그가 너에게…… 전하라고……."

"뭐야." 석가의 목소리가 날카롭게 압박한다.

"그가 너에게…… 고맙다고……."

"고마워?" 하니가 너무 놀라서 물어본다. "왜?"

"그가 살면서…… 이렇게까지 재미있었던 적이 없었다고…… 천 년 동안…… 그리고 그는 많이…… 배고프고…… 너희 둘은…… 맛있겠다고…… 너희가 연결된 힘…… 너희가 연결된 생명…… 아주 만족스럽고…… 너무 재미있게도…… 겁먹어서."

"난 충분히 들었어." 석가가 하니를 돌아본다. "너는?"

"잠깐만." 하니가 입 찢어진 여자에게 가까이 다가간다. "이다음에 그는 뭘 할 거지? 누굴 죽일 계획이야? 정해진 게 없나?"

피투성이인 웃음이 점점 커진다. "어리석은 여우…… 너의 무의미한 수사는…… 너와 함께 끝날 거야…… 너의 이야기에…… 해피엔딩은…… 없으니까…… 신과 구미호…… 끝날 거야…… 비극으로……."

여자는 말을 끝맺을 기회조차 갖지 못한다.

석가가 여자의 목을 베자 짙은 피와 재가 뒤섞여 허공에 뿌려지며 거실의 그림자가 천천히 옅어진다.

✳

"어둑시니가 생명을 충분히 흡수해서 힘이 강해지기 시작했어." 석가가 소파에 앉아 잿더미와 버려진 빨간 수술 마스크를 바라보며 말한다. "그리고 영향력도 함께."

"입 찢어진 여자." 하니가 또 있을지도 모를 공격을 대비하며 여전히 서서 작게 말한다. "그 여자는 뭐야?"

"망나니. 더 자세히 설명하면." 은색 이무기를 엄지손가락으로 만지작거리며, 석가는 기분이 좋지 않은 듯 말을 이어간다. "특이한 종류의 귀신이야. 그 종류에는 유일하게 그 여자 하나만 있었는데, 지금은 감사하게도 이제 없네." 그가 흘겨본다. "그 여자는 조만간 치워질 거야."

"그 여자 입이." 하니는 한쪽 귀에서 다른 쪽 귀까지 길게 위로 휘어진 모양으로 깊이 베인 입을 떠올린다. "어떻게 그렇게…… 그렇게 죽은 거야?"

"성형 수술이 잘못됐어." 석가가 답한다. "나는 오랫동안 그 여자를 죽이려고 했었어. 그 여자가 희생자들을 자기와 같은 모습이 되도록 베었거든. 끔찍하지."

하니가 콧잔등을 찡그렸다. "무언가 중요한 얘기는 없었던 거 같아. 그렇지? 어둠의 세계를 연다고?"

"나도 바라는 바야." 속임수 신은 지팡이로 잿더미를 쿡 찌른다. "별로 특별할 게 없어." 눈에 힘을 주고 쳐다보며 말을 덧붙인다. "하지만 그들이 지겹게 떠들어대는 소리를 듣다 보면 그곳이 천국의 한 종류 같다는 생각이 들 거야. 사실 그곳은 언제나 어둡고, 무질서하고, 정말 시끄러울 뿐이거든. 그들이 어떻게 애원하는지 너도 들어 봐야 해." 그가 계속 말한다. "내가 그들을 죽일 때. 존재하는 모든 세계를 여는 힘이 나한테 있기나 한 것처럼 까막나라로 보내달라고 항상 애원한다니까. 그런 열쇠가 있다면 정말 유용하겠어."

"네가 왕이었잖아." 하니가 어깨로 그를 쿡 밀며 짚어 낸다.

"까막나라의 왕이 되는 건." 신이 재미없다는 듯 대꾸한다. "대저택에 붙어살면서 더러운 주인이 되는 것과 같아. 현존하는 가장 웅장한 대저택에 붙어서 가난하게." 신이 그녀에게 기대려 몸을 움직인다. 하니가 그녀에게 기댄 그의 몸을 살짝 누르며 나지막이, 거의 혼잣말하듯 들리는 그의 목소리를 감상한다. "하지만 망나니들은 그렇게 생각하지 않아. 그곳에서 떨어져 나오면 그곳이 자기 집이라고 생각하거든. 어쩌면 그런 상황이라면 그럴 수도 있겠다는 생각도 들어. 까막나라로 망나니들을 전부 보내 버릴 수만 있다면 내 일이 더 쉬워지겠지."

하니의 입장에서는 그런 일이 벌어지지 않아 엄청나게 감사하다. 어둠의 세계에 그녀가 머무는 그림은 떠올리기도 싫다.

"그런데 환인은." 석가가 노여운 목소리로 냉랭하게 쏟아낸다. "나를 괴롭히는 걸 좋아해. 까막나라를 정말 오래전에 봉쇄하고 다시 열지 않거든. 그래서 어둠의 세계는 잠겨 있고 나는 여기 남아 있는 거야."

하니는 석가를 바라본다. 억울한 듯 힘이 들어간 그의 턱을 보고, 찡그러진 눈썹을 보고, 불만으로 콧등을 가른 채 살짝 접힌 주름을 보고, 하니는 심장이 조여드는 기분이다.

그는 옥황으로 절대로 돌아가지 못한다.

신이 될 수 없다.

그녀 때문에.

침을 꿀꺽 삼키며 맘이 편치 않아 몸을 뒤척인다.

그런데 갑자기 석가의 눈빛이 부드러워지며 그녀를 마주 본다. "물론." 그가 빠르게 말한다. "내가 이 버림받은 세계를 전부 싫어하는 건 아니야."

놀라움, 즐거움, 후회, 자기혐오가 뒤섞인 채 궁금함을 느끼며 그녀의 심장이 두근댄다. "커피는 물론이고……."

"……그리고 너도." 석가가 말을 끝낸다.

그녀의 눈이 빠르게 깜박인다. "그 순서대로?" 그녀의 목소리가 얼마나 가늘게 들리는지 그가 눈치채지 못하기를 바라며 조심스레 물어본다.

"바뀔 가능성도 있지." 그가 짙은 갈색 머리 한 가닥을 기다란 손가락에 말아 가며 그녀의 머리카락을 만지기 시작한다. 하니가 이런 상황을 즐긴다면 자신은 세상에서 가장 사악한 이가 될까, 하고 고민한다. 그를 속이고 있으면서도 그가 신경 써 주는 상황이 즐겁기도 하니까. 그녀는 어떤 형태로든 거짓말을 자백하면 어떻게 될지 생각해 본다.

하지만 그녀가 구원받기에는 너무 많은 시간이 지나 버렸다.

32
석가

석가가 아파트 현관 입구에서 하니를 기다리며 매끈한 검은색 정장의 재킷 단추를 잠근다. 신신시에서 가장 큰 나이트클럽을 가려고 너무 차려입었나 싶기는 하지만 맵시 있는 정장은 무기와도 같다. 그리고 석가는 이번 전쟁터에는 완전히 무장한 채로 들어갈 계획이다.

오늘 밤 그들은 어둑시니를 끌어내려 한다.

그가 계단에서 들리는 소리에 지팡이를 더 꽉 쥔다. 석가가 돌아서는데, 몸에 딱 붙는 검은 드레스를 입고 매혹적인 눈빛으로 계단을 내려오는 하니를 보자 그의 숨이 턱 막힌다.

짙어진 그녀의 속눈썹은 석가를 바라보는 그녀의 눈길을 한결 더 따스하게 만들고, 그녀의 뾰족한 굽은 바닥 위를 서둘러 걷는다. 그녀의 머리카락은 걸음을 옮길 때마다 탄력 있게 위로 날리며 이전보다 더 커진다. 석가가 바라보자 하니가 고개를 기울여 웃으며 반짝이는 입술을 휜다.

그리고 그 웃음.

젠장.

그 찬란함에 석가는 눈을 감았다 뜬다.

그에게 웃음 짓는 그녀가 그의 가슴속 어딘가를 뜨겁게 달군다. 아마 햇살에서 어떤 느낌을 받는다면 하니가 웃는 모습에서 느껴지는 그의 감정과 같겠다고 그는 생각한다.

꼴불견이네, 짜증난 목소리가 퉁명스럽게 던진다. *완전히 꼴불견이야.*

그는 그 소리를 무시한다. "너 정말, 멋있다." 말재간이 뛰어난 그가 외국어를 만난 듯 더듬거린다. 하니가 더 활짝 웃으며 그에게로 가까이 걸어오더니 그의 넥타이를 고쳐 매 준다.

"너도 잘 차려입었는데." 여우의 눈길로 그를 훑어보며 그녀가 답한다.

석가가 기분 좋게 웃는다. 당연하지. 당연하지. 그는 확실하게 그렇다. 하니에게 팔을 내민다. "그렇게 높은 구두를 신고 싸울 수 있겠어?" 의심하는 게 아니라 궁금해서 묻는다. 그는 속으로 **그럼, 당연하지**라는 대답을 예상한다.

그녀가 재미있다는 표정으로 그를 바라본다. "네 생각은 어떤데?"

자기 생각이 맞았다는 사실에 그가 미련한 자부심을 느낀다.

미련하고, 위험한 자부심.

✳

에메랄드 드래건은 쿵쿵거리는 음악과 휘황찬란하게 반짝이는 조명, 질 낮은 술과 더 질 낮은 사람들이 함께하는 곳이다. 석가는 댄스홀 중앙에 서서 어둑시니가 사는 암흑세계가 과연 그렇게 나쁜 것인지 다시 생각하고 싶을 정도로 몸을 흔들며 그가 내키지 않을 정도로 너무 가깝게 달라붙는 몇몇 사람들을 지팡이로 후려친다.

그는 자신이 느긋하게 행동해야 한다고 생각한다. 어쨌든 그건 계획이니까.

어둑시니는 영리하게 숨어 있다. 서장은 여전히 아무 단서도 없지만 석가는 요괴의 마음이 움직이는 방식을 안다. 이덕현의 몸 안에 있는 그것은 명단에서 석가의 이름을 아직 없애지 않았다. 그것이 온다고는 생각조차 못하고 있음을 보여 주는 방법보다 분노한 요괴를 끌어내기에 더 좋은 방법이 있을까? 어둑시니가 이번에는 석가와 하니가 자기를 추적하기보다는 즐기고 있다고 생각한다면 공격해 올 수도 있다. 어둑시니가 스스로 모습을 드러내는 방식이 바로 그들이 원하는 형태다.

이건 당연히 도박이다. 그 요괴는 그냥 다른 귀신을 보낼 수도 있다. 하지만 입 찢어진 여자 사건 때 하니와 석가가 손쉽게 처리했으므로 단순한 망나니로는 그들을 괴롭힐 수 없음을 보여 줬다고 생각한다. 그러니까 아마 어둑시니는 다른 전술을 시도할 가능성이 높다.

정확히 한 시간 후에 하니와 석가는 에메랄드 드래건을 비틀거리며 나올 것이다. 그러고는 좁은 골목길로 가서 어둑시니가 따라오길 기대하며 느긋하게 웃고 떠드는 모습을 보여 줄 것이다. 그것이 보고 있을 테니까. 분명히 지켜본다. 입 찢어진 여자가 나타났던 시점을 보면 알 수 있다.

밤에도 번쩍이는 보석으로 온몸을 치장한 도깨비가 그를 향해 몸을 흔들며 끈적끈적한 눈빛을 보내자 석가는 그녀를 노려본다. 그는 잔혹하게 비웃음을 흘리며 그녀가 있는 방향으로 지팡이를 쿡 찌른다.

카메라가 번쩍인다. 이런, 망할. 파파라치가 여기 있는 게 분명하다. 어찌 됐든 그는 대부분 도깨비로 채워진 나이트클럽에 있으니까. 〈가들리 가십〉의 다음 기사 제목은 읽어 볼 필요도 없다. '섹시한 석가가 결백한 도깨비를 공격하다! 매력적인 환인은 이 일에 어떻게 대응할까?' 사이가 서먹한 형제에 관한 독점 인터뷰를 환인이 받아들일 때까지 오지랖이 넓은 기자는 하늘을 소란스럽게 흔들어 댈 것이 분명하다.

그는 언제나 그런 요청을 받아 준다.

"제 동생 석가는." 환인이 한번은 이렇게 얘기했다. "늘 어려움을 느낍니다. 아마 동생이 어렸을 때, 미륵이 그를 떨어뜨려 머리를 다친 일과 관련이 있다고 생각합니다. 석가는 다시 나아지지 않았어요."

그리고 언젠가는 이런 얘기도 했었다. "석가는 우리가 아주 어렸을 때부터 저를 심하게 질투했습니다. 한번은 제 방에 몰래 숨어들어와 제가 자는 동안 제 눈썹을 밀어 버렸어요. 물론 이 후에 저는 눈썹 없이 다녔는데, 그게 옥황에서 유행을 하니까 석가가 며칠 동안 속을 끓였었죠. 그러더니 유행이 끝나갈 때쯤 자기 눈썹을 밀어버려서 한동안 놀림을 받았습니다."

"석가는 마고의 배에서 나오던 순간부터 저를 공격하려 했 죠. 내 아들을 걸고 맹세합니다. 내가 아기인 동생을 내려다보 며 안고 있었는데 석가가 작은 주먹으로 나를 치기 시작했습니 다. 결국에 동생이 내 보위를 장악하려 했으니 그리 놀랄 일도 아닙니다."

"한번은 제 생일에 석가가 예쁘게 포장해서 빨간 리본까지 달아 놓은 상자를 문 앞에 두었던 적이 있었습니다. 저는 무엇 이 있는지 궁금한 마음으로 흥분하며 열었습니다. 석가가 그 상 자 안에 무엇을 넣어 놨는지 짐작하시겠어요? 제 동생이 천리 마를 추적해서 잡았는데 숨이 멎을 정도로 아름다운 날개 달린 말이, 정말 어마어마하게 큰, 아, 대변을 보더라고요. 그건 제가 지금까지 받아 본 선물 중에 가장 최악이었습니다."

석가가 눈에 힘을 주고 사방을 둘러보며 망할 카메라를 찾으 려 한다.

"춤추자." 하니가 그의 얼굴 앞에 손을 들어 올려 주의를 돌 리고 쿵쿵대는 베이스 탓에 큰 소리로 말한다. "너 심술 난 노인 같아 보여! 네가 춤추지 않으면 그것을 절대로 끌어낼 수 없을 거야!" 그녀가 머리를 뒤로 젖히고 신나는 음악에 맞춰 아주 가볍게 움직이며 웃는다. 석가는 솔직히 경쾌하고 우아하게 움직이는 그녀의 옆이 어색하게 느껴진다.

"노력하고 있어." 불편하고 예민한 어조로 쏘아붙인다. 그가 금방 후회하지만 하니는 이해한다는 눈빛으로 고개를 까닥인다.

"간단해." 그녀가 격려하듯 말한다. "그냥…… 비트에 맞춰서 춤추는 거야. 정말 재미있을 거야." 그녀가 그의 어깨에 손을 올리고 음악에 맞춰 움직이며 그의 몸을 풀어 주려 한다. 석가는 여전히 돌처럼 굳어서 그의 아랫배로 몰려드는 열기의 흐름을 매우 힘들게 무시하려 애를 쓴다. 그가 이를 악문다.

어둑시니가 보고 있다면 비웃을지도 모르겠다.

하니가 활짝 웃는다. "한잔 마시자." 그녀가 크게 말한다.

"인간의 술은." 그가 대답한다. "나한테는 아무 소용도 없어." 사실이다. 인간의 술은 마시기는 좋지만 너무 약하고 물이 너무 많이 들어갔다. 그는 수백 년 동안 취해 본 적이 없다. 매우 안타깝게도.

하지만 하니가 벌써 그를 끌어 바로 향한다. 그가 귀찮은 듯 얼굴을 찌푸리지만 그의 팔목을 잡은 그녀의 손길을 즐긴다. 거의 내 남자임을 과시하는 듯한 모습이 그는 전혀 싫지 않다. 그리고 빌어먹을, 그는 술이 필요할 수도 있겠다. 하니가 바에 앉아 옆자리에 그를 잡아두고 활짝 웃자 석가의 입이 말라간다. 그가 정신이 혼미해질 정도로 행복해 보이는 웃음을, 점점 활짝 웃는다.

"우리 정신 차리고 있어야 해. 어둑시니 때문에." 그가 쉰 소리로 말한다. 하니의 눈썹이 찡그려진다.

"인간의 술은 너한테 효과가 없다고 생각했는데?" 바텐더를 향해 손가락을 딱, 튕긴다. "소주 하나 주시고요." 음악 소리 때문에 크게 소리 지른다. "이분에게는 여기에서 가장 독한 것을 주세요."

바텐더는 주문받은 대로 잔을 건넸다. 석가가 보드카처럼 보이는 잔을 의심스럽게 쳐다보는 동안 하니는 소주를 즐긴다. 그가 손가락 사이로 잔을 들어 올리고 꺼림칙한 표정을 짓지만 그래도 잔을 들어 삼키고 나니 하니는 그저 즐거운 듯 그의 옆에서 키득거린다.

"정말 손톱 만큼이겠지만 좀 편해질 거야!" 그녀가 그의 손을 다시 잡으며 여전히 웃는다. 그녀가 다시 그를 홀로 끌어내는데도 그녀와 마찬가지로 그에게도 즐거움이 쏟아지듯 밀려든다. "옥황에서는 뭘 마셔?"

"인간은 눈이 머는 술."

하니가 반짝이는 눈으로 다시 춤을 추면서 코웃음을 친다. 그녀의 찰랑이는 머리가 허공으로 날려 올라가는 모습, 현란한 조명이 그녀의 얼굴에 닿으며 비추는 모습, 이 모든 상황에도 불구하고 즐기는 듯한 구미호의 모습에 석가는 감탄한다. 자부심이 그의 가슴에 다시 차오른다. 살인 요괴가 꼬리에 매달려 있지만 여기에서 그녀가 그와 함께 즐기고 있다는 자부심.

"그냥 편하게 해 봐." 하니가 그의 손을 잡아끌며 그에게 춤을 추자고 재촉한다. "너를 보고 웃는 사람은 아무도 없어. 그들이 지팡이로 사람들 머리를 때리는 널 보지만 않으면! 우리 이렇게 있어야 하잖아." 그녀가 그를 가까이 당겨 겨우 들릴 정도의 말을 부드럽게 덧붙이고, 그는 그녀의 오른쪽 눈썹 위에 있는 작은 점이 보일 정도로 가까이 붙었다. "우리가 그것을 끌어내려면."

그녀 말이 맞다.

이 음악에 맞춰서는 도저히 춤출 수 없겠지만 석가는 노력해본다.

33
하니

하니는 숨 쉴 때마다 목구멍으로 거친 숨이 올라오고 온몸이
땀으로 흠뻑 젖었지만 신경 쓰지 않는다. 춤추고, 또 춤추고, 계
속 춤추며 현란하게 쏘아대는 조명 속에 고개를 뒤로 젖힌 채로
눈을 감고 웃는다. 킬킬거리며 반짝이로 뒤덮인 도깨비들한테
서 흩날리는 반짝이 조각들과 그녀가 흘린 땀이 만나 하니의 피
부가 반짝반짝 빛나고, 이제는 그녀와 붙어 있던 석가마저 은은
하게 빛난다.

석가가 춤추는 모습을 보고 즐거워하던 하니는 두 손을 허리
에서부터 머리까지 끌어 올리면서 엉덩이를 흔든다. 조금 전에
석가는 뻣뻣한 팔다리를 하고 불쾌한 듯 입까지 일그러져 있었
지만, 지금은 싸움이나 하는 양 위협적이면서도 우아하게 움직
인다. 그들은 외로운 두 개의 행성이 궤도를 돌듯이 서로를 끌
어당기다가 떨어지기도 하면서 마주 보고 빙글빙글 돌며 몸을
흔든다. 클럽 안의 모든 사물은 사라져 버린 듯 댄스홀에는 오
직 그들만 있는 것처럼 느껴진다.

그녀의 등 뒤에 선 석가는 손을 들어 그녀의 허리를 찾고, 그녀는 흥겨운 박자에 맞춰 엉덩이를 좌우로 굴린다. 음악이 나오는 중에도 석가의 숨이 일순 멎는 듯한 소리가 들리자 하니는 밀려오는 황홀감에 빙글 돌아 그를 마주하고 그의 가슴에 손을 얹으며 눈썹을 들어 올린다. "이거 재밌다. 그렇지 않아?" 그녀가 활짝 웃으며 한 번 더 빙글 돌더니 그의 목에 팔을 감고 몸을 더 가까이 붙인다. 그러자 그의 몸이 단단해지고, 그녀의 허리 뒤로 손을 두른 그는 반짝이는 조명 아래 땀에 젖어 번들거리며 다시 춤춘다. 하니는 살아온 시간만큼이나 수많은 남자와 수없이 많은 나이트클럽을 다녀봤기에 그들과 춤추는 방법을 정확하게 알고 있다.

"그래…… 괜찮네." 그가 쿵쿵거리는 베이스 소리에 묻혀 잘 들리지도 않게 잠긴 목소리로 나직하게 말한다.

"괜찮은 정도라고? 무슨 말이 그래." 하니가 입을 삐죽 내밀고는 석가에게서 떨어지려 하자 그가 그녀의 손을 잡아 바짝 끌어당긴다. 하니가 얽혀 있는 손가락을 잠시 내려 보는데 석가가 갑자기 그녀를 돌리는 바람에, 빙글빙글 돌던 그녀는 서로 코가 맞닿을 정도로 가까워졌다. 하니의 머리카락이 어깨 위로 내려 앉고, 그녀가 너무 놀라서 웃고 만다. 석가도 살짝 당황한 듯하지만 조금 우쭐대는 듯이 보이기도 했다.

하니가 큰소리로 웃는다. "다시 해 봐." 그녀가 말한다. 석가는 고개를 가로젓다가 조금 머뭇거리며 바라보더니 마지못해 그녀를 또다시 돌린다. 그녀가 휙휙 돌자 머리가 사방으로 휘날리며 도깨비의 얼굴을 때리고, 속도 때문에 클럽 조명도 뭉개져 보인다. 하니가 고개를 뒤로 젖히며 웃는다.

"네 차례야." 그녀가 말하며 석가를 돌리려 하는데 그는 동상처럼 꼼짝하지 않고 서 있다. "분위기 깨지 말고, 진짜." 하니는 그를 떠밀며 투덜거린다. 그는 여전히 꼼짝하지 않는다. "돌고 싶지 않아? 우아한 발레리나처럼?"

"나는 돌지 않을 거야."

하니가 콧바람을 뿜어낸다. "내가 언젠가는 널 바꿔 놓고 말 거야."

석가가 입을 살짝 휘더니, 눈빛이 가라앉는다. "시간이 거의 다 됐어."

하니는 뒤틀리는 속을 모른 척한다. 함께 보내는 이 시간이 어쩌면 이승에서 보내는 그들의 마지막 순간일 수도 있다. 어둑시니와 싸워야 하는 시간이 다가오고 있다.

죄책감, 두려움, 불안감에 애가 타들어 가는데도 그녀는 어떻게든 한 번 더 웃는다. "따라와 봐." 그녀가 크게 소리치고 쾌락을 즐기는 크리처들이 뭉쳐 있는 사이로 석가의 손을 잡아 끌어당긴다. 놀라움과 감탄으로 잠시 고요해지더니 그들의 눈길이 석가에게 매섭게 달라붙어 탐욕스럽게 집어삼킨다. 하니는 그들을 탓할 생각이 없다. 조명 아래 강렬한 에메랄드빛 눈을 하고 매끈한 검은 정장을 입은 그는 정말 그냥 지나칠 수 없을 정도로 인상적이다.

여러 개의 테이블 너머 어두침침한 클럽 가장자리에 커플들이 안락하게 사용할 수 있는 푹신한 소파가 몇 개 놓여 있다. 하니가 그 의자로 미끄러지듯 들어가고 그녀 뒤로 석가가 딸려 들어간다. 하니는 푹신한 등받이에 기대서 홀을 빠져나갔다가 다시 밀려드는 사람들을 쳐다보며 숨을 가쁘게 쉰다. 석가도 그녀 옆에서 숨을 몰아쉬며 뜨거운 눈길로 그녀를 바라본다.

석가의 입술이 그녀에게 부딪쳐와 격렬하게 물지만 금세 부드럽고 달콤해져 그녀는 그다지 놀라지 않는다. 하니가 손을 올려 그의 등을 끌어당기고 더 깊게 키스하며, 더 많이, 더 그를, 더 간절히 석가를 원한다.

더, 더 많이, 더 깊이.

그가 무릎 위로 그녀를 끌어당기자 하니는 그의 부드러운 검은 머리카락을 쥐고 손가락에 빙글빙글 감는다. 그가 그녀의 아랫입술을 살짝 물자 아릿한 갈망이 그녀에게 퍼지며 달콤한 고통이 휘몰아쳐 온다. 그의 손이 그녀의 드레스 위를 배회하자 가는 어깨끈이 흘러내려 그녀의 어깨가 완전히 드러난다. 짙은 속눈썹 아래 에메랄드빛 눈으로 그녀를 바라보다 석가는 드러난 어깨에 부드럽고 정성스럽게 키스한다.

인내심이 바닥난다.

혼잡한 나이트클럽 한가운데서 하니는 옷을 모조리 벗고 싶다는 충동에 휩쓸리지만 이건 확실히 매우, 매우 멀리 가 버리는 일이라고 생각한다. 그녀는 숨을 가쁘게 쉬며 석가에게서 몸을 떼고 다시 푹신한 소파에 등을 기대고는 구겨졌던 드레스를 끌어당겨 편다. 머리를 매만지며 그를 바라보자 그의 입술이 그녀의 볼과 같은 색으로 붉어졌다. 그의 목울대가 깔딱이고 머리카락 몇 가닥이 얼굴로 흘러내리자 하니는 다시 그의 무릎 위로 올라가고 싶다는 충동을 느낀다. 거의 그럴 뻔했다.

석가가 갑자기 눈을 가늘게 뜨며 열기가 사라진 단서를 찾는다. "혹시 느꼈어?" 그의 얼굴이 서늘하고 매서워지지만 그녀를 보고는 작게 속삭인다.

하니가 잠시 감각을 끌어올린다.

그리고 단번에 느낀다.

에메랄드 드래건의 공기가 차가워진다. 하니는 춤추던 무리가 졸린 듯 느릿하게 움직이는 모습을 보며 두려움에 심장이 졸아든다. 색색으로 현란한 클럽의 조명이 확 밝아지더니 깜박이다 꺼진다.

암흑이 위협적으로 나이트클럽을 감싼다.

"효과가 있었네." 하니가 푹신한 소파에서 서둘러 몸을 일으키며 숨을 내쉰다. "여기." 여기, 구경꾼들이 있는 곳. 여기, 일반인이 있는 곳. 당연히 이렇게 되리라고 예상했지만, 그 생각이 떠오르자 두려워진다. "골목으로 유인해야 해." 그녀가 머리로 잠겨 드는 졸음 기운을 떨치며 말한다. "저들에게서 멀리 떨어지자."

"가자." 석가가 단호하게 말한다. "난 네 바로 뒤에 있어."

하니는 무릎이 무거워짐을 느끼며 댄스홀을 지나 그다지 멀지 않은 출구를 향하려 안간힘을 쓴다. 하지만…… 무언가 잘못 됐다. 그녀가 방향감각을 잃고 현기증을 느낀다.

그리고 그녀는 너무, 너무 피곤해진다.

하니가 다리를 하나씩 옮기며 이를 악물지만 그녀는 옆으로 비틀거릴 뿐이다. 석가가 창백하게 굳은 얼굴로 하니의 팔을 잡는다. "하니." 그가 말하지만 목소리가 뭉개진다. 그의 두 눈이 두려움으로 빛나는 듯하지만 이내 급격하게 맥이 풀리며 흐려진다.

모두가 너무 느리게 움직인다. 모두가 잠들기를 원하며 깊게 숨을 들이마신다.

댄스홀 한가운데서 하니가 쓰러진다.

그리고 그녀는 일어나지 않는다.

✳

그녀는 허공 속으로 던져져 굴러 떨어지며 목구멍이 찢어지게 비명을 지르고 어두운 그림자와 암흑 속으로 떨어진다.

그녀는 절망 속에 어둑시니를 떠올리고, 그녀가 지나온 자리로 끝도 없이 몰려드는 암흑을 올려다본다. *깨어나야 해. 깨어나야 해*…….

하지만 그녀는 할 수 없다.

떨어지는 것 외에는 아무것도 할 수 없다.

그리고 떨어지고, 떨어지고, 또 떨어지며, 끝도 없이 떨어진다…….

그녀가 단단한 바닥에 부딪치자 온몸의 뼈들이 고통스러운 신음을 내지르고, 짙고 검푸른 멍이 이내 그녀의 살결을 따라 번져 나간다. 눈앞에 별들이 반짝이며 정신없이 떠다니자 바로 앞에 보이는 바닥에 집중한다. 점 하나 없이 완벽한 흰색이다. 얼룩을 찾아보려야 찾을 수도 없다. 소미의 아파트 바닥처럼.

간담이 서늘할 정도로 두려워진 하니는 바닥에서 일어난다. 그녀는 분명 소미의 아파트에 들어왔고, 정확하게 일주일 전에 소미에게 간을 먹어 보라고 설득했던 좁은 주방에 서 있다. 매끄러운 나무 식탁, 마호가니 받침대, 아일랜드 테이블 위에 올린 꽃병, 과자가 담긴 유리병, 오래돼서 낡아진 요리책들. *왜,* 하니는 천천히 생각한다. *나를 여기로 데려왔을까? 이건 악몽이 아니잖아.*

그 대답이라도 하는 듯 작게 흐느끼는 소리가 귀에 들린다.

하니가 주변을 두리번거리다 심장이 목구멍으로 튀어나올 뻔했다.

"오, 세상에." 소리를 내려 했지만, 입안의 혀가 무겁게 느껴진다. 소리를 낼 수 없다.

소미는 냉장고에 기댄 채 바닥에 앉아 울고 있다. 손은 이제

막 묻힌 피로 번들거리고, 입고 있는 흰 스웨터는 붉게 물들었
다. 그녀 주변으로, 흠 하나 없이 깨끗하던 바닥에는 핏방울이
선명하다.

그녀가 가슴 쪽으로 무릎을 끌어안는다. 소미는 몸을 앞뒤로
흔들어대며 울부짖고 눈물이 얼굴로 흘러내려 입안으로…… 그
녀의 입이 붉게 피로 물들었다. 하니가 비틀거리며 그녀에게 다
가가 몸을 구부리고 바라보지만 소미는 그녀를 보지 못한다. 그
녀는 손에 쥐고 있는 것에 온통 정신을 빼앗긴다.

반쯤 먹은 사람의 간.

아니야, 하니가 소미를 보며 생각한다. *이건 악몽이야. 소미
는 괜찮아, 그녀는 괜찮아. 벌써 허기가 시작될 리가 없어. 지금
은 아니야…….*

소미의 울음소리가 그녀의 심장을 헤집어 논다. 소미가 눈물
을 떨어뜨리고 점점 더 크게 흐느끼며 간을 씹어 삼키는 모습을
하니는 지켜본다.

현실이 아니라고 그녀는 스스로 되뇐다. *이건 현실이 아니야.
깨어나야 해.* 어둑시니가 그녀를 덮쳐서 생명을 빼앗아 갈 수도
있다. *깨어나야 해…….*

소미의 부엌에 그림자가 길게 늘어지며 짙어지자 하니는 뻣
뻣해지고, 공기는 차가운 냉기에 살얼음이 낀 듯하다. 앞쪽의
문이 열렸다 닫히는 소리가 들린다.

안 돼. 안 돼.

하니가 소미의 어깨를 잡고 흔든다. "도망가." 말하려 애쓰지만 말이 목구멍에서 막힌다. "도망가……."

보이지 않는 힘이 그녀를 세차게 밀쳐 소미에게서 떨어뜨리고는 반대편 벽으로 내동댕이친다. 그녀가 숨을 헐떡이며 일어나려다 공기를 가르며 들리는 기묘한 목소리에 얼어붙는다. "소미." 낮게 울리다가도 카랑하게 쉿소리가 나기도 하는 그것이 말한다. "왜 울고 있어?"

그 형상이 부엌으로 걸어 들어온다.

하니의 입이 벌어진다. 그 형상은 영상에서 검열 처리한 부분처럼 뭉개져 있다. 높이와 형체 외에는 아무것도 추측할 수 없는 데다 그마저도 지극히 평범하다. 소미에게도 뭉개져 보일까? 그건 아니다. 확실하게 알 수 있다. 어둑시니가 하니에게만 막아놓은 채, 그의 출현을 목격하도록 하고 있다.

어째서? 하니가 얼굴을 찡그린다. 어둑시니는 그의 몸체가 이덕현으로 밝혀졌음을 안다. 경찰서에 갇혀 있었기 때문에 모두가 다 안다. 그가 정체를 감춘 이유가 뭘까? 정체에 관해서 그녀는 생각한다. 무언가가 틀렸다.

그리고 그건 뭉개진 형상만이 아니다. 이건 악몽 같지만 확실히 꿈같지 않다.

이건 현실이다.

하니가 다시 한번 발을 옮겨 보려 하지만 보이지 않는 힘이 그녀를 옭아맨다. 그녀는 뭉개진 형상이 부엌으로 성큼성큼 걸어오는 모습을 지켜볼 수밖에 없다. 소미가 두려움으로 하얗게 질린 채로 다리를 쭉 뻗어 발톱을 드러내는 모습을 지켜볼 수밖에 없다.

"너." 그녀가 입을 연다. "어떻게 들어왔어? 나가. 나가지 않으면 죽일 거야!"

도망가, 하니가 간절히 생각한다. *소미야. 그냥 도망가.*

어둑시니가 양손을 들어 보인다. "너를 해치러 온 게 아니야, 남소미."

"네가 그거구나, 그렇지?" 소미가 숨을 몰아쉰다. "어둑시니. 나를 죽이러 온 거야."

"아니야. 내가 아니라고." 어둑시니가 소미의 발톱을 보며 손짓한다. "그것들 좀 집어넣으면 안 될까? 난 그냥 얘기하고 싶은데."

"당장 나가." 소미가 으르렁댄다.

어둑시니는 그녀의 말에 신경 쓰지 않는다. "너도 알겠지만." 그가 말한다. "대학교에서 일어난 살인 사건 얘기를 들었을 때, 나는…… 감동했거든."

"감동?" 소미가 흠칫 놀라기까지 하며, 쏘아붙인다. "내가 아니었어, 나……."

"알아." 어둑시니가 말한다. "너는 주홍여우가 아니잖아."

"무, 뭐?" 소미가 머뭇거린다. "나는 아, 아니……."

"네 친구." 골동품 라디오에서 지지직거리는 소리가 갑자기 확 커지듯이 기묘한 목소리로 소름 끼치는 웃음소리를 내더니 어둑시니가 대답한다. "김하니."

하니는 눈을 감는다. *안 돼.*

"하니?" 소미는 숨이 막히는 듯 긴장하며 가까스로 소리를 낸다. "하니 언니가 뭐라고?" 정신이 나갈 정도로 두려워서 각 음절이 흐릿하게 뒤섞인다. "언니가 어떻다고?"

"김하니." 어둑시니가 소미의 흥분을 확실하게 즐기면서 노래하듯 읊조린다. "주홍여우잖아."

"아니야." 소미가 쉰 소리로 속삭이듯 말한다. "거짓말이야. 이 개자식! 나가, 당장 나가, 나가라고!" 소미가 어둑시니 앞에서 먹은 간을 토해내자 어둑시니는 싱긋 웃으며 가볍게 피한다. 그 순간 하니는 눈을 번쩍 뜬다. 미끄덩한 사람의 장기가 바닥에 떨어져 붉게 물들고 소미는 흥건해진 바닥으로 쓰러져 흐느껴 운다. 하니의 가슴속에서 심장이 갈가리 찢긴다. 소미는 그것이 진실임을 안다. 그녀는 단지 그 사실을 믿고 싶지 않았을 뿐이다. 하니는 아이가 담요를 움켜쥐듯 부정하는 마음을 꽉 움켜잡는 어린 구미호를 바라본다.

"내게 말해 봐, 소미." 어둑시니가 차분하게 말한다. "내게 말해 봐, 김하니가 머리를 갈색으로 염색한 걸 알고 있지? 진짜 머리색은 타는 듯이 진한 붉은색이잖아? 주홍여우는 모두 그런 색이라고 전해 내려오는 걸 알잖아. 세상이 그들에게 붙인 이름을 생각해 봐."

소미가 붉게 물든 손으로 얼굴을 감싼다. 하니는 힘겹게 숨을 삼키며 죄책감과 두려움으로 속이 뒤집어진다. 그녀는 초콜릿색의 갈색 머리를 언제나 세심하게 유지했는데, 지난 12월 연휴 기간에 카페가 너무 바빠져 미용실 예약을 놓쳐 버렸다. 붉은색으로 머리 뿌리가 올라온 걸 소미가 알았지만 그때 그 이상은 생각하지 않았는데…… 그런데 지금은…….

"그리고 그녀처럼 아무렇지 않게 살인을 저지를 수 있는 구미호가 없다는 걸 알잖아?" 어둑시니가 안타까워하며 한숨을 내쉰다. "너를 봐, 소미. 죄책감으로 괴롭잖아. 주홍여우는 그런 감정을 느끼지 않아. 너, 남소미. 나는 네가 안쓰러워. 내가 보기엔 그래."

소미가 두려움으로 몸을 떨며 붉게 젖은 손가락 사이로 요괴를 쳐다본다. 그녀의 얼굴에는 눈물이 흘러내린다.

"너 자신을 봐." 어둑시니가 잔혹하게 말한다. "피를 뒤집어쓰고 사람의 간을 먹고. 허기가 그 정도로 심해진 오늘 밤에는 얼마나 많이 죽인 거지? 한 명? 두 명? 세 명? 아니면, 네 명? 너도 알잖아." 그가 계속한다. "주홍여우가 너를 타락시키지 않았다면 이런 일은 일어나지 않았을 거야. 그녀가 그 간들을 네 앞에 가져왔잖아. 영리했지. 그녀의 입장에서는, 안 그래?"

"어, 어떻게 그걸 알아?"

"내가 봤거든." 어둑시니가 앞으로 걸음을 옮긴다. "너는 결백했어, 남소미. 정말, 정말 결백해. 그런데 지금…… 너 자신을 봐. 너는 괴물이야. 그들이 네게 하려는 일을 상상이나 할 수 있 겠어? 하니는 지금 엉망이 된 너를 치워 버리려고 여기에 없는 거야. 그녀는 에메랄드 드래건에서 신과 함께 안락한 커플용 의 자에 앉아 음란한 짓을 하고 있어."

하니가 쓰디쓴 침을 삼킨다. 눈물이 맺힌 그녀의 눈이 아려온 다. *소미, 소미야, 정말 미안해.*

"그들은 너를 주홍여우로 지목할 거야. 그리고 너를 죽이겠 지. 이 모든 계획을 하니가 짜놓은 거야."

"그게 무슨……." 소미가 흠칫 놀란다. "그게 무슨 말이야, 언 니가 짜놓은 계획이라고?"

하니가 숨을 멈춘다. 그리고 어둑시니가 웃는다.

교활한 속임수다. 암흑의 요괴는 어리석지 않다.

하니는 그녀가 매우 천천히 그 말을 이해했다는 것을 알 수 있었다.

"정확하게 내가 한 말 그대로야." 어둑시니가 혀를 끌끌 찬 다. "김하니는 정말, 정말 오래 살았어. 어떻게 그 오랜 시간 잡 히지도 않고 비난도 받지 않으면서 버텨 왔다고 생각해? 언제 나 그녀를 대신할 다른 누군가를 절벽에서 밀어 떨어뜨린 거지. 그리고 이번에는 남소미, 그게 너고."

아니야, 아니야, 소미야, 그럴 리가 없잖아. 하니는 압박에서 벗어나려 애를 쓴다. *소미……*

하지만 심장이 철렁 내려앉는 끔찍한 느낌을 받는다.

만약에 소미가 체포됐다면, 하니가 그녀를 구하기 위해 모든 일을 털어놓고 책임졌다면……. 하니는 자기가 그렇게 하지 않았을 걸 안다.

그녀의 자기 보존 능력은 지나치게 강하다.

그녀의 이기심은 지나치게 강하다.

그리고 그 망할, 그걸 알았기 때문에 석가의 조수로 들어가 일하면서 석가를 소미에게서 떨어뜨려 놓고 그녀가 털어놓아야 하는 상황을 절대 만들지 않으려고 했다.

그녀가 소미를 절벽에서 밀어 버렸기 때문이다.

어둑시니가 옳다.

소미는 진이 다 빠진 얼굴이다. "언니가 그럴 리 없어." 그녀는 다시 중얼대지만 이번에는 소리가 더 작아진다. 간신히 들릴 정도로. "언니는 내 친구잖아."

"친구라면 괴물로 변하지 않아." 암흑 요괴가 반박한다. "그동안 신신시를 떠나려는 너를 얼마나 많이 붙잡았지? 그녀는 자기 대신 책임을 짊어질 네가 여기 있어야 했던 거야. 진실을 봐, 소미. 그녀가 두 남자를 죽이자마자 너를 찾아와서 그들의 간을 먹이고 허기와 살인하고 싶은 욕망에 불을 붙이고서 사건의 핵심에 너를 밀어 넣은 사실을 생각해 봐. 너에게는 자기를 믿으라고 말해 놓고 그 신이 한 걸음씩 옮길 때마다 너를 향하도록 점점 더 가까이 이끌었던 사실을 생각해 봐. 그녀가 주홍 여우지만 세상은 그걸 절대 알지 못하고, 네가 잡히면 그들은 너를 주홍여우로 확신할 거라는 사실도 생각해 봐. 그리고 너는 잡힐 거야, 소미. 하니는 그렇게 만들기 위해 모든 것을 걸었거든. 타락신 석가는 김하니가 지켜보고 있을 때 너를 죽일 거야. 그럼, 당연하지. 그녀는 지켜볼 거야. 그녀가 자기 비밀을 드러내야 하는 상황에서도 너를 구하기 위해 정말 나서 줄까?"

소미가 완전히 굳었다. 옅은 갈색 눈에 반짝이던 빛은 희미해졌다. 돌로 만든 동상처럼 굳은 그녀의 몸은 위아래로 균열이 생기더니 몸 전체로 번졌다. 그녀는 부서져 버렸다.

"하지만 생각해 봐." 어둑시니는 기분 좋은 목소리를 낸다. "남소미, 네가 수모를 당하지 않아도 되는 세상을. 네 욕망대로 살아갈 수 있는 세상을. 나와 함께 실컷 즐기면서. 김하니의 구속에서 떨어져 나와 살아갈 수 있는 세상. 나는 이승을 두고 커다란 계획을 세웠어. 그리고 내가 생각했을 때 내 계획을 너도 좋아하게 될 거야. 이승을 집어삼킬 시간이 다가와. 나와 함께 하자, 남소미. 나와 함께하면 절대 잡히지 않고 네 허기를 채울 수 있어. 나와 함께하면 아무도 너를 건드리지 못할 거야. 나와 함께하면 아무런 죄책감도, 아무런 수모도 없을 거야. 이 괴로움이, 너의 괴로움이 끝날 거야." 어둑시니가 손을 내민다. "내 손을 잡아, 남소미. 내 손을 잡고 이 고통, 이 배신감에서 벗어나 떠나자."

"안 돼." 하니가 소리치려 하지만 그녀의 목소리는 나오지 않는다. 안 돼. 소미…… 소미…….

"내가 수모를 당하지 않아도 되는 세상." 소미가 작은 소리로 따라하는데 마지막 눈물 한 방울이 그녀의 창백한 볼을 타고 흐른다. "내가 이런…… 이런 배신을 당하지 않는 세상. 친구라면…… 친구에서 괴물로 변하지 않아." 그녀의 목소리에 증오심이 스며든다. 점점 더 강해진다. 소미가 고개를 들며 말한다. "나는 김하니를 대신해서 비난받지 않을 거야."

어둑시니가 지금 웃고 있을지도 모르겠다. 그러나 하니는 그렇게 말할 수가 없다.

소미가 어둑시니의 손을 잡자 그녀는 고요하고 아무 소용도 없는 비명을 지른다.

34
석가

　지하 감옥의 감방에서 손을 뒤로 결박하고 입에는 시궁창 냄새가 나는 천을 물린 채, 인상이 험악한 궁정 근위병 무리가 석가를 거칠게 끌고 간다. 그가 입은 옥색 한복은 엉망으로 찢기고 피도 튀었다. 환인이 명령한 매질에 피가 흘렀다. 걸음을 디딜 때마다 고통이 온몸으로 밀려들고 시야는 흐릿해진다. *안돼*. 석가는 천하궁의 회랑으로 떠밀리면서 눈을 감지 않으려 안간힘을 쓰고, 둥근 나무 천장 아래 엉망으로 망가진 길을 거쳐 차가운 돌로 된 타일에 맨발자국을 남기며 지나간다. 그가 이끄는 반란군과 전투하던 중에 부서진 돌무더기들이 바닥에 어지러이 흩어져 있다. 피 냄새 같기도 하고, 똥 냄새 같기도 하고, 분노의 냄새 같기도 하다. 석가의 입에 물린 재갈. 그는 기절하지 않으려 버틴다. 그런 나약한 모습은 절대 보이지 않겠다.

　알현실의 문이 흐릿하게 눈에 들어온다. 그가 도착하고 경비병 두 명이 고개를 내저으며 망가진 문을 간신히 열자 금이 간 주홍색 기둥과 안쪽으로 구멍이 뚫린 검은 바닥이 보이고, 환인의 보위가 놓인 장엄한 단상이 보인다. 루비로 만든 보위에는 달, 해, 별 문양을 금으로 장식해 놓았고, 붉은 나무 천장에도 같은 문양으로 꾸며 놓았다. 환인은 바닥에서부터 꽤 높이 있는 보위에 앉았는데 그의 신비로운 푸른 눈이 증오로 차갑다. 그의 아들 환웅이 아버지와 거의 똑 닮은 외양으로 똑 닮은 증오를 내비치며 아버지 옆에 서 있다.

환인의 빌어먹을 보위가 전투에서 살아남았다는 사실이 잘 짜인 한 편의 시 같다고 석가는 씁쓸하게 생각한다.

다른 신들이 보위 앞에 모여 서 있고, 석가는 그 곁으로 옥황 근위병에게 거칠게 끌려 들어온다. 농경의 여신 자청비는 우아한 비단 한복의 색에 맞춰 검은 머리에 분홍 꽃을 엮어 장식했다. 석가가 바닥으로 밀쳐져 무릎의 살갗이 벗겨지며 고통스러워하자 자청비가 불쾌하다는 듯 눈을 가늘게 뜬다. 달의 여신은 석가에게서 조금 떨어져 오빠인 해의 신 해모수에게로 다가가며 빛나는 은빛 눈에 거북하다는 기색을 내비친다. 석가가 해모수에게 눈길을 돌리자 그는 완연한 혐오감으로 입술을 일그러뜨려 머리 위에 두른 까마귀 깃털로 된 검은 두건과 거의 같은 표정을 한다.

"망신이군." 강의 신 하백이 그를 내려 보며 경멸한다. "미륵 이후로 이렇게 큰 망신은 없었어. 창피하지도 않은가, 이 파렴치하고 역겨운 개자식 같으니. 너는 정말 네 아비를 닮았어. 마고가 낯을 들지 못할 거야."

석가가 입에 물린 천 사이로 거칠게 숨을 내쉰다. 노망난 늙은 신. 석가가 지금 이런 괴로움을 겪는 이유는 분명히 미륵과 그가 만든 괴로움 덕이다. 어쩌면 그는 지하 감옥에 있는 형편없는 아버지를 만나서 감사를 전할지도 모르겠다.

아니면 감은장 때문에 이렇게 괴로운지도 모른다. 그 운명의 여신은 석가를 한 번도 좋아한 적이 없다. 그는 수태의 여신 삼신할미와 함께 서 있는 그녀에게로 시선을 옮긴다. 삼신할미는 매우, 매우 풍만하다. 만약에 임신 기간이 여섯 번째 분기까지 있었다면 석가는 삼신할미가 순탄하게 절반 정도 지났겠다고 짐작했을 것이다.

"조용히 해라." 환인이 명령한다. 그의 목소리가 알현실을 가른다. 그가 옥좌에서 일어서자 풍성하게 늘어진 푸른 용포가 흔들리며 바스락거린다. 그가 경비병을 바라본다. "재갈을 풀어라. 현란한 말재간이 여기서는 쓸모가 없을 테니."

그의 입에 물린 재갈을 빼내는 손길이 상당히 사납다. 석가가 바닥에 피를 뱉어내고 환인을 올려 본다.

"형님, 정말." 그가 턱으로 피를 쏟으며 말한다. "너무 과하신 거 아닙니까? 이건 그냥 가벼운 장난이었습니다."

"너는 형을 폐위시키려 했어." 부엌의 여신 조왕신이 표독스럽게 일깨워 준다. "너는 어둠의 세계에서 우리 하늘 왕국으로 요괴 군단을 이끌고 왔어. 이 궁의 절반을 부쉈다고. 망나니 용이 내 몸통을 거의 집어삼킬 뻔했고. 너는 저승으로 떨어져서 미륵과 함께 있어야 해."

"조용히 해라." 여전히 석가를 노려보며 환인이 다시 서늘하게 말한다.

조왕신이 석가를 마지막으로 한 번 더 쏘아보고 몸을 돌린다.

"까막나라에서 망나니 2만을 모집하는 건." 환인이 부드럽게 말한다. "비겁한 자들이나 하는 짓이지. 그래서 일리가 있다고 생각해, 너한테는. 석가는 비겁하니까." 그가 단상을 내려가자 풍성한 용포가 그의 뒤를 따라간다. "특히 샘도 많고 권력 욕심도 많은. 너는 네가 가질 수 없는 것들을 항상 탐했다. 우리가 아버지 문제로 처음 계획을 세울 때 너는 그 일이 끝나면 내가 장자 상속권을 주장하리라는 사실을 알았으면서도 막상 내가 그렇게 하니까 나를 멸시했지. 그리고 심장 가까이에 분노를 담아두었어. 내가 즉위한 이후부터 언젠가는 네가 반란을 일으키리라 예상했고, 나는 네가 어떤 일을 꾸미고 있는지 알고 있었다. 그 일은 실패로 끝났지만 난 놀라지 않았어. 오히려 나는 너의 시도가 너무…… 엉성해서 실망스러웠다."

석가가 눈을 굴린다. "오, 제발." 그는 환인이 그에게 어떤 처벌을 내리든지 현란한 말재간을 부려 볼 요량으로 머뭇거리며 말한다. "나는 기만의 신이잖습니까, 형님. 속임수의 신. 그냥 불신의 신이라고요. 이건 그냥…… 반란을 일으킨 건 그저 내 기질일 뿐이고 태어나면서 삼신할미에게 받은 겁니다. 나는 이 일로 처벌받을 수 없어요, 말도 안 돼요."

"삼신할미는." 석가를 내려다보며 환인은 말한다. "나를 죽이려 하지 않는다."

환인의 말이 물론 맞다. 하지만 석가는 코웃음을 친다. "들어보세요, 형님. 이건 아주 길고 긴 여정 중에 만나는 그저 작은 걸림돌일 뿐이에요. 우리는 영생을 살잖아요. 형님과 나. 옥황에서 영원히 함께 살아가면서 서로에게 보상할 수 있어요."

"글쎄, 그런데 말이야." 환인이 매우 천천히 말한다. "우리는 그러지 않을 거야."

아, 안 돼. 석가는 반짝이는 환인의 푸른 눈이 탁해지는 걸 싫어한다. *아, 안 돼*…….

"너에게 딱 맞는 형벌을 준비했다, 동생아. 몇 백 년 동안 너를 내 눈앞에서 치워 버리는 형벌이지." 환인이 고개를 기울인다. "환웅, 공표해라."

법의 신이 충실하게 아버지의 옆으로 와서 석가를 보며 히죽거린다.

"현란하게 말재간을 부리는 자, 석가에 대한 형벌이다. 너의 왕국 까막나라의 영역은 영원히 봉쇄한다. 그리고 나는 법의 신인 내 아들 환웅을 두고 맹세하건대, 지금부터 너를 옥황에서 이승의 인간 세상으로 네 요괴들과 함께 추방할 것을 명한다. 너는 이제 너의 능력을 사용할 수 없다. 네가 구원을 얻으려면 망나니 요괴 2만을 살육해야 하며 그때까지 현란하게 말재간을 부리는 타락신 석가로 불명예스럽게 살아가야 한다. 네가 그 일을 다 끝내야지만 내 눈앞에 모습을 드러낼 수 있다. 그렇게 해야만 집으로 돌아오는 걸 허락하겠다. 그렇게 해야만 너는 다시 신이 될 수 있다."

환인이 석가를 내려다보며 잔혹하게 웃자 그는 숨이 막혀 온다. *안 돼. 아니야. 이건 아니야.*

"안 돼." 그를 둘러싼 다른 신들이 킬킬거리자 그가 쉿소리를 낸다. *이게 아니야…… 환인이 이럴 수 없어…… 안 돼.* "네가 이렇게 할 수는 없……."

환인은 고개를 숙여 그와 눈을 맞춘다. "나는 충분히 확실하게 할 수 있어." 그가 나직하게 말한다. "그리고 나는 충분히 확실하게 할 거야."

날카롭고 무자비한 배신은 잘 벼린 단검처럼 석가의 가슴을 깊숙하게 꿰뚫는다. "이건." 이성을 앞지르는 분노에 석가가 으르렁댄다. "공정하지 않아. 내 본성이……."

"운이 좋았다고 생각해, 동생아. 내가 너를 저승으로 보내지 않았잖아."

"이승은." 석가가 거칠게 말한다. "불평만 해대는 인간들이랑 같이 사는 건 훨씬 더 나쁘다고."

"그럴지도." 환인은 어깨를 으쓱하더니, 석가에게 등을 돌리고 보위를 향해 계단을 걸어 올라간다. 한때 환인은 석가가 자신의 등에 단검을 꽂을까 두려워서 감히 동생 앞에서 등을 돌릴 생각조차 할 수 없었다. 지금 그는 그렇게 행동하며 의도적으로 그를 모욕하고 속임수 신이 완전하게 몰락했음을 다시 알린다.
"그런데 너는 어디에도 마음을 붙이지 못하는구나, 석가. 누구
에게도. 이승이 너에게 큰 도움이 될 거야."

"이 망할 놈의 새끼야……."

환인이 그의 보위에 부드럽게 다시 앉는다. "잘 가거라, 석
가." 그가 냉랭하게 말한다. "너를 언젠가는 다시 보겠지. 아마
지금으로부터 천 년쯤 후에."

석가는 격렬하게 분노하여 족쇄를 끊으려는 듯 버둥거리며
소리친다. "네가 감히? 너……."

환인이 지루하다는 듯 한숨을 쉰다.

그리고 그가 손가락을 튕기자 사방이 온통 하얗게 변한다.

석가는 하늘을 뚫고 떨어지고 계속 떨어지며…… 빠르게 떨
어진다.

✳

석가는 뜨끈하고 끈적한 땀에 흠뻑 젖은 채로 깨어나 숨을 크
게 몰아쉬었다. 어두워서 아무것도 보이지 않고 속에서 쓴물이
올라올 정도로 극심한 두려움만 느끼며 딱딱한 어딘가에 누워
있다.

그는…… 뭘 했던…….

그는 떨어졌다. 그는 처벌을 받아 영원히 추방당하는 처지가

됐다. *빌어먹을, 환인. 빌어먹을, 신들. 빌어먹을, 이승…….*

잠깐만…… 아냐. 아니야, 그건 628년 전인데. 석가는 기를 쓰고 일어나 앉으려다 지난 수백 년 동안의 사건들이 밀물처럼 몰려오자 주춤거린다. 망나니들. 주홍여우. 협상, 환인의 협상.

어둑시니.

하니.

석가는 클럽의 암흑에 서서히 눈이 적응되어 일어나 앉는다. *그녀는 어디 있지?* 실내를 뒤덮은 그림자에 그의 눈이 익숙해지자, 몸이 굳어 버린다.

축 늘어진 시체들이 그를 켜켜이 둘러싸고 툭 튀어나온 검은 정맥들로 뒤덮였다. 댄스홀 전체에 피가 흘러 붉은 웅덩이를 만들고 석가는 자신을 뜨끈하게 뒤덮은 두터운 막이 땀이 아니라는 사실을 마침내 깨닫는다. 그는 피로 흠뻑 젖었다. 그들의 피로. 이리저리 몸을 흔들며 빙빙 돌던 에메랄드 드래건의 무리들이 이제는 없다. 바로 조금 전에 흥겨운 베이스에 맞춰 몸을 흔들고 발을 구르던 바닥에서 그들은 생명을 잃고 공포로 얼굴이 일그러진 채 눈이 있어야 할 자리에 빈 구멍만 나 있을 뿐이다. 그들의 가슴은 찢기고, 심장은 사라졌다. 죽고 훼손된 시체들이 켜켜이 쌓여 탑을 이뤘다.

석가가 다리를 움직이려 하지만 핏물이 흥건하게 고인 웅덩이로 미끄러졌고, 차마 눈을 뜨고 있기 힘들 정도로 극심한 공포가 그를 덮친다. 그는 살아 있지만 하니는 어디 있을까? *하니*

는 *어디 있지?*

만약에 그녀가 사라졌다면…… 만약에…… 만약에 그녀가 당했다면…….

나지막한 쇳소리가 그의 입술에서 새어 나오고, 그는 무릎을 쭉 편다. 그는 머리를 후려치듯 덮쳐 오는 울렁임에 정신을 차리려 애쓰면서 고개를 숙인다. "하니." 그가 그녀의 시신이 있는지 확인해 가며 거칠게 외친다. "하니……." 석가는 바닥이 빙글빙글 도는 듯한 어지러움을 느끼지만 애써 눈을 돌리며 그녀를, 김하니를 찾기 위해 주위를 살핀다. 그의 손은 가야 할 방향을 향해 흐느적거린다.

만약에 그렇다면, 그렇다면 어쩌지. 흐느끼는 듯한 소리가 울컥 올라오지만 목구멍에 걸린다. 그때 공포에 짓눌린 얼굴을 하고 있지만 살아있는 그녀가 보인다. 그녀가 숨쉬고 있다. *그녀가 숨쉰다.*

석가가 비틀거리며 그녀에게 다가간다. "하니." 그는 쇳소리로 그녀를 부르며 어깨를 천천히 흔든다. "일어나." 멍청이. 그들은 어둑시니를 막을 수 있다고 생각할 정도로 너무 멍청했다. "하니." 하지만 그녀는 여전히 악몽의 파도에 휩쓸려 움직이지 않는다.

에메랄드 드래건에 드리운 그림자가 웃느라 흔들리고 있다고 석가는 확신한다.

"너." 어둑시니가 모습을 드러내지 않으리라는 걸 알지만 암흑 속에서 으르렁댄다. 아니야, 이건 하나도 재미있지 않아. "넌 망할 놈의 대가를 치를 거야. 환웅을 두고 맹세하지." 진이 빠져 근육이 떨리지만 그는 하니를 팔에 안아 올린다. 그가 시체들과 핏물로 흥건하게 고인 웅덩이를 피해 나오는 동안 하니의 머리가 축 늘어져 있지만, 팔에 느껴지는 무게감보다 가슴에 내려앉은 두려움이 더 무겁다.

35
석가

"이제는." 서장이 따져 묻는다. "당신이 저지른 일이 얼마나 심각한지 알겠어요?"

서장의 얼굴에 비친 날 선 분노와 실망이 석가를 더 아프게 한다. 서장은 몸이 떨릴 정도로 화가 나서 그의 아파트 현관문에 서 있다. 에메랄드 드래건에서 공격을 받은 지 세 시간이 흘렀다. 세 시간 동안 암흑이 손을 펼쳐 이미 신신시 전체를 휘감았고, 골목길의 어두운 그림자들과 숨겨 있던 균열들이 합쳐지면서, 점점 더 커지고 점점 더 강해진다. 석가가 아파트 창문으로 밖을 내다보고 있었다.

"서장님." 석가가 말한다. "들어와요." 그는 커피 한잔과 먹을 음식을 조금 내놓고 자리에 앉힐 생각이다. 서장의 다리가 떨리며 불안정해 보여서······.

"아니요." 서장이 짧게 답한다. 평소보다 짙게 주름진 얼굴과 타락신을 가리키려 들어 올린 서장의 떨리는 손을 석가는 바라본다. 예전이라면 석가는 당장에 그에게 주먹을 날리고 싶다는

444

충동을 느꼈을 것이다. 하지만 하니가 아직 그의 침대에 잠들어 있고, 어둑시니가 천천히 이승을 집어삼키는 상황에 그는 어떤 감정도 없이 지루한 회한만 느낄 뿐이다. "아니요. 경찰서 규정이요, 석가. 당신은 그걸 따라야 해요. 하지만 규정을 따르는 대신 당신은 계획을 일부러 감추고 멋대로 행동했죠. 당신의 행동 때문에 여러 목숨을 잃었어요. 그리고 당신이 얻은 건 뭡니까? 뭐라도 있어요?"

석가가 마른침을 삼킨다. "아니요. 하지만 서장님, 서장님이 명령하신 잠복근무에서도 얻은 건 없잖아요."

"우리 잠복근무는." 고령의 서장은 화가 치민다. "무고한 시민을 죽게 하지 않았어요."

신은 거기에는 아무런 답도 하지 못한다.

"나는 정말 말할 수 없이 당신에게 실망했어요, 석가 형사님." 서장이 작게 말한다. 차라리 그가 화를 내는 편이 낫겠다. 이 조용한 분노는 오히려 견디기 힘들다. "난 오랫동안 당신의 날 선 빈정거림이나 우월감을 참아 왔어요. 오랫동안 나는 당신을 존경했습니다. 당신이 좋아지기까지 했어요. 석가 형사님, 서에서 함께 일하는 건 이번으로 끝입니다. 다른 곳을 찾아보세요. 서울에 있는 경찰서든, 아니면 인천, 부산, 대구로 가요. 어디든 상관없어요. 이곳만 아니라면. 이제 더는 당신이랑 같이할 수 없어요." 그가 떠나려고 몸을 돌리는데 석가는 실제로 공격을 받은 양 주춤하며 뒤로 비틀댄다. 그가 자기도 모르게 서장의 어깨를 다급히 붙잡는다.

"잠깐만요." 그가 목 안쪽 깊숙한 곳에서 울리는 듯이 말한다. "잠깐만. 제발."

석가가 잡자 서장이 긴장한다.

"바로잡을 수 있어요." 석가가 간절하게 말한다. "바로잡을 기회를 주세요." 그가 신으로 복귀하지 못한다면 신신시를 떠나서 살고 싶지 않다. 하니가 사는 곳이고, 커피가 있는 곳이다. 아무리 비좁고 갑갑하더라도 경찰서를 떠나고 싶지 않다.

하지만 무엇보다 심 서장이 그를 미워하는 걸 원하지 않는다.

숨 막히는 침묵이 길게 이어지다가 해태 서장이 한숨을 쉬며 돌아선다. 석가의 손이 그의 옆으로 천천히 떨어진다.

"제발요." 석가가 쉿소리를 낸다.

매우 노여워하던 서장의 눈빛 너머로 부드러운 무언가가 내려앉는다. "이전에는 나한테 그런 말을 한 적이 없었어요." 그가 말한다. "한 번도 없었는데, 오랜 시간을 보내는 동안 우리가 서로를 알게 됐나 보네요. 내가 서른일곱이었을 때 이곳으로 왔죠. 지금은 내가 예순셋이에요. 그동안 나는 당신이 '제발'이라고 말하는 걸 오늘 처음 들었어요."

"이렇게까지 개판을 쳐 놓은 적은 없었으니까요." 석가가 답한다.

"이렇게까지 개판을 쳐 놓은 신은 아무도 없었죠. 아, 말조심할게요."

"제가 바로잡을게요. 환웅을 두고 맹세해요. 어둑시니를 막을 게요." 석가가 꿀꺽 침을 삼킨다. "그리고 제가 그렇게 한다면 저를 추방하지 마세요. 그러지 마세요." 이것이 그의 운명인가? 어디로 가든지 추방당할 운명.

서장은 주름진 손으로 숱이 많이 빠진 머리를 느릿하게 쓸어 올린다. "나는 당신을 추방하는 게 아니에요." 그가 퉁명스럽게 말한다. "그저 해고했어요."

"그것도 하지 말아요." 석가는 무엇으로 그를 회유할 수 있을 지 생각한다. 현금? 아니야. 너무 뻔해. "이젠 우월감 같은 건 없어요."

"석가 형사님, 그건 불가능하다는 생각이 드네요." 하지만 서 장의 얼굴에 시큰둥한 웃음이 살짝 비친다. "지금 당장 서에서 함께 일하게 할 수는 없어요. 그렇게 하고 싶다면 당신이 책임 지고 하세요. 더 좋아지든, 아니면 더 나빠지든. 더 이상 무고한 죽음을 만든다면 나는 당신이 그만 끝내고 싶은 것으로 받아들 이겠습니다. 돌아오지 않아도 됩니다."

"알겠어요."

서장은 주머니에서 무언가를 꺼내 석가의 손에 쥐어준다. 사 진이다. "엄밀히 말하면 이건 서의 증거물이고, 당신은 더 이상 사건에 공식적으로 관여할 수 없기 때문에 이 사진을 건네면 안 되죠. 하지만 이 사진을 보는 게 좋을 거예요." 서장이 그와 눈 을 마주친다. "우리는 오늘 밤 주홍여우를 확인했어요. 이 사진은 그녀가 어둑시니를 돕는다는 증거예요."

석가가 손에 든 사진으로 느릿하게 눈길을 내린다.

그러자 그의 피가 차게 식어간다.

36

하니

어둠이 서서히 밝아진다.

하니가 포근한 침대에서 눈을 떴을 때 단단한 팔이 그녀의 허리를 감싸고 있다. 잠에서 깬 멍한 눈으로 무슨 일인지 알 수 없어 눈을 깜박인다. 머릿속으로 그녀가 누구인지, 어디에 있는 건지를 생각하며 기억을 더듬지만, 떠오를 듯 말 듯한 기억의 실마리를 잡아채지 못한다. 강렬하게 몰아치는 혼란스러움에 극도의 공포가 그녀를 덮치고, 비명이 목구멍에 턱 걸린 채 몸을 벌떡 일으킨다.

낯선 방이다. 검은 벽, 반짝이는 검은 대리석 바닥, 소설책 위에 쌓인 또 다른 소설책들로 빼곡한 책장. 회색 커튼이 드리워진 유리창, 유일하게 빛을 내는 침대 옆의 고상한 전등. 방에는 소나무 향과 비누 향이 짙게 배어 있다. 왠지 친근한 그 향기다.

"깨어났구나." 잠긴 목소리가 들린다. 그녀가 시선을 아래로 내린다. 검은 시트로 덮인 침대 위, 그녀 옆에는 한 남자가 누워 있다. 어찌 됐든 그녀가 아는 이 남자는 다부지게 입을 다물고 있지만 가장 환하게 웃을 줄 안다. 서늘한 에메랄드빛 눈을 가진 이 남자는 그녀를 바라볼 때면 눈빛이 부드러워진다. 이 남자는…… 이 남자는 염려로 그녀에게 손을 내민다. 사람이 아닌 이 남자는, 신이다. 그녀는 그가 천천히 자신을 품에 안도록 가만히 내맡긴다. 그녀의 마음이 사랑으로 포근해지며 이름을 속삭인다. *석가.*

"석가." 하니가 입안에서 이름을 머금다가 천천히 부른다. 그러자 그 이름이 마법 열쇠라도 되는 양 모든 생각이 물밀듯이 밀려오며 하니는 선명한 두려움에 휩싸인다. 하니는 극심한 공포에 빠지며 석가의 품 안에서 몸이 뻣뻣해진다.

클럽. 어둑시니. 소미.

너무나 현실 같아서 현실 같지 않던 그 악몽.

그 악몽은 아무리 애를 써도 자꾸만 그녀에게서 새어나간다. 기억해야 할 중요한 무언가가 있었는데, 잘못된 무언가. 그게 뭐였지? 소미가 있었고 거기에는…… 이덕현이 있었다. 하지만 어둑시니에 관한 중요한 어떤 내용을 잊어버린 느낌이다. 무언가…… 아주 중요한.

소미에 관한 기억이 전부 떠오른다. 소미가 하니를 적으로 생각하고 그녀에게 등을 돌렸다.

하니는 석가의 품에서 급하게 벗어난다. "석가." 다시 목이 멘다. "석가……."

"하루 종일 잠들었었어." 그가 나지막하게 말한다. "밤을 지나서 낮까지 내내. 어둑시니가 에메랄드 드래건을 공격했어. 우리 말고는 아무도 살아남지 못했어. 서장이……." 석가의 숨이 목구멍에서 꿀꺽, 삼켜진다. "서장이 우리한테 화가 많이 났어. 우리는 이제 서에서는 일할 수 없어."

아무도 살아남지 못했다. 빼곡하게 모여 춤추던 이들, 반짝이던 도깨비들…… 모두 사라졌다. 그녀는 떨리는 손을 올려 입에 댄다. "안 돼……."

그들은 죽었다.

그들은 죽었다.

"하니." 석가가 그녀를 다시 품에 안으며 부드럽게 부른다. "너는 아주 오랫동안 잠들었어. 잠시 좀……."

"소미." 하니가 쉿소리를 낸다. "소미한테 전화해야 해."

그녀를 안은 석가의 팔에 힘이 들어간다. "그러지 않는 게 좋겠어."

"내, 내가 꿈을 꿨는데." 그녀가 속삭인다. "어둑시니가 소미한테 가는 꿈이야. 그리고 그가 말하는데……."

나와 함께하자, 남소미. 나와 함께하면, 절대 잡히지 않고도 네 허기를 채울 수 있어. 나와 함께하면, 아무도 너를 건드리지 못할 거야. 나와 함께하면, 아무런 죄책감도, 아무런 수모도 없을 거야. 이 괴로움이, 너의 괴로움이 끝날 거야.

왜곡되고 두려운 그 말들이 그녀의 마음속에서 울린다.

"이덕현을 봤어?"

하니는 선뜻 떠오른 그녀의 직감이 왜 아니라고 말하는지 이해하지 못한다. 그녀는 그를 분명히 봤다. 그렇지 않나? 어둑시니는 틀림없이 그녀의 시야에 있었다. 그가 있지 않았나? 하니가 놓치고 있는 게 무엇일까? "그래. 그가 소미를 조종했고 소미한테 말했는데…… 나, 소미한테 전화해야 해."

"하니." 석가가 그녀의 머리를 쓰다듬으며 작은 소리로 말한다. "너한테 해야 할 말이 있어."

오, 세상에. "뭐를?" 하니의 목이 잠긴다.

"너는 소미를 몰라. 사실을 모르지." 그녀는 그의 가슴에 머리를 기대고 그의 목에서 깊고 낮게 울리는 소리를 들으며, 숨을 제대로 쉴 수 없다고 생각한다. "소미가 어린 구미호라 사람 나이로 스무 살도 안 됐다고 생각하는 걸 알아. 그녀의 서류에도 그렇게 적혀 있어. 그런데 소미가 너를 속인 거야, 하니. 소미는 오래 살았어. 아주, 아주, 오래."

아니야.

"남소미는." 석가가 나지막하게 말한다. "주홍여우야. 우리가 말한 대로 어둑시니를 돕고 있어. 석애리의 단서. 내가 찾는 자들은 내 생각보다 가까이 있다. 눈물짓는 눈. 크리처 카페에서 글썽이는 눈을 봤어. 너는 그때 화장실에 갔으니까 아마 못 봤을 거야. 하지만 모든 게 들어맞는다니까. 지금까지 일은 전부 소미였어. 그리고 하니, 나이트클럽 때문에 상황이…… 너무 나빠졌어."

하니가 숨도 쉬지 못하고 아무 말도 하지 못한 채 눈을 감는다. 그녀가 꿨던 최악의 악몽이 사실이 되었다. *소미는 주홍여우가 아니라고* 그녀는 말하고 싶다. *그건 나라고. 바로 나라고.* 하지만…… 그렇게 하지 못한다.

결국에는 어둑시니 말이 맞는 것 같다.

하니가 자기 비밀을 드러내야 하는 상황에서도 너를 구하기 위해 나서 줄 거라고 정말 생각하는 거야?

"신신시는 비상 상황이야." 석가가 그녀를 진정시키려는 듯 그녀의 머리를 손으로 쓰다듬지만 그다지 도움이 되지는 않는다. "해태 서장이 최선을 다하고 있지만 어제 사십 명이 살해당했어. 이십 명은 어둑시니 짓이고, 또 이십 명은……."

"이십 명은 구미호 짓이야." 눈물로 눈이 따끔거리는 걸 느끼며 하니가 중얼거린다. *이건 모두 내 잘못이야.* "어떻게……." 그녀의 목이 말하기 힘들 정도로 조여 온다. "어떻게 그게 소미라는 걸 알았어?"

"CCTV 증거 영상, 시민들이 찍은 사진." 석가가 조용히 말한다. "하지만 그런 것들이 필요하지도 않아. 그녀는 감출 생각도 없어, 하니. 사람들이 그녀를 봤어. 여기." 신이 주머니에서 무언가를 꺼내 건넨다.

조금 흐릿한 흑백 사진이다. 편의점으로 보이는 곳에서 소미가 시체 옆에 서 있다. 하니가 힘겹게 침을 삼키며 떨리는 손으로 사진을 건네받는다. 소미의 입이 온통 피로 물들었다.

"서장이 그러는데 소미가 이덕현을 돕고 있대."

하니는 오래전에 슬쩍 지나가는 말로 했던 그 말이 떠오르며 움찔한다. **어쩌면 주홍여우와 어둑시니가 협업하고 있는 건지도 모르겠네요.**

"하나는 이미 찾았고 나머지도 찾았어. 그리고……."

"그리고?" 하니가 속삭인다. "그리고 뭐?"

석가는 한참을 조용히 있다가 하니에게서 몸을 떼어내고 창문 쪽으로 천천히 걷는다. "어둑시니가 더 강해졌어." 그가 커튼 옆에서 서성이며 말한다. 빛이 어둑해서 그의 윤곽만 보일 뿐이다. "도시가 악몽으로 괴로워하고 있어, 악몽과 암흑으로." 석가가 천천히 커튼을 당기자 한 치 앞도 보이지 않게 칠흑같이 검은 밤하늘이 드러나고, 깜박이는 도시의 조명만 겨우 보일 뿐이다. "까막나라 같아." 그가 속삭인다.

하니가 침을 꿀꺽 삼킨다. "그거…… 그거 어둑시니야?"

석가의 눈빛이 침울하다. "지금은 오후야, 하니." 그가 말한다. "하루 중 이때쯤이면 햇살이 금빛이어야지. 환하게. 그런데 어둑시니가 너무 강력해졌어. 망나니들이 거리를 어슬렁거리는 데다 우리가 통제할 수 없을 정도로 굉장히 많다는 걸 사람들이 알아채는 건 시간문제야. 주술사가 밤낮으로 일하고 있어. 나는 나이트클럽 이후로 네 옆을 비울 수 없었지만 뉴스에는 온통 신신시의 상황에 관한 얘기들이야. 인간들은 공장에서 일어난 화학물질 사고로 어두워졌다고 생각해. 하지만 점점 더 어두워지

고 있어서 그게 사실이 아니라는 걸 금방 알게 될 거야." 석가가
얼굴을 찌푸린다.

"네가 정신을 잃었던 동안 환인에게서 연락이 왔어. 우리가
이 상황을 바로 막지 못하면 그가 개입해야 한다고, 춘분 같은
건 안중에도 없어."

빌어먹을. 하니가 손으로 얼굴을 문지르며 속이 뒤틀리는 걸
느낀다. 바깥에 깔린 암흑……. "소미한테 전화해 볼게." 그녀가
작은 소리로 말한다. "내 핸드폰 좀…… 소미한테 전화 좀 해
보게."

석가의 눈빛이 어두워지지만 고개를 끄덕이고 방을 나가더니
잠시 후에 하니의 전화기를 손에 쥐고 돌아온다. 하니에게 다정
하게 전화기를 건네지만, 그는 어깨가 긴장으로 굳어서 등을 뻣
뻣하게 편 채로 뒤돌아서 창문 밖을 바라본다.

이건 내 잘못이야. 전화벨이 한 번 울리자 하니가 생각한다.
두 번. *석가에게 진실을 말해야 해.*

하지만 진실을 말하면 무엇이 달라질까? 하니는 무차별적인
살인을 저지른 이가 아니다. 그래도 소미는 죽게 된다. 그래서
하니는 입을 다물고, 그렇게 행동하는 자신을 증오한다.

전화를 받는 소리가 들리지만 대답하는 목소리는 소미가 아
니다. 현태의 목소리다.

"하니 씨. 저 현태예요."

"현태 씨." 하니는 떨리는 손가락으로 전화기를 꽉 쥔다. "어

디예요? 소미랑 같이 있어요?"

"아니요." 그의 목소리가 자책으로 가득하다. "아니요. 소미 씨가 어찌 된 일인지 모르겠어요. 도대체…… 왜 그렇게 됐는지. 이틀 전 밤에 전화기를 카페에 두고 가서 그때부터 계속 제가 가지고 있었어요."

"소미를 찾아봤어요? 좀 말려 보지 그랬어요. 어떻게 좀 해 봤어요?"

"아니요." 현태는 매우 깊이 탄식에 잠긴 목소리로 기운 없이 중얼거린다. "소미 씨가 요괴라뇨, 난 정말 믿을 수가 없어요."

"소미는 아니에요." 하니가 화를 낸다. "소미는 그냥…… 잠깐 일이 잘못된 것뿐이에요, 그게 다예요." 하니는 소미가 살인하게 됐다는 사실에 격분한 게 아니다. 아니, 그건 차라리 괜찮다. 하니도 살아오면서 몇 번 정도는 살인을 저질렀다. 그녀는 힘의 예민함을 알지 못하던 소미에게 허기를 느끼게 만든 장본인이 바로 자신이라는 사실에 화가 치밀어 오른다.

하니는 휩싸이는 두려움을 눌러 보려 애쓴다.

그리고 지금은 소미가 어둑시니와 손을 잡고 세상을 집어삼키려 하는 게 사실이다. 만약에 그녀의 상태가 계속 지금과 같다면 괴물이 될 수……. 소미는 결국에는 정말 그렇게 될 수밖에 없다.

하니가 전화기 건너편으로 현태의 한숨 소리를 듣는다. 사랑에 빠진 눈으로 볼을 붉히는 저승사자는 무엇보다 소미를 최우선으로 생각할 것이 틀림없다. 그리고 그런, 정확하게 그런 마음이 지금 당장 그녀에게 필요하다. 소미의 편에 있어 줄 누군가. 유리한 확신을 그녀에게 줄 수 있는 누군가. 그들이 어린 구미호를 해치지 않으리라는 사실을 이해하고 하니와 함께 협력할 수 있는 누군가.

석가와는 당연히 함께할 계획이다. 하지만 현태는…….

"현태 씨." 하니가 말한다. "여기까지 얼마나 빨리 올 수 있어요?"

✳

하니는 석가의 기다란 식탁 앞쪽에 앉고, 그녀의 오른편에는 현태가, 왼편에는 석가가 앉았다. 석가가 커피 잔을 손에 감싸 쥐고는 어둠의 심연을 내려다본다. 이 순간에 신은 매우 나이 들어 보이고, 매우 피곤해 보인다.

하니는 석가가 그녀를 위해 만든 핫초코 한 모금 홀짝이다 잔을 내려놓고 마침내 쉰 목소리로 입을 연다. "우리는 소미를 죽이지 않아요." 이건 석가를 겨냥한 말이기도 했기에, 그는 커피에 가 있던 시선을 휙 올리고 하니를 빤히 바라보며 얼굴을 찌푸린다.

"소미는 주홍여우야."

"아니야." 하니가 단언한다. "그녀는 조종당하고 있어. 해명할 기회를 줄 때까지 소미를 건드려서는 안 돼."

"반드시 이유가 있을 겁니다." 현태는 안경을 고쳐 쓰고 피곤함에 눈을 깜박이며 애처롭게 말한다. 그들은 한참을 그 자리에 앉아 있었고, 창밖의 도시는 암흑의 바닷속에서 소용돌이치며 휘돌고 있다. "반드시 있어야 해요."

아, 있다. 하지만 하니는 그 생각은 묻어 놓고 다그쳐 묻는다. "새로 온 검시관이 최근의 시신들에서 주홍 단검이 남긴 흔적을 뭐라도 발견했어요? 망나니 구미호에게 최근에 당한 희생자들에서?"

"발견하지 못했어요." 현태의 눈이 커지며 다급하게 말한다. "당신 말이 맞아요. 발견하지 못했어요."

"하지만." 석가가 저승사자에게 화를 내듯 노려보다 답한다. "처음에 두 구에서는 발견했지."

"생각해 봐야 할 게 있어." 하니가 매우 조심스럽게 말한다. "신신시에 망나니 구미호가 둘이 있는 거지. 하나는 주홍여우, 나머지가 소미. 나도 알아." 석가가 뭔가 말하려고 입을 열려 하자 그녀가 계속 이어간다. "지금 상황이 어떻게 보이는지. 하지만 의심할 여지없이, 소미가 주홍여우가 되기에는 너무 어리다는 사실도 알아. 여우와 사람으로 살았을 때를 전부 합해도 1020년밖에 안 됐다고. 기록에 그렇게 나와 있잖아."

석가가 입술에 힘을 준다. "내가 말했잖아, 하니. 기록을 능숙하게 위조했다니까. 그랬기 때문에 주홍여우가 그 오랜 시간 동안 잡히지 않았던 거야. 그리고 애리의 단서에도 소미가 들어맞는다니까."

"그거랑 상관없이." 하니가 석가를 가만히 쳐다보며 잔을 쥔 손에 힘을 준다. "해명할 기회를 줄 때까지, 소미를 건드려서는 안 돼." 석가가 할 말을 잃자, 그녀가 부드럽게 말한다. "제발. 나를 봐서라도."

그가 나직하게 욕설을 웅얼거리고는 커피로 시선을 돌린다. "알았어."

하니는 긴장이 풀렸지만 아주 조금일 뿐이다. 어떤 약속을 하더라도 석가는 소미를 죽이고, 그걸로 끝내려고 할 것이 분명하다.

"소미 씨를 찾아야 해요." 현태가 말한다. "저는 소미 씨가 걱정돼요."

"현태 씨." 저승사자 쪽을 향하며 하니가 말한다. "당신은 죽음의 신이잖아요. 죽음을 언제 통지받아요? 죽음이 일어나기 전이에요, 아니면 그다음이에요?"

"우리는 각자 근무를 시작할 때 숫자를 받습니다." 그가 의자에서 몸을 바로 세우며 즉시 답한다. "죽음이 일어나기 전에 누가 죽는지, 어디에서 죽는지 등의 상세 내용은 알 수 없지만 숫자는 받아요. 그리고 이 숫자는 바꿀 수 없어요. 예전에 해태 서장이 이 정보를 이용해서 살려 보려고 했던 적이 있는데 절대 안 되더라고요. 어떻게 해서든 숫자는 맞춰집니다. 오늘 아침에 저는 숫자 3을 받았어요. 그중 한 명은 교통사고로 죽었고, 다른 한 명은 병원에서, 그리고 마지막 한 명은 지붕에서 떨어졌어요. 세 개의 죽음이 있을 거라는 걸 알았지만 그들이 이미 생을 넘어선 직후에 무전기로 장소를 전달받을 뿐입니다."

눈 깜짝하는 순간, 하니의 고개가 돌아간다. "오늘 밤에도 숫자를 받을까요?"

"야간 근무요?" 현태는 고개를 가로젓는다. "아니요. 저는 낮에 일해요. 하지만 제 생각에." 그는 하니가 하는 생각의 흐름을 정확하게 알아차리고는 천천히 말한다. "박동욱이라는 자를 대신할 수 있을 것 같습니다. 그는 밤에 쉬고 싶어 했거든요. 아, 제 말은, 게으름은 죄악인 걸 알아요." 그가 급하게 덧붙인다. "그리고 저는 죄악을 저질렀다는 말이 아니에요. 다만……."

"우리가 오늘 밤 숫자를 받을 수 있고, 만일에 그 숫자가 평소보다 크다면, 소미나 어둑시니가 공격할 경우로 생각해 볼 수 있어. 만약에 소미가 공격한 듯한 무전기 수신을 받는다면." 석가가 눈을 번득이며 말한다. "흔적이 아직 남아 있을 때, 우리는 시신들을 찾을 수 있을 거야. 하나를 찾고, 다른 하나도 찾는 거지. 소미가 우리를 어둑시니에게 데려다 줄 거야. 일석이조."

"일석일조." 하니가 걱정스럽게 말한다. 석가가 고개를 끄덕이지만 그저 의미 없는 움직임일 뿐이다.

현태가 의자를 뒤로 밀며 서둘러 일어선다. "저는 지금 저승에 가서 야간 근무자가 전달받은 숫자를 알아 올게요."

"잠깐만요." 하니가 눈썹을 찌푸린다. "우리는 어둑시니를 다시 마주칠 준비가 필요해요." 나이트클럽에서 당해 봤듯이 어둑시니에게는 하니를 의식불명 상태로 만드는 일이 쉬운, 정말 믿을 수 없을 만큼 간단한 일이었다. "우리는 준비를 하고 가야 해요." 그녀는 무언가가 떠오르자, 석가를 바라보며 얼굴을 찌푸린다. "석가." 그녀가 느릿하게 말한다. "어쨌든 꿈을 꿨지? 에메랄드 드래건에서?" 그도 잠에 들었던가?

그의 얼굴이 어두워지며 고개를 끄덕인다. "나도 잠들었어."

하니는 그가 어떤 꿈을 꾸었는지 물어볼 뻔했지만 그러지 않기로 한다. 꿈 얘기에 타락신은 날카롭게 상처받은 표정이다. 그가 얘기하고 싶어 하지 않지만 어찌 됐든 석가도 꿈을 꾸긴 했다. 그 대신에 그녀는 묻는다. "얼마 동안이나 정신을 잃었어?"

"두 시간. 아니면 세 시간."

고작 세 시간. 하니는 꼬박 하루 밤과 낮 동안 정신을 잃었는데. "어떻게…… 어떻게 깼어?"

"난 그냥 깼어. 악몽이 끝났고 나는 깨어났지." 괴로운 기억으로 그의 눈빛이 어둡다. "깨고서는…… 한동안 정신을 차리지 못했어."

"왜 나보다 일찍 깨어났지?" 그녀는 머리가 아플 정도로 이맛살을 심하게 찌푸리며 골똘하게 생각한다.

"난 신이잖아." 거만한 목소리로 석가가 말한다.

"타락신이잖아." 기분이 상해서 쏘아보는 그를 모르는 척하며 하니가 다시 말한다. "네 능력이나 내 능력이나 비슷하다고. 어둑시니가 너를 놓아줬나? 아니면…… 아니면 다른 뭐가 있나? 꿈속에서 뭘 했어? 무언가를……."

석가가 피곤한 듯 관자놀이를 문지른다. "어둑시니는 내 기억을 보여 줬어." 불쾌한 듯 그의 목소리가 딱딱하고 냉랭해진다. 그가 말하는 꿈이 무슨 내용인지 물어볼 필요도 없이, 눈 아래 그림자를 보며 하니는 알고 싶던 모든 내용을 이해한다. 그는 자기 집인 옥황에서 한참 아래로 떨어진 이승 세계에 있으면서 매일 그를 괴롭히던 기억을 꿈으로 꿨다. 거기까지는 분명하다. "실제 삶이 어땠는지를 보여 줬어. 그런 다음 깨어났어." 그가 머리를 흔들고는 커피 잔을 입술에 댄다.

하니가 눈을 감았다 뜬다. 깜박, 깜박.

커피.

설마.

그건 너무 간단하고, 너무 단순한 이유라서 아닐 수도 있다. 그렇게 단순할 리 없다. *아니야,* 어둑시니가 잡아채서 기억 속으로 몰아넣기 전에 석가가 무언가를 했을 거야. 그가 일종의 신성한 기운을 다시 회복했을 거야, 잠깐이라도…….

하지만 공격받기 전 석가는 아침에 크리처 카페에서 가장 큰 컵으로 크림 하나, 설탕 하나를 넣은 커피 두 잔을 마셨다. 두 잔 모두 바닥까지 완전히 비웠다. 그건 적은 양의 카페인이 아니다.

우연의 일치일까? 아니면 이번 한 번은 감은장이 그녀에게 기회를 주는 걸까? 그녀는 허탈한 웃음이 목구멍을 치고 올라오려는 걸 억누른다. *커피가 답인가?* 그녀가 가장 싫어하는 커피가 암흑 요괴에 대응하는 가장 강력한 방어책인가?

현태와 석가가 모두 그녀를 바라본다. "뭘." 석가가 의심스러운 표정을 짓는다. "생각하고 있어?"

"뭘 생각했냐면." 하니가 입술을 늘려 짓궂게 웃는다. "우리 커피를 좀 더 끓여야겠어."

37
하니

현태가 저승으로 숫자를 받으러 가고, 석가와 하니는 기다리는 일밖에는 더 이상 할 일이 없다.

그리고 석가와 함께 기다리는 일은 정말이지, 매우 괜찮다.

소미, 어둑시니, 바깥 거리에 내려앉은 그림자를 생각하고 또 생각하는 하니의 머리를 식힐 수 있는 가장 효과적이고 유일한 방법이다.

석가가 그녀의 목에 키스하며 뜨거운 입술로 살갗을 데우자 그녀에게 뜨거움이 옮겨 붙고, 그녀는 만족감에 젖어 몸을 비튼다. 그녀의 위에서 뜨겁게 달구는 석가에게 탄복하며 그녀의 손이 굴곡지고 탄탄한 그의 등을 쓰다듬는다. 그녀는 부드러운 검은 시트에 묻혀 열감의 파도에 휩쓸린다. 그가 그녀를 쓰다듬고 그의 살갗이 맞닿아 바스락대는 작은 소리조차 그녀의 온몸에 전율을 일으키는데, 그녀가 살아오면서 한 번도 경험하지 못했던 느낌으로 복잡하게 뒤얽힌 죄책감과 공포의 매듭에서 벗어날 수 있게 만든다. 그의 입술이 다시 그녀의 입술에 닿자 그녀가 그의 머리를 손으로 감싸며 숨을 내쉰다. 하니는 그가 웃음을 참는 걸 느낄 수 있었고, 얼음과 강철기둥 같은 타락신이 어떻게 그녀 옆에서는 이렇게 완전히 누그러질 수 있는지 신기하게 생각한다.

그녀가 아니면 아무도 할 수 없다.

"하니." 그녀가 좋아하는 연약해 보이는 표정으로 그가 살짝 떨어져 그녀의 입술에 대고 중얼거린다. 거제에서 아침 햇살에 반짝이던 그의 잠든 얼굴을 처음 봤을 때 짓고 있던 표정이다. 신신시가 암흑으로 뒤덮여 지금은 햇살이 없지만 그 표정은 남아 있다. "하니." 그가 열에 들뜬 목소리로 다시 부른다.

"석가." 그녀가 그의 머리카락으로 장난치며 지분거리듯 답한다.

"혹시……." 그가 망설이며 민망한 표정을 짓고, 그 표정에 하니의 심장이 조인다. "괜찮다면…… 계속 해도 될까?"

"응." 그녀가 속삭인다. "응, 나도 좋아."

완연한 기쁨에 휩싸인 석가의 얼굴이 환하게 물들며 훨씬 더 젊어진다. 하니가 그를 올려보며 웃다가 손을 들어 그의 날렵한 얼굴 윤곽을 쓰다듬는다. 그는 눈을 가볍게 감으며 그녀의 손길에 얼굴을 기울인다.

"난 아직 네가 미워." 그가 입술을 늘리며 조금 능글맞은 표정으로 부드럽게 말한다.

"나도 네가 미워." 그녀가 웃으며 속삭인다. 석가가 에메랄드빛 눈을 떠서 반짝이며 그녀를 바라본다.

"우리는 그걸 바꿔야 할 것 같아." 그가 나지막하게 말한다.

그가 하니의 헨리 셔츠를 만지작거리며 봉긋한 가슴에 그의 차가운 손마디가 스칠 때까지 천천히 단추를 풀어나가자, 하니가 빙긋이 웃는다. 그녀의 브래지어에 눈길이 닿자 그의 눈빛이 한결 짙어진다.

"벗어 봐."

그녀가 일어나 앉아 셔츠를 벗으며 능청스럽게 입술을 위쪽으로 끌어당긴다. 그녀가 침대에 셔츠를 떨구자 부드러운 천이 바닥으로 내려앉는다. 그녀가 브래지어를 바닥으로 떨구며 그에게 눈썹을 휘어 보이자 석가의 볼에 핑크빛이 더해진다.

꿀꺽 침을 삼키는 석가를 그녀가 바라본다.

그녀는 자신을 훑어 내리는 그의 눈길에 마음이 들썩이며 더해지는 열망으로 나머지 옷가지들을 벗어 놓는다. 그럴수록 그의 볼은 더 붉게 짙어진다.

"네 차례." 그가 서둘러 옷을 벗어 던지며 그들 사이의 방해물을 모두 없애고는 다시 그녀에게 몸을 기울여 키스하자 그녀의 웃음이 더 커진다. 그녀를 베개로 다시 눕히는 그가 허기진 듯 뜨겁고 격렬하게 입을 맞대더니 목을 따라 내려가며 키스하고, 그녀의 가슴에, 그녀의 배에, 그리고…… 아래로. 더 아래로.

석가는 그녀를 애태우듯 치근댄다. 그녀의 더해지는 긴장감을 즐기며 그에게 주어진 시간을 마음껏 누리는 동안 하니는 거칠게 숨을 내쉬며 검은 시트를 손에 꽉 쥔다. 위험하게 번득이는 그의 눈을 보며 하니는 그가 이 순간을 즐기는 걸 알 수 있다. 그가 하니의 허리를 쥐자 하니의 머리가 뒤로 떨어지고, 끝까지 내몰려 몸을 들썩이며 입속으로 그의 이름을 부른다.

석가가 슬며시 웃으며 일어난다. 그의 입술은 번들거리고, 그의 눈은 짓궂게 반짝인다.

환희로 몸을 떨던 하니는 그에게 손을 뻗어 그의 몸을 끌어당긴다. 그는 그녀의 정수리에 키스하고는 서서히 공고하게 그녀와 하나가 된다.

석가는 이기적인 연인이 아니므로 엉덩이의 들썩거림에 하니가 익숙해지도록 베개 양쪽으로 손을 짚어 버틴다. 아니, 석가는 전혀 이기적이지 않다. 그의 숨은 가쁘지만 눈은 빛나 환희에 차 있으며, 조금 긴장한 듯 보이지만 그는 친절하고 부드럽다. 그리고 하니는 이 시간이 그녀에게, 그리고 그에게 다른 모든 시간보다 특별하다고 생각한다. 좋아하는 노래에 리듬을 맞추듯이 그들은 감미롭고 느긋하게 사랑을 나눈다.

그들이 위태로운 절정으로 치달을 때 그들은 함께한다. 석가가 가볍게 떨며 하니의 목덜미로 얼굴을 파묻고, 하니는 다시는 놓지 않겠다는 듯 그의 허리에 다리를 단단하게 감아 죄어 그를 가까이 끌어안는다. 그리고 오랫동안 풀지 않는다. 그들은 노곤하면서도 충만함을 느끼며 서로를 안는다. 석가가 그녀의 헝클어진 머리칼을 느릿하게 빗질하듯 만지작거린다. 하니는 타락

신이 머리카락을 매만지는 손가락과 가슴에 얹은 손길을 느끼
며 조금씩 노곤해진다.

✳

시간이 조금 흐른 후, 하니의 배에서 우렁차게 우르릉하는 소
리가 들린다.

석가가 팔을 그녀의 허리에 감고 얼굴을 목덜미에 묻은 채,
그녀의 뒤쪽으로 누워 싱긋 웃는다. "배고파, 여우?"

"그런가 봐." 그녀가 베개에 대고 웃으며 인정한다.

그가 바로 머리를 들자 그녀는 그가 고개를 돌리는 소리가 들
리는 느낌이다. "뭐 먹을래?"

"석가." 그녀가 얼굴을 돌려 그를 마주 보며 웅얼거린다. "요
리할 줄 알아?"

왜 그런지 알 수는 없지만 그녀는 그가 매우 감탄할 만한 주
방을 가지고 있으면서도, 평생 자신을 위해서는 단 한 번도 요
리하지 않았으리라는 생각을 한다. 그녀의 생각이 맞다. 눈을
가늘게 뜨고 그녀를 바라보며 상당히 억울한 목소리로 말하는
석가를 하니가 바라본다. "당연히 요리할 수 있지."

"음." 그녀가 그의 코를 튕기며 키득거린다. 석가가 흘겨보지
만, 살짝 장난스럽게 느껴질 뿐이다. "그럼, 김밥 먹을래."

"김밥." 석가가 머뭇거리며 따라한다. 하니는 웃겨 죽을 지경

이다.

"김밥." 그녀가 활짝 웃어 보이며 다시 말한다. "정말 간단하잖아."

"나 예전에 만들어 봤어."

"어?"

"그렇, 다니까."

"기만의 신인데." 그녀가 중얼거린다. "거짓말을 잘 못하네."

"가만 보니까, 네가 호락호락하지 않을 뿐이야." 그가 툴툴댄다. "다른 데서는 거짓말을 꽤 잘한다니까."

하니는 웃으면서도 가슴이 조여 온다. 그녀야말로 석가를 능숙하게 속이고 있다. 그를 만났을 때부터 그녀는 그를 속여 왔다. 하니는 그를 바라보던 눈길을 황급히 돌려 눈물을 떨구고, 침대에서 미끄러져 나와 바닥에 떨어진 옷가지를 모아 든다. 그녀는 트레이닝팬츠를 집으며, 그의 반응이 어떨지 생각해 본다. 만일에…… 만일에 지금 진실을 그에게 말한다면. 물론 그가 그녀를 죽이지는 않겠지만, 혹시 권능을 되찾을 수 있다는 뜻이라면 그렇게 할지도 모른다. 어쩌면 그동안 그를 기만해 왔고 무시했다는 뜻이라면. 그녀가 했듯이.

"왜 그래?" 석가가 염려하며 눈을 가늘게 뜨고 그녀를 바라본다.

"아냐." 하니가 서둘러 말한다. "그냥…… 그냥 오늘 밤이 걱정이라."

"카페인이 신의 한 수지." 석가도 침대에서 벗어나며 말한다. 그의 벗은 몸을 본 하니는 얼굴을 붉히며 서둘러 셔츠 단추를 잠그는 데 집중한다. "네 말이 맞는 거 같아. 어둑시니가 그 희생자들이 악몽을 꾸게 하려고 무기력하게 만들잖아. 그런데 만약에 물리적으로 몸이 잠들지 못한다면 그들은 꿈꾸지 못하지."

"하지만 너무 간단해 보인단 말이야." 하니가 머리를 쓸어내리며 중얼댄다. "너무 간단해."

"때로는 가장 좋은 답이 우리 눈앞에 있기도 하잖아." 석가가 평소와는 완전히 다른 모습으로 삐뚜름하게 웃으며 말하자, 하니는 놀라서 눈을 껌벅인다. "우리가 그것을 볼 수 없을 뿐이지…… 우리가 눈을 뜰 때까지는." 그는 그녀의 정수리에 가볍게 키스하고는 그녀의 허리춤에 손을 얹고 앞에 선다. "네가 조수로 들어와서 나는 정말 좋아."

"감사합니다." 그녀가 품위 있는 몸짓으로 말한다.

활짝 웃는 석가가 느껴진다. "천만에요." 그가 익살스럽게 대꾸한다.

하니가 웃으며 그에게 손가락 욕을 하고는 몸을 빼내 문으로 향한다.

"넌 진짜 구제 불능이야."

"넌 진짜 별로야."

"넌 진짜 참아 줄 수가 없어." 하니가 부엌으로 향하는 계단을 내려가며 맞받아친다.

"너는 날 참아 내잖아." 석가가 히죽거리며 따라가서는 검은 대리석 식탁에 기댄다. "네가 나를 참아 주는 것 이상이라는 확실한 사례를 한 가지 들 수도 있는데."

그녀가 눈을 굴리다가 불현듯 소미의 팬픽이 떠올라 코웃음을 친다. 어린 구미호가 상상했던 짐승 같은 으르렁거림은 전혀 없었다. 다만 그녀가 생각해 보면, 불룩 솟아오르…….

석가가 묘하게 입꼬리를 올리는 그녀를 바라보면서 눈을 가늘게 뜬다. "알고 싶어?"

"아니." 하니가 돌아서고, 소미를 생각하니 마음이 무거워진다. 소미의 잘못이라고는 외설스러운 글을 쓰는 게 전부였던, 그 시절로 돌아갈 수 있었으면 한다. "뭐 좀 있어?" 먹을 만한 음식이 있는지 찾아보려 수납장을 열면서 그녀가 묻는다. 하지만 그녀가 온갖 고급스러운 식재료들로 가득할 것 같다고 생각했던 수납장은 그저…… "라면?" 하니는 웃음을 삼키며 수백 봉의 라면을 쳐다본다.

석가가 그녀의 뒤에서 끙 하는 신음을 흘린다. 그녀가 웃음을 터트리며 다시 돌아선다. "라면이랑 커피만 먹어?"

"아니." 석가가 그녀의 눈을 피하며 웅얼댄다. "대부분은 밖에서 먹어. 그렇지 않은 때는, 라면을 좋아하거든. 맛있어. 간편하고."

하니가 라면 두 봉지를 잡고 웃는다. "매운 라면." 손으로 라면을 들어 올리고는 묻는다. "아니면 새우 라면?"

석가는 매운 라면으로 시선이 향하지만, 어깨를 으쓱한다. "뭐든지 네가 싫어하는 걸로."

"두 개를 섞어야겠어." 하니가 물 끓일 냄비를 찾으며 말한다. "매운 새우."

"안 돼."

"괜찮아." 하니가 상냥하게 대꾸한다. "매운 새우 라면." 그녀가 냄비를 찾아서 레인지 위에 올린다. "물 좀 갖다 줘." 그녀가 레인지의 손잡이를 돌려 불을 켜며 어깨너머로 말한다.

석가는 한숨을 쉬지만 그녀가 시키는 대로 한다. 물이 끓어오르고, 하니는 왜인지 모를 즐거움을 느끼며 두 가지 맛의 수프를 넣는다.

그녀와 석가가 라면을 끓이는 동안에도 도시는 암흑에 잠식된다. 그녀는 이건 우리가 형편없는 사람인 것처럼 느끼게 만든다고 생각하며 웃기면서도 동시에 울고 싶은, 말도 안 되는 충동에 사로잡힌다.

"매운 새우는 정말 별로일 거야." 석가가 면을 꺼내 냄비에 조심스레 넣으며 말한다. "넌 야만인이야."

하니는 면이 잘 풀어지도록 긴 국자로 라면을 누르면서 눈길을 돌린다. "넌 좋아할 거야."

그리고 그는 그랬다.

석가와 하니는 소파에 나란히 앉아 매운 새우 라면을 먹는다. 하니는 라면을 후루룩 삼키며 평범한 일상을 즐긴다. 평범한 일상. 그녀는 소미가 여전히 상냥하고 결백한 소미이며, 어둑시니는 저승에서 탈출하지 않았던 때처럼 행동한다.

거의 그런 듯이.

석가가 라면을 씹어 삼키면서 우울한 표정을 짓는 그녀를 바라본다. "남소미는 단 한 번이지만 변명할 기회가 있어." 그가 젓가락을 내려놓으며 말하고, 하니는 얼굴을 찌푸린다. 그들이 사랑을 나눴더라도 이 언쟁은 아직도 명확하게 정리되지 않은 채 남았다. "소미가 주홍여우가 아니더라도 여전히 망나니야. 어제도 스무 명을 죽였잖아." 그가 부드럽게 말하려고 최선을 다하고 있다는 걸 알지만 그의 말투가 냉담하다고 느끼는 건 착각이 아니다. 그는 진심이다. 한 번의 기회, 단 한 번.

하니는 씹던 걸 힘겹게 삼키는데 화가 치민다. "죽이는 건 구미호의 본성이야." 그녀는 할 수 있는 한 차분하고 부드럽게 답한다. "소미가 원초적인 본능을 따랐다고 처벌받을 수는 없어."

석가가 그녀를 조심스레 바라본다. "하지만 너는 소미와 다르잖아. 너는 야생의 본능대로 행동하지 않잖아. 소미는 그러기로 선택한 거야. 그건 선택의 문제라고."

"그건 야생적인 게 아니야." 하니가 양손으로 젓가락을 잡으며 대답한다. "그건 자연적인 거라고. 그리고 소미는 허기가 온 거야. 그게 어떻게 생기냐면……."

"난 그 말에 익숙해."

하니가 그릇을 내려 보며 한숨을 내쉰다. "너는 어떻게 할 거야?" 심장이 빠르게 뛴다. "만약에 그게 소미가 아니라 나였다면?"

"빌어먹을." 석가가 얼굴을 찌푸리며 그릇으로 시선을 내린다. "난 이런 말도 안 되는 가정은 하고 싶지 않아, 하니."

"날 죽일 거야?" 그녀는 말을 이어가고, 등에는 땀이 흐른다. "아니면 소미에게 기회를 달라고 부탁했던 것처럼 내게도 변명할 기회를 줄 거야? 죽이는 본능이 야생적이라고 생각할 거야, 아니면 그건 구미호의 본능이라고 생각할 거야? 지금은 확실하게 금제지만, 본능이라면? 호랑이가 코끼리 새끼를 잡아먹듯이, 구미호는 사람을 먹고 영혼을 훔칠 뿐이야." 하니는 숨을 멈추고, 석가는 조용히 기민한 눈빛으로 그녀를 바라본다. "그러니까, 어떻게 할 거야?" 그녀가 긴장한 목소리로 묻는다. "그게 나였다면, 소미가 아니라?"

석가가 힘을 주어 라면을 집으면서 그녀를 빤히 바라본다. "다행히도." 그가 단호하게 말한다. "우리는 이런 상황을 생각할 필요가 없어. 너는 주홍여우가 아니잖아." 석가가 꽤 오랫동안 그녀의 눈을 똑바로 마주 본다. 하니는 그의 눈을 마주 보는 동안 아릿한 통증으로 머리가 쿵쿵대고, 갑자기 열이 나면서 어지러움을 느낀다. 마침내 그가 턱 근육을 움찔대며 시선을 돌린다. "좋아. 소미에게 한 번의 기회를 주겠다고, 약속을 이행하는 신 환웅을 두고 맹세할게. 너에게도. 단 한 번은. 하지만 너나 나를 위험하게 만드는 순간이라면 나는 해야 할 일을 할 거야. 그렇지만 그녀의 죽음을 빠르게 끝내겠다고 약속할게. 단번에."

그녀의 죽음.

소미의 죽음.

하니가 삼켰던 음식이 갑자기 목구멍을 밀고 올라온다. 그녀는 박차고 일어나며 입을 손으로 눌러 막는다. "화장실." 그녀는 간신히 쉰 목소리로 말하고, 거실에서 화장실로 서둘러 달려가 등 뒤로 문을 단단히 잠근다. 그녀가 쓰러지며 차가운 타일 바닥에 뜨거운 볼을 대고, 무릎을 가슴으로 끌어당기며 숨을 쉬어보려 애를 쓴다.

마침내 그녀는 얼굴에 물이라도 끼얹으려 일어서고, 머리 위로 눈을 치켜뜬다. 그러다 그녀는 흠칫 놀란다. 거울 속에 그게 있었기 때문이다. 그녀의 두피 위로, 초콜릿빛 갈색 머리카락 사이로 짙고 붉은, 아주 작은 단서가 살짝 보인다.

결국에 너는 그렇게 쉽게 너의 뿌리를 감출 수는 없다.

하니가 눈을 감고 힘겹게 침을 삼킨다.

정말 엉망이네, 그녀의 머릿속에서 작은 목소리가 속삭인다. *정말 빌어먹을, 엉망진창이야.*

38
석가

일곱.

오늘 밤에 통지된 죽음의 숫자는 일곱이다. 저녁 8시에서 10시까지. 신신시에서 일어나는 일곱 건의 죽음. 두 시간이라는 걸 감안하면 터무니없이 많지도 않지만, 그렇다고 터무니없이 적지도 않다. 석가와 하니는 걱정스러운 눈길을 주고받고, 현태가 그들과 함께 주방에 서 있다.

"같은 시간에 일곱 명이 전부 죽을 수도 있습니다." 현태가 못마땅한 기색으로 얼굴을 찌푸리며 말한다. "동욱이 근무하는 시간은 짧아요. 얼마나 게으르면 전체 근무 시간이 두 시간밖에 안 되는 건지, 저는 이해할 수가 없네요." 그가 하니와 석가를 보며 다시 숨죽여 말한다. "만일에 소미 씨 때문에 죽는다면, 그건 오늘 밤 8시에서 10시 사이가 될 겁니다."

지금은 6시 30분이다. 석가가 걱정되는 듯 관자놀이를 문지른다.

"혈중 카페인 농도가 최대로 높아지는 시간은 마시고 난 후,

476

15분에서 45분까지입니다." 현태가 책의 한 단락을 읽듯이 계속한다. "그러니까 8시쯤에 카페인 농도를 최고로 올린다고 치면…… 우리는 7시 15분 정도에 마시기 시작해야 합니다."

"체내에 카페인이 열 시간 정도 남아 있으니까." 하니가 그의 말에 이어 나지막이 말한다. "우리는 밤을 대비해서 각자 열다섯 잔은 마셔야 해요." 진한 커피 열다섯 잔은 그들이 생각하기에 심장마비를 일으키지 않고 마실 수 있는 최대 용량이다. 석가의 경우에는 죽을 리는 없지만, 그럼에도 매우 예민해지고 심장박동이 약해진다.

"제 알림 소리를 가장 크게 설정했습니다." 현태가 그들을 안심시킨다. "통지가 오면 들릴 겁니다."

"우리와 함께 가려면." 저승사자를 보며 하니가 말한다. "무기가 필요할 거예요. 은색 단검 한 쌍이 있는데, 빌려줄 수 있어요. 다룰 수 있어요?"

"네." 현태가 고개를 끄덕인다. "써야 할 일이 생긴다면 잘 쓸 수 있습니다."

석가가 당황해서 눈썹을 찡그린다. 그는 그 단검을 상사병에 걸린 사신이 아니라, 하니에게 사주었다. "너도 이 무기 없이는 갈 수 없어, 하니." 그는 걱정으로 심장이 조여 쪼그라드는 느낌이다. 짜증이 아니라 두려움으로 그의 신경이 날카로워진다.

그는 그녀를 아낀다. 깊이. 정말, 정말 깊이.

그리고 침대에서 그들이 함께 시간을 보낸 후로…… 하니와 보드랍고 검은 시트 위에서 영원히 함께할 수 있다면, 그는 이 도시든 이 세상이든 상관없이 저승으로 보내 버렸을 것이다.

그녀가 안전해야 한다. 그녀가 무사해야 한다. 그녀가 다칠 수도 있는 상황이라고 생각하니, 그의 가슴으로 유리 파편이 날아든다. 하니가 싸우지도 않고 위험하지도 않게 이곳에 남아 있을 생각은 없는지 진지하게 물어보고 싶지만, 그럴 리 없다는 걸 그는 안다.

그녀의 열정, 그녀의 거침없는 용기……. 그는 그것을 흠모한다.

그녀를 흠모한다.

그리고 그는 그녀를 절대로 바꾸려 하지 않는다.

석가는 두려움으로 가슴이 꽉 조이는 느낌을 받으며 하니를 바라보고 숨을 들이마신다. "그 단검들은 네가 사용하라고 사 준 거잖아." 그는 현태를 매섭게 쏘아보며 말한다. 저승사자는 당황스러움에 눈만 깜박거린다. "선물한 거라고. 네 거잖아." 그는 두려움에 원래 내려던 목소리보다 더 거칠게 나온다. "네 거라고, 하니." 그가 이번에는 더 부드럽게 말한다. "그 단검 한 쌍을 가져가."

"나는 다른 무기가 있어." 그녀가 중얼거리듯 답하지만, 석가의 시선을 피하고 있음을 그는 놓치지 않는다.

하지만 현태는 수납장 문을 열었다, 닫았다 하면서 부엌에서 부산스럽게 움직인다. "커피는 어디 있어요?" 저승사자가 묻자,

석가는 그의 모습을 흘낏 보며 짜증이 치미는 걸 느낀다.

"다른 수납장에 있어. 아니, 거기가 아니라고." 그가 쏘아본다. "저쪽에, 왼쪽으로. 아니 더 왼쪽으로⋯⋯." 욕설을 웅얼거리며, 석가는 현태를 지나쳐 카페인을 은밀하게 숨겨둔 문을 여는데⋯⋯.

그리고 굳어 버린다.

수납장이 비었다.

하니가 깜짝 놀라며 끙 하는 소리를 낸다. "너, 커피가 없어?" 그녀가 다그친다. "왜?"

석가가 답하는 대신 흠칫 놀라고, 하니는 손으로 입을 누르며 재미있다는 눈빛으로 키득거린다. 그가 생각했던 양보다 훨씬 더 많이 커피를 마신 모양이다. 하지만 최소한 한두 봉 정도는 분명히 있다고 확신했었는데⋯⋯.

"오, 환인 맙소사." 하니가 고개를 흔든다. "웃어야 할지, 울어야 할지 모르겠네. 내가 너한테 부탁하는 처음이자 마지막 커피였는데⋯⋯."

"마트에 다녀올게." 석가가 지팡이를 꽉 잡으며 침울하게 말한다. 신신시에서 밖으로 나가는 건 위험한 모험이다. 그에게서 봉쇄된 까막나라를 되찾을 모든 수단과 방법을 강구하는 어둑시니가 있으니 특히 더 그렇지만, 선택의 여지가 없다. 게다가 신신시 전체가 완전히 폐쇄된 상태도 아니다. 크리처들은 어둑시니에 관한 주의를 받았지만, 인간들은 화학물질 사고나 그런 비슷한 의미 없는 이론들로 어두워졌다고 믿기 때문에 그들은 일상생활을 이어 나가고 있다. 비록 살인의 위험이 더 커지기는 했지만. 상점이 계속 열려 있으니 커피도 있을 것이다.

"같이 갈게." 하니가 말하며 기대감으로 현태를 바라보지만, 사신은 흠칫할 뿐이다.

"저는, 어, 남아 있을게요."그는 긴장해서 컵을 밀어 놓으며 답한다. "그래도 괜찮다면요."

"그게 더 낫겠다." 현태를 좋아하지도 않는 데다가 하니와 단둘이 있고 싶은 석가가 말한다. 비록 망나니들이 득실거리고 그림자로 뒤덮인 도시의 한복판에서 둘이 있는 것이기는 하지만. 그가 무슨 생각을 하는지 확실하게 알고 싶다는 듯, 하니가 그에게 눈길을 옮기더니 입꼬리가 휘어진다. 하니의 볼에 보조개가 생기자, 석가는 느닷없이 그곳에 키스하고 싶은 충동을 느낀다. 하지만 그가 그녀에게 닿기 전에 그녀는 문을 빠져나가며 어깨너머로 짓궂은 눈길을 보낸다.

"내가 운전할게."

✳

알고 보니 하니는 어두우면 운전을 끔찍하게도 못한다. 하니가 도로 경계석, 깜박이는 신호등, 그가 없는 사이 처녀 귀신이 세워놓은 남근 조각상에 소중한 재규어 XJS를 들이받으며 도시를 질주하는 동안, 석가의 목에는 땀방울이 흥건하다.

"천천히 가면 어떨까 싶은데." 그는 이를 악물며 조심스레 말을 건네 본다.

"우리가 집 밖에서 이렇게 오랫동안 있을 여유가 없잖아." 그렇게 대답하자마자, 상당히 두껍고 긴 동상을 막으려 그들의 차 앞으로 뛰어든 처녀 귀신을 치고 만다. "어머나."

석가는 앓느니 눈을 감는다. 마침내 그녀가 석가의 아파트에서 가까운 얌냠마트 입구에 미끄러지듯 차를 세우자, 석가는 더듬거리며 조수석 문을 열고 보도로 뚝 떨어진다. 그는 잠시 보도가 소중하다고 생각한다. 고정되어 있으니깐. 움직이지 않고. 안정적으로. 석가는 차가운 바닥에 볼을 누르며 그녀를 정말 좋아하긴 하지만, 다시는 하니가 자기 차를 운전하지 못하게 하겠다고 맹세한다. 절대 넘어서는 안 되는 선들이 있다.

발이 그의 등을 쿡쿡 찌른다. "석가." 하니가 웃으며 말했다. "주차장에 아무렇게나 널브러진 타락신은 보기에 좀 짠한데."

석가가 끙 하는 소리를 내고 비틀거리며 일어선다. 세상이 아직도 빙빙 돈다.

얌냠마트는 어두운 바깥과 다르게 환한 빛으로 그들을 반긴다. 스피커에서는 작은 음악 소리도 나온다.

"오, 나 이 노래 좋아해." 하니가 카트를 잡고 아래 지지대에 발을 올리더니 카트가 스쿠터라도 되는 양 밀며 말한다. 지팡이로 바닥을 눌러가며 석가는 서둘러 그녀를 따라간다. "이거 신해철의 '안녕'이야. 들어 본 적 있어?"

얌냠마트는 거의 비어 있다시피했다. 지루한 듯 계산대에 서 있는 계산원 두 명과 신신시대학교 학생들로 보이는 어린 친구들이 손에 라면을 잔뜩 들고 머릿속으로 무언가를 계속 생각하는 듯 멍하니 서 있을 뿐이다.

"난 음악을 싫어해." 지옥에서 차를 타고 온 탓에 석가는 여전히 조금 팩팩하게 대답한다. 하니는 커피가 진열된 통로로 카트를 밀고 가며, 별 헛소리를 다 듣는다는 눈빛으로 그를 바라본다.

"TLC도?" 그녀는 그를 뒤돌아본 채, 뚱하게 묻는다. 그녀가 카트로 진열된 초코파이 광고판을 들이받자, 석가가 못 말리겠다는 듯 콧등을 잡는다. 이동하는 탈 것은 종류를 막론하고 하니가 운전하게 해서는 안 된다고, 그게 마트의 카트여도 마찬가지라고 석가는 생각한다.

석가는 사실 TLC를 꽤 좋아하지만 그걸 인정하느니 죽는 편이 낫다. 차 안 어딘가에 깊숙이 그들의 CD를 숨겨 놓은 건, 왠지 속임수 신이 할 법한 일은 아니라고 생각한다. 대신에 그는 고개만 흔들 뿐이다. "여기야." 그는 하니가 상점을 전부 부술지도 모른다는 염려로 가득한 채 커피 진열 통로로 들어선 그녀를 바라보며 불퉁하게 말한다.

얌냠마트의 커피 진열 통로는 석가가 행복해지는 장소다. 커피가 쌓여 있는 한 칸, 한 칸, 한 칸을 따라 눈길을 옮기면 짜증이 사라지는 기분이다. 숨을 깊게 들이마신다. 커피란 얼마나 사랑스러운지.

"이게 좋아 보이네." 하니가 원두 한 봉지를 집어 들며 말한다. "어쨌든 보기에 가장 좋은 커피 같아. '강하고 굵게'라고 써 있어서 좋아. 확신을 주잖아." 그녀가 카트 안으로 넣고 잠시 망설이더니, 네 봉지 더 카트로 쓸어 담는다. "혹시 모르니까." 그녀가 말한다.

석가가 대답하려 입을 여는데 마트의 전등이 깜박, 깜박하더니 완전히 꺼져 버리며 하려던 말은 석가의 혀끝에서 사라진다.

"이건 좋지 않은데." 하니가 투덜대고, 석가는 동의할 수밖에 없다. 갑자기 사방이 고요해져 어떤 소리라도 들어 보려 귀를 기울인다. 더 이상 스피커를 통해 신해철의 목소리가 흘러나오지 않는다. 다만 조용히 중얼거리는 소리가 들려대는데, 마치 수많은 입이 가게 안을 돌아다니듯이 무언가가 속삭이는 기묘한 소리만 들린다. 유리창으로 햇살이 조금도 들어오지 않아 가게는 칠흑같이 어둡다.

잠시 후.

불이 다시 들어와 빛을 내자, 바로 눈을 뜨기 힘든 석가의 얼굴에서 몇 센티미터도 채 안 되는 곳에 얼룩덜룩한 얼굴이 바싹 붙어 있다. 석가가 주춤거리며 가게의 덜컹거리는 철재 카트 쪽으로 물러서서 지팡이를 튕겨 검의 모양을 갖추자, 그 요괴는 네 발로 떨어져 뒤로 물러서며 웃는다. 요괴는 사람의 모습이지만 조금 모호하다. 외양이 완전히 망가졌다.

"오, 환인 맙소사." 하니가 입을 막는다. "저게 뭐야?"

석가는 고름이 스며든 수천 개의 부스럼으로 문드러진 피부와 물집이 잡힌 입에서 흘러나오는 녹색 침만 보고도 알 수 있다. "역병 요괴." 누런 이를 드러내는 것을 보며 말한다. "망나니. 천연두의 여신 마누라의 사생아쯤 될 거야. 직접 닿지 않으면 감염되지는 않아."

"망할." 하니가 투덜댄다. "어둑시니가 보낸 선물인가 봐."

"맞아." 그가 잇새로 말하는 순간에 그 요괴가 덤벼든다. 통로가 좁아도 너무 좁다. 석가는 옆으로 움직이며 요괴가 때가 끼고 휘어진 손톱으로 할퀴려는 걸 간신히 피하면서, 요괴를 향해 칼날을 내리그으며 이를 악문다. 요괴는 다시 한번 두 발로 선 형태로 몸을 바꾸면서 기분 나쁘게 히죽거리고는 그의 등이 선반에 닿을 때까지 몰아가더니 그의 볼을 갈퀴로 그으려 손을 들어 올리는데……

단단한 무언가가 그 요괴의 머리를 때린다.

으르렁거리며 그 역병 요괴가 몸을 확 돌리자, 하니는 커피 봉지를 그 요괴에게 던지고 또 던지는데, 매번 명사수처럼 명중시킨다.

"토할 거 같아!" 그녀가 선반에서 봉지를 더 꺼내 잡으며 소리친다. "최소한 마스크라도 썼어야지!"

그 요괴는 이를 드러낸 채 축축하고 역겨운 소리를 내며 네 개의 팔다리로 욕설을 내뱉는 하니를 향해 어슬렁거린다. 통로가 정말 너무 좁다. 석가가 그녀와 눈을 마주치고 입을 움직인다. *뛰어.*

하니에게 두 번 말할 필요도 없다. 구미호는 통로 밖으로 내달리고, 그 역병 요괴는 그녀를 뒤따라 뒤뚱뒤뚱 달리고, 석가가 그 뒤를 쫓는다. 그들은 가게를 가로질러 달리고, 석가가 미처 알려줄 틈도 없었던 다른 사람들과 계산원들은 부스럼으로 뒤덮여 바닥에 기운 없이 늘어져 있다. 제기랄.

그들이 리놀륨 바닥을 우다다 두들기듯 내달리고 하니는 얌냠마트의 과일과 채소 코너로 나와 넓은 공간으로 그들을 이끌어 낸다. 그녀는 커다란 사과 선반을 뛰어넘고 요괴는 그 뒤로 그리 멀리 있지 않다.

"석가!" 하니가 소리를 지른다. "뭐라도 해 봐! 요괴에 닿지 않고 싸우는 방법을 모르겠어……."

그들은 거대한 멜론 자루 주위를 빙글빙글 돌고, 석가가 팔을 뒤로 젖히며 칼 손잡이를 단단히 잡는다. 신중해야 한다. 하니를 베면 안 된다.

"석가!" 그녀가 목이 찢어져라 소리를 지른다.

그가 공중으로 검을 날린다.

검이 요괴의 두꺼운 목에 꽂힌다. 녹색 고름이 공기 중으로 흩뿌려지며 신선한 농작물로 떨어지자, 석가는 주춤거리며 뒤로 물러서 숨을 헐떡인다. 다행히 하니는 가까이에 있는 감 진열대 뒤쪽으로 뛰어들었다. 요괴는 신음을 흘리며 썩은 냄새가 나는 재로 무너지기 시작한다.

고름 웅덩이와 재만 남자, 하니가 숨어 있던 방어벽 뒤에서 슬그머니 나온다. "고마워." 그녀가 쉰 소리를 낸다. "더럽게 역겹네."

"요괴에 닿았어?" 석가가 성큼성큼 그녀를 향해 걸어와 어깨에 손을 얹으며 묻는다. 그는 정신없이 그녀를 살피며 어떤 부스럼이나 의심스러운 변색이 있는지 확인한다. 그 요괴는 질병이나 그보다 더 심한 것을 옮기는 고약한 존재다. 그는 그녀 뒤로 돌아가 그녀의 머리카락을 넘겨 목뒤도 확인한다. 아무것도 보이지는 않는데…….

"석가." 그녀가 손으로 그의 얼굴을 감싸 돌리며 부드럽게 말한다. "나 괜찮아." 하니가 입술을 그의 입술에 대고 누르자, 석가가 눈을 감고 몰려드는 안도감을 느낀다. "그런데." 그녀가 몸을 떼며 장난스럽게 말한다, "나중에라도 내 몸 구석구석을 확인하고 싶으면, 맘껏 해."

그는 웃는다. 도저히 멈출 수 없다.

하니도 즐거운 듯 히죽거리다가, 고름으로 뒤덮인 칼을 가리킨다. "그거 깨끗하게 닦아야 하는 거 아니야?"

그녀 말이 맞다. "역병 요괴." 석가가 툴툴댄다. 그는 검이 감염에서 안전해질 때까지는 잡을 수도 없다. 그는 이 근방 어딘가에 항균 물수건과 장갑이 있기를 바란다.

다행이 있다. 석가가 정성껏 검을 깨끗이 닦아 지팡이 형태로 되돌리는 동안 하니는 다시 커피를 찾으러 간다. 그는 이 사건을 알리려 서장에게 전화하고, 현재 근무 중인 청소 팀과 요괴에게 당한 희생자들을 실어 갈 앰뷸런스가 필요하다고 전한다. 신신시 병원의 마법 사고 담당 부서는 그들이 아주 안전하게 처리할 때까지 인간의 눈을 홀려 안 보이도록 한 후에 그들의 기억마저 지운다.

"어둑시니는 우리가 여기 있는 걸 알았어." 하니가 원두 봉지를 차 트렁크에 던져 넣으며 말한다. 석가가 염려하며 어두운 공간을 살펴본다. "이덕현이 우리를 보고 있어."

"집으로 가자." 석가의 대답에 하니가 고개를 끄덕이자, 그는 자기 집이 언제 우리의 집이 될까 하는 생각을 한다. 그러자 따뜻한 무언가가 그의 가슴에서 피어난다.

하니가 활짝 웃는다. "내가 운전할까?"

곧바로 따스함이 애정 섞인 짜증으로 뒤덮인다. "절대로 안 돼." 석가는 서둘러 운전석을 차지한다.

39
하니

그녀는 혼자 방에서 오늘 밤에 있을 무력 충돌에 대비한다.

금색 테두리의 화려한 거울 앞에서 하니는 머리카락을 쓸어 당겨서 단단히 땋고, 두피가 당겨지는 아픔을 참아 가며 흐트러짐 없이 동그랗게 매듭지어 올리면서 붉은 뿌리가 드러나지 않게 한다. 그녀가 싸움에 참여한 지는 정말, 아주 오랜 시간이 흘렀다. 그녀가 마지막으로 참여했던 작은 교전은 잭 더 리퍼가 런던 여성 인구들 사이에서 미쳐 날뛰던 1888년 정도였을 것이다. 하니는 그의 만행을 그리 오래 두고 보지는 않았다. 그리고 키스로 그의 영혼을 훔치지도 않았다.

그녀는 그 개자식을 그냥 죽였다.

하니의 손가락은 전투를 준비하던 그 움직임을 아직도 기억한다. 그녀는 머리카락을 매듭짓고, 검은 컴뱃 부츠 끈을 홱 뒤로 잡아당겨 절대로 풀어지지 않도록 동여맨다.

그리고 움직임이 편한 검정 요가 레깅스와 느슨한 검정 운동복 티셔츠를 입는다. 원래는 몸에 딱 맞는 티셔츠를 입으려다가, 팔뚝에 주홍 단검을 숨겨서 찰나의 순간에 빠르게 꺼내려고 생각을 바꿔 먹었다. 그녀는 석가가 붉은 날을 목격한 후에 일어날 일은 생각하고 싶지도 않다. 이 전략은 칼집을 건드리지 않기 위해서 팔을 똑바로 유지하고 있어야 한다는 불편함이 있지만, 하니는 할 수 있다. 또한 여우 구슬은 훌륭한 무기고, 손바닥을 펼쳐서 에너지를 쏠 수 있다. 그녀는 포기하지 않는다.

하니가 거울을 들여다보며 한숨을 쉬고, 그녀의 가르마 양쪽에 조금 돋아난 붉은 선을 손가락으로 쓸어 본다.

오늘 밤이 얼마나 안전하게 지나갈지 알 수 없다. 전혀 알 수 없다. 결국에 하니가 죽을 수 있다. 소미가 죽을 수 있다. 석가가 죽을 수 있다.

그 생각을 하면, 하니는 두려움과 죄책감으로 가슴이 아려온다. 이런 생각을 하는 건 너무 앞서가는 일일지는 몰라도 하니는 석가가 없는 세상에서 살고 싶지 않다. 부드러운 웃음으로 녹아드는 그의 냉혹한 비웃음 없이는. 커피와 라면을 먹을 때 특이해지는 그의 습관들 없이는.

하지만 너 때문에 그가 다시는 신으로 되돌아갈 수 없다면? 그녀의 마음속에서 비난하는 쓰디쓴 목소리가 들린다. *그래도 그가 너와 함께 이 세상에서 살고 싶어 할 것 같아? 네가 그와 함께 찾은 이 평화는 어떤 방식으로든 곧 산산이 부서질 거야. 너의 이기심이 만들어 놓은 일들을 봐. 쫓기는 소미. 수백 년을 더 이승 여기저기로 떠돌아야 할 운명인 석가. 멍청하고 어리석*

은 *구미호.*

하니가 눈물로 흐릿하게 빛나는 자기 눈을 보지 않으려 거울에서 등을 돌리고, 눈을 빠르게 깜박인다. 대신에 그녀는 마음을 가다듬으려 숨을 깊게 들이마신다. *우선 어둑시니부터 죽이자.* 그녀는 문 앞으로 성큼성큼 걸으며 자신에게 말한다. *나머지는 그 이후에 해결하자.*

그녀가 아래층 거실로 내려가자, 어둑한 아파트 안에서 흰머리를 반짝이며 모자를 손에 들고 유리벽 가까이에 서 있는 현태가 보인다. 하니는 조용히 그의 옆으로 가 서서, 칠흑 같은 암흑으로 뒤덮인 도시를 내려다본다. 석가는 어디에도 보이지 않는다. 좋아. 하니는 이 대화를 그가 듣지 않았으면 한다.

"현태 씨." 그녀가 부드럽게 말한다. "당신에게 부탁하고 싶은 게 있어요."

그는 안경 쓴 눈 아래로 그늘이 더 깊어진 채 지친 표정으로 그녀를 향해 돌아선다. "저는 소미 씨를 위해서는 어떤 일이라도 할 겁니다." 학자 같은 말투로 자신이 할 일을 넌지시 알린다. "나는 믿지 않아요, 소미 씨가…… 요괴라뇨. 소미 씨를 돕는 일이라면 그게 무슨 일이든지, 나는 내 능력으로 최선을 다할 거예요."

하니가 아래 세상을 여전히 바라보며 고개를 끄덕인다. "나는 당신이 소미를 데리고 이 도시에서 벗어나길 바라요." 그녀가 차가운 유리를 손바닥으로 누르며 빠르게 말한다. "어디든지, 아주 멀리, 멀리요. 도쿄나 런던으로 소미를 데려가요. 미국. 멕시코도 좋고. 석가가 바로 쫓을 수 없는 어디로든지 소미를 데려가요. 소미를 숨겨 줘요. 소미를 안전하게 지키겠다고 나랑 약속한 대로 해줘요."

"석가는 소미 씨를 죽일 계획이예요." 현태의 목소리에는 기운이 없다. "그렇죠?"

"소미가 석가를 설득하는 건 소용없는 일이예요." 하니가 나지막이 말한다. "석가도 그걸 알아요. 나도 알고요. 당신이 움직이지 않으면 소미는 오늘 밤에 죽을 거예요." 그녀는 거울에 비친 자기 모습을 보지만, 이번에는 눈물이 차오른 자기 눈을 외면하지 않는다. "소미는 본성을 따른 죄 밖에는 없어요. 소미가 약해져 있던 틈에 설득당해서 조종되는 거예요. 당신 말이 옳아요, 현태 씨. 남소미는 주홍여우가 아니에요." 그녀는 손바닥으로 좀 더 세게 유리를 민다. 서늘함이 피부를 타고 전해진다. "소미는 상처 입어서 두려울 거예요. 소미는 수치심에 시달리고, 그 수치심을 더는 느끼지 않게 되기를 바라죠. 그녀를 데리고 간다면 말해 주세요……. 내가 너무 미안하다고. 곧 찾아가겠다고. 그리고 통제하는 법을 알려주겠다고. 소미의 그 허기를." 그녀가 힘겹게 침을 삼킨다. "소미가 우리를 어둑시니에게 데리고 간다면, 어떤 방법을 써서라도 소미를 그 바깥으로 끌어내야 해요. 여우 구슬의 힘이 세졌을 테니 그 힘에 당신도 맞춰야 해요. 소미를 데리고 가요. 그리고 안전하게 지켜줘요. 내가 도착할 때까지 소미를 돌봐줘요. 그렇게 해 줄 수 있어요?" 마침내 하니가 현태를 바라본다. 그의 피부는 창백하고 눈은 지쳐 피로해 보이지만, 그의 얼굴은 결의로 더 예리해진다. "소미를 위해서 해 줄 수 있어요?"

그가 고개를 숙인다. "저는 제 약속을 지킬 겁니다." 그가 부드럽게 말한다. "저는 소미 씨를 끝까지 보호할 겁니다."

"좋아요." 하니는 실낱같은 안도를 느낀다. 현태가 소미를 가장 최선으로 하리라 믿을 수 있다. 그것만큼은 그녀가 확신한다. "그리고 이 얘기는 타락신 석가에게 말하지 말아요."

"말할 리가 없죠." 현태는 모자를 쓰고 다시 창문으로 돌아서며, 그림자 속에서 소미가 있는 곳을 찾아내기라도 하는 듯 아래의 거리를 뚫어져라 바라본다.

✳

하니가 열다섯 잔째 마지막 잔을 허공으로 들어 올린다. "건배." 현태와 석가에게 말한다. 그녀는 이 음료를 정말 싫어한다. 그녀는 쓰디쓴 한약을 입에다 연거푸 들이부은 느낌이지만 카페인의 효력이 돌기 시작한다. 하니는 거의 에너지가 폭발할 지경이다. 아무리 피곤해도 지금은 절대로 잠들 수 없다. 커피 잔옆에 놓인 하니의 손가락이 경련을 일으키고, 끔찍한 음료에서 솟구치는 예민한 힘을 조금이라도 풀어 보려 무릎을 올렸다, 내렸다 들썩인다.

"건배." 현태가 즉시 따라하고, 결연하게 자기 컵을 꿀꺽꿀꺽 마시고 내려놓는다.

석가가 눈썹을 휜다. "건배." 그의 얼굴이 일그러진다.

하니가 얼굴을 찌푸리며 커피를 남김없이 들이붓는다. 그녀는 손등으로 입을 훔친다. 심장이 카페인 효과로 가슴속에서 우르릉거리는 통에, 심장 마비로 이어지지 않기를 바랄 뿐이다. 구미호 유전자가 확실하게 그것을 막아 주리라고, 꽤 절실하게 믿어 본다.

"다음은 뭐죠?" 현태가 묻는다.

"시신을 찾아야죠." 그녀가 알려준다. "그리고 소미가 그랬기를 바라야죠. 만약에 그렇다면, 흔적이 아직 선명하게 있을 거예요. 내가 그녀를 추적할게요."

"그걸 어떻게 하려는 계획이야?" 석가가 조심스럽게 물어본다. "계속 물어보고 싶었거든."

"변신." 하니가 핏속에서 요동쳐 흐르는 카페인으로 불편해져서 어깨를 돌린다. "나는 소미의 향을 알아. 여우 모습이 되면, 내 감각이 갑절이 되거든. 내가 소미를 쫓을 테니까, 둘은 소미가 숨어 있는 장소까지 나를 따라와."

"어둑시니가 우리를 악몽으로 끌어들이려 할 거야." 석가가 머그잔을 내려놓는다. "하니의 추측이 들어맞는다면, 그렇게 못하겠지만. 우리는 깨어 있을 거야."

"우리가 그를 죽이자. 한 팀처럼 함께 싸워서. 그가 죽으면, 신신시를 둘러싼 암흑이 걷히겠지."

"확실한 계획이네요." 현태가 모자를 고쳐 쓰며 고개를 끄덕인다. "이제 거의 8시예요. 곧 무전이 올 거예요. 이제 우리가 할 수 있는 건." 그가 조용히 말한다. "기다리는 것뿐입니다."

40

석가

8시 46분에 연락이 온다.

도심 공원 한강 변에서 시신 일곱 구가 발견됐다.

그들은 조금도 시간을 허비하지 않는다.

석가가 매서운 눈빛을 쏘아대며 강제로 장악한 현태의 영구차를 타고, 한 치 앞도 보이지 않는 밤거리를 쏜살같이 내달려서 한강 변에 끼익 소리를 내며 멈출 때까지, 하니와 저승사자는 침묵을 지킨다. 벚나무를 지나 강으로 이어진 보도를 향해 그들이 빠르게 달리는 동안 그는 격앙되어 숨이 가빠진다. 시신이 눈에 들어올 때까지 그들의 신발은 인도를 두들긴다. 피 묻은 손으로 아직도 목줄을 쥐고 있는 한 구의 시신 주위를 주인 잃은 개가 뛰어다니며 짖어댄다.

"음." 석가가 건조한 목소리로 조금 안도하며 중얼거린다. "그녀가 개는 죽이지 않았어. 무언가 의미가 있다고 생각해."

하니가 여기저기 흩어져 있는 시신 중 한 구에 가까이 무릎을 꿇고 그의 말을 자르며 쏘아본다. "간이 없어졌어." 그녀가 작게 말한다. "현태 씨?"

"영혼도 사라졌어요." 저승사자가 음울하게 확인한다. 카페인을 섭취하고서도 그는 매우 피곤해 보인다. 시선은 흐릿하고 멍하다.

"어떻게 이럴 수 있지?" 하니가 다그치듯 말한다. 그녀는 눈썹에 땀방울이 맺힐 정도로 꽤 심하게 충격을 받은 채 시신들을 내려다본다. 어쩌면 커피 때문일 수도 있다. "소미가 이렇게 빨리 영혼을 훔칠 수는 없는데. 자연스럽지 않아. 구미호는 키스로 영혼을 훔치거든. 어떻게 여기서 이들 전부와 키스할 시간이 있었지?" 하니가 석가에게로 눈을 돌리자, 그가 그녀의 눈을 마주 본다. "그러고 다른 스무 명도. 어떻게, 어떻게 소미가 이렇게 한 거지?"

"모르겠어." 석가가 침울하게 답한다. 그는 시신들 때문인지, 카페인 때문인지 모르겠지만, 지팡이를 바닥에 두들기며 왔다 갔다 하면서 안절부절못한다. "하지만 너는 해야 할 일을 알잖아." 그는 걱정으로 가슴이 조이면서도 말한다. 그들은 폭풍의 눈 속에 있다. 천둥, 번개가 치며 거센 폭우가 그들을 덮치는 건 시간문제다.

하니가 고개를 끄덕이며 무언가 하고 싶은 말이 있는 듯이 입을 열지만, 이내 말을 삼키고 눈을 감는다. 석가가 그녀를 감싼 공기의 흐름이 변하는 걸 신비롭게 바라보는 동안 하니는 날렵한 여우로 변신한다. 그녀가 공기 중으로 코를 치켜들고 킁킁대자, 아홉 개의 꼬리가 경계한다.

그 여우는 적갈색 눈으로, 하니의 눈으로 그를 향해 바라본다. *따라와.* 그 눈이 말하는 듯하더니 그녀가 암흑 속에서 흐릿하게 붉은 형체로 달린다.

"하니 씨가 빠르네요." 현태가 그의 옆에서 얼이 빠진 채 말한다.

석가는 자부심이 차오르는 걸 느끼면서 손에 든 지팡이를 꽉 쥔다. 하니는 빠르다. "따라가자." 석가가 성마르게 내뱉고는 앞에 보이는 붉은 섬광을 따라 엄청난 속도로 달린다. 발을 디딜 때마다 근육이 타는 듯하지만 최대한으로 힘을 끌어올려 밀어붙이자 숨이 목구멍에서 깔딱거린다. 하지만 카페인의 힘으로 그는 간신히 하니를 뒤쫓아 영업이 끝난 레스토랑과 문이 닫힌 상점을 지나, 좁은 골목길과 구불구불한 인도를 통과한다. 하니는 밤을 가르는 별똥별 같아서, 그는 그 별똥별에 소원을 빌어본다. 이 싸움이 끝났을 때 우리 둘이 살아있기를. 함께.

하니는 그들을 데리고 도시를 지나고, 한강을 따라 창고가 늘어선 소규모 지구로 향한다. 마침내 하니가 크고 허름한 창고 앞에서 서서히 멈추자, 현태는 석가의 뒤에서 밭은 숨을 내쉰다. 널빤지로 덮은 지붕은 뒤틀리고 일그러져서 반은 무너져 내렸고 주황색 얼룩으로 군데군데 녹이 슬었다.

바람이 위쪽으로 휘감아 돌며 하니는 다시 사람의 모습으로 변신하고, 석가는 문쪽을 바라본다. 입구에 매달린 커다란 자물

쇠는 우습게도 출입문 역할을 했을 걸로 보여지는 다 썩어 빠진 나무판을 지키고 있다.

"소미가 여기 있어." 하니가 눈썹에 맺힌 땀을 닦으며 가쁜 숨을 내쉰다. "소미의 냄새를 맡을 수 있어. 그런데 다른 냄새도 나." 그녀가 석가를 바라본다. "다른 망나니가 안에 있어. 어떤 종류인지는 모르겠지만 안에서 자연스럽지 않은 향이 나."

"그러면 어둑시니?"

하니가 아직도 거칠게 숨을 내쉬며 어깨를 으쓱한다. "그 요괴의 향은 구별할 수 없어. 나이트클럽에서 우리를 공격했을 때도 아무 냄새가 없었고, 마트에서도 냄새가 없었어. 만약에 어둑시니에게 특유의 향이 난다면 어떻게든 그걸 가리려 하겠지. 하지만 이성적으로 생각하면 그는 안에 있어. 있어야지."

"망나니들은 얼마나 돼?"

"삼십. 어쩌면 그보다 많이. 다행히 역병 요괴는 없어." 하니가 머리를 흔든다. "망나니들은 우리가 처리할 수 있어. 그것들은 죽이기 쉬우니까. 걱정되는 건 어둑시니지. 우리가 온다는 걸 알고 있었을까? 그래서 우리와 맞서려고 이 부대를 준비시켰을까?"

석가의 심장이 덜컥 내려앉지만 침착하려 애쓴다. 넋을 놓고 있을 때가 아니다. "그런 거 같아." 석가가 인정한다. "하지만 어차피 싸움은 싸움일 뿐이야. 우리 셋은 준비됐고. 예상되는 일을 알고 있잖아." *나는 희망한다.*

이 싸움을 끝으로 그는 신이 될 수도, 죽을 수도 있다.

그리고 하니는 어쩌면, 아니다. 그는 그런 생각은 할 수도 없다.

하니는 괜찮을 거야. 그녀는 괜찮을 거야.

우리는 괜찮을 거야.

하지만…….

석가가 동요하며 숨을 들이마신다. 이런 까닭이다. 이런 까닭으로 그가 하니에게 하듯이, 누구도 그의 맘에 들어오게 절대로 허락하지 않는다. 염려하게 되면 모든 일이 더 복잡해지기 때문이다. 염려하게 되면 최악의 가능성으로 이어질 결과를 상상하게 되기 때문이다. 제발 그런 결말이 오지 않았으면 하고 바라지만, 불안으로 만들어진 삐죽한 칼날이 척추를 훑어 내리게 만든다. 피부가 식은땀으로 축축해진다. 그는 공포의 벼랑 끝에 위태롭게 올라서서 굳건히 버티고 떨어지지 않기를 바란다.

석가는 하니도 같은 두려움을 느낄지 궁금하다.

그녀는 그러지 않기를 바란다. 그녀의 정신은 맑아야 하고 마음은 단단해야 한다. 그녀는 다치지 않고 이곳을 걸어 나와야 한다. 그렇지.

하니가 자물쇠를 쳐다보며 고개를 천천히 끄덕이는 모습을 그가 바라본다. "우리가 저기로 들어갈 필요는 없을 것 같아." 머리를 흔들며 그녀가 말한다. 그러는 그녀의 목소리는 침착하고 흔들림 없이 전략에 집중한다. 좋아. "이 시점에서 우리는 최대한 그를 놀라게 해야 해."

"어떻게 할 생각이야?" 아름다운 눈이 생각하느라 가늘어진다. 그런 그녀를 바라보며 석가가 묻는다.

하니가 그를 향해 돌아서는데, 놀란 듯하면서도 즐거운 듯 보인다. "좋은 생각이 떠올랐어." 그녀가 창고 위의 무너져 내린 지붕을 가리키며, 가운데 벌어진 구멍 쪽으로 발톱을 빠르게 찔러 넣는다.

"아, 안 돼요." 현태가 신음한다.

구미호가 활짝 웃는다. "우리는 저기로 들어가요."

41

하니

하니가 창고의 콘크리트 벽돌 틈 사이로 발톱을 박아 넣고, 금이 간 유리창을 피해 조심스럽게 몸을 지붕으로 끌어 올리며 끙끙거린다. 그녀의 뒤로 그리 멀지 않게 석가가 있고, 현태는 다행히도, 꽤 잘 붙어 있다. 밤에 부는 매서운 바람이 지붕을 올라가는 그녀의 귓가에서 맴돌고, 그녀를 비웃으며 속삭인다. *비겁한 여우, 거짓말쟁이. 너의 잘못이야. 곧 네 손에 소미의 피를 묻히게 될 테니까. 거짓말쟁이, 거짓말쟁이, 거짓말쟁이.*

하니가 널빤지 위로 배를 걸치고는 창고로 내려갈 만하게 뚫려 있는 움푹한 구멍으로 향하며 아랫입술을 세게 깨문다. 부드러운 신음으로 석가의 위치를 알 수 있는데, 그는 그녀와 비슷한 위치에 누워서 들어갈 지점을 응시하며 어둠 속에서 눈을 빛낸다. "빌어먹을 요괴." 현태가 헐떡이며 그들에게 가까이 오자 그가 경멸조로 말한다. "그 요괴를 저승으로 보내고 나면, 나는 염라대왕에게 반드시 합당한 처벌을 내리도록 할 거야. 그게 아니면, 내 선에서 끝내 버리던가."

"안을 좀 들여다보죠." 현태가 속삭인다. "우리가 들어갈 곳을 살펴보는 게 좋겠습니다."

하니가 고개를 끄덕이고, 가능한 한 조용히 구멍을 향해 천천히 기어간다. 낡은 널빤지의 끝을 손으로 꼭 잡고, 그녀는 얼굴이 드러나지 않게 조심하면서 그늘지고 어두운 내부를 꼼꼼히 살핀다. 눈이 어둠에 적응되어 주위가 보이기 시작하자…… 쓰레기 더미로 가득한 창고의 내부가 보인다. 돌바닥은 쓰레기들로 어질러져 있고 벽에는 엉성한 낙서가 칠해져 있으며, 유리 파편들이 깔린 위로 금속 덩어리들이 쌓였는데 거기에는 꽤 많은 차들이 뒤집혀 있다. 하지만 하니가 뚫어져라 바라보는 곳은 따로 있다.

그녀의 추측에 이 창고에는 망나니들이 우글우글하다. 하니는 불가사리 무리들이 차를 갈가리 찢어서 탐욕스러운 손으로 그들의 입에 쑤셔 넣고 씹으며 킬킬거리는 모습을 바라본다. 하니가 얼굴을 찡그린다. 그 차들은 운전자에게서 강제로 뺏어 온 것이 분명하다. 그리고 그 운전자들은 지금 어떻게 되었는지 알 수 없다.

창고에는 망나니 불가사리 말고도 다른 크리처가 있다. 하니는 기름진 배고픈 귀신 무리가 수많은 망나니들 사이를 민첩하게 지나다니며, 껍질이 벗겨진 붉은 무언가를 그들의 목구멍으로 쑤셔 넣는 모습을 발견하고는 욕설을 씹어뱉는다. *그러니까 운전자들이 거기에 있었다.*

허물어진 창고의 시멘트 기둥에 기대선 구미호도 몇이 보이자, 하니는 그 사이를 훑어보며 눈을 깜박거린다. 얼마 안 되는 도깨비와 물이 뚝뚝 떨어지는 물귀신 몇이 있지만 소미는 보이지 않는다.

그리고 이덕현도 없다.

하니가 다시 몸을 감추고 널빤지 타일에 앉아서 두 동료에게 고개를 흔든다. "소미가 없어." 그녀가 속삭인다. "어둑시니도 없고."

석가의 얼굴이 굳어진다. "이 안 어딘가에 있을 거야. 소미의 향을 따라 여기까지 왔잖아."

"그랬지." 하니가 아랫입술을 질끈 깨문다. "네 말이 맞아. 소미는 여기 있을 거야, 여기 있어야 해. 그냥 보이지 않을 뿐일 거야." 그녀가 눈살을 찡그린다. "어둑시니가 짧은 시간에 추종자들을 꽤 많이 모았어." 강력한 용이나 이무기가 있었다면 힘든 싸움이 되었을 텐데 그나마 다행이다. 삼족구도 없다. 하니는 잠시나마 밀려드는 안도감을 느낀다. 다리가 세 개인 개로 변신하는 삼족구는 끔찍하게도 구미호의 목숨을 없앨 수 있다.

"어둑시니의 이념이 효과적이었습니다." 현태가 어두운 목소리로 말한다. "다시 생겨나는 암흑세계. 구속받지 않는 혼돈. 그게 향수병을 앓는 망나니들을 모여들게 만든 분명한 이유죠."

"이제 어떻게 할까?" 하니가 혼란스러워하며 들어갈 지점을 빤히 바라본다. "지금 들어가? 아니면 소미나 어둑시니가 모습을 나타낼 때까지 기다릴까?"

"어둑시니는 우리가 기다릴 거라고 예상할 거예요." 현태가 은색 쌍검을 주머니에서 꺼내 손에 움켜쥐면서 대답한다. "그리고 그 예상대로 해 줄 필요는 없어요. 우리는 지금 가야 해요." 그는 소미를 찾고 싶어 애가 타는 게 분명하다.

"우리를 보고 있지 않다면." 하니가 걱정스레 답한다.

"그런 경우라면." 석가가 낮은 목소리로 웅얼거린다. "그렇다면 우리가 미룰 이유가 없지. 우리가 그를 놀라게 하거나, 아니면 최악의 상황이라도 우리는 이 싸움을 더 빨리 끝내게 될 거야."

최악의 상황이라는 게, 하니는 반박하려다가 그런 경우라면 *우리는 죽는다.* 그녀는 침묵을 지키지만 표정에서 그녀가 하고 싶은 말이 드러난다.

이번 싸움은 이전에 그녀가 겪었던 싸움과는 다르다.

솔직하게 말해서 살아남을 가능성이 적다.

석가의 눈빛이 부드러워진다. "우리는 모두 무사할 거야." 그가 나지막이 말한다. "우리는 신신시에 다시 새벽 동이 트는 걸 보게 될 거야, 하니. 우리가 함께. 환웅을 두고 맹세해." 그가 그녀의 손을 감싸자, 그녀는 그의 손이 무척 뜨거운 것에 놀라며 눈을 깜박인다. "법의 신이자 약속을 지키는 신, 환웅을 두고 맹세해. 햇살이 다시 우리 둘을 비출 거야."

하니의 눈이 커진다. "네가 지킬 수 없는 맹세를 해서는 안 돼." 환웅은 그가 맹세한 약속을 반드시 지키게 만들고, 지키지 못하면 석가가 형벌을 받게 되는 건 말할 필요도 없다.

"지킬 방법을 찾을 거야." 석가가 그녀의 살갗에 엄지손가락 으로 동그란 흔적을 만들며 답한다. "약속해."

그에게서 전해진 열기로 그녀의 손이 뜨겁게 타오르고, 약속 이 확정되면서 그을어 자국이 남는다. 그녀는 석가를 바라보며 주체할 수 없는 감정이 몰려오는 걸 참아낸다. 이번 싸움의 끝 에서 살아남는다면, 그녀는 방법을 찾을 것이다……. 그에게 설 명해야 한다. 그녀는 그럴 것이다.

그녀는 석가에게 부드럽게 키스한다. 눈물을 삼키느라 목이 아프지만, 천천히. 키스는 씁쓸하면서도 달콤하다.

너는 그를 잃게 될 거야. 그녀는 눈물을 참으며 생각한다. *어 떻게 되든, 오늘 밤이 지나면 너는 그를 잃게 될 거야.*

"우리는 아침을 볼 거야." 석가가 그녀의 입술에 대고 속삭인 다. "우리는 새벽을 볼 거야."

하니가 슬픔으로 무너진 웃음을 가까스로 지어 볼 시간도 없 이, 그들 아래의 지붕이 흔들리더니…… 완전히 무너져 내린다.

42
석가

금속이 부러지는 끔찍한 소리와 함께, 석가는 벼랑에서 떨어져 공포 속으로 굴러떨어진다.

그리고 그들 둘이 온전히 나오기만 바랄 뿐이다.

제기랄.

43

하니

 허공으로 굴러떨어지며 그 충격으로 목에서는 비명이 터져 나오고, 그녀가 떨어지면서 함께 추락하는 잔해들로 살갗이 베인다. 팔을 앞으로 펼칠 틈도 없이 단단한 콘크리트 바닥에 부딪친다. 하니는 충격을 분산하기 위해 앞으로 구르는 정도만 겨우 할 뿐이다.

 배고픈 귀신 한 무더기가 목구멍이 찢어질 정도로 질러대는 비명 소리와 주위를 둘러싼 망나니들이 성난 듯 외치는 소리를 들으며, 눈 뜨기조차 힘든 고통 속에서 하니는 그들이 놀랐음을 어렴풋이 깨닫는다. 신음을 내며 입에서 피를 뱉어내고 발톱을 세워 치켜들며 간신히 몸을 일으킨다. 석가도 비슷한 상태로 그녀 옆에서 정신을 가다듬고 검을 준비한다. 현태가 어디에도 보이지 않지만 그 둘을 노려보는 망나니 삼십에 서서히 둘러싸여 하니는 생각할 여유도 없이 석가와 등을 마주하고 선다.

 "뭐지." 하니가 또다시 입안 가득 고인 피를 콘크리트 바닥에 뱉어내고 말한다. "젠장, 어떻게 된 거야?" 그녀가 여우 구슬을 준비하고, 힘이 가득한 에너지로 몸이 웅웅거리도록 한다. 그녀의 핏속으로 카페인이 몰아치며 감각은 극도로 예민해지고 목 뒤로는 땀방울이 흐른다. "대체 이게 무슨 일이." 불가사리가 날카로운 금속 조각을 손에 들고 다가오자, 그녀는 사납게 다그치며 다시 말한다. "일어난 거냐고?"

그들은 둘러싸였다. 으르렁대는 망나니들에게 완전히 둘러싸였다.

빌어먹을.

그리고 소미나 이덕현은 어디에도 보이지 않는다. 현태가 소미를 찾아 기절을 시켜서라도 안전한 곳에 데리고 가길 바랄 뿐이다.

"내 생각에는." 석가가 쉰 목소리로 답한다. "우리가 그냥 지붕에서 떨어졌을 뿐이야."

손바닥에 파랗게 일렁이는 도깨비불을 피우고 극도로 흥분한 도깨비 몇이 앞으로 걸어 나오며 킬킬거린다. "지랄 말고 꺼져." 그녀는 으르렁거리며 여우 구슬에서 나오는 황금빛 힘을 손바닥으로 올려 뜨겁게 달군다. 그녀는 런던에서 폭식한 이후 훨씬 더 강력해졌다. 그리고 창고 안에는 구미호들이 많아서 힘의 불길을 쏜다고 해도 그녀를 추적할 수는 없을 것이다.

하지만 그들을 둘러싼 망나니들이 점점 더 좁혀 온다. 하니의 근육에 힘이 들어간다. "석가." 그녀가 숨죽여 말한다. "우리가 먼저 공격해야 해." 그렇지 않으면 망나니 무리에게 더 유리해질 수 있어. "지금 공격해야 해."

"함께." 석가가 답하고, 그녀는 그 목소리에서 희망과 절망을 동시에 느낀다.

"함께." 하니가 동의하고, 공격한다.

하니는 도깨비를 목표로 강렬한 황금빛 힘을 끌어올려 그들에게 폭발시킨다. 그들은 시멘트 기둥에 부딪히고, 비명을 지르며 파랗게 일렁이는 불꽃으로 대치하지만 하니는 쉽게 피한다. 하니가 여우 구슬에서 힘을 끌어모아 그들을 향해 다시 던지자, 그들이 지르던 비명은 영원히 잠잠해진다. 살갗이 지글지글 타는 냄새가 공기 중에 가득하다.

이어서 하니는 이미 앞으로 나선 구미호들을 향해 움직이는데, 그들도 손에 황금빛 힘을 올린다. 한 구미호가 공격을 가하자, 그녀는 욕설을 씹어뱉고는 힘의 불길로 그 구미호의 옆구리를 그슬린다.

그녀는 그들을 죽이고 싶지 않지만 선택의 여지가 없다. 주변을 휩쓸며 쓰디쓴 죄책감이 올라오는 걸 애써 누르는 하니는 무거운 컴뱃 부츠를 구미호의 배에 올려 잡아놓은 채, 다른 구미호의 얼굴을 발톱으로 가격한다. 허공으로 피가 뿌려지고, 하니의 얼굴에도 튄다. 역겨운 음료가 그녀의 뱃속에서 출렁거리며 메슥거림이 더 심해진다.

구미호들이 손톱으로 허공에 휙 소리를 내며 사납게 휘둘러 반격하지만 그들은 주홍여우의 힘에 맞설 수 없다. 그녀가 또다시 에너지를 방출하자, 일곱 망나니 구미호 중 두 구미호가 높이 떠올랐다가 곤두박질치며 바닥에 무자비하게 내동댕이쳐진다. 추락한 구미호들은 팔다리가 부자연스럽게 꺾이고 콘크리트 바닥에 붉은 피가 고인다. 나머지 다섯은 주춤거리다 서서히 몸을 숨긴다. 그렇지. 영리한 여우들.

하니는 배고픈 귀신 중 몇몇이 달려들자 단검을 꺼낼 뻔했지만, 조금 더 참아보기로 하고 대신에 여우 구슬의 힘으로 손바닥을 데우고 그녀의 피를 요동치는 에너지로 채운다.

기름진 배고픈 귀신들이 그녀에게 달려들고, 하니는 그들을 바삭하게 태운다. 흐물흐물한 피부는 우그러지고 타 버려서 결국 역겨운 냄새를 풍기며 재로 허물어진다.

"오, 이건 정말 역겹다." 심장이 쿵쿵거리고 그녀는 숨을 헐떡인다. 커피가 확실하게 최대로 효력을 내는 듯, 그녀의 손가락이 잘게 떨린다. 입맛은 쓰디쓰고 혀는 마르며 위장은 제 혼자 곤두박질치는 듯하다.

"하니!" 석가가 소리를 질러 그를 향해 돌아보니, 먹다 남은 철 조각을 손에 들고 휘두르려는 불가사리의 날카로운 이빨을 그가 막아 넘기고 있다. "스스로를 소진하지 마……."

그녀는 고개를 가로젓고는 더 많은 힘을 소환한다.

그녀는 이 정도로 소진되진 않는다. 그녀가 비축한 힘은 아직도 차고 넘친다. 구슬이 줄어들려면 이보다 더 오래 걸릴 것이다. 그리고 카페인이 그녀에게 원기를 더하고 있다. 그 효과가 오래 지속되기를 바란다. 그 효과가 떨어지면 그녀는 지쳐 쓰러지고 죽을 수도 있다.

또 다른 무리의 배고픈 귀신이 앞으로 움직이지만, 같은 운명을 맞을 뿐이다. 그러다 어떤 강한 팔이 그녀의 목을 둘러 조이며 앞에 별이 보일 때까지 꽉 누른다. 하니는 주먹을 뒤쪽으로 휘두르면서 풍선을 터트리는 핀처럼 발톱으로 누군가의 배를 찢으며 구역질한다. 하니가 목을 조르던 팔에서 풀려나 뒤로 돌아보니, 증오로 가득 찬 여자 해태의 눈과 마주친다. 그녀는 놀라움을 억누른다. 망나니 해태는 정말 드물다.

으르렁거리며 해태가 앞으로 도약하더니 공중에서 뿔이 달리고 비늘로 덮인 사자로 변신한다. 해태가 지축을 뒤흔드는 포효를 내며 바닥으로 뛰어내리기 전에 하니는 가까스로 몸을 굴려 벗어날 수 있었다.

하니는 동요하지 않는다.

해태의 공격에 하니는 끙 하는 소리를 내며 공중으로 뛰어올라, 뒤로 홱 돌면서 그 괴물의 등으로 착지한다. 해태가 격분하며 다시 으르렁거리고, 하니는 사납게 날뛰는 해태의 등 위에서 중심을 잡는다. 힘을 아래쪽으로 증폭시키니 해태가 그대로 픽 쓰러져 죽는다.

해태를 쓰러뜨리고 그녀는 석가를 바라본다. 그는 또 다른 무리의 배고픈 귀신을 처리하고 있는데, 바로 뒤쪽에서 손바닥 위에 파란 불을 굴리며 서 있는 도깨비를 알아차리지 못한다. 하니가 이를 꽉 물고 증폭시킨 힘을 그 개자식을 향해 날리고, 도깨비는 쓰러져 재로 변한다. 하니는 안도감을 느낀다.

싸움에서 일어나는 소음으로 창고 안이 시끄럽다. 하니가 역겨운 불가사리를 손쉽게 처리하고, 소미를 찾느라 창고를 훑는다. 여전히 없다. 하니는 물귀신이 불어 터진 푸른 팔을 뻗자, 픽 웃으며 피하고는 여유롭게 물귀신을 해치운다. 창고 안에는 물이 없기에 물귀신은 힘을 쓸 수 없다.

망나니의 숫자가 뚜렷하게 줄어들었다. 삼십 정도 되었던 것이, 지금은 많아 봐야 열 정도 남았을 뿐이다. 주위를 둘러보는 사이에 도망가지 않고 남아 있던 구미호가 튀어나와 발톱으로 하니의 얼굴을 긁는다. 휘청거리며 뒤돌아서 하니가 쳐다본다. "집으로 돌아가." 그녀는 짧은 머리에 눈은 곤충처럼 커서 툭 튀어나온 소녀 구미호에게 쏘아붙인다. "할 수 있을 때 여기서 나가."

"싫어." 망나니 구미호는 황금빛 힘으로 불길을 피우며 피식거린다. "나는 맘껏 즐길 수 있는 세상을 원해. 세상……."

하니는 힘을 강력하게 폭발시켜서 그 구미호를 창고 밖으로 날린다.

"어떤 세상?" 특별히 누구에게 하는지 모를 말을 중얼거리며, 한쪽으로 비켜선 배고픈 귀신을 또다시 불길로 처리한다. "못 알아듣겠네."

하니와 석가가 함께 싸운 덕에 이제 망나니 넷만 남았을 뿐이다. 하니가 석가의 옆으로 다시 합류하며 신을 바라보고, 그는 또 다른 물귀신의 목을 베면서 곁눈질로 그녀를 흘끗 본다. "네 힘은." 그가 숨을 헐떡인다. "어떻게 그렇게 한계가 없어?"

하니가 또다시 여우 구슬의 불길로 도깨비 둘을 죽이며 혀를 세게 문다. "얘기하자면 좀 길어." 그녀가 숨을 내쉬며 쉿소리를 낸다.

이제 망나니는 하나만 남았고, 기름진 배고픈 귀신은 조금의 위협감도 없이 하니와 석가를 바라본다. 그러다 배고픈 귀신이 뒤로 돌아 창고 벽에 뚫어 버린 구멍으로 전력 질주하기 시작하는 걸 하니가 쳐다본다.

그 뚱뚱한 작은 요괴가 네 발자국도 채 떼기 전에 하니는 처리해 버린다. 요괴는 재 한 줌으로 사라진다.

창고는 어색한 고요로 덮여, 신과 구미호가 거칠게 몰아쉬는 숨소리와 창고 바닥에 한 무더기씩 쌓인 재들이 밤바람에 콘크리트 바닥에서 쓸려 다니는 작은 소리만 들릴 뿐이다. 하니와 석가는 한동안 아무 말도 하지 않고, 땀에 흠뻑 젖은 채 텅 빈 창고를 살피며 또 다른 위험에 대비한다. 하지만 텅 빈 그곳에는 그들만이 있을 뿐이다.

"현태는 어디 있지?" 하니가 쉰 소리를 낸다. "젠장, 도대체 어딜 간 거야?"

"모르겠어." 석가가 힘이 들어간 목소리로 답한다. "모르겠어."

하니가 숨을 고르려 애쓴다. "어디에⋯⋯." 갑자기 살얼음이 끼듯 매서운 추위로 공기가 차가워지며 피부에 소름이 돋는다. 창고의 그늘이 짙어지고, 그림자가 콘크리트 기둥을 휘감으며 바닥에 널린 재 무더기들 사이로 일렁인다. 그들이 새까만 암흑으로 둘러싸이자, 하니가 석가의 손을 감싸 쥔다. 평소에 차갑고 부드럽던 그의 손이 땀에 젖은 채 그녀의 손에 닿는다. 그의 손가락도 그녀처럼 잘게 떨린다. 신도 커피 열다섯 잔을 마신 영향이 아예 없지는 않은 모양이다.

"석가." 갈빗대 사이로 심장이 요동치는 그녀가 쉿소리로 속삭인다.

"나 여기 있어." 그의 목소리가 평소에 비해 살짝 흔들린다. "나 여기 있어, 하니."

공기가 더 차가워지기 시작하자 하니가 몸을 떤다. 가장 혹독했던 겨울보다 더 차가워진다. 소름 끼치는 추위가 그녀의 뼈를 갉아 댄다. 여우 구슬의 힘을 소환해보지만, 암흑 속에서는 황금빛 에너지마저도 모습을 드러내지 않는다.

어둑시니가 도착했다.

"모습을 드러내." 하니가 얼어붙은 피가 녹을 정도로 분노가 치밀어 말을 씹어뱉듯 다그친다. "모습을 드러내, 이 망할 겁쟁이야."

그러나 아무런 답이 없다.

지하 세계의 요괴가 흘려보낸 게 분명한, 몸을 무기력하게 만드는 파동이 흐르자 하니가 으르렁대듯 말한다. "그거 효과 없을 거야." 그녀는 파동에 저항하여 털어내고, 커피와 카페인의 효력에 안도하며 소리 없는 환호를 지른다. 확실히 효과가 있다. "이번에는 안 돼. 모습을 드러내. 오늘 밤은 정정당당하게 싸우자."

낮고 낮은 웃음이 킬킬거리며 암흑 속에서 들려오자, 석가가 그녀의 손을 꽉 잡는다. 뒤집어진 차 주위로 그림자가 휘돌아치더니, 한 치 앞도 보이지 않던 어둠이 서서히 사라진다. 하니가 눈을 찡그려 보지만 거기에 서 있는 게 누군지 알아볼 수 없다.

서서히, 아주 서서히 그림자가 흔들리더니 누군가의 몸에 옷이 벗겨지듯이 바닥으로 떨어진다. 까마귀의 몸에서 떨어지는 깃털처럼.

하니는 입에서 피 맛이 날 정도로 혀를 세게 짓씹는다.

현태가 뒤집어진 차 위에 서서, 냉랭하고 매서운 눈으로 인사하듯 머리를 까닥인다. 그리고 옆에는 그와 손을 잡은 남소미가 서 있다.

44
석가

장현태.

석가가 낡은 차 위에 올라서 있는 저승사자를 바라본다. 충격으로 정신이 멍하다. 현태가 어둑시니를 돕는다고? 이덕현이아니라?

잔혹한 웃음을 지으며 현태가 손뼉을 치자 날카로운 박수 소리가 실내를 채운다. "이야." 그가 부드럽게 말한다. "이건 정말재미있는데."

석가 옆에 선 하니는 몸이 얼어붙은 채 소미에게 시선이 고정된다. 그녀는 주홍여우를 못 본 척하는 듯하다.

"네가 네 표정을 좀 봤으면 좋겠는데." 현태가 안경을 벗어그들이 서 있는 콘크리트 바닥으로 던지자, 안경이 바닥에 부딪히며 산산이 부서진다. "웃기는군. 정말 웃겨." 이성의 호감을사려 애쓰던 순수한 저승사자는 사라졌다. 그 안에는 매서운 눈을 하고, 광폭한 그림자와 죽음의 미소로 둘러싸인 괴물만 남아있다. "정말 그게 이덕현이라고 생각한 거야? 내 말은, 너희가 정말 그렇게 생각했다면 내가 일을 굉장히 잘했다는 뜻이잖아. 아무리 그래도 그렇지. 너희 둘은 정말 멍청하다고."

"너였구나." 하니가 목이 쉰 채로 말한다. "계속, 너였어. 어떻게?"

"나지." 현태가 희미하게 웃는다. "그래, 나였어. 이 몸은…… 쓸모가 많더라고. 이 불쌍한 소년이 어떻게 싸웠는지 네가 봐야 했는데. 있잖아, 아주 딱 맞아떨어졌거든. 내가 탈출하려는데 때마침 장현태가 아침 근무를 하러 왔거든. 그가 제때 누군가를 만났어, 여기." 현태는 소미를 가리킨다. "그리고 사랑에 온 정신이 쏙 빠져 있던 터라 아주 영리하게, 아주 간단히 그의 몸을 훔쳤지. 그의 영혼은 지금 사후 세계에 있을 거야." 그가 히죽히죽 웃는다. "이 몸을 그에게 다시 돌려주려 해 봤자 아무 소용이 없다는 말이지."

지친 눈을 가진 자를 바라보라.

석가가 경찰서에서 죽음의 신을 처음 만났을 때, 석가는 그가 어리고 건강하다고 생각했다. 젊어 보인다고. 하지만 그후 첫 번째 살인이 일어나고 나서 현태의 눈에는 안경 아래를 자줏빛으로 칠한 듯한 경계가 있었다. 석가는 무심히 넘겼는데…….

그는 바보다. 불사의 바보.

"목격자. 그 여자가 설명한 건 이덕현이었는데, 이덕현은 서를 공격했고……." 어깨를 으쓱하는 어둑시니를 보며 석가는 입을 턱 벌리고 서서 현란한 말재간조차 잃는다.

"그 불쌍하고, 꼴사나운 병리학자." 현태가 코웃음을 친다. "그는 비탄에 잠겨서 늘 불안에 떨며 걱정하고, 친구도 없어서 집 말고는 갈 곳도 없었지. 그렇게 홀로 살면서 원하는 거라고는 잠깐의 휴식 정도였고. 석가, 너랑 커피 잔이나 잡는 정도일까. 너는 틀린 조각을 끼워 맞추기 전부터 그를 그렇게 무시했지. 물론 그건 내 덕이긴 하지. 그에게 완벽하게 관심을 돌리기 위해서 그를 너의 적으로 돌리는 건 아주 쉬웠어. 나는 그의 집에서 해태를 수놓은 이씨 집안의 가운, 그 검은색 가운을 가져왔을 뿐이야. 이덕현은 그냥 이용당한 거지."

석가가 무기력하게 눈을 감는다. 현태가 고인이 된 이대송의 코트를 가져왔다.

"그러고 나니 이덕현처럼 보이기는 정말 쉬웠어." 현태가 손을 흔든다. 그림자가 위로 휘돌며 그의 머리를 덮더니, 흰색 머리칼이 회색이 된다. 그러고는 이덕현의 부서진 안경과 스니커즈를 가리킨다. "간단한 속임수지만 그래도 효과적이지. 그리고 이덕현은 경찰서를 공격할 사람이 확실히 아니지." 현태가 사악하게 능글거리며 계속 말한다. "내가 그랬어. 내가 그림자를 보내서 이덕현을 감옥에서 꺼내 왔지. 암흑 속에서는 누구도 현명하지 못하더군. 모두 그를 비난하지만, 누가 알았을까?"

"밧줄." 하니가 느릿하게 말한다. "입마개, 이덕현 집······."

"불쌍한 이덕현은 아버지의 죽음으로 꽤 힘들었나 봐." 어둑시니가 킬킬거리며 말한다. "그 여파로 뭔가 시작했나 보던데,

어, 다소 특이한 취미 생활을. 그런 식으로 유대감을 찾으려 했나 봐. 알겠지만, 그게 범죄는 아니잖아." 그가 덧붙인다. "이덕현은 결백했었어."

"했었다고?" 석가는 자신의 심장이 쿵 떨어지는 걸 느끼며 거칠게 말한다.

"아. 내가 말하지 않았나? 이덕현을 죽였다고."

그의 심장이 가슴속에서 세차게 쿵쿵거린다. 석가는 이런 이유가 카페인 때문인지, 아니면 이덕현을 잃었다는 충격 때문인지 모르겠다. 덕현, 결백했던 사람. 덕현, 그가 비난했던 사람. "너 이 빌어먹을……."

현태가 싱긋 웃는다. "최지아가 정확하게 이덕현의 외양과 일치하는 남자를 봤고, 그 여자는 정확하게 내가 바라는 대로 했더라고. 거기다 너의 정확하지도 않은 의심이 더해져 확실하게 된 거지. 그게 재밌더라고. 그리고 나한테 당한 사람들은 무슨 일인지 알지도 못하고, 그들을 신신시에서 사후 세계로 데려가는 일은 더 재미있었지." 그의 표정이 갑자기 불쾌한 분노로 일그러졌다. "내 첫 번째 희생자만 빼고. 그녀는 나를 알아보고 미친 듯이 소리 지르기 시작했어."

현태가 영구차 창문을 두드리자, 조유나가 얼마나 심하게 발작하며 무너졌는지 떠올리고, 타락신은 힘겹게 침을 넘긴다.

"나는 너희 둘을 지켜보는 게 즐거웠어. 아, 그렇지. 나는 한동안 너를 지켜봤어. 내가 봤지." 그가 하니를 쳐다보며 말한다.

"네 바로 옆에서. 나는 네 힘, 네 생명을 느꼈어. 그리고 알았지. 그걸 흡수한다면 맛있을 거라는 걸. 내 집을 봉쇄한 신을 죽일 수 있을 정도로 맛있을 거야. 하지만 그보다 더 재미있었던 건, 너희 둘 사이에서 네가 벌인 작은 게임을 지켜보는 거였어." 그의 눈은 검을 꽉 쥐고 있는 석가에게로 움직인다. "그래, 너의 작은 게임은 맙소사, 네가 생각하는 것보다 훨씬 더 재미있었다고. 네 구미호가 추한 비밀 하나를 감추고 있었거든, 알고 보면 정말, 정말 굉장한 비밀이지. 그렇지 않아, 하니?"

하니가 긴장하지만 석가는 그를 무시한다. 어둑시니가 그들을 흔들어 놓으려는 수작이라고, 그건 명백한 사실이다. 석가는 현태의 짧은 독백을, 그의 사설을, 그의 의기양양한 표정을 신경 쓰지 않는다. 그저 어둑시니를 죽이고, 그것으로 끝나기만 바랄 뿐이다. 하지만 속임수 신이 지금 당장 자신과 하니를 위해 할 수 있는 최선은, 머릿속을 정리하는 동안 어둑시니와 소미가 계속 떠들게 만드는 방법이다. 무사히 살아남는다. 그가 경솔하게 행동해서 그녀가 생명을 잃는다면…… 그는 절대로 자신을 용서할 수 없다. "그러니까 너는 신신시를 유린한 당사자잖아. 그리고 넌." 그가 소미를 바라보며 으르렁대듯 말한다. "그를 돕고 있고."

그 소녀는 눈가가 붉어진 눈으로 그에게서 시선을 떼지 않는다. "그래." 그녀는 조용히 말하고 나서 어깨를 뒤로 당기고 턱을 내밀며 똑바로 선다. "그래, 그 말이 맞아."

개자식들. 개자식들, 너희 둘 다.

"소미." 하니가 아픔을 그대로 드러내며 갈라진 소리를 낸다. 그 말에 담긴 순전한 고통이 석가가 이전에는 느끼지 못했던 분노를 일으킨다. "이런 식으로 하면 안 돼."

소미는 잠잠했지만, 석가는 그녀가 위축되었을지도 모른다고 생각한다. "오늘 밤의 숫자는." 그는 요괴를 쳐다보며 계속한다. "네가 계획한 거지, 그렇지? 네가 소미에게 일곱 명을 죽이게 해서 우리를 여기로 유인하게 한 거잖아. 너는 계속 우리와 놀고 싶었으니까. 지붕을 무너뜨리고, 망나니가 가득한 이 함정으로 떨어뜨렸어. 네가 알아야 했던 건." 그가 거칠게 말한다. "이 망나니들은 우리에게 조금의 위협도 되지 않았다는 거지. 나는 신이고, 너는 하찮은 요괴니까. 도깨비 몇으로 나를 해칠 수 있을 거라고, 정말 그렇게 생각했어?" 석가는 여전히 머릿속으로 몇 가지 방법을 따져 본다. 검을 높이 들고 정면으로 뛰어들면 그 요괴는 놀라서…… 아직 아니다. 석가는 그의 근육이 얼마나 수축하는지 정확하게 안다는 듯 현태의 눈이 가늘어지는 걸 확인하며 생각한다. 그래서 속임수 신은 하던 얘기를 계속하며 최선을 다해 현란한 말재간을 부려본다. "정말 그렇게 멍청했던 건가?"

"나는." 어둑시니가 눈을 여전히 가늘게 뜨면서도 느릿하게 답한다. "그들과 싸우는 너를 보고 있어도 재미있겠다고 생각했거든. 그리고 그 생각이 맞았고. 축제를 벌이기 전에 있는 사전 행사라고 생각했지." 그가 혀를 끌끌 찬다. "네 말이 맞아, 타락한 석가. 그들은 너를 죽일 수 없지만 나는 할 수 있지. 나는 그동안 너를 지켜봐야만 했어. 암흑세계를 느긋하게 거닐며 왕위에 앉았을 때부터 그랬지."

"그 일과 상관없다는 듯이 말하지 마." 석가가 경멸한다. "너희 역겨운 요괴들은 나와 함께하면서 행복했잖아. 너는 기꺼이 내 군대에 합류했다고. 굽실거리고 멍청하게 히죽거리면서 나한테 손바닥을 비벼대고……."

"아니." 어둑시니가 분에 가득 차서 말한다. "나는 빌어먹을, 옥황을 포위하는 데 참여하지 않았어. 누가 보더라도 네가 형편없이 깨질 게 분명했기 때문이지. 그리고 너는 그렇게 됐잖아. 내가 까막나라에 남아 있는 동안." 현태의 몸에 들어 있는 요괴가 낮게 말한다. "너는 내 집의 열쇠를 날려 버렸어. 암흑세계는 급습을 당했고, 나는 형체가 없었는데도 저승으로 끌려가서 암울한 집행부 아래서 죽은 자들을 고문하며 노예로 지냈다고."

석가의 관자놀이가 둔탁하게 두근거리며 욱신거리기 시작하는 게 카페인 때문일 수도 있겠지만, 이 요괴의 빌어먹을 주절거림 때문일 가능성이 더 크다. 화난 게 분명한 어둑시니가 손을 허공에 대고 휘두르는데도 그는 평정을 유지하려 애쓴다. "그게 얼마나 지루한지 알아? 그들은 이미 죽었다고! 아무 소용이 없다고!" 그가 고개를 흔들고 탐욕스럽게 웃으며 입매를 비틀자, 석가는 불안해진다. "하지만 이번 판은 생명으로 가득하네. 너는 까막나라를 내게서 뺏어갔을지 모르지만, 이 사기꾼, 나는 새롭게 만들 거야. 너의 힘은 굉장할 거라고 확신하니까. 나는 지금까지 신의 생명을 뺏어 본 적이 없었어. 그리고 이렇게 풍요로운 구미호도." 그가 하니에게 눈길을 돌리며 이어 말하자 석가는 화가 치밀어 숨쉬기도 힘들 지경이다. "마침내 타락신 석가, 속임수 신 석가, 네게 복수하게 되는군. 마침내, 수백 년이 지나서, 세상의 포식자, 그림자 요괴, 혼돈의 사신인 어둠의 손에 죽게 될 거야!"

침묵이 흐른다.

하니와 석가가 혼란스러운 시선을 나누고, 석가가 눈을 깜박인다. "누구?"

현태, 어둠의 입이 벌어진다. "누구?" 그가 멍청하게 따라한다. "누구? 무슨 소리야, 누구?"

"내 말은." 석가가 냉랭하게 답한다. "나는 네 정체조차 모르는데." 그러면서 검을 들어 올린다. 공중으로 들어 올린 검이 은빛으로 빛난다. 석가의 다른 손은 아직도 하니가 잡고 있다. 손을 놓아야 하는 순간이 그는 두렵다.

어둠이 격렬하게 화를 내며 사나운 소리를 낸다. 그들 주변의 그림자가 점점 더 어둡게 짙어진다. "나는 너를 죽일 거야, 석가." 그가 거칠게 내뱉는다. "그럼 내 이름을 알게 되겠지. 무의식의 상태로 너를 끌어들일 수 없을지 모르겠지만." 그는 차에서 발을 떼어 콘크리트 바닥으로 우아하게 착지하며 말한다.

"네 깜찍한 카페인 속임수 덕에."

석가가 욕설을 내뱉는다. "너." 커피가 있어야 했던 수납장 안이 텅 비어 버렸던 때를 떠올리며 화가 치밀어 목소리가 떨리고 속이 들끓는다. "몇 봉지 남겨 둔 걸 내가 알고 있었는데……." 어둠이 저지른 모든 범죄 중에서 석가의 소중한 카페인을 던져 버린 건 참을 수 없이 악독하다. 석가의 핏속으로 광폭함이 들끓는다.

그 요괴가 히죽거린다. "그리고 마트에 갔잖아. 역병 요괴랑 안 재밌었어? 너희 둘이 살아서 무사히 돌아왔을 때 내가 얼마나 실망했을지 상상해 보라고. 솔직히 말해서 커피가 그렇게 효과가 있을 거라고 생각하진 않았어. 나는 그게 네가 옥황을 포위할 생각을 했을 때처럼 말도 안 되게 멍청한 짓이라고 생각했거든. 그런데 애석하게도 내가 틀렸나 봐. 그래도 상관없어. 신과 구미호를 죽일 수 있는 다른 방법이 있으니까. 내 소중한 소식통이 말해 줬는데, 너의 이야기에는 해피엔딩이 없다네. 하지만 우선은 분위기를 좀 띄워 볼까 하는데…… 사전 행사. 소미." 그가 혀를 차며 말한다. "우리 친구들에게 다정하게 인사해야지, 그렇지?"

"안 돼." 하니가 속삭인다. 그녀는 석가의 손에서 손을 빼내며 잘게 떤다. "소미, 하지 마."

어린 구미호가 차를 등지고 조용히 걷는다. "너는 나를 속였어." 소미가 하니를 빤히 바라보며 노여움으로 떨리는 소리를 낸다. "네가 나를 속였어. 네가 나를 여기로 밀어 넣었어. 내게 이렇게 피에 굶주린 허기를 가져다줬어. 내가 이렇게 된 건 너 때문이야."

"소미……."

"맞잖아, 안 그래? 아니라고 말하지 마, 하니. 아니라고 말하지 마!"

하니가 침묵한다.

"난 알아. 너 아직도 그에게 말 안 했잖아. 그렇지?" 소미가 석가를 쳐다본다. 석가는 크게 웃기 시작한 어둑시니에게 시선을 고정하면서도 혼란스러움에 마음이 조금 들썩이며 긴장한다. 그는 구미호가 주절대는 소리를 듣지 않으려 하지만 목소리가 흘러 들어온다. "그럴 거라고 생각했어." 그녀가 씁쓸하게 피식거린다. "너는 정확하게 그가 말한 그대로야."

"소미야, 너는 조종당한 거야……."

"그리고 지금 난 멈출 수 없어." 소미가 숨을 헐떡인다. "난 멈출 수 없다고. 지금 내가 마구잡이로 사람을 죽이고 다닐 수 있다는 거 알아? 키스 따위는 하지 않고도? 어떻게 할 수 있는지 너는 상상도 못 할 거라고 장담해. 하니, 하지만 나는 했어. 네가 나를 이렇게 만들었기 때문에 내가 했다고. 그건 너무 쉬워, 정말. 우선 그들을 반쯤 죽여 놔야 해. 그렇게 하면 그들의 영혼이 공중으로 떠오르기 시작하거든. 재빨리 움직이면 그 영혼을 흡수할 수 있지. 낚아채는 거야. 그물에 걸린 나비를 잡아채듯이." 그녀의 눈이 광기로 번득이며 빛난다. "나는 정말 많은 영혼을 흡수했어, 하니."

어둠이 뒤에서 부드럽게 웃는다. "그 덕에 우리는 완벽한 한 쌍이 되었지." 요괴가 말한다. "우리는 늘 더 많이 탐식하거든."

"입 다물어." 석가는 가슴속에서 심장이 거세게 뛰고 척추를 따라 땀이 흘러내리는 걸 느끼며 말을 씹어뱉는다. 빌어먹을 카페인. "입 좀 닥쳐."

소미가 황금빛 힘을 손바닥으로 끌어올리며 손을 든다. "네가 그 간을 내게 가져왔던 순간부터 나는 알아야 했어. 내내 나를 너의 희생양으로 삼을 계획이었다는 걸."

그녀가 확연히 티가 날 정도로 떨면서 하니를 향해 걸음을 옮긴다. 석가는 그녀를 바라보며, 그녀의 손이 마른 피로 얼룩져 있음을 확인한다. 그녀의 입 주위에도 피가 단단하게 굳어 있고 하얀색 스웨터에도 피가 튀었다.

간.

어떤 간?

어둑시니가 싱긋 웃자, 석가는 그 생각을 마음속에서 지워 버린다. 자신을 혼란스럽게 만들지 않으려고. "소미." 하니가 애원하다시피 말을 꺼낸다. "그건 사실이 아니야. 내가 너를 위해서 그 증거들을 묻어 버린 걸 생각해 봐. 그 기록물들, 그 시신들, 내가 그 모두를 없앴잖아. 네가 말하는 것처럼 내가 그렇게 끔찍하다면 그렇게 했을까?"

어린 구미호가 주춤하고, 석가도 그렇다. 그의 마음이 불안과 혼란으로 빙글빙글 돈다. 소미가 주홍여우라는 걸 하니가 내내 알고 있었다고? 대학교에서 발견한 시신들과 그 증거 영상을 없앤 이가 그녀라고? 그의 입매가 단단해진다. 서장이 석가에게 증거들을 잃어버렸다고 연락하기 바로 몇 분 전에, 하니가 화장실에서 이상하게 꽤 오랫동안 시간을 보냈던 게 그저 우연이 아니었다고?

하니를 생각하는 그의 감정 변화에 너무 집중한 나머지 얼마나 많은 이런 우연들을 모른 척했을까? 사실은 그것들이 어떤 의미인지 생각하는 게 너무 망설여져서? 다시 배신당할까 봐 너무 두려워서? 혼자 남겨질까 봐?

석가의 검이 흔들리며 혼란 속에서 스륵 내려간다.

그는 당황해서 하니를 바라보는데 그의 마음에 배신감이 차오르는 걸 막을 도리가 없다. 그녀는 그가 다시 신이 되는 걸 막으려 했을까? 그녀의 동료가 될 다른 모든 망나니가 벌인 짓들처럼?

하지만 소미가 얘기한 희생양은 뭐야?

그리고 어떤 간?

"뭘 했다고?" 그가 조용히 묻는다. 그는 지금 그녀에게 유리하게 해명할 기회를 주려고 하지만, 이 싸움이 끝나면…… 그는 김하니에게 궁금한 점이 정말, 정말 많다.

하니의 눈이 커지지만 그를 무시하고, 발톱을 휙 꺼내며 주먹을 단단히 쥐는 소미에게만 집중한다. "그럼, 그에게 말해." 어린 구미호가 가쁘게 숨을 내쉰다. "진실을 그에게 말하라고, 지금 당장." 그녀가 발작하듯 떨리는 손가락으로 석가를 가리킨다. "그에게 말해, 하니."

너무나 끔찍한 의혹이 석가의 마음속에 자리 잡은 분노를 타고 슬금슬금 넘어오기 시작한다. 그는 그것을 떨친다. 아냐. 그녀는 아니야. 하니는 아니야. "소미가 무슨 얘기하는 거야?"

"내가……." 하니의 눈이 눈물로 차오르며 그를 향해 돌아선다.

"내가……." 하지만 하니는 말을 중단하고는, 눈을 옆으로 가늘게 뜨고 있는 소미를 향해 다시 돌아선다.

"알았어." 어둠이 탐욕스럽게 웃으며 기쁜 표정으로 바라보자 소미가 말한다. 소미가 격분하여 얼굴이 하얗게 질리고, 분홍색으로 물든 눈물이 피 묻은 그녀의 얼굴을 따라 흐른다. "내가 옳았어. 나는 네 희생양일 뿐 아무것도 아니었던 거야."

"소미, 제발, 내 말을 들어 봐. 내가 설명할 수……."

"아니. 아니야. 나는 죽어야 할 희생양이 되기는 싫어." 소미는 목소리에 단단한 의지를 담는다. "나는 죽어야 할 희생양이 될 수 없어." 그녀는 걸음마다 목적을 눌러 담고 하니를 향해 성큼성큼 걸어온다. 석가는 다시 한번 그의 검을 공중으로 들어 올렸지만, 그가 그렇게 하는 데 걸리는 단 몇 초 사이 두 구미호는 벌써 이리저리 날아다니며 발톱과 황금빛 불꽃으로 치열한 싸움을 벌인다.

하니는 소미가 쏘아대는 힘을 피하고 주먹도 피하며 옆으로 비켜선다. "소미, 네가 잘못 알고 있어……."

"나는 아주 잘 알고 있어." 소미가 으르렁대며 또다시 힘을 폭발시켜 하니에게 던진다. 하니는 재빠르게 그 폭발을 피한다.

"힘을 사용하지 마." 하니가 그녀에게 던져지는 불길을 수그려 피하는 모습을 보며, 석가는 심장이 목구멍으로 튀어나올 것만 같다. "너는 지금 너 자신을 소진하고 있다고."

"물러서지 마!" 소미가 몹시 흥분해 공격하면서 악다구니를 쓴다. "나와 싸우라고!"

하지만 하니는 계속 피하고 막기만 할 뿐 절대로 공격하지 않는다.

석가가 그들의 싸움에 끼어들 방법을 찾아내려 애를 쓰지만 소미를 목표로 하는 공격은 결국에 하니를 다치게 할 뿐이라고 생각한다. 그가 할 수 있는 일이라고는 어둑시니를 향해 돌아서는 일밖에 없어서 속이 들끓고 혐오감으로 성대가 조여 온다.

"너."

석가가 자기 행동을 좀 더 생각해 보지도 않은 채 어둑시니에게 몸을 날려 검으로 허공을 가르자, 어둠은 가볍게 차에서 멀어졌다가 옆으로 비켜서며 철제를 가격하는 석가를 따분하다는 듯 바라본다. 저승사자의 도자기같이 창백한 피부 위로 검은 정맥이 천천히 일어나기 시작하며 툭툭 불거지는 모습을 석가는 바라본다. 검은 정맥이 팔과 목을 휘감으며 잔혹한 얼굴에도 서서히 올라온다. 현태의 몸 안에서 암흑의 증거가 움직이고 살아 있는 뱀처럼 그의 형체를 휘감아 미끄러지듯 기어간다.

"이제 오다니, 세상에." 요괴는 암흑을 가늘게 찢어 채찍처럼 손으로 쥘 때까지 그림자를 끌어당기며 말한다. "설마 네게 조금이라도 승산이 있다고 믿는 건 아니겠지." 날카롭지만 유연한 동작으로 어둠이 손목을 빠르게 튕긴다. 그러자 차갑고 예리한 그림자가 살갗을 뚫고서 신을 뒤로 날려 버리고, 석가는 고통스러운 신음으로 입을 꽉 다문다. 신이 비틀거리며 겨우 일어서서 숨을 헐떡이는데 상처 입은 가슴에서 피가 흐른다. 어둠이 한숨을 쉬며 말한다. "저항하는 건 아무 소용이 없어."

하니가 고통으로 신음하는 소리가 그의 뒤에서 들려온다. 하지만 지금은 어둑시니에게서 눈을 돌릴 수 없다. "더럽게 징징거리는 크리처." 그가 경멸하며 힘을 펼쳐 그림자를 끊어내고, 에메랄드 권능을 요괴에게 향하게 한다. *그를 막아내라.* 명령하는 석가의 관자놀이를 타고 땀방울이 흘러내린다. *그를 막아내라.* 카페인 덕에 평소보다 권능을 부리기가 수월하지만, 마찬가지로 제어하기도 힘들다. 석가가 정확한 목표를 향하도록 안간힘을 쓰지만 마음은 불안으로 일렁이고 절망과 닮은 무언가로 그의 피가 뜨거워진다. "나는 신이다……."

어둠은 마치 조금 성가신 초파리를 쫓아내듯 손을 휘저으며 에메랄드 위협을 막아낸다. "네가 신이었다면, 나를 위협했을지도 모르지. 하지만 지금은 타락신, 석가……." 그가 웃으며 석가를 향해 사나운 암흑을 파동처럼 몰아쳐 보낸다. "그렇다니까. 이건 정말 너무 쉬운 일이지."

온몸을 뒤덮는 그림자에 석가는 숨이 막힌다. 수천 개의 예리한 칼날이 살갗을 파고들고 수천 개의 주먹이 두들겨 패는 듯, 석가의 온몸에 고통이 휘몰아쳐 온다. 의식의 한편을 따라 흘러드는 어둠의 속삭임은 잔혹하게 즐거운 목소리다.

"타락신 석가, 너의 운명을 받아들인다면 구미호를 살려 줄 수도 있어."

석가는 피가 튀고 시야가 가려진 채 완전히 궁지에 몰리고……. 그 순간 맹렬히 타오르는 불길 때문에 그는 잠시 앞을 볼 수가 없다. 곧이어 떨어진 와인 잔에서 유리 파편이 터져 나오듯, 암흑이 조각조각 잘게 부서진다. 석가가 숨을 가쁘게 쉬며 창고 건너편에 있는 하니와 눈을 맞춘다. 그녀는 얼굴이 베이고 터지면서도 한 손으로 소미의 공격을 막아내고, 황금빛으로 빛나는 다른 손을 그에게 펼치고 있다.

어떻게? 석가가 검을 쥐고 힘겹게 일어서며 생각한다. *어떻게 이 정도로 힘을 사용할 수 있지?*

하니는 지금 꽤 오랫동안 여우 구슬을 사용하고 있다. 그리고 어째서인지 그녀는 소진되지 않는다. 구미호가 이렇게 많은 힘을 가지려면 수천 개의 영혼을 흡수했어야 한다.

지금은 아니야. 집중해. 석가는 할 수 있는 한 가장 빠르고, 가장 세게 공기를 가르며 공격한다. 하지만 또다시 일어나는 검

은 폭풍에 시야가 가려지고, 가까이에서 사악하게 쓰다듬듯 들리는 현태의 웃음소리에 석가는 이를 악문다. 그는 한 치 앞도 보이지 않는 허공을, 아무 소용도 없이 칼로 휘젓는다. 하니가 황금빛 힘으로 다시 암흑을 가르고서야 시야가 트인 석가가 회심의 일격을 가한다. 현태의 가슴을 베자 그의 가슴에서 피가 흐른다.

잠시 후 두 크리처가 움직임을 멈추는데, 둘 다 깊은 상처에서 피가 흐르기 시작한다. 어둑시니가 얼굴에서 웃음기를 완전히 감추고 목을 긁는 거친 소리를 낸다. "지금 실수한 거야."

으르렁대는 암흑이 석가를 통째로 집어삼킨다.

45

하니

석가가 비명을 지른다.

어둑시니가 그를 향해 연달아 날리는 암흑의 파동을 맞으며 비명을 지르는 그의 목소리는 갈라져서 생생한 고통으로 가득하다. 그림자가 너무 짙어서 하니가 소미를 막아내며 또다시 날려 버리기에는 힘겹다.

그의 비명에 그녀 안에서 무언가가 산산이 부서진다.

하니는 참아 주었다. 하지만 더는 안 된다.

"한 번만 기회를 줄게." 그녀는 손목을 튕기며 경고한다. 주홍 단검 한 쌍이 그녀의 손으로 미끄러져 들어오고, 공격하다 주춤거리며 입을 벌리고 선 소미의 눈에 주홍빛이 비친다. "소미, 이 창고를 떠날 기회를 한 번은 줄게. 네가 떠나지 않는다면, 내가 너를 해치지 않겠다고 약속할 수 없을 테니까. 너의 새로운 친구가 그를 해치고 있어서 안 되겠어." 하니의 안에서 무언가 툭 끊어지며 지난 104년 동안 지켜 왔던 유대감에서 벗어나 횡포하고 야생의 본능만 가진 크리처가 마침내 드러난다. "알아, 소미야. 너에게 해를 끼친 일은 미안해. 나 때문에. 하지만 어둑시니는 훨씬 더 나쁜 일을 계획하고 있어. 나는 이 세상이 잿더미가 되는 걸 지켜보고만 있을 수는 없어." 점점 더 절박하게 들려오는 석가의 비명에 그녀는 단검을 빙글빙글 돌린다. 온몸이 당장 그를 향해 달려가라고 아우성치지만, 적이 되어 버린 이 친구가 먼저다. "그러니까 당장 떠나, 그러지 않으면 내가 어떤 선택을 할지 나도 몰라."

소미가 확연히 티가 나게 침을 꿀꺽 삼키고는 하니의 단검에서 얼굴로 시선을 옮겼다가 다시 눈길을 되돌린다.

"3초 줄게." 하니의 목소리는 더할 수 없이 부드럽다. "하나."

어린 구미호가 주춤 뒤로 물러선다.

"둘."

하니는 소미의 표정에 무언가 떠오르는 걸 지켜본다. 염려가 살의로 변한다. 이가 드러날 정도로 입술을 당겨 웃으며 증오로 뒤틀린다.

좋아, 그렇다면.

다시는 되돌릴 수 없다. 갈라진 그들의 사이를 다시는 이을 수 없다. 하니가 숨을 내쉰다. "셋."

소미가 주먹을 들어 올리며 움찔한다. 하니의 눈빛에 드러난 크리처가 더는 크리처 카페에서 함께 일하던 동료가 아님을 깨달은 듯이.

그렇다. 그것은 주홍여우다.

그리고 소미는 전혀 가망이 없다.

하니가 소미의 배를 걷어찬다. 턱으로 쭉 뻗는 주먹. 마지막으로 단검 자루로 머리를 세게 내려친다.

어린 구미호가 바닥으로 쓰러지고, 의식은 없지만 살아있다. 하니는 무기를 칼집에 넣어 소매 속에 넣어 두고, 축 늘어진 석가를 공격하며 즐거워하는 어둠을 향해 돌아선다. 암흑 속에서 잠깐씩 번쩍이는 틈에, 고통으로 일그러진 그의 얼굴과 바닥에서 움츠리고 있는 그의 등을 그녀는 간신히 알아볼 수 있다.

석가의 비명이 사그라지며 고통스러운 흐느낌으로 변하자 이전에는 느껴본 적 없는 분노가 하니의 피에서 들끓는다.

흐느낀다.

기만의 신, 속임수 신, 악의 신, 석가가 _흐느낀다._

하니가 이를 악물고 구슬에서 더 많은 힘을 끌어 올려 손바닥에 모으자 피부가 타는 고통을 느낀다. 더 많이. 더 많이. 어둠을 향해 달리며 수백 년 동안 축적한 힘을 모으고 있다. 그녀의 심장이 세차게 뛰고 바닥에 닿는 그녀의 부츠는 전장의 리듬을 두들긴다.

"이봐." 하니는 으르렁대며 손바닥에 올린 하얗고 뜨거운 힘을 폭발시킨다.

황금빛 힘의 바다가 칠흑 같은 암흑을 향해 몰아치고, 타닥거리며 타오르는 불꽃이 그림자를 산산이 찢어 수많은 흑요석 파편을 만든다. 카페인을 들이킨 다음부터 팔다리가 떨리는 바람에 정확도는 떨어지지만 효과는 충분하다.

어둠이 암흑으로 만든 채찍을 손에 쥐고 분노를 억누르며 신음하자, 그녀가 비웃는다. "뭘 해 볼 생각 따위는 아예 하지도 마." 그녀가 어둠을 향해 에너지를 또다시 폭발시키며 으르렁댄다. 황금빛 힘이 명중하자, 창고가 흔들리며 부서진 지붕에서 잔해들이 수없이 떨어진다. 어둠이 시멘트 기둥에 부딪혀 앞으로 비틀거리며 신음을 흘린다.

하니가 여우 구슬에서 힘을 더 많이 끌어모으며 얼굴을 찌푸린다. "아직 안 끝났어." 그녀는 속도를 늦춰야 한다고 이성적으로 생각하면서도 위협한다. 여우 구슬이 줄어들면 죽을 수밖에 없고, 지금 그녀에게 남아 있는 힘은 위험스럽게도 거의 바닥나기 직전이다.

어둠은 웃지만, 즐거워 웃는 웃음이 아니다. 격렬하고 난폭할 뿐이다. "너는 이렇게 한 걸 후회할 거야."

"아마도." 그녀가 가쁜 숨을 내쉰다. "아니면 그렇지 않을지도. 그리고 나는 그렇지 않은 편에 걸겠어."

요괴는 그녀를 향해 움직이고, 그림자는 허공을 가르며 사납게 몰려든다. 살을 에는 듯한 차가운 그림자 채찍이 하니의 옆에서 일어나 그녀를 깊게 파고들며 옭아맨다.

좀 더 많이, 그녀가 스스로를 다그친다. *해야 한다면, 망할, 내 여우 구슬을 다 써 버릴 거야.*

어둠이 비웃음을 흘리고, 그의 뒤로 거대한 암흑의 물결이 넘실거린다. "내가 너를 과소평가한 듯하네, 김하니."

하니는 끌어모으기 시작한 엄청난 양의 힘 때문에 손바닥에 물집이 잡히고 허물이 벗겨지면서도 달콤하게 웃는다. "네가 그랬지." 그녀가 기분 좋은 소리를 낸다.

곧이어 암흑이 굽이치며 하니를 향해 포효하고, 그녀는 현태의 몸에 깃든 암흑 요괴에게 온전히 집중한다.

수백 년에 걸쳐 흡수한 영혼들로부터 얻은 순전하고 온전한 힘이 그녀의 핏속에서 들끓는다. 그녀는 비명을 꾹 눌러 삼키지만, 고통으로 숨이 조여 온다. 너무 아프다……. 오, 세상에. 타오른다. 실제로, 실제로 타오른다.

하지만 석가가 다쳤다. 그리고 심지어 그가 온 힘을 다하더라도 그는 요괴의 상대가 되지 않는다. 그는 더 이상 신이 아니고, 그녀는 남아 있는 유일한 대적자다. 그녀는 이승에서 벌어지는 어둑시니의 공격을 끝내려는 시도라도 해야 한다.

암흑이 다가오자, 그녀는 어둠을 겨누고 살갗이 타들어간 손가락을 펼친다.

그리고 김하니가 폭발한다.

그녀의 손에서 터져 나온 온전한 힘이 암흑을 뚫고 녹아내릴 듯한 황금 폭발을 일으키며 어둑시니의 가슴을 찢는다.

둥그렇게 벌어진 현태의 가슴에서 연기가 피어오르고 그 주변이 그을리면서 연기가 퍼져 나간다.

한 번 더. 하니가 이를 악물고 땅이 흔들리도록 힘을 실어 불길을 어둑시니에게 다시 쏘아 보낸다. 목표물에 명중한다. 어둠이 쓰러지지만, 재로 변하지 않는다.

어둑시니가 아직도 살아있다.

그녀는 용납할 수 없다.

그리고 수백 년에 걸쳐 축적한 힘을 바닥까지 긁어모아 소환한다. 목에서 들끓어 오르는 고통스러운 울부짖음도 멈춰지지 않는다. 팔은 붉게 빛나고 살갗은 회복할 수 없을 정도로 부풀어진 수포로 가득하다.

그녀가 날린 마지막 황금 불꽃이 금빛 칼날이 되어 어둠에게 날아간다.

그러나 어둠이 재로 변했는지 그녀는 보지 못한다. 그가 산산이 부서져 바닥에 부유하는 검은 먼지 부스러기가 되었는지 그녀는 보지 못한다. 그녀가 보려 하지만, 그녀는 보지 못한다.

고통 속에 비명을 지르며 김하니가 눈을 질끈 감고, 그녀의 팔에서는 연기가 피어오른다. 그녀는 자신을 지탱하는 모든 신경, 모든 세포, 모든 단일분자까지 괴롭히는 끔찍하고 지독한 고통을 느끼며 바닥으로 쓰러진다. 바닥에서 그녀가 등을 둥글게 움츠린다. 그녀는 너덜너덜하게 찢기고, 빨갛게 달군 바늘로 뼈에서 살갗을 벗겨내듯이 불타고, 불타고, 또 불타오른다. 지금 여우 구슬을 소환하면 응답이 없으리란 걸 그녀는 안다. 이제 다시는 빛나지 못하고 모락모락 연기만 피어오르는 불씨만 남아 있을 뿐, 구슬은 사라졌다.

그녀는 자신을 소진했다.

그리고 그것은…… 그녀가 죽어간다는 뜻이다.

어딘가에서, 하니의 거칠어진 비명 속에서, 하니의 작은 일부가 생각해 본다. 깊은 사색. 죽음. 그것은 마지막 장을 의미하는 특이한 단어다. 문장의 끝맺음. 그녀는 죽을 수 없다. 아직 해야 할 일들이 남아 있다. 해야 할 일. 소미에게 사과해야 한다. 온몸과 마음을 다해 상처받은 소미에게 진심으로 꾸밈없는 사과를. 그리고 석가에게 김밥 만드는 방법을 알려줘야 한다. 그의 품에서 깨어나 평온하게 잠든 얼굴을 살펴봐야 한다. 그의 노여움이 웃음으로 번질 때까지 짓궂게 놀려줘야 한다.

하지만 그녀가 죽어간다.

죽음.

정말 죽음이란 이상하다.

그래도 이제 곧 끝날 거야. 고통을 비웃듯 속삭이는 목소리. *이게 죽음이 아름다운 이유인가. 영원히 지속되지 않는다는……*

어디선가 희미하게 신음이 들려온다. 석가가 입과 코에서 피를 흘리며 그녀를 향해 기어 온다. "하니." 그가 쉿소리를 낸다. "하니."

그녀는 있는 힘을 다해 눈을 뜨려 한다. 가까스로 눈을 반쯤 뜨고 흐느끼며 석가의 얼굴을 살핀다. 그가 너무 운다. 심장이 찢기듯 괴로워 울면서도 그는 초라하게 떨리는 손가락을 들어 상처로 해진 그녀의 손가락을 잡는다. "하니, 안 돼. 안 돼, 그러지 마." 오랫동안 쌓인 잔혹한 분노로 그의 입이 비틀어진다. "죽으면 안 돼. 그러지 마⋯⋯." 그의 몸이 버티지 못하고 옆으로 접히자, 바닥에 선홍빛이 흩뿌려진다.

석가가 다쳤다. 심하게.

그리고 그도 역시 죽어간다.

그의 창백한 피부와 다시 그녀에게 향하는 에메랄드빛 눈이 어둡게 둔해지는 모습을 보면 알 수 있다. 타락신은 죽어가고, 그도 알고 있다.

"인정할게." 거친 목소리. "네 활약이⋯⋯ 굉장했다고."

아니야⋯⋯ 그럴 수 없어.

창고 저편에서 어둠이 일어선다. 한 손으로 상처 난 가슴을 누르고 입술을 길게 늘여 끔찍하게 웃으며 피로 물든 이를 드러낸다. 그림자들이 미끄러지듯 그의 몸을 타고 오르며, 새까만 암흑으로 상처를 메운다. "그러게 내가⋯⋯ 말했잖아." 그가 목을 한 번 뚝 하고 꺾다가 움찔하며 주춤거리다 말을 이어간다. 다시 목을 뚝. "신과 구미호의 이야기는 절대로⋯⋯ 해피엔딩이 아니라고."

하니의 비명이 입안에서 사라지고, 그녀의 고통이 공포로 선명하게 떨려온다. 공포와 충격. 그리고 빌어먹을 분노.

어둑시니가 살았다.

이 모든 상황에서도 *어둑시니가 살았다.*

안 돼. 안 돼. 하니가 기를 쓰며 숨을 쉬고, 폐에 남아 있는 모

든 숨으로 삶을 단단히 붙잡는다. 그녀는 내내 이것을 보려고 버텼을 것이다…… 어떻게든.

방법이 있을 것이다.

방법이 있어야 한다.

현태가 팔을 들어 그림자를 모으자, 그를 바라보던 하니의 눈이 축 늘어져 죽어가는 석가를 향해 빠르게 움직인다.

죽어가는 타락신 석가.

안 돼, 방법이 있어. *방법이 있어……*. 환인이 허락만 한다면.

그녀의 입이 피로 가득 차기 시작한다.

어찌됐건 그녀는 옥황의 보위에 앉은 신들의 황제 환인이 이 창고에서 벌어지는 일에 눈을 떼지 않고 지켜보고 있을 걸 안다. 모든 상황에도 불구하고 그의 동생이 죽기를 바라지 않는다. 그녀는 이승의 창고 안 세 형상에 따라붙은, 오래되고 조심스러운 그 눈빛을 느낄 수 있다.

아마도 네가 죽는 게 싫어서인지도 모르지, 동생아. 그날 레스토랑에서 나눈 대화 속에 그 말이 있었다. 숨어서 엿들은 하니의 귀에 그 말이 아주 또렷하게 들렸다.

나는 네가 죽는 걸 바라지 않아.

그래서 그녀가 사는 동안 처음으로 쇠 맛이 나는 선홍색 피에 숨이 막혀 가면서도 환인에게 기도한다.

석가의 형, 환인.

환인. 고통과 죽음에 잠식되어 가며 그녀는 생각한다. *당신이*

듣는다는 걸 알아요. 당신이 보고 있다는 걸 알아요. 그리고 죽음의 문턱에서 겨우 버티고 있는 당신의 동생을 보고 있다는 걸 알아요.

잠시, 마음속의 침묵에 먹먹해진다. 하지만 그때…….

창고가 서서히 사라지는 듯하면서 바람에 흩뿌려지더니 소용돌이치며 아무것도 남지 않는다. 하니가 보이지 않는 흐름을 따라 떠오르자 삶과 죽음을 가르는 막을 통과했나 싶어 의아해한다. 저승으로 가는 황천길에 도착한 거라면, 염라의 심판대로 향하는 서천강 위에 떠 있는 거라면. 그녀의 마음 한편에서는 공허함에 감탄한다. 그녀는 공허함을 경험한 적이 없다. 늘 무언가로 채워져 있었다. 하지만…….

이건 분명히 그녀가 죽었다는 의미다.

"죽지 않았다." 그녀가 허공으로 끌려가는데, 서늘한 목소리가 들린다. "김하니, 너와 이야기를 나누고 싶구나." 매혹적인 공허 속에서 환인이 걸어 나오는데, 표정은 침울하고 눈 속에서는 수백만 개의 별들이 반짝인다. "너는 협상하러 왔으니까."

46

하니

광대한 공허함이 한순간에 무언가로 바뀐다.

하니는 호화로운 알현실 가운데 서 있고, 그녀가 비쳐 보일 정도로 윤을 낸 반짝이는 검은 바닥 위에 그녀가 신고 있는 진흙투성이의 컴뱃 부츠가 어울리지 않아 더 두드러져 보인다. 금색의 별, 달, 해가 소라 모양으로 둥글게 그려진, 움푹한 붉은색 나무 천장을 주홍색 기둥이 떠받친다.

어찌 된 일인지, 그녀는 옥황에 있다. 신들의 천국.

그녀의 앞에는 루비 계단이 연결된 화려한 연단이 있고, 그 계단은 환인이 앉은 넓고 등이 긴 보위로 이어진다. 그녀는 그가 자신을 바라보고 있다는 사실을 깨닫고, 가슴이 철렁한다.

그가 턱을 조금 치켜들고 손은 깍지를 끼고서 허벅지에 내려놓은 채, 표정 없는 얼굴로 그녀를 지켜본다. 환인은 짙은 푸른색의 전통 한복을 늘어뜨려 입고, 허리에는 새하얀 띠를 둘러 리본을 매었다. 그의 곁에는 젊은 신이 있는데, 환인과 같이 은발의 긴 머리고 눈동자도 짙은 푸른색이기는 하지만 별의 반짝임이 느껴질 정도로 깊지는 않아서 그와 다르게 보인다. 환웅이 틀림없다고 하니는 생각한다. 환인의 아들.

하니가 무릎을 꿇고 바닥에 거의 닿을 듯이 숙인 이마 아래에 손을 포개며, 깊은 경의를 담아 절한다. 몇 분 전까지만 해도 팔에 있었던 끔찍한 화상 자국이 사라졌음을 깨닫는다. 하니는 이 사실을 깊이 생각하지 않으려 애쓴다. "일어나라." 환인이 나직하게 말한 후에야 하니는 시키는 대로 한다.

"그래서." 신들의 황제 환인이 부드럽게 말한다. "김하니."

하니의 턱이 앞으로 내밀어지는데, 그의 못마땅한 목소리에 그녀 안에서 일어나는 방어 본능은 어쩔 수 없다. "접니다." 그녀가 날카롭게 대꾸한다. *그래서 뭘 어쩌라고?* 환웅은 근육에 힘이 들어가는 모양이지만, 환인은 흔들림이 없다.

석가의 형이니 그가 흔들리려면 훨씬 더 큰 충격이 필요하지 않을까 싶다.

"네 기도를 들었다." 환인이 고개를 기울인다. "매우 시끄럽더구나, 김하니. 내게 거의 비명을 질러댔으니 못 들은 척하기 어렵더구나. 내 귀가 아직도 울리는 듯해."

"어둑시니가⋯⋯."

"그래, 창고에서 지금 벌어지는 사건을 안다." 환인이 한숨을 내쉰다. "염라는 고용인들을 더 세심하게 관리해야 했어. 범죄자 어둑시니 때문에 628년 만에 처음으로 편두통이 생겼지."

그의 편두통이야 알 바 아니다. "석가가 죽어 가요." 하니가

서둘러 말한다. "그리고 저도 그렇고요. 어둑시니가 마음대로 해대는데, 아무도 막을 수 없어요. 환인님, 제가 당신의 이름으로 기도합니다. 당신의 신성한 개입을 펼치사······."

"나는 지금 어둑시니를 상대하는 데는 관심이 없구나." 환인이 평상시 말투로 답한다.

"우선 석가가 어떻게 될지 보자꾸나."

그녀는 욕설이 튀어나올 뻔한 걸 겨우 눌러 내리고, 치솟는 분노로 몸을 떤다. "석가 혼자서 막아내도록 내버려둔다고요? 당신이 행동하지 않으면 그는 금방 죽을 겁니다." 그녀는 어쩌면 동생을 구하려는 환인의 의지를 과대평가했는지 모르겠다. 어쩌면 석가와 거래한, 어둑시니를 포함한 이 모든 일이 타락신을 완전히 없애려고 꾸민 계책이었을지도 모른다.

그녀의 의심을 알아채기라도 한 듯이 환웅이 그녀를 보며 인상을 쓴다. "아버지가 계속하시도록 기다려라."

하니가 혀를 짓씹으며 두 신을 노려본다.

"네 말과는 다르다." 환인이 그의 의자에 몸을 기댄다. "석가는 김하니, 네가 행동하지 않으면 금방 죽게 된다."

그녀가 머뭇거린다. "무슨······."

"협상." 환인이 환웅을 가리키며 답한다. "절충."

하니는 지나가는 매 순간을 영겁처럼 느끼며 기다린다. *창고에서는 어떻게 되고 있을까? 석가는 아직 의식이 있을까?*

"내가 석가와 했던 거래는 네가 잘 알고 있을 테지." 환인이 말을 이어간다. "타락신 석가가 주홍여우와 어둑시니를 모두 죽인다면, 그는 신이라는 원래의 지위로 복귀한다. 음. 나는 이 거래를 수정할 용의가 있다. 아주 조금은."

"무슨 말씀이세요?" 하니가 숨을 내쉰다. "제가 어떻게 해야 하나요?"

"김하니, 나는 네 비밀을 알고 있지." 그의 눈이 반짝인다. "너는 주홍여우야."

그녀의 몸이 뻣뻣해진다. "네." 그녀는 환인이 알고 있다는 사실이 그다지 놀랍지도 않다. 지금 이 상황에서 *누가 모르겠는가?*

석가는 모른다. 그녀가 씁쓸하게 혼자 되뇐다. *그는 아직 모른다. 맞나?*

"나는 이 협상을 부분적으로 이행할 용의가 있다. 석가가 지금 상태로는 어둑시니를 제대로 상대할 수 없다는 걸 안다. 그것이 너무 빠르게, 너무 강해졌지. 그 부분은 내가 미처 설명하지 못했다. 나는 석가가 그것을 바로 찾아내 죽일 거라 예상했거든. 사실은 그렇지 않았지만. 그래서 내 약속을 조정하면 어떨까 하는데." 그가 환웅을 바라본다. "아들아, 이렇게 협상을 조정하자꾸나. 석가가 앞서 언급한 망나니 둘 중 하나를 죽인다면, 그는 이전 권능의 절반을 그 즉시 얻는다. 석가가 앞서 언급한 망나니 둘 중에 남은 하나를 마저 죽인다면, 그는 이전 권능의 남은 절반을 그 즉시 얻고, 이전 지위로 복귀한다. 법의 신이

자 약속을 지키는 신 환웅을 두고 이것을 맹세하노라."

석가가 앞서 언급한 망나니 둘 중 하나를 죽인다면, 그는 이전 권능의 절반을 그 즉시 얻는다.

환웅이 아버지 손에 자기 손을 포개며 눈을 감는다. "확약되었습니다." 잠시 후에 그가 말하며 눈을 뜬다. 두 눈이 잠시 밝은 하늘색이었다가 이전의 짙은 푸른색으로 서서히 돌아온다.

"그렇게 할 수 있어요?" 하니가 다급하게 묻는다. "환웅에게 한 맹세를 바꿀 수 있어요?"

환인이 조금 어색하게 웃는다. "나는 그의 아버지가 아니냐. 나도 인맥을 활용할 줄 안단다. 새로 조정한 약속이 처음에 맺었던 약속보다 더 많은 고통과 희생이 필요하다면, 조정하는 건 아주 간단하지." 그가 계속 바라본다. "내가 제시한 거래를 김하니, 네가 안다고 나는 생각한다."

그녀는 안다.

그리고 그녀는 겨우, 간신히, 살짝 끄덕인다.

"그리고 너의 의식을 인간 세상으로 돌려보내기 전에 김하니, 네게 이것을 물어보자." 환인의 목소리가 안정적임에도 확신이 없는 듯이 들려온다. "내 동생은…… 너를 아낀다. 그 이유를 나는 도대체 알 수 없구나. 이후에 생기는 일로 애통할 만큼 너에게 마음을 준 건지 나는 전혀 알 수 없지만, 석가의 본성은 다른 누구도 사랑할 수 없다. 그는 오직 자신만을 사랑한다."

그건 사실이 아니다. 그녀는 비난에 불과한 말에 그저 노려보

며 팔짱을 낀다. "무슨 말이 하고 싶은 건가요?" 그녀가 쏘아붙인다. "털어놓으시죠."

환웅이 그녀를 노려본다. "네가 감히……."

"어떻게 한 것이냐?" 마침내 잔잔한 허울을 벗고, 환인이 그녀를 노려보며 대꾸한다. "어떻게 네게 마음을 주도록 설득한 것이지?"

그는 질투한다. 하니가 서서히 깨닫는다. *석가가 나를 선택하며 그가 보여 준 친절한 모습을 질투한다. 그의…… 사랑스러운 모습을.* 그녀가 알고 있는, 앞으로 해야 할 일과 그 일을 눈앞에 두고 있는 상황에서 이 깨달음에 그 어떤 관련도 없는 듯하지만, 어찌 됐든 석가의 앞에 펼쳐질 새로운 삶에서는 환인의 질투가 상당한 의미가 있음을 알 수 있다. 옥황에서의 새로운 삶. 평화로운 삶.

그녀가 없이.

환인이 그녀를 바라보며 대답을 기다린다.

하지만 하니는 어깨를 으쓱하고 그를 향해 짓궂은 웃음을 짓는다. "제가 죽은 다음에 환생시켜 주시면." 그녀가 말한다. "알고 싶어 하시는 걸 모두 말씀해 드릴게요." 그녀는 저승의 고문실과 일곱 지옥을 피할 방법이 없었지만 시도해 볼 만하다.

천국의 황제가 쿨럭거린다. "너는 역사에 남은 어떤 구미호보다 많은 사람을 죽였다."

"칭찬 감사합니다."

"너는 환생할 수 없어. 그리고 너는 전략적으로 나에게 알려줄 생각이 없다는 걸 알겠다. 좋아." 환인이 노려보자, 아주 잠시지만 그와 석가가 분명히 닮았다고, 가족은 가족이라고 생각한다. "잘 가거라, 김하니."

그녀가 눈을 깜박이기도 전에, 신이 손가락을 튕기고 세상이 하얗게 변한다.

47
석가

"하니." 눈물과 피가 뒤섞여 입으로 흘러 들어오며 석가가 쉿 소리를 내고, 다가오는 어둑시니에게서 그녀를 보호하려는 듯이 그녀 위로 몸을 구부린다. 구미호는 축 늘어져서 움직이지 않는다. 그녀의 팔은 회복하기 어려울 정도로 화상을 입었다. 그녀가 숨을 쉬고 있는지 알 수 없다.

그 순간 그녀의 눈이 파르르 떠지며 그와 마주치고, 적갈색 눈동자는 고통으로 흐릿하게 가라앉았다. 살아 있다, 그녀가 살아 있다. 하지만 얼마나 버틸까?

"하니." 창고의 어둠이 더 짙어지는데, 그가 속삭인다. 어둠이 하니와 석가를 향해 가면서 암흑을 끌어들이고, 그림자가 현태의 상처 위에 머물면서 살이 차오른다. 그리고 더 맹렬해진 분노를 내뿜는다. 이건…… 이건 끝이다.

그녀는 눈물로 반짝이는 시선을 들어 그를 보며 눈을 깜박인다. "석가." 그녀가 속삭인다. 그녀가 상처 입은 손을 움직여 주머니에서 무언가를 잡으며 머뭇거리는걸, 석가는 알아채지 못한다. "이 세상은…… 새벽 동이 트는 걸 다시 보게 될 거야." 그녀가 그의 손으로 손을 뻗자, 그가 그녀의 손을 잡는다. 그들은 함께할 것이다.

하니가 입에서 피를 토하며, 그를 올려다본다. "네가 알아야 할 게 있어." 그녀의 목소리가 소곤대는 듯하다. "전부…… 거짓말은 아니었어. 정말…… 이야."

매 순간 그녀의 피부가 생기를 잃어 가고 그녀의 의식이 희미해진다. "하니." 그가 속삭인다. "그냥 눈 감고 있어." 그는 뒤로 겨우 몇 발짝 남긴 채 다가오는 어둑시니를 노려본다. 그림자가 그의 팔을 둥글게 감싸고, 암흑이 망토처럼 그의 뒤에 매달려 있다. 석가는 마지막 시도를 위해 일어서려 안간힘을 쓴다.

하지만 하니가 마지막까지 쥐어짜낸 힘으로 그를 뒤로 당겨 주저앉히고, 눈을 크게 뜬다. "석가." 그녀가 속삭인다. "석가."

그가 고개를 흔든다. 안 돼. 이것이 그녀가 마지막으로 부르는 그의 이름이어서는 안 된다.

그녀의 입에서는 피가 쉴 새 없이 흘러나오지만, 그를 바라보며 웃음 짓는 그녀는 환하고 아름답다. "그에게 고통을 줘." 그녀가 속삭이며 그의 오른손에 차가운 무언가를 밀어 넣는다.

그녀가 그의 손을 잡고 칼날의 끝을 그녀의 가슴으로 당겨 내린다. 이 모든 일이 너무 순식간에 벌어져 석가는 손에 쥔 것이 주홍 단검의 자루라는 사실을 깨닫지도 못한다.

하니는 단검을 자신의 심장으로 밀어 넣는다.

48

하니

그래야만 했어. 하니는 가슴에 자신의 단검을 꽂은 채, 석가를 올려다보며 생각한다. 그의 얼굴이 경악스러운 공포로 물드는 걸 보는 그녀는 그가 자기 이름을 소리쳐 부르는 것 같다고 생각하지만…… 그녀는 더는 듣지 못한다. 간신히 볼 수만 있을 뿐이다.

미안해, 그렇게 말하고 싶지만 그녀의 혀가 입안에서 쓸모없이 늘어져 있다. *미안해, 미안해.*

하지만 이번은 내가 희생할게.

너를 위해.

소미를 위해.

하니의 속눈썹이 파르르 떨리며 닫힌다.

평생, 나는 이기적이었어.

나의 마지막은 남을 위한 것이길.

하니가 눈을 감으니 마지막 눈물이 피 묻은 볼을 따라 흘러내린다.

49

석가

석가는 생명이 사라진 하니의 얼굴에 아직도 흘러내리는 마지막 눈물을 바라본다.

세상이 이렇게 고요했던 때가 있었던가.

머리가 지끈거리는 느낌과 몸속의 뼈를 얼려 버릴 듯한 차디찬 공포만 남고 아무것도 존재하지 않는 진공상태로 빨려 들어가 버린 듯하다.

"하니." 그는 여러 번 되풀이하여 부르고 있다고 생각하지만 목 깊은 곳에서 흘러나오는 소리는 으르렁대는 동물 소리 같아서 말의 의미를 담지 못한다.

그녀가 죽었다.

그 자신이 만든 죽음. 석가가 자기 손을 바라본다. 공포와 배신감으로 그의 시야가 어두워진다. 그는 이해할 수 없다. 그는 이해할 수 없다.

이건 악몽이야, 머릿속에서 점점 큰 소리로 울부짖으며 그는 생각한다. *이건 어둑시니가 끌어들인 악몽이야.*

이건 사실이 아니야. *이건 사실일 수 없어.*

김하니가 죽었을 리 없어.

죽음, 그녀의 가슴에 꽂힌 주홍 단검.

주홍 단검.

그 사실을 깨닫는 순간 석가는 폐에 남아 있는 숨을 훅, 몰아쉰다. 불길의 빛으로 시야가 선명하다. 그의 공포가 배가 된다.

…… **눈물짓는 눈을 가진 자를 바라보라** …….

하니의 마지막 눈물이 땅바닥으로 떨어지자, 창고에서 메아리치듯 들린다. 석가의 영혼을 스치며.

그건 절대로 남소미가 아니다.

…… **네가 찾는 자들은 네 생각보다 가까이 있다. 그러나 속임수의 바다에 홀로 있는 신이여** …….

아니야. *아니야.*

석가가 하니의 머리를 손으로 감싸 안는다. 그녀의 피부는 돌처럼 차다. 그녀의 머리카락이 그녀의 얼굴로 떨어지자, 고통의 파편으로 속이 갈가리 찢기는 듯하다. 그녀의 두피 위로 짧게 올라온 붉은 머리카락을 그는 처음으로 보았기 때문이다.

…… **겉으로 보이는 직관에 속지 않도록 조심하라** …… **속임수 아래 감춰진 진실** …….

"아아악!" 피가 뜨겁게 끓어오르고 석가의 몸이 뒤틀리자, 그가 등을 굽힌다. 아주 오래된 강한 무언가가 그의 정맥을 타고 밀려들어 그의 몸으로 흐르고, 혈관 속에서 요동친다. *돌아왔다.*

마침내, 마침내 돌아왔다.

어둑시니에게 공격을 받아 생겼던 고통이 사라진다. 그 대신 익숙한 두근거림으로 채워진다. 전기 충격을 받은 것처럼 근육이 경련하고, 그것이 깨어나면서 불꽃이 일어난다.

그의 권능.

그것이 돌아왔다.

전부는 아니지만 석가는 공기를 가르며 그림자 채찍을 휘두르는 어둠이 다가오는 걸 느낀다. 전부는 아니지만 적당히 좋다. 그의 핏줄을 타고 흐르는 권능의 질주로, 요괴의 움직임이 느리게 보인다. 에메랄드 위협을 끌어 올리며, 견고해졌음을 깨닫는다. 완전하다. 그가 자유롭게 사용할 수 있는 무기.

그러나 그의 눈은 죽은 하니의 몸에서 좀처럼 떠나지 않는다. 그 입술은 더는 히죽거리며 웃지도 않고, 재치 넘치는 대꾸도 하지 않을 것이다. 그 눈은 더는 햇살 같은 웃음으로 반짝이며 빛나지 않을 것이다.

석가가 흐느낌을 목구멍으로 밀어 넣으며 주홍 단검을 다시 한번 쳐다보자, 잠시 그녀의 정체를 의심했던 자신이 이제야 떠오른다. 그 사실을 깨닫게 되었을 때보다 훨씬 더 강하게 그의 마음속에 남아 있는 의심을 밀어내며, 가능성조차 남아 있지 않도록 한다. 항상 사실이라기에는 너무 좋았던 현실에 남아 있고 싶다. 그의 마음속에서 기억의 반향이 스쳐 지나며, 달콤한 오렌지 향과 그에게는 너무나 익숙한 배신의 쓰라린 상처가 떠오른다.

너는 어떻게 할 거야? 만약에 그게 소미가 아니라 나였다면? 그는 그 질문을 하며, 그 순간에 매우 머뭇거리고 걱정스러워하던 그녀의 얼굴을 떠올린다. 그리고 두려워했고. **날 죽일 거야?**

그는 전혀 가정이 아니었던 가정에서 도망쳤고 그녀의 말에 감춰진 무언가가 더 있는지 생각조차 하지 않으며 진실을 마주하지 않았다. 왜냐하면…… 왜냐하면…….

설사 그것이 영원보다 더 긴 이승에서의 방황을 의미하더라도, 석가는 절대로 김하니를 죽일 수 없었을 테니까. 주홍여우를 죽일 수 없었을 것이다.

하지만 그녀는 죽었다.

이제 그에게는 망할 세상 따위, 어떻게 되든 상관없다.

처음 겪어 보는 무념과도 같은 분노가 서서히 일어나고, 그는 사나운 괴물이 피에 굶주린 것처럼 입을 벌리며 고개를 든다.

암흑이 그에게 다가오자, 석가가 돌아선다.

그리고 그는 **싸운다.**

50

석가

한국은 이후에 신신시에서 일어난 위협적인 진동을 지진으로 보도할 것이다. 깜짝 놀란 시민들은 향후 몇 주 정도는 높은 장소를 피하고, 또 다른 사고를 두려워하게 될 것이다. 하지만 사실은 세상의 운명을 놓고 신과 요괴가 싸움을 벌이면서 흔들린 것이다.

석가는 창고 안에서 여기저기로 이동하고 눈 깜빡할 새 공중으로 뛰어오르며 암흑의 파동을 간단하게 피한다. 순간 이동. 오, 이걸 어떻게 잊고 살았는지.

그가 어둠을 쫓는 동안 그의 검이 손안에서 춤춘다. 그 요괴는 너무 많은 죄를 저질렀다. 석가가 하려고 한다면, 그는 바로 어둠을 통제할 수 있다.

하지만 하니는 어둑시니가 고통스럽기를 바랐다. 어둠을 통제하는 정도로는 고통스럽지 않다.

고통이란.

석가가 어둠의 옆구리에 검의 날을 찔러 넣겠다고 생각하며 이를 드러낸다. 어둑시니는 채찍을 휘두르며 또다시 탐욕스러운 그림자 파동을 그에게 보낸다. 석가가 순간 이동으로 어둠의 바로 앞에 서자, 암흑이 그를 놓친다. "너는." 그가 거칠게 쉿소리를 내뱉으며, 어둑시니의 목에 칼날을 겨눈다. "내 전부를 가져갔어."

어둠이 입을 벌려 크게 웃지만, 그 웃음은 이내 고통으로 가득 찬다. 하니의 공격으로 그는 이미 치명상을 입었다. 그림자가 상처를 메꿔 근육의 역할을 하지만 그의 가슴은 화상으로 수포가 가득하다. "네가 힘을 조금 되찾은 건 알겠어." 그가 거칠게 말한다. "정말 환상적이야." 석가의 칼날이 진동하며 아래로 그의 목을 쓸어내리자 창고의 그림자가 흐릿해진다. "그 구미호가 너의 형에게 어떤 식의 거래를 던졌는지 궁금하네."

비탄과 분노로 석가의 손이 떨린다. 어둑시니의 목에 생긴 칼자국에서 피가 흐른다. 그는 여기서 끝낼 수 있다. 지금 끝낼 수 있다. 하지만······.

그 구미호가 너의 형에게 어떤 식의 거래를 던졌는지 궁금하네.

하니. 하니, 그의 손에 죽은 주홍여우. 석가와 형 사이의 협상. 그가 감지한 힘의 정도는 의심의 여지없이, 원래 힘의 절반인 듯하다. 딱 절반.

협상의 절반이 채워졌다.

힘의 절반이 돌아왔다.

석가는 눈을 감고 자기 심장이 찢어지는 소리를 듣는다. 계속해서, 듣고 또 듣는다.

어둑시니가 기침을 토해낸다. 목에서 축축하게 쿨럭하는 소리가 들린다. "나는 그저 돌아가고 싶었을 뿐이야." 그의 입술이 새어 나오는 피로 번들거리며 중얼거린다. "나는 다시 내 집이 있었으면 했어. 그걸 여기에 만들 수 있었다고."

모질고 쓰라린 자기혐오가 욕지기처럼 석가의 목에서 울컥 치밀어 오른다. 암흑세계가 봉쇄되지 않았다면, 어둑시니는 여기에 없었을 것이다. 하니는 살아 있었을 것이다.

하니…….

"너를 천천히 상대할 생각이야." 석가가 저승사자의 눈을 통해 크리처를 바라보며 힘겹게 숨을 내쉰다. "끝내기 전에 네 비명 소리를 들어야겠어."

어둠이 창백해진다.

그리고 석가는 그가 한 말을 지켜낸다.

51
하니

육체가 없는 영혼으로 있다는 건 신비한 일이다.

석가가 한때 어둑시니였던 잿더미 앞에 서자, 하니의 영혼이 창고의 그림자에서 걸어 나온다. 머리 위의 하늘이 밝아오며, 버려진 건물에 연한 노란빛이 번져 간다. 가느다란 장밋빛 손가락으로 신신시 도시에서 암흑을 쓸어내는 새벽이 왔다. 부서지는 빛이 아름답고 찬란하다.

어둑시니는 죽었고 세상은 평화롭다.

하니의 발이 거의 바닥을 스치듯 신의 곁으로 걷는다. 그곳에서도 그녀는 느낄 수 있다. 그에게서 요동치는 힘의 파장을. 그는 다시 한번 신이 되어 옥황으로 자유롭게 갈 수 있다.

하지만 그는 떠나지 않는다.

석가는 남아 있는 하니의 몸을 향해 비틀거리다 무릎이 무너지며 소리 없이 흐느낀다.

하니가 이탈한 상태로 신비한 기분을 느끼며 차갑게 식은 자신을 바라본다. 거기에 그녀가 있지만 더는 그녀가 아니다.

영혼이 그 안에 있지 않으면 아무것도 아니다. 영혼이 그 안에 있지 않으면 그녀가 아니다. 하니가 상처로 엉망이 된 손을 석가의 등에 얹는다. 손은 흐릿해져 그를 지나치지만 어찌 된 일인지 석가는 그 감각을 느낀다.

그녀를 느낀다.

석가가 고개를 들어 충혈된 눈으로 그녀를 찾는다. "하니." 그가 중얼거린다.

"저승사자가 곧 나에게 올 거야." 그녀는 나지막하게 말하고 마른침을 삼킨다. "나를…… 저승으로 데려가려고." *일곱 지옥으로 데려가려고.* 하니는 손에 피를 너무 많이 묻힌 탓에 절대로 환생할 수 없다. 그 신은 불행히도 구미호가 죽었다는 의미를 받아들이지 못한다. 그녀는 몇 발짝 떨어진 곳에서 의식을 잃은 채, 축 늘어져 누워 있는 남소미를 바라본다. "석가, 소미를 해치지 마. 내가 소미를 그렇게 만들었어. 내가……. 소미 말이 맞아. 내가 소미를 타락시켰어. 소미는 주홍여우가 절대 아니었어. 그건 계속, 나였어." 고백이 그녀의 입에서 새어 나오고, 정향을 씹은 듯 쓰디쓰다.

석가가 눈을 크게 뜨고 입술을 말아 문 채 머리를 세차게 흔든다. 그가 이 배신을 듣고 싶어 하지 않는다는 걸 알지만, 그는 들어야 한다. 그는 알아야 한다.

"나는 수사를 잘못된 방향으로 유도하려고 네 조수 일을 맡았어. 크리처 카페에서 현태가 서장에게 하는 얘기를 들었거든.

나는 기회를 봤고, 그 기회의 목을 움켜잡았어." 하니는 상처로 처량해진 표정과 붉게 충혈된 눈을 하고 있는 석가를 돌아본다. "소미를 가게 둬. 소미는 허기를 통제하는 법을 결국에는 배울 거야." 그녀는 자신이 한 말이 진실이기를 간절히 바란다.

석가가 입을 다물고 내비치는 눈빛이 배신인지 비탄인지 그녀는 알 수 없다. 그의 볼을 따라 눈물이 흐르고, 줄이 끊어진 꼭두각시 인형처럼 그의 검에 몸을 기댄다. 검이 없었다면 그는 바닥에 쓰러졌을 것이다. 그를 이해시키기 위해 서두르며 하는 끔찍한 말들이 그녀의 입에서 계속 흘러나오고 주저함이 없다. "환인이 내게 해결책을 줬어. 너와 한 협상을 조정했어. 요괴를 이기려면 그렇게 해야만 했어. 힘이 없었으면 너는 아마 죽었을 거고, 이승은 암흑세계로 변했을 거야."

"하지만 네가 죽었잖아." 석가가 소리친다. 그의 목소리는 갈라지고, 절규로 잔잔한 진동이 느껴진다. "네가 죽었다고, 하니."

그녀는 조금이라도 웃으려 애쓴다. "그랬지." 자신도 그 사실을 믿기 힘들다. 조금도 현실처럼 느껴지지 않는다. 절대로 깨어날 수 없는 또 다른 악몽을 꾸는 듯하다. "하지만 네가 원했던 것을 가지려면……."

"내가 원한 건." 그는 가슴에 손을 얹고서 쏘아붙인다. "너였어. 나는 우리에게 다시 햇살이 비추기를 바랐다고, 하니. 내가 너에게 약속했잖아. 내가 환웅을 두고 약속을……."

"봐." 하니가 하늘로 머리를 든다. 이제 여명이 서서히 퍼지며, 분홍빛이 살짝 더해진 미다스의 황금빛이 하늘을 서서히 가로지른다. "햇살이 우리를 비추잖아, 석가. 우리가 이겼어."

"내가 말하는 건 이게 아니야." 그가 거친 소리로 말한다. "하니, 내가 말하는 건 절대로 이런 게 아니라고."

그녀가 머리를 흔든다. "때때로 약속은 생각하지 못한 방식으로 지켜지기도 하니까." 하니가 눈물을 삼키고 석가의 얼굴을 양손으로 감싸려는데 손이 그의 피부를 통과한다. 하니는 태연한 척 흐느끼지 않으려 애쓴다.

"너는 다시 태어날 거야." 석가의 숨이 거칠어진다. "내가 널 찾을게. 하니, 네가 어디로 가든지. 네가 어디에 있든지."

"석가." 그녀가 웅얼거린다. "환생이라는 선택지가 나한테는 없어."

"아니야." 그의 눈이 커진다. "아니라고."

영원토록 계속될 고통에 속이 조여들지만, 하니는 어깨를 으쓱한다. 어쩌면 어둠도 고통을 주는 이로 다시 만날지도 모르겠다. 하지만 그녀는 석가 앞에서 강해야 한다. "지옥에 올 일이 있다면 찾아볼 수 있을 거야."

마치 신호라도 되는 양, 창고 바깥에서 자갈 위로 구르는 타이어 소리가 들린다. 저승사자가 그녀에게 온다.

죽으면서 재로 변하는 다른 망나니들은 호화로운 호송도 없이 저승으로 휙 하고 사라진다. 그들 중 최고의 망나니인 하니는 완전하고, 손상 없이 바닥에 누워 있는 몸과 함께 아직도 여기에 있다. 바깥에서 기다리는 영구차까지.

그녀는 이것이 무엇을 뜻하는지 잘 모르겠다.

혹시…… 혹시 주홍여우가 영웅으로 죽었을지도. 지은 죄를
사면해 주기는 어렵더라도 존엄과 명예를 지니고 지옥에 내려
갈 정도는 되었나 보다.

"미안해." 노여움이 번져 웃음이 되는 신, 서늘한 얼음에서
반짝이는 온기로 녹아드는 눈을 가진 신, 석가를 바라보며 하니
가 속삭인다. "미안해. 전부 다."

"아니야." 그가 나지막이 말한다. "하니, 아니야. 미안해야 할
사람은 나야."

"너는 사과할 일이 전혀 없어."

"내 손." 그의 목소리는 트라우마로 낮고 거칠게 들린다. "그
게 널 죽였어."

"그건 내 선택이었어." 하니가 단호하게 말한다. "내 결정이
야. 내 손으로 네 손을 끌어왔어. 그리고 나는 그럴 수 있어서
기뻐." 자물쇠가 잠긴 창고의 문이 부서지며 요란스레 열리는
소리가 들리지만 하니는 돌아서지 않는다. "옥황으로 가, 석가.
네 자리로 돌아가. 오랫동안 갈망했던 대로 살아. 나는 괜찮을
거야."

뻔한 거짓말. 하니는 영원토록 고통 받아야 하고, 조금도 기
다려지지 않는다. 하지만 석가의 입술에 키스의 환영이 스치는
동안, 그녀의 입술에는 안심시키려는 듯 온화한 웃음이 떠나지

않는다. 그들의 입술이 닿지는 않았지만, 실제로 그랬지만, 그녀가 떨어질 때 그녀에게서 잠시 따뜻함이 느껴지는 듯하다. "어쩌면 염라한테 나를 좀 편하게 해 주라고 말해 줄 수는 있겠지."

"김하니?" 다른 목소리가 부른다. 저승사자가 창고로 걸음을 옮기고, 그의 침울한 눈이 하니를 향한다. "나이 1700살. 사인 여우 구슬 소멸과 심장 손상. 네가 맞나?"

말이 목 안쪽에 달라붙지만, 하니는 힘겹게 그것을 떼낸다. "네."

"안 돼." 석가가 저승사자를 향해 돌아서며 고통으로 눈을 번득이고는 칼을 들어 올린다. "그녀를 데려갈 수 없어." 경고하는 그의 목소리는 매우 사납고 거칠다. "넌 그녀를 데려가지 못해." 그가 하니의 앞을 막아서지만, 하니는 간단하게 그를 지나친다. 그녀가 마지막으로 그를 바라보려 돌아선다.

"잘 있어, 석가." 그녀는 그의 날렵한 각도와 서늘한 윤곽을 기억에 담으려 얼굴을 쓰다듬으며 속삭인다. 아주 가까이 다가온 영원의 형벌을 견딜 때마다 떠올릴 그에 대한 이 기억을 간직하려 한다.

"하니……."

마지막으로 그녀는 그에게 몸을 기울인다. 그녀가 그의 입술에 환영의 입술을 스치자, 그가 비틀거리며 머리를 흔든다. 하니가 떨어지자, 그가 손을 뻗어 그녀에게 닿으려 하지만, 손끝이 그녀의 어깨를 지나친다. 다시는 그녀를 만질 수 없다.

달걀이 깨져 노른자가 흘러나오듯이 신신시 위에 찬란한 햇빛이 퍼져나가고, 하니는 뒤돌아서 창고 바깥에 있는 저승사자를 따라간다. 그를 따라 반짝거리는 검은 영구차에 오른다.

그녀는 뒤돌아보지 않는다.

하니는 저승으로 달려가면서 석가가 따라오지 않아 다행이라 생각했는지, 실망했는지 알 수 없다.

52

환인

천하궁의 벽이 흔들릴 정도로 알현실 문이 거세고 사납게 열린다. 동생의 분노 발작은 늘 이렇게 시작되고는 한다. 시시각각 변하는 세상에서 그의 형제가 보여주는 퍼포먼스는 변하지 않는다.

오, 대단해. 환인은 아들과 염려스러운 눈빛을 교환하며 생각한다. *이제 시작해 볼까.*

알현실로 성큼성큼 걸어오는 석가의 눈은 충혈되어 사납고, 검을 허공에 휘두르며 그의 출입을 막으려는 황궁 근위대 무리를 따돌린다. 그의 머리카락은 피범벅이고, 피부는 베이고 멍든 상처들로 울긋불긋하다. "형님." 보위로 이어진 계단 위까지 돌풍을 일으키며 그가 노려본다. "뭘 하신 겁니까?"

"반갑구나, 나도 널 환영한단다." 환인이 말하며, 환웅에게 물러가라고 손을 흔든다.

"아버지." 환웅은 숨죽여 항변한다. "저는 아버지와 작은아버지를 단둘이 남겨두고 떠날 생각은 없습니다."

"가거라." 환인이 부드럽게 말한다. 석가가 격분하더라도 그가 혼자 충분히 석가를 다룰 수 있으리라는 확신이 든다. 최악의 상황에 그는 다시 그를 추방할 것이다.

눈부신 빛을 내며 환웅은 점차 투명하게 사라지는데, 골이 나서 그의 새로운 여자 친구와 휙 사라지는 게 분명하다. 간신히 비틀거리며 일어나서 고통으로 신음하는 근위대에게 환인이 눈을 돌린다. "다들 물러나라."

석가가 깊게 숨을 내쉬는데, 환인이 머리를 갸우뚱한다. 그는 여태껏 동생이 이렇게…… 이렇게 절망한 모습을 본 적이 없다. 매우…… 감정을 드러내며. 심지어 이승의 형벌을 선고받았을 때조차 지금보다 훨씬 침착했다.

"알고 있었어?" 분노, 비탄, 격분으로 다그치는 석가의 목소리가 갈라진다. "지금껏 내내 보고 있었어? 현태가 어둑시니인 걸 알고 있었어? 하니가 주홍여우인 것도?"

환인이 코로 얕게 한숨을 내쉰다. 그는 이 질문을 예상했었다. "천국의 지식은 내 것이다." 그가 천천히 말한다. "그래, 석가. 나는 김하니에 대해 알고 있었다. 하지만 어둠은 내 시야에서 벗어났구나. 저승에서 몸을 바꿨고, 저승의 사정은 천국이 알 수 없으니까. 그리고 거기서도 영리했던 모양이야. 염라조차도 보지 못했으니까." 교활하고 악랄한 크리처.

환인은 신신시의 레스토랑에서 석가를 소환해 그의 제안을 수락하게 했을 때, 주홍여우 김하니가 엿듣고 있음을 알았다.

하지만 석가가 망나니 구미호의 정체를 파헤치며 고생하고, 신의 위치에 다시 오르기 위해 애쓰는 걸 보고 싶었을 뿐이다.

그리고 그 여자가 석가의 옆에서 그의 조수로, 그리고 친구로, 그리고 연인으로 되어 가는 걸 바라보면서 그에게 있는 조금의 얄궂음이 침묵을 선택했다. 환인은 628년 전에 그가 그랬듯이 배신당하는 동생을 보고 싶었다. 하지만 석가는 그 여자 옆에서는 그가 알던 동생의 모습과 매우 달랐다.

환인은 혼란스럽기도 했고 둘 관계에 매료되기도 했다. 그래서 아무 말도 하지 않고 그저 계속 지켜보기만 했다. 한번은 환웅을 이승으로 내려 보내 극장에서 버터를 추가한 팝콘 한 상자를 가져오게 했다. 신과 구미호의 이야기는 매혹적인 드라마였다.

하지만 환인은 그 자신과 사유를 석가에게 설명해야 할 필요를 느끼지 못한다. 대신에 그는 간단하게 말한다. "이건 너의 싸움이었다, 동생아. 너를 방해할 이유나, 너를 이끌어야 할 이유가 나에게는 없다."

"너." 석가가 거칠게 쏘아붙이는데, 환인은 동생을 보고 깜짝 놀란다……. 그가 울고 있다. 눈물이 피로 얼룩진 뺨을 따라 흘러내리며 베이고 다친 상처를 더 쓰라리고 욱신거리게 하는 것은 물론이다. "네가 하니에게 말했어……."

분노, 환인은 감사를 잊은 그를 보며 자세를 바로 고친다. 그는 이런 배은망덕한 공격이 아니라 감사를 예상했다. "그녀가 너의 손에 죽는다면 힘의 절반을 돌려주겠다고 말한 거? 그래, 내가 했다. 그리고 나는 그 말을 지켰어. 어둑시니가 저승으로 돌아갔고, 염라는 다시는 도망치지 못하도록 직접 관리하겠다고 장담했어. 이승은 암흑세계가 되는 걸 면했다. 너는 다시 신이 되고, 옥황으로 돌아왔다. 이것 말고 네가 원하는 게 있느냐?" 환인이 얼굴을 찌푸린다. "그 여자로 인해 슬프다는 말은 하지 마라." 구미호에 대한 열정이 사라지지 않았나? 죽음 이후에도 석가에게 미련이 남았다고? 불가능하다. "어찌 됐든 그녀는 죽어 가고 있었다. 나는 그녀의 죽음에 의미를 부여한 거야. 너는 내게 고마워해야 해."

석가가 움찔한다. "너는 내가 그녀를 죽이게 했어." 그가 쉿 소리를 낸다. "네가, 네가 빌어먹을, 내가 그녀를 죽이게 했다고." 그의 목소리는 마치 누가 목이라도 조르는 것처럼 들린다. 그는 그 자리에서 불안정하게 흔들린다. "내가, 내가 그녀를 죽였다고."

환인은 차분히 다리를 꼬고, 석가가 이해하지 못하는 것에 화가 난다. 이 모든 게 다 너를 위해서였다는 걸 왜 너는 알지 못하는가? "너의 배은망덕은 정말이지 놀랍구나, 석가. 아무리 너라도 정말 대단하구나."

"나는 그녀와 약속했어. 환웅을 두고 한 약속. 우리가 함께 다시 한번 해가 뜨는 걸 보자고." 석가가 떨리는 손가락으로 환인을 가리킨다. "네가 그녀를 이 게임에 끌어들였어. 너와 어둑시니가 함께."

화가 치민 환인은 등을 바로 세우고 격분하여 턱을 치켜들었다. "나와 그 요괴를 비교하지 말라……."

"그럼 내게 아니라는 걸 증명해." 석가가 다그친다. 그의 가슴이 급하게 오르락내리락하고, 온몸이 바람 속 잎사귀처럼 사납게 흔들린다. "내게 아니라는 걸 증명해. 형, 김하니가 환생할 수 있게 해 줘. 그녀를 다시 이승에서 걷게 해 줘. 그녀를 다시 태어나게 해 줘."

"안 돼. 너도 알다시피 규정이……."

"하니가 이승을 구했어." 석가가 눈을 번득이며 연단으로 향하는 계단을 오른다. "하니가 여우 구슬을 소진해서 어둑시니에게 치명상을 입혔어. 그러지 않았다면 나는 그를 죽일 수 없었어. 그녀가, 네가 사랑해 마지않는 인간 세상을 영원한 암흑과 공포에서 구했다고. 그게 다른 무엇보다 큰 거 아니야? 그녀를 다시 태어나게 할 수 있잖아. 다른 망나니들처럼 그녀는 죽어서도 재가 되지 않았어. 그게 아무 의미도 없는 거야, 형?"

환인이 볼 안쪽을 깨문다. "석가……." 그는 불가능한 일을 하라는 석가를 바라보며 갑작스레 말을 끊는다. 석가가 보위의 발 앞에 굴복하여 바닥에 이마를 대고 엎드려 절한다.

"제발." 석가가 속삭인다. "환인, 제발."

석가는 평생 그에게 제발이라는 말을 한 적이 없었다.

석가는 평생 그에게 절을 한 적이 없었다.

하지만 그 구미호를 위해서 그가 전부 한다.

어떻게 네게 마음을 주도록 설득한 것이지? 환인이 호기심을 억누르지 못하고 김하니에게 물었다. 그의 질투. 늘 형제간의 경쟁을 일삼던 석가의 옆에서 그녀가 그를 변화시켰다.

그 구미호는 어깨를 으쓱이며 그의 동생과 같은 요청을 하고 얄밉게 살짝 웃었다. 환생. 환인은 지금 만약에 안 된다고 말하면 석가가 없어지리라는 걸, 그의 깊숙한 내면에서부터 안다. 기만의 신은 또다시 차갑고 냉혹해져서 겨울바람처럼 신랄하고 날카로워질 것이다. 그리고 석가는 그에게 영원히 문을 닫고, 깨지지 않는 증오로 단단하게 묶어 잠글 것이다.

하지만 해 주겠다고 말하면, 변화한 석가가 남는다. 그리고 어쩌면, 언젠가는, 두 형제가…… 화해할 수도 있다.

환인은 결정을 내린다.

환인은 눈을 감는다. "석가, 일어나라."

그의 동생이 몸을 떨며 간신히 일어난다. "제발." 그가 다시 속삭인다. "제발, 환인. 내가 뭐든지 다 할게. 내가 뭐든지 다 줄게."

환인이 눈을 뜨고 고개를 들어 석가의 창백한 얼굴을 바라본다. "그녀는 언제라도 환생할 수 있다." 환인은 천천히 말하며, 안도감으로 거의 바닥에 쓰러지려고 하는 석가를 애써 모른 척한다. "환생은 지금으로부터 1분이 걸릴 수도, 지금으로부터 하루가 걸릴 수도, 지금으로부터 1년이 걸릴 수도 있고, 아니면 지금으로부터 몇 백 년이 걸릴 수도 있다. 나는 그것에 관여하지 않고, 그건 염라도 마찬가지다. 하지만 좋다, 동생아. 나는 김하니를 환생 절차에 넣으라고 염라에게 연락하겠다. 그리고 내가 여유로워진 기분이라." 그는 동생이 몹시 감사할 모습을 기대하며 말을 잇는다. "그녀는 네가 알아볼 수 있는 모습으로 다시 올 것이다. 그녀는 같은 눈동자로 올 것이다. 적갈색 여우의 눈. 이것으로 나는 너에게 대가를 제안하려는데……." 환인이 머뭇거린다. 그는 우정을 청할 수 없다. 그는 강요된 동지애나 강요된 형제애를 원하는 게 아니다. "그 대가로 내 옆에서 충성을 다하겠다는 서약을 해라. 또다시 쿠데타를 일으킨다면 동생아, 이 협상은 무효다."

"환웅을 두고 맹세합니다." 석가가 눈을 크게 뜨고 속삭이듯 말한다. "당신의 아들을 두고 맹세합니다."

환인이 머리를 살짝 끄덕인다.

그리고 628년 만에 처음으로 악의 없이 서로의 손을 따뜻하게 마주 잡는다. 부드럽게.

"나도 맹세한다." 환인이 나직이 말한다. "내 동생, 너를 위해 맹세한다."

가들리 가십

발행 #92814

형제 재회하다!

예전에 소원하던 형제,

매력적인 환인과 섹시한 석가의 재결합!

_석애리 편집장

지난 춘분에 어떤 전조도 없이 우리의 집 앞으로 직접 전달된 공식 발표로 소원하던 형제들, 환인과 석가가 화해했다는 소식이 알려져 세상이 충격에 빠졌다.

믿을 수 있겠는가?

이승으로 추방된 628년 전에 (하지만 누가 세고 있었을까?) 쿠데타를 일으키려 했으나 실패한 그 (한심한) 타락신은 결국 신의 왕국인 집으로 돌아왔고, 그는 이전 신의 지위로 복귀했다.

"나는 석가가 우리 만신전에 다시 합류해서 기쁩니다"라고 황제 환인은(신들의 왕, 옥황의 황제, 이승의 대리 통치자, 미륵의 아들, 마고의 아들, 아름다움의 극치, 도덕규범의 훌륭한 수호자, 역대 가장 섹시한 신 수상자) 3월 21일 〈가들리 가십〉에서 말했다. "어둑시니에 맞선 그의 행동으로 그는 가치를 증명했습니다. 우리는 두 팔 벌려 돌아온 그를 환영합니다."

최근에 신격이 다시 돌아온 것에 한마디 부탁하러 다가갔을 때, 석가는(이전에는 신이 아니었음, 두 얼굴의 거짓말쟁이, 〈가들리 가십〉의 핫하지만 나쁜 신의 오랜 수상자, 악명 높은 노령견을 산책시키러 데이트하는 사람) 갑자기 늑대로 변신해서 기자의 다리를 물었다. (참고로 이를 언급한 기자는 현재 신신시 병원의 마법사고 담당 부서에 있으며, 기부를 받고 있다.)

여기 이승에서, 우리는 분명히 녹색 눈의 신과 그의 수많은 헛소리를 그리워하겠지만…… 그가 그렇게 오래 자리를 비우지는 못할 거라고 〈가들리 가십〉에서 바람이 전하는 속삭임을 듣는다.

무엇보다, 거기에는 집처럼 느껴지는 장소가 없다.

에필로그

2018년 한국 신신시

26년 만에 처음으로 벚꽃이 일찍 폈다.

불사의 존재가 꽃잎으로 덮인 인도를 걷는데, 도심공원을 지나는 구불구불한 길을 따라 천천히 걷는 동안 3월의 차가운 바람이 그의 검은 머리카락을 흐트러뜨린다.

그는 길고 가느다란 손에 지팡이를 쥐고 있는데, 그 지팡이는 윤이 나는 검은색으로 은빛 이무기가 그 길이만큼 길게 휘둘러 감고 있다. 그가 이른 봄 하늘로 고개를 기울여 햇살의 따뜻한 온기를 느끼자, 그 이무기는 장난스러운 눈으로 주인을 올려다본다.

근처의 나무에서 작은 벚꽃 잎이 다른 꽃들에 둘러싸인 곳에서 떨어져 나와, 신의 얼굴을 쓰다듬던 바람을 타고 휘감겨 솟아오른다. 그 꽃은 사나운 바람에 휘말려 춤추는데, 뚝 떨어져서 비틀거리다 위로 떠오르자 기쁨으로 휘돈다. 위로, 위로…….

그러다 서서히 흔들리며 인도 아래로 떨어지기 전에 이미 떨어진 다른 벚꽃들 사이 적당한 자리를 노린다. 그런데 그 벚꽃은 겨냥했던 바닥으로 떨어지지 못한다. 그 꽃은 대신에 검은색 정장을 입은 신의 어깨 위에 내려앉았다.

석가가 한숨을 쉬며 그의 어깨에서 꽃잎을 튕겨내고, 재채기를 꾹 눌러 참는다. 자청비가 며칠 전에 그가 한 짓궂은 장난으로 아직도 화나 있는 게 분명하다. 그가 환상을 만드는 능력을 사용해서 그녀의 화분 하나를 살아 움직이게 했다. 환인이 석가에게 소란 피우지 말라고 다그칠 때까지 살아 움직이는 화분은 자청비를 쫓아 옥황을 돌아다녔다. 어쩔 수 없이 석가는 순종했다. 하지만 그 여신은 그가 사과하지 않았다며 그다지 마음에 들어 하지 않았다.

이건 그거 같다, 자정비의 복수. 석가가 머리를 흔들고, 분홍 벚꽃이 흩날리는 달콤한 풍경 속에 손을 잡고 산책하는 커플을 지나치며 도심공원을 가로지르는 길을 따라 걷는다. 많은 사람들이 사진을 찍으려 멈춰 서서 서로의 볼을 맞대고 활짝 웃는다. 석가가 무거운 마음으로 그들을 바라본다. 결국 돌아서면서 그는 생각한다. 상황이 달랐더라면……

그는 생각을 내려놓고 밀어낸다. 1992년부터 그 생각은 그를 괴롭혔다. 그 생각을 곱씹는 건 아무 소용이 없다. 대신에 그는 고집스러운 적갈색 눈을 한 소녀, 혹은 소년을 얼핏이라도 보기를 바라는 헛된 희망으로 이 도시를 찾아왔다.

통계적으로 그의 잃어버린 사랑이 그들의 이야기가 시작되고 끝나 버린 곳과 같은 도시에서 다시 태어난다는 게 말이 안 되기는 하다. 하지만 그는 몇 달에 한 번씩 신신시를 찾아와 거리에서 그녀를 찾는 일을 그만 둘 수가 없다. 하니를.

신신시는 1992년부터 해를 거듭하며 빠르게 변했고 놀라운 속도로 성장하고 팽창했다. 신신시는 이제 더는 예전의 그 암울했던 도시가 아니며 지금은 반짝이는 문화와 패션의 중심지로, 거리는 거의 몰라볼 정도로 변했다. 하니의 닭장 같던 낡은 아파트는 햇빛이 비치는 도시에서 반짝이는 매끄러운 고층 건물로 재개발이 되었다.

석가는 가끔 옛날 생각에 경찰서에 들른다. 심 서장은 떠난 지 오래되었고, 그는 석가의 친구로서 이 세상을 떠났다. 석가가 어둠을 막고 난 후에 그가 으스러질 듯 세게 안아줬던 기억은 석가에게 여전히 소중하다. 그 서장의 손자 심정국이 해태 서장이 되었다. 그는 망나니 구미호의 공격이 거의 없다는 데 감사하는 듯하다.

아주 예전에 있었던 구미호, 남소미는 신신시에 모습을 드러내지 않는다. 창고에서 어둠과 싸움을 벌였던 이후로 석가는 곱슬머리 구미호에 관해 잊어버렸다. 그는 옥황에 돌아와서 환인에게 하니의 환생을 허락해달라고 매달리는 데 필사적이었기 때문이다. 하지만 몇 안 되는 망나니 구미호 중 서울에서 몬트리올까지 광범위하게 공격하는 구미호는 남소미가 틀림없다고 생각한다. 그래도 그는 그녀를 추적해 괴롭히지 않는다. 하니의 마지막 바람이 소미의 자유로움이었고, 그래서 그녀는 그럴 것이다.

가끔 석가는 심정국과 한잔하러 가기도 한다. 그건…… 누군가와 소주잔을 나누는 건 꽤 즐겁기 때문이다. 재미있는 누군가와 나누는 의미 없는 잡담. 그는 대부분 해가 안 되는 장난을 치는 경우를 제외하고는, 옥황에서 다른 신들과 이야기하지 않는다. 오늘 아침에 그는 천하궁에서 해모수의 까마귀 깃털이 달린 머리 두건을 훔쳐서 깃털을 죄다 뽑고는, 이승의 공예품점에서 산 우스꽝스러운 분홍색 털로 바꿔 달았다. 그는 해모수가 환인에게 이르기 전에 도망쳤다.

석가는 그의 형에게 충성을 다한다는 약속을 지켰다. 아직 김하니가 어디에서도 보이지 않으니까.

석가는 또다시 재채기를 꾹 참으며 공원 벤치로 향한다. 그는 잠시 앉아서 오고 가는 인간들과 떨어지는 벚꽃을 보려고 한다. 그러고 나면 그는 하늘에 있는 그의 궁으로 돌아갈 것이다.

석가는 눈을 감고 봄의 공기를 들이마신다. 여기는 평화롭다. 하늘로 돌아가기 전에 아마도 커피를 한잔하겠지. 옥황에는 커피가 없으니까.

카페가 있는 이 도시처럼, 크리처 카페는 1992년부터 기하급수적으로 성장했다. 지금은 신신시에 네 곳, 광주에 여섯 곳, 서울에 일곱 곳, 부산과 인천에 여덟 곳이 있는 체인이 되었다. 가끔 석가는 자기 취향대로 커피를 주문한다. 다른 때는 핫초코를 주문한다.

사실 지금도 핫초코가 더 끌리기는 하다. 석가는 주변에 보는 눈이 있는지 둘러보며, 공간과 시간을 뛰어넘어 원래의 크리처 카페 입구에 선다.

그가 들어서자 알림 벨이 울리고 카페 안에서는 원두를 볶고 차를 우리는 향이 난다. 매번 실망할 뿐이면서도 자기도 모르게 계산대에 있던 김하니를 찾아 두리번거린다. 구부정한 불가사리가 주문을 받으며, 풍선껌처럼 금속 한 가닥을 씹는다. 그가 카운터로 걸어가자 무관심하게 눈을 흘끗 들어 올린다. 그녀의 눈이 평범한 갈색인걸, 석가가 확인한다. 석가는 서둘러 핫초코를 주문하고, 따뜻한 종이컵을 손으로 감싸서 카페를 나와 바깥 거리에 선다.

그가 한 모금을 마시고 밀려드는 달콤함을 음미한다. 그것은 핫초코와 딸기 계란빵을 먹으며 깨어났던, 부산의 그날을 떠오르게 한다. 그는 컵에 대고 웃음을 짓는다. 이 지독한 음료를 마시고 즐기는 자신을 보면 하니는 정말 즐거워했을 것이다.

그는 사실 핫초코를 너무 기분 좋게 즐기느라 붉은 실이 나타났을 때 알아채지 못했다. 붉은 실은 컵을 든 손의 살짝 기울인 새끼손가락에 매여 있다. 그는 여전히 깊고 풍부한 초콜릿, 풍성하고 달콤한 휘핑크림을 음미하며, 그의 기억 속에 떠다니는 그녀의 얼굴을…… 그녀가 그를 괴롭히며 웃는, 말다툼하며 노려보는, 그의 몸을 따라 눈으로 윤곽을 훑으며 달아오른 얼굴을 떠올린다. 그는 그녀의 몸을 안을 수 없지만, 대신에 늘 마음속에서 그녀의 얼굴을 감싸고, 먼 훗날에도 그녀를 놓치지 않도록 전부 상세하게, 모든 주근깨, 모든 보조개를 떠올린다.

그는 확신하지 못했다. 처음에는 그의 환상에서 무엇이 그를 끌어냈는지 몰랐다. 어쩌면 그것은 벚나무 아래를 거니는 동안 그의 얼굴을 쓰다듬던 시원한 봄바람일지도 모른다. 어쩌면 그것은 가까이 있는 행복하고 밝은 어린아이의 웃음일지도 모른다. 어쩌면 그것은 그의 작은 손가락에서 일어나는 신비한 감각일 수도…… 거기에 무언가 묶여 있는 듯한…….

속임수 신은 시선을 내리고는 녹색 눈을 가늘게 뜬다.

그리고 그 순간에, 이전에는 하찮던 그 한순간에, 그의 가슴속에서 심장이 차갑게 얼어붙는다.

그 실은 햇살 아래서 희미하게 주홍빛을 가득 머금은 빛으로 반짝인다. 그 실은 그의 새끼손가락에 복잡한 매듭으로, 거의 작은 꽃처럼 보이는 문양으로 복잡하게 묶여 있다. 그 꽃에서 구불구불하게 흐르는 붉은 강처럼 실이 흘러나와, 꽃이 핀 나무를 지난다. 실은 웃고 있는 커플 주위를 둥글게 감싸고, 멀리 있는 무언가, 누군가와 연결되어 도시의 심장부로 깊숙이 휘돌아가는 걸 그 커플은 알지 못한다.

석가는 핫초코를 떨어뜨린다. 크림, 설탕, 코코아가 터져 나와 인도에 뿌려진다. 그래도 그는 알지 못한다. 그는 신경 쓰지 않는다.

이것 말고는 아무것도 중요하지 않다.

석가는 놀라움과 희망으로 떨리는 손을 더 높이 들고 이리저리로 기울인다. 운명을 물리적으로 나타나게 해 줄 작은 섬유 조각으로 된 그 줄을 살핀다.

진정한 사랑을.

이 줄의 끝에 어떤 이가 있을지 절대적으로 확신한다고 그는 생각한다. 그리고 붉은 실의 운명으로 그에게 연결될 유일한 존재가 있다고 생각한다. 심장과 몸과 영혼으로 그의 운명이 될 유일한 존재.

늦은 아침 햇살이 신신시를 비춘다. 그 안에서 반짝이며 아름답게 빛나는 그 실을 석가는 따라가기 시작한다.

하니에게로.

감사의 말

저의 에이전트인 에밀리 포니Emily Forney에게 진심으로 감사드립니다. 또한 저의 뛰어난 편집자 세라 피드Sarah Peed와 그 외 능력자 집단인 델레이북스Del Rey Books에 깊은 감사를 드립니다. 편집에 도움을 준 아이샤 시블리Ayesha Shibli와 트리샤 나르와니Tricia Narwani, 발행에 도움을 준 스콧 섀넌Scott Shannon, 키스 클레이턴Keith Clayton, 앨릭스 라네드Alex Larned에게도 감사드립니다. 마케팅에 도움을 준 애슐리 하이튼Ashleigh Heighton, 사브리나 션Sabrina Shen, 토리 헨슨Tori Henson과 발행에 도움을 준 데이비드 멘치David Moench, 조던 페이스Jordan Pace에게도 감사드립니다. 제작에 도움을 준 낸시 델리아Nancy Delia, 팸 올더스Pam Alders, 폴 길버트Paul Gilbert와 본문 디자인에 도움을 준 에드윈 바스케스Edwin Vazquez에게도 감사드립니다. 미술 파트에서 도움을 준 벨리나 후이Belina Huey, 리자이나 플래스Regina Flath에게도 감사드립니다. 매혹적인 표지를 그려준 아티스트이자 재능이 뛰어난 시자 홍Sija Hong에게도 감사드립니다.

584

몰리 파월Molly Powell은 물론, 호더스케이프Hodderscape 팀 모두와 아름다운 영국판 표지를 그린 쿠리 황Kuri Huang에게도 감사드립니다. 아니사Anissa와 페어리룻FairyLoot 팀 모두에게도 감사드립니다.

우리 가족들의 응원이 없었다면, 저는 지금 작가인 제가 될 수 없었을지도 모릅니다. 엄마, 아빠. 언제나 저의 꿈을 응원해주셔서 다른 무엇보다 감사해요. 나를 창의적인 방법(모욕적으로)으로 겸허하게 만드는 사랑스러운 내 동생, 고마워. 그리고 할머니, 할아버지에게 감사해요. 이 책에 누구보다 헌신하셨던 나의 할머니, 할아버지. 감사합니다. 나의 가장 오랜 좋은 친구 세레나 네틀턴Serena Nettleton에게, 고마워. 네 모든 걸 사랑해.

마지막으로, 독자 분들께 감사드리고 싶습니다. 또 다른 모험으로 곧 뵙기를 바랍니다.

황성연

한국에서 프랑스어를 공부하고, 미국에서 국제정치학 석사 과정을 수료했다. 지금은 작은 집 거실에서도 세상 이곳저곳을 여행하며 사유할 수 있게 해주는 책과 글을 좋아해서 번역가의 길을 걷고 있다. 글밥 아카데미 수료 후 바른번역 소속 번역가로 활동 중이다. 옮긴 책으로는 《크루시블》, 《기억되지 않는 여자, 애디 라뤼》, 《우리는 왜 서로를 미워하는가》, 《결정 수업》 등이 있다.

박주미

전산과학을 공부한 후 IT 회사에서 20년 가까이 근무했다. 지금은 바른번역 소속 번역가로 활동하며, 아름다운 글이 주는 감동과 올바른 글이 주는 강인함을 전달하는 번역가가 되고자 노력하고 있다. 옮긴 책으로는 《하루 10분 가장 짧은 동기부여 수업》, 《하루 10분 가장 짧은 습관 수업》 등이 있다.

주홍여우전

구미호, 속임수의 신을 속이다

초판 1쇄 인쇄 2024년 12월 2일 | 초판 1쇄 발행 2024년 12월 12일

지은이 소피 김 | 옮긴이 황성연·박주미

펴낸이 신광수
CS본부장 강윤구 | 출판개발실장 위귀영 | 디자인실장 손현지
단행본팀 김혜연, 조기준, 조문채, 정혜리
출판디자인팀 최진아, 김가민 | 저작권 김마이, 이아람
출판사업팀 이용복, 민현기, 우광일, 김선영, 이강원, 신지애, 허성배, 정유, 정승기, 박세화, 정재욱, 김종민, 정영묵, 전지현
CS지원팀 봉대중, 이주연, 이형배, 이우성, 전효정, 장현우, 정보길
영업관리파트 홍주희, 이은비, 정은정

펴낸곳 (주)미래엔 | 등록 1950년 11월 1일(제16-67호)
주소 06532 서울시 서초구 신반포로 321
미래엔 고객센터 1800-8890
팩스 (02)541-8249 | 이메일 bookfolio@mirae-n.com
홈페이지 www.mirae-n.com

ISBN 979-11-7311-648-3 (03840)